五代史通俗演义

中国历代通俗演义

蔡东藩 著
CAIDONGFAN

中国书籍出版社
China Book Press

图书在版编目（CIP）数据

五代史通俗演义/蔡东藩著 . —北京：中国书籍出版社，2014.3
（中国历代通俗演义）
ISBN 978-7-5068-3995-2

Ⅰ.①五… Ⅱ.①蔡… Ⅲ.①章回小说–中国–现代 Ⅳ.①I246.4

中国版本图书馆 CIP 数据核字（2013）第 305133 号

五代史通俗演义

蔡东藩 著

图书策划	武 斌 崔付建
责任编辑	戎 骞
责任印制	孙马飞 张智勇
出版发行	中国书籍出版社
地 址	北京市丰台区三路居路 97 号（邮编：100073）
电 话	(010)52257143（总编室） (010)52257153（发行部）
电子邮箱	chinabp@ vip. sina. com
经 销	全国新华书店
印 刷	北京富达印务有限公司
开 本	710 毫米 × 960 毫米 1/16
字 数	387 千字
印 张	23
版 次	2014 年 6 月第 1 版 2014 年 6 月第 1 次印刷
书 号	ISBN 978-7-5068-3995-2
定 价	42.00 元

版权所有 翻印必究

自 序

读史至五季之世，辄为之太息曰："甚矣哉中国之乱，未有逾于五季者也！"天地闭，贤人隐，王者不作而乱贼盈天下，其狡且黠者，挟诈力以欺凌人世，一或得志，即肆意妄行，君不君，臣不臣，父不父，子不子，铤而走险，虽夷虏犹尊亲也；急则生变，虽骨肉犹仇敌也。元首如奕棋，国家若传舍，生民膏血涂草野，骸骼暴原隰，而私斗尚无已时，天欤人欤？何世变之亟，一至于此？盖尝屈指数之，五代共五十有三年，汴洛之间，君十三，易姓者八。而南北东西之割据一隅，与五代相错者，前后凡十国，而梁唐时之岐燕，尚不与焉。辽以外裔踞朔方，猾诸夏，史家以其异族也而夷之。辽固一夷也，而如五代之无礼义，无廉耻，亦何在非夷？甚且恐不夷若也。宋薛居正撰《五代史》百五十卷，事实备矣，而书法未彰。欧阳永叔删芜存简，得七十四卷，援笔则笔，削则削之义，逐加断制，体例精严。既足声奸臣逆子之罪，复足树人心世道之防，后人或病其太略，谓不如薛史之渊博，误矣！他若王溥之《五代会要》，陶岳之《五代史补》，尹洙之《五代春秋》，袁枢之《五代纪事本末》，以及路振之《九国志》，刘恕之《十国纪年》，吴任臣之《十国春秋》等书，大都以裒辑遗闻为宗旨，而月旦之评，卒让欧阳。孔圣作《春秋》而乱贼惧，欧阳公其庶几近之乎？

鄙人前编唐宋《通俗演义》，已付手民印行，而五代史则踵唐之后，开宋之先，亦不得不更为演述，以餍阅者。叙事则搜证各籍，持义则特仿庐陵，不敢拟古，亦不敢违古，将以借粗俗之芜词，显文忠之遗旨，世有大雅，当勿笑我为效颦也。抑鄙人更有进者，五代之祸烈矣，而推厥祸胎，实始于唐季之藩镇。病根不除，愈沿愈剧，因有此五代史之结果。今则距五季已阅千年，而军阀乘权，争端迭起，纵横捭阖，各戴一尊，几使全国人民，涂肝醢脑于武夫之腕下，抑何与五季相似欤？况乎纲常凌替，道德沦亡，内治不修，外侮益甚，是又与五季之世有同慨焉者。殷鉴不远，覆辙具存。告往而果能知来，则泯泯棼棼之中国，其或可转祸为福，不致如五季五十余年之扰乱也欤？书既竣，爰慨然而为之序。

中华民国十有二年夏正暮春之月
古越蔡东藩自识于临江书舍

目　录

第 一 回	睹赤蛇老母觉异征	得艳凤枭雄偿夙愿……………	1
第 二 回	报亲恩欢迎朱母	探妻病惨别张妃……………	7
第 三 回	登大宝朱梁篡位	明正义全昱进规……………	13
第 四 回	康怀贞筑垒围潞州	李存勖督兵破夹寨……………	19
第 五 回	策淮南严可求除逆	战蓟北刘守光杀兄……………	25
第 六 回	刘知俊降岐挫汴将	周德威援赵破梁军……………	31
第 七 回	杀谏臣燕王僭号	却强敌晋将善谋……………	37
第 八 回	父子聚麀惨遭剚刃	君臣讨逆谋定锄凶……………	43
第 九 回	失燕土伪帝做囚奴	平宣州徐氏专政柄……………	49
第 十 回	逾黄泽刘鄩失计	袭晋阳王檀无功……………	55
第十一回	阿保机得势号天皇	胡柳陂轻战丧良将……………	61
第十二回	莽朱瑾手刃徐知训	病徐温计焚吴越军……………	67
第十三回	嗣蜀主淫昏失德	唐监军谏阻称尊……………	73
第十四回	助赵将发兵围镇州	嗣唐统登坛即帝位……………	78
第十五回	王彦章丧师失律	梁末帝陨首覆宗……………	84
第十六回	灭梁朝因骄思逸	册刘后以妾为妻……………	90
第十七回	房帏溺爱牝鸡司晨	酒色亡家牵羊待命……………	96
第十八回	得后教椎击郭招讨	遘兵乱劫逼李令公……………	102
第十九回	郭从谦突门弑主	李嗣源据国登基……………	108
第二十回	立德光番后爱次子	杀任圜权相报私仇……………	114
第二十一回	王德妃更衣承宠	唐明宗焚香祝天……………	120
第二十二回	攻三镇悍帅生谋	失两川权臣碎首……………	126
第二十三回	杀董璋乱兵卖主	宠从荣骄子弄兵……………	132
第二十四回	毙秦王夫妻同受刃	号蜀帝父子迭称雄……………	138
第二十五回	讨凤翔军帅溃归	入洛阳藩王篡位……………	144
第二十六回	卫州廨贼臣缢故主	长春宫逆子弑昏君……………	150

第二十七回	嘲公主醉语启戎	援石郎番兵破敌	156
第二十八回	契丹主册立晋高祖	述律后笑骂赵大王	162
第二十九回	一炬成灰到头孽报	三帅叛命依次削平	169
第 三十 回	杨光远贪利噬人	王延羲乘乱窃国	175
第三十一回	讨叛镇行宫遣将	纳叔母嗣主乱伦	181
第三十二回	悍弟杀兄僭承汉祚	逆臣弑主大乱闽都	187
第三十三回	得主援高行周脱围	迫父降杨光远伏法	193
第三十四回	战阳城辽兵败溃	失建州闽主覆亡	199
第三十五回	拒唐师李达守危城	中辽计杜威设孤寨	206
第三十六回	张彦泽倒戈入汴	石重贵举国降辽	212
第三十七回	迁漠北出帝泣穷途	镇河东藩王登大位	219
第三十八回	闻乱惊心辽主遄返	乘丧夺位燕王受拘	225
第三十九回	故妃被逼与子同亡	御史敢言奉母出戍	231
第 四十 回	徙建州晋太后绝命	幸邺都汉高祖亲征	236
第四十一回	奉密谕王景崇入关	捏遗诏杜重威肆市	242
第四十二回	智郭威抵掌谈兵	勇刘词从容破敌	248
第四十三回	覆叛巢智全符氏女	投火窟悔拒汉家军	254
第四十四回	弟兄构衅湖上操戈	将相积嫌席间用武	260
第四十五回	伏甲士骈诛权宦	溃御营窜死屠君	266
第四十六回	清君侧入都大掠	遭兵变拥驾争归	272
第四十七回	废刘宗嗣主被幽	易汉祚新皇传诏	278
第四十八回	陷长沙马希萼称王	攻晋州刘承钧折将	284
第四十九回	降南唐马氏亡国	征东鲁周主督师	290
第 五十 回	逐边镐攻入潭州府	拘刘言计夺武平军	296
第五十一回	滋德殿病终留遗嘱	高平县敌忾奏奇勋	302
第五十二回	丧猛将英主班师	筑坚城良臣破虏	308
第五十三回	宠徐娘赋诗惊变	俘蜀帅得地报功	314
第五十四回	李重进涉水扫千军	赵匡胤斩关擒二将	320
第五十五回	唐孙晟奉使效忠	李景达丧师奔命	326
第五十六回	督租课严夫人归里	尽臣节唐司空就刑	332
第五十七回	破山寨君臣耀武	失州城夫妇尽忠	338
第五十八回	楚北鏖兵阖城殉节	淮南纳土奉表投诚	343
第五十九回	惩奸党唐主施刑	正乐悬周臣明律	349
第 六十 回	得辽关因病返跸	殉周将禅位终篇	355

第一回

睹赤蛇老母觉异征
得艳凤枭雄偿夙愿

　　治久必乱，合久必分，这是我中国古人的陈言。其实是太平日久，朝野上下，不知祖宗创业的艰难、守成的辛苦；一味儿骄奢淫逸，纵欲败度，所有先人遗泽，逐渐耗尽。造化小儿，又故意弄人，今年大水，明年大旱，害得饥馑荐臻，盗贼蜂起，平民无可如何。与其饿死冻死，不如跟了强盗，同去掳掠一番，倒反得食粱肉、衣文锦，或且做个伪官，发点大财，好夺几个娇妻美妾，享那后半世的荣华。于是乱势日炽，分据一方，就中有三五枭雄，趁着国家扰乱的时候，号召徒党，张着一帜，不是僭号称帝，就是拥土称王。咳！天下有许多帝、许多王，这岂还能平靖么！绝大道理，绝大议论。

　　小子旷览古史，查考遗事，似这种乱世分裂的情状，实是不止一两次，东周时有列国，后汉时有三国，东晋后有南北朝，晚唐后有五代，统是东反西乱，四分五裂，南北朝五代，更闹得一塌糊涂。小子方编完《唐史演义》，凡残唐时候的乱象，及四方分割的情形，还未曾交代明白，因此不得不将五代史事，继续演述。五代先后历五十三年，换了八姓十三个皇帝，改了五次国号，叫作梁、唐、晋、汉、周。史家因梁、唐、晋、汉、周五字，前代早已称过，恐前后混乱不明，所以各加一个后字，称为后梁、后唐、后晋、后汉、后周。还有角逐中原，称王称帝，与梁、唐、晋、汉、周五朝，或合或离，不相统属的国度，共计十数，著名史乘，称作十国，就是吴、楚、闽、南唐、前蜀、后蜀、南汉、北汉及吴越、荆南。提纲挈领。

　　看官！听说这五代十国的时势，简直是君不君、臣不臣、父不父、子不子，篡弑相寻，烝报无已，就使有一二君主，如后唐明宗、后周世宗两人，当时号为贤明英武，但也不过彼善于此，未足致治。故每代传袭，最多不过十余年，最少只有三四年，各国亦大都如此。古人说得好，木朽虫生，墙空蚁入，似此荡荡中原，没有混一的主子，那时外夷从旁窥伺，乐得乘隙而入，喧宾夺主，海内腥膻，土地被削，子女被掳，社稷被灭，君臣被囚。中国正纷纷扰扰，无法可治，再加那鲜卑遗种，朔漠健儿，进来蹂躏一场，看官！你想中国此时，苦不苦呢？危不危呢？言之慨然。

照此看来，欲要内讧不致蔓延，除非是国家统一，欲要外人不来问鼎，亦除非是国家统一！暮鼓晨钟。若彼争此夺，上替下凌，礼教衰微，人伦灭绝，无论什么朝局、什么政体，总是支撑不住，眼见得神州板荡，四夷交侵，好好一个大中国，变做了盗贼世界，夷虏奴隶，岂不是可悲可痛么！伤心人别具怀抱。列位不信，五代史就是殷鉴！待小子从头至尾，演述出来。

且说五代史上第一朝，就是后梁，后梁第一世皇帝，就是大盗朱阿三。原名是一"温"字，唐廷赐名全忠，及做了皇帝，又改名为晃。他的皇帝位置，是从唐朝篡夺了来，小子前编《唐史演义》，已将他篡夺的情状，约略叙明，只是他出身履历，未曾详述，现下续演《五代史》，他坐了第一把龙椅，哪得不特别表明。他是宋州砀山午沟里人，父名诚，恰是个经学老先生，在本乡设帐课徒。娶妻王氏，生有三子，长子名全昱，次名存，又次名温。温排行第三，小名便叫做朱阿三。相传朱温生时，所居屋上，有红光上腾霄汉，里人相顾惊骇，同声呼号道："朱家起火了！"当下彼汲水，此挑桶，都奔到朱家救火。那知庐舍俨然，并没有什么烟焰，只有呱呱的婴孩声，喧达户外。大家越加惊异，询问朱家近邻。但说朱家新生一个孩儿，此外毫无怪异，大家喧嚷道："我等明明见有红光，为何到了此地，反无光焰。莫非此儿生后，将来大要发迹，所以有此异征哩！"说本《旧五代史·梁太祖本纪》。盗贼得为帝王，也应该有此怪象。

一世枭雄，降生僻地，闹得人家惊扰，已见得气象不凡。三五岁时候，恰也没甚奇慧，但只喜欢弄棒使棍，惯与邻儿吵闹。次兄存与温相似，也是个淘气人物，父母屡次训责，终不肯改。只有长兄全昱，生性忠厚，待人有礼，颇有乃父家风。朱诚尝语族里道："我生平熟读五经，赖此糊口。所生三儿，惟全昱尚有些相似，存与温统是不肖，不知我家将如何结局哩！"

既而三子逐渐长大。食口增多，朱五经所入修金，不敷家用，免不得抑郁成疾，竟致谢世。身后四壁萧条，连丧费都无从凑集，还亏亲族邻里，各有赙赠，才得草草藁葬。但是一母三子，坐食孤帏，叫他如何存活，不得已投往萧县，佣食富人刘崇家，母为佣媪，三子为佣工。全昱却是勤谨，不过膂力未充，存与温颇有气力，但一个是病在粗疏，一个是病在狡惰。

刘崇尝责温道："朱阿三，汝平时好说大话，无事不能，其实是一无所能呢。

试想汝佣我家，何田是汝耕作，何园是汝灌溉？"温接口道："市井鄙夫，徒知耕稼，晓得什么男儿壮志，我岂长做种田佣么？"刘崇听他出言顶撞，禁不住怒气直冲，就便取了一杖，向温击去。温不慌不忙，双手把杖夺住，折作两段。崇益怒，入内去觅大杖。适为崇母所见，惊问何因。崇谓须打死朱阿三，崇母忙阻住道："打不得，打不得，你不要轻视阿三。他将来是了不得哩。"

看官！你道崇母何故看重朱温？原来温至刘家，还不过十四五岁，夜间熟寐时，忽发响声，崇母惊起探视，见朱温睡榻上面，有赤蛇蟠住，鳞甲森森，光芒闪闪，吓得崇母毛发直竖，一声大呼，惊醒朱温，那赤蛇竟杳然不见了。事见《旧五代史》，并非捏造。嗣是崇母知温为异人，格外优待，居常与他栉发，当做儿孙一般，且尝诫家人道："朱阿三不是凡儿，汝等休得侮弄！"家人亦似信非信，或且笑崇母为老悖。崇尚知孝亲，因老母禁令责温，到也罢手。温复得安居刘家，但温始终无赖，至年已及冠，还是初性不改，时常闯祸。

一日，把崇家饭锅窃负而去。崇忙去追回，又欲严加杖责，崇母复出来遮护，方才得免。崇母因戒朱温道："汝年已长成，不该这般撒顽，如或不愿耕作，试问汝将何为？"温答道："平生所喜，只是骑射。不若畀我弓箭，到崇山峻岭旁，猎些野味，与主人充庖，却是不致辱命。"崇母道："这也使得，但不要去射死平民！"这是最要紧的嘱咐。温拱手道："当谨遵慈教！"崇母乃去寻取旧时弓箭，给了朱温。并浼温母亦再三叮咛，切勿惹祸。

温总算听命，每日往逐野兽，趫捷绝伦，就使善走如鹿，也能徒步追取，手到擒来。刘家庖厨，逐日充牣，崇颇喜他有能。温兄存也觉技痒，愿随弟同去打猎，也向崇讨了一张弓，几枝箭，与温同去逐鹿。朝出暮归，无一空手时候，两人不以为劳，反觉得逍遥自在。

一日，骋逐至宋州郊外，艳阳天气，明媚春光，正是赏心豁目的佳景。温正遥望景色，忽见有兵役数百人，拥着香车二乘，向前行去，他不觉触动痴情，亟往追赶。存亦随与俱行，曲折间绕入山麓，从绿树阴浓中，露出红墙一角，再转几弯，始得见一大禅林。那两乘香车，已经停住，由婢媪扶出二人。一个是半老妇人，举止大方，却有宦家气象；一个是青年闺秀，年龄不过十七八岁，生得仪容秀雅，骨肉停匀，眉宇间更露出一种英气，不等小家儿女，扭扭捏捏，腼腼腆腆。为张天人占一身分。温料是母女入寺拈香，待他们联步进殿，也放胆随了进去。至母女拜过如来，参过罗汉，由主客僧导入客堂，温三脚两步，走至该女面前，仔细端详，确是绝世美人，迥殊凡艳。勉强按定了神，让她过去。该女随母步入客室，稍为休息，便即唤兵役伺候，稳步出寺，联袂上车，似飞的始行去了。温随至寺外，复入寺问明主客僧，才知所见母女，年大的是宋州刺史张蕤妻，年轻的便是张蕤女儿。温惊喏道："张蕤么？他原是砀山富室，与我等正是同乡，他现在尚做宋州刺史吗？"主客僧答道："闻他也将要卸任了。"温乃偕兄存出寺。

路中语存道："二哥！你可闻阿父在日，谈过汉光武故事么？"存问何事，温答道："汉光武未做皇帝时，尝自叹道：为官当做执金吾，娶妻当得阴丽华！后来果如所愿。今日所见张氏女，恐当日的阴丽华，也不过似此罢了。你道我等配做汉光武否？"写出朱温好色。存笑道："癞蛤蟆想吃天鹅肉，真是自不量力！"温奋然道："时势造英雄，想刘秀当日，有何官爵，有何财产，后来平地升天，做了皇帝，娶得阴丽华为皇后。今日安知非仆？"存复笑语道："你可谓痴极了！想你我寄人庑下，能图得终身饱暖，已算幸事，还想什么娇妻美妾！就是照你的妄想，也须要有些依靠，岂平白地能成大事么？"温直说道："不是投军，就是为盗。目今唐室已乱，兵戈四起，前闻王仙芝发难濮州，近闻黄巢复起应曹州，似你我这般勇力，若去随他为盗，抢些子女玉帛，很是容易，何必再在此厮混，埋没英雄！"志趣颇大，可惜不是正道。

这一席话，把朱存也哄动起来，便道："说得有理，我与你便跟黄巢去罢。"温又道："且回去辞别母亲，并及主人，明日便可动身。"两人计议已定，遂返至刘崇家，先去禀明老母，但说要出外谋生。朱母还放心不下，意欲劝阻。两人齐声道："儿等年已弱冠，不去谋点生业，难道要老死此间么？母亲尽管放心！"全昱闻二弟有志远出，也来问明行径。两人道："目下尚难预定，兄要去同去，否则在此陪着母亲，也是好的。"全昱是个安分守己的人物，便答道："我在此侍奉母亲，二弟尽管前去，得有生路，招我未迟。"两人应声称是。温感刘母好意，即入内陈明，刘母却也嘱咐数语，不消絮述。惟刘崇因两人在家，没甚关系，也听他自由。

两人过了一宿，越日早起，饱餐一顿，便去拜别母亲，再向刘母及崇告辞。由刘母赠给干粮制钱等，作为路费。又辞了全昱，欢跃而去。时正唐僖宗乾符四年。点醒年月，最是要笔。黄巢正据住曹州，横行山东，剽掠州县。郓州、沂州一带，也渐被巢众占夺。所有各处亡命子弟，统向投奔，巢无不收纳。朱温弟兄两人，趋往贼寨，贼目见他身材壮大，武艺刚强，当然录用。两人既入贼党，便与官军为敌，仗着全身勇力，奋往直前，官军无不披靡，遂得拔充队长。朱存乘势掠夺妇女，作为妻房。独温记念张女，几有"除却巫山不是云"的意思。因此尚独往独来，做个贼党中的光棍。

过了年余，在贼中立功尤多，居然得在黄巢左右，充做亲军头目。他遂怂恿黄巢，往攻宋州，巢便遣他领众数千，进围宋州城。醉翁之意不在酒。哪知宋州刺史张蕤，早已去任，后任守吏，恰是有些能耐，坚守不下，温已失所望，复闻援兵大至，遂率众趋归。

既而黄巢僭称冲天大将军，驱众南下，温留守山东，存随巢南行。巢众转战浙闽，趋入广南，沿途骚扰，鸡犬皆空。偏南方疫疠甚盛，贼众十死三四，更兼官军四集，险些儿陷入死路。巢乃变计北归，从桂州渡江，沿湘而下，免不得与官军相遇，大小数十战，互有杀伤，存战死。命该如此。巢由湘南出长江，渡淮而西，再召集山东留贼，并力西攻，拔东都，即洛阳，唐号为东都。入潼关，竟陷长安。即唐朝京都。唐僖宗奔往兴元，巢竟僭号称"大齐皇帝"，改元金统，命朱温屯兵东渭桥，防御官军。嗣复令温为东南面行营先锋，攻下南阳，再返长安，由巢亲至灞上，迎劳温军。

未几，又遣温西拒邠、岐、鄜、夏各路官军，到处扬威。巢又欲东出略地，令温为同州防御使，使自攻取。温由丹州移军，攻入左冯翊，遂陷同州。这时候的唐室江山，已半归黄巢掌握，中原一带，统已糜烂不堪，所有民间村落，多成为瓦砾场。老弱填沟壑，丁壮散四方，最可怜的是青年妇女，被贼掠取，无非做了行乐的玩物，任意糟蹋，不顾生命。

朱温从贼有年，历次得伪齐皇帝拔擢，东驰西突，平时掠得美人儿，也不知几千几百，他素性好色，哪里肯做了猫儿尽管吃素？惟情人眼里爱定西施，就使拣了几个娇娃，叫他侍寝，心中总嫌未足，还道是味同嚼蜡，无甚可取，今日受用，明日舍去，总不曾正名定分，号为妻室。老天有意做人美，偏把他的心上人，也驱至同州，为他部下所掠取，献至座前，趋伏案下。温定神一瞧，正是寤寐不忘的好女郎，虽然乱头粗服，尚是倾国倾城，便不禁失声道："你是前宋州刺史的女公子么？"张女低声称是。温连声道："请起！请起！女公子是我同乡，猝遭兵祸，想是受惊不小了！"

张女方含羞称谢，起立一旁。温复问她父母亲族，女答道："父已去世，母亦失散，难女跟了一班乡民，流离至此，还幸得见将军，顾全乡谊，才得苟全。"温拊掌道："自从宋州郊外，得睹芳姿，倾心已久，近年东奔西走，时常探问府居，竟无着落。我已私下立誓，娶妇不得如卿，情愿终身鳏居，所以到了今朝，正室尚是虚位。天缘辐辏，重得卿卿。这真所谓三生有幸呢！"天意好作成强盗，却也不知何理？

张女闻言，禁不住两颊生红，俯首无言。温即召出婢仆，拥张女往居别室，选择好日子，正式成婚。到了吉期，温穿着伪齐官服，出做新郎，张氏女珠围翠绕，装束如天仙一般，与温并立红毡，行过了交拜礼，然后洞房花烛，曲尽绸缪。欧史《张后传》，谓后为温少时所聘，按张女为富家子，温一孤贫儿，何从得耦？惟薛史谓温闻女美，曾有阴丽华之叹，后在同州得后于兵间，较为合理，今从之。小子有诗叹道：

  居然强盗识风流，淑女也知赋好逑。
  试看同州交拜日，和声竟尔配雎鸠。

  朱温既得张女为妇，朝欢暮乐，正是快活极了。忽由黄巢传到伪诏，命他进攻河中，他才不得已督兵出发。欲知胜负如何，容小子下回表明。

  本编踵《唐史演义》之后，虽尚为残唐时事，但唐室如何致亡，黄巢如何作乱，俱已见过《唐史》，无庸重述。惟朱温是本编第一代人物，所有出身履历，为《唐史演义》中所未及详者，应该就此补叙。温本一无赖，故后虽幸得帝位，究不令终。温素来好色，故始虽幸得如愿，仍致荒亡。观此回逐段叙来，已把朱温一生品行，全盘托出。盖能成大事者，即不为小节所拘，而窃釜等事，终非豪杰所屑为。汉光武固有阴氏之感，然光武之不愧中兴，大端并不在此处；且岂如温之得陇望蜀，犹是纵淫无忌乎？赤蛇之征，《旧五代史》载之，而《新五代史》略之，欧阳公之不肯右温，有以夫！

第二回

报亲恩欢迎朱母
探妻病惨别张妃

却说唐僖宗西走兴元，转入蜀中，号召各镇将士，令他并力讨贼，克复长安。河中节度使王重荣本已投顺黄巢，因巢屡遣使调发，不胜烦扰，乃决计反正，驱杀巢使，纠合四方镇帅，锐图兴复。黄巢闻知消息，即命朱温出击河中。温正新婚燕尔，不愿出师，但既为伪命所迫，没奈何备了粮草，带了人马，向河中进发。已是败象。途次与河中兵相遇，一场交战，被他杀得一败涂地，丧失粮仗四十余船，还亏自己逃走得快，侥幸保全性命。

重荣进兵渭北，与温相持。温自知力不能敌，急遣使至长安，报请济师，偏偏黄巢不允。温又接连表请，先后十上，起初是不答一词，后来且严词驳责，说他手拥强兵，不肯效力。温未免愤闷，及探明底细，才知为伪齐中尉孟楷暗中谗间，因致如此。可巧幕客谢瞳入帐献议道："黄家起自草莽，乘唐衰乱，伺隙入关，并非有功德及人，足王天下，看来是易兴易亡，断不足与成大事。今唐天子在蜀，诸镇兵闻命勤王，云集景从，协谋恢复，可见唐德虽衰，人心还是未去呢。且将军在外力战，庸奴在内牵制，试问将来能成功否？章邯背秦归楚，不失为智，愿将军三思！"

温心下正恨黄巢，听了这番言语，不禁点首。复致书张氏，说明将背巢归唐，张氏也覆书赞成，遂诱入伪齐监军严实，把他一刀杀死，携首号令军前，即日归唐。一面贻书王重荣，乞他表奏僖宗，情愿悔过投诚。时僖宗所遣首相王铎，出为诸道行营都统，闻得朱温投降，喜出望外，也代为保奏。僖宗览两处奏章，非常欣慰，且语左右道："这是上天赐朕哩！"他来夺你国祚，你道是可喜么？遂下诏授温为左金吾卫大将军，充河中行营招讨副使，赐名全忠。自是温与官军联络，一同攻巢。《唐史演义》上改称全忠，本编仍名为温，诛其首恶也。

僖宗自乾符六年后，复两次改元，第一次改号广明，一年即废，第二次改号中和，总算沿用了四年。朱温降唐是在中和二年的秋季，越年三月，又拜温为汴州刺史，兼宣武军治汴州。节度使，仍依前充河中行营招讨副使，俟收复京阙，即行赴镇。

是年四月，河东治晋阳。节度使李克用等，攻克长安，逐走黄巢，巢出奔蓝田。温乃挈领爱妻张氏，移节至宣武军，留治汴州。可见长安收复，并非温功。即遣兵役百人，带着车马，至萧县刘崇家，迎母王氏，并及崇母。

崇家素居乡僻，虽经地方变乱，还幸地非冲要，不遭焚掠，所以全家无恙。惟自朱温弟兄去后，一别五载，杳无信息。五年无家禀，温亦未免忘亲。全昱却已娶妻生子，始终不离崇家。朱母时常惦念两儿，四处托人探问，或说是往做强盗，或说是已死岭南，究竟没有的确音信。及汴使到了门前，车声辘辘，马声萧萧，吓得村中人民，都弃家遁走，还道大祸临头，不是大盗进村劫掠，就是乱兵过路骚扰，连刘崇阖家老小，也觉惊惶万分。嗣经汴使入门，谓奉汴帅差遣，来迎朱太夫人及刘太夫人。朱母心虚胆怯，误听使言，疑是两儿为盗，被官拿住，复来搜捕家属，急得魂魄飞扬，奔向灶下躲住，杀鸡似的乱抖。还是刘崇略有胆识，出去问明汴使，才知朱温已为国立功，官拜宣武军节度使，特来迎接太夫人。

当下入报朱母，四处找寻，方得觅着，即将来使所言，一一陈述。朱母尚是未信，且颤且语道："朱……朱三，落拓无行，不知他何处作贼，送掉性命！哪里能自致富贵？汴州镇帅，恐非我儿，想是来使弄错哩。"崇母在旁，却从容说道："我原说朱三不是常人，目今做了汴帅，有何不确！朱母、朱母，我如今要称你太夫人了。一人有福，得挈千人，我刘氏一门，全仗太夫人照庇哩！"说至此，便向朱母敛衽称贺。朱母慌忙答礼，且道："怕不要折杀老奴！"崇母握朱母手，定要她走出厅堂，自去问明，朱母方硬了头皮，随崇母出来。崇母笑语汴使道："朱太夫人出来了。"汴使向朱母下拜，并询及崇母，知是刘太夫人，也一并行礼。且将朱温前此从贼，后此归正，如何建功，如何拜爵等情，一一详述无遗。朱母方才肯信，喜极而泣。确有此态，一经描写，便觉入神。

汴使复呈上盛服两套，请两母更衣上车，即日起程。朱母道："尚有长儿全昱，及刘氏一家，难道绝不提及吗？"汴使道："节帅俟两夫人到汴，自然更有后命。"朱母乃与刘母入内，易了服饰，复出门登车而去。萧县离汴城不远，止有一二日路程，即可到汴。距汴十里，朱温已排着全副仪仗，亲来迎接两母。既见两母到来，便下马施礼，问过了安，随即让两车先行，自己上马后随。道旁人民，都啧啧叹羡，称为盛事。及到了城中，趋入军辕，温复下马，扶二母登堂，盛筵接风。刘母坐左,朱母坐右,温唤出妻室张氏,拜过两母,方与张氏并坐下首,陪两母欢饮。

酒过数巡,朱母问及朱存。温答道:"母亲既得生温,还要问他做甚?"朱母道:"彼此同是骨肉,奈何忘怀!"温又道:"二兄已早死岭南,闻有二儿遗下,现因道途未靖,尚未收回,母亲也不必记念了!"是好心肠。朱母转喜为悲,因见温带有酒意,却也未敢斥责,但另易一说道:"汝兄全昱,尚在刘家,现虽娶妇生子,不过勉力支撑,仍旧一贫如洗。汝既发达,应该顾念兄长。况且刘家主人,也养汝好几年,刘太夫人如何待汝,汝亦当还记着。今日该如何报德呢?"温狞笑道:"这也何劳母亲嘱咐,自然安乐与共了。"朱母方才无言。及饮毕撤肴,军辕中早已腾出静室,奉二母居住,且更派人送往刘家,馈刘崇金千两,赠全昱金亦千两。

既而黄巢窜死泰山,唐僖宗自蜀还都,改元光启,大封功臣,温得晋授检校司徒、同平章事,封沛郡侯。温母得赀封晋国太夫人。全昱亦得封官。就是刘崇母子,亦因温代请恩赐,俱沐荣封。温奉觞母前,上寿称庆,且语母道:"朱五经一生辛苦,不得一第,今有子为节度使,晋登相位,浡膺侯爵,总算是显亲扬名,不辱先人了!"言毕,呵呵大笑。已露骄盈。

母见他意气扬扬,却有些忍耐不住,便随口答应道:"汝能至此,好算为先人吐气;但汝的行谊,恐未必能及先人呢。"温惊问何故,母凄然道:"他事不必论,阿二与汝同行,均随黄巢为盗,他独战死蛮岭,尸骨尚未还乡;二孤飘零异地,穷苦失依,汝幸得富贵,独未念及,试问汝心可安否?照此看来,汝尚不能无愧了!"温乃涕泣谢罪,遣使往南方取回兄榇,并挈二子至汴,取名友宁、友伦。全昱已早至汴州,见过母弟,自受封列官后,携家眷归午沟里,大起甲第,光耀门楣。他亦生有三子,长名友谅,次名友能,又次名友诲,后文自有表见。

光启二年,温且晋爵为王,自是权势日张,兀成强镇。俗语说得好,江山可改,本性难移。他生成是副盗贼心肠,专喜损人利己,遇着急难的时候,就使要他下拜,也是乐从;到了难星已过,依然趾高气扬,有我无人,甚且以怨报德,往往将救命恩公,一股脑儿迫入死地,好教他独自为王,这是朱温第一桩的黑心。特别表明。小子前编《唐史演义》,已曾详叙,此处只好约略表明。先是巢党尚让,率贼进逼汴城,河东军帅李克用,好意救他,逐去尚让,他邀克用入上源驿,佯为犒宴,夜间偏潜遣军士,围攻驿馆,幸亏克用命不该绝,得逾垣遁去,只杀了河东兵士数百人。是唐僖宗中和四年间事。后来尚让归降,又出了一个秦宗权,也是逆巢余党,据住蔡州,屡次与温争锋。温多败少胜,复向兖、郓求救。兖、郓为天平军驻节地,节度使朱瑄,与弟瑾先后赴援。温得借他兵势,破走秦宗权。他又故态复萌，诬称朱瑄兄弟，诱汴亡卒，发兵袭击二朱，把他管辖的曹、濮二州，硬夺了来。是唐僖宗光启三年间事。一面进攻蔡州，擒住秦宗权，槛送京师，得进封东平郡王。

唐僖宗崩，弟昭宗嗣，他又阴赂唐相张濬，嗾他出征河东，濬为李克用所败，害得公私两丧，流贬远州。是昭宗大顺元年间事。他却乘间取利，故向魏博假道，要发兵助讨河东。魏博军帅罗弘信，与河东素无仇隙，当然不允，他即倾兵击魏，连战连胜。弘信敌他不过，没奈何奉贿乞和。他既得了厚贿，并不向河东进兵，又去攻略兖郓。前军为朱瑾所败，无从得志，索性迁怨徐州，由东而南。徐州节度使时溥，资望本出温上，偏权位不能如温，未免啧有烦言。会秦宗权弟宗衡，骚扰淮扬，唐廷命温兼淮南节度使，令他出剿宗衡。温遂借道徐州，溥竟不许，因为温援作话柄，移军攻徐州，连拔濠、泗二州。溥累战不利，死守彭城，温再四进攻，卒为所拔，溥举族自焚。是昭宗景福二年间事。

温兵势益张，便进图兖、郓。可怜朱瑄兄弟，连年被兵，弄得师劳力竭，没法支持，不得已乞师河东。李克用恨温刁滑，到也发兵东援，偏罗弘信与温和好，在中途截住克用，不令东行。兖、郓属城，陆续被温夺去，朱瑄被擒，为温所杀。瑾脱身走淮南，妻子陷入温手。温见瑾妻姿色可人，迫令侍寝，奸宿数宵，挈归汴梁。经爱妻张夫人婉言讽谏，方出瑾妻为尼。是昭宗乾宁四年间事。张夫人讽谏语见《唐史演义》中，故不重述。

先是温母在汴，尝戒温妄加淫戮。温虽未肯全听母教，尚有三分谨慎。至是温母已早归牛沟里，得病身亡，温失了慈训，自然任性横行；还亏妻室张氏，贤明谨饬，动遵礼法，无论内外政事，辄加干涉。温本宠爱异常，更因张氏所料，语多奇中，每为温所未及，所以温越加敬畏，凡一举一动，多向闺门受教。有时温已督兵出行，途次接着汴使，说是奉张夫人命，召还大王，温即勒马回军。就是平时侍妾，也不过三五人，未敢贪得无餍。古人谓以柔克刚，如温妻张氏，真是得此秘诀。不知老天何故生这慧女，为强盗的贤内助呢？褒贬悉宜。

温既据有兖、郓等地，兼任宣武、见前。宣义、治滑州。天平见前。三镇节度使，复会同魏博军，攻李克用，拔洺、邢、磁三州。唐廷威令，已不能出国门一步，哪里还敢过问，温要什么，便依他什么。昭宗光化三年，中官刘季述竟将昭宗幽禁，另立太子裕为皇帝。宰相崔胤，召温勤王。温正进取河中，未肯遽赴，好好一场复辟大功，归了神策指挥使孙德昭。季述诛，太子废，昭宗仍旧登基，改元天复。温不得与闻，后来亦未免自悔，但河中已幸夺取，因讽吏民上表唐廷，请己为帅，昭宗亦不敢不从。

偏偏唐宫里面，又出了一个韩全诲，代刘季述做了中尉，比季述还要狡黠：

潜通凤翔节度使岐王李茂贞，劫了帝驾竟赴凤翔。那时唐相崔胤复召温西迎天子，温出兵至凤翔城东，耀武扬威，一住数日。茂贞胁昭宗下诏，饬温还镇，他本无心迎驾，不过假托名目，为欺人计；既接昭宗诏命，便引还河中。又遣将进攻河东，取慈、隰、汾三州，直抵晋阳。围攻了好几天，被河东军杀败，方命退师，慈、隰、汾三州仍然弃去。可巧崔胤奔诣河中，坚劝温迎还昭宗。温乃再督兵五万，进围凤翔。茂贞连战失利，乃诛死韩全海，放出唐昭宗，与温议和。温奉驾还京，改元天佑，大杀宦官，特旨赐温号为回天再造竭忠守正大功臣，加爵梁王，兼任各道兵马副元帅。

　　当时唐室大权，尽归温手，温遂思篡夺唐祚，把宫廷内外的禁卫军，一概撤换，自派子侄及心腹将士，代握宫禁兵权。待部署已定，即当强迫昭宗，令他禅位，偏得了汴梁消息，张夫人抱病甚剧，势将不起，乃陛辞昭宗，回汴探妻。

　　既返军辕，见爱妻僵卧榻中，已是瘦骨如柴，奄奄待毙。英雄气短，儿女情长，到此也不免洒了几点悲泪。张夫人闻有泣声，顿觉惊痞转来，勉睁病目，向外瞧着，见温立在榻前，自弹老泪，便强振娇喉，凄声问道："大王已回来了么？"温答声称是。张夫人道："妾病垂危，不日将长别大王了。"温越觉悲咽，握住妻手，恻然答道："自从同州得配夫人，到今已二十多年，不但内政仗卿主持，就是外事亦赖卿参议。今已大功告成，转眼间将登大宝，满望与卿同享尊荣，再做几十年太平帝后，哪知卿病至此，如何是好！"张夫人亦流泪道："人生总有一死，死亦何恨！况妾身得列王妃，已越望外，还想什么意外富贵，就是为大王计，也算备受唐室厚恩，唐室可辅，还须帮护数年，不可骤然废夺。试想从古到今，有几个太平天子，可见皇帝是不容易做呢！"巾帼妇人，难得有此见识。温随口应道："时势逼人，不得不尔。"张夫人叹道："大王既有大志，料妾亦无能挽回，但上台容易，下台为难，大王总宜三思后行。果使天与人归，得登九五，妾尚有一言，作为遗谏，可好么？"温答道："夫人尽管说来，无不乐从。"张夫人半晌才道："大王英武过人，他事都可无虑；惟'戒杀远色'四字，乞大王随时注意，妾死也瞑目了。"药石名言，若朱温肯遵闺诫，可免剖腹之苦。说至此，不觉气向上涌，痰喘交作，延挨了一昼夜，竟尔逝世。温失声大恸，汴军亦多垂泪。原来温性残暴，每一拂性，杀人如草芥，部下将士，无人敢谏，独张夫人出为救解，但用几句婉言，能使铁石心肠，熔为柔软，所以军士赖她存活者，不可胜计，生荣死哀，也是应有的善报。言下寓劝世意。

　　温有嬖妾二人，一姓陈，一姓李，张夫人亦和颜相待，未尝苛害。就是温所掠归的朱瑾妻，已出为尼，亦时由张夫人周济衣食，不使少匮。史家称她以柔婉之德，制豺虎之心，可为五代中第一贤妇。这原是真品评呢！张氏受唐封为魏国夫人，生子友贞，为温第四子。后来温篡唐室，即位改元，追封张氏为贤妃，寻复追册为"元贞皇后"。小子有诗咏道：

> 巾帼聪明胜丈夫，遗箴端的是良谟。
> 妇言不用终罹祸，淫恶难逃身首诛！

张氏既殁，丧葬告终，野心勃勃的朱阿三，遂日谋夺唐祚，要想帝制自为了。欲知后事，试阅下回。

本回叙朱温事，以母妻二人为关键。《唐史演义》中皆未详叙，故是回特别表明。温之迎母至汴，非真孝思也，为自示豪侈计耳。观其母之询及朱存，而温不以为念，天下有孝子而不知悌弟乎！惟既经母训，尚知涕泣谢罪，取还兄榇，召抚二孤，是大盗犹有天良，彼世之不孝不友者，视温且有愧色矣。张氏为温贤妻，临殁之言，史中虽未曾尽载，但亦不得谓全出虚诬，苏长公所谓想当然者，此类是也。汴有张氏，晋有刘氏，皆为开国内助，贤妇之关系国家，固如此其重且大者。书中述朱温拓地一段，用简笔略过，免至繁复，阅者欲览详文，固自有《唐史演义》在也。

第三回

登大宝朱梁篡位
明正义全昱进规

却说朱温急欲篡唐，逐渐布置，首先与温反对的镇帅，乃是平卢军治青州。节度使王师范。《纲目》于师范攻兖州，曾以讨贼美名归之。故本书亦郑重揭出。师范颇好学，尝以忠义自期。岐王李茂贞，自凤翔贻师范书，谓温围逼天子，包藏祸心。师范不禁愤起，即发兵讨温，遣行军司马刘郭攻取兖州，自督兵攻齐州。温遣兄子友宁领兵救齐，击退师范，更派别将葛从周围兖州。友宁乘胜拔博昌、临淄各城，直抵青州城下，师范得淮南援兵，大破汴军，友宁马蹶被杀。送死一个侄儿。

温闻败报，亲率强兵二十万，昼夜兼行，至青州城东，与师范大战一日，师范败走。乃留部将杨师厚攻青州，自引军还汴，师厚复连败师范，擒住他胞弟师克。师范恐爱弟受戮，没奈何举城请降。刘郭亦将兖州城献还从周。温徙师范家族至汴梁，本拟举师范为河阳节度使，寻因友宁妻泣请复仇，乃将师范杀死，并及族属二百余人。残暴不仁。独署刘郭为元帅府都押牙，权知鄆州留后。

会闻李茂贞与养子继徽，举兵逼京畿。遂复出屯河中，请昭宗迁都洛阳。唐相崔胤，始知温有异图，拟召募六军十二卫，密为防御，且与京兆尹郑元规等，缮治兵甲，日夜不息。温正思诘问，适值兄子友伦，在京中留典禁军，因击毬坠马，竟致毙命。又断送一个侄儿。他遂借此为由，谓友伦暴死，实由崔胤、郑元规等暗中加害，表请昭宗案诛罪犯，毋使专权乱政等语。昭宗览表大惊，即将崔胤等免职。温尚恨恨不平，且遣兄子友谅，带兵入都，令为护驾都指挥使。一面胁昭宗迁洛，一面捕住崔胤、郑元规等，尽行杀毙。

昭宗已同傀儡，只好随了友谅，挈领何皇后等出都。行至陕州，温自河中入觐，由昭宗延入寝室，面赐酒器及衣物。何后泣语道："此后大家夫妇，委身全忠了。"昭宗命温兼判左右神策军，及六军诸卫事。温且将昭宗左右，如小黄门等十余人，及打毬供奉内园小儿等二百余名，也诱入行幄，一并斩首，把众尸埋瘗幕下，另选二百余人，入侍昭宗。于是昭宗名为共主，简直如犯人一般，悉受汴人管束。便好开刀。

温佯为恭顺，先赴洛整治宫阙，然后迎驾至洛，自己返入汴城。昭宗已入牢笼，自知命在旦暮，尚分颁绢诏，告难四方。晋王李克用，岐王李茂贞、蜀王王建、吴王杨行密彼此移檄，声罪讨温。温索性一不做，二不休，竟令养子友恭，及部将氏叔琮、蒋玄晖等，弑了昭宗，改立昭宗第九子辉王柷为帝。他却假惺惺地驰至洛阳，匍伏昭宗枢前，放声大哭，恐是有声无泪。并且诬罪友恭、叔琮，牵出斩首。友恭临刑大呼道："卖我塞天下谤，人可欺，鬼神可欺么？"你也该死。温辞别还镇，辉王柷年只十三，后世号为昭宣帝。他虽身登帝座，晓得什么国事，连年号都不敢更张，何皇后受尊为皇太后，移居积善宫，本来是个女流，没甚能力，此时更如坐针毡，自料母子难保，惟以泪洗面罢了。温又令蒋玄晖诱杀唐室诸王，凡昭宗长子德王裕以下，共死九人。更奏贬唐室故相裴枢、独孤损、崔远、陆扆、王溥等官，俟他出寓白马驿，发兵围捕，一股脑儿结果性命，投尸河中。尚有唐相柳璨，一味媚温，屡替温谋禅代事。温自思逆谋已遂，因遣使传示诸镇，表明代唐意思。晋、岐、蜀、吴当然不从，山南东道治襄州。节度使赵匡凝与弟荆南留后赵匡明，也不肯听令。温立派大将杨师厚，率大兵攻襄州，逐去匡凝，再进拔江陵，逐去匡明，荆襄俱为温有。柳璨等反谓温有南征大功，请旨进温为相国，总制百揆，兼任二十一道节度使。温篡唐心急，还要什么荣封，当下密嘱蒋玄晖，令与柳璨计议，指日迫唐帝传禅。偏玄晖与璨，谋事迂远，谓必须封过大国，加过九锡，然后禅位，方合魏、晋以来的古制。乃再晋封温为魏王，加九锡，入朝不趋，赞拜不名，兼充天下兵马元帅。温勃然怒道："这等虚名，我有何用？但教把帝位交付与我，便好了事。"遂拒还诏命，不愿受赐。宣徽副使王殷、赵殷衡平时与璨等有隙，乘间至温处进谗，谓璨等欲延唐祚，所以种种留难，静候外援。温因此益愤，欲杀柳璨、蒋玄晖。璨闻信大惧，亟奏请传禅，且往汴自解，偏受了一碗闭门羹。还至东都，正值宫人传何太后旨，乞璨代为保护传禅后子母生全，璨含糊答应。蒋玄晖、张廷范处，亦经太后谕意，覆语如璨略同。王殷、赵殷衡又得了间隙，密报汴梁，诬称璨与玄晖、廷范，入积善宫夜宴，对太后焚香为誓，兴复唐祚。温素性暴戾，管什么虚虚实实，竟令殷等收捕玄晖，殷等且说玄晖私通太后，索性把何太后一并弑死。玄晖枭首，焚骨扬灰。又执璨至上东门，赏他一刀，璨自呼道："负国贼柳璨，该死！该死！"死有余辜。廷范亦被拿下，车裂以徇。助逆者其听之。温即欲赴洛，把帝位篡夺了来，偏魏博军帅罗绍威，有密书到汴，请温发兵代除悍将，温乃自往魏州，屠戮魏州牙军八千家。又因幽州军帅刘仁恭，屡为魏患，便顺道渡河，围攻沧州。仁恭向河东乞援，李克用遣将周德威、李嗣昭等，出兵潞州，作为声援。潞州节度使丁会，即昭义节度使。本已归顺汴梁，至是为河东兵所攻，力不能支，且嫉温弑逆不道，竟举城降河东军。温攻沧州不下，又闻潞州失守，乃引兵还魏，由魏返梁。自经这番奔波，唐祚才得苟延了一年。

唐昭宣帝天佑四年三月，东都遣御史大夫薛贻矩，到了汴城，传述禅位诏旨。温盛称符瑞，自言有庆云盖护府署，继又谓家庙中生五色芝，第一室神主上有五色衣，显是代唐的预兆。贻矩北面拜舞，实行称臣，及返至东都，请昭宣帝即日禅位。昭宣帝无可奈何，只得遣宰相张文蔚、杨涉，及薛贻矩、苏循、张策、赵光逢等一班大臣，奉玉册传国宝，及诸司仪仗法驾，驰往汴梁。温命馆待上源驿，即下令改名为晃，取日光普照的意义。四月甲子日，张文蔚等自驿馆入城，登大梁殿廷，殿名金祥也是温临时定名。温戴着通天冕，穿着衮龙袍，大摇大摆，从殿后簇拥出来，汴将早鹄立两旁，拱手伺候。张文蔚、苏循奉册以进，由文蔚朗声读册道：

  咨尔天下兵马元帅相国总百揆梁王：朕每观上古之书，以尧舜为始者，盖以禅让之典，垂于无穷，故封泰山，禅梁父，略可道者七十二君；则知天下至公，非一姓独有。自古明王圣帝，焦思劳神，懔若纳隍，坐以待旦，莫不居之则兢畏，去之则逸安。且轩辕非不明，放勋非不圣，尚欲游于姑射，体彼大廷，矧乎历数寻终，期运久谢，属于孤藐，统御万方者哉？况自懿祖之后，嬖幸乱朝，祸起有阶，政渐无象，天纲幅裂，海水横流，四纪于兹，群生无庇，洎乎丧乱，谁其底绥？洎于小子，粤以冲年，继兹衰绪，岂兹冲昧，能守洪基？惟王明圣在躬，体于上哲，奋扬神武，戡定区夏，大功二十，光著册书。北越阴山，南逾粤海，东至碣石，西暨流沙，怀生之伦，罔不悦附，矧予寡昧，危而获存。今则上察天文，下观人愿，是土德终极之际，乃金行兆应之辰。十载之间，彗星三见，布新除旧，厥有明征，讴歌所归，属在睿德。今遣持节银紫光禄大夫同中书门下平章事张文蔚等，奉皇帝宝绶，敬逊于位。於戏！天之历数在尔躬，允执厥中，天禄永终，王其祇显大礼，享兹万国，以肃膺天命！

文蔚读毕，将册文交温，再由张策、杨涉、薛贻矩、赵光逢，依次递呈御宝，均由温接受。温遂俨然升座，文蔚等降至殿下，率百官舞蹈称贺。自问有愧心否？

礼毕退班，温休息半日。午后在内殿设宴，遍赐群臣。这殿叫作玄德殿，隐以虞舜自比，引用"玄德升闻"的成语。文蔚等俱蒙赐宴，侍坐两旁。温举觞与语道："朕辅政未久，区区功德，未能遍及人民，今日得居尊位，实皆由诸公推戴，朕未免且感且惭！请诸公畅饮数杯！"何其客气！文蔚等听着此言，离席叩谢，但一时无词可答，也只有噤声不语。独苏循、薛贻矩及刑部尚书张祎，极力献谀，盛称陛下功德巍巍，正宜应天顺人，臣等毫无功力，唯深感陛下鸿恩，誓图后效云云。天良丧尽。温掀髯大笑，开怀痛饮，直至鼍鼓冬冬，方才撤席，大家谢恩而归。

越日大赦改元，国号大梁，废昭宣帝为济阴王。特下一诏令道：

> 王者受命于天，光宅四海，祇事上帝，宠绥万民。革故鼎新，谅历数而先定，创业垂统，知图箓以无差。神器所归，祥符合应，是以三正互用，五运相生。前朝道消，中原政散，瞻乌莫定，失鹿难追。朕经纬风雷，沐浴霜露，四征七伐，垂三十年，纠合齐盟，翼戴唐室。随山刊木，罔惮胼胝；投袂挥戈，不遑寝处。洎上穹之所赞，知唐运之不兴；莫谐辅汉之文，徒罄事殷之礼。忽比夏禹，忽拟周文，适足令人齿冷！唐主知英华易竭，算祀有终，释龟鼎以如遗，推绂绋而相授。朕惧德勿嗣，执谦允恭，避景命于南河，眷清风于颍水。吾谁欺，欺天乎。而乃列岳群后，盈廷庶官，东西南北之人，斑白缁黄之众，谓朕功盖上下，泽被幽深，宜顺天以应时，俾化家而为国。恐只有寡廉鲜耻等人，如是云云。拒彼亿兆，至于再三。史策无闻。且曰七政已齐，万几难旷：勉遵令典，爰正鸿名。告天地神祇，建宗庙社稷。顾惟凉德，曷副乐推，栗若履冰，怀如驭朽。金行启祚，玉历建元。方宏经始之规，宜布维新之令。可改唐天佑四年为开平元年，国号大梁。《书》载虞宾，斯为令范，《诗》称周客，盖有明文。是用先封，以礼后嗣，宜以曹州济阴之邑奉唐主，封为济阴王。凡百轨仪，并遵故实。姬庭多士，比是殷臣。楚国群材，终为晋用。历观前载，自有通规。但遵故事之文，勿替在公之效。应是唐朝中外文武旧臣，现任前资官爵，一切仍旧。凡百有位，无易厥章，陈力济时，尽瘁事朕。此诏。

嗣是升汴州为开封府，定名东都。旧有唐东都洛阳，改称西都，废京兆府，易名大安府，长安县为大安县。置佑国军节度使，即令前镇国军治华州。节度使韩建充任。授张文蔚、杨涉为门下侍郎，薛贻矩为中书侍郎，并同平章事。改枢密院为崇政院，命太府卿敬翔为院使。敬翔系梁主温第一功臣，凡一切篡唐谋划，无不与商。所以梁主受禅，仍使他特掌机要。此后军国大事，必经崇政院裁定，然后宣白宰相。宰相非时奏请，皆由崇政院代陈。又特设建昌院，管领国家钱谷，即令养子朱友文知院事。友文本姓康，名勤，为梁主温所特爱，视同己出，改赐姓名，排入亲子行中。温有七子，长名友裕，次为友珪、友璋、友贞、友雍、友徽、友孜，<small>友孜一作友敬。</small>连友文共称八儿。友裕时已逝世，追封郴王，友珪为郢王，友璋为福王，友贞为均王，友雍为贺王，友徽为建王，友文亦受封博王；友孜尚幼，故未得王爵。追尊朱氏四代庙号，高祖黯为肃祖皇帝，妣范氏为宣僖皇后，曾祖茂琳为敬祖皇帝，妣杨氏为光孝皇后，祖信为宪祖皇帝，妣刘氏为昭懿皇后；父诚为烈祖皇帝，母王氏为文惠皇后。封长兄全昱为广王，追封次兄存为朗王。全昱子友谅为衡王，友能为惠王，友诲为邵王，存子友宁、友伦已死，亦得追封：友宁为安王，友伦为密王。

　　温特开家宴，召集诸王宗戚，酣饮宫中。喝到酩酊大醉，尚是余兴未消，顿时取出五色骰子，与族属戏起赌来，一掷千金，呼喝甚豪，几把那皇帝架子，丢抛净尽，依然是个砀山无赖，满口呶呶，醉骂不休。<small>到是本色。</small>

　　全昱平时本无心富贵，尝居砀山故里，携杖逍遥。唐廷曾授他为岭南西道<small>治桂州。</small>节度使，他却不愿赴任，仍旧辞职家居。此次闻温受禅，不得已来至大梁，就是得封王爵，也不过随遇而安，没甚喜欢。<small>难能可贵。</small>及见温使酒狂赌，很觉看不过去，便斜视温面道："朱阿三，汝本砀山小民，从黄巢为盗，目无法纪。一旦反正归唐，遭逢盛遇，天子用汝为四镇节度使，位极人臣，穷享富贵，也可谓不负汝志。汝奈何起了歹心，竟灭唐家三百年社稷！似此忘恩背义，恐鬼神未必佑汝，我恐朱氏一族，将被汝覆灭了！还赌出什么来！"<small>快人快语。</small>说至此，顺手取过骰盆，将骰子散掷地上。

　　看官！你想朱温到了此时，叫他如何忍受，不由得奋袂起座，要与全昱拼命。族属慌忙劝解，令全昱退出宫外，温尚恨恨不已，乱呼乱骂，几乎把朱氏祖宗十七八代，也一并揶揄在内。<small>写尽狂奴。</small>经大众劝他返寝，才算免事。全昱竟飘然自去，仍回砀山故里中，芒鞋竹杖，安享清福去了。及温次日起床，细思兄言，恰也有理，便搁过一边，不再提及。全昱竟得享天年，直至贞明二年，<small>贞明为梁主友贞年号，见后文。</small>寿终故里。

　　这且休表。且说唐祚已移，正朔复改，梁廷传诏四方，不准再用前唐年号。各镇多畏梁主势力，不敢抗命，独有四镇未服，仍奉唐正朔，且移檄讨梁，兴复唐室。看官道是那四镇，就是上文所说的晋、岐、吴、蜀。小子更略述来历如下：

晋，即河东，为沙陀人李克用所据。原姓朱邪，父名赤心，以功任云州刺史，赐姓名李国昌。克用为云中守捉使，擅杀大同防御使段文楚，据住云州，败奔鞑靼。后因黄巢僭乱，入征有功，拜河东节度使，加封晋王。唐亡后不服梁命，仍称天佑四年。

岐，即凤翔，为深州人李茂贞所据。茂贞本姓宋，名文通，讨黄巢有功，改赐姓名，官凤翔节度使，累封至岐王。唐亡后亦不服梁命，仍称天佑四年。

吴，即淮南，为庐州人杨行密所据。行密少为盗，转投军伍，乘乱据庐州，平黄巢余党，得拜淮南节度使，晋封吴王。唐昭宣帝季年，行密殁，子渥嗣职，因见晋、岐不受梁命，亦仍奉唐正朔，称天佑四年。

蜀，即西川，为许州人王建所据。建以盐枭从忠武军。治许州。入关逐黄巢，得补禁军八都头之一。嗣入蜀并有两川，浸封至蜀王。唐亡后不受梁命，并因天佑为朱氏所改，不应遵名，但称为天复七年。

那时四镇变作四国，与梁分峙中原。晋最强，次为吴、蜀、岐。四国移檄讨梁，梁亦传檄讨四国，这真叫作中原逐鹿了。小子有诗叹道：

人心世道已沦亡，元恶公然做帝王。
差幸纲常存一线，尚留四镇抗强梁。

欲知四国后事，且看下回续表。

朱温于唐，无甚功绩，第因乘乱崛起，得肆其狡猾凶暴之手段，据唐祚而有之。从前王莽、曹操、司马懿、刘裕诸奸雄，其险恶犹不若温也。当时之献媚贡谀者，不一而足，温自以为一手掩尽天下耳目，庸讵知骨肉宗亲中，独有佼佼如全昱，仗义宣言，足以丧其魂而褫其魄耶！观全昱寥寥数语，使阅者浮一大白。而温敢弑昭宗，弑何太后，弑昭宣帝，独不能戕害一兄；盖义正词严，令彼无从躲闪，即令彼无从下手。而全昱复飘然归里，自适其所，卒得寿终，是亦一武攸绪之流亚欤？安得以为温兄而少之哉？

第四回

康怀贞筑垒围潞州
李存勖督兵破夹寨

却说晋王李克用、岐王李茂贞、吴王杨渥、蜀王王建有志抗梁,移檄四方,兴复唐室。当时四方各镇,号称最大的,为吴越、湖南、荆南、福建、岭南五区。这五区见了檄文,并没有什么响应,转令晋、岐、吴、蜀四国,亦急切未敢发难。究竟这五镇军帅,是何等人物,也不得不表明如下:为后文十国伏案。

吴越,系临安人钱镠据守地。镠曾贩盐为盗,改投石镜镇将董昌麾下,以功补都知兵马使。后与昌分据杭越。昌居越州,僭号称帝,镠由杭州发兵斩昌,传首唐廷,唐封镠为越王,继又改封吴王。

湖南,系许州人马殷据守地。殷初为秦宗权党孙儒裨将,儒败死,殷与同党刘建锋走洪州。建锋据湖南,为下所杀,众推殷为帅。殷表闻唐廷,唐乃授殷为淮南节度使。

荆南,系陕州人高季昌据守地。季昌少为汴州富人李让家僮。朱温镇汴,让以入赀见温,温令为义子,易姓名为朱友让。季昌亦因让进见,温与语颇以为能,命让畜为义儿,遂亦冒姓朱氏。后随温攻凤翔有功,得拜宋州刺史,仍复高姓。及温击走赵匡凝兄弟,见前回。遂保奏季昌为荆南留后,唐廷从之。

福建,系光州人王审知据守地。审知兄潮为县史,因乱从军,略定闽邑,由福建观察使陈岩举荐,得任泉州刺史。岩卒,潮进代岩职,审知亦得官副使。及潮殁,审知继任,寻且升任节度使,加封琅琊王。

岭南,系闽人刘隐据守地。隐祖安仁经商南海,留家居此。父谦为封州刺史兼贺江镇遏使。谦殁,隐得袭职。岭南节度使徐彦若表荐隐为节度副使，委以军事。彦若卒，军中推隐为留后，隐表闻唐廷，且纳贿朱温，遂得实授节度使。

看官，你想这五镇中，高季昌为梁主温所拔擢，当然为温效力，刘隐也得温好处，怎肯背梁？吴越、湖南、福建与温素无恶感，乐得袖手旁观。况自温受禅后，格外笼络，加封钱镠为吴越王，马殷为楚王，王审知为闽王，高季昌实授节度使，兼同平章事职衔，刘隐加检校太尉兼侍中，旋且晋封为南平王。这五镇自然岁修朝贡，稽首称臣，哪里还记得唐朝厚恩，愿附入晋、岐、吴、蜀四国，协图兴复呢？富贵误人。

此外尚有河北著名数大镇，唐季尝称雄割据，不奉朝命，至唐室衰亡，各镇非削即弱。成德军治镇州。节度使王镕，为唐累世藩臣，年龄未高，资望最著，向来与河东连和。自朱温得势，会同魏博军攻河东，取得邢、洺、磁三州，见第二回。遂作书招镕，令他绝晋归梁。镕尚犹豫未决，温率军进薄镇州城下，焚去南关，镕乃乞和，愿以子昭祚为质。温带昭祚还汴，妻以爱女，与镕结为儿女亲家，至开平元年，且封镕为赵王。时成德军已倾心归梁了。一镇属梁。

魏博军节度使罗绍威，素与梁和，长子廷规，娶温女为妇，结为婚姻。温尝替他屠灭悍卒，隐除内患。见前回。虽费了无数供亿，绍威尝有铸成大错的悔语；但德多怨少，总不肯无故背梁。温即帝位，且进贡魏州良木，为建造宫殿的材料，温赐他宝带名马，作为酬仪，彼此欢洽，不问可知。又一镇属梁。

卢龙军治幽州。节度使刘仁恭据有幽、沧各州，与魏博不协。曾经温替魏往攻，因仁恭得河东声援，未能得利。见前回。这一镇是与晋通好，与梁为仇。哪知仁恭骄侈性成，既得击退梁兵，越觉穷奢极欲，恣情淫佚。幽州有大安山，四面悬绝，他偏在山上筑起宫室，备极华丽，采选良家妇女，令他居住，以供游幸。自恐精力不继，镇日里召集方士，共炼丹药，冀得长生，凡百姓所得制钱，勒令缴出，窖藏山中，民间买卖交易，但令用墐土代钱，各处怨声载道，他尚自称得计。平时第一爱妾，为罗氏女，生得杏脸桃腮，千娇百媚，偏为次子守光暗中艳羡，勾搭上手，竟代父荐寝，与罗氏作云雨欢。事为仁恭所闻，立将守光答责百下，逐出幽州。子肯代你效劳，何故黜逐？可巧梁将李思安，奉梁主命，领兵来攻幽州，仁恭尚在大安山，淫乐自如。守光从外引兵到来，击走梁军，随即遣部将李小喜、元行钦等袭入大安山，把仁恭拘来，幽住别室，自称卢龙节度使。凡父亲罗氏以下，但见得姿色可人，一概取回城中，轮流伴宿，日夕烝淫。舍老得少，想彼时伴宿妇女，应亦赞同。乃兄守文，为义昌军治沧州。节度使，闻父被囚，召集将吏，且泣且语道："不意我家生此枭獍，我生不如死，誓与诸君往讨此

第四回　康怀贞筑垒围潞州　李存勖督兵破夹寨

贼！"将吏应诺，守文遂督众至芦台，与守光部兵对仗。战了半日，互有杀伤，两下鸣金收军。越日，守文再进战蓝田，反为守光所败，乃返兵至镇，遣使向契丹乞援。守光恐守文复至，又虑梁兵乘隙来攻，因差人至梁，赍表乞降。梁主温即颁发诏命，授守光为卢龙节度使。想是性情相同，故不暇指斥。于是幽沧一方面，也为朱梁的属镇了。又一镇属梁。此三镇叙笔与前五镇不同，盖前五镇为后文十国伏案，与此三镇互有重轻，故详略互异。

外此如义武军治定州。节度使王处直、夏州节度使李思谏、朔方节度使韩逊、匡国军治同州。节度使冯行袭等，均已臣事朱梁，不生异心。此四镇为唐室旧臣，非由朱梁特授，故亦略表。所以晋、岐、吴、蜀各檄文，传达远近，终归无效。

蜀王王建，因贻晋王李克用书，请各帝一方。克用复书答云："此生誓不失节！"克用生平，功不掩过，惟此一语特见忠忱。王建得书，又延宕数月，毕竟皇帝心热，竟僭号称尊。国号大蜀，改元武成，用王宗佶、韦庄为宰相，唐道袭为内枢密使，立子宗懿为皇太子。嗣复自上尊号，称英武睿圣皇帝。岐王李茂贞，也想照这般行为，究因地狭兵虚，未敢称帝，但开府置官，所有宫殿号令，略拟帝制罢了。

梁主温最忌晋王，篡位后即遣大将康怀贞，率兵数万，往攻潞州。晋将李嗣昭拒守，怀贞日夕猛攻，竟不能克。乃四面筑垒，成蚰蜒堑，蚰蜒虫名，取以名堑有坚耐意。分兵屯守，为久围计。嗣昭向晋告急。晋王李克用即派周德威为行营都指挥使，率同李嗣本、史建瑭、安元信、李嗣源、安金全等，往援潞州。行至高河，遇着梁将秦武前来拦阻，即麾兵杀去。秦武败走，康怀贞也向梁廷添兵。梁主温恨他无能，另授亳州刺史李思安为潞州行营都统，降怀贞为行营都虞侯。思安领河北兵西行，至潞州城下，更筑重城，内防城中冲突，外拒城中援军，取名叫做夹寨。且调山东人民，馈运军粮，俨然有垒高粮足，虎视眈眈的形势。晋将德威，不与力争，但日遣轻骑抄袭，彼出即归，彼归复出，为牵制梁军的计划，思安恐粮车被劫，再从东南出口，筑起甬道，与夹寨相接，免得疏漏。怎奈周德威与部下诸将，更番进攻，排墙填堑，时来骚扰，害得梁军日不得安，夜不得眠，只好坚壁不出，与晋军积久相持。李克用却命李存璋等分攻晋州、洺州，使梁军往来援应，东西奔命。梁主温也发河中陕州将士，驰赴行营，厚添兵力，两下里旗鼓相当，誓决雌雄，自梁开平元年秋季开战，直至二年正月，尚未解决。此为梁晋第一次大战争。

李克用因军务倥偬，半年不解，免不得忧劳交集，竟致疽发背中。卧床数日，疽患尤剧，无药可疗，自知病将不起，乃命弟振武军治故单于东都护府。节度使克宁，监军张承业，及大将李存璋、吴珙，掌书记吴质等，立长子存勖为嗣。

存勖为克用次妻曹氏所出，小名亚子，幼娴骑射，胆力过人，克用早目为奇儿。年十一，随克用立功，献捷唐廷。唐昭宗见他异表，特赏他㵄鶒卮，翡翠盘，且抚背道："儿有奇姿，他日富贵，毋忘我家！"因此克用益加钟爱，特令袭封。并语克宁等道："此儿志气远大，必能成我遗志，愿汝等善为教导，我死无恨了！"又召存勖至卧榻前，叮咛嘱咐道："嗣昭守潞，方困重围，恨我不能亲身往援，恐与他要长别了。我死后，丧葬事了，汝速与德威等竭力救他，勿令陷没为要！"语至此，又令取过平时佩带的箭袋，拔出三矢，分交存勖，交付一支，谆嘱数语。第一矢是教他灭梁，第二矢是教他扫燕，第三矢是教他逐契丹。梁晋世仇，克用不能灭梁，原是一生大恨。燕指刘守光，守光叛晋降梁，也是克用所恨的。契丹酋长耶律阿保机，阿保机一译作按巴坚。曾与克用约为兄弟，及梁主受禅，阿保机与梁通好，自食前言，所以克用也引为恨事。存勖涕泣受命。事见欧阳氏《五代史·伶官列传》。克用复语克宁道："此后以亚子累汝，汝勿负我！"说到"我"字，已是忍不住痛苦，一声狂呼，竟尔毕命。享年五十三岁。

存勖号哭擗踊，非常哀恸。克宁等料理丧事，忙乱了好几天。惟克用在日，养子甚多，衣服礼秩，与存勖相等，共有六七人。存勖嗣位，彼等心怀不服，捏造谣言，意图作乱。克宁久握兵权，又为军士所倾向，因此也涉嫌疑。监军张承业，本是唐朝宦官，当朱温扈驾入京，与崔胤大杀宦官时，见第二回。曾令各镇悉诛监军。李克用与承业友善，但杀罪犯一人，充作承业，承业仍监军如故，感克用恩，格外效力，至是代为衔忧。且见存勖久居丧庐，未曾视事，乃排闼入语存勖道："大孝在不坠基业，非寻常哭泣可了。目今汴寇压境，利我凶哀；我又内势未靖，谣言百出，一或摇动，祸变立至，请嗣王墨縗听政，勉持危局，方为尽孝。"存勖才出庐莅事，闻军中私议纷纷，也觉惊心。便邀克宁入室，凄然与语道："儿年尚幼，未通庶政，恐不足上承遗命，弹压各军。叔父勋德俱高，众情推服，且请制置军府，俟儿能成立，再听叔父处分。"克宁慨语道："汝系亡兄家嗣，且有遗命，何人得生异议？"本意却是不错。遂扶存勖出堂，召集军中将士，推戴存勖为晋王，兼河东节度使。克宁首先拜贺。将士等亦不敢不从，相率下拜。惟克用养子李存颢等，托疾不至。

至克宁退归私第，存颢独乘夜入谒，用言挑拨道："兄终弟及，也是古今旧事，奈何以叔拜侄呢？"克宁正色道："这是体统所关，怎得顾全私谊？"语未毕，忽屏后有人窃笑道："叔可拜侄，将来侄要杀叔，也只好束手受刃了。"克宁闻声返顾，见有一人出来，原来是妻室孟氏。便道："你如何也来胡说！"孟氏道："天与不取，必且受殃。你道存勖是好人么？"存颢得了一个大帮手，复用着一番甜言蜜语，竭力撺掇。说得克宁也觉心动。坏了！坏了！便叹息道："名位已

第四回　康怀贞筑垒围潞州　李存勖督兵破夹寨

定，叫我如何区处？"存颢道："这有何难？但教杀死张承业、李存璋，便好成功。"克宁道："你且去与密友妥商，再作计较。"

存颢大喜，出与同党计议，决奉克宁为节度使，并执晋王存勖，及存勖母曹氏归梁，愿为梁藩。大约是丧心病狂了。都虞侯李存质，也是克用养子，时亦在座与议，惟尝与克宁有嫌，议论时不免龃龉。存颢诉知克宁，竟诬称存质罪状，把他杀毙。克宁遂求为云中节度使，且割蔚、应、朔三州为属郡。存勖已是动疑，但表面上尚含糊答应。

既而幸臣史敬镕，入见太夫人曹氏，将克宁及存颢等阴谋，详细告闻。曹氏大骇，亟语存勖，存勖召张承业、李存璋入内，涕泣与语道："吾叔欲害我母子，太无叔侄情；但骨肉不应自相鱼肉，我当退避贤路，少纾内祸。"这是欲擒故纵之言，看官莫被瞒过。承业勃然道："臣受命先王，言犹在耳，存颢等欲举晋降贼，王从何路求生？若非大义灭亲，恐国亡无日了！"存勖乃与存璋等定谋，伏兵府署，诱克宁、存颢等入宴。才行就座，伏兵遽起，即将克宁、存颢等拿下。存勖流涕责克宁道："儿前曾让位叔父，叔父不取；今儿已定位，奈何复为此谋，竟欲将我母子执送仇雠，忍心至此，是何道理？"克宁惭伏不能对。存璋等齐呼速诛，存勖乃取出祖父神主，摆起香案，才将克宁枭首，存颢等一并伏诛，令克宁妻孟氏自尽。长舌妇有何善果！一场内乱，化作冰消。

正拟出救潞州，忽闻唐废帝暴死济阴，料知为朱温所害，遂缟素举哀，声讨朱梁。随笔了过唐昭宣帝。部众以周德威外握重兵，恐他谋变，且素与嗣昭不睦，未肯出力相援，因怂恿晋王存勖，调回德威。适梁主温自至泽州，黜退李思安，换用刘知俊，另派范君实、刘重霸为先锋，牛存节为抚遏使，驻兵长子。一面派使至潞州，谕令李嗣昭归降。嗣昭焚书斩使，厉兵死守，梁军又复猛扑。流矢中嗣昭足，嗣昭潜自拔去，毫不动容，仍然督兵力拒，因此城中虽已匮乏，兀自支撑得住。

梁主温闻潞州难下，拟即退师，诸将争献议道："李克用已死，周德威且归，潞州孤城无援，指日可下，请陛下暂留旬月，定可破灭潞城。"梁主温勉留数日，恐岐人乘虚来攻，截他后路，乃决自泽州还师，留刘知俊围攻潞州。

周德威由潞还晋，留兵城外，徒步入城，至李克用枢前，伏哭尽哀，然后退见嗣王，谨执臣礼。存勖大喜，遂与商及军情，且述先王遗命，令援潞州。德威且感且泣，固请再往。存勖乃召诸将会议，首先开言道："潞州为河东藩蔽，若无潞州，便是无河东了。从前朱温所患，只一先王，今闻我少年嗣位，必以为未习戎事，不能出师，我若简练兵甲，倍道兼行，出他不意，掩他无备，以愤卒击惰兵，何忧不胜？解围定霸，便在此一举了！"颇有英雄气象。张承业在旁应声道:"王言甚是,请即起师。"诸将亦同声赞成。

　　存勖乃大阅士卒,命丁会为都招讨使,偕周德威等先行,自率军继进。到了三垂岗下,距潞州只十余里,天色已暮,存勖命军士少休,偃旗息鼓,衔枚伏着。待至黎明,适值大雾漫天,咫尺不辨,驱军急进,直抵夹寨。梁军毫不设备,刘知俊尚高卧未起,陡闻晋兵杀到,好似迅雷不及掩耳。慌忙披衣趿履,整甲上马,召集将士等出寨抵御。哪知西北隅已杀入李嗣源,东北隅已杀入周德威,两路敌军,手中统执着火具,连烧连杀,吓得梁军东逃西窜,七歪八倒,知俊料不能支,领了败兵数百,拨马先逃。梁招讨使符道昭,情急狂奔,用鞭向马尾乱挥,马反惊倒,把道昭掀落地上。凑巧周德威追到,手起刀落,剁成两段,梁军大溃,将士丧亡逾万,委弃资粮兵械,几如山积。败报到了汴梁,梁主温惊叹道:"生子当如李亚子,克用虽死犹生!若似我诸儿,简直与豚犬一般呢!"似你得有美媳,也足慰你老怀。小子有诗咏道:

　　　　晋阳一鼓奋雄师,夹寨摧残定霸基。
　　　　生子当如李亚子,虎儿毕竟扫豚儿。

　　夹寨已破,周德威至潞州城下,呼李嗣昭开门,偏嗣昭弯弓搭箭,竟欲射死德威。究竟为着何事,容小子下回说明。

　　唐亡以后,虽有四国反抗朱梁,实则皆纯盗虚声,非真有心兴唐。惟晋王李克用,犹为彼善于此尔,余镇皆利禄薰心,受梁笼络,更不足道。惟唐梁之交,土宇分崩,群雄割据,几如乱猬一般,经作者一一叙清,才觉头头是道,得使阅者爽目。看似容易却艰辛,幸勿轻口滑过。至四国五镇,及关系《五代史》等藩属,俱已交代明白,方折到梁、晋交战事。夹寨一役,为梁、晋兴亡嚆矢,故叙事从详。至若克用父子,一终一继,亦不肯少略,俱为后文处处伏案。阅者悉心浏览,自知作者苦心,非寻常小说比也。

第五回

策淮南严可求除逆
战蓟北刘守光杀兄

却说周德威至潞州城下，呼李嗣昭开门，且遥语道："先王已薨，今嗣王亲自来援，破贼夹寨，贼兵都遁去了。快开门迎接嗣王！"嗣昭闻言，竟抽矢欲射德威。左右连忙劝阻，嗣昭道："我恐他为贼所得，由贼使他来诳我呢！"左右道："他既说嗣王自来，何不求见嗣王，再作区处。"嗣昭乃答德威道："嗣王既已到此，可否一见？"德威才退告存勖。存勖亲至城下，仰呼嗣昭。嗣昭见存勖素服，不禁大恸起来，军士亦相率泣下。乃下城开门，迎存勖入城。存勖好言慰劳，并述克用遗言，与德威同来援潞。嗣昭因与德威相见，彼此释嫌，欢好如初。

德威请进攻泽州，存勖令与李存璋等偕行。适梁抚遏使牛存节，率兵接应夹寨，至天井关遇见溃兵，才知夹寨被破，且闻晋军有进攻泽州消息，便号令军前道："泽州地据要害，万不可失，虽无诏命，亦当趋救为是！"大众都有惧色，存节又道："见危不救，怎得为义？畏敌先避，怎得为勇？诸君奈何自馁呢！"你从了弑君逆贼，难道可称义勇么？遂举起马鞭，麾众前进，到了泽州城下，城中人已有变志，经存节入城拒守，众心乃定，周德威等率众到来，围攻至十余日，存节多方抵御，无懈可击。刘知俊又收集溃兵，来援存节，德威乃焚去攻具，退保高平。

晋王存勖，亦引兵归晋阳，休兵行赏。命德威为振武军节度使，更兄事张承业，升堂拜母，赐遗甚厚。一面饬州县举贤才，黜贪残，宽租税，抚孤穷，伸冤滥，禁奸盗，境内大治。复训练士卒，严定军律，信赏必罚，蔚成强国。潞州经李嗣昭抚治，劝课农桑，宽租缓刑，不到数年，军城完复，依旧变作巨镇。自是与朱梁争衡，成为劲敌了。为后唐灭梁张本。

梁主温既鸩死唐帝，复因苏循等为唐室旧臣，勒令致仕，共斥去十五人。贡谀何益。张文蔚死，杨涉亦免官，改用吏部侍郎于兢，礼部侍郎张策，同平章事。且因韩建尽忠梁室，亦加他同平章事职衔。越年复迁都洛阳，改称大梁为东都。命养子博王友文留守。会岐、蜀、晋三国，联兵攻梁雍州，为梁将刘知俊所拒，不能得志。三国兵陆续引还，再拟联结淮南，共图大举，偏淮南陡起内乱，也闹出弑逆大事来了。

　　淮南节度使杨渥，年少袭位，性好游饮，又善击毬，居父丧时，尝燃烛十围，与左右击毬为乐，一烛费钱数万。或单骑出外，竟日忘归，连帐前亲卒，都不知他的去向。左牙指挥使张颢，右牙指挥使徐温，统是行密旧臣，面受遗命，辅渥袭爵。渥尝袭取洪州，掳归镇南节度使钟匡时，镇南军治洪州。兼有江西地，嗣是骄侈益甚，日夜荒淫，颢与温入内泣谏，渥怒斥道："汝两人谓我不才，何不杀我，好教汝等快心？"自己讨杀，真是奇闻。颢、温失色而出。渥恐两人为变，召入心腹将陈璠、范遇，令掌东院马军，为自卫计。哪知颢、温已窥透渥意，乘渥视事，亲率牙兵数百人，直入庭中。渥不觉惊骇道："汝等果欲杀我么？"你既怕死，何必讨杀。颢、温齐声道："这却未敢，但大王左右，多年挟权乱政，必须诛死数人，方可定国。"渥尚未及言，颢、温见陈璠、范遇侍侧，立麾军士上前，把璠、遇二人曳下，双刀并举，两首落地，颢、温始降阶认罪，还说是兵谏遗风，非敢无礼。渥亦无可奈何，只好强为含忍，豁免罪名。从此淮南军政，悉归颢、温两人掌握。渥日夜谋去两人，但苦没法。两人亦心不自安，共谋弑渥，分据淮南土地，向梁称臣。计亦太左。颢尤迫不及待，竟遣同党纪祥等，贪夜入渥帐中，拔刃刺渥。渥尚未就寝，惊问何事，纪祥直言不讳，渥且惊且语道："汝等能反杀颢、温，我当尽授刺史。"大众颇愿应允，独纪祥不从，把手中刀砍渥。渥无从闪避，饮刃倒地，尚有余气未尽，又被纪祥用绳缢颈，立刻扼死。当即出帐报颢，颢率兵驰入，从夹道及庭中堂下，令兵站着，露刃以待，然后召入将吏，厉声问道："嗣王暴薨，军府当归何人主持？"大众都不敢对，颢接连问了三次，仍无音响，不由得暴躁起来。忽有幕僚严可求，缓步上前，低声与语道："军府至大，四境多虞，非公将何人主持？但今日尚嫌太速。"颢问为何故，可求道："先王旧属，尚有刘威、陶雅、李简、李遇等人，现均在外，公欲自立，彼等肯为公下否？不若暂立幼主，宽假时日，待他一致归公，然后可成此事。"颢听了这番言语，倒也未免心慌，十分怒气，消了九分，反做了默默无言的木偶。可求料他气沮，便麾同列趋出，共至节度使大堂，鹄立以俟，大众也莫名其妙。但见可求趋入旁室，不到半刻，仍复出来，扬声呼道："太夫人有教令，请诸君静听！"说着，即从袖中取出一纸，长跪宣读，诸将亦依次下跪，但听可求朗读道：

> 先王创业艰难，中道薨逝。嗣王又不幸早世，次子隆演，依次当立，诸将多先王旧臣，应无负杨氏，善辅导之，予有厚望焉！

读毕乃起，大众亦齐起立道："既有太夫人教令，应该遵从，快迎新王嗣位便了。"张颢此时也已出来，闻可求所读教令，词旨明切，恰也不敢异议。乃由他主张，迎入隆演，奉为淮南留后。看官，你道果真是太夫人教令么？行密正室史氏，本来是没甚练达，不过渥为所出，并系行密元妃，例当奉为太夫人。可求乘乱行权，特从旁室中草草书就，诈称为史氏教令，诸将都被瞒过，连张颢亦疑他是真，未敢作梗。杨氏一脉，赖以不亡。*可求诚杨氏功臣。*

颢专权如故，默思徐温本是同谋，此次迎立隆演，温却置诸不问，转令自己孤掌难鸣。此中显有可疑情迹，计惟调他出去，免得一患。乃入白隆演，请出温为浙西观察使。可求闻知消息，即潜往说温道："颢令公出就外藩，必把弑君罪状，加入公身，祸且立至了！"温大惊问计，可求道："颢刚愎寡智，可以计诱，公能见听，自当为公设法。"温起谢可求。可求即转说颢道："公与徐温同受顾命，令调温外出，他人都说公夺温卫兵，意图加害，此事真否？"颢惊道："我无此意。"可求道："人言原是可畏，倘温亦从此疑公，号召外兵，入清君侧。公将何法对待呢？"*三寸舌确是善掉。*颢少断多疑，闻可求言，果将原议取消，乃劝隆演任温如旧。隆演也是个庸柔人物，一一依从。

既而行军副使李承嗣，知可求有附温意，暗中告颢。颢夜遣刺客入可求室，阴刺可求，亏得可求眼明手快，用物格刀，讯明来意，刺客谓由颢所遣，可求神色不变，即对刺客道："要死就死，但须我禀辞府主，方可受刃。"刺客允诺，执刀旁立，可求操笔为书，语语激烈，刺客颇识文字，不禁心折，便道："公系长者，我不忍杀公，但须由公略出财帛，以便复命。"可求任他自取，刺客掠得数物，便去复颢，但说可求已闻风遁去，但俟异日，颢亦只得静待。

可求恐颢再行加害，忙向温告变，力请先发制人，且谓左监门卫将军钟泰章，可与共事，温遂使亲将翟虔，邀泰章入室，与谋杀颢。泰章一力担承，归与壮士三十人，商定秘谋，刺臂流血，沥酒共饮。翌晨起来，装束停当，直入左牙都堂，正值颢升座视事，被泰章掷刀中脑，顿时倒毙。壮士一齐下手，杀死颢左右数十人。温率右牙兵亲来接应，左牙兵惮不敢动，当由温宣言道："张颢实行弑逆，按律当诛，今已诛死首恶，尚有余党未尽，无论左右牙兵，但能捕除逆党，一概行赏！"左牙兵得此号令，踊跃而出，捕得纪祥等到来，由温命推出市曹，处以极刑。

一面入白史太夫人，史氏惶恐失色，向温泣语道："我儿年幼，不胜重任，今祸变至此，情愿自率家口，返归庐州原籍，请公放我一条生路，也是一种大德呢。"可见她实是无能。温逡巡拜谢道："颢为大逆，不可不诛。温岂敢负先王厚恩愿太夫人勿再疑温，尽可放心！"史氏方才收泪，温乃趋退。当时淮南人士，总道徐温是杨氏忠臣，从前弑渥实未与闻，哪知温与颢实是同谋，不过颢为傀儡，转被温所利用，强中更有强中手，就是这事的注脚哩。总断数语坐实温罪。

温既杀颢，遂得兼任左右牙都指挥使，军府事概令取决。隆演不过备位充数，毫无主意。严可求升任扬州司马，佐温治理军旅，修明纪律。支计官骆知祥由温委任财赋，纲举目张，丝毫不紊。淮南人号为"严骆"，很是悦服。温原籍海州，少随杨行密为盗，行密贵显，倚为心腹，至是得握重权，尝语严可求道："大事已定，我与公等当力行善政，使人解衣安寝，方为尽职。否则与张颢一般，如何安民！"可求当然赞成，举颢所行弊政，尽行革除，立法度，禁强暴，通冤滞，省刑罚，军民大安。不没善政。是善善从长之意。

温乃出镇广陵，大治水师，用养子知诰为楼船副使，防遏昇州。知诰系徐州人，原姓李名昪，幼年丧父，流落濠泗间，行密攻濠州，昪为所掠，年仅八岁，却生得头角峥嵘，状貌魁梧，行密取为养子，偏不为杨渥所容，乃转令拜温为义父，温命名知诰。及长，喜书善射，沉毅有谋，温尝语家人道："此儿为人中俊杰，将来必远过我儿。"自是益加宠爱，知诰亦事温惟谨。所以温修治战舰，特任知诰为副使，知诰果然称职，经营舟师，整而且严。为南唐开国伏笔，故叙徐知诰较详。

过了三月，抚州刺史危全讽，联合抚、信、袁、吉各州将吏，进攻洪州。节度使刘威遣使至广陵告急，自与僚佐登城宴饮，佯示从容。全讽疑威有备，不敢轻进，但屯兵象牙潭，派人至湖南乞师。楚王马殷见第四回。遣指挥使苑玫围高安，遥作声援。会广陵派将周本，率七千人援洪州，倍道疾趋，径抵象牙潭。全讽临溪营栅，绵亘数十里。本隔溪布阵，令赢卒挑战，诱全讽兵追来。全讽轻进寡谋，想打他一个下马威，便倾寨出追，不管好歹，麾众渡溪，甫至半渡，那周本却带领锐卒，前来截击。全讽始知中计，慌忙对仗，奈部众已无行列，东奔西散，只剩得亲卒数百人，保住全讽，又被周本兵围住，杀毙无数，好容易冲开一条血路，奔回溪岸，才得登陆，兜头碰着冤家，一声大呼，竟将全讽吓落马下，活活地被他捉去。真不济事。看官道是何人擒住全讽，原来就是周本，他见部兵围住全讽，便觑隙过溪，截他归路，可巧全讽奔回，掩他不备，遂得顺手擒来。复乘胜攻克袁州，获住刺史彭彦章。吉州刺史彭玕，率众奔湖南。信州刺史危仔倡，单骑奔吴越。湖南将苑玫，闻全讽被擒，撤去高安围军，正思引还，偏被淮南大将米志诚杀到，吃了一个败仗，抱头窜归。江西复平，淮南无恙，小子正好续述河北军情。

义昌节度使刘守文因弟守光囚父不道，发兵声讨，偏偏连战不胜，不得已用着重贿，向契丹借兵，见前回。契丹酋长阿保机，发兵万人，并吐谷浑部众数千，来援守文。守文尽发沧、德两州战士，得二万余人，与契丹、吐谷浑两军会合，有众四万，出屯蓟州。守光闻守文又至，也将幽州兵士，全数发出，亲自督领，与乃兄相见鸡苏，争个你死我活。阵方布定，契丹、吐谷浑两路铁骑，分头突入，锐气百倍，守光部下，见他来势甚猛，料知抵敌不住，便即倒退。守光也无法禁止，只好随势退下。守文见外兵得胜，也骤马出阵，且驰且呼道："勿伤我弟！"迂腐之至。语尚未绝，忽听得"飕"的一声，知是有暗箭射来，急忙勒马一跃。那来箭正不偏不倚，射中马首，马熬痛不住，当然掀翻，守文亦随马倒地，仓猝中不知谁人把他掖起，夹入肘下，疾趋而去，又仔细辨认，才晓得是守光部将元行钦。此时暗暗叫苦，也已无及了。

守光见行钦擒住守文，胆气复豪，又麾兵杀回。沧、德军已失主帅，还有何心恋战，霎时大溃。契丹、吐谷浑两路人马，也被牵动，索性各走自己的路，一哄儿都去了。守光命部将押回守文，禁居别室，围以丛棘，更督兵攻沧州。

沧州节度判官吕兖、孙鹤推立守文子延祚为帅，登陴守御。守光连日猛攻，终不能下，乃堵住粮道，截住樵采，围得他水泄不通。相持到了百日，城中食尽，斗米值钱三万，尚无从得购，人民但食堇泥，驴马互啖鬃尾。吕兖拣得羸弱男女，饲以曲面，乃烹割充食，叫做宰杀务。究竟人肉有限，不足饷军，满城枯骨累累，惨无人烟。孙鹤不得已输款守光，拥延祚出降。守光入城，命将沧州将士家属，悉数掳回幽州，连延祚亦带了回去，留子继威镇义昌军。派大将张万进、周知裕为辅，鸣鞭奏凯，得意班师。全无人心。且遣使告捷梁廷，并代父乞请致仕。梁主温准如所请，命仁恭为太师，养老幽州。封守光为燕王，兼卢龙、义昌两军节度使。义昌留守刘继威，后为张万进所杀，守光亦不能制。惟遣人刺死守文，佯为涕泣，归罪刺客，把他杀死偿命。又大杀沧州将士，族灭吕兖家，仅留孙鹤不杀。兖子琦年十五，被牵出市中，将要处斩。吕氏门客赵玉，急至法场大呼道："这是我弟赵琦，误投吕家，幸勿误诛。"监刑官乃命停刑。玉挈琦逃生，琦足痛不能行，由玉负他奔窜，变易姓名，沿途乞食，得转辗至代州。琦痛家门殄灭，刻苦勤学，始得自立。晋王存勖闻琦名，命署代州判官，并旌玉义，赐他金帛。小子有诗叹道：

幽父杀兄刘守光，朔方黑黯任倡狂。
尚余一个忠诚仆，窃负遗孤义独彰。

梁主温既得服燕，遂欲乘势并岐，遣大将刘知俊出兵，取得丹、延、鄜、坊四州，不意知俊竟起了变志，叛梁降岐。欲知他叛梁情由，容待下回声明。

淮南之乱，首恶为张颢，徐温其从犯也。颢既弑渥，而仍不得逞其志，是由严可求达权之效，迨与温定谋，结钟泰章，手刃逆颢，虽未免存右袒之心，使温得避弑君之罪，然微温不能除颢。颢岂长肯为隆演下乎？然则杨氏之犹得保存，固可求之力居多，本编归功可求，良有以也。刘守光幽父不道，守文乞师外族，幸得少胜，此时苟得捕获守光，虽诛之不为过，乃对众号呼，愿勿伤弟，以丈夫之义愤，忽变而为妇人之仁柔。一何可笑！卒之身为所絷，死逆弟手，天下之愚昧寡识者，无过守文，而守光之行同枭獍，丧尽天良，且自是益著矣。作者叙守光事，略略点染，而恶已尽露，是固有关世道之文，不得以断烂朝报目之。

第六回

刘知俊降岐挫汴将
周德威援赵破梁军

却说梁将刘知俊，曾受梁主温命令，为西路行营都招讨使，防御岐晋。梁佑国军注见第三回。节度使王重师，与知俊友善，尝偕知俊会师幕谷，大破岐兵。梁廷闻捷，更令知俊乘胜进军，连拔丹、延、鄜、坊四州，梁主温即令牛存节为保大军节度使，镇守鄜、坊，高万兴为保塞军节度使，镇守丹、延，唐曾置保大军于延州，统辖四州，后折为二镇。再命知俊进取邠州。邠州为岐王茂贞养子继徽所据，继徽原姓杨，名崇本，拥兵不多，尚有势力。知俊恐不能拔，托言缺粮，不肯遽进。

梁主温疑有异志，召使还朝。知俊正拟赴洛，忽闻王重师被逮，身诛族灭，另用刘捍为留后，不由得吃一大惊。原来重师镇长安数年，贡奉不时，统军刘捍，欲夺重师位置，密向梁主处进谗，但说重师暗通邠、岐，梁主遂召还重师，严刑惩罪，即以刘捍继任。看官，试想此时的刘知俊，能不动了兔死狐悲、鸟尽弓藏的念头么？接连又得弟知浣密书，教他切勿入朝，入朝必死，他越加恐惧，观望不前。知浣曾任梁廷指挥使，复在梁主前面请，愿自迎乃兄还朝。梁主温不知是假，当即允准，他竟挈领弟侄，同至知俊行营。知俊喜家属生全，遂据了同州，降附岐王茂贞，并阴赂长安诸将，令他执住刘捍，械送凤翔，自率部兵占住潼关。

梁主温再遣近臣招谕知俊，知俊不从，乃削知俊官爵，特派山南东道节度使杨师厚，率同马步军都指挥使刘鄩，往讨知俊。鄩至关东，得获知俊伏兵，令为前导，乘夜叩关，关吏未曾辨明，立即开门，鄩兵一拥而入，害得知俊措手不及，只得弃关西走，挈族奔岐。

岐王茂贞正杀死刘捍，发兵援应知俊，不料知俊仓猝前来，不得已好言抚慰，特授中书令。命他往取灵州，俟得地后，即授封镇帅。知俊请得岐兵数千人，克日就道，径至灵州城下，把城池围困起来。梁朔方节度使韩逊，飞使告急，梁王温立遣镇国军唐镇国军治华州，梁迁置陕州，改华州为感化军。节度使康怀贞，感化军唐称徐州为感化军，梁改置。节度使寇彦卿，会师往援，兼攻邠宁。

怀贞等星夜前进，连下宁、衍二州，直入泾州境内。知俊解围还援，怀贞等亦退兵三水，偏知俊已绕出前面，据险邀击，把怀贞麾下的兵士，冲作数段，怀贞仓皇失措，不知所为。亏得左龙骧军使王彦章，持着两大杆铁枪，当先开路，左挑右拨，搠死岐兵数百人，岐兵吓退两旁，让出一条走路，放过梁军。怀贞方得走脱。偏将李德遇、许从实、王审权等统皆失散，不知下落。狼狈奔至升平，蓦有大山当道，两面峭壁，只一狭径可通人马，怀贞正在担忧，猛闻一声胡哨，那岐兵从谷中出来，堵住山口，为首一员大将，正是刘知俊，大呼怀贞快来受死。知俊亦颇能军，后被岐用，全是好猜所致。怀贞吓得手足冰冷，顾着王彦章道："这，这将奈何？"彦章道："节帅只随我前进。怕他什么？"遂舞动两枪，杀入山口，一杆枪足重百斤，经他两手运动，好似篾片一般。知俊上前拦阻，怎经得彦章神力，战到三五个回合，已杀得汗流浃背，招架不住，慌忙勒马退还，彦章且战且前，怀贞紧紧随后，费了若干气力，才得杀透山谷，麾鞭遁去，手下许多军士，多被岐兵截住，不是杀死，就是受擒，一个都没有生还。独寇彦卿与怀贞分途进兵，闻怀贞败还，急急收军回来，还算不吃大亏。

知俊向岐王献捷，岐王授知俊为彰义节度，镇治泾州。梁主温因怀贞丧师，懊怅了好几日，复接了外镇许多军报，无心批驳，只好敷衍了事。一是夏州节度使李思谏病殁，子彝昌嗣职，为部将高宗益所杀，宗益又经将吏诛死，另推彝昌族叔仁福为帅，表闻梁廷，梁主即刻批准，授仁福为夏州节度使。后来即成为西夏国。一是魏博节度使罗绍威病亡，绍威长子廷规，即梁主女夫，亦早去世，次子周翰在镇，表请袭位，梁主亦批准发行。一是楚王马殷，求给赐号为天策上将军，梁主不觉自忖道："我既封他为王，还要这上将军名号，却是何用？"我亦不解。意欲批斥不准，转思笼络要紧，不如依他所请，免令反侧，乃亦许给名号，令为上将。楚王殷得报大喜，遂借天策上将军名目，开府置官，令弟賨存为左右相，居然也独霸一方了。三处皆用简笔叙过，不涉浪墨。

忽由成德军节度使赵王王镕，报称祖母寿终，乃遣使臣赍赐赙仪，兼令吊问。及使臣回来，谓晋使亦曾与吊，转令梁主温大起疑心，便欲并吞河北，省得为晋爪牙。乃遣供奉官杜廷隐、丁延徽为赵监军，且命他发魏博兵数千，分屯深、冀二州，托词助赵守御，暗中实嘱使袭赵。

赵将石公立方戍深州，急遣白王镕，愿拒绝梁使。镕不肯从，反召公立还镇州。公立出门，指城下涕道："朱氏灭唐社稷，三尺童子，犹知他居心叵测，我王反恃为姻好，令他屯兵，这叫做开门揖盗，眼见得全城为虏了！"至公立已去，梁使杜廷隐等率魏博兵入城，深州人民，相率惊骇，奔匿城外，廷隐即将城门关住，尽杀赵戍卒，复照样袭取冀州。

石公立返谒王镕，极言梁人无信，镕尚半信半疑。至深、冀失守消息，报入镇州，才令公立再攻深、冀，杜廷隐等已浚濠拒守，严兵以待，哪里还能攻入！看官听着，这成德军的管辖地，只有镇、赵、深、冀四州；此时失去一半，教王镕如何不慌？当下四出求援，先遣说客至定州，用了甘言厚币，买通义武节度使王处直，与约拒梁。王处直见第四回。再派使至燕、晋告急。

燕王刘守光不报，惟晋王李存勖接见赵使，却毫不迟疑，允令出援。晋将多谏阻道："王镕臣事朱温，已有数年，岁输重赂，并结婚姻。此次向我求救，必有诈谋，愿大王勿允彼言！"存勖摇首道："汝等但知其一，不知其二。试想王氏在唐，尚且叛服无常，怎肯长为朱氏臣属？今朱氏出兵掩袭，王镕救死不暇，还顾及什么姻好？我若不救，正堕朱氏计中，应急速发兵，会同赵军，共破朱氏，免得他踏平河朔，侵及河东哩！"英断过人。语未毕，定州亦派使到来，谓愿联合镇州，推晋王为盟主，合兵攻梁。存勖允诺，即将两使遣归，命周德威率兵万人，往屯赵州，助镕防守。

梁主温闻晋军援赵，也命王景仁、韩勍、李思安诸将，领兵十万，进逼镇州，直至柏乡。王镕大惧，复遣使向晋乞师。存勖乃亲自出马，留蕃汉副总管李存璠等守晋阳，自率大军东下。王处直亦派兵五千，前来从行。存勖至赵州，与周德威合军，进营野河，与柏乡只隔五里。梁兵坚壁不出，存勖命德威率兵挑战，仍没有一人出来接仗。德威令游骑进薄梁营，痛骂梁军，且发矢射入营帐。恼了梁军副使韩勍，开营逆战，出兵三万，怒马奔来，德威即麾军退回，勍哪里肯舍，分三万人为三队，追击晋军。晋军见梁军盔甲鲜明，光耀夺目，不禁心摇气馁，各有惧容。德威瞧着，便下令道："敌军皆汴州屠贩徒，衣铠虽是鲜明，统是没用，十人不足当汝一人，汝等尽可无虑。且汝等能擒他一卒，便得小富，这是奇货可居，不应坐失哩。"军士得令，方有起色，统回头想与搏斗。德威就分兵两路，攻击梁军两头，左驰右突，出入数四，俘获得百余人。乃且战且行，回至野河，存勖出兵接应，梁兵乃退。

德威既驰入大营，上帐献议道："贼势甚锐，宜按兵持重，待他疲敝，方可进攻。"存勖道："我率孤军远来，救人急难，利在速战，奈何按兵持重呢！"德威道："镇定兵只能守城，不能野战；我兵虽能驰骋，但惟旷野间方可冲突。今压贼寨门，无从展技，并且彼众我寡，势不相敌，倘被彼知我虚实，我必危了！"

是谓知彼知己。存勖愀然不答，退卧帐中。德威出语张承业道："大王骤胜而骄，不自量力，专务速战，今去贼咫尺，只有一水相隔。彼若造桥迫我，我众恐立尽了，不如退屯高邑，依城自固，一面诱贼离营，彼出我归，彼归我出，再派轻骑掠彼粮饷，不出月余，定可破敌。"仍是从前攻夹寨之计。承业点首，入帐语存勖道："这岂大王安枕时么？周德威老将知兵，言不可忽，愿大王注意！"存勖跃然起床道："我正思德威言，颇有至理。"即出帐召入德威，令拔营徐退，回屯高邑。

嗣获得梁营侦卒，果然王景仁饬兵编筏，拟多造浮桥，以便进兵。存勖始称德威先见，奖劳有加，时已为梁开平四年冬季，两军休兵不战。

过了残冬，越年正月，晋军屡出游骑，截敌刍牧，凡刘鄩饲马诸梁兵，多为所掳，梁兵遂闭门不出。周德威令游骑环噪梁营，梁兵疑有埋伏，愈不敢动，惟锉屋第坐席，喂饲战马，马多饿毙。德威见梁兵连日不战，定欲诱他出来，乃与史建瑭、李嗣源两将，带着精骑三千，自往诱敌，驰至梁寨门前，令骑士辱骂梁将，并及梁主，寨门仍寂然无声。再饬骑士下马，席地坐着，信口痛骂，直把那汴梁君臣的丑史，一股脑儿宣扬出来，约骂到一两个时辰，才把寨门骂开，梁兵似潮涌出，当先为梁将李思安，挺枪跃马，引兵前来，周德威忙令骑士上马，与他接战，约略数合，便即引退，一面走，一面追，至野河旁，已有浮桥筑着，晋将李存璋带着镇定兵士，护守浮桥，让过德威等人，方上前拦住梁兵。梁兵横亘数里，竞前夺桥，镇定兵左右抵御，多被梁兵杀退，势将不支，晋王存勖方登高观战，顾语都指挥使李建及道："贼若过桥，不可复制了。"建及奋然跃出，号召长枪兵二百名奔助存璋，一当十，十当百，努力向前，竟将梁兵杀退。梁兵稍稍休息，复来夺桥，存璋、建及等，仍然死斗，不许越雷池一步，自巳牌杀到未牌，尚是胜负未分。这是梁、晋第二次恶战。

存勖语德威道："两军已合，势不相下，我军兴亡，在此一举。我愿为公等先驱，公等继进，定要杀败了他，方泄我恨！"说至此，援辔欲行。德威叩马力谏道："梁兵甚众，只可计取，不能力胜。彼去营数里，虽带着干粮，也无暇取食，俟战至日暮，饥渴两迫，兵刃外交，士卒劳倦，必有退志，我方出精骑掩击，必得大胜，此时还须静待哩！"存勖乃止。两军尚喊杀连天，奋斗不已。

既而夕阳西下，暮色横天，梁兵尚未得食，当然疲乏，渐渐地倒退下去，周德威登高大呼道："梁兵遁走了！"说着，即麾动锐骑，鼓噪而进，梁兵已无斗志，纷纷逃生。王景仁、韩勍、李思安等，也拍马飞奔，远飏而去。李存璋率兵追击，且令军士齐呼道："梁人也是吾民，但教解甲投戈，悉令免死！"梁兵闻言，统把甲兵弃去，委积如山。赵军怀着深、冀旧恨，不愿掠取，但操刀追敌，杀一个，好一个，汴梁精兵，斩馘几尽，自野河至柏乡，尸骸枕籍，败旗断戟，沿途皆是。晋军追至柏乡，梁营内已无一人，所弃辎重粮械，不可胜计。凡斩首二万级，获马三千匹，铠甲兵仗七万件，擒梁将陈思权以下二百八十五人。

晋王存勖收军屯赵州，拟休息一宵，进攻深、冀。哪知梁使杜廷隐等，即弃城遁去，所有二州丁壮，都掳去充做奴婢，老弱坑死。及赵州军入城检视，城中只剩得坏垣碎瓦，一片荒凉了。<small>梁人凶毒一至于此。</small>嗣是镇、定两镇，均与梁绝，改用唐天佑年号。

晋王李存勖因魏博军助梁为虐，决计会同镇、定两军，移节攻魏。先颁发一篇檄文，说得堂堂正正，慷慨淋漓。文云：

> 王室遇屯，七庙被陵夷之酷，昊天不吊，万民罹涂炭之灾。必有英主奋庸，忠臣仗顺，斩长鲸而清四海，靖祆祲以泰三灵。予位忝维城，任当分阃，念兹颠覆，讵可宴安！故仗桓、文辅合之规，问羿、浞凶狂之罪。逆温砀山庸隶，巢孽余凶。当僖宗奔播之初，我太祖指克用。扫平之际，束身泥首，请命牙门，包藏奸诈之心，惟示妇人之态。我太祖抚怜穷鸟，曲为开怀，特发表章，请帅梁汴，才出崔蒲之泽，便居茅社之尊，殊不感恩，遽行猜忌。我国家祚隆周汉，迹盛伊唐，二十圣之镃基，三百年之文物，外则五侯九伯，内则百辟千官，或代袭簪缨，或门传忠孝，皆遭陷害，永抱沉冤。且镇、定两藩，国家巨镇，冀安民而保族，咸屈节以称藩。逆温惟伏阴谋，专行不义，欲全吞噬，先据属州。赵州特发使车，来求援助。予情惟荡寇，义切亲仁，躬率赋舆，赴兹盟约。贼将王景仁，将兵十万，屯据柏乡，遂驱三镇之师，授以七擒之略。鹳鹅才列，枭獍大奔，易如走阪之丸，势若燎原之火。僵尸仆地，流血成川；组甲雕戈，皆投草莽；谋夫猛将，尽做俘囚。群凶既快于天诛，大憝须垂于鬼箓。今则选搜兵甲，简练车徒，乘胜长驱，翦除元恶。凡尔魏、博、邢、洺之众，感恩怀义之人，乃祖乃孙，为盛唐赤子，岂徇虎狼之党，遂忘覆载之恩？盖以封豕长蛇，凭陵荐食，无方逃难，遂被胁从。空尝胆以衔冤，竟无门而雪愤。既闻告捷，想所慰怀，今义旅徂征，止于招抚。昔耿纯焚庐而向顺，萧何举族以从军，皆审料兴亡，能图富贵，殊勋茂业，翼子贻孙，转祸见机，决在今日。若能诣辕门而效顺，开城堡以迎降，长官则改补官资，百姓则优加赏赐，所经讹误，更不推穷。三镇诸军，已申严令，不得焚烧庐舍，剽掠马牛，但仰所在生灵，各安耕织。予恭行天罚，罪止元凶，已外归明，一切不问。凡尔士众，咸谅予怀，檄到如律令。<small>末数语，隐然以皇帝自命。</small>

檄文既发，遂令周德威、史建瑭趋魏州，张承业、李存璋趋邢州，自率李嗣源等继进。魏博军师罗周翰，急向梁廷乞援，一面出兵五千，堵住石灰窑口。周德威率骑兵掩击，迫入观音门，周翰闭壁自固。晋王存勖，亦率军到了魏州，会闻梁主温亲出援魏，屯兵白马坡，遣杨师厚领兵数万，先驱至邢州，存勖拟速拔魏城，再拒梁兵。

　　忽由镇州王镕递到一书，连忙启视，乃是刘守光给与王镕，由王镕转递军前。匆匆一览，禁不住冷笑起来。正是：

　　　　狡猾难逃英主鉴，聪明反被别人欺。

　　欲知书中所说大略，待看下回表明。

　　四国抗梁，岐为最弱。所据共二十州，势不足与梁敌。梁将刘知俊率军西进，即夺去丹、延、鄜、坊四州，大局盖岌岌矣。乃天厌朱氏，偏令温猜忌知俊，迫其走险，叛梁降岐。康怀贞为知俊所挫，而梁军始不敢入岐境，是岐之得以保全，知俊之力也。晋王存勖，出军援赵。幸赖周德威之善谋，方得战胜柏乡，歼除大敌。故本回特推美德威，以明其功之所由成。至录入晋王檄文，特为朱氏声明罪恶，而深许晋王之加讨，盖亦一欧阳公之遗意也。

第七回

杀谏臣燕王僭号
却强敌晋将善谋

却说燕王刘守光前次不肯救赵,意欲令两虎相斗,自己做个下庄子。偏晋军大破梁兵,声势甚盛,他亦未免自悔,又想出乘虚袭晋的计策,竟治兵戒严,且贻书镇、定,大略说是两镇联晋,破梁南下,燕有精兵三十万,也愿为诸公前驱,但四镇连兵,必有盟主,敢问当属何人?既欲乘虚袭晋,偏又致书二镇,求为盟主,是明明使晋预防。彼以为智,我笑其愚。王镕得书,因转递存勖。存勖冷笑数声,召语诸将道:"赵人尝向燕告急,守光不能发兵相助。今闻我战胜,反自诩兵威,欲来离间三镇,岂不可笑!"诸将齐声道:"云、代二州,与燕接境,他若扰我城戍,动摇人情,也是一心腹大患,不若先取守光,然后可专意南讨了。"存勖点头称善,乃下令班师,还至赵州。赵王镕迎谒晋王,大犒将士,且遣养子德明,随从晋军。德明原姓张,名文礼,狡猾过人,后来王镕且为所害,事见下文。存勖留周德威等助守赵州,自率大军返晋阳。

梁将杨师厚到了邢州,奉梁主温命令,教他留兵屯守。且遣户部尚书李振,为魏博节度副使,率兵入魏州。但托言周翰年少,未能拒寇,所以添兵防戍,其实是暗图魏博,阳窥成德。

王镕闻报大惊,又致书晋王存勖,相约会议。两王至承天军,握手叙谈,很是亲昵。存佑因镕为父执,称镕为叔,镕以梁寇为忧,面庞上似强作欢笑,不甚开怀。存勖慨然道:"朱温恶贯将满,必遭天诛。虽有师厚等助他为恶,将来总要败亡。倘或前来侵犯,仆愿率众援应,请叔父勿忧。"镕始改忧为喜,自捧酒卮,为晋王寿。晋王一饮而尽,也斟酒回敬,镕亦饮毕,又令幼子昭诲,谒见存勖。昭诲年仅四五龄,随父莅会,存勖见他婉娈可爱,许妻以女,割襟为盟。彼此欢饮至暮,方各散归。晋赵交好,从此益固。

镕返至镇州，正值燕使到来，求尊守光为尚父。镕大起踌躇，只好留入馆中，飞使往报晋王。存勖怒道："是子也配称尚父么？我正要兴兵问罪，他还敢夜郎自大么？"遂拟下令出师。诸将入谏道："守光罪大恶极，诚应加讨，但目今我军新归，疮痍未复，不若佯为推尊，令他稔恶速亡，容易下手，大王以为何如？"这便是骄兵计。存勖沉吟半晌，才微笑道："这也使得。"便复报王镕，姑尊他为尚父。镕即遣归燕使，允他所请。义武节度使王处直，也依样画着葫芦，与晋、赵二镇，共推守光为尚父，兼尚书令。

守光大喜，复上表梁廷，谓晋、赵等一致推戴，惟臣受陛下厚恩，未敢遽受，今请陛下授臣为河北都统，臣愿为陛下扫灭镇、定、河东。两面讨好，恰也心苦。梁主温也笑他狂愚，权令任河北采访使，遣使册命。

守光命有司草定仪注，将加尚父尊号。有司取唐册太尉礼仪，呈入守光，守光瞧阅一周，便问道："这仪注中，奈何无郊天改元的礼节？"有司答道："尚父乃是人臣，未得行郊天改元礼。"守光大怒，将仪注单掷向地上，且瞋目道："方今天下四分五裂，大称帝，小称王，我拥地三千里，带甲三十万，直做河北天子，何人敢来阻我！尚父微名，我简直不要了！你等快去草定帝制，择日做大燕皇帝！"有司唯唯而退。

守光遂自服赭袍，妄作威福，部下稍稍忤意，即捕置狱中，甚且囚入铁笼，外用炭火炽热，令他煨毙，或用铁刷刷面，使无完肤。孙鹤看不过去，时常进谏，且劝守光不应为帝，略谓"河东伺西，契丹伺北，国中公私交困，如何称帝？"守光不听，将佐亦窃窃私议。守光竟命庭中陈列斧锧，悬令示众道："敢谏者斩！"梁使王瞳、史彦章到燕，竟将他拘禁起来。各道使臣，到一个，囚一个，定期八月上旬，即燕帝位。孙鹤复进谏道："沧州一役，臣自分当死，幸蒙大王矜全，得至今日，臣怎敢爱死忘恩！为大王计，目下究不宜称帝！"与禽兽谈仁义，徒自取死，不得为忠。守光怒道："汝敢违我号令么？"便令军吏挥鹤伏锧，剐肉以食，鹤大呼道："百日以外，必有急兵！"守光益怒，命用泥土塞住鹤口，寸磔以徇。

越数日即皇帝位，国号大燕，改元应天。从狱中释出梁使，胁令称臣，即用王瞳为左相，卢龙判官齐涉为右相，史彦章为御史大夫。这消息传到晋阳，晋王存勖大笑道："不出今年，我即当向他问鼎了。"张承业请遣使致贺，令他骄盈不备。存勖乃遣太原少尹李承勋赴燕，用列国聘问礼。守光命以臣礼见，承勋道："我受命唐朝，为太原少尹，燕王岂能臣我？"守光大怒，械系数日，释他出狱，悍然问道："你今愿臣我否？"承勋道："燕王能臣服我主，我方愿称臣，否则要杀就杀，何必多问！"守光怒上加怒，竟命将承勋推出斩首。晋王闻承勋被杀，乃大阅军马，筹备伐燕，外面恰托言南征。

梁主温正改开平五年为乾化元年，大赦天下，封赏功臣，又闻清海军即岭南。节度使刘隐病卒，也辍朝三日。假惺惺。令隐子岩袭爵，既而连日生病，无心治事，就是刘守光拘住梁使，自称皇帝，也只好听他胡行，不暇过问。

到了七八月间，秋阳甚烈，他闻河南尹张宗奭家，园沼甚多，遂带领侍从，竟往宗奭私第。宗奭原名全义，家世濮州，曾从黄巢为盗，充任伪齐吏部尚书。巢败死，全义与同党李罕之，分据河阳。罕之贪暴，尝向全义需索，全义积不能平，潜袭罕之。罕之奔晋，乞得晋师，围攻全义。全义大困，忙向汴梁求救。朱温遣将往援，击退罕之，晋军亦引去。全义得受封河南尹，感温厚恩，始终尽力，且素性勤俭，教民耕稼，自己亦得积资巨万。特在私第中筑造会节园，枕山引水，备极雅致，却是一个家内小桃源。朱温篡位，授职如故，全义曲意媚温，乞请改名，温赐名宗奭，屡给优赏。及温到他家避暑，自然格外巴结，殷勤侍奉，凡家中所有妻妾妇女，概令叩见。

温一住数日，病竟好了一大半，食欲大开，色欲复炽，默想全义家眷，多半姿色可人，乐得仗着皇帝威风，召她几个进来，陪伴寂寥。第一次召入全义爱妾两人，迫她同寝，第二次复改召全义女儿，第三次是轮到全义子妇，简直是猪狗不如。妇女们惮他淫威，不敢抗命，只好横陈玉体，由他玷污。甚至全义继妻储氏，已是个半老徐娘，也被他搂住求欢，演了一出高唐梦。张氏妻女何无廉耻。

全义子继祚羞愤交并，取了一把快刀，就夜间奔入园中，往杀朱温，还是他有些志气。偏被全义看见，硬行扯回，且密语道："我前在河阳，为李罕之所围，啖木屑为食，身旁只有一马，拟宰割饲军，正是命在须臾，朝不保暮，亏得梁军到来，救我全家性命，此恩此德，如何忘怀！汝休得妄动，否则我先杀汝！"不是报恩，直是怕死。继祚乃止。

越宿，已有人传报朱温。温召集从臣，传见全义，全义恐继祚事发，吓得乱抖。妻储氏从旁笑道："如此胆怯，做什么男儿汉？我随同入见，包管无事！"遂与全义同入，见温面带怒容，也竖起柳眉，厉声问道："宗奭一种田叟，守河南三十年，开荒掘土，敛财聚赋，助陛下创业，今年齿衰朽，尚何能为？闻陛下信人谗言，疑及宗奭，究为何意？"恃有随身法宝，故敢如此唐突。温被她一驳，说不出什么道理，又恐储氏变脸，将日前暧昧情事，和盘托出，反致越传越丑，没奈何假作笑容，劝慰储氏道："我无恶意，幸勿多言！"好一个箝口方法。储氏夫妇，乃谢恩趋出，朱温也未免心虚，即令侍从扈跸还都。

忽闻晋、赵将联军南来，又想出些风头，亲至兴安鞠场，传集将吏，躬自教阅，待逐队成军，乃下令亲征。出次卫州，正在就食，又有人来报道："晋军已出井陉了。"当下匆匆食毕,即拔寨北趋,兼程至相州,始接侦骑实报,晋军尚未南来,乃停兵不进。已而移军洹水,又得边吏奏报,晋、赵兵已经出境,累得梁主温坐食不安,急引军往魏县。军中时有谣传,一日早起,不知从何处得着风声,哗言沙陀骑兵,杂沓前来,顿时全营大乱,你逃我散,梁主命严刑禁遏,尚不能止。嗣探得数十里间,并无敌骑,军心才定。

梁主温疾已经年,只因夹寨、柏乡,两次失利,不得不力疾北行,勉图报复。谁知又着了晋王声东击西的诡计,徒落得奔波跋涉,冒犯风霜,还是幸免,否则军志浮嚣,宁能不败?他不禁躁忿异常,所有功臣宿将,略犯过误,不是诛戮,就是斥逐,因此众心益惧,日夕悯悯。待了一月有余,仍不见有一个敌兵,乃南还怀州。怀州刺史段明远,出城迎谒,很是恭谨。梁主入城,供馈甚盛。明远有一妹子,荳蔻年华,芙蓉脸面,蓦被梁主温瞧着,问明明远,硬索侍寝。明远无可奈何,便令妹子盛饰入谒,亲承雨露。少妇嫁老夫,恐非段妹所愿。春风一度,深惬皇心,即面封段妹为美人,挈归洛阳。怎奈年周花甲,禁不住途中辛苦,并因色欲过度,精力愈衰,还洛后旧病复发,服过了无数参茸,才得起床。可巧前使史彦章回来,替刘守光代乞援师。梁主温怒道:"汝已臣事守光,尚敢来见朕么?"彦章伏奏道:"臣怎敢负恩事燕。只因晋、赵各镇,推尊守光,嗾他背叛陛下,出来当冲,他却以渔人自居,稳收厚利。臣与王瞳暂时居燕,力劝守光勿负陛下,守光因复与各镇绝交,为陛下往攻易、定。定州王处直,向晋、赵乞得援兵,夹攻幽州,幽州危急万分,若陛下坐视不救,恐河朔终非梁有了!"这一番花言巧语,又把梁主温的怒气平了下去。彦章又将特随来的燕使,召入见温,呈上守光表文,中多悔过乞怜等语,惹动梁主雄心,许出援师,遂又督兵亲出。

到了白马顿,从官多不愿随行,勉强趱程,有三人剩落后面,一是左散骑常侍孙隲,一是右谏议大夫张衍,一是兵部郎中张俶,都至隔宿才到。梁主温恨他后至,一并处斩,行至怀州,段明远供张极盛,比前次还要华腴。此次变作国舅,应该比前巴结。梁主大喜,厚加赏赐,且改令明远名凝,及进次魏州,决议攻赵以纾燕难,乃命杨师厚为都招讨使,李周彝为副使,率三万人围枣强县,贺德伦为招讨接应使,袁象先为副使,也率三万人围蓨县。

两路兵马,同时发出,梁主温安居行幄,专候捷音。突有哨卒踉跄奔入,大声奏报道:"晋兵来了!"梁主温仓皇失措,忙出帐骑了御马,只带亲兵数百名,奔往杨师厚军前。看官!你道晋军有否到来?原来并不是晋军,乃是赵将符习,引数百骑逻侦消息,梁兵误作晋军,竟弃幄远飚,眼见得军心不固,便是败象哩。

杨师厚到了枣强,督兵急攻。枣强城小而坚,赵人用精兵守住,很是坚忍,

第七回　杀谏臣燕王僭号　却强敌晋将善谋

任他如何攻扑，死战不退。一攻数日，城墙屡坏屡修，内外死伤，约以万计。既而城中矢石将竭，共议出降，有一卒奋然道："贼自柏乡战败，恨我赵人切骨，今若往降，徒自取死，我愿独入虎口，杀他一二员大将，或得使他解围，也未可知。"遂乘夜缒城而下，径至梁营诈降。李周彝召他入帐，问及城中情形，赵卒答道："城中粮械尚多，足有半月可持，但军使既收录微材，乞赐一剑，效死先登，愿取守城将首。"周彝恰还小心，不肯给剑，止令荷担从军，赵卒觑得间隙，竟举担击周彝首，周彝呼痛踣地。左右急救周彝，立将赵卒砍死。赵卒颇有忠胆，可惜史册中不留姓名。梁主温闻报大怒，限令三日取城。师厚亲冒矢石，昼夜猛攻，越二日，得陷。入城中，不问老幼，一概骈戮，可怜这枣强城中，变作了一座血污城。极写梁主暴虐。

那贺德伦等进攻蓨县，蓨县为赵州属地，相距不远。赵州本由晋将周德威驻扎，后来调镇振武军，注见前。仅留李存审、史建瑭、李嗣肱等戍守。既得蓨县急报，当由存审主议，与建瑭、嗣肱熟商道："我王方有事幽、蓟，无暇到此，南方军事，委任我等数人，今蓨县告急，我等怎能坐视？况贼得蓨县，必西侵深、冀，为患益深。我当与公等别出奇谋，使贼自遁。"建瑭、嗣肱齐声道："果有奇计，愿听指挥！"存审乃引兵趋下博桥，令建瑭、嗣肱分道巡逻，遇有梁卒刍牧，立刻擒来。自分麾下为五队，统令衔枚疾走，沿途遇着梁兵，无论为侦探，为樵采，一概捕住，带回下博桥。建瑭、嗣肱，也有一二百人捉回，存审命一一杀死，只留活数人，断去一臂，纵使还报道："汝等为我转达朱公，晋王大军已到，叫他前来受死！"断臂兵奔回梁营，当然依言禀报。适值梁主温引杨师厚兵，自就贺德伦营，助攻蓨县，听着断臂兵报语，恰也惊心，即与德伦分驻营寨，相隔里许。德伦也很是戒备，派兵四巡，慎防不测。不意到了日暮，营门外忽然火起，烟雾冲霄，接连是噪声大作，箭镞齐来。德伦忙命亲卒把守营门，严禁各军妄动。外面却乱了一两个时辰，待至天色昏黑，方闻散去。当由德伦检查军士，又失了一二百名，或说是变起本军，究竟不知真伪。偏是梁主营前，又有断臂兵突入，大呼晋军大至，贺军使营，已陷没了。梁主温惊愕异常，立命毁去营寨，乘夜遁走。天昏不辨南北，竟至失道，委曲行二三百里，始抵贝州。如此胆小，何必夸语亲征？

德伦闻梁主遁还，也即退军。再遣侦骑探明虚实，返入梁营，报称晋军实未大出，不过令先锋游骑，先来示威。德伦听着，虽带着三分惭色，尚得谓梁主先遁，聊自解嘲。只梁主闻知，叫他如何忍受，且忧且恚，病又增剧，不得已养疾贝州，令各军陆续退归。

当时晋军计却大敌，欢声雷动，统称存审善谋。小子把存审计划，上文叙明一半，还有一半详情，应该补叙。存审闻梁主自至，与德伦分营驻扎，已知梁主堕入计中。再将前时俘斩的梁卒，从尸身上剥下衣服，令游骑穿着，伪充梁兵，三三五五，混至德伦营前。德伦虽有巡兵四察，还道是本营士卒，不加查问。那伪充梁兵的晋军，遂就梁营前放火射箭，喊杀连天，乘间捕得几十个梁兵，依着存审密计，把他截臂纵去，令他往吓梁主。梁主被他一吓，果然远遁，连德伦也立足不住，拔营退去。经此一段说明，方知前文笔法之妙。仅仅几百个晋军，吓退了七八万梁兵，这都是李存审的妙计。小子有诗咏存审道：

　　疆场决胜在多谋，用力何如用智优，
　　任尔貔貅七八万，尚输良将幄中筹。

梁主温一病兼旬，好容易得有起色，复自贝州至魏州。博王友文，自东都过觐，请驾还都，梁主温乃启程南归。欲知后事，且阅下回。

刘守光一驽竖耳，如尚父皇帝之尊卑，尚不能辨，顾欲侈然称帝，凌压各镇，何不自量力若此！况前幽父，继杀兄，后且淫刑求逞，妄戮谏臣，天下有如此狂駤，而能不危且亡者，未之闻也。若梁主温之老奸巨猾，较守光固胜一筹；但暴虐不亚守光，淫恶比守光为尤甚。夹寨破，柏乡败，乃欲亲出报怨，两次督师，未遇敌而先怯，是正天夺之魄，阴促老奸之寿算耳。此而不悟，愈老愈虐，愈虐愈淫，几何而不受剚刃之惨也？善恶到头终有报，只争来早与来迟，斯言虽俚，讵其然乎！

第八回

父子聚麀惨遭剚刃
君臣讨逆谋定锄凶

却说梁主温还至洛阳，病体少愈，适博王友文，新创食殿，献入内宴钱三千贯，银器一千五百两，乃即就食殿开宴，召宰相及文武从官等侍宴。酒酣兴发，遽欲泛舟九曲池。池不甚深，舟又甚大，本来是没甚危险，不料荡入池心，陡遇一阵怪风，竟将御舟吹覆。梁主温堕入池中，幸亏侍从竭力捞救，方免溺死。别乘小舟抵岸，累得拖泥带水，惊悸不堪。不若此时溺死，尚免一刀之惨。

时方初夏，天气温和，急忙换了龙袍，还入大内，嗣是心疾愈甚，夜间屡不能眠，常令妃嫔宫女，通宵陪着，尚觉惊魂不定，瘝寐徬徨。那燕王刘守光屡陈败报，一再乞援，梁主病不能兴，召语近臣道："我经营天下三十年，不意太原余孽，猖獗至此，我观他志不在小，必为我患。天又欲夺我余年，我若一死，诸儿均不足与敌，恐我且死无葬地了！"语至此，哽咽数声，竟至晕去。近臣急忙呼救，才得复苏。只怕晋王，谁知祸不在晋，反在萧墙之内。嗣是奄卧床褥，常不视朝，内政且病不能理，外事更无暇过问了。

是年岐、蜀失和，屡有战争。蜀主王建曾将爱女普慈公主，许嫁岐王从子李继崇，岐王因戚谊相关，屡遣人至蜀求货币，蜀主无不照给。寻又求巴、剑二州，蜀主王建怒道："我待遇茂贞，也算情义兼尽，奈何求货不足，又来求地？我若割地畀彼，便是弃民。宁可多给货物，不能割地。"乃复发丝茶布帛七万，交来使带还。赔贴妆奁，确是不少。奈彼尚贪心未餍何？茂贞因求地不与，屡向继崇说及，有不平意。继崇本嗜酒使气，伉俪间常有违言，至是益致反目。普慈公主潜遣宦官宋光嗣，用绢书禀报蜀主，求归成都。蜀主王建，遂召公主归宁，留住不遣，且用宋光嗣为阁门南院使。

岐王大怒，即与蜀绝好，遣兵攻蜀兴元，为蜀将唐道袭击退。岐王复使彰义节度使刘知俊，及从子李继崇发大兵攻蜀。蜀命王宗侃为北路行营都统，出兵掷战，被知俊等杀败，奔安远军，安远军为兴元城西县号，障蔽兴元。知俊等进兵围攻，经蜀主倾国来援，大破岐兵，知俊等狼狈走还，后来知俊为岐将所谗，兵权被夺，举族寓秦州。越三年，秦州为蜀所夺，知俊因妻孥被掳，又背岐投蜀去了。后文慢表。

且说梁主温连年抱病，时发时止，年龄已逾花甲，只一片好色心肠，到老不衰，自从张妃谢世，篡唐登基，始终不立皇后。昭仪陈氏，昭容李氏，起初统以美色得幸，渐渐地色衰爱弛，废置冷宫。应第二回。陈氏愿度为尼，出居宋州佛寺，李氏抑郁而终。此外后宫妃嫔，随时选入，并不是没有丽容，怎奈梁主喜新厌故，今日爱这个，明日爱那个，多多益善，博采兼收，甚至儿媳有色，亦征令入侍，与她苟合，居然做个扒灰老。博王友文，颇有材艺，虽是梁主温假子，却很是怜爱，比亲儿还要优待，梁主迁洛，留友文守汴梁。见第五回。历年不迁，惟友文妻王氏，生得一貌似花，为假翁所涎羡，便借着侍疾为名，召她至洛，留陪枕席，王氏并不推辞，反曲意奉承，备极缱绻，但只一种交换条件，迫令假翁承认，看官道是何事？乃是梁室江山，将来须传位友文。还记得乃夫么？

梁主温既爱友文，复爱王氏，自然应允。偏暗中有一反对的雌儿，与王氏势不两立，竟存一个你死我活的意见。这人为谁？乃是友珪妻室张氏。张氏姿色，恰也妖艳，但略逊王氏一筹，王氏未曾入侍，她已得乃翁专宠；及王氏应召进来，乃翁爱情，一大半移至王氏身上，渐把张氏冷淡下去。张氏含酸吃醋，很是不平，因此买通宫女，专伺王氏隐情。

一日合当有事，梁主温屏去左右，专召王氏入室，与她密语道："我病已深，恐终不起，明日汝往东都，召友文来，我当嘱咐后事，免得延误。"为了肉欲起见，遂拟把帝位传与假子，扒灰老也不值得。王氏大喜，即出整行装，越日登程。这个消息，竟有人瞧透机关，报与张氏，张氏即转告友珪，且语且泣道："官家将传国宝付与王氏，怀往东都，俟彼夫妇得志，我等统要就死了！"友珪闻言，也惊得目瞪口呆，嗣见爱妻哭泣不休，不由得泪下两行。

正在没法摆布，突有一人插口道，"欲要求生，须早用计，难道相对涕泣，便好没事么？"友珪愕然惊顾，乃是仆夫冯廷谔，便把他呆视片刻，方扯他到了别室，谈了许多密语。忽由崇政院遣来诏使已入大厅，他方闻信出来接受诏旨，才知被出为莱州刺史，他愈加惊愕，勉强按定了神，送还诏使，复入语廷谔，廷谔道："近来左迁官吏，多半被诛，事已万急，不行大事，死在目前了！"

友珪乃易服微行，潜至左龙虎军营，与统军韩勍密商，勍见功臣宿将，往往诛死，心中正不自安，便奋然道："郴王指友裕。早薨，大王依次当立，奈何反欲传与养子？主上老悖淫昏，有此妄想，大王诚宜早图为是！"又是一个薪上添火。遂派牙兵五百人，随从友珪，杂入控鹤士中，唐已有控鹤监，系是值宿禁中。混入禁门，分头埋伏，待至夜静更深，方斩关突入，竟至梁主温寝室，哗噪起来。侍从诸人，四处逃避，单剩了一个老头儿，揭帐启视，披衣急起，怒视友珪道："我原疑此逆贼，悔不早日杀却！逆贼！逆贼！汝忍心害父，天地岂肯容汝么？"友珪亦瞋目道："老贼当碎尸万段！"臣忍杀君，子亦何妨弑父。惜友珪凶莽，未能反唇相讥！冯廷谔即拔剑上前，直迫朱温，温绕柱而走，剑中柱三次，都被温闪过，奈温是有病在身，更兼老惫，三次绕柱，眼目昏花，一阵头晕，倒翻床上，廷谔抢步急进，刺入温腹，一声狂叫，呜呼哀哉！年六十一岁。

友珪见他肠胃皆出，血流满床，即命将裀褥裹尸，瘗诸床下。秘不发丧，立派供奉官丁昭溥，赍着伪诏，驰往东都，令东都马步军都指挥使均王友贞，速诛友文。友贞不知是假，即诱入友文，把他杀死。友文妻王氏未曾登途，已被友珪派人捕戮，一面宣布伪诏道：

朕艰难创业，逾三十年，托于人上，忽焉六载，中外协力，期于小康。岂意友文阴蓄异图，将行大逆，昨二日夜间，甲士突入大内，赖郢王友珪忠孝，领兵剿戮，保全朕躬。然疾因震惊，弥致危殆。友珪克平凶逆，厥功靡伦，宜令权主军国重事，再听后命。

越二日，丁昭溥自东都驰还，报称友文已诛，喜得友珪心花怒开，弹冠登极，再下一道矫诏，托称乃父遗制，传位次子。乃将遗骸草草棺殓，准备发丧，自己即位柩前，特授韩勍为侍卫诸军使，值宿宫中，勍劝友珪多出金帛，遍赐诸军，取悦士心，诸军得了厚赉，也乐得取养妻孥，束手旁观。惟内廷被他笼络，外镇却不受羁縻。

匡国军闻知内乱，都向节度使告变，时值韩建调任镇帅，置诸不理，竟为军士所害。此匡国军为陈许军号，与唐时之同州有别。杨师厚留戍邢魏，也乘隙驰入魏州，驱出罗周翰，据位视事。友珪惧师厚势盛，只好将周翰徙镇宣义，注见第二回。特任师厚为天雄军节度使。天雄军就是魏博，唐时旧有此号，屡废屡行，梁尝称魏博为天雄军，小子因前文未详，故特别表明。护国军治河中。节度使朱友谦，少时为石壕间大盗，原名只一"简"字，后来归附朱温，因与温同姓，愿附子列，改名友谦，温篡位后命镇河中，加封冀王。他闻洛阳告哀，已知有异，泣对群下道："先帝勤苦数十年，得此基业，前日变起宫掖，传闻甚恶，我备位藩镇，未能入扫逆氛，岂不是一大恨事！"道言未绝，又有洛使到来，加他为侍中、中书令，并征他入朝，友谦语来使道："先帝晏驾，现在何人嗣立？我正要来前问罪，还待征召么？"

来使返报友珪，友珪即遣韩勍等往击河中。友谦举河中降晋，向晋乞援。晋王李存勖统兵赴急，大破梁军，勍等走还。看官听着！这朱友珪的生母，本是亳州一个营娼，从前朱温镇守宣武，见第一回。略地宋亳，与该娼野合生男，取名友珪，排行第二，弟兄多瞧他不起。况又加刃乃父，敢行大逆，岂诿罪友文，平空诬陷，就可瞒尽耳目，长享富贵么？至理名言。

糊糊涂涂地过了半年，已是梁乾化三年元旦，友珪居然朝享太庙，返受群臣朝贺。越日祀圜丘，大赦天下，改元凤历。均王友贞，已代友文职任，做了东都留守，至是复加官检校司徒，令驸马都尉赵岩，赍敕至东都，友贞与岩私宴，密语岩道："君与我系郎舅至亲，不妨直告，先帝升遐，外间啧有烦言，君在内廷供职，见闻较确，究竟事变如何？"岩流涕道："大王不言，也当直陈。首恶实嗣君一人，内臣无力讨罪，全仗外镇为力了。"友贞道："我早有此意，但患不得臂助，奈何？"岩答道："今日拥强兵，握大权，莫如魏州杨令公，近又加任都招讨使，但能得他一言，晓谕内外军士，事可立办了。"友贞道："此计甚妙。"

待至宴毕，即遣心腹将马慎，驰至魏州，入见杨师厚，并传语道："郢王弑逆，天下共知，众望共属大梁，公若乘机起义，帮立大功，这正所谓千载一时呢！"师厚尚在迟疑，慎又述均王言，谓事成以后，当更给犒军钱五十万缗。师厚乃召集将佐，向众质问道："方郢王弑逆时，我不能入都讨罪，今君臣名分已定，无故改图，果可行得否？"众尚未答，有一将应声道："郢王亲弑君父，便是乱贼。均王兴兵复仇，便是忠义。奉义讨贼，怎得认为君臣？若一旦均王破贼，敢问公将如何自处哩？"这人不知谁氏，也惜姓名不传。师厚惊起道："我几误事，幸得良言提醒，我当为讨贼先驱哩！"遂与马慎说明，令归白均王，伫候好音，自派将校王舜贤，潜诣洛阳，与龙虎统军袁象先定谋，复遣都虞侯朱汉宾屯兵滑州，作为外应。舜贤至洛，可巧赵岩亦自汴梁回来，至象先处会商，岩为梁主温婿，象先为梁主温甥，当然有报仇意，妥商大计，密报梁魏。

先是怀州龙骧军系梁主温从前随军。三千，推指挥刘重霸为首，声言讨逆，据住怀州，友珪命将剿治，经年未平，汴梁戍卒，亦有龙骧军参入，友珪也召令入都。均王友贞也遣人激众道："天子因龙骧军尝叛怀州，所以疑及尔等，一概召还，尔等一至洛下，恐将悉数坑死。均王处已有密诏，因不忍尔等骈诛，特先布闻。"戍卒闻言，统至均王府前，环跪呼吁，乞指生路。友贞已预书伪诏，令他遍阅，随即流涕与语道："先帝与尔等经营社稷，共历三十余年，千征万战，始有今日。今先帝尚落人奸计，尔等从何处逃生呢？"说至此，引士卒入府厅，令仰视壁间悬像。大众望将过去，乃是梁主温遗容，都跪伏厅前，且拜且泣。友贞亦唏嘘道："郢王贼害君父，违天逆地，复欲屠灭亲军，残忍已极，尔等能自趋洛阳，擒取逆竖，告谢先帝，尚可转祸为福呢！"大众齐声应诺，惟乞给兵械，以便趋洛。友贞即令左右颁发兵器，令士卒起来，每人各给一械，大众无不踊跃，争呼友贞为万岁，各持械而去。<u>此计想由赵岩等指授。</u>

友贞遣使飞报赵岩等人，赵岩、袁象先夜开城门，放诸军入都，一面贿通禁卒千人，共入宫城。友珪仓猝闻变，慌忙挈妻张氏，及冯廷谔共趋北垣楼下，拟越城逃生。偏后面追兵大至，喧呼杀贼。自知不能脱走，乃令廷谔先杀妻，后杀自己。廷谔亦自刎。都中各军，乘势大掠，百官逃散。中书侍郎同平章事杜晓，侍讲学士李珽，均为乱兵所杀，门下侍郎同平章事于兢，宣政院使李振<u>代敬翔。</u>被伤。骚扰了一日余，至暮乃定。

袁象先取得传国宝，派赵岩持诣汴梁，迎接均王友贞。友贞道："大梁系国家创业地，何必定往洛阳。公等如果同心推戴，就在东都受册，俟乱贼尽除，往谒洛阳陵庙便了。"岩返告百官，百官都无异辞。乃由均王友贞，即位东都，削去凤历年号，仍称乾化三年，追尊父温为"太祖神武元圣孝皇帝"，母张氏为"元贞皇太后"，给还友文官爵，废友珪为庶人，颁诏四方道：

> 我国家赏功罚罪，必协朝章，报德伸冤，敢欺天道？苟显违于法制，虽暂滞于岁时，终振大纲，须归至理。重念太祖皇帝尝开霸府，有事四方，追建皇朝，载迁都邑每以主留重务，居守需才，慎择亲贤，方膺寄任。故博王友文，才兼文武，识达古今，俾分忧于在浚之郊，亦共理于兴王之地，一心无易，二纪于兹，尝施惠于士民，实有劳于家国。去岁郢王友珪，尝怀逆节，已露凶锋，将不利于君亲，欲窃窥夫神器，此际值先皇寝疾，大渐日臻，博王乃密上封章，请严宫禁。因以莱州刺史授于郢王，友珪才睹宣纶，俄行大逆，岂有自纵兵于内殿，翻诿罪于东都？伪造诏书，枉加刑戮，且夺博王封爵，又改姓名，冤耻两深，欺罔何极！伏赖上穹垂佑，宗社降灵，俾中外以叶谋，致遐迩之共怒。寻平内难，获诛元凶，既雪耻于同天，且免讥于共国，朕方期遁世，敢窃临人？遽迫推崇，爰膺缵嗣。
>
> 冤愤既伸于幽显，霈泽宜及于下泉。博王宜复官爵，仍令有司择日归葬。友珪凶恶滔天，神人共弃，生前敢为大逆，死后且有余辜，例应废为庶人，以昭炯戒。特此布敕，俾远近闻知。

此诏下后，又改名为锽，进天雄军节度使杨师厚为检校太师，兼中书令，加封邺王。西京左龙虎统军袁象先为检校太保同平章事，加封开国公。这两人最为出力，所以封爵最优。余如赵岩以下，各升官晋爵有差。又遣使招抚朱友谦，友谦仍复归藩，称梁年号。惟对晋仍然未绝，算是一个骑墙派人物。梁廷至此，才得苟安。越二年始改元贞明，梁主友贞，又改名为瑱。小子有诗叹道：

> 多行不义必遭殃，稽古无如鉴后梁。
> 乃父淫凶子更恶，屠肠截胆有谁伤？

梁室粗定，晋已灭燕，欲知燕亡情形，且至下回再叙。

淫恶如朱温，宜有剚刃之祸，但为其子友珪所弑，岂彼苍故演奇剧，特假手友珪，以示恶报之巧乎！温为臣弑君，友珪为子弑父，有是父乃有是子，果报固不爽也。惟友珪弑逆不道，尚得窃位半年，杨帅厚兼雄镇，擅劲兵，未闻首先倡义，乃迫于均王之一激，部将之一言，始幡然变计，盖当时礼教衰微，几视篡弑为常事。非有大声疾呼者，唤醒其旁，几何不胥天下为禽兽也！然淫恶者终遭子祸，凶逆者卒受身诛。苍苍者天，岂真长此晦盲乎？老氏谓天地不仁，夫岂其然！

第九回

失燕土伪帝做囚奴
平宣州徐氏专政柄

却说刘守光僭称帝号，遂欲并吞邻镇，拟攻易定，参军冯道，系景城人，长乐老出身，应该略详。面谏守光，劝阻行军。守光不从，反将道拘系狱中。道素性和平，能得人欢，所以燕人闻他下狱，都代为救解，幸得释出。道料守光必亡，举家潜遁，奔入晋阳，晋王李存勖，令掌书记，且问及燕事，得知虚实。

正拟发兵攻燕，可巧王处直派使乞援，遂遣振武节度使周德威，领兵三万，往救定州。德威东出飞狐，与赵将王德明，义武即定州，见前。将程严，会师易水，同攻岐沟关。一鼓即下，进围涿州。刺史刘知温，令偏将刘守奇拒守。守奇有门客刘去非，大呼城下道："河东兵为父讨贼，干汝甚事，乃出力固守呢？"守兵被他一呼，各无斗志，多半逃去。知温料不能守，开门迎降。守奇奔梁，得任博州刺史。晋将周德威，即率众抵幽州城下，另派裨将李存晖等往攻瓦桥关，守关将吏及莫州刺史李严皆降。守光连接败报，惊惶得了不得，卑辞厚币，向梁求援。梁主温督兵攻赵，为晋将李存审所却。见第七回。本段是回溯文字。幽州失一大援，益觉孤危，只好誓死坚守。

晋将周德威，因幽州城大且固，兵不敷用，再向晋阳济师。晋王李存勖，便调李存审援应，带领吐谷浑、契苾两部番兵，往会德威。德威已得增兵，即四面筑垒，为围攻计，守光益惧。

燕将单廷珪素号骁勇，独请出战。守光乃拨精兵万人，令他开城逆击。廷珪披甲上马，扬鞭出城，一声狂呼，万人随进，左冲右突，恰是有些利害。晋军拦阻不住，退至龙头冈。冈峦高出云表，势颇险峻，周德威倚冈立寨，据险自固。猛见单廷珪跃马前来，势甚凶猛，即令部将排定阵势，自己登冈指挥，准备对敌。廷珪遥见德威，便顾左右道："今日必擒周阳五以献！"大言何益？阳五系德威小字。说毕，持着一枝长枪，当先突阵，枪锋所至，无人不靡。晋军三进三却，由廷珪冲过阵后，一人一骑，不管什么死活，竟上冈去捉德威。德威究是老将，没甚慌忙，但佯作胆怯状，回马急走，跑上峰峦。廷珪也跃马追上，觑着德威背后，一枪刺去，正道是洞穿胸腹，那知德威早已防着，闪过一旁，让开枪头，右手恰掣出铁槌，向廷珪马头猛击。马忍痛不住，滚了下去，冈峦本是不平，这一滚约有数丈。任你廷珪如何骁悍，也是约束不住，人仰马翻，统跌得皮开血裂，凑巧下面尚有晋军，顺手揪住廷珪，把他捆绑起来。燕兵见主将被擒，慌忙退走。被晋军驱杀一阵，斩首三千级，余众逃入城中，全城夺气。

德威斩了廷珪，又分兵攻下顺州、檀州，复拔芦台军，再克居庸关。刘守光惶急异常，屡使人赴梁告急，正值梁廷内乱，不暇应命。他只得自去设法，命大将元行钦募兵山北，骑将高行珪出守武州，作为外援。晋王李存勖，即遣李嗣源往攻武州，行珪出战失利，遂降嗣源，嗣源乃退。元行钦闻武州失守，亟引兵攻行珪。行珪令弟行周往质晋军，求他援助。嗣源再进兵击行钦，八战八胜，行钦力屈乃降。嗣源爱他材勇，养为己子，令为代州刺史。

行周留事嗣源，常与嗣源养子从珂，分领牙兵，转战有功。从珂母魏氏，先为王氏妇，生子名阿三，嗣源随克用出师河北，掠得魏氏，见她秀色可餐，便纳为妾媵。阿三即拜嗣源为义父，取名从珂。及年已成立，以勇健闻。晋王存勖，尝呼他小字道："阿三与我同年，勇敢亦与我相类，恰是个不凡子。"后来叛唐篡国，就是此人，事见下文。不第叙过从珂，并带过高行周。

且说周德威围攻幽州，已是逾年。从前因幽州四近，尚有燕兵散布，须要远近兼顾，内外合筹，一时不便进副，惟连营竖栅，与燕相持。嗣闻四面犄角，均已毁灭，乃进军南门，专力攻城。守光昼夜不安，自知兵力不支，不得已致书乞怜，愿为城下盟。德威笑语来使道："大燕皇帝，尚未郊天，何故雌伏如此！我受命讨罪，不知他事，继盟修好，更非乐闻，请为我转语燕帝，休想乞和，快来一战。"揶揄得妙。遂叱退来使，不答一字。守光闻报，越加窘迫，又遣将周遵业，赍绢千匹，银千两，锦百段，献入晋营，哀求德威道："富贵成败，人生常理，录功叙过，也是霸主盛业。我王守光，不欲为朱温下，所以背梁称尊。哪知得罪大国，劳师经年，现已自知罪戾，还祈少恕！"德威道："能战即来，不能战即降，何必多言！"遵业尚欲开口，见德威起身入内，只好怏怏退还，报知守光。守光搔首挖耳，无法可施。踌躇了许多时候，突闻城外喊声大震，又来攻城，不得已硬着头皮，登陴巡守。遥见周德威跨着骏马，手执令旗，指挥战士，遂凄声遥呼道："周将军！汝系三晋贤士，奈何迫人危急，不开一网呢？"淫威扫地。德威答道："公已为俎上肉，但教责己，不必责人！"守光语塞，流涕而下。

第九回　失燕土伪帝做囚奴　平宣州徐氏专政柄

既而平、营、莫、瀛诸州，均已降晋，他却情急智生，暗觑晋军少懈，自引兵夜出城中。潜抵顺州城下，假充晋军，呼开城门。守卒被他所绐，又当黑夜无光，竟开城放入。城门甫启，守光麾兵大进，乱杀乱砍，伤毙许多守卒，占住城池，复乘胜转趋檀州，那时周德威已经闻知，急引兵至檀州邀击。适与守光相遇，一场混战，大破守光，守光带领残卒百余骑，逃回幽州。晋王存勖，遣张承业犒慰行营，并与德威商议军情。事为守光侦悉，又致书承业，举城乞降。承业知他狡猾，拒回来使。急得守光真正没法，再派人往契丹，吁请援兵。契丹酋长阿保机，也闻他平日无信，不肯出援。无信之害如此。守光急上加急，除出降外无别法，乃屡遣使向德威乞降，德威始终不许，守光复登城语德威道："我已力屈计穷，只求将军少宽一线，俟晋王亲至，我便开门迎谒，泥首听命！"皇帝也不愿做了。

德威乃托张承业返报晋王。晋王命承业居守，权知军府事，自诣幽州，单骑抵城下，呼守光与语道："朱温篡逆，我本欲会合河朔五镇兵马，兴复唐祚。公不肯与我同心，乃效尤逆温，居然僭号称帝，且欲并吞镇、定，是以大众愤发，至有今日。成败亦丈夫常事，必须自择所向，敢问公将何从？"守光流涕道："我今已为釜中鱼，瓮中鳖了，惟王所命！"晋王也觉动怜，即折断弓矢，向他设誓道："但出来相见，保无他虞。"守光闻言，又道他是仁柔易欺，便含糊答应道："再俟他日！"是谓无信。

晋王且笑且愤，返入德威营中，决定明日督军猛攻，誓入此城。是夕有燕将李小喜，缒城来降，报称城中力竭。看官道这小喜是何等人物？他原是守光嬖臣，教守光切勿降晋，守光被他哄动，遇着危急时候，不得不作书乞降，其实是借此缓兵，并非实心投诚，不料小喜却先走一着，竟已奔投晋营。欺人者反为人欺，可为后鉴。晋王存勖，即命五更造饭，饬各军饱餐一顿，俟至黎明，一声鼓角，全营涌出。晋王亲披甲胄，督令进攻，这边竖梯，那边攀堞，四面八方，同时动手。燕兵已经力尽，哪里还能支持，就是有心拒守，也是防不胜防，霎时间阖城鼎沸，纷纷乱窜。晋兵一齐登城，拔去燕帜，改张晋帜，趁势下城往捉守光。守光已挈妻李氏、祝氏，子继珣、继方、继祚等，逃出城外，南走沧州，只有乃父仁恭还幽住别室，被晋军马到擒来。此外有家族三百口，逃奔不及，一齐做了俘囚。

晋王存勖入幽州城，禁杀安民，授德威卢龙节度使，兼官侍中，改命李嗣本为振武节度使，更遣别将追捕守光。可怜守光抱头南奔，途次又复失道，向荒径中走了数日，身旁未带干粮，只是枵腹逃难。到了燕乐界内，见有村落数处，乃遣妻祝氏乞食田家，可称作讨饭皇后。田家见她衣服华丽，并没有乞人形相，遂向她盘问，祝氏直言不讳。大抵想用皇后威势去吓平民。田家主人张师造，假意留她食宿，且令家人往给守光，一同到家，暗中却飞报晋军。晋军疾趋而至，将守光及二妻三子，一并捉住，械送军门。晋王存勖，方宴犒将士，见将吏擒到守光，便笑语道："王是本城主人，奈何出城避客？"守光匍伏阶下，叩首乞命。晋王命与仁恭同系馆舍，给与酒食。守光正是腹饥，乐得一饱。写尽狂愚。

越数日，晋王下令班师，令守光父子，荷校随行。守光父母，对着守光，且唾且骂道："逆贼破灭我家，竟到这般！"守光俯首无言。路过赵州，赵王镕盛帐行幄，迎犒晋军，且请晋王上坐，奉觞称寿，酒酣起请道："愿见大燕皇帝刘守光一面。"挖苦之极。晋王乃命将吏牵入仁恭父子，脱去桎梏，就席与饮。仁恭父子拜镕，镕亦答拜，又赠他衣服鞍马，守光饮食自如，毫无惭色。

及晋王辞别赵王返至晋阳，即将仁恭父子，用白链牵入太庙，自己亲往监刑，守光呼道："守光死亦无恨，但教守光不降，实出李小喜一人！"晋王召小喜入证，小喜瞋目叱守光道："囚父杀兄，上烝父妾，难道亦我教汝么？"晋王怒指小喜道："汝究竟做过燕臣，不应如此无礼！"便喝令左右，先将小喜枭首，然后命斩守光。守光又呼道："守光素善骑射，大王欲成霸业，何不开恩赦罪，令得自效！"晋王不答，二妻恰在旁叱责道："事已至此，生亦何为？我等情愿先死。"即伸颈就戮！还是二妇豪爽。守光临刑，尚哀求不已，直至刀起首落，方才寂然。独留住仁恭，不即处斩，另派节度副使卢汝弼，押仁恭至代州，剖心祭先王克用墓，然后枭首示众。所有刘氏家口，尽行处死，不消絮述。

王镕与王处直，推晋王存勖为尚书令。晋王三让乃受，始开府置行台，仿唐太宗故事，再命李嗣源会同周德威及镇州兵马，攻梁邢州。梁天雄节度使杨师厚，发兵救邢。晋军前锋失利，便即引还。

话分两头，且说淮南节度使杨隆演，既得嗣位，又由徐温遣将周本，戡定江西，内外无事。回应第五回。乃令将军万全感分诣晋、岐，报告袭位。晋、岐两国，承认他为嗣吴王，隆演自然喜慰。惟徐温辅政，权势日盛一日，镇南节度使刘威，歙州观察使陶雅，宣州观察使李遇，常州刺史李简，统是杨行密宿将，恃有旧勋，蔑视徐温。李遇尝语人道："徐温何人！我未曾与他会面，乃俨然为吴相么？"这语传入温耳，温派馆驿使徐玠，出使吴越，令他道过宣州，顺便召遇入朝。遇踟蹰未决。玠又说道："公若不即入谒，恐人将疑有反意了！"遇忿然道："君说遇反，日前与杀侍中，指杨渥，渥曾自兼侍中。还是反不是反呢？"及玠回来报温，温触着隐情，顿时动怒，便令淮南节度副使王坛，出为宣州制置使，即加遇抗命不朝的罪状，遣都指挥使柴再用，及徐知诰两人，领兵纳坛，乘势讨遇。遇怎肯听命，闭城拒守，再用等围攻月余，竟不能下。遇少子曾为淮南牙将，被温捕送军前，由再用呼遇指示道："如再抗命，当杀汝少子。"遇见少子悲号求生，心中好似刀割，乃答再用道："限我两日，当即报命！"再用乃牵遇少子还营，适值典客何荛，由温派令劝遇，即入城语遇道："公若不肯改图，荛此来亦不想求生，任凭斩首。止靠此一城，恐未能长持过去，不若随荛纳款，保全身家！"遇左思右想，实无良法，没奈何依了荛言，开门请降，哪知徐温却是利害，竟令柴再用把遇杀死，且将遇全家人口，一并诛夷。如此残虐，宜其无后。于是诸将相率畏温，不敢逆命。

知诰以功升昇州刺史，选用廉吏，修明政教，特延洪州进士宋齐邱，辟为推官，与判官王令谋，参军王翊，同主谋议，牙吏马仁裕、周宗、曹悰为腹心，隐然有笼络众心，缔造宏基的思想。惟向温通问，恪守子道，一些儿不露骄态。温尝谓诸子道："汝等事我，能如知诰否？"恐也着了道儿。从此知诰所请，无不依从。知诰密陈刘威专恣，不可不防，温又欲兴兵往讨。

威有幕客黄讷向威献议道："公虽遭谗谤，究竟未得确据，若轻舟见温，自然嫌疑尽释了。"威如讷言，便乘一小舟，只带侍从二三人，径诣广陵，陶雅亦至，与温相见。温馆待甚恭，以后进自居，且转达吴王隆演，优加二人官爵。威、雅很是悦服，一住经旬，方才告别。温盛筵饯行，席间备极殷勤，佯作恋恋不舍的状态，引得威、雅两人，死心塌地，誓不相负，方洒泪还镇去了。徐温颇有莽、操手段。

已而温与威、雅，推吴王杨隆演为太师，温亦得升官加爵，领镇海军治润州。节度使，兼同平章事职衔。温尚在广陵，遣将陈章攻楚，取得岳州，擒归刺史苑玫。又在无锡击退吴越兵。楚与吴越，先后诉梁，梁命大将王景仁为淮南招讨使，率兵万人，进攻庐、寿二州。温与东南诸道副都统朱瑾，联兵出御，大破梁军。温遂超任马步诸军都指挥使，并两浙招讨使，兼官侍中，晋爵齐国公。乃徙镇润州，留子知训居广陵，知训已得充淮南行军副使，至是更握内政，小事悉由知训裁决，大事始遥与温商。当时淮南一大镇，只知有徐氏父子，不知有杨隆演了。

梁主友贞闻淮南势盛，恐东南各镇或与淮南连兵，将为梁患，正拟设法牢笼。可巧荆南节度使高季昌，见第四回。造战舰五百艘，治城堑，缮器械，招兵买马，有志称雄，梁主亟封他为渤海王，赐给衮冕剑佩，为羁縻计。季昌意气益豪，日谋拓地，探得蜀有内变，即亲率战船，攻蜀夔州。小子先将蜀中乱事，大略补述，方好叙明战事。

蜀王王建自僭号称帝后，与岐王失和构兵，争战经年，得将岐兵击退，气焰益张。见第八回。左相王宗佶，本王建养子，与太子宗懿不协，并因枢密使唐道袭，以舞僮得宠，素常轻视，致为所潜，被建扑死。宗懿改名元膺，锐喙龋齿，好勇善射，既与道袭潜死宗佶，复好面辱大臣，最喜与道袭戏谑，尝在大庭广众中，效为舞僮模样，任意揶揄。道袭老羞成怒，引为深恨。他本是王建宠臣，每事必与熟商，遂得乘隙进谗，诬称元膺谋乱。王建初尚未信，禁不得道袭再三浸润，复由诸王大臣，加添数语，也不觉动疑起来，遂令道袭召兵入卫。也怕作刘仁恭耶！元膺闻信，惊惧交并，遂嘱大将徐瑶、常谦等，引兵猝攻道袭，道袭身中流矢，坠马而亡。那时王建得报，果道是元膺为逆，即遣王宗侃调集大军，出讨元膺。瑶与谦皆败死，元膺逃匿龙池舰中，到次日登岸乞食，为元兵所杀。建追放心元膺为庶人，改立幼子宗衍为太子。

高季昌以蜀遭内乱，有隙可乘，遂进攻夔州。夔州刺史王成先出兵逆战，季昌令军士乘风纵火，焚蜀浮桥。蜀兵颇有惧色，幸蜀将张武，举铁絚拒住敌舰。季昌仍不能进军，忽然间风势倒吹，害得季昌放火自燃，荆南兵不被焚死，也被溺死，季昌忙易小舟，狼狈奔还。小子有诗咏道：

　　返风扑火自当灾，数载经营一炬灰！
　　天意未容公灭蜀，艨艟多事溯江来。

荆蜀战罢，梁、晋又复交兵，欲知胜负如何，试看下回便知。

刘守光父子，有必亡之道，亦有应诛之罪。晋王存勖，出兵灭燕，絷归守光父子，声其罪而诛之，宜也，但必骈戮家属，毋乃过甚。李遇自恃旧勋，蔑视徐温，不过骄矜之失，无甚大恶，且既夸命出降，黜其官而赦之，可也，即不赦之，而家族何辜，宁必诛夷而后快！周文王治岐，罪人不孥，方卜世至八百年，盖不嗜杀人，方垂久远。李存勖已为过暴，而徐温尤甚。是欲垂裕后昆，其可得乎？蜀事随手叙入，亦为按时叙事起见，僭伪之徒，且不能自全骨肉，雄鸷亦何益乎？

第十回

逾黄泽刘鄩失计
袭晋阳王檀无功

却说梁任杨师厚为天雄节度使，兼封邺王。师厚晚年，拥兵自恣，几非梁主所能制，幸享年不久，遽尔去世，梁廷私相庆贺。租庸使赵岩，判官邵赞，请分天雄军为两镇，减削兵权，梁主友贞依计而行。天雄军旧辖疆土，便是魏、博、贝、相、澶、卫六州，梁主派贺德伦为天雄节度使，止领魏、博、贝三州，另在相州置昭德军，兼辖澶、卫，即以张筠为昭德节度使，二人受命赴镇。梁主又恐魏人不服，更遣开封尹刘鄩，率兵六万名，自白马顿渡河，阳言往击镇、定，实防魏人变乱，暗作后援。

德伦至魏，依着梁主命令，将魏州原有将士，分派一半，徙往相州。魏兵皆父子相承，族姻结合，不愿分徙，甚至连营聚哭，怨苦连天。德伦恐他谋变，即报知刘鄩，鄩屯兵南乐，先遣澶州刺史王彦章，率龙骧军五百骑入魏州。魏兵益惧，相率聚谋道："朝廷忌我军府强盛，所以使我分离，我六州历代世居，未尝远出河门，一旦骨肉分抛，生还不如死罢！"当即乘夜作乱，纵火大掠，围住王彦章军营。可见一动不如百静。彦章斩关出走，乱兵拥入牙城，杀死德伦亲卒五百人，劫德伦禁居楼上。德伦焦急万分，适有乱军首领张彦，禁止党人剽掠，但逼德伦表达梁廷，请仍旧制，德伦只好依他奉表梁主。梁主得表大惊，立遣供奉官扈异，驰抚魏军，许张彦为刺史，惟不准规复旧制。彦一再固请，梁使一再往返，只是赍诏宣慰，始终不许复旧。彦怒裂诏书，散掷地上，戟手南指，诟詈梁廷，且愤然语德伦道："天子愚暗，听人穿鼻，今我兵甲虽强，究难自立，应请镇帅投款晋阳，乞一外援，方无他患。"仍要求人，何如不乱。德伦顾命要紧，又只得依他言语，向晋输诚，并乞援师。

晋王得书，即命李存审进据临清，自率大军东下，与存审会。途次复接德伦来书，说是梁将刘鄩，进次洹水，距城不远，恳速进军。晋王尚虑魏人多诈，未肯轻进。德伦遣判官司空颋往犒晋军。颋系德伦心腹，既至临清，密陈魏州起乱情由，且向晋王献言道："除乱当除根，张彦凶狡，不可不除，大王为民定乱，幸勿纵容乱首！"

晋王乃进屯永济，召张彦至营议事，彦率党与五百人，各持兵仗，往谒晋王。晋王令军士分站驿门，自登驿楼待着，俟彦等伏谒，即喝令军士，将他拿下，并捕住党目七人。彦等大呼无罪，晋王宣谕道："汝陵胁主帅，残虐百姓，尚得说是无罪么？我今举兵来此，但为安民起见，并非贪人土地，汝向我有功，对魏有罪，功小罪大，不得不诛汝以谢魏人。"彦无词可答。即由晋王出令处斩，并及党目七人。杀得好。余众股栗，晋王复传谕道："罪止八人，他不复问。"众皆拜伏，争呼万岁。

越日，皆命为帐前亲卒，自己轻裘缓带，令他擐甲执兵，冀马前进，众心越觉感服。贺德伦闻晋王到来，率将吏出城迎谒。晋王从容入城，由德伦奉上印信，请晋王兼领天雄军，晋王谦让道："我闻城中涂炭，来此救民，公不垂察，即以印信见让，诚非本怀。"未免做作。德伦再拜道："德伦不才，心腹纪纲，多遭张彦毒手，形孤势弱，怎能再统州军？况寇敌逼近，一旦有失，转负大恩，请大王勿辞！"晋王乃受了印信，调德伦为大同节度使。德伦别了晋王，行抵晋阳，为张承业所留，不令抵任，后文再表。

且说晋王存勖既得魏城，令沁州刺史李存进，为天雄都巡按使，巡察城市。遇有无故讹言，及掠人钱物，悉诛无赦，城中因是帖然，莫敢喧哗。一面派兵袭陷德、澶二州，梁将王彦章奔往刘鄩军营，家属犹在澶州城内，被晋军掠取，仍然优待，且遣使招置彦章。彦章置家不顾，杀毙晋使，晋军乃把彦章家属，骈戮无遗。刘鄩进次魏县，晋王出军抵御，他素好冒险，但率百余骑往探鄩营，偏为鄩所探悉，分布伏兵，待晋王驰至，鼓噪而出，围绕数匝，晋王跃马大呼，麾骑冲突，所向披靡，骑将夏鲁奇，手持利刃，翼王突围，自午至申，杀死梁兵百余名，方得跃出，夺路驰回。梁军尚不肯舍，在后急追，鲁奇请晋王先行，自率百骑断后，又手刃梁兵数十人，身上亦遍受创伤，正危急间，救星已到。李存审率军前来，击退梁兵，随王回营。晋王检点从骑，虽多受伤，阵亡只有七人，乃顾语从骑道："几为虏笑。"从骑应声道："敌人怎敢笑王，适使他见王英武哩！"晋王因鲁奇独出死力，抚赏有加，赐姓名为李绍奇。

刘鄩驰入魏县城中，数日不出，杳无声迹。晋王怀疑，便命侦骑往探鄩军，返报城中并无烟火，只有旗帜竖着，很是整齐。晋王道："我闻刘鄩用兵，一步百计，这必是有诈谋哩！"乃再命侦探，始得确报，果系缚刍为人，执旗乘驴，分立城上。晋王笑道："他道我军尽在魏州，必乘虚袭我晋阳，计策却很是利害，但他的长处在袭人，短处在决战，我料他前行不远，速往追击，不难取胜。"料事颇明。遂发骑兵万人，倍道急追，果然郭军潜逾黄泽岭，欲袭晋阳，途次遇着霪雨，道险泥滑，部众扳藤援葛，越岭西行，害得腹疾足肿，或且失足堕死，因此不能急进。晋阳城内，也已接得军报，勒兵戒严，郭军行至乐平，粮食且尽，又闻晋阳有备，后面又有追兵到来，免不得进退两难，惊惶交迫。大众将有变志，势且溃散，郭泣谕道："我等去家千里，深入敌境，腹背皆有敌兵，山谷高深，去将何往？惟力战尚可得免。否则一死报君便了。"部众感他忠诚，才免异图。

晋将周德威本留镇幽州，见前回。闻刘郭西袭晋阳，亟引千骑往援，行至土门，郭已整众下山，自邢州绕出宗城，欲袭据临清，绝晋粮道。又复变计。德威兼程追郭，到了南宫，捕得郭谍数人，断腕纵还，令他还报道："周侍中已到临清了！"郭始大惊，按兵不进，哪知中了德威诡计，直至次日迟明，始由德威军略过郭营，驰入临清，煞是斗智。郭始悔为德威所赚，亟引兵趋贝州。晋王连得军报，已知郭由西返东，追兵不能得手，乃出屯博州，遥应德威。德威追郭至堂邑，杀了一仗，互有死伤，郭移军莘县，设堑固守，自莘及河，筑甬道以通粮饷。晋王存勖，也出屯莘县西偏，烟火相望，一日数战，未分胜负，晋王分兵攻郭甬道，用着大刀阔斧，斩伐栅木，郭督兵坚拒，随坏随修，晋军亦无可奈何，只捕得数十人，便即退还。刘郭也算能军。

梁主友贞偏责郭老师费粮，催令速战，郭历奏行军情形，且言晋系劲敌，不能轻战，只有训兵养锐，徐图进取云云。这报呈将进去，又接梁主手谕，问他何时决胜，郭很是懊怅，竟复奏道："臣今日无策，惟愿每人给千斛粮，始可破贼。"看官！试想这梁主友贞，虽然是素性优柔，见了这种奏语，也有些忍耐不住，便复下手谕道："将军屯军积粮，究竟为疗饥呢，还是为破贼呢？"郭接得此谕，不得已召问诸将道："主上深居禁中，不知军旅，徒与少年新进，谋画军机，急求一逞，无如敌势方强，战必不利，奈何奈何？"智囊也没法了。诸将齐声道："胜负总须一决，旷日持久，亦非善策。"郭不禁变色，退语亲军道："主暗臣谀，将骄卒惰，我未知死所了！"

越日，又召集诸将，每人面前置水一器，令他饮尽，大众皆面面相觑，无人敢饮。郭便对诸将道："一器中水，尚难尽饮，滔滔河流，能一口吸尽么？"众始知他借水喻意，莫敢发言，偏是朝使到来，总是促战。郭乃自选精兵万余人，开城薄镇定军营。镇定军猝不及防，到也惊乱，偏晋将李存审、李建及等，左右来援，冲断郭军。郭腹背受敌，慌忙收兵奔还，已丧失了千余人，乃决计坚守，不准出兵，且详报梁主友贞，请勿欲速。

梁主友贞疑信参半，连日不安，又因宠妃张氏，忽然得病，很是沉重。妃系梁功臣张归霸女，才色兼优，梁主友贞，早欲册她为后，张妃请待帝郊天，然后受册，友贞因连年战争，无心改元，所以郊天大礼，也延宕过去。至妃病已剧，亟册她为德妃，日间行礼，夜半去世，未免有情，谁能遣此！那梁主友贞，悲悼了好几日，自觉形神俱惫，未晚即寝，到了夜间，梦寐中似有人行刺，骇极乃寤。正在徬徨时候，突闻御榻中有击刺声，越觉惊异。仔细一听，乃出自剑匣中，就开匣取剑，披衣亟起，自言自语道："难道果有急变么？"道言未绝，寝门忽启，有一人持刀直入，竟来行凶，不防梁主持剑以待，急忙转身返奔，被梁主抢上一步，将他刺倒，结果性命。*侥幸侥幸。*乃急呼卫士入室，令他验视尸骸。有人识是康王友孜的门客，因即令卫士往捕友孜。友孜正待刺客返报，一闻叩门，亲来启视，被卫士顺手牵来，押入内廷。梁主面加审讯，友孜无可抵赖，俯首无词，便由梁主喝令处斩。原来友孜系梁主幼弟，双目有重瞳子，遂自谓有天子相，欲弑兄自立，不意弄巧成拙，竟至丧命。*既自命有异相，何不待兄终弟及，乃遽自送命耶？*

越宿，梁主视朝，顾语租庸使赵岩，及张妃兄弟汉鼎、汉杰道："几与卿等不得相见！"赵岩等尚未详悉，经梁主说明底细，方顿首称贺，且面奏道："陛下践祚，已越三年，尚未郊天改元，致被奸人觊觎，猝生内变，若陛下早已亲郊，早已改元，当不致有此事了！"梁主友贞，乃改乾化五年为贞明元年，亲祀圜邱，颁诏大赦，即命次妃郭氏，暂摄六宫事宜。郭氏为登州刺史郭归厚女，亦以姿色见幸，无容琐述。惟自友孜伏诛，梁主遂疏忌宗室，专任赵岩及张妃兄弟，参预谋议。岩等依势弄权，卖官鬻爵，逸间故旧将相，如敬翔、李振等一班勋臣，名为秉政，所言皆不见用。大家灰心懈体，眼见得朱梁七十八州，要陆续被人占去，不能长此安享了。*为朱梁灭亡断笔。*

梁主改元贞明，已在乾化五年十一月中，转瞬间就是贞明二年。刘鄩仍坚守莘城，闭壁不出。晋军乃屡次挑战，终无人出来接应，城上却守得甚固，无隙可乘。晋王存勖，留李存审守营，自往贝州劳军，阳言当返归晋阳。刘鄩乃奏请袭击魏州，梁主友贞答书道："朕举全国兵赋，付托将军，社稷存亡，关系此举，愿将军勉力！"鄩因令杨师厚故将杨延直，引兵万人，往袭魏州。延直夜半至城南，总道城中未曾备防，慢慢儿的扎营，不料营未立定，突来了一彪人马，统是精壮绝伦，所当辄靡。况且夜深天黑，几不知有多少敌军，只好见机急走，其实城中止有五百名壮士，潜出劫寨，却吓退了梁兵万人。

翌日晨刻，刘鄩率兵至城东，与延直相会，正拟督兵进攻，但听城中鼓声大震,城门洞开,有一大将领军杀出,前来接仗。郭遥认是李嗣源,也摆开阵势,与他交锋。将对将,兵对兵,正杀得难解难分,突见贝州路上,也有一军杀到。当先一员统帅,服色不等寻常,面貌很是英伟,手中执着令旗,似风驱来。郭惊语道:"来帅乃是晋王,莫非又被他赚了?"果如尊言。遂引兵却退。晋王与嗣源合兵,步步进逼,郭且战且行,奔至故元城西,后面喊声又震,李存审驱军杀来,郭叫苦不迭,急麾兵布成圆阵,为自固计。偏西北是晋王军,东南是存审军,两军皆布方阵,鼓噪而前,害得郭军四面受敌,合战多时,郭军不支,纷纷溃散,郭急引数十骑突围出走,所有步卒七万,经晋军一阵环击,杀死了一大半,余众侥幸逃脱,又被晋军追至河上,杀溺几尽,仅剩数千人过河,跟着刘郭退保滑州。

梁匡国军节度使王檀密奏梁廷,请发关西兵掩袭晋阳,廷臣以为奇计,即令照行。檀发河中、陕、同、华诸镇兵,合三万人,出阴地关,掩至晋阳城下,果然城中未及预防,即由监军张承业,调发诸司丁匠,并市民登城拒守。檀昼夜猛攻,险些儿陷入城中,承业慌急异常。代北故将安金全,退居晋阳,入见承业道:"晋阳系根本地,一或失守,大事去了!仆虽老病,忧兼家国,愿授我库甲,为公拒敌。"幸有此人。承业易忧为喜,立发库中甲械,给与金全,金全召集子弟,及退职故将,得数百人,夜出北门,袭击梁营,梁兵惊退,金全乃还。

过了一日,又由昭义军即泽潞二州。昭义军本统五州,自泽潞入晋。余如邢、洺、磁三州,尚为梁有,统称昭义军,故五代初有两昭义军。节度使李嗣昭,拨出牙将石君立,引五百骑来援。君立朝发潞州,夕至晋阳,突过汾河桥,击败梁兵,直抵城下,佯呼道:"昭义全军都来了!"承业大喜,开城迎入。君立即与安金全等,夜出各门,分劫梁营,梁兵屡有死伤,王檀料不能克,又恐援军四集,遂大掠而还。是时贺德伦尚留住晋阳,部兵多缒城逃出,往投梁军。承业恐他内应,收斩德伦,然后报达晋王,晋王也不加罪。惟晋阳解围,并非由晋王授计,晋王素好夸伐,竟不行赏,还亏张承业抚慰有方,大众始无怨言。晋室功臣,要算承业。梁主友贞,闻刘郭败还,王檀又复无功,忍不住长叹道:"我事去了!"乃召刘郭入朝。郭恐战败受诛,但托言晋军未退,不便离滑。梁主权授郭为宣义节度使,使将兵进屯黎阳。晋王使李存审往攻贝州,刺史张源德固守,屡攻不下。晋王自攻卫、磁二州,均皆得手,降卫州刺史米昭,斩磁州刺史靳绍。再派将分徇洺、相、邢三州,守吏或降或走,三州俱下。晋王命将相州仍归天雄军,惟邢州特置安国军,兼辖洺、磁,即令李嗣源为安国节度使,又进兵沧州。沧州已为梁所据,守将毛璋,至是亦降。只有贝州刺史张源德,始终拒晋,城中食尽,甚至啖人为粮,军士将源德杀死,奉款晋营,因恐久守被诛,请擐甲执兵,出城迎降。

存审佯为应允，俟开城后，麾兵拥入，抚慰一番，乃令降众释甲。降众不知是计，各将甲兵卸置，不料一声号令，四面被围，见一个，杀一个，把降众三千人，杀得干干净净，一个不留。存审亦太惨毒。自是河北一带，均为晋有。惟黎阳尚由刘鄩守住，总算还是梁土。晋军往攻不克，班师而回。

晋王存勖亟倍道驰归晋阳，原来存勖颇孝，累岁经营河北，必乘暇驰归，省视生母曹氏。此次因行军日久，所以急归。看官听着，晋祖李克用正室，本是刘氏，克用起兵代北，转战中原，尝令刘氏偕行，刘氏颇习兵机，又善骑射，尝组成宫女一队，教以武技，随从军中。克用所向有功，半出内助，及克用封王，刘氏亦受封秦国夫人。惟刘氏无子，与克用妾曹氏，相得甚欢，每与克用言及，曹氏相当生贵子，后来果生存勖，存勖嗣立，曹氏亦推为晋国夫人，母以子贵，几出刘氏右。刘氏毫不妒忌，欢爱逾恒，存勖归省曹氏，曹氏亦必令问候嫡母，不致缺仪。难得有此二贤妇。小子有诗咏道：

尹邢相让不相争，王业应由内助成，
到底贤明推大妇，周南樛木好重赓。推重刘氏，为后文易嫡为庶伏案。

晋王存勖归省后，过了残年，忽闻契丹酋长阿保机，称帝改元，竟取晋新州，入围幽州。那时又要大动干戈了。欲知契丹入寇情事，请看官续阅下回。

本回叙梁、晋交争，为梁、晋兴亡一大关键。刘鄩良将也，一步百计，可谓善谋，然晋为劲敌，非智力足以胜之。观鄩之固守莘城，坚壁不出，最为良策，司马懿之所以能拒诸葛者，即是道也。梁主不察，屡次促战，卒致鄩不能牢守成见，堕入晋王诈计，魏州一役，丧师无算，渡河奔还，而河北遂为晋有矣。王檀之袭击晋阳，智不在刘鄩下，乃顿兵城下，又复无功。河东方盛，人谋无益，梁亡晋兴，实关此举。然梁主不分天、雄二镇，尚不致有此败。兴亡之数，虽曰天命，岂非人事哉！况友珪谋逆，内变频兴，不能安内，乌能攘外，识者以是知朱梁之必亡！

第十一回

阿保机得势号天皇
胡柳陂轻战丧良将

却说中国北方,素为外夷所居,历代相沿,屡有变革。唐初突厥最大,后来突厥分裂,回鹘、奚、契丹,相继称盛。到了唐末,契丹最强,他本是鲜卑别种,散居潢河两岸,乘唐衰微,逐渐拓地,成为北方强国,国分八部。但皆利部、乙室活部、实活部、纳尾部、频没部、内会鸡部、集解部、奚嗢部。每部各有酋长,号为大人。又尝公推一大人为领袖,统辖八部,三年一任,不得争夺。居然有选举遗风。

到了唐朝季年,正值阿保机为八部统领,善骑射,饶智略,尝乘间入塞,攻陷城邑,掳得中国人民,择地使耕,辟土垦田,大兴稼穑。不到数年,居然禾麦丰收,户口蕃息。阿保机为治城郭,设廛市,立官置吏,仿中国幽州制度,称新城为汉城,汉人安居此土,不复思归。阿保机闻汉人言,谓中国君主,向来世袭,未尝交替,因此威制诸部,不肯遵行三年一任的老例,悠悠忽忽,已越九年。八部大人,各有违言,阿保机乃通告诸部道:"我在任九年,所得汉人,不下数万,现皆居住汉城,我今自为一部,去做汉城首领,不再统辖各部,可好么?"各部大人,当然允诺。阿保机遂徙居汉城,练兵造械,四出略地。

党项在汉城西,他率兵往攻,欲取党项为属地,不意东方的室韦部,乘虚来袭汉城,城中闻报皆惊,偏出了一个女英雄,披甲上马,号召徒众,竟开城搦战,击破室韦部众,追逐至二十里外,斩获无数,始收众回城。这人为谁?就是阿保机妻述律氏。述律一作舒嚕。述律氏名平,系回鹘遗裔,小字月理朵,一作鄂尔多。生得身长面白,有勇有谋,阿保机行兵御众,多由述律氏暗中参议,屡建奇功,此次阿保机西侵党项,留她居守,她日夕戒备,竟得从容破敌。及阿保机闻变回来,敌人早已败走,全城安然无恙了。梁兴有张妃,晋兴有刘妃,契丹之兴有述律氏，可见开国成家，必资内助。汉城在炭山西南，素产盐铁，所出食盐，往往分给诸部。述律氏为阿保机设法，拟借此召集诸部大人，为聚歼计，阿保机遂遣使语诸部道："我有盐池，为诸部所仰给，诸部得了盐利，难道不知有盐主么？何不一来犒我！"诸部大人乃各赍牛酒，亲诣汉城，与阿保机共会盐池。阿保机设筵相待，饮至酒酣，掷杯为号，两旁伏兵突发，持刀乱杀，八部大人，无一生还。阿保机即分兵往徇八部，八部已失了主子，哪个敢来抵挡，只好俯首听命，愿戴阿保机为国主，阿保机遂得雄长北方了。阿保机并吞八部，叙笔不略。

晋王李克用，闻梁将篡唐，意图声讨，因欲联络契丹，作为臂助，乃遣人往约阿保机，愿与联盟。阿保机率兵三十万，来会克用，到了云州东城，由克用迎入宴饮，约为兄弟，共举兵击梁，临别时赠遗甚厚。阿保机亦酬马千匹，不意梁既篡唐，阿保机竟背盟食言，反使袍笏梅老诣梁，袍笏系番官名。献上名马貂皮，求给封册。梁主温遣使答报，令他剿灭晋阳，方给封册，许为甥舅国。看官！你想李克用得此消息，能不引为大恨么？克用病终，曾付一箭与存勖，嘱他剿灭契丹。见前第四回。

存勖嗣立，先图河北，不便与契丹绝交，所以贻书契丹，仍称阿保机为叔父，述律氏为叔母。及存勖伐燕，燕王刘守光，使参军韩延徽往契丹乞师，阿保机不肯发兵。见前第九回。但留住延徽，令他为契丹臣。延徽不拜，惹动阿保机怒意，罚使喂牛饲马，独述律氏慧眼识人，徐劝阿保机道："延徽守节不屈，正是当今贤士，若能优礼相待，当为我用，奈何使充贱役呢！"阿保机乃召入延徽，令延旁坐，与语军国大事，应对如流。阿保机大喜，遂待若上宾，用为谋主，延徽感怀知遇，竭力赞襄，教他战阵，导他侵略，东驰西突，收服党项、室韦诸部，又制文字，定礼仪，置官号，一切法度，番、汉参半，尊阿保机为契丹皇帝。阿保机自称天皇王，令妻述律氏为天王皇后，改元天赞。即以所居横帐地名为姓，叫作世里，由中国文翻译出来，便是"耶律"二字。别在汉城北方，营造城邑宫室，称为上京，上京四近，各筑高楼，为往来游畋，登高憩望的区处，俗尚拜日崇鬼，每月逢朔望，必东向礼日，所以阿保机莅朝视事，亦尝东向称尊。这是梁贞明二年间事。

韩延徽却潜归幽州，探视家属，乘便到了晋阳，入见晋王李存勖。存勖留居幕府，命掌书记。偏有燕将王缄，密白晋王，说他反复无常，不宜信任。"反复无常"四字，确是延徽定评。晋王因也动疑，延徽瞧透隐情，便借省母为名，复走契丹。阿保机失了延徽，如丧指臂，及延徽复至，几疑他从天而下，大喜过望，即令延徽为相，叫作政事令。延徽致晋王书，归咎王缄，且云："延徽在此，必不使契丹南牧，惟幽州尚有老母，幸开恩赡养，誓不忘德。"晋王存勖乃令幽州长官，岁时问延徽母，不令乏食。哪知契丹竟大举南寇，自麟、胜二州攻入，直抵蔚州。晋振武军节度使李嗣本，发兵往矩，众寡不敌，嗣本被擒。又值新州防御使李存矩骄惰不恤军民，为偏将卢文进等杀死，文进亡入契丹，引契丹兵入据新州，留部校刘殷居守，云、朔大震。

晋王李存勖正自河北归来，接连得着警报，亟调幽州节度使周德威，发兵三万，往拒契丹。德威至新州城下，望见契丹兵士，精悍绝伦，已有退志。嗣闻契丹皇帝阿保机率兵数十万，前来援应，料知不能抵敌，引兵退还。到了半途，突闻后面喊声大震，契丹兵已经杀到。德威回马北望，那胡骑漫山遍野，踊跃奔来，急忙下令布阵，整备对仗，阵方布定，敌骑已至，凭着一股锐气，突入阵中，德威招架不住，没奈何麾军再走。偏敌骑驰骋甚速，霎时间又被冲断，裹去了无数人马，仅得数千人保住德威，狼狈急奔，始得回入幽州。德威老将，也有此败。契丹兵乘胜进薄城下，声言有众百万人，毡车毳幕，弥漫山泽，沿途俘获兵民，统用长绳捆住，连头带足，似缚豚相似，悬诸树上。恰是好看。兵民到了夜间，往往潜自解脱，伺隙逸去，契丹主也不过问，但督兵围攻幽州。周德威一面乞援，一面固守。契丹降将卢文进，请造火车地道，仰攻俯掘，德威用铜铁镕汁，上下挥洒，敌众多被沾染，无不焦烂，因此攻势少懈。

相持至百余日，晋将李嗣源、阎宝、李存审等奉晋王命令，率步骑七万，进援幽州，嗣源与存审商议道："敌利野战，我利据险，不若自山中潜行，趋往幽州，倘或遇敌，亦可依险自固，免为所乘。"存审称善，遂逾大防岭东行，由嗣源与养子从珂率三千骑为先锋，衔枚疾走。距幽州六十里，与契丹兵相值，力战得进，行至山口，契丹用万骑阻住去路，嗣源仅率百余骑，至契丹阵前，免胄扬鞭，口操胡语道："汝无故背盟，犯我疆土，我王已麾众百万，直抵西楼，灭汝种族，汝等还在此做什么？"契丹兵听了此语，不免心惊，互相顾视，嗣源乘势突入，手舞铁镕，击死敌目一人。后军怒马继进，得将契丹兵冲退，径抵幽州。契丹主阿保机攻城不下，又值大暑霖潦，班师回国，止留部将卢国用围城。说本《辽史·太祖纪》国用闻救兵到来，列阵待着，李存审命步兵伏住阵后，戒勿妄动，但令赢卒曳柴燃草，鼓噪先进，那时烟尘蔽天，弄得契丹兵莫名其妙，不得已出阵逆战，存审始令阵后伏兵，齐向前进，趁着烟雾迷离的时候，人自为战，蹂躏敌阵。契丹兵大败而逃，由晋军从后追击，俘斩万计，乃收军入幽州。前写嗣源，后写存审。德威接见诸将，握手流涕，越日始遣人告捷。

晋王闻契丹败归，又决计伐梁，调回李嗣源等将士，指日出师。会值天寒水涸，河冰四合，晋王大喜道："用兵数载，只因一水相隔，不便飞渡，今河冰自合，正是天助我了！"遂急赴魏州，调兵南下。

是时梁黎阳留守刘鄩，应召入朝，接应前回。朝议责他失守河朔，贬为亳州团练使。河北失一大将，没人抵挡晋军，晋王视河冰坚冱，即引步骑渡河。河南有杨刘城，由梁兵屯守，沿河数十里，列栅相望。晋王麾军突进，毁去各栅，竟抵杨刘城，饬步兵各负葭苇，填塞城濠，四面攻扑，即日登城，擒住守将安彦之。梁主友贞正在洛阳谒陵，拟行西郊祀天礼，忽闻杨刘城失守，晋军将抵汜水，急得不知所措，慌忙停罢郊祀，奔还大梁。嗣探得晋王略地濮郓，大掠而还，才得略略放心，安稳过了残年。

越年为贞明四年，梁主友贞与近臣会议，欲发兵收复杨刘。梁相敬翔上疏道："国家连年丧师，疆宇日蹙，陛下居深宫中，惟与左右近臣商议军务，所见怎能及远？试想李亚子继位以来，攻城野战，无不身先士卒，亲冒矢石。近闻攻杨刘城，且身负束薪，为士卒先，所以一鼓登城，毁我藩篱。陛下儒雅守文，宴安自若，徒令后进将士，攘逐寇仇，恐非良策。为今日计，速宜周谘黎老，别求善谋，否则来日方长，后患正不少哩！"颇切时弊。梁主览奏，乃与赵、张诸臣商议。赵、张诸臣，反说敬翔自恃宿望，口出怨言，竟请梁主下诏遣责。还是梁主曲意优容，但将奏疏搁起，置诸不理。

过了数日，令河阳节度使谢彦章，领兵数万，攻杨刘城。晋王存勖已还寓魏州，接到杨刘警报，亟率轻骑驰抵河上。彦章筑垒自固，决河灌水，阻住晋军。晋王泛舟测水，见水势弥漫数里，深且没枪，也觉暗暗出惊，沉吟半晌，始笑顾诸将道："我料梁军并无战意，但欲阻水为固，使我自敝，我岂堕他狡计！看我先驱渡水，攻他不备哩。"翌晨即调集将士，下令攻敌。自率魏军先涉，各军继进，褰甲横枪，整队后行，可巧水势亦落，深才及膝，大众欢跃而前。梁将谢彦章率众数万，临水拒战，晋军冲突数次，统被击退。晋王眉头一皱，计上心来，即麾军却还。到了中流，回顾梁兵追来，复翻身杀回。军士亦皆返战，奋呼杀贼。彦章不防这着，竟被晋军冲散队伍，及奔还岸上，已是不能成列。晋王驱军大杀一阵，流血万人，河水为赤，彦章仓皇遁走，晋军遂陷入滨河四寨。极写晋王智勇。

晋王欲乘胜灭梁，四面征兵，令周德威率幽州兵三万人，李存审率沧、景兵万人，李嗣源率邢、洺兵万人，王处直遣将率易、定兵万人，及麟、胜、云、朔各镇兵马，同集魏州，还有河东、魏博各军，齐赴校场，由晋王升座大阅，慷慨誓师，各军齐声应诺，仿佛似海啸山崩，响震百里。梁兖州节度使张万进，望风股栗，遣使纳款。晋王乃带领全军，循河直上，立营麻家渡。梁命贺瓌为北面行营招讨使，率师十万，与谢彦章会兵濮州，出屯州北行台，相持不战。原是上策。

晋王屡发兵诱敌，梁营中始终不动，恼得晋王性起，自引轻骑数百人，到梁

第十一回　阿保机得势号天皇　胡柳陂轻战丧良将　65

营前，踞坐辱骂。梁兵却出营追赶，险些儿刺及晋王，亏得骑将李绍荣，力战得免。众将皆谏，赵王镕及王处直，亦致书晋王道："元元命脉，系诸王身，大唐命脉，亦系诸王身，奈何自轻若此！"晋王笑语来使道："自古到今，平定天下，多由百战得来，怎可深居帷阃，自溺宴安哩！"来使既去，晋王又出营上马，亲往挑战。李存审叩马泣谏道："大王当为天下自重，先登陷阵，乃是存审等职务，并非大王所应为！"晋王尚不肯止，经存审揽住马缰，方下马还营。

越日觑存审外出，复策马驰往敌营，随身仍不过百骑，且顾语左右道："老子妨人戏，令人惹厌！"既近梁营，营外有长堤，晋王跃马先登，随登的骑将，仅及十余人，不防堤下伏有梁兵，一声呼噪，持械突发，围住晋王至数十匝，晋王拼命力战，一时冲突不出，幸后骑陆续登堤，从外面攻入，方杀开一条血路，策马飞奔，李存审也领兵来援，方将梁兵杀退，晋王方信存审忠言，待遇益加厚了。存勖之不得善终，亦未始非轻躁之失。

两军相持，转瞬百日，晋王又暴躁起来，饬令进军，距梁营十里下寨。梁招讨使贺瓌屡欲出战，均被谢彦章阻住。一日瓌与彦章阅兵营外，对营数里，适有高地，瓌指示彦章道："此地可以立栅。"彦章不答，及晋军进逼，果在高地上竖栅屯军，瓌遂疑彦章与晋通谋，密报梁主，诬称彦章挠阻军谋，私通寇敌。一面与行营都虞侯朱珪密谋，诱杀彦章，并骑将孟审澄、侯温裕。当下再奏梁主，只说三人谋叛，已与朱珪定计，将他诛死，梁主不辨虚实，竟升珪为平卢节度使，兼行营副指挥使。

晋王闻彦章被杀，喜语诸将道："将帅不和，自相鱼肉，这正是有隙可乘！我若引军直指梁都，他岂能仍然坚壁，不来拦阻？我得与战，当无不胜了。"周德威谏阻道："梁人虽屠上将，兵甲尚是完全，若冒险轻行，恐难得利。"晋王不从，下令军中，老弱悉归魏州，所有精兵猛将，一概随行。当即毁营亟进，竟向汴梁进发。至胡柳陂，有侦骑来报道："梁将贺瓌，也率大兵追来了。"晋王道："我正要他追来，好与一战。"周德威又谏道："贼众倍道来追，未曾休息，我军步步为营，所至立栅，守备有余，兵法上所谓以逸待劳，便是此策，请王按兵勿战，但由德威等分出骑兵，往扰敌垒，使他不得安息，然后一鼓出师，可以立歼，否则梁人顾念家乡，内怀愤激，锐气方盛，暮气未生，骤然与战，恐未必得志呢。"晋王勃然道："前在河上，恨不得贼，今贼至不击，尚复何待？公何胆怯至此！"说至此，复顾李存审道："尔等令辎重兵先发，我为尔等断后，破贼即行。"勇则有余，慎则不足。德威不得已，引幽州兵从行，向子流涕道："我不知死所了。"也是命数该终，所以良谋不用。

已而梁军大至，横亘数十里：晋王自领中军，镇定军居左，幽州军居右，辎重兵留屯陈西，晋王率亲军陷入梁阵，所向无前，十荡十决，往返至十余次。梁马军都指挥使王彦章，支持不住，竟率部众西走。晋辎重兵望见梁帜，还道他来袭辎重，顿时惊溃，驰入幽州军。幽州军亦被他扰乱，反令彦章乘隙捣入，斫死许多幽州军。周德威慌忙拒战，已是不及拦阻，再经贺瓌部众，也来帮助彦章，一场蹂躏，可怜德威父子，竟战死乱军中！小子有诗叹道：

  统兵百战老疆场，具有兵谋保晋王。
  谁料渡河偏梗议？将军难免阵中亡。

  德威已死，晋军夺气，晋王存勖，忙据住高邱，收集散兵。梁兵四面会合，贺瓌亦占了对面的土山，与晋王再决胜负。欲知再战情形，俟小子下回续叙。

  契丹阿保机之强，谋略多出述律氏，彼徒执哲妇倾城之语，以律人家国者，毋乃其所见太小耶！盖惟妖媚妒悍之妇人，不误人家国不止，若果智勇深沉，好谋善断，则佐兴一国且有余，遑论一家乎！但为阿保机设法，诱入八部大人，聚而歼旃，虽从此得统一契丹，而居心未免太毒，述律氏亦悍矣哉！若夫晋之攻梁，名正言顺，不劳赘述。晋王之冒险轻进，原违临事而惧，好谋而成之诫，胡柳陂一役，宿将如周德威，亦致战死，此皆由轻率之害。但德威行军日久，奈何不预先戒备，竟为各军所乘！然则其战死也，殆亦有自取之咎乎？盖德威年已衰迈，暮气亦深，无怪其前遇契丹，即望风奔靡也。

第十二回

莽朱瑾手刃徐知训
病徐温计焚吴越军

却说梁将贺瓌据住土山，为晋王所望见，即顾语将士道："今欲转败为胜，必须往夺此山。"说着，即引骑兵下丘，驰至对面土山前，奋勇先登，李从珂、王建及等，随后踵至，统是努力向前，一拥而上。梁兵抵敌不住，纷纷下山，改向山西列阵，尚是气焰逼人。晋军相顾失色，各将请晋王敛兵还营，诘朝复战，独阎宝进言道："王彦章骑兵已西走濮阳，山下只有步卒，向晚必有归志，我乘高临下，定可破敌，且大王深入敌境，偏师失利，若再引退，必为敌乘，就使收众北归，河朔恐非王有，成败决诸今日，奈何退去？"晋王尚犹豫未决，此时何亦迟疑耶？李嗣昭亦进谏道："贼无营垒，日暮思归，但使精骑往扰，使彼不得晚食，待他引退，麾众追击，必得全胜。"王建及擐甲横槊，慷慨陈词道："敌兵已有倦容，不乘此时往击，更待何时？大王尽管登山，看臣为王破贼！"晋王见他声容俱壮，也奋然道："非公等言，几误大计！"便令嗣昭、建及率领骑兵，先驱突阵，自率各军继进。

梁兵正虑枵腹，不防嗣昭、建及两大将，盛怒前来，大刀长槊，搅入阵中，刀过处头颅乱滚，槊到时血肉横飞，大众逃命要紧，立时溃散。那晋王又率大军驱到，好似泰山压卵一般，所当辄碎。贺瓌拍马返奔，部众大溃，死亡约三万人。这是梁、晋第三次鏖战。

晋王存勖得胜还营，检点军士，倒也死了不少。又闻德威父子阵亡，不禁大恸道："丧我良将，咎实在我，悔无及了！"德威尚有子光辅，为幽州中军兵马使，留守幽州，当即命为岚州刺史。惟李嗣源与从珂相失，且因军中讹传，晋王已渡河北返，也即乘冰北渡，嗣闻晋王得胜，进拔濮阳城，乃再南渡至濮阳，进谒晋王。晋王冷笑道："汝道我已死么？仓猝北渡，意欲何为？"嗣源顿首谢罪。

晋王以从珂有功，不忍加谴，且罚他饮酒一大觥，聊示薄惩。自引军北还魏州，遣嗣昭权知幽州军府事。

梁主友贞接到贺瓌败耗，已是不安，随后有王彦章败卒奔还，说是晋军将至，越加惊惶，亟驱市人登城，又欲奔往洛阳，及得行营确报，方知晋军北还，始免奔波，但已是吃惊不小了。写出友贞庸柔。

先是晋王发兵攻梁，曾遣使至吴，约他南北夹攻。吴王杨隆演，命行军副使徐知训，为淮北行营都招讨使，偕副都统朱瑾等，领兵趋宋亳，与晋相应，且移檄州县，进围颍州。梁令宣武节度袁象先，出兵救颍，吴军不战即退。看官！你道吴军何故如此怯弱呢？原来徐知训骄倨淫暴，未惬舆情，所以士无斗志，不愿接仗，知训亦乐得退军，返至广陵，自耽淫乐。但是有势不可行尽，有福不可享尽，似徐知训的生平行谊，哪里能保有富贵，安佚终身？借古警世，不啻暮鼓晨钟。说来又是话长，待小子略述知训的行为。

知训凭借父威，累任至内外都军使，兼同平章事职衔，平时酗酒好色，遇有姿色的妇女，百计营取。知抚州李德诚，有家妓数十人，为知训所闻，即贻书德诚，向他分肥。德诚复书道："寒家虽有数妓，俱系老丑，不足侍贵人，当为公别求少艾，徐徐报命。"知训得书大怒道："他连家妓也不肯给我，我当杀死德诚，并他妻室都取了回来！看他能逃我掌中否？"德诚闻之大恐，亟购了几个娇娃，献与知训，知训方才罢休。

吴王隆演幼懦，尝被知训侮弄。一日，知训侍隆演宴饮，喝得酩酊大醉，便迫隆演下座，令与优人为戏，且使隆演扮作苍鹘，自己扮作参军。什么叫作参军、苍鹘呢？向例优人演戏，一人袯头衣绿，叫做"参军"，一人总角敝衣，执帽跟着参军，如僮仆状，叫做"苍鹘"。隆演不敢违拗，只好勉强扮演，胡乱一番罢了。想入非非。又尝与隆演泛舟夜游，隆演先行登岸，知训恨他不逊，用弹抛击隆演，还幸隆演随卒，格去弹子，才免受伤。既而至禅智寺赏花，知训乘着酒意，诟骂隆演，甚至隆演泣下，尚呶呶不休。左右看不上眼，潜扶隆演登舟，飞驶而去。知训怒上加怒，急乘轻舟追赶，偏偏不及，竟持了铁槌，寻击隆演亲吏，扑死一人，余众逃去，知训酒亦略醒，归寝了事。隆演有卫将李球、马谦意欲为主除害，俟知训入朝时，挟隆演登楼，引着卫卒出击知训，知训随身也有侍从，即与卫士交战，只因寡不敌众，且战且却，可巧朱瑾驰至，知训急忙呼救，瑾返顾一麾，外兵争进，得将李球、马谦两人杀死，卫卒皆遁。知训欲入犯隆演，为瑾所阻，始不敢行，但从此益加骄恣，不特凌蔑同僚，并且嫉忌知诰。

知诰为昇州刺史，修筑府舍，振兴城市，很有富庶气象。润州司马陈彦谦，劝徐温徙治昇州，调知诰为润州团练使。知诰乘便入朝，辞行时，知训佯为宴

第十二回 莽朱瑾手刃徐知训 病徐温计焚吴越军

饯，暗中伏甲，欲杀知诰，幸知训季弟知谏素睦知诰，此时亦在座中，蹑知诰足，知诰始知诡计，佯称如厕，逾垣遁去。知训闻知诰已遁，拔剑出鞘，授亲吏刁彦能，令速追杀知诰。彦能追及中途，但以剑示知诰，纵使逃生，自己返报知训，只说是无从追寻，知训无法可施，也即罢论。

朱瑾前助知训，幸得脱难，他却不念旧德，阴怀猜忌。瑾尝遣家妓问候知训，知训将她留住，欲与奸宿。家妓知他不怀好意，乘间逸出，还语朱瑾，瑾亦愤愤不平。嗣又闻知训将他外调，出镇泗州，免不得恨上加恨。于是想出一计，请知训到家，盛筵相待，席间召出宠妓，曼歌侑酒，惹动知训一双色眼，目不转睛地瞟着歌妓。瑾暗中窃笑，佯为奉承，愿以歌妓相赠，并出名马为寿。引得知训手舞足蹈，喜极欲狂。瑾因知训仆从，多在厅外，急切未便下手，乃复延入内堂，召继妻陶氏出见。*瑾妻为朱温所掳，已见前。*陶氏敛衽而前，下拜知训，知训当然答礼，不防背后被瑾一击，立足不住，竟致蹉地。户内伏有壮士，持刀出来，刀锋一下，那淫凶暴戾的徐知训，魂灵透出，向鬼门关挂号去了。*趣语。*

瑾枭下知训首级，持出大厅，知训从人，立即骇散。瑾复驰入吴王府，向杨隆演说道："仆已为大王除了一害！"说着，即将血淋淋的头颅举示隆演，隆演吓得魂不附体，慌忙用衣障面，嗫嚅答道："这……这事我不敢与闻。"一面说，一面走入内室。*实是没用。*瑾不禁愤怒交集，大声呼道："竖子无知，不足与成大事！"*你亦未免太粗莽了。*随即将首击柱，掷置厅上，挺剑欲出，不料府门已阖，内城使翟虔等竟勒兵拥至，争来杀瑾，瑾急奔回后垣，一跃而上，再跃坠地，竟至折足，后面追兵，也逾垣赶来，瑾自知不免，便遥语道："我为万人除害，以一身任患，也可告无罪了。"言已，把手中剑向颈一横，也即殒命。

徐温向居外镇，未知子恶，一闻知训被杀，愤怒得了不得，即日引兵渡江，径至广陵，入叩兴安门，问瑾所在。守吏报称瑾死，乃即令兵士搜捕瑾家，自瑾妻陶氏以下，一并拘至，推出斩首。陶氏临刑泣下，瑾妾却怡然道："何必多哭，此行却好见朱公了！"陶氏闻言，遂亦收泪，伸颈就刑。*一妻受污，一妻受戮，难乎其为朱瑾妻。*家口尽被诛夷，并令将瑾尸陈示北门。瑾名重江淮，人民颇畏威怀德，私下窃尸埋葬。适值疫气盛行，病人取瑾墓土，用水和服，应手辄愈，更为墓上培益新土，致成高坟。徐温闻知，命剧发瑾尸，投入雷公塘下。后来温竟抱病，梦见瑾挽弓欲射，不由得惊惧交并，再命渔人网得瑾骨，就塘侧立祠，始得告痊。*总计朱瑾一生，尚无大恶，也应受此庙祀。*温本欲穷治瑾党，为此一梦，才稍变计，又因徐知诰、严可求等具述知训罪恶，乃幡然道："孽子死已迟了！"遂斥责知训将佐，不能匡救，一律落职，独刁彦能屡有诤言，特别加赏。*恐是由知诰代陈。*进知诰为淮南节度副使，兼内外马步都军副使，通判府事，命知谏权润州团练事，温仍然还镇。庶政俱决诸知诰。

知诰乃悉反知训所为，事吴王尽恭，接士大夫以谦，御众以宽，束身以俭，求贤才，纳规谏，杜请托，除奸猾，蠲逋税，士民翕然归心。就是悍夫宿将，亦无一不悦服。用宋齐邱为谋主，齐邱劝知诰兴农薄赋，江淮间方无旷土，桑柘满野，禾黍盈郊，国以富强。务本之策，原无逾此。知诰欲重用齐邱，偏是徐温不愿，但令为殿直军判官。齐邱终为知诰效力，每夕与知诰密谋，恐属垣有耳，只用铁筋画灰为字，随书随灭，所以两人秘计，无人得闻。

严可求料有大志，尝语徐温道："二郎君指知诰。非徐氏子，乃推贤下士，笼络人望，若不早除，必为后患！"温不肯从，可求又劝温令次子知询，代掌内政，温亦不许。知诰颇有所闻，竟调可求为楚州刺史。可求知已遭忌，亟往谒徐温道："唐亡已十余年，我吴尚奉唐正朔，无非以兴复为名。今朱、李争逐河上，朱氏日衰，李氏日盛，一旦李氏得有天下，难道我国向他称臣么？不若先建吴国，为自立计。"这一席话，深中徐温心坎，原来温曾劝杨隆演为帝，隆演不答，因致迁延。在温的意思中，自虑权重位卑，得使吴王称帝，自己好总掌百揆，约束各镇。独严可求却另有一种思想，自恐知诰反对，不得不推重徐温，作一靠山。既要推重徐温，不得不阳尊吴王，彼此各存私见，竟似心心相印。

温即留可求参总庶政，令他草表，推吴王为帝，吴王杨隆演仍然却还。温再邀集将吏藩镇，一再上表，乃于唐天祐十六年，这是淮南旧称。即梁贞明五年四月，杨隆演即吴王位，大赦国中，改元武义，建宗庙社稷，置百官宫殿，文物皆用天子礼，惟不称帝号。追尊行密为太祖，谥曰"孝武王"，渥为烈祖，谥曰"景王"，母史氏为太妃。拜徐温为大丞相，都督中外军事，封东海郡王，授徐知诰为左仆射，参知政事，严可求为门下侍郎，骆知祥为中书侍郎，立弟濛为庐江郡公，溥为丹阳郡公，浔为新安郡公，澈为鄱阳郡公，子继明为庐陵郡公。濛有材气，尝叹息道："我祖创造艰难，难道可为他人有么？"温闻言，惧不能制，竟出濛为楚州团练使。吴王杨隆演本意是不愿称制，只因为徐氏所迫，勉强登台，且见徐氏父子，专权日久，无论如何懊怅，不敢形诸词色，所以居常怏怏，镇日里沉饮少食，竟致疾病缠身，屡不视朝。想是没福为王。

哪知吴越忽来构衅。吴越王钱镠竟遣仲子传瓘，率战舰五百艘，自东洲击吴，警报与雪片相似，连达广陵。吴王隆演病中不愿闻事，一切调兵遣将的事情，当然委任大丞相、大都督了。先是吴越王钱镠，本与淮南不和，梁廷因得利用，令他牵制淮南，且加他兼职，授淮南节度使，充本道招讨制置使。钱镠亦尝奉表梁廷，极陈淮南可取状。嗣是屡侵淮南，互有胜负，及梁主友珪篡位，册钱镠为尚父，友贞诛逆嗣统，又授镠为天下兵马元帅。镠遂立元帅府，建置官属，雄据东南。至吴王隆演建国改元，梁主友贞，又颁诏吴越，令大举伐吴，因此钱镠复遣传瓘出师。

吴相徐温亟调舒州刺史彭彦章，及裨将陈汾，带领舟师，往拒吴越军。舟师顺流而下，到了狼山，正与吴越军相遇，可巧一帆风顺，不及停留，那吴越战舰，又复避开两旁，由他驰过，<u>明明有计</u>。吴军踊跃前进，不意后面鼓角齐鸣，吴越军帅钱传瓘竟驱动战舰，扬帆追来，吴军只好回船与战。甫经交锋，吴越舰中，忽抛出许多石灰，乘风飞入吴船，迷住吴军双目，吴军不住地擦眼；他又用豆及沙，散掷过来。吴军已是头眼昏花，怎禁得脚下的沙、豆，七高八低，立脚不住；又经吴越军乱劈乱斫，杀得鲜血淋漓，渍及沙、豆，愈加圆滑，顿时彼倾此跌，全船大乱。传瓘复令军士纵火，焚毁吴船，吴军心惊胆落，四散奔逃。彭彦章还想力战，身被数十创，智穷力竭，情急自刭。陈汾却先已逃回，坐视彦章战死，并不顾救，遂致战舰四百艘，多成灰烬，偏将被掳七十人，兵士伤亡数千名。

徐温闻报，立诛陈汾，籍没家产，半给彦章妻子，赡养终身。一面出屯无锡，截住敌军，一面令右雄武统军陈璋，率水军绕出海门，断敌归路，吴越军乘胜进军，与温相值，时当孟秋，暑气未退，温适病热，不能治军。判官陈彦谦亟从军中选一弁目，面貌似温，令他充作军帅，身环甲胄，号令军士，温得少休。既而吴越军来攻中军，温疾已少闲，亲自出战，遥见秋阳暴烈，两岸间萑苇已枯，又值西北风起，正好乘势放火，烧他一个精光，便令军士挟着火具，四散纵火，火随风猛，风引火腾，吴越军立时惊溃，当由温驱兵追击，斩首万计，吴赵将何逢、吴建亦被杀死，只传瓘遁去。<u>前曾以火攻胜吴，奈何自不及防，岂真一报还一报耶！</u>走至香山，又被吴将陈璋，截住去路，好容易夺路逃回。十成水师，已失去七八成了。

徐温令收兵回镇，知诰请派步卒二千，假冒吴越旗帜，东袭苏州。温喟然道："汝策原是甚妙，但我只求息民，敌已远遁，何必多结仇怨！"<u>也是有理</u>。诸将又齐请道："吴越所恃，全在舟楫，方今天旱水涸，舟楫不便行驶，这正天亡吴越的机会，何不乘胜进兵，扫灭了他！"温又叹道："天下离乱，已是多年，百姓困苦极了，钱公亦未可轻视。若连兵不解，反为国忧，今我既得胜，彼已惧我，我且敛兵示惠，令两地人民，各安生业，君臣高枕，岂非快事！多杀果何益呢！"<u>具有保境息民之意</u>。遂引兵还镇。

嗣复用吴王书，通使吴越，愿归无锡俘囚。吴越王钱镠亦答书求和。两下释怨，休兵息民，彼此和好度日，却有二十年不起烽烟，这未始非徐温所赐呢。<u>应该称美</u>。

越年五月，吴王杨隆演病已垂危。温自升州入朝，与廷臣商及嗣位事宜。或语温道："从前蜀先主临终时，尝语诸葛武侯，谓嗣子不才，君宜自取。"温不待词毕，即正色道："这是何言，我若有意窃位，诛张颢时即可做得，何必待至今日？杨氏已传三主，就使无男有女，亦当拥立，如有妄言，斩首不赦！"大众唯唯听命，乃传吴王命令，召丹阳公杨溥监国，徙溥兄濛为舒州团练使。未几隆演病逝，年仅二十四岁。弟溥嗣立，尊生母王氏为太妃，追尊兄隆演为高祖宣皇帝。小子有诗咏徐温道：

权兼内外总兵屯，报国犹知戴一尊。
试看入朝排众议，徐温毕竟胜朱温。

吴王溥已经嗣位，国中好几年无事，小子好别叙蜀中情形，欲知蜀事，且阅下回。

是回除首数行外，纯叙吴事，如徐知训之不道，朱瑾诛之宜也；但瑾之所为，未免卤莽，投鼠尚且忌器，岂有内为孱主，外有强镇，顾可为孤注之一掷乎？况徐温亦非真愦于事者，特未闻其子之过恶耳。为瑾计，何不致书徐温，直陈知训罪状，令他自行废置，乃诱诛知训，卒致杀身亡家？武夫之一往直前，不知审慎，往往有此大弊。幸徐温入都，心目中尚有吴王，不致篡夺，否则隆演之首，几何而不立陨也！史称温梦瑾挽射，始为改葬，瑾未必有此灵异，但亦因严可求、徐知谘之先陈子恶，未免生悔，悔则因致成梦耳。且隆演幼懦，内外军事，亦赖有徐氏主持，观吴越之大举侵吴，幸温用火攻计，转败为胜，淮南得以无恙。厥后隆演病剧，且使杨氏无男有女，亦当拥立之言，宁得以父子专政，遽谓其罪大功小哉？篇中抑扬得当，可作史评一则。

第十三回

嗣蜀主淫昏失德
唐监军谏阻称尊

却说蜀主王建杀死太子元膺，改立幼子宗衍为太子。见前第九回。建子有十一人，为何独立这幼子呢？原来蜀主正室周氏，才貌平常，且无子嗣，虽有妾媵数人，生了数子，怎奈没有丽色。嗣得眉州刺史徐耕二女，入侍后宫，一对姊妹花，具有丽容，仿佛与江东大小乔相似。看官！你想蜀主得此二美，尚有不爱逾珍璧么？大徐女生子宗衍，小徐女生子宗鼎。宗鼎先生，排行第七，宗衍后生，排行最幼。此外尚有宗仁、宗纪、宗辂、宗智、宗特、宗杰、宗泽、宗平等，均系别媵所出。王建僭号，十一子均得封王。元膺既死，建因宗辂类己，宗杰有才，两子中拟择一为嗣。大徐女已进封贤妃，小徐女亦进封淑妃，两妃专房用事，怎肯令一把龙椅，付与别子？当下令心腹太监唐文扆赍金百镒，送与宰相张格，嘱他号召百官，立宗衍为太子。张格既得重贿，即草得一表，令百官署名，但说是已奉密旨，决立宗衍。百官以君相定策，不便违议，乐得署名呈入。蜀主览表惊疑道："宗衍幼弱，好立做太子么？"未始无识。适值大徐妃在旁，便即进言道："宗衍已十多岁了，相士谓后当大贵；不过陛下今日，却很为难；诸王十数，后宫充斥，哪里挨得着宗衍，妾情愿挈他出宫，免遭人妒，也省得陛下为难呢！"说至此，面上的泪珠儿，已扑簌簌地坠了下来。妇人惯技。蜀主连忙慰谕道："我并非不愿立宗衍，但恐他少不更事，反误国计。"徐妃复答道："相臣以下，且一致赞成，只有陛下圣明，虑及此着，妾恐陛下并不为此，无非是左右为难，借此诳妾呢！"蜀主一再申辩，徐妃一再撒娇，弄得蜀情急起来，便道："罢！罢！我明日决立宗衍便了。"徐妃方含泪谢恩。翌日即立宗衍为太子。

宗衍方颐大口，垂手过膝，顾目见耳，颇知学问，童年即能属文。只是性好靡丽，酷爱郑声，尝集艳体诗二百篇，署名《烟花集》，传诵全蜀。但不合人主身分。既得立为储贰，开府置官，专任一班淫朋狎客，充作僚属，除倡和淫词外，斗鸡击毬，镇日戏狎。蜀主尝过东宫，闻里面喧呼声很是热闹，问明底细，乃是太子与诸王蹴踘，不禁长叹道："我百战经营，才立基业，此辈岂能守成么？"嗣是颇恨及张格，且有废立意。怎奈徐贤妃从中把持，但将一笑一颦的作态，竟制住这狡猾枭雄的蜀主王建，一成不变，无法改移。

宗杰为蜀主所爱，屡陈时政，不知为何中毒，四肢青黑，霎时身亡。明明是徐妃下毒。蜀主益加忧疑，并因年力衰迈，禁不住这般拨弄，伤感成疾，无药可医，私念惟北面行营招讨使王宗弼，沉重有谋，可属大事，遂召还成都，令为马步都指挥使，当下宣入寝殿，并饬同宰相张格等，共受面嘱道："太子仁弱，朕曲循众请，越次册立。若他未能承业，可置居别宫，幸勿加害。我子尚多，幸择贤继立。徐妃兄弟，只可优给禄位，慎勿使他掌兵预政，借示保全。"偏不由你算奈何？宗弼等唯唯而退，偏此语被徐妃闻知，转告唐文扆。文扆为内飞龙使，久握禁兵，兼参枢密，他竟派兵守住宫门，不令大臣再入。宗弼等三十余人，日夕问安，不得入见，只有慰抚的命令，逐日外颁。宗弼料文扆谋乱，正拟设法抵制，可巧皇城使潘在迎，密报宗弼，说是文扆谋害大臣。宗弼遂带领壮士，排闼入谒，极言文扆罪状。

蜀主王建病虽加剧，尚知人事，乃召太子宗衍，入宫侍疾，并令东宫掌书记崔延昌，权判六军事，贬文扆为眉州刺史。翰林学士承旨王保晦亦坐文扆私党，褫夺官爵，流戍泸州。所有内外财赋，及中书除授诸司，与一切刑牍案狱，统委翰林学士庾凝绩承办。都城及行营军旅，统委宣徽南院使宋光嗣管领。光嗣系小太监出身，专务揣摩迎合，因得重用。本来蜀主平时，内置枢密使，专用士人。此次恐太子年少，士人不为所用，因特改任宦官，那知这两川土宇，要被这阉人破裂了！士人不可用，宦官更不可用，王建系残唐狡将，难道未鉴唐事么？

既而蜀主弥留，令宗弼兼中书令，光嗣任内枢密使，与功臣王宗绾、王宗瑶、王宗夔等，同受遗诏。宗弼、宗绾、宗瑶、宗夔，统是王建养子，改姓王氏，辅建有功，俱得兼中书令。及建已病殁，太子宗衍嗣位，除去"宗"字，单名为衍。宗弼等进封为王，尊父建为"高祖皇帝"，嫡母周氏为"昭圣皇后"。周氏哀毁成病，未几去世，乃尊生母徐贤妃为皇太后，太后妹徐淑妃为皇太妃，命宋光嗣判六军诸卫事，再夺唐文扆官爵，赐他自尽。王保晦亦诛死，贬宰相张格为茂州刺史，寻又谪为潍州司户。援立宗衍，究有何益？礼部尚书杨玢，吏部侍郎许寂，户部侍郎潘峤，皆坐格党贬官。一朝天子一朝臣，同平章事的位置，授与兵部尚书庾传素。即凝绩从兄。又用内给事王廷绍、欧阳晃、李周辂、宋光葆、宋承蕴、田鲁俦为将军，各参军事。兄弟诸王俱使他兼领军使。彭王宗鼎，独遍白兄弟道："亲王掌兵，实是祸本，况主少臣强，谗间必兴，缮甲训兵，殊非我辈应做的事情哩。"遂辞去军使兼职，自营书舍，植松竹自娱，倒也逍遥快活，无是无非。惟宗弼已封巨鹿王，

第十三回　嗣蜀主淫昏失德　唐监军谏阻称尊

复晋封齐王，总揽大权，职兼文武，凡内外迁除官吏，均出他一人掌握，他得纳贿营私，擅作威福。蜀主衍毫不过问，镇日里醉酒唱歌，靡靡忘倦。即位时，册立一位皇后，乃是前兵部尚书高知言女，端庄沈静，颇有妇德，衍独谓她朴陋少文，不甚惬意。乃更令内教坊严旭，选取良家女子二十人，入备后宫。旭强搜民家，见有姿色女子，无论他家愿与不愿，硬要他献入宫中。惟该家厚给金帛，才得免选，民间怨声载道。旭却腰橐丰盈，至二十人已经满额，入宫复旨。蜀主见他所选各女，统是芙蓉为面，杨柳为眉，不由得喜笑颜开，极称旭办事才能，即擢为蓬州刺史。嗣是左拥右抱，备极欢娱。还有太后、太妃，也最喜冶游，时常至亲贵私第，酣饮达旦，有时蜀主亦与偕行，或同游近郡名山，饮酒赋诗，耗费不可胜计。太后、太妃又各出教令，卖官鬻爵，出价最多，得官最速。礼部尚书韩昭，素无才具，但以便佞得幸，又纳赂太后、太妃，得升任文思殿大学士，位出翰林承旨上。后妃卖官，古今罕闻。他尝出入宫禁，面恳蜀主，乞买数州刺史官职，得金营第，蜀主衍居然应诺，这真可谓特别加恩了。

蜀主衍改元乾德。乾德元年，改龙跃池为宣华池，就池造苑，大兴工作，越年立高祖庙于万岁桥，蜀主衍奏太后、太妃，及后宫妃嫔等，入庙祭祀，参用褒昧，并及郑声。华阳尉张士乔，上疏切谏，顿触衍怒，饬令处斩，还是徐太后当面谕阻，始得免诛，流窜黎州，士乔愤激得很，竟投水自尽。

未几下诏北巡，蜀主衍出发成都，披金甲，冠珠帽，执弓矢而行，旌旗兵甲，亘百余里，人民疑为灌口祅神。到了安远城，令王宗俦、王宗昱、王宗晏、王宗信等，俱王建养子。统兵伐岐，进攻陇州。岐王李茂贞出屯汧阳，遥为援应，蜀偏将陈彦威出散关至箭筈岭，遇着岐兵，打了一回胜仗，便即引还。蜀主衍接得捷报，亲赴利州，龙舟画舸，辉映江渚，州县供张，穷奢极丽，百姓各有怨言。

及抵阆州，见州民何康女，美丽过人，即命侍从强行取来。何女已经字人，出嫁有日，经蜀主问明底细，乃赍帛百匹，赐他夫家，饬令别娶，还算是浩荡皇恩，不使向隅，那何女却占为己有，乐得受用。谁料该未婚夫闻这急变，竟致一恸而亡！想也是个情种，可惜何女未能报他。

蜀主衍既得何女，也无心再游，即日归还成都，与何女缱绻月余，又觉得味同嚼蜡，平淡无奇。会奉徐太后往省母家，瞥见一个绝代佳人，极袅娜，极娉婷，端的是玉骨仙姿，不同凡艳。王衍怎肯轻轻放过，询明太后，知是徐耕孙女，与衍为中表姊妹，当下召令出见，携带进宫。看官！你想王衍是个蜀帝，叫徐氏如何违慢，只好睁着双眼，由他携去，入宫以后，颠鸾倒凤，自在意中。那徐女不但美艳，并且曲尽柔媚，极善奉承。引得这位伪天子，非常恋爱，宠冠六宫。既有大小徐妃，复有这位徐女，何徐娘之多耶！徐太后姊妹因侄女又得专宠，可为母族增光，也为欣慰。偏王衍不欲娶诸母族，反托言是韦昭度女孙，竟封她为韦婕妤，嗣又加封为韦元妃，六宫粉黛，当然怀妒。最难堪的是正宫高氏，平时本已失宠，自韦妃入宫，更被疏薄，免不得略有怨言，王衍竟将她废去，遣令还家。乃父高知言，时已老迈，闻着此变，顿时惊仆，好容易灌救转来，还是涕泣涟涟，不愿进食，饿了数日，竟致死去。何必如此？王衍也不加赗恤，即欲立韦妃为继后。无如宫内还有一位金贵妃，姿容恰也秀媚，兼通绘事。她出世时，天大风雨，母梦见赤龙绕庭，因得分娩，所以闺名叫作飞山，乾德初选入掖庭，曾得专宠，至韦妃入幸，也逐渐见疏。但资格比韦妃为优，势不能后来居上，且有赤龙梦兆，已具瑞征，王衍踌躇多日，不得已立金妃为继后。后来又欲废立，幸亏钱贵妃代为力争，才得定位。惟名目上虽然未易，情意中不甚相亲。蜀宫内佳丽日增，镇日里酣歌恒舞，变成一个花天酒地。俗语说得好，乐极悲生，似这蜀主衍的荒淫无度，尚能不自速危么？*为下文伏笔。*

可巧梁、晋交争，晋王李存勖出次魏州，得了一个传国宝，系是僧人传真献入，谓由唐京丧乱时所得，秘藏已四十年，于是晋臣相率称贺，接连是上表劝进，怂恿晋王为帝。蜀主衍得知消息，也遣使致书，请晋王嗣唐称尊。*劝人称帝，即能自保耶？*晋王出书示僚佐道：“昔王太师指王建。亦尝遗先王书，请各帝一方，先王尝语我云：'昔唐天子幸石门，我尝发兵诛贼，当然威震天下。我若挟天子，据关中，自作九锡禅文，何人敢阻？但我家世代忠良，不忍出此，他日务当规复唐室，保全唐祚，慎勿效若辈所为！'此语犹在耳中，我怎好背弃父训呢？”言已泣下，群臣乃暂将称尊事搁起，一时不敢多言。

这时候的梁、晋两国，方在德胜两城间穷年鏖兵。德胜是个渡名，正当河北要冲，晋王命李存审夹河筑城，分作南北二郭，亦称夹寨。梁将贺瓌，率兵往争，大小百余战，终不能克。梁河中节度使冀王朱友谦，因为子令德表求节钺，不得所请，复举河中降晋。梁又起用刘鄩为招讨使，令攻河中。鄩与友谦素有婚谊，先移书谕以祸福，然后进兵。友谦不答，但向晋王处告急，晋王遣李存审往援。及鄩俟复不至，始进逼同州，那时李存审亦已驰至，两下交绥，鄩军败走，梁副使尹皓、段凝等，密表梁主，诬鄩徇亲误国，沿途逗挠，乃有此败。梁主友贞，遂潜令西都留守张宗奭，将鄩鸩死，贺瓌又复病殁。

梁将中智推刘鄩，勇推贺瓌，相继毕命，诸军夺气。晋军连得胜仗，声威愈振。于是一班攀龙附凤的臣僚，复提出劝进文，陆续呈入，无非说是天命攸归，人心属望，宜应天顺人，亟正大位等语。各镇节度使，又各献货币数十万，充作即位经费，还有吴王杨溥，亦贻书劝进，遂令这无心称帝的李存勖，也不能抱定宗旨，居然雄心勃勃，想做起皇帝来了。*皇帝趣味，究竟动人。*

独有一个唐室遗臣，闻知此信，大为不然，遂自晋阳趋魏州，面加谏阻。这人为谁？就是监军张承业。承业竭诚事晋，凡晋王出征，所有军府政事，俱委承业处置。承业劝课农桑，贮积金谷，收养兵马，征租行法，不宽贵戚，因此军政肃清，馈饷不乏。刘、曹两太夫人，尝重视承业，有时承业忤存勖意，两太夫人必痛责存勖，令谢承业。存勖加授承业为左卫上将军，兼燕国公，承业皆固辞不受，但称唐官终身。至是诸臣劝进，晋王已为所动，即至魏州面谏道："我王世忠唐室，历救患难，所以老奴事王，至今已三十余年；为王聚积财赋，召补兵马，誓灭逆贼，恢复本朝宗社，借尽臣心。今河北甫定，朱氏尚存，王乃遽即大位，实与前时征伐初意，殊不相同，天下谓王自相矛盾，必致失望，尚有不因此解体么？今为王计，最好是先灭朱氏，为列圣复仇，然后求立唐后，南取吴、西取蜀，泛扫宇内，合为一家。那时功德无比，就使高祖、太宗，再生今世，也未能高居王上，王让国愈久，即得国愈坚，老奴并无他意，不过受先王大恩，欲为王立万年基业，请王勿疑！"为唐进言，志节可嘉。李存勖徐答道："这事原非我意，但众志从同，不便相违，奈何？"承业知不可止，忍不住恸哭道："诸侯血战，本为唐家，今王乃自取，不特误诸侯，兼误老奴了！"遂辞归晋阳，郁郁成疾，竟不能起。

存勖闻承业得病，一时也不愿称帝。会值成德军变，王镕养子王德明原姓名为张文礼，竟弑死主将王镕，屠灭王氏家族，且遣使向晋告乱，乞典旌节，为这一番意外情事，又惹动李家兵甲，假仁仗义，往讨镇州。正是：

乱世屡生篡夺祸，强王又逞甲兵威。

欲知张文礼何故弑主，且看下回分解。

蜀主王建明知幼子之不能守成，乃为徐贤妃所迫，唐文扆、张格等所怂恿，卒立为太子。举两川数十载之经营，不惜为孤注之一掷，何其误甚？但溯厥祸源，实为一妇人而起，好色者终为色误云，建其明鉴也！夫其父行劫，其子必且杀人，建因好色而误国，衍即因好色而亡国。父作而子述，其祸必有甚于乃父者，故祖父贻谋，断不可不慎耳！自来国家之患，莫如女色，尤莫如宦官。但宦官中亦非无贤者，如张承业之乃心唐室，始终不渝，洵足为庸中佼佼，铁中铮铮之特色。观其谏阻晋王，沥肝披胆，无非为复唐起见。及力谏不从，恸哭而返，遂至悒悒不起，彼其悔所辅之非人乎？笃于效忠，而短于料事，承业亦不得为智。但略迹原心，固足告无愧于天下！故《纲目》于承业之殁，特书曰唐河东监军使，而本回亦特别提明，不没忠节云。

第十四回

助赵将发兵围镇州
嗣唐统登坛即帝位

却说成德节度使赵王王镕自与晋连和后，得一强援，因乏外患，他不免居安忘危，因佚思淫。大治府第，广选妇女，又宠信方士王若讷，在西山盛筑宫宇，炼丹制药，求长生术。居然一刘仁恭。每一往游，辄使妇人维系锦绣，牵持而上。既入离宫，连日忘归，一切政务，委任宦官李弘规、石希蒙。希蒙素善谄谀，尤见宠幸，尝与镕同卧起，会镕宿西山鹘营庄，李弘规进谏道："今天下强国莫如晋，晋王尚身自暴露，亲冒矢石，今大王搜括国帑，充作游资，开城空宫，旬月不返，倘使一夫闭门不纳，试问大王将归依何处？"镕闻言颇知戒惧，急命还驾。偏石希蒙从旁阻住，不令镕归。弘规怒起，竟遣亲事军将苏汉衡，率兵擐甲，直入庄中，露刃逼镕道："军士已劳敝了，愿从王归国！"镕尚未及答，弘规又继进道："石希蒙逢君长恶，罪在不赦，请亟诛以谢众士。"镕仍不应，弘规竟招呼甲士，捕斩希蒙，掷首镕前。镕无奈驰归。时长子昭祚，已挈梁公主归赵。回应卷前。镕遂与熟商，谋诛弘规、汉衡。昭祚转告王德明，遂将弘规、汉衡拿下，一并枭首，且骈戮二人族属。一面搜缉余党，穷究反状，亲军皆栗栗自危。

德明本来狡狯，至此有隙可乘，即煽诱亲军道："大王命我尽坑尔曹，从命实不忍，不从又获罪，应如何区处？"众皆感泣，愿听指挥，德明乃密令亲军千人，夜半逾垣，往弑王镕，适镕与道士焚香受箓，想是祈死。军士不费气力，立断镕首，携报德明。德明索性毁去宫室，大杀王氏家族，自昭祚以下，悉数毙命。惟梁女普宁公主，留下不杀，还有镕少子昭诲，年方十龄，由亲将救出，藏置穴中，幸得不死，后来潜往湖南，髡发为僧，易名崇隐。即卷前晋王许婚之昭诲。德明仍复姓名为张文礼，向晋告乱，求为留后。晋王即欲加讨，群臣谓方与梁争，不宜更树一敌，乃暂准所请。偏张文礼又密表梁主，但称王氏为乱兵所屠，幸公主无恙，请朝廷亟

第十四回　助赵将发兵围镇州　嗣唐统登坛即帝位

发精兵万人，由臣更乞契丹为助，自德隶渡河，往攻河东，晋可从此扫灭了。梁主友贞，览表未决，敬翔请乘衅规复河北，赵岩、张汉鼎、汉杰等，谓文礼首鼠两端，万不可恃，梁主乃按兵不发。文礼且一再驰书，多被晋军中途搜获。

赵将都指挥使符习，曾率兵万人，从晋王驻德胜城，文礼阴怀猜忌，召令还镇，愿以他将代任。习入谒晋王，涕泣请留。晋王与语道："我与赵王同盟讨贼，谊同骨肉，不料一旦遇祸，竟为所戕，我心很是痛悼。汝若不忘故主，能为复仇，我愿助汝兵粮，往讨逆贼！"有心讨逆，何必许为留后，此次遣习复仇，无非恨他通梁耳。习与部将三十余人，举身投地，且泣且语道："大王诚记念故主，许令复仇，习等不敢上烦府兵，情愿领本部前往，搏取凶竖，报王氏累世隆恩，虽死亦无恨了！"晋王大喜，立命习为成德留后，领本部兵先进，且遣大将阎宝、史建瑭为后应，自邢、镕北趋，直抵赵州，刺史王铤，自知不支，开城乞降。晋王仍令为刺史，即饬移军攻镇州。

文德已经病疽，闻赵州失守，便即吓死，子处瑾秘不发丧，与他将韩正时等，悉力拒晋。晋兵渡滹沱河，进薄镇州，城上矢石雨下，史建瑭中箭身亡。晋王得建瑭死耗，拟分兵自往策应，凑巧获得梁军谍卒，俯首乞降，且言梁北面招讨使戴思远，将乘虚来袭德胜城，晋王亟命李存审屯兵德胜，李嗣源伏兵戚城，先用羸骑往诱梁兵，待他入境，鼓起伏发。李嗣源先出接仗，已将梁兵冲乱，李存审又从城中杀出，晋王复自率铁骑三千，迎头痛击，斩获梁兵二万余人。

思远窜去，晋王乃拟自往镇州，忽接到定州来书，劝阻进兵，转令晋王动起疑来。暗暗自忖道："王处直从我有年，奈何阻我！"乃即取出文礼与梁蜡书，寄示处直，且传语道："文礼负我，不能不讨！"看官道处直为何劝阻晋王？原来处直闻晋讨文礼，即与左右商议道："镇、定二州，互为唇齿，镇州亡，定州不能独存，此事不可不防。"乃致书晋王，请赦文礼。偏晋王复词拒绝，害得处直日夕耽忧。

处直有庶子名郁，素来无宠，亡奔晋阳，晋王克用，曾妻以爱女，累迁至新州防御使。此时处直贰晋，潜遣人语郁，令他重赂契丹，乞师南下，牵制晋军。郁求为继嗣，方才听命，处直不得已许诺。怎奈定州军士，都不欲召入契丹，就中又有处直养子刘云郎，改名为都，向为处直所爱，有嗣立意。至是闻郁得为嗣，眼见得定州节钺，被他取去，心下甚是不安，适有小吏和昭，劝都先行发难，都遂率新军数百人，闯入府第，挟刃大噪道："公误信孽子，私召外寇，大众无一赞成，昏谬如公，不能再理军事，请退居西宅，聊尽天年！"处直正要面驳，哪知军士一哄而上，把他拥出府中，竟往西第，又逼勒处直妻妾，同至西第中，一并锢住，所有王氏子孙，及处直心腹将士，杀戮无遗。引狼入室，宜遭此祸。都遂遣使报晋王，晋王以处直被幽，免为晋患，即令都代握兵权。都罪不亚文礼，胡为一讨一赏？都得晋王书，诣西第见处直，处直投袂奋起，捶胸大呼道："逆贼！我何负尔？"说至此，四顾无械，竟牵住都袂，张口噬鼻。都慌忙躲闪，掣袖外走，处直忧愤竟死。都复拨兵助晋，晋王即留李存审、李嗣源居守德胜，自率大军攻镇州，城中防守颇严，旬日不克。

蓦得幽州急报，契丹大举南下，涿州被陷，幽州亦在围中了。晋王拟分兵往援，偏定州亦来告急，报称契丹前锋，已入境内，那时晋王不能兼顾，只好先救定州，当下率军北进，行至新城，闻契丹兵已涉沙河，士卒皆有惧容，或潜自亡去，严刑不能止。诸将入帐请道："契丹锋盛，恐不可当，又值梁寇内侵，不如还师以救根本。"晋王却也难决，或说宜西入井陉，暂避寇锋。

正在聚议纷纭的时候，忽有一人朗声道："契丹前来，意在利人金帛，并非为镇州急难，诚意相援，大王新破梁兵，威振夷夏，若挫他前锋，他自然遁走了。"晋王瞧着，乃是中门副使郭崇韬，方欲答言，又有一人接入道："强兵在前，有进无退，怎可无故轻动，摇惑人心？"这数语出自李嗣昭。晋王挺身起座道："我意亦是如此！"遂出营上马，自麾铁骑五千，奋勇先进，诸将不敢不从。

至新城北，前面一带，统是桑林，晋军从林中分趋，逐队驰至。可巧契丹兵骤马前来，见桑林中尘埃蔽天，几不知有多少人马，当即回辔返奔。晋王分兵追击，驱契丹兵过沙河，多半溺死，契丹主阿保机子，被晋军擒获，阿保机退保望都。晋王收兵入定州，王都迎谒马前，愿以爱女妻王子继岌。继岌系晋王第五子，为宠妃刘氏所出，尝随晋王军前，晋王慨然许婚。

休息一宵，便引兵趋望都，中途遇奚酋秃馁一作托辉。带着许多番骑，前来拦截。晋王兵少，被番骑困在垓心，晋王麾军力战，出入数四，尚不能解，幸李嗣昭率兵三百骑，上前救应，横击奚兵，奚酋乃退。晋王乘势奋击，连败奚酋，契丹主亦立足不住，北奔易州。晋王追赶不及，转入幽州，契丹兵解围遁去，会大雪经旬，平地数尺，虏兵冻毙甚多，阿保机懊怅而还。

先是契丹出兵，实由王郁乞请，郁曾语阿保机道："镇州美女如云，金帛如山，天皇即速往取，可以尽得，否则将为晋有了。"阿保机大喜，独番后述律道："我有羊马千万头，坐踞西楼，自多乐趣，为何劳师远出，乘危徼利呢？况我闻晋王用兵，天下无敌，倘一失败，后悔难追！"此非述律预能知败，实恐阿保机取得赵女，自己必致失宠，故有此谏。阿保机跃然道："张文礼有金五百万，留待皇后，我当代为取来，供给内费。"不出郭崇韬所料。遂不从述律言，悉众南下，不幸吃了几个败仗，嗒然回去，私心懊闷，无处可泄，遂将王郁絷归，锢住狱中。

晋王闻番兵远遁，巡阅番营故址，见他随地布薮，回环方正，均如编剪，虽去无一枝倒乱，不禁长叹道："用法严明，乃能至此，非我中国所可及，后患正不浅

第十四回　助赵将发兵围镇州　嗣唐统登坛即帝位

哩！"隐伏后文。道言甫毕，那德胜城递到军报，说是梁兵乘虚袭魏，现正吃紧，亟请济师。晋王忙招呼亲军，倍道南行，五日即抵魏州。梁将戴思远，烧营遁去。

晋王以南北两敌，均已击退，镇州援绝势孤，可以立拔，偏偏兵家得失，不能逆料。大将阎宝，竟为镇州兵所破，退保赵州。原来阎宝抵镇州城下，筑起长垒，连日围攻，又绝滹沱水环城，断绝内外。城中食尽，夜出五百人觅食，宝亦探知消息，故意纵使出来，拟伏兵掩捕，一鼓尽歼，谁知这五百人鼓噪而至，竟攻长围。宝见他兵少，尚不为备，俄顷有数千人继至，各用大刀阔斧，破围径出，来烧宝营。宝抵挡不住，只好弃营窜去，往守赵州。营中刍粟甚多，统被镇州兵搬去，数日不尽。

晋王闻报，急改任李嗣昭为招讨使，代宝统军。嗣昭驰至镇州，正值镇州守将张处瑾遣兵千人，出城迎粮，被嗣昭率军掩至，杀获几尽，有数人避匿墙墟间，嗣昭跃马弯弓，迭发迭中。不意城上有暗箭射来，正中嗣昭脑上。嗣昭忍痛拔箭，返射守卒。一发即毙，时已日暮，回营裹创，血流不止，竟尔晕毙。凶信传到魏州，晋王很是悲悼，好几日不食酒肉，继闻嗣昭遗言，"暂将泽潞兵授判官任圜，令督诸军攻镇州"，晋王依言而行，一面调李存进为招讨使，进营东垣渡，立栅未就，镇州将张处球即处瑾弟。领兵七千人，突来劫寨。存进慌忙对敌，出斗桥上，杀毙镇兵无数，自己亦战殁阵中。

镇州力竭粮尽，张处瑾等束手无策，只好遣使至魏州乞降。使人方去，晋王已遣李存审到来，挥兵猛扑，两下相持至暮。城中守将李再丰，愿为内应，乘着夜阑月黑，投绳招引晋军；晋军缘绳而上，到了黎明，全军毕登，擒住张文礼妻，及子处瑾、处球、处琪，及余党高蒙、李翥、齐俭等，拟送魏州。赵人请命军前，愿得此数人，为故主泄恨。存审报明晋王，准如所请，赵人将数人醢为肉泥，顷刻食尽，又掘发张文礼尸，寸磔市曹。且向故宫灰烬中，检出赵王王镕遗骸，以礼祭葬。授赵将符习为成德节度使，习泣辞道："故使无后，习当斩衰送葬，俟礼毕听命。"既而葬毕，仍诣魏州，赵人请晋王兼领成德军。晋王许诺，另拟割相、卫二州，置义宁军，即命习为节度使。习复辞道："魏博霸府，不应分疆，愿得河南一镇，归习自取，方不虚縻廪禄呢。"乃以习为天平节度使，兼东南面招讨使，加李存审兼侍中。

是时晋魏州刺史李存儒，原姓名为杨婆儿，以俳优得幸。既为刺史，专事剥民，州民交怨，梁将段凝、张朗等，引兵袭入，执住存儒，遂拔卫州；又与戴思远攻陷淇门、共城、新乡，于是澶州以西，相州以南，复为梁有。还有泽潞留后李继韬，竟叛晋降梁，受梁命为节度使。继韬系李嗣昭次子，嗣昭曾任泽潞节度使，及战殁镇州，长子继俦袭职，因秉性懦弱，为弟继韬所囚。晋王以用兵方殷，无暇过问，权命继韬为留后。泽潞本置昭义军，至是改称安义军。继韬虽得窃位，心中终不自安，幕僚魏琢、牙将申蒙，复语继韬道："晋朝无人，将来终为梁所并，不如先机归梁为是。"继韬弟继远亦劝兄降梁。继韬乃遣继远奉表梁廷，梁主喜甚，立授继韬节度使。

惟昭义旧将裴约，曾戍泽州，涕泣誓众道："我服事故使，已逾二纪，尝见故使分财享士，志灭仇雠，不幸一旦捐馆，柩尚未葬，乃郎君遽背君亲，甘心降贼，诚不可解？我宁死不肯相从哩！"也是符习流亚。遂据城自守，梁遣偏将董璋往攻，久不能克。继韬散财募士，尧山人郭威应募，尝杀人系狱，继韬惜他才勇，纵令逸去。郭威事始此。一面发新募各兵，往助董璋，裴约向魏州乞援，偏晋王李存勖，创行帝制，镇日间编订礼仪，竟无心顾及泽州。

看官阅过上文，应知晋臣劝进，已不止一二次，只因监军张承业，力加谏阻，又延宕了一两年。偏承业得病不起，奄卧年余，竟致逝世，晋王虽似含哀，却带着三分喜意，僚佐觑透隐情，因复上笺劝进。五台山僧人，又献入古鼎，目为祥瑞。晋王乃命有司制置百官省寺，仗卫法物，定期四月举行，派河东判官卢质为大礼使，就在魏州牙城南面，筑起坛墠，行即位礼。晋王本奉唐正朔，称为天佑二十年，至四月上旬，升坛称帝，祭告天神地祇，改元同光，国号唐。宣制大赦，授行台左丞相豆卢革为门下侍郎，右丞相卢澄为中书侍郎并同平章事，中门使郭崇韬、昭义监军使张居翰并为枢密使，判官卢质、掌书记冯道俱充翰林学士，升魏州为东京兴唐府，号太原即晋阳。为西京，镇州为北都，令魏博判官王正言为兴唐尹，都虞侯孟知祥为太原尹，充西京副留守，泽潞判官任圜为真定尹，充北京副留守，凡李存审、李嗣源等一班功臣，统加官进秩，兼任节度使如旧。追尊曾祖执宜为"懿祖皇帝"，祖国昌为"献祖皇帝"，父克用为"太祖皇帝"，立庙晋阳。除三代外，又奉唐高祖、太宗、懿宗、昭宗四主，分建四庙，与懿祖以下，合成七室，尊生母曹氏为皇太后，嫡母刘氏为皇太妃。刘氏毫不介意，依着故例，向太后曹氏处称谢，曹氏恰有惭色，离坐起迎，露出那踟蹰不安的状态，刘氏独怡然道："愿吾儿享国无穷，使我得终天年，随先君于地下，已是万幸！此外还计较什么？"曹氏亦相向欷歔。嗣命宫中开宴，彼此对坐，略迹言情，尽欢而罢。后人共称刘太妃的美德，小子恰有一诗道：

并后犹防祸变随，况经嫡庶乱尊卑。
私图报德成愚孝，亚子开基礼已亏！

晋王李存勖，已改号为唐，当然称为唐主，其时尚留魏州，意欲攻梁，巧值梁郓州将卢顺密奔唐，献袭取郓州策，唐主乃召群臣会议，议决后如何进止，待至下回表明。

　　张文礼弑养父王镕，固有应讨之罪，晋王讨之，宜也。但文礼宜讨，而王都亦曷尝不宜讨？晋王独以私废公，授彼节钺，闻急赴援，且与之约为婚姻，所谓见利忘义者非耶！即是以观晋王之心术，已可见矣。镇州虽下，逆子骈诛，而卫州一带，复为梁取，李继韬又以潞州降梁，是固非称帝之时，乃以张承业之去世，五台山僧之献鼎，即称尊魏州，前时之假面具，一举尽撤，既食前言，兼露骄态，识者已知其不终。况于生母而尊之，于嫡母而抑之，嫡庶倒置，贻谋不臧，宁待刘后之专权乱政，始肇危机耶？阅者于文字间细心求之，褒贬固自不苟云。

第十五回

王彦章丧师失律
梁末帝陨首覆宗

却说唐主李存勖因郓州将卢顺密来降，即欲依顺密计议，进袭郓州。当下与诸臣商定进止，郭崇韬等都说未可。唐主独召李嗣源入商，嗣源尝自悔胡柳渡河，致遭谴罚，见十二回。至是欲立功补过，即慨然进言道："我朝连年用兵，生民疲敝，若非出奇取胜，大功何日得成？臣愿独当此任，勉图报命！"唐主大悦，立遣他率兵五千，潜趋郓州。行至河滨，天色昏暮，夜雨沉阴，军士多不欲进行，前锋将高行周宣言道："这是天助我成功哩！郓人今日，必不防备，我正好出他不意，进取此城。"遂渡河东趋，直抵城下，李从珂缘梯先登，军士踊跃随上，守卒至此始觉，哪里还及抵敌，徒落得身首分离，做了数十百个刀头鬼。从珂开城迎入嗣源，再攻牙城，一鼓即下，擒住州官崔筦，判官赵凤，送入兴唐府。唐主喜甚，叹嗣源为奇才，即命为天平节度使。

梁主友贞，闻郓州失守，惊惶得了不得，斥罢北面招讨使戴思远，严促他将段凝、王彦章等，发兵进战。梁相敬翔，自知梁室将危，即入见梁主道："臣随先帝取天下，先帝录臣菲才，言无不用，今敌势益强，陛下乃弃忽臣言，臣尸位素餐，生亦何用，不如就此请死罢！"说至此，即从靴中取出一绳，套入颈中，作自经状。居常未见良谟，遇急则以死相胁，是乃儿女子态，不足与言相道。梁主急命左右救解，问所欲言。敬翔道："大局日危，事机益急，非用王彦章为大将，万难支持了！"用一王彦章，即能救亡么？梁主点首，即擢彦章为北面招讨使，段凝为副。彦章入见梁主，梁主问他破敌的期限，彦章答以三日，左右都不禁失笑。

及彦章退出，即向滑州进发，两日即至，召集将士，置酒大会，暗中却遣人至杨村具舟，夜命甲士六百人，各持巨斧，与冶工一同登舟，顺流而下。时饮尚未散，彦章佯起更衣，从营后趋出，引精兵数千，循河南岸，直趋德胜南城。德胜守将为朱守殷，唐主曾遥嘱道："王铁枪勇决过人，必来冲突德胜，汝宜严备为是。"守殷屯兵北城，总道彦章出兵，无此迅速，所以未曾预防。哪知彦章所遣的兵船，乘风前来，先由冶工炽炭，烧断河中的铁锁，再由甲士用斧砍断浮桥，南城孤立失援，王彦章麾兵驰至，急击南城，立被破入，杀毙守兵数千人。计自彦章受命出师，先后正值三日，已将德胜南城夺下。朱守殷忙用小船载兵，渡河往援，又被彦章杀退。彦章复进拔潘张、麻家口、景店诸寨，军势大振。

唐主闻报，亟遣宦官焦守宾趋杨刘城，助镇使李周固守。且命守殷弃去德胜北城，撤屋为筏，载着兵械，俱至杨刘。王彦章亦撤南城屋材，浮河而下，作为攻具。两造各行一岸，每遇湾曲，便即交斗，飞矢雨集，一日百战，兵械往往覆没，各有损伤。彦章又偕副使段凝，率十万众进攻杨刘，好几次冲毁城堞，赖李周悉力堵御，始得保全。彦章猛攻不下，退屯城南，另用水师据守河津。

李周飞使告急，唐主自率兵赴援，至杨刘城，见梁兵堑垒复叠，无路可通，也不禁忧急起来。当下向郭崇韬问计，崇韬答道："今彦章据守津要，实欲进取东平，若我军不能南进，彼必指日东趋，郓州便不可守了。臣请在博州东岸，筑城戍兵，截住河津，既可接应东平，复可分贼兵势。但或被彦章诇知，前来薄我，使我无暇筑城，恰是一桩大患。臣愿陛下募敢死士，日往挑战，牵缀彦章。彦章十日不得东行，城已筑就，当可无虑了。"唐主一再称善。即命崇韬率兵万人，夤夜往博州，至麻家口渡河筑城，昼夜不息。

唐主在杨刘城下，与彦章日夕苦战，杀伤相当，才阅六日，彦章得知崇韬筑城，便统兵往攻。城方筑就，未具守备，且沙土疏恶，不甚坚固。崇韬亟鼓励部众，四面拒战。彦章兵约数万，且用巨舰十余艘，横亘河流，断绝援路，气势张甚。犹幸崇韬身先士卒，死战不退，尚自支持得住，一面请唐主济师，唐主自杨刘驰援，列阵新城西岸。城中望见援师，顿时增气，呼叱梁军。梁军始有惧色，断继收缆，彦章亦自知无成，解围退去。前时虽得幸胜，此次不免却退，王铁枪亦徒勇耳。郓州奏报始通，李嗣源密表唐主，请正朱守殷罪状，唐主不从。守殷系唐主旧役苍头，所以不忍加罪。为私废公，终属未当。随即引兵南下，彦章等复趋杨刘，唐骑将李绍荣，先驱至梁营，擒住梁谍牧人，复纵火焚梁连舰，段凝首先怯退，彦章亦自杨刘退保杨村，唐军奋力追击，斩获梁兵万人，仍得屯德胜城，杨刘城中，已三日无食，至此始得解围，守兵乃共庆更生了。

先是彦章在军，深恨赵、张乱政，尝语左右道："待我成功还朝，当尽诛奸臣以谢天下。"机事不密则害成，可见彦章是徒勇无谋。这二语为赵、张所闻，私相告语道："我等宁受死沙陀，不可为彦章所杀！"因结党构陷彦章。段凝尝倚附赵、张，素与彦章不协，在军时动与龃龉，多方牵掣。每有捷奏，赵、张即归功段凝，至败书报入，乃归咎彦章。梁主友贞，高居深宫，怎知外事？且恐彦章成功难制，召还汴梁，把军事悉付段凝，自是将士灰心，梁室覆亡不远了。叙出梁亡之由来。

唐主闻彦章已退，乃还军兴唐府。泽州守将裴约，连章告急，唐主叹息道："我兄不幸，生此枭獍！嗣昭为克用养子，故唐主称嗣昭为兄。裴约能知顺逆，不可使陷没敌中。"乃顾指挥使李绍斌道："泽州系弹丸地，朕无所用，卿为我救裴约，叫他回来。"绍斌奉命而去，及趋至泽州，城已被陷，裴约战死，乃返报唐主，唐主悲悼不已。

嗣闻梁将段凝继任招讨使，督军河上，且从酸枣决河，东注曹、濮及郓州，隔绝唐军，不由得冷笑道："决水成渠，徒害民田，难道我不能飞渡么？"遂统军出屯朝城。可巧梁指挥使康延孝得罪梁主，引百骑来奔。唐主召入，赐他锦袍玉带，温颜问以梁事。延孝答道："梁朝地不为狭，兵不为少，但梁主暗懦不明，赵岩、张汉杰等，揽权专政，内结宫掖，外纳货赂，段凝本无智勇，徒知克剥军饷，私奉权贵，王彦章、霍彦威诸宿将，反出凝下。梁主不善择帅，并且用人不专，每一发兵，辄令近臣监制，进止可否，悉取监军处分。近又闻欲数道出兵，令董璋趋太原，霍彦威寇镇定，王彦章攻郓州，段凝当陛下，定期十月大举。臣窃观梁朝兵力，聚固不少，分即无余。陛下但养精蓄锐，待他分兵，趁着梁都空虚的时候，即率精骑五千，自郓州直抵大梁，不出旬月，天下可大定了。"策固甚善，但叛梁降唐，又为唐献议灭梁，心术殊不可问。唐主大喜，即授延孝为招讨指挥使。

果然不到数日，即闻王彦章进攻郓州。原来彦章应召还梁，入见梁主，用筯画地，历陈胜败形迹，赵岩等劝他不恭，勒归私第。旋拟分道进兵，乃再命彦章攻郓州，仅给保銮将士五百骑，及新募兵数千人，归他统领。另使张汉杰监彦章军，彦章怏怏东行。梁主又令段凝带着大兵，牵制唐主。凝屡遣游骑至澶、相二州间，抄掠不休。泽、潞二州，为梁援应。

契丹因前次败还，日思报复，传闻俟草枯冰合，深入为寇。唐主至此，颇费踌躇，宣徽使李绍宏等，都说是郓州难守，不如与梁讲和，掉换卫州及黎阳，彼此划河为界，休兵息民，再图后举。唐主勃然变色道："诚如此言，我等无葬身地了！"遂叱退绍宏等人，另召郭崇韬入议，崇韬进言道："陛下不栉沐，不解甲，已十有五年，无非欲翦灭伪梁，雪我仇耻，今已正尊号，河北士庶，日望承平，方得郓州尺寸土，乃仍欲弃去，还为梁有，臣恐将士解体，将来食尽众散，就使画河为境，何人为陛下拒守哩？臣尝细问康延孝，已知伪梁虚实。梁悉举精兵授段凝，据我南鄙，又决河自固，谓我不能飞渡，可以无患。彼却使王彦章侵逼郓州，两路下手，摇动我军，计非不妙。但段凝本非将才，临机未能决策；彦章统兵不多，又为梁主所忌，亦难成事。近得敌中降卒，俱言大梁无兵，陛下若留兵守魏，固保杨刘，自

第十五回　王彦章丧师失律　梁末帝陨首覆宗

率精兵与郓州合势，长驱入汴，彼城中既经空虚，势必望风瓦解，伪主授首，敌将自降。否则今年秋谷不登，军粮将尽，长此迁延，且生内变，俗语有云：'筑室道旁，三年不成。'愿陛下奋志独断，勿惑众议！帝王应运，必有天命，为什么畏首畏尾哩？"崇韬智勇，确是过人。唐主闻言，不禁眉飞色舞道："卿言正合朕意，大丈夫成即为王，败即为虏，我便决计进行了！"

既而得李嗣源捷报，谓已遣李从珂等，击败王彦章前锋，彦章退保中都。唐主顾语崇韬道："郓州告捷，足壮吾气，就此进兵，下必迟疑！"当下命将士遣还家属，尽入兴唐府，并将随身第三妃刘氏，及皇子继岌，也遣归兴唐，自送至离亭，唏嘘与诀道："国家成败，在此一举，事若不济，当就魏宫中聚我家属，悉数焚尽，毋污敌手！"刘氏独怡然道："陛下此去，必得成功，妾等将长托鸿庥，何致变生意外呢？"言已，从容告别。能博唐主欢心，就在此处。

唐主嘱李绍宏送归刘氏母子，且饬他与宰相豆卢革、兴唐尹王正言等，同守魏城。自率大军由杨刘渡河，直至郓州，与李嗣源会师。即命嗣源为前锋，乘夜进军，三鼓越汶河，逼梁中都。中都素无守备，虽由王彦章屯扎，怎奈兵不满万，且多是新来募兵，将卒不相习，行阵不相谙，任你百战不殆的王彦章，也是有力难使，孤掌难鸣。初得侦报，闻唐主亲自到来，忙选前锋数千人，出城十里，前往堵截，不值唐军一扫，剩得几个败卒，逃回中都。彦章焦急异常，正拟弃城奔回，城外已鼓角齐鸣，炮声大震，唐军数万人，乘胜杀到。彦章登城遥望，但见戈鋋耀日，旌旗蔽空，一班似虎似罴的将士，拥着一位后唐主子李存勖，踊跃前来，禁不住仰天叹道："如此强敌，叫我如何对付呢？"当下饬军登陴，谕令固守。偏各兵士望见唐军，统已魂驰魄散，意变神摇，勉强守了半日，那唐军的强弓硬箭，接连射上，飞集城头；守兵多中箭晕仆，余卒哗走城下。彦章料不可支，没奈何开城突围，仗着两杆铁枪，挑开血路，破了一重、又有一重，破了两重、又有两重；等到重重解脱，向前急奔，身上已遍受重创，手下已不过数十骑，只因逃命要紧，不得不勉力趱路。偏后面有人叫道："王铁枪！王铁枪！"彦章不知为谁，回马相顾，那来人手起槊落，刺伤彦章马头，马即仆地，彦章当然跌下，时已重伤，无力跳免，眼见被来将捉去。徒勇者终不得其死。

看官道是何人捉住彦章？原来是唐将李绍奇。唐主麾动兵士，围捕梁将，擒住监军张汉杰，曹州刺史李知节，及裨将赵廷隐、刘嗣彬等二百余人，斩首至数千级。王彦章尝语人道："李亚子系斗鸡小儿，怕他做甚？"至是被绍奇缚送帐下，唐主笑问道："汝尝目我为小儿，今日肯服我否？"彦章不答，唐主又问道："汝系著名大将，奈何不守兖州，独退处危城？"彦章正色道："天命已去，尚复何言？"唐主惜彦章材勇，谕令降唐，且赐药敷他创痕。彦章长叹道："我本一匹夫，蒙梁朝厚恩，位至上将，与皇帝交战十五年，今兵败力竭，不死何为！就使皇帝意欲生我，我有何面目见天下士，岂可朝为梁将，暮作唐臣么？"忠壮可风。

唐主令暂居别室，再遣李嗣源往谕。嗣源小名邈佶烈，彦章偃卧自若，毅然说道："汝非邈佶烈么？休来诱我！"嗣源忿然归报。唐主大开盛筵，宴集将佐，即命嗣源列坐首席，举酒相属道："今日战功，公为首，次为郭卿崇韬。向使误听绍宏等言，大事去了。"又语诸将道："从前所患，只一王彦章，今已就擒，是天意已欲灭梁了。但段凝尚在河上，究竟我军所向，如何为善？"诸将议论不一，或言宜先徇海东，或言须转攻河上，独康延孝请亟取大梁。李嗣源起座道："兵贵神速，今彦章就擒，段凝尚未及知，就使有人传报，他必半信半疑。如果知我所向，即发救兵，亦应由白马南渡，舟楫何能猝办？我军前往大梁，路程不远，又无山险梗阻，可以方阵横行，昼夜兼程，信宿可至，窃料段凝未离河上，友贞已为我所擒了！陛下尽可依延孝言，率大军徐进，臣愿带领千骑，为陛下前驱！"唐主遂令撤宴，即夕遣嗣源先行。

翌晨，唐主率大军继进，令王彦章随行。途次问彦章道："我此行能保必胜否？"彦章道："段凝有精兵六万，岂肯骤然倒戈，此行恐未必果胜呢！"唐主叱道："汝敢摇我军心么？"遂令左右推出斩首，彦章慨然就刑，颜色不变。及处斩后，献上首级，唐主亦叹为忠臣，即命藁葬。越二日，到了曹州，梁守将开城迎降。

梁主友贞迭接警报，慌得手足无措，亟召群臣问计，大众面面相觑，不发一言。梁主泣语敬翔道："朕自悔不用卿言！今事已万急，幸勿怨朕，为朕设一良谋！"翔亦泣拜道："臣受先帝厚恩，已将三纪，名为宰相，不啻老奴，事陛下如事郎君。臣尝谓段凝不宜大用，陛下不从。今唐兵将至，段凝限居河北，不能入援。臣欲请陛下避狄，谅陛下必不肯从，欲请陛下出奇合战，陛下亦未必决行。今日虽良、平复出，亦难为陛下设法，请先赐臣死，聊谢先帝！臣不忍见宗社沦亡哩！"全是怨言，何济国难。梁主无词可答，只得相向恸哭。哭到无可如何，乃令张汉伦驰骑北去，追还段凝军，汉伦到了滑州，坠马伤足，又为河水所限，竟不能达。梁都待援不至，越加惶急。城中只有控鹤军数千，朱珪请率令出战，梁主不从，但召开封尹王瓒，嘱托守城。瓒无兵可调，不得已驱迫市民，登城为备。唐军尚未薄城，城内已一日数惊，朝不保夕了。

先是梁故广王全昱子友诲，为陕州节度使，颇得人心，或诬他勾众谋乱，召还都中，与友诲兄友谅、友能，并锢别第。及唐军将至，梁主恐他乘危起事，一并赐死，并将皇弟贺王友雍，建王友徽，亦勒令自尽，自登建国楼，唏嘘北望，或请西奔洛阳，或请出诣段凝军，控鹤都指挥使皇甫麟道："凝本非将材，官由幸进，今时事万急，能望他临机制胜，转败为功么？且凝闻彦章军败，心胆已寒，恐未必能为陛下尽节呢！"赵岩亦从旁接口道："事势至此，一下此楼，谁心可保？"既亡梁室，复死梁主，汝心果如何生着？梁主乃止，复召宰相郑珏等问计，珏答道："愿请将陛下传国宝，赍送唐营，为缓兵计，徐待外援。"梁主道："朕本不惜此宝，但如卿言，事果可了否？"珏俯首良久，乃出言道："尚恐未了。"左右皆从旁匿笑，珏怀惭而退。梁主日夜涕泣，不知所为，及在卧寝间检取传国宝，已不知何时失去，想已被从臣窃出，往献唐军了。越日传到急耗，唐军将至城下，最信任的租庸使赵岩，又不别而行，潜奔许州。梁主已无生望，乃召语皇甫麟道："李氏是我世仇，理难低头，我不俟他刀锯，卿可先断我首！"麟答道："臣只可为陛下仗剑，效死唐军，怎敢奉行此诏？"梁主道："卿欲卖我么？"麟急欲自刎，梁主阻手道："当与卿俱死！"说至此，即握麟手中刃，向颈一横，鲜血直喷，倒毙楼侧，麟亦自杀。史称梁主友贞为末帝，在位十年，享年止三十六岁。梁自朱温篡位，国仅一传，共得一十六年而亡。小子有诗叹道：

　　　　登楼自尽亦堪哀，阶祸都由性好猜。
　　　　宗室骈诛黎老弃，覆宗原是理应该！

过了一日，唐前锋将李嗣源，始到大梁城下，王瓒即开城迎降。欲知后事，且至下回再阅。

梁室大将，只一王彦章，然角力有余，角智不足。观其取德胜南城，适与三日之言相符。第一时之侥幸耳。彼守德胜者为朱守殷，故为所掩袭，若易以他将，宁亦能应刃而下耶？迨晋主自援杨刘，用郭崇韬计，筑城博州东岸，而彦章即无从施技。迭次败北，及奉召还朝，用筯画地，亦无非堂陛空谈，何怪梁主之不肯信任也！若段凝更不足道！决河阻敌，反致自阻，及梁室已亡，又不能如王彦章之决死，欧阳公作死节传，首列彦章，其固因彼善于此，而特为表扬乎？梁主友贞，所任非人，敌未至而已内溃，首先陨而即亡家，愚若可悯，咎实自取，且死期已至，尚忍摧残骨肉，天下有如是忮刻者，而能长享国家乎？史称其宠信赵、张，疏弃敬、李，以至于亡，是尚未能尽梁主之失也。

第十六回

灭梁朝因骄思逸
册刘后以妾为妻

却说唐将李嗣源到了大梁城下，王瓒开门迎降。嗣源入城，抚安军民。未几唐主亦至，嗣源率梁臣出迎。梁臣拜伏请罪，由唐主温词抚慰，令仍旧职。又举手引嗣源衣，用首相触道："我有天下，统是卿父子的功劳，此后富贵，应与卿父子同享了！"暗射下文。既入城，御元德殿受贺，梁相李振语敬翔道："新主已有诏赦罪，我辈理当入朝。"翔慨然道："我二人同为梁相，君昏不能谏，国亡不能救，新君若问及此事，将如何对答呢？"李振退出，次日竟入谒唐主。有人报告敬翔，翔叹道："李振谬为丈夫，国亡君死，有何面目入建国门呢？"遂投缳自尽。还算有志。

唐主命缉梁主友贞，有梁臣携首来献，当由唐主审视，怃然叹道："古人有言，敌惠敌怨，不在后嗣。朕与梁主十年对垒，恨不得生见他面。今已身死，遗骸应令收葬；惟首级当函献太庙，可涂漆收藏。"左右闻谕，当然依言办理。一面遣李从珂等出师封邱，招降段凝。凝正率兵入援，遣部将杜晏球为先锋，途次接得唐主诏敕，晏球即贻书从珂，情愿投降，凝众五万，统随凝投诚。凝诣阙请罪，唐主好言抚慰，并温谕将士，仍使得所。

凝扬扬自得，毫无愧容。梁室旧臣，相见切齿，凝遂暗地进谗，极力排斥。于是贬梁相郑珏为莱州司户、萧顷为登州司户、翰林学士刘岳为均州司马、任赞为房州司马、封翘为唐州司马、李怿为怀州司马、窦梦徵为沂州司马、崇政院学士刘光素为密州司户、陆崇为安州司户、御史中丞王权。为随州司户，共计十一人，同日黜逐。段凝意尚未足，再与杜晏球联名上书，谓梁要人赵岩、张汉杰、朱珪等，窃弄威福，残害群生，不可不诛。唐主再下诏令，首罪敬翔、李振，说他党同朱氏，共倾唐祚，宜一并诛夷。朱珪助虐害良，张氏族属，涂毒生灵，一应骈戮。赵岩在逃，饬严加擒捕，归案正法。

第十六回　灭梁朝因骄思逸　册刘后以妾为妻

这诏一下，除敬翔已死外，所有李振、朱珪、张汉杰、张汉伦等，均被缚至汴桥下，尽行处斩。所有妻孥人等，亦被收戮，敬翔家属，也并受诛。赵珪逃至许州，为匡国节度使温韬所杀，献首唐廷。岩家满门抄斩，自不必说。以上诸人非无应诛之罪，但由段凝媒孽，始命诛夷，唐主于凝何德？于群臣何仇耶？赐段凝姓名为李绍钦，杜晏球姓名为李绍虔。追废朱温、朱友贞为庶人，毁去梁宗庙神主，并欲挖朱温墓，斫棺焚尸。河南尹张宗奭，已复名全义，自河南入朝唐主，唐主与语掘墓事，全义面陈道："朱温虽陛下世仇，但死已多年，刑无可加，乞免焚斫，借示圣恩！"不忆妻女被淫否？唐主乃止，只令铲除阙室，削去封树，便算了事。乃颁诏大赦，凡梁室文武职员将校，概置不问。令枢密使郭崇韬权行中书事，寻进封为太原郡侯，赐给铁券，并兼成德军节度使。崇韬职兼内外，竭忠无隐，唐主亦倚为心膂；豆卢革、卢程等本没有什么材能，无非因唐室故旧，得厕相位，坐受成命罢了。

唐主命肃清宫掖，捕戮朱氏族属。所有梁主妃嫔，多半怕死，统是匍匐乞哀，涕乞求免，独贺王友雍妃石氏，兀立不拜，面色凛然。唐主见她丰容盛鬋，体态端庄，不禁爱慕起来，便谕令入侍巾栉。石氏瞋目道："我乃堂堂王妃，岂肯事你胡狗！头可斩，身不可辱！"朱氏中有此烈妇，安可不传！唐主怒起，即令斩首。继见梁末帝妃郭氏，缟裳素袂，泪眼愁眉，仿佛似带雨梨花，娇姿欲滴，便和颜问她数语，释令还宫。此外一班妃妾，或留或遣，多半免刑。是夕召郭氏侍寝，郭氏贪生畏死，没奈何解带宽衣，一任唐主戏弄。这也是朱温淫恶的孽报，该当有此出丑哩。好淫者其听之。

已而唐主第三夫人刘氏，及皇子继岌，自兴唐府至汴，当由唐主迎入，重叙欢情。刘氏家世本微，籍隶成安，乃父黄须，通医卜术，自号刘山人。唐主攻魏，裨将袁建丰掠得刘女，年不过六七龄，生得聪明伶俐，娇小风流。唐主爱她秀慧，挈入晋阳，令侍太夫人曹氏。太夫人教她吹笙，一学即能，再教以歌舞诸技，无不心领神会，曲尽微妙。转瞬间已将及笄，更觉得异样鲜妍，居然成了一代尤物。唐主随时省母，上觞称寿，自起歌舞，曹氏即命刘女吹笙为节，悠扬宛转，楚楚动人，尤妙在不疾不徐，正与歌舞相合。唐主深通音律，闻刘女按声度曲，一些儿没有舛误，已是惊喜不置，又见她千娇百媚，态度缠绵，越觉可怜可爱，只管目不转睛，向她注视。曹太夫人也已觉着，便把刘女赐与为妾。唐主大喜过望，便拜谢慈恩，挈她同至寝室，去演那龙凤配了。当时唐主正室，为卫国夫人韩氏，次为燕国夫人伊氏，自从刘女得幸，作为第三个妻房，也封为魏国夫人。刘氏生子继岌，貌颇类父，甚得唐主欢心，刘氏因益专宠。

唐主经营河北，每令刘氏母子相随。刘叟闻女已贵显，诣魏宫入谒，自称为刘氏父，唐主令袁建丰审视，建丰谓得刘氏时，曾见此黄须老人，挈着刘氏，偏刘氏不肯承认，且大怒道："妾离乡时，尚略能记忆，妾父已死乱兵中，曾由妾恸哭告别，何来这田舍翁，敢冒称妾父呢？"忍哉此妇！因命笞刘叟百下，可怜刘叟老迈龙钟，哪里禁受得起？昏晕了好几次，方得苏转，大号而去。入谒时，何不卜，乃受此无情杖耶！看官！你想这位刘夫人，连生父尚不肯认，何况是他人呢？

既至汴宫，闻唐主召幸梁妃，自然生了醋意，便提出一番正语，与唐主大起交涉。唐主也自觉不合，乃出梁妃为尼。这位梁妃郭氏，被唐主占宿数宵，仍然不得享受荣华，只好洒泪别去。唐主慨赠金帛，并赐名"誓正"，作为最后的恩典。刘氏尚恐他藕断丝连，定要唐主遣发远方。唐主因命送往洛阳，为尼终身。

此事一传，内外共知刘氏权重，相率献谀。宋州节度使袁象先入朝，辇珍宝数十万，先赂刘夫人，次及唐主亲幸，遂得宫廷称誉，备邀宠赉，赐姓名为李绍安。此外如梁将霍彦威、戴思远等，亦皆纳贿宫中，阴结内援，得蒙唐主恩赐。段凝既改姓名为李绍钦，仍为滑州留后，他又因伶官景进，献宝入宫，刘夫人替他揄扬，竟升任泰宁节度使。还有河中节度使朱友谦、博州刺史康延孝，相继入朝，无一不打通内线，厚沐恩施。友谦得赐姓名为李继麟，延孝得赐姓名为李绍琛，匡国节度使温韬，从前助梁肆虐，发唐山陵，此次因献赵岩首，仍居方镇，闻袁象先等俱受宠荣，也辇金入都，遍赂宫禁，即由唐主召见，再三慰劳，赐姓名为李绍冲，旬日遣还许州。郭崇韬劾他罪状，唐主不问。

既而楚遣使入贡，吴遣使入贺，岐遣使奉表称臣，引得唐主志满气盈，不是出外游畋，就是深居宴乐。刘夫人善歌舞，唐主欲取悦刘氏，尝自傅粉墨，与优人共戏庭中。优人呼为"李天下"，唐主亦以"李天下"自称。一日在庭四顾道："李天下！李天下！"优人敬新磨，竟上前批唐主颊，唐主失色，余优大骇。新磨从容说道："李天下只有一人，尚向谁呼呢？"唐主乃转怒为喜，厚赏新磨。

越数日出畋中牟，践害民禾，中牟令叩马前谏道："陛下为民父母，奈何损民稼穑，令他转死沟壑呢！"唐主恨他多言，叱退中牟令，意欲置诸死刑。新磨追还该令，牵至马前，佯加诉责道："汝为县令，独不知我天子好猎么？奈何纵民耕种，有碍吾皇驰骋哩！汝罪当死！"唐主听了此言，也不禁哑然失笑，乃赦该令罪，仍使还宰中牟。*该令不失为强项，敬磨也有谲谏风。*

惟伶官流品混杂，有几个能如敬新磨？并因刘夫人爱看戏剧，辄召伶人入戏，多多益善，诸伶得出入宫掖，侮弄缙绅。群臣侧目，莫敢发言，或反相依附，取媚深宫。最有权势的是伶官景进，平时常采访民间琐事，奏闻唐主。唐主亦欲探悉外情，遂恃进为耳目，进得乘间行谗，蠹民害政，连将相都怕他凶威。*唐主本英武过人，乃灭梁以后，即如此糊涂，殊不可解。*

宰相卢程才不称职，已罢为左庶子。郭崇韬荐引尚书左丞赵光胤，豆卢革荐引礼部侍郎韦说，俱授为同平章事。其实光胤是轻率好夸，说亦不过谨重守常，都没有相国材略。况值此嬖幸当道，朝政昏蒙，单靠这几个庸夫，怎能斡旋大局呢？

荆南节度使高季昌闻唐已灭梁，颇加畏惮，特避唐祖国昌庙讳，改名季兴，亲自入朝。司空梁震进谏道："大王系梁室故臣，今唐已灭梁，必将南下，大王严兵守险，尤恐难保，奈何自投虎口，甘为鱼肉呢？"季兴不从，留二子居守，但率卫士三百人，竟至汴都。唐主果欲留住季兴，经郭崇韬婉言相劝，谓新得天下，宜示宽大，乃优礼相待，并赐盛宴。席间趁着酒兴，由唐主笑问季兴道："朕仗着十指，得取天下，现在各镇多已称臣，惟吴、蜀二国，未肯归命，今欲为统一计，应先取吴呢？还是取蜀呢？"季兴暗思蜀道艰险，未易进攻，乃故意答说道："吴地卑下，不如蜀土富饶，况蜀主荒淫日甚，民多怨言，若王师进攻，无患不胜。待全蜀扫平，顺流东下，取吴亦似反掌哩。"唐主称善，尽欢而散。越宿，即遣使归镇。

季兴闻命，立即陛辞，倍道南归，行至襄州，投宿驿馆，忽然心动起来，即命卫士斩关夜逸。果然襄州刺史刘训，夜得唐主飞诏，令他羁住季兴。哪知季兴已早驰去，追亦无益，只好据实复命。原来季兴入朝，伶官阉人，屡向季兴索赂，季兴虽有馈赠，尚未偿他心愿，所以季兴辞行，便由伶宦等互劝唐主，拘住季兴。季兴幸已脱身，驰回江陵，握梁震手道："不用君言，几致不免，但新朝百战经营，才得河南，便自矜功烈，色荒禽荒，怎能久享？我可无庸多虑了！"*旁观者清。*乃缮城积粟，招纳梁朝散卒，日加操练，为战守计。那唐主藐视季兴，就使被他幸脱，也不甚注意。

河南尹张全义因前时梁主至洛，将行郊礼，被唐军一鼓吓回，*见十一回。*剩下仪仗法物，俱未取归。此时江山易姓，乐得趋奉新主，表请唐主幸洛郊天，仪物俱备，唐主大喜，加拜全义太师尚书令，即择期仲冬吉日，挈着家属，由汴赴洛，全义竭诚迎接，匍伏道旁，怎奈年力衰迈，一经跪下，两足已觉酸痛。至唐主谕令平身，他欲伸足起来，偏偏一个脚软，复致跌倒。*描写丑态。*唐主亟命左右扶持，方得勉强起身，导入洛城。当下检验仪物，准备南郊，独刘夫人别具私心，但言仪物未齐，不足示尊，须再加制造，方可大祀。唐主专信妇言，遂嘱全义增办仪物，改期来年二月朔日，行郊祀礼，且见洛阳宫阙，较汴梁尤为华丽，索性就此定都，不愿还汴。仍复汴州开封府为宣武军。且改前梁永平军大安府*即长安。*为西京，仍置京兆尹，称晋阳为北京，仍复镇州为成德军，此外如宋州宣武军，改名归德军；华州感化军，改名镇国军；许州匡国军，复为忠武军；滑州宣义军，复为义成军；陕府镇国军，复为保义军；耀州静胜军，复为顺义军；潞州匡义军，复为安义军；郎州武顺军，复为武贞军；延州置彰武军；邓州置威胜军；晋州置建雄军；安州置安远军。所有天下官府名号，及寺观名额，曾经梁室改名，一律复旧。

安义军李继韬，前已叛唐降梁。见十四回。梁亡后，欲北走契丹。唐主召他诣阙，他尚却顾不前。惟生母杨氏，素善蓄财，积资百万，以为钱可通灵，不妨入朝，遂率子偕行。一入洛阳，遍赂伶宦，且由杨氏入宫，厚赠刘妃金宝，乞为解免。刘妃即代白唐主，极言嗣昭功臣，宜加恩贷；伶宦等亦替继韬乞哀，说他本无邪意，但为奸人所惑，因致误为，唐主乃召入继韬。继韬叩头谢罪，泣言知悔，当经唐主慨谕赦免，且屡命从畋，渐渐地宠幸起来。独唐主弟薛王存渥，不直继韬，屡加面责，继韬未免不安，复赂宦官伶人，乞请还镇。唐主不许，继韬密贻弟继远书，令佯嘱军士纵火，冀唐主遣归安抚。那知诡谋被泄，立遭枭首，继远亦受捕伏诛。

乃兄继俦，前为继韬所囚，至此受命袭职，出来报怨，悉取继韬产物，并将他妻妾一并夺去，恣意淫污。继韬弟继达大怒道："吾兄被诛，大兄无骨肉情，毫不悲痛，反劫他货财，淫他妻妾，此等人面兽心，尚堪与同处么？"乃为继韬服缞麻，使私党入杀继俦。节度副使李继珂，又募市人攻继达，继达自刎而亡。唐主闻报，即命李继珂知潞州事，便算了案。

越年为同光二年，唐主遣皇弟存渥，及皇子继岌，同往晋阳，迎太后、太妃至洛。刘太妃道："陵庙在此，若同往洛阳，岁时何人奉祀呢？"因留居晋阳，但与曹太后饯行，涕泣而别。曹太后遂诣洛阳，由唐主迎居长寿宫，还有唐主正妃韩氏，次妃伊氏，也随同到洛，分居宫中。母子团圆，妻妾欢聚，经唐主开筵接风，畅饮通宵，自不消说。独有这位貌美心凶的刘夫人，外面佯作欢容，暗中非常焦灼。她本想册为皇后，一意蛊惑唐主，求达奢愿。唐主颇有允意，只因韩、伊两夫人，位次在刘氏上，究不便越次册立，所以随时迁延，怀意未发。刘夫人屡次设谋，未见成效，前此拟行郊祀，从旁力阻，也是她借端梗议，欲令唐主立她为后，然后再行郊礼。唐主虽改定郊期，终究未定后位，此次韩、伊两夫人，又复到来，眼见得正宫位置，要被她两人夺去，当下情急智生，亟嘱使伶人宦官，运动相臣。

豆卢革素来模棱，自然乐允。惟郭崇韬位兼将相，遇事不阿，平常嫉视伶宦，未易进言。乃转令他故人子弟，往说崇韬。崇韬正虑伶宦用事，与己不利，见了故人子弟，谈及后患，故人子弟便答道："为公计，莫如请立刘氏为后。刘氏专宠，公所深知，主上早有意册立，惟恐公不肯相从。今公能先行陈请，上结主欢，内得后助，虽有千百谗人，也无从撼公了。"崇韬不禁点首，遂与豆卢革等联名上书，请立刘氏为皇后。徒中后计，无补后来。

唐主自然欣慰。因郊祀届期，崇韬复献劳军钱十万缗。二月朔日，唐主亲祀南郊，命皇子继岌为亚献，皇弟存纪为终献，礼毕退班，宰相以下，就次称贺，还御五凤楼，宣诏大赦。过了数日，即册刘氏为皇后，封皇子继岌为魏王。时洛都已建太庙，皇后刘氏既受册宝，遂乘重翟车，卤簿鼓吹，行庙见礼。她本是个脂粉班头，更兼那珠冠玉佩，象服翚衣，愈显出万种妖娆，千般婀娜。洛阳士女，夹道聚观，称美不置。可惜不合国母身分。还宫后相率朝贺，只韩、伊两夫人，很是不平，未肯往朝。唐主不得已封韩氏为淑妃，伊氏为德妃。小子有诗叹道：

　　漫将妾媵册中宫，禁掖甘心启女戎。
　　纵使英雄多好色，小星胡竟乱西东！

刘氏既得为后，益复选用伶宦，群小幸进，宫廷竟从此多事了。欲知后来如何，待至下回再表。

本回叙后唐兴亡关键，为承上启下之转捩文字。唐主李存勖，以英武闻，虽有强兵猛将，不足以制之，而独受制于一妇人之手！倘所谓以柔克刚者非耶？刘氏出身微贱，无德可称，徒以色进，而唐主乃宠爱逾恒，视如珍宝，随军数载，朝夕不离，其蛊惑唐主也，亦已久矣。灭梁以后，先至汴都，唐主自傅粉墨，与优为戏，取悦爱妾，何其惑也！且伶入宦官，由此而进，媚子谐臣，借此而荣，以视前日知人善任，披甲枕戈之唐主，几不啻判若两人，盖骄则思佚，佚则思淫，而刘氏益得乘间献媚，玩弄唐主于股掌之上。"蛾眉不肯让人，狐媚偏能惑主"，斯言其信然乎？甚至以妾为妻，越次册立，嫡庶倒置，内乱已生，外侮乘之而起，自在意中，独惜郭崇韬名为智士，乃不能急流勇退，反堕刘氏阴谋，代为陈请，富贵误人，一至于此，可胜叹哉！

第十七回

房帏溺爱牝鸡司晨
酒色亡家牵羊待命

却说唐主既册立刘后，嫡庶倒置，已成大错，更且听信刘氏，复用宦官为内诸司使，及诸道监军，嗣更命伶人陈俊、储德源为刺史。郭崇韬力谏不从，功臣多半愤惋，渐起怨声。再加租庸副使孔谦，得兼任盐铁转运副使，凡赦文所蠲赋税，仍旧征收。自是每有诏令，人多不信，百姓亦愁怨盈途。唐主尚自加尊号，封赏幸臣，并加封岐王李茂贞为秦王，荆南节度使高季兴为南平王，夏州节度使李仁福为朔方王，赐吴越王钱镠金印玉册，并遣客省使李严赴蜀，探察虚实。严返报唐主，谓"蜀主王衍，童骏荒纵，不亲政务，斥逐故老，昵比小人，贤愚易位，刑赏失常，若大兵一临，定可成功"等语。唐主乃决意攻蜀，整备兵马粮械，指日出师。

会秦王李茂贞病死，此老竟得善终，可谓万幸。遗表令长子继曮权知军府事。唐主拜继曮为凤翔节度使，赐名从曮，且征兵会同伐蜀。从曮尚未出军，那契丹已进蔚州，乃将攻蜀事暂行搁起，即授李嗣源为招讨使，出御契丹。嗣源既奉命出师，唐主又与郭崇韬商议，令嗣源镇守成德军，调崇韬兼镇汴州。崇韬兼镇成德军事，见前回。崇韬面辞道："臣富贵已极，何必更领藩方？且群臣或经百战，所得不过一州，臣无汗马功劳，得居高位，本已深抱不安，今因委任亲贤，使臣得解旄节，正出陛下圣恩，使臣免疚！况汴州冲要富繁，臣不至治所，徒令他人摄职，也与空城无二，为什么设此虚名，无补国本呢？"唐主道："卿言亦是，但卿为朕画策，保固河津，直趋大梁，成朕帝业，岂百战功所得比么？"崇韬一再固辞，乃许他解除兼职，令蕃汉总管李嗣源，出镇成德军。嗣源受命莅镇，因家在太原，表请授从珂为北京内牙指挥使，俾得顾家。唐主览表，恨他为家忘国，竟斥从珂为突骑指挥使，令率数百人戍石门镇。嗣源正击退契丹，闻从珂被黜，惶恐求朝，唐主不许，嗣源至此，更不免疑上加疑，忧上加忧了。唐主与嗣源曾有富贵与共之约，此时嗣源并无异

第十七回　房帏溺爱牝鸡司晨　酒色亡家牵羊待命

志，乃激使起疑，岂非自寻祸祟么？且说唐主闻契丹已退，北顾无忧，又好肆志畋游，耽情声色，尝与刘后私幸大臣私第，酣饮达旦，最多往返的是张全义宅中。全义屡陈贡献，半输内府，半入中宫，刘后很是满意，自念母家微贱，未免为妃妾所嫌，不如拜全义为养父，得借余光。乃面奏唐主，自言幼失怙恃，愿父事张全义，唐主慨然允诺。刘后遂乘夜宴时，请全义上坐，行父女礼。全义怎敢遽受？刘后令随宦强他入座，竟尔亭亭下拜，惹得全义眼热耳红，急欲趋避，又被诸宦官拥住，没奈何受了全礼。唐主在旁坐着，反嘻笑颜开，叫全义不必辞让，并亲酹巨觥，为全义上寿。全义谢恩饮毕，复搬出许多贡仪，赠献刘后。大约算是妆奁。俟帝后返宫时，赍送进去。

越日，刘后命翰林学士赵凤，草书谢全义。凤入奏道："国母拜人臣为父，从古未闻，臣不敢起草！"唐主微笑道："卿不愧直言，但后意如此，且与国体亦没甚大损，愿卿勿辞！"凤无可奈何，只好承旨草书，缴入了事。

唐主复采访良家女子，充入后庭。有一女生有国色，为唐主所爱幸，竟得生子。刘后很怀妒意，时欲将她摔去。可巧李绍荣丧妇，唐主召他入宫，赐宴解闷，且谕行钦道："卿新赋悼亡，自当复娶，朕愿助卿聘一美妇。"刘后即召唐主爱姬，指示唐主道："陛下怜爱绍荣，何不将此女为赐？"唐主不便忤后，佯为允许。不意刘后即促绍荣拜谢，一面即嘱令宦官，扶掖爱姬出宫，一肩乘舆，竟抬入绍荣私第去了。绍荣何幸，得此美妇！唐主愀然不乐，好几日称疾不食，始终拗不过刘皇后，只好耐着性子，仍然与刘后交欢。

刘后素性佞佛，自思贵为国母，无非佛力保护，平时所得货赂，辄赐给僧尼，且劝唐主信奉佛教。有胡僧从于阗来，唐主率刘后及诸子，向僧膜拜。僧游五台山，因遣中使随行，供张丰备，倾动城邑。又有五台僧诚惠，自言能降伏天龙、呼风使雨，先时尝过镇州，王镕不加礼待，诚惠忿然道："我有毒龙五百，归我驱遣，今当遣一龙揭起片石，恐州民皆成鱼鳖了！"越年镇州大水，漂坏关城，人乃共称为神僧。唐主闻他神奇，饬中使延岁入宫，自率后妃下拜。诚惠居然高坐，安身不动，至唐主已经拜毕，留居别馆，他乘着闲暇，昂然出游，百官道旁相遇，莫敢不拜。独郭崇韬不肯从众，相见不过拱手，诚惠尚傲不为礼。冤冤相凑，洛阳天旱，数旬不雨。崇韬奏白唐主，请令诚惠祈雨。诚惠无可推辞，便令筑坛斋醮，每日登坛诵咒，也似念念有词，偏龙神不来听令，赤日尽管高升，遂被崇韬指摘，说他祷雨无验，拟在坛下积薪，将他焚死。不意有人报知诚惠，吓得诚惠神色仓皇，乘夜遁去。后来闻他逃回五台，只恐都中饬捕，竟致忧死。妖僧惑人，大都如此。唐主及刘后，尚自言信佛未虔，不能留住高僧，引为悔恨！刘氏不足责，唐主何昏庸至此？

许州节度使温韬，闻刘后佞佛，情愿改私第为佛寺，替后荐福。奏疏一上，得旨嘉奖。还有皇后教令，亦联翩下去，优加褒美。当时太后旨意称诰令，皇后旨意称教令，与唐主诏旨并行，势力相等。内外官吏，接到后教，也奉行维谨，不敢稍违，所以中宫使命，愈沿愈多，还幸太后诰令，罕有所闻，大众尚得少顾一面，免得头绪纷繁。

　　同光三年，太妃刘氏得病晋阳，曹太后亲拟往省，为唐主谏止。嗣闻太妃病逝，又欲自往送葬，再经唐主泣谏，与群臣交章请留，太后虽难怫众意，未曾启行，但哀痛异常，累日不食。过了一月，也魂归地下，往寻那位刘太妃，再续生前睦谊去了。却是难得。唐主初遭母丧，却也号恸哭泣，至绝饮食，百官连表劝慰，阅五日始进御膳，渐渐的悲怀减杀，又把那佚游故态，发作出来。

　　是年春夏大旱，至六月中方才下雨，一雨至七十五日，天始开霁，百川泛滥，遍地浸淫。宫中本是高地，至此亦患暑湿。唐主欲登高避暑，苦乏层楼，似乎闷闷不乐。宦官等即进言道："臣见长安全盛时，宫中楼阁，不下百数，今陛下乃无一避暑楼，亦太不适意了。"唐主道："朕富有天下，岂不能缮筑一楼？"宦官又道："郭崇韬常眉头不展，屡与租庸使孔谦，谈及国用不足，陛下虽欲营缮，恐终不可得呢。"借端诬人，利口可畏。唐主变色道："朕自用内府钱，何关国帑？"遂命宫苑使王允平，赶造清暑楼，因恐崇韬进谏，特遣中使传谕道："朕昔在河上，与梁军对垒，虽行营暑湿，被甲乘马，未尝觉疲。今居深宫，荫大厦，反不堪苦热，未识何因？"崇韬即托中使转奏道："陛下前在河上，强敌未灭，深念仇耻，虽遇盛暑，不介圣怀。今外患已除，海内宾服，虽居珍台凉馆，尚患郁蒸，这乃是艰难逸豫，为虑不同！陛下能居安思危，便觉今日暑湿，变为清凉了！"唐主闻言，默然不语。宦官又进谗道："崇韬居第，无异皇宫，怪不得未识帝热哩。"唐主由是隐恨崇韬。

　　崇韬闻允平营楼，日役万人，费至巨万，因复进谏道："今河南水旱，军食不充，愿息役以俟丰年！"看官试想，唐主既偏信谗言，尚肯依他奏请么？还有河南令罗贯，人品强直，系由崇韬荐拔，伶宦有所请托，贯守正不阿，屡将请托书献示崇韬。崇韬一再奏闻，唐主亦置诸不理，伶宦等尤加切齿。张全义亦恨罗贯，密诉刘后，刘后遂谮贯不法，唐主含怒未发。会因曹太后将葬坤陵，先期往祀，适天雨道泞，桥梁亦坏，唐主问明宦官，谓系河南境内，属贯管辖，当即拘贯下狱，狱吏拷掠，几无完肤，至祀陵返驾，且传诏诛贯。崇韬进谏道："贯不过失修道路，罪不至死。"唐主怒道："太后灵驾将发，天子朝夕往来，桥路不修，尚得说死无罪么？"崇韬又叩首道："陛下贵为天子，乃嫉一县令，使天下谓陛下用法不公，罪在臣等！"唐主拂袖遽起道："卿未免与贯为党，但卿既爱贯，任卿裁决！"言已，返身入宫。崇韬也起身随入，还欲辩论，唐主竟阖门不纳，崇韬懊怅而出。贯竟被杀，暴尸府门，远近共呼为冤，独伶宦等互相道贺。崇韬尚恋栈不去，意欲何为？

既而唐主召集群臣，会议伐蜀。宣徽使李绍宏保荐李绍钦为帅，崇韬奋然道："段凝即绍钦，详见前回。系亡国旧将，徒知谀谄，有何材略！"群臣乃更举李嗣源。崇韬又说道："契丹方炽，李总管即嗣源。不应调开河朔。"唐主乃问崇韬道："公意果属何人？"崇韬道："魏王地当储嗣，未立殊功，请授为统帅，俾成威望。"保荐继岌亦是误处。唐主道："继岌年幼，何能独往？当更求副帅。"崇韬尚未及答，唐主复道："朕意属卿，烦卿一行。"崇韬不好违命，便拜称遵谕。乃命魏王继岌充西川四面行营都统，崇韬充西川北面都招讨制置等使，悉付军事。又命荆南节度使高季兴，充西川东南面行营招讨使；凤翔节度使李从曮，充供军转运应接等使；同州节度使李令德，充行营副招讨使；陕府节度使李绍琛，充蕃汉马步军都排阵斩斫使；西京留守张筠，充西川管内安抚应接使；华州节度使毛璋，充左厢马步军都虞侯；邠州节度使董璋，充右厢马步军都虞侯；客省使李严为安抚使，率兵六万，西向进发。寻又任工部尚书任圜，翰林学士李愚，并随魏王出征，参预军机。

蜀主王衍尚南巡北幸，淫昏无度。中书令王宗俦，与王宗弼密谋废立，宗弼犹豫未决，宗俦忧愤身亡，蜀主衍仍得安位，日与狎客美人，纵情游豫。自宣华苑告成后，中有重光、太清、延昌、会真等殿，清和、迎仙等宫，降真、蓬莱、丹灵等亭，又有飞鸾阁、瑞兽门、怡神院等名目，统是金碧辉煌，备极奢丽。每令后宫妇女，戴金莲冠，着女道士服，扈从至苑，列座畅饮，不问晨夕。又往往参入近臣，得与宫人并坐并饮，到了得意忘情的时候，男女媟亵，脱冠露髻，恣意喧呶，毫无禁忌。大约是与人同乐的意思。有时令宫人浓施朱粉，号为"醉妆"，上行下效，全国通行。会逢太后、太妃，游青城山，宫人衣服，统绘云霞，飘飘如神仙中人。衍自作《甘州曲》，侈述仙状，往返山中，沿途歌唱。宫人依声属和，娇喉清脆，娓娓可听，确是一种赏心悦耳的形景。他又以为与唐修好，可以无虞，撤出边疆兵戍，安享太平。

宣徽北院使王承休，本是一个宦官，恰娶有妻室严氏。严氏具有绝色，由王衍屡召入宫，与她同梦。承休与严氏，本是一对假夫妇，乐得借妻求宠，仰沐恩荣。后世之纵妻为奸，冀得升官者，想都从承休处学来，可惜身非阉宦。果然夫因妻贵，得升任龙武军都指挥使，用裨将安重霸为副。重霸狡佞善媚，劝承休入求秦州节度使，且授他奏语。承休即入见王衍道："秦州多美妇人，愿为陛下采献。"王衍大悦，即授承休为秦州节度使，兼封鲁国公。承休挈妻赴镇，毁府署，作行宫，大兴力役，强取民间女子，教导歌舞，当将歌女绘成图像，并画秦州花木，赍送成都尹韩昭，托他代奏，请驾东游。

衍览图甚喜，即拟登程，群臣交章谏阻，衍皆不从。王宗弼上表力争，反被衍掷弃地上。徐太后涕泣劝止，亦不见效。前秦州判官蒲禹卿上书极谏，几二千言，韩昭语禹卿道："我收汝表，俟主上西归，当使狱吏字字问汝！"恐不及待了。禹卿退去，王衍既记念严氏，欲续旧欢，承休既借妻求宠，何不留妻在宫？又因承休所呈各图，统皆中意。无论何人规谏，也是阻他不住。当下改元咸康，颁诏东巡，令兵士数万扈跸，出发成都。

行次汉州，武兴节度使王承捷报称唐军西来，衍尚未信，且大语道："我正欲耀武，怕他什么？"及进至梓潼，遇大风发木拔屋。随行史官占兆，谓此风为贪狼风，当有败军覆将的大患。衍亦未省，在途与狎客赋诗，毫不为意。再进抵利州城，始接到警信，威武城守将唐景思，已迎降唐将李绍琛了。衍方信承捷军报，实非谎言。越宿由威武溃军，陆续奔来，说是凤、兴、文、扶四州，已由节度使王承捷，一并献唐，那时才觉惶急，令随驾清道指挥使王宗勋、王宗俨，及待中王宗昱，并为招讨使，率兵三万，往拒唐军。

唐军倍道前进，势如破竹。李绍琛等为先驱，所过城邑，不战自破。既收降威武城，并得凤、兴、文、扶四州，遂令降将为向导，入攻兴州。兴州刺史王承鉴弃城遁去，郭崇韬命承捷摄兴州刺史，再促绍琛等进兵，拔绍州，下成州，到了三泉，与蜀三招讨使相遇，凭着一股锐气，横冲直撞，杀将过去。蜀兵连年不练，很是窳惰，怎禁得百战雄师，乘胜前来，顿时你惊我惧，彼逃此散。三招讨使本非将才，统吓得魂魄飞扬，抱头鼠窜，所领部众，被唐军杀死五千人，余皆四溃。

蜀主衍闻三泉又败，急自利州西还，留王宗弼屯戍利州，且令斩三招讨使，以振士心。唐将李绍琛，昼夜兼行，径向利州进发，西川大震。蜀武德留后宋光葆，贻郭崇韬书，请唐军不入辖境，当举巡属内附，否则当背城决战。崇韬复书如约，光葆遂举梓、绵、剑、龙、普五州降唐。武定节度使王承肇，山南节度使王宗威，阶州刺史王宗岳，也闻风生畏，各遣使至唐营中，奉土投诚。一班降将军，送完蜀土。秦州节度使王承休，与副使安重霸谋袭唐军，重霸道："一击不胜，大事去了；但公受国恩，闻难不可不赴，愿与公西行入援。"承休以为真情，整军出城，重霸随至城外，忽向承休下拜道："国家取得秦、陇，何等竭力，若从公还朝，谁人守此？重霸愿代公留守！"说至此，竟麾亲军还城，承休无可奈何，只好西行。重霸竟举秦、陇归唐。

王宗弼闻各属瓦解，正在惊惶，可巧唐使到来，投入郭崇韬书，为陈利害，勉令归降。他已怦然心动，无意守城，又值王宗勋等狼狈到来，即出示诏书，相持而泣。宗勋等流涕道："国危至此，统由主上一人荒淫所致。公今日依诏，杀我三人，他日必轮及公身了！愿公亟图变计。"宗弼道："我正怀此意，所以出示诏书，同筹良策。"三人齐声道："不如降唐罢？"宗弼徐说道："公等先送款唐军，我且往成都一行，何如？"宗勋等当然赞成，便分头行事。

第十七回　房帏溺爱牝鸡司晨　酒色亡家牵羊待命

宗弼弃城西归，距蜀主衍返都时，仅隔五六日。衍至成都，百官及后宫出迎，衍驰入妃嫔中，令宫人排作回鹘队，送拥入宫。还有这般兴致。至宗弼到来，登太元门，严兵自卫。徐太后与蜀主衍，同往慰劳，宗弼竟趁势图逆，劫迁太后及蜀主，幽置西宫。所有后宫及诸王，一同锢禁，收取国宝，及内库金帛，俱入私第，自称西川兵马留后。嗣闻唐军已入鹿头关，进据汉州，当即拨出币马若干，牛酒若干，遣人迎犒唐军。且因唐安抚使李严，曾至蜀聘问，与有一面交，遂伪作蜀主书，送达李严道："公来我即降！"降将军外，又出这叛将军，西蜀可谓多人。严既得书，便欲驰往，或阻严道："公首议伐蜀，蜀人怨公，深入骨髓，奈何轻往！"严微笑不答，竟率数骑入成都，抚谕吏民，告以大军继至，悉命撤去楼橹，且入西宫见蜀主衍，衍向严恸哭。儿女子态，有何用处？严婉言劝慰，谓出降以后，必能保全家属。衍乃收泪，引严见太后，以母妻为托。一面令翰林学士李昊草降表，同平章事王锴草降书，遣兵部侍郎欧阳彬，赍奉书表，偕严同迎唐军，唐统帅继岌、郭崇韬等，闻蜀已愿降，即兼程至成都，令李严再行入城，引蜀君臣出降马前。蜀主衍白衣首绖、衔璧牵羊，蜀臣衰绖徒跣，舆榇俟命。继岌受璧，崇韬解缚焚榇，承制赦蜀君臣罪，衍率百官向东北拜谢，导唐军入成都。总计蜀自王建据守，一传即亡，共计一十九年。小子有诗叹道：

休言蜀道是崎岖，徒险终难阻万夫。
刘李以来王氏继，荒淫亡国付长吁！

蜀主出降时，尚有王宗弼一番举动，且至下回表明。

前半回承述前文，历述刘后行谊，一无可取，而唐主反事事听从，益见唐主之为色所迷，致兆危亡之渐。郭崇韬已遭主忌，尚不知引退，为唐主慨，尤为崇韬惜，寓意固深且远也。下半回叙伐蜀事，蜀主以淫昏致亡，正为唐主一大对照。唐军西入，势如破竹，仅有三泉之战，一交锋而即溃，各镇望风迎降，不待遗镞。而王宗弼且弃城走还，劫迁蜀主及太后，并后宫诸王，卒致牵羊衔璧，面缚舆榇，淫昏失德者，终局如是，非唐主之殷鉴乎？然郭崇韬以得蜀而益危，唐主以得蜀而益骄，是蜀之亡，未见唐利，反为唐害。杜牧所谓后人哀之而不鉴之，使后人复哀后人，正本回之注脚也。

第十八回

得后教榷击郭招讨
遘兵乱劫逼李令公

却说王宗弼纳款唐军，并斩内枢密使宋光嗣、景润澄，及宣徽使李周辂、欧阳晃，说他荧惑唐主，函首送唐帅继岌；又责韩昭佞谀，枭首金马坊门；又令子从班，劫得蜀主后宫，及珍奇宝玩，赍献继岌及郭崇韬，求为西川节度使。继岌笑道："这原是我家应有物，何用他献来呢？"及大军既入成都，露布告捷，当由崇韬禁止侵掠，市不改肆。自出师至此，只七十日，得方镇十，州六十四，县二百四十九，兵三万，铠仗钱粮，金银缯帛，以千万计。

当时平蜀首功，要算李绍琛，独崇韬与董璋友善，每召璋入议军情，不及绍琛。绍琛位在璋上，很是不平，顾语董璋道："我有平蜀大功，公等朴樕喻小材也。相从，反向郭公前饶舌，难道我为都将，不能用军法斩公么？"璋不禁怀惭，转诉崇韬。崇韬竟表荐璋为东川节度使，绍琛益怒道："我冒白刃，越险阻，手定两川，乃反令董璋坐享么？"遂入见崇韬，极言东川重地，不应位置庸臣，现惟任尚书兼文武材，宜表为镇帅。崇韬变色道："我奉上命，节制各军，公怎得违我处置？"绍琛怏怏而退。绍琛固误，崇韬尤误。

王宗弼欲镇西川，为继岌所拒，复密赂崇韬，乞令保荐。崇韬佯为允许，始终不为出奏。宗弼乃率蜀人列状，请留崇韬镇蜀。宦官李从袭，随继岌至成都，他本挟望而来，想乘此多得财帛，偏军中措置，全属崇韬，无从染指，遂入语继岌道："郭公专横，今又使蜀人请已为帅，心迹可知，王宜预防为是！"继岌道："主上倚郭公如山岳，怎肯令他出镇蛮方？且此事亦非我所应闻，姑俟班师以后，由汝等诣阙自陈便了。"原来崇韬有五子，长廷诲，次廷信，随父从军。廷诲私受货赂，蜀臣自宗弼以下，多由廷诲先容，馈遗崇韬，宝货妓乐，连日不绝。惟都统牙门，寂然无人，继岌所得，不过匹马束帛，及唾壶、麈尾等件，心下亦觉不平，再加从袭

第十八回　得后教椎击郭招讨　遘兵乱劫逼李令公

在旁谗构，自然疑忿交乘，有时与崇韬晤谈，语多讥讽。崇韬不能自明，乃欲归罪宗弼，特向宗弼索犒军钱数万缗，宗弼靳不肯给。由崇韬唆动军士，纵火喧噪，一面入白继岌，召入宗弼，责他贪黩不忠，牵出斩首。该杀。并收诛宗勋、宗渥，骈戮族属，籍没家产，并将宗弼尸骸，陈诸市曹，蜀人剖肉烹食，聊泄怨恨。

先是乾德中曾传童谣云："我有一帖药，名目叫阿魏，卖与十八子。"至是始验。原来宗弼系王建养子，原姓名为魏宏夫，自王建为假父，始改姓名。宗弼已诛，王承休亦自秦州到来，进谒崇韬。崇韬亦数责罪状，枭示军辕。也是该死，但严氏不知如何下落？因复荐孟知祥为西川节度使，知祥本留守北都，与崇韬为故交，所以荐引。屡引私人，已觉不当，且使全蜀得归孟氏，未始非崇韬贻患。知祥从北到西，一时未能莅蜀，蜀中留驻的大军，不便遽行班师，且因盗贼四起，随处须剿，特由崇韬派遣偏师，令任圜、张筠等分领，四出招讨。

唐主遣宦官向延嗣，促令大军还朝。延嗣到了成都，崇韬未尝郊迎，及入城相见，叙及班师事宜，崇韬且有违言，延嗣好生不乐。因与李从袭僚谊相关，密谈情愫，从袭得间进言道："此间军事，统由郭公把持，伊子廷诲，复日与军中骁将，及蜀土豪杰，把酒狎饮，指天誓日，不知怀着何意？诸将皆郭氏羽党，一或有变，不特我等死无葬地，恐魏王亦不免罹祸了！"言已泣下。阉人丑态，不啻妇女。延嗣道："俟我归报宫廷，必有后命。"

越日，即向继岌、崇韬处辞行，匆匆还洛，入诉刘后。刘后亟白唐主，请早救继岌。唐主闻蜀人请崇韬为帅，已是怀疑，及阅蜀中府库各籍，更不惬意，至此闻刘后言，即召入延嗣，问明底细。延嗣统归咎崇韬，且言蜀库货财俱入崇韬父子私囊，惹得唐主怒气上冲，复遣宦官马彦珪速诣成都，促崇韬归朝，且面谕道："崇韬果奉诏班师，不必说了。若迁延跋扈，可与魏王继岌密谋，早除此患！"彦珪唯唯听命，临行时入见刘后道："蜀中事势，忧在朝夕，如有急变，怎能在三千里外往复禀命呢？"刘后再白唐主，唐主道："事出传闻，未知虚实，怎得便令断决！"后不得请，因自草教令，嘱彦珪付与继岌，令杀崇韬。

崇韬方部署军事，与继岌约期还都。适彦珪至蜀，把刘后教令，出示继岌，继岌道："今大军将还，未有衅端，怎可做此负心事？"唐主父子，非无一隙之明，乃卒为所蒙，以底危亡。彦珪道："皇后已有密敕，王若不行，倘被崇韬闻知，我辈无噍类了。"继岌道："主上并无诏书，徒用皇后手教，怎能妄杀招讨使？"李从袭等在旁，相向环泣，并捕风捉影，说出许多利害关系，恐吓继岌，令继岌不敢不从。乃命从袭召崇韬议事，继岌登楼避面，嘱使心腹将李环，藏着铁椎，俟立阶下。崇韬昂然入都统府，下马升阶，那李环急步随上，出椎猛击，正中崇韬头颅，霎时间脑浆迸裂，倒毙阶前。

继岌在楼上瞧着，见李环已经得手，亟下楼宣示后教，收诛崇韬子廷诲、廷信。崇韬左右，统皆窜避，惟掌书记张砺，诣魏王府前抚崇韬尸，恸哭失声。推官李崧进语继岌道："今行军三千里外，未接皇上敕旨，擅杀大将，若军心一变，归路皆成荆棘了。大王奈何行此危事？"继岌方着急起来，自述悔意，且向李崧问计。崧乃召书吏数人，登楼去梯，伪造敕书，钤盖蜡印，再行颁示，但言罪止及崇韬父子，不及他人，于是军心略定。适任圜平盗还军，继岌令他代总军政，乃遣彦珪还报阙廷，唐主再饬继岌还都，且令王衍入觐，赐他诏书道："固当裂土而封，必不薄人于险，三辰在上，一言不欺！"衍奉诏大喜，语母及妻妾道："幸不失为安乐公！"未必。遂转告继岌，愿随入洛。继岌正要动身，凑巧孟知祥亦至，遂留部将李仁罕、潘仁嗣、赵廷隐、张业、武璋、李延厚等，佐知祥守成都。自率大军启程，押同王衍家属，向东北进发。沿途山高水长，免不得随驿逗留，那时唐主已下诏暴崇韬罪状，并杀崇韬三子，抄没家资。保大军节度使、睦王李存乂，系唐主第五弟，曾娶崇韬女为妻。宦官欲尽诛崇韬亲党，杜绝后患。乃入奏唐主道："睦王闻郭氏诛夷，攘臂称冤，语多怨望。"唐主大怒，竟发兵围存乂第，悉加诛戮。全然昏愦。伶官景进又诬称存乂与李继麟通谋。继麟就是朱友谦，任护国军节度使，常苦伶宦索货，屡拒不与，大军征蜀，曾遣子令德从行。逸人罔极，借端株连。刚值继麟惧谗入朝，意欲自白心迹，偏唐主已先惑蜚言，待他入居馆舍，竟嘱令朱守殷，发兵至馆，驱他出徽安门外，一刀杀死，复姓名为朱友谦。且传诏至继岌军前，令诛令德。继岌尚未出蜀境，才至武连，遇着敕使，即谕令董璋依敕行事，董璋将令德杀毙。

李绍琛率领后军，与继岌相隔三十里，闻令德被诛，但委董璋，不及自己，遂怒语诸将道："国家南取大梁，西定巴蜀，定策由郭公，战胜由我侪，至若去逆效顺，与国家协力破梁，实出朱公友谦。今朱、郭皆无罪族灭，我若归朝，亦必及祸，冤哉！冤哉！奈何！奈何？"部将焦武等本由河中拨隶绍琛，曾随友谦麾下，闻绍琛言，便一齐号哭道："朱公何罪？阖门受戮！我辈归即同诛，决不复东行了。"遂同拥绍琛，由剑州西还。绍琛自称西川节度使，移檄成都，招谕蜀人，有众五万。

继岌闻变，立授任圜为副招讨使，令与董璋率兵数万，追绍琛至汉州。绍琛麾众接战，胜负未分，忽后队纷纷溃乱，另有一彪人马长驱突入，穿过绍琛阵内，接应任圜等军。绍琛腹背受敌，哪里支持得住，当下拼命杀出，仅率十余骑奔绵竹，途中被唐军追及，一鼓围住，任你绍琛勇武绝伦，也只好束手成擒了。看官道后军何来？原来就是新任西川节度使孟知祥。知祥得绍琛檄文，料他必进窥成都，不如先行出兵，堵截绍琛。可巧绍琛与任圜等对仗，便乘机夹攻，把绍琛一阵杀败，追擒而归。

当下至汉州犒军，与任圜、董璋，置酒高会，引绍琛槛车至座中，知祥自酌大卮，递饮绍琛，且与语道："公身立大功，何患不富贵，乃甘心觅死么？"绍琛道："郭公为佐命第一功臣，兵不血刃，手定两川，一旦无罪族诛，如绍琛等怎能保全？因此不敢还朝。今日杀绍琛，明日恐将及公等了！"知祥却也心动，但对着大众，不便措词，<small>伏下文王蜀事。</small>只好令任圜等押送洛阳。绍琛被解至凤翔，由宦官向延嗣赍敕到来，诛死绍琛，复姓名为康延孝。<small>朱友谦与康延孝，首先叛梁归唐，至此亦相继被戮，可为卖国求荣者戒。</small>

继岌因绍琛变后，恐王衍在途脱逃，特令李从曮发凤翔军，与李严送衍入洛，得先交卸。从曮等押衍家族及蜀臣眷属三千人，行至长安，忽接唐主敕书，止令入都。这事发生的原因，系由邺都作乱，洛阳亦未免惊慌，恐王衍入都为变，所以将他截留长安，督令西京留守，把他看管。邺都就是魏州，唐主在魏州即位，因号为邺都。

魏博指挥使杨仁晸曾率兵戍瓦桥关，逾年受代，当然归邺。偏唐主因邺都空虚，恐还兵生变，降敕令仁晸留屯贝州。当时邺下谣传，谓郭崇韬杀死继岌，自王蜀中，因致族灭。或且说继岌被杀，刘皇后归咎唐主，已加弑逆。邺都留守兴唐尹王正言，年老怕事，急召监军史彦琼入商。彦琼本由伶人得宠，在邺专恣，藐视将佐，及与正言密议终日，便令人心惶惑，讹言益甚。

仁晸部兵皇甫晖，因人情不安，遂号召徒众，入劫仁晸道："主上抚有天下，都是我魏军百战得来，魏军甲不去体，马不解鞍，约有十余年。今天子不念旧劳，更加猜忌，远戍逾年，方喜代归，乃去家咫尺，不使相见。今闻皇后弑逆，京师已乱，将士愿与公俱归。表闻朝廷，若天子万福，兴兵致讨，似我魏、博兵力，亦足拒敌，或更得意外富贵，也未可知，请公不必迟疑！"仁晸怒道："这是何言？"晖亦厉色道："公如不允，祸在目前！"仁晸尚欲呵叱，已被晖指麾徒众，乱刀交挥，立将仁晸砍死，又欲劫一小校为帅，仍不见从，并为所杀。

效节指挥使赵在礼闻乱，衣不及带，逾垣出走。晖率众追及，曳在礼足，示以二首。在礼恐遭毒手，勉强承认。晖等遂奉他为帅，焚掠贝州，南越临清、永济、馆陶等县，所过剽掠，警报飞达邺都。都巡检使孙铎等急白史彦琼，请授甲登城。彦琼尚疑铎有异志，谓俟贼到城，防守未迟。<small>贼竖可杀。</small>哪知到了黄昏，贼队已到城下，环攻北门，彦琼仓猝召兵，登北门楼拒守，蓦闻贼众大噪，便即骇散，彦琼单骑奔洛阳，贼拥在礼入邺都，孙铎等拒战不胜，也即遁去。在礼据住宫城，署皇甫晖、赵进为马步都指挥使，纵兵大掠。王正言尚莫名其妙，方据案召吏草奏，竟无一至，他遂拍案大呼。家人入禀道："贼已入城，焚掠都市，吏皆逃散，公尚呼谁人呢？"正言才惊起道："有这等事么？"<small>不是老昏，定是重听。</small>急命家人索马，四觅无着，踌躇良久，不得已步出府门，走谒在礼，再拜请罪。倒是个急救良方。在礼亦答拜道："士卒思归，不得不然，公勿过自卑屈，尽可无虞。"正言涕泣求归，由在礼送他出城，晖等以邺都无主，即推在礼为魏博留后。在礼出示安民，闻北京留守张宪家族留住邺都，即着人慰问，且致书张宪，诱使入党。宪得书未曾启封，立将使人斩讫，举原书奏闻唐主。

唐主正欲派将往剿，适值史彦琼奔还洛阳，由唐主令他择将。不加彼罪，反令择将，真是糊涂！彦琼推荐李绍宏，绍宏转荐李绍钦，独刘皇后谓"些须小事，但使李绍荣往办，即虽敉平。"唐主乃颁敕宋州，令归德节度使李绍荣，诣邺都招抚，仍使史彦琼监绍荣军。绍荣率兵至邺都，驻扎南门，先遣人入城，持敕抚谕。赵在礼用羊酒犒师，且罗拜城上道："将士思家擅归，劳公代为奏明，如得免死，敢不自新？"遂奉敕遍谕将士，偏彦琼戟手大骂道："群死贼！城破万段！"可恨可杀！皇甫晖见彦琼情状，便语众道："史监军这般说法，想不得蒙恩赦了！"遂鼓噪拒守，撕坏敕书，绍荣攻城失利，退至澶州，招集兵马，再行进攻。裨将杨重霸，率数百人，奋勇登城，后面无人继上，徒落得身首分离，无一生还。

唐主闻报，欲自征邺都，适从马直军士王温等擅杀军使，闯乱都下，虽幸得即日捕诛，终究是惊疑不安。看官听着！唐王尝选勇士为亲军，叫做从马直，亲军生变，心腹已溃，教唐主如何放心自行出征？接连是邢州兵赵太等，结党四百人，戕官据城，居然自称留后。沧州相继生乱，由小校王景戡讨平，亦以留后自称，彼此俱自说有理，表闻洛都。唐主命东北面招讨副使李绍真，往讨赵太。绍真即霍彦威，由唐主改赐姓名。另派人抚谕王景戡。独邺都日久未下，又拟督师亲征。宰相等交章谏阻，并荐李嗣源为帅，代李绍荣。

嗣源已为唐主所忌，征令入朝。宣徽使李绍宏与嗣源友善，力为救护。唐主密令朱守殷伺察嗣源，守殷反私语嗣源道："令公勋业震主，宜自图归藩，毋自撄祸！"嗣源道："我心诚不负天地，所遇祸福，听诸命数罢了！"及邺都乱起，嗣源尚在洛中，廷臣以绍荣无功，乃奏令赴邺。唐主道："朕惜嗣源，欲留他为宿卫，所以不便遣往。"李绍宏从旁力请，张全义亦乞命嗣源出师，唐主乃令他总率亲军，渡河北讨。

嗣源拜命即行，至邺城西南，正值李绍真荡平邢州，擒住赵太等叛徒，亦来邺会师。嗣源与绍真相见，即令绍真推出赵太等人至城下斩首以徇，为邺都作一榜样。当即下令军中，立营休息，待诘旦攻城。不意时至夜半，从马直军士张破败，竟纠众大哗，杀都将，焚营舍，直逼中军。嗣源率亲军出营，大声呵叱道："尔等意欲何为？"乱众哗声道："将士从主上十余年，百战得天下，今贝州戍卒思归，主上不赦；从马直数卒喧闹，便欲悉众诛夷，我等本无叛志，今为时势所逼，不得不死中求生。现经大众定议，与城中合势同心，请主上帝河南，令公帝河北。"全是唐主一人激使出来。嗣源不禁失色，涕泣劝导，终不见从。嗣源复道："尔等不听我言，任尔所为，我当自归京师。"乱众又道："令公去将何往？若不见机，将蹈不测了！"遂抽戈露刃，拥嗣源入城。

嗣源尚不肯行，经李绍真蹑足示意，乃越濠而入。城中不受外兵，由皇甫晖开城邀击，阵斩张破败，乱众尽溃。只剩嗣源、绍真，进退无路。恰巧赵在礼出迎，率将校罗拜嗣源，且泣谢道："将士等负令公，在礼愿从公命！"嗣源偕绍真入城，在礼设宴相待，酒酣登南楼，阅视形势，当由嗣源诡词道："此城险固，可作根据，但必须借资兵力，城中兵不敷用，应由我出招各军，才好举事。"在礼随口赞成，嗣源即与绍真出城，寄宿魏县，将佐稍集，但亦不过百人。

先是李绍荣屯兵城南，众尚逾万，嗣源为乱兵所逼，即遣牙将高行周等，密召绍荣，共攻乱卒，绍荣不应，引众径去。及嗣源出次魏县，才得百人归集，又无兵仗，幸绍真所领镇兵五千，留营以待，仍来归命。嗣源流涕道："国家患难，一至于此！我惟有归藩待罪，再图后举。"绍真道："此语不便果行。公为元帅，不幸为凶人所劫，李绍荣不战而退，必且指公为逆，公若归藩，便是据地邀君，适资逸人口实。不若亟驰诣阙，面陈天子，尚可自明。"中门使安重诲，所言略同。嗣源乃南趋相州，遇马坊使康福，给官马数千匹，始得成事。

嗣闻绍荣退至卫州，飞章奏嗣源叛逆，与贼通谋。嗣源很是惶急，忙遣使上章申辩，接连数奏，并不见有朝旨到来，益觉慌张得很，忽有一人驰入道："明公何不速筹善策！难道愿束手受戮么？"嗣源便惊问道："公意将如何办法？"那人不慌不忙，便说出一条计策出来。为这一计，有分教：

　　佐命功臣同叛命，平戎大将反兴戎。

欲知何人献计，容待下回表明。

郭崇韬有取死之咎，而无应诛之罪，刘后何人，敢自草教令，命继岌杀崇韬！继岌又何人，敢私奉后教，令李环击死崇韬？母子二人，轻信谗言，擅戕功臣，唐主不罪刘后，不罪继岌，且并崇韬家属而尽戮之。溺爱不明，偏听生乱，曾有如此昏愦，而尚不亡国败家乎！贝州戍兵之乱，一也；都城从马直之乱，二也；邢州赵太等之乱，三也；沧州王景戡之乱，四也。四乱俱起，或幸得立时扑灭，而邺都终未得告平。李嗣源一至邺下，即为乱兵所劫，乱愈炽而国亦愈危矣。谁生厉阶，相寻不已？阅是书者当有以知乱源之由来也。

第十九回

郭从谦突门弑主
李嗣源据国登基

却说李嗣源正在惶急,帐下有人献议,请嗣源速决大计。这人为谁?乃是左射军使石敬瑭。敬瑭沙陀人,父名臬捩鸡,从李克用转战有功,官至洺州刺史。臬捩鸡殁,子敬瑭得随嗣源麾下,所向无前,得署左射军使。敬瑭为后晋开国主,故世系较详。至是独进言道:"天下事成自果决,败自犹豫,宁有上将为叛卒所劫,同入贼城,他日尚得无恙么?大梁为天下要会,愿假敬瑭三百骑,先往占据,公引军亟进,借大梁为根本地,方可自全!"突骑都指挥使康义诚亦接入道:"主上无道,军民怨愤,公从众乃生,守节必死。"嗣源想了多时,除此亦无别法,乃令安重诲移檄会兵,决向大梁。

唐主先得绍荣奏报,即遣嗣源长子从审,往谕嗣源。行至卫州,为绍荣所阻,欲杀从审。从审道:"公等既不谅我父,我亦不能径往父所,愿复还宿卫。"绍荣乃释令还都。从审返见唐主,泣诉绍荣阻挠,唐主恰也矜怜,赐名继璟,待他如子。嗣源前后奏辩,亦被绍荣截住,不使上达。

是时两河南北,屡患水溢,人民流徙,饿莩盈途。即阴气太盛之兆。京师财赋减收,军食不足,唐主尚挈领后妃,出猎白沙,历伊阙,宿龛涧,卫士万骑,责民供给。可怜百姓已卖妻鬻子,啼饥号寒,还有什么钱财,上应征求?辇驾所经,逃避一空。卫兵愤无所泄,甚至毁庐舍,坏什器,乐骤西突,比强盗还要逞凶,地方有司,亦畏他如虎,亡窜山谷。至唐主还都,军士因在途枵腹,各起怨声,租庸使孔谦,且因仓储将罄,克扣军粮,各营中流言愈甚。唐主亦有所闻,反下一诏敕,预借明年夏秋租税。

看官试想,当年租赋,百姓尚无从措缴,那里缴得出次年的租税哩?官吏奉诏苛迫,累得人民怨苦异常,激成天变,太史上奏客心犯天库,防有兵变,宜速颁内帑,散给禳灾。宰相等亦上表固请,唐主意欲准奏,偏是刘后不肯,愤语唐主道:

第十九回　郭从谦突门弑主　李嗣源据国登基

"我夫妇君临天下，虽借武功，亦由天命，命既在天，人不足畏了！"颇似桀、纣口吻，不过男女不同。唐主乃停诏不下，宰相等又入陈便殿。刘后在屏后窃听，闻相臣等仍固执前议，她即令宫人取出妆具及银盆三件，并皇幼子三人，挈至帝前，竖着两道柳眉，带嗔带笑道："四方贡献，给赐已尽，宫中只有此数，鬻财给军！"唐主不禁色变，宰相等统瞠目伸舌，陆续退去。及嗣源举事，警报频传，河南尹张全义恐连坐嗣源，竟致急死。唐主乃令指挥使白从晖，扼守洛阳桥，且出内府金帛，给赐诸军，军士诟詈道："我等妻子，均已饿死，还要这金帛何用？"唐主闻言，悔已无及，飞诏李绍荣还洛。绍荣至鹢店，由唐主亲出慰劳。绍荣面请道："邺都乱兵，欲渡河袭取郓、汴，愿陛下亟幸关东，招抚各军，免为所诱。"唐主点首，返入都城，调集卫士，计日出发。

伶官景进，因事生风，即入白唐主道："西南未安，王衍族党不少，闻车驾东征，未免谋变，不如早除为妥。"唐主已忘却前言，急遣向延嗣赍敕西行，敕中写着，乃是"王衍一行，并从杀戮"云云。枢密使张居翰，取敕复视，亟就殿柱上揩去"行"字，改为"家"字。一字活人无数。始付延嗣赍去。延嗣到了长安，由西京留守接诏，即至秦川驿中，收捕王衍全眷，尽行处斩。衍母徐氏临刑。搏膺大呼道："我儿举国迎降，反加夷戮，信义何在？料尔唐主亦将受祸了！"徐氏母子既死，所有衍妻妾金氏、韦氏、钱氏等，一并陨首。惟幼妾刘氏，最为少艾，发似乌云，脸若朝霞，被监刑官瞧着，暗生艳羡，指令停刑。刘氏慨然道："国亡家破，义不受污，幸速杀我！"不没烈妇。刑官无可如何，乃概令受刃。此外蜀臣家属，及王衍仆役，悉数获免，不下千余人。亏得张居翰。

延嗣还都复命，唐主乃出发洛阳，遣李绍荣带着骑兵，沿河先行，自率卫兵徐进。行次汜水，凡与嗣源亲党相关，多半逃亡。独嗣源子继璟，尚然随着。唐主命他再谕嗣源，他终不肯应命，情愿请死。旋经唐主慰谕再三，强使召父，不得已奉谕登程。道遇绍荣，竟被杀死。还有嗣源家属，留居真定，经虞侯将王建立，出为保护，杀毙监军，正拟与嗣源通书告慰，凑巧嗣源养子从珂，自横水率军到来，遂与建立会合，倍道从嗣源，嗣源大喜，即分兵三百骑，归石敬瑭统带，令为前驱。李从珂为后应，向汴梁进发。又檄召齐州防御使李绍虔，即杜晏球。泰宁节度使李绍钦，即段凝。贝州刺史李绍英，原姓名为房知温，由唐主改赐姓名。北京右厢马军都指挥使安审通，约期来会。随即渡河至滑州，再召平卢节度使符习。习自天平军徙镇平卢，习镇天平，见十四回。闻梁臣多半被诛，已有惧意，一闻嗣源相召，便即过从，安审通亦引兵驰至，军势大振。

知汴州孔循，既遣使奉迎唐主，复遣使输款嗣源。好一条两头蛇。嗣源前锋石敬瑭，星夜抵汴，突入封邱门，遂据大梁，亟使人催促嗣源。嗣源从滑州急行，亦夤夜赶入大梁城。时唐主方至荥泽，命龙骧指挥使姚彦温，率三千骑为前军，且面谕道："汝等俱系汴人，我入汝境，不欲使他军前驱，恐扰汝室家，汝宜善体我意！"彦温应声即发，行抵汴城，见嗣源已经据守，便释甲入见，向嗣源进言道："京师危迫，主上为绍荣所惑，不可复事了。"嗣源冷笑道："汝自不忠，何得妄毁！"遂夺他军印，收三千骑为己属。指挥使潘环，守王村寨，有刍粟数万，亦献入大梁。

唐主进次万胜镇，接得各种军报，不由得神色沮丧，登高唏嘘道："吾事不济了！"前日英雄，而今安在？遂下令旋师。还至汜水，卫军已逃去半数，乃留秦州都指挥使张唐，驻守汜水关。李绍荣请唐主招抚关东，便是此关。自率余军西归，道过罂子谷，山路险窄，见从官执仗扈卫，辄用好言慰抚，且与语道："魏王已将入京，载回西川金银五十万，当尽给汝等，酬汝劳绩！"从官直陈道："陛下至今日慨赐，已太迟了！恐受赐各人，亦未感念圣恩哩。"唐主又恨又悔，不禁流涕，乃向内库使张容哥，索取袍带，欲赐从臣。容哥方说出"颁给已尽"四字，那卫士一拥直上，大声叱道："国家败坏，都出尔阉竖手中，尚敢多言么？"道言未绝，即抽刀逐容哥，还是唐主涕泣谕止，才得罢休。容哥私语同党道："皇后吝财至此，今乃归咎我等，事若不测，我等必被他碎尸，我不忍待遭此惨了！"竟投河自尽。唐主至石桥西，置酒悲涕，凄然语绍荣等道："卿等事我有年，富贵休戚，无不与共，今使我至此，难道无一策相救么？"绍荣等百余人，皆截发置地，共誓死报。无非相欺。唐主乃驰入洛都。

越宿，即闻汜水关急报，"嗣源前军石敬瑭，已抵关下。李绍虔、李绍英等，皆与嗣源合军，气势益盛"云云。宫廷很是惊惶，宰相、枢密等，奏称魏王将率军到来，请车驾亟控汜水，收抚散兵，静俟西军接应。唐主乃自出上东门，搜阅车乘，约期诘旦启行，复赴汜水。

同光四年四月朔日，急述年月，点醒眉目。为唐主再往汜水的行期，严装将发，骑兵列宣仁门外，步兵列五凤门外，专候御驾出巡。唐主方在早餐，忽闻皇城兴教门口，喊声大震，料知有变，慌忙放下匕箸，召集近卫骑兵，亲督出御。至中左门，见乱兵已突入门内，声势汹汹，乱首乃是从马直御指挥使郭从谦，惹得唐主躁怒异常，麾动卫骑，迎头痛击。从谦抵敌不住，率乱军退出门外，当将城门关住，再遣中使至宣仁门外，速召骑兵统将朱守殷，入剿乱党。那知守殷并不见到，郭从谦更纠集多人，焚兴教门，且有许多乱兵，援城而入。唐主再欲抵御，四顾近臣宿将，多半逃匿，只有散员都指挥使李彦卿，军校何福进、王全斌等尚随着唐主，挺刃血战。唐主亦冒险格斗，杀死乱兵百余人，突有一箭飞来，正中唐主面颊，唐主痛不可忍，几乎晕倒。鹰坊人善友，见唐主中箭，忙上前扶掖，还至绛霄殿庑下，拔去箭镞，流血盈身。唐主渴懑求饮，宦官承刘后命，奉进酪浆，一杯才下，遽尔殒命。年才四十二岁。

李彦卿、何福进、王全斌等见唐主已殂，皆恸哭而去。善友敛乐器覆尸，放起一把无名火，将乐器及唐主遗骸，俱付灰烬，免得乱兵蹂躏，然后遁去。统计唐主称帝，仅及四年，先时承父遗志，灭伪燕、扫残梁、走契丹、三矢报恨，还告太庙，及家仇既雪，国祚中兴，几与夏少康、汉光武相似。偏后来妇寺擅权，优伶乱政，戮功臣，忌族戚，不恤军民，酿成祸患，就是作乱犯上的郭从谦，也是优人出身，平白地令典亲军，致为所弑。这可见女子小人，最为难养，两害相兼，断没有不危且亡哩。伏笔如椽。

刘皇后最得恩宠，闻夫主伤亡，并不出视，亟与唐主第四弟申王存渥，及行营招讨使李绍荣等，收拾金宝，贮入行囊，匆匆出宫，焚去嘉庆殿，引七百骑出狮子门，向西遁走。宫中大乱，纷纷避匿。那朱守殷至此才入，并不设法平乱，先选得宫人三十余名，各令自取乐器珍玩，带回私第，去做那李存勖第二，寻欢取乐去了。夫妻尚且不顾，遑问苍头。各军遂大掠都城，昼夜不息。

是夕李嗣源已至罂子谷，闻唐主凶耗，泣语诸将道："主上素得士心，只为群小所惑，惨遭此变，我今将何归呢？"好去做皇帝了。诸将当然劝慰，才见收泪。越日，由朱守殷遣使到来，报告京城大乱，请即入抚。嗣源乃引军入洛，暂居私第，禁止焚掠。守殷进见，当由嗣源面语道："公善为巡徼，静待魏王。淑妃、德妃在宫，淑妃、德妃见十六回。供给尤应丰备！我俟山林葬毕，社稷有主，仍当归藩尽职，为国家捍御北方呢！"真耶！假耶！说至此，即命守殷往收唐主遗骨，在灰烬中拾出，妥加棺殓，留殡西宫。宰相豆卢革、韦说等，即率百官奉笺劝进，嗣源召谕道："我奉诏讨贼，不幸部曲叛散，意欲入朝自诉，偏为绍荣所遏，披猖至此，我本无他意，今为诸君所推，殊非知己，幸勿复言！"于是驰书远近，报告主丧。

魏王继岌，因蜀乱稽延，至此始至兴平，得悉洛阳变乱，恐嗣源不能相容，复引兵西行，谋保凤翔。西京推官张昭远，劝留守张宪，上劝进表，宪慨然道："我一书生，自布衣至服金紫，均出先帝厚恩，怎可偷生怕死，背主求荣呢？"昭远感泣道："公能如此，忠义不朽了！"先是晋阳城中，曾由唐主遣吕、郑二幸臣，监督兵赋；至是又有唐主近属李存沼，自洛阳奔至晋阳，与吕、郑二人密谋，拟害死张宪，据住晋阳。汾州刺史李彦超，得知消息，即劝宪先发制人。宪又说道："仆受先帝厚恩，不忍出此，若为义亡身，乃是天数，怎得趋避呢！"未免近迂。彦超趋出，免不得与将士叙谈，将士不待命令，乘夜起事，杀毙存沼，及吕、郑二人。宪闻变起，出奔忻州。适值洛都使至，出嗣源书，由彦超号令士卒，城中始安。当即遣回洛使，奉表劝进。都中百官，又三次上笺，请嗣源监国。嗣源始允，入居兴圣宫，百官班见，下令称教。后宫尚存侍女千余人，宣徽使选得数百名，献诸嗣源。

嗣源道："留此何用？"宣徽使答道："宫中使令，亦不可阙。"嗣源道："宫中充使，宜谙故事。此辈年少无知，不能充选。"乃悉令出宫还家，无家可归，令戚党领去。另用老旧宫人，分掌各职。即用安重诲为枢密使，张延朗为副使，延朗本梁旧臣，善事权要，与重诲相结，所以引入。

嗣源又令内外有司，访求诸王。永王存霸，系唐主存勖次弟，本留守北京，李绍荣自洛阳奔出，撇去刘后，欲往依存霸，行至平陆，为野人所执，送往虢州，刺史石潭，击断绍荣足骨，置入囚车，解至洛阳。嗣源怒骂道："我儿有何负汝，乃遭汝毒手？"绍荣道："先皇帝有何负汝，乃叛命入都？"嗣源怒甚，即命推出斩首。还有通王存确，雅王存纪，系唐主季弟，逃匿民间，安重诲查有着落，即与李绍真密谋，遣人杀死二王，免人瞩目。过了月余，嗣源方才闻知，切责重诲，但已不能重生，只好付诸一叹罢了。也是一番假慈悲。

存渥与刘后奔晋阳，途次昼行夜宿，备历艰辛。刘后因绍荣他去，只恐存渥也即分离，索性相依为命，献身报德。存渥见刘氏多姿，虽已三十余龄，风韵不减畴昔，乐得将错便错，与刘后结成露水缘。妇人之坏，无所不至。及抵晋阳，李彦超不纳存渥，存渥走至凤谷，被部下所杀。刘后无处存身，没奈何削发为尼，就把怀金取出，筑一尼庵，权作羁栖。偏监国嗣源，不肯轻恕，竟遣人至晋阳，刺死刘后。一代红颜，到此才算收场。无非恶贯满盈。

北京留守永王存霸，闻兄弟多遭杀戮，自然寒心，即弃镇奔晋阳，往依彦超，愿为山僧。彦超欲奏取进止，偏部众不肯纵容，定要置他死地。存霸骇极，即祝发披缁，潜出府门，奈被军士阻住，拔刀斫去，死于非命。薛王存礼，是唐主三弟，与唐主子继潼、继漳、继憺、继峣等，俱不知所终。惟唐主介弟存美，素有风疾，幸得免死。克用本有七子，只一存美仅存。存勖五子，四子未知下落。

继岌行至武功，宦官李从袭，又劝继岌驰赴京师，往定内难。继岌又复东行，到了渭河。西都留守张篯，折断浮桥，不令东渡，乃只好沿河东趋，途中随兵，陆续奔散，从袭又语继岌道："大事已去，福不可再，请王早自为计。"继岌彷徨泣下，徐语李环道："我已道尽途穷，汝可杀我。"环迟疑多时，乃语继岌乳母道："我不忍见王死，王若无路求生，当卧榻蹭面，方可下手。"乳母泣白继岌，继岌面榻偃卧，环遂取帛套颈，把他缢死。从袭自往华州，也为都监李冲所杀。任圜后至，收集余众，得二万人还洛。嗣源命石敬瑭慰抚，军士皆无异言，各退还原营。

百官因继岌已死，仍累表劝进。嗣源始有动意，大行赏罚，先责租庸使孔谦奸佞苛刻，将他处斩。废去租庸使名目，悉除苛政。又罢诸道监军使，历数宦官劣迹，令所在地一概加诛。李绍真总决枢机，擅收李绍钦、李绍冲下狱。安重诲语绍真道："温、段罪恶，皆在梁朝，今监国新平内乱，冀安万国，岂专为公复仇么？"

第十九回　郭从谦突门弑主　李嗣源据国登基

绍真意沮，乃禀明监国，复两人姓名为段凝、温韬，放归田里。召孔循为枢密使。循与绍真，皆入白监国，请改建国号。嗣源道："我年十三事献祖，即李国昌，见十四回。献祖因我关宗属，视我犹子，又事太祖、指克用，亦见十四回。先帝垂五十年，经营攻战，未尝不预。太祖基业，就是我的基业，先帝天下，就是我的天下，哪有同家异国的道理？当令执政更议！"礼部尚书李琪，承旨入对道："若改国号，是先帝成为路人，梓宫何所依托？不但殿下不忘三世旧君，就是我辈人臣，问心也自觉不安！前代以旁支入继，不一而足，请用嗣子柩前即位礼，才算得情义两全了。"嗣源称善，群议乃定。

过了两日，嗣源自兴圣宫转赴西宫，自服斩衰，至柩前即位，百官俱服缟素，既而御衮冕受册，百官皆改着吉服，行朝贺礼，颁诏大赦。即改同光四年为天成元年。酌留后宫百人，宦官三十人，教坊百人，鹰坊二十人，御厨五十人，自余任从他适。中外毋得献鹰犬奇玩，诸司有名无实，一体裁革。分遣诸军就食近畿，减省馈运，除夏秋税省耗，各道四节供奉，不得苛敛百姓，刺史以下，不得贡奉。封赏百官，进任圜同平章事，复李绍真、李绍虔、李绍英等姓名，仍为霍彦威、房知温、杜晏球。晏球又自称为王氏子，仍复姓王。又有河阳节度使夏鲁奇，洺州刺史米君立，本由唐主李存勖赐姓名为车绍奇、李绍能，至是俱复原姓名，听郭崇韬归葬，赐还朱友谦官爵，安葬先帝李存勖于雍陵，庙号"庄宗"。小子有诗叹道：

得国非难保国难，霸图才启即摧残。
沙陀派接虽犹旧，毕竟雍陵骨早寒！

朝廷易主，庶政维新。欲知后事，请看下回续叙。

唐主存勖，不死于他人，而独死于伶人郭从谦之手，天之留示后世，何其微而显也！堂堂天子，宁有与优人为戏，足以治国平天下者？其遇弑也，正天之所以加谴也！然则李嗣源果为无罪乎？曰：薄乎云尔，恶得无罪。嗣源为部众所逼，拥入邺都，尚出于不得已，及移檄会兵，进据大梁，无君之心，固已暴露，入洛以后，何不亟诛首逆，为故主复仇？且魏王在外，未尝遣使奉迎，通、雅二王，由安重诲、霍彦威等，定谋致毙。徒以一责了事，自饰逆迹，古人所谓欲盖弥彰者，可为嗣源论定矣。至若存霸之死于晋阳，继岌之死于渭南，且未闻一言痛悼，并假面具亦揭去之。百僚劝进，觍然即真，谓非篡逆得乎？读是回毕，当下一断词曰：弑庄宗者为郭从谦，令从谦得弑庄宗者实李嗣源！

第二十回

立德光番后爱次子
杀任圜权相报私仇

却说李嗣源即位以后，更张庶政，改易百官，宰相任圜，尽心佐治，朝纲渐振，军民各饱食无忧。邺都守将赵在礼，却请唐主嗣源，转幸邺都。唐主颇以为疑，徙在礼为义成节度使。在礼不肯离邺，但表称军情未协，乃改拜邺都留守兴唐尹。尚有从马直指挥使郭从谦，本是个弑君首恶，唐主嗣源入都，并未过问，仍复旧职。既而出调为景州刺史，乃遣使加诛，并令夷族。入洛时，并未声讨，直至后来诛夷，转若罚非其罪，赵在礼明是乱首，乃一意优容，嗣源之心不大可见耶。嗣源自不知书，四方奏事，统令安重诲旁读。重诲亦不能尽通，因奏请选用文士，上供应对。乃命翰林学士冯道、赵凤，俱充端明殿学士。端明学士的职位，向无此官，至是创设。唐主因侍读得人，使重诲兼领山南东道节度使。重诲奏言襄阳重地，不可乏帅，未便兼领，因此表辞，唐主始收回成命。但重诲自恃功高，未免挟权专恣，盈廷大臣，又要从此侧目了。奈何不鉴郭崇韬！

这且慢表，且说契丹主阿保机，自沙河败退，未敢入寇。见十四回。同光年间，反遣使聘唐通好，唐亦释嫌馆使，优礼相待。阿保机南和东战，恰出击渤海，进攻扶余城。适唐廷遣使姚坤，至契丹告哀，且报明新主嗣位。阿保机尚未返西楼，由番官伴坤东行，往谒行幄。坤入帐中，但见阿保机锦袍大带，与妻述律氏对坐。俟坤行过了礼，便启问道："闻尔河南北有两天子，可真么？"坤答道："天子因魏州军乱，命总管李公往讨，不幸变起洛阳，御驾猝崩。总管返兵河北，赴难京师，为众所推，勉副人望，现已正位有日了。"

阿保机闻言变色，突然起座，仰天大哭道："晋王与我约为兄弟，河南天子，就是我兄弟的长儿，今果因变致亡么？我闻中国有乱，未知确实，正拟率甲马五万，来助我儿，只因渤海未除，坐此迁延，哪知我儿竟长逝了！"说毕复哭，哭毕

第二十回　立德光番后爱次子　杀任圜权相报私仇　115

复说道："我儿既殁，理应遣人北来，与我商量，新天子怎得自立？"仿佛是无赖徒口吻。坤又道："新天子统师二十年，位至大总管，所领精兵三十万，上应天时，下从人欲，哪里还好延宕呢？"阿保机尚未及言，长子突欲，一作托允。入帐指驳道："唐使不必多渎，尔新天子究臣事故主！擅自称尊，岂不为过！"坤正色道："应天顺人，岂徇匹夫小节，试问尔天皇王得国，究由何人授受？难道也是强取么！"突欲不能再驳，只好默然。阿保机乃和颜语坤道："理亦应尔。"随即延坤旁坐，徐语坤道："我闻此儿有宫婢二千人，乐官千人，放鹰走狗，嗜酒好色，任用不肖，不惜人民，应该遭祸致败。我得知消息，即举家断酒，解放鹰犬，罢散乐官，若效我儿所为，亦将同归覆没了！"外人尚知借鉴，所以渐臻强盛。坤答道："今新天子圣明英武，剔清宿弊，庶政一新，即位才经旬月，海内慰望，亿兆咸怀。天皇王诚有心修好，令南北人民，共享太平，岂不甚善！"阿保机道："我与汝新天子并无宿怨，不妨修好，但须割河北地归我，我从此决不南侵，与汝国长敦睦谊了！"坤又说道："这非使臣所敢与闻！"阿保机复道："河北不肯让我，但与我镇、定、幽州，也算了事。"说至此，从案上取过纸笔，令草让书。坤朗声道："外臣为告哀来此，岂为割地来么？"遂缴还纸笔，不肯草写。

阿保机将他拘住，不使南归。及夺得扶余城，改名东丹国，留长子突欲镇守，号为人皇王；挈次子德光回国，号为元帅太子，途次遇病，竟致殁世。由皇后述律氏护丧返西楼，突欲亦奔丧归来。当由述律氏召集诸酋，商议继统问题。述律后素爱德光，至是命二子乘马，俱立帐前，乃宣告诸部酋道："二子皆我所爱，未知所立，还请汝等审择一人。如已审择得宜，可趋前执辔。"说至此，以目斜视德光，诸酋长素惮雌威，瞧着述律后形状，已经窥测意旨，便各趋德光马前，握住马缰，述律后喜道："众志从同，我怎敢故违？"遂立德光为契丹嗣主。舍长立次，究属未当。令突欲仍归东丹，一面释出唐使姚坤，令他归国报丧。

坤还洛都，报明唐主嗣源，唐主以使臣得归，不便决裂，乃遣使吊问。德光尊述律氏为太后，送阿保机归葬木叶山，庙号"太祖"。述律太后征集各酋长夫妻，一同会葬，临葬时，问诸酋长道："汝等思先帝否？"诸酋长自然同声道："我等受先帝恩，怎得不思？"述律太后微笑道："汝等既思先帝，我当令汝相见地下。"遂指令左右，引诸酋长至墓前，杀死殉葬。各酋长妻皆失色大恸。述律太后又传谕道："汝等不得多哭，我今寡居，汝等岂可不效我么？"全没道理。各酋长妻无法违拗，只好退去。述律太后见左右桀黠，又尝与语道："为我传达先帝！"说毕，即牵至阿保机墓前，杀毙了事。前后被杀，不下百数，最后轮到阿保机宠臣赵思温，独不肯行。述律太后道："汝尝亲近先帝，怎得不往？"思温答道："亲近莫如皇后；太后若行，臣自当相随！"此子可谓有胆。述律太后道："我非不欲追随先帝，侍奉地下，但因嗣子幼弱，国家无主，所以不便往殉呢。"道言未已，竟取剑截去左腕，令左右携置墓中。恰是一奇。赵思温竟得免死。

述律太后临朝谕政，大小国事，均由裁决，仍令韩延徽为政事令，见第十一回。纳侄女为德光帝后。德光性颇孝谨，每遇太后有恙，忧急异常，甚至不进饮食，太后疾愈，仍复常度。礼失求野，所以叙及。越三年始改元天显。述律太后素有智谋，德光亦勇略过人，所以雄长北方依然如旧，并不闻有什么大变哩。惟契丹卢龙节度使卢文进，由唐主嗣源遣人游说，谓"易代以后，无复嫌怨，何不归朝！"文进部下皆华人，闻言思归，不由文进不从，乃率众归唐。文进降契丹亦见第十一回。唐主令为义成军节度使，寻复徙镇威胜军，加授同平章事，这真所谓特别宠荣了。

是时蜀亡岐降，吴尚照旧。岭南镇将南海王刘岩，因兄隐死后，承袭旧封。梁末建国号越，自称皇帝，改元乾亨。寻又改国号汉，更名为陟。尝与唐主存勖书，自称大汉国主。唐廷令改定国书，汉使何词不从，返报汉主。谓唐主骄淫，必不能久，汉主遂与唐绝好。南诏与汉境接壤，当时酋长蒙氏，为部下郑旻所灭，改国号为长和。旻遣使郑昭淳至汉，献上朱鬃白马，并乞和亲。汉王赐昭淳宴，赋诗属和，昭淳随口吟咏，压倒汉臣。汉主乃以兄女增城公主遣嫁郑旻。其实旻已有后马氏，就是楚王马殷女，那增城公主到了长和，无非是备作嫔嫱罢了。既而汉南宫忽现白龙，汉王应瑞改名，易"陟"为"龑"。有胡僧呈入谶书，谓灭刘者龑，汉主乃更采飞龙在天的意义，杜造一个"龑"字，定音为"俨"，取以为名。白龙已不足信，至自造名字，更旻无谓。未几与楚失和，楚人入攻封州，龑颇有惧意，筮《易》得"大有卦"，乃改元"大有"。遣将苏章救封州，用诱敌计，尽覆楚军。楚王马殷，乃遣使贡唐，联唐拒汉，自是楚汉相持，各按兵不动。

汉东就是福建，自王审知受梁封爵，称号闽王。同光三年，审知病殁，子延翰嗣，受唐封为节度使。至庄宗遇弑，中原多故，延翰也建国称王，表面上尚奉唐正朔。只是延翰好色，妻崔氏貌甚丑陋，却异常妒悍，延翰广选良家女，充当妾媵，被崔氏接连加害，一年中伤毙至八十四人，崔氏为冤鬼所祟，也致暴亡。延翰得拔眼中钉，很是欣幸，乐得淫纵暴虐，任所欲为。弟延钧上书极谏，反被黜为泉州刺史。延钧很是不平，便与延禀私下设谋，欲杀延翰。延禀为审知养子，本姓周氏，原名彦琛，素与延翰有隙，曾任建州刺史，此次遂合兵进袭福州。延禀先至，缘城得入。延翰为色所迷，一些儿未曾预闻，至延禀突入宫门，方惊走床后。延禀早已瞧着，令部兵牵出门外，面数罪状，将他杀死。即开城迎纳延钧，推为留后。延钧仍令延禀还守建州，一面详报唐廷。唐封延钧为闽王。但闽已立国，与汉相似，不过汉已绝唐，闽尚臣唐，所以后唐天成元年，分为四国三镇。唐、吴、汉、闽为四国，吴越、荆南、湖南为三镇，吴、汉不服唐命，此外还算称臣唐室，列作屏藩。

第二十回　立德光番后爱次子　杀任圜权相报私仇

此段是补叙文字，亦即是点醒文字，遥应前第三回，表明大势沿革。但荆南节度使南平王高季兴，与唐是阳奉阴违，当唐师伐蜀时，曾命充西川东南面行营招讨使，见十七回。他却请自取夔、忠、万、归、峡等州，唐庄宗当然允许。哪知他实作壁上观，按兵不发。嗣闻蜀已被灭，不禁大惊道："这是老夫的过失哩！"司空梁震道："唐主得蜀，势必益骄，骄必速亡，何足深虑！且安知不为吾福？"

季兴乃放着大胆，竟遣兵士截住江中，遇有唐吏押解蜀物，送往洛阳，即就中途邀劫，夺得蜀货四十万，并杀死唐押牙官韩珙等十余人，会唐都大乱，不暇过问。至嗣源即位，遣人诘问季兴，季兴满口抵赖，只说是押官覆溺，当问水神。嗣源闻报，未免含愤，但因即位未久，不便劳师进讨。哪知季兴得步进步，且乞将夔、忠、万等州，归属荆南。唐主嗣源，还是含忍优容，勉强允许，惟刺史须由唐廷简放。偏季兴先袭踞夔州，拒绝唐官。那时唐主忍耐不住，遥饬襄州镇帅刘训为招讨使，进攻荆南。老天似暗助季兴，竟连日霪雨，不肯放晴。刘训部军，多半病疫，且因粮运不继，没奈何引兵退还。季兴遂并取忠、万、归、峡四州，已而唐将西方邺，突出奇兵，把夔、忠、万三州夺还，更欲入攻荆南，季兴才有惧意，竟举荆、归、峡三州，向吴称臣去了。同一称臣，何必舍北逐南。

唐相豆卢革、吴说，为谏议大夫萧希旨所劾，说他不忠故主，一并罢职，朝政悉令任圜主持。枢密使孔循，独荐引梁臣郑珏，得擢为相，循又荐入太常卿崔协，任圜以协无相才，拟改用吏部尚书李琪。偏郑珏与琪不协，极力阻挠，安重诲又袒护郑珏，与任圜屡起龃龉，一日在御前争议，任圜愤然道："重诲未悉朝中人物，为人所卖，协虽出名家，识字无多，臣方愧不学，谬居相位，奈何复添入崔协，惹人笑议！"唐主嗣源道："宰相位高责重，应仔细审择。朕前在河东时，见冯书记博学多材，与人无忤，看来且可任为相呢。"语毕退朝。孔循面带愠色，拂衣先走，且行且语道："天下事统归任圜，究竟任圜有什么才能？如果崔协暴死，也不必说了；协如不死，总要入相，看任圜如何对待呢？"全是蛮话。嗣是好几日称疾不朝。唐主令重诲慰谕，方入朝莅事，重诲私语任圜道："现在朝廷乏人，姑令崔协备员，想亦无妨。"圜答道："公舍李琪，相崔协，好似弃苏合丸，取蜣蜋粪了。"重诲不答，心中很是不乐，每与孔循相结，毁琪誉协，唐主竟为所蒙，命冯道、崔协同平章事。看官！你想圜既短协，协必嫉圜，两人共掌朝纲，还能和衷共济吗？圜奈何还不辞职！

任圜自蜀入相，兼判三司，素知成都富饶，前时除犒军外，尚余钱数百万缗，乃遣太仆卿赵季良，为三川制置转运使，令送犒军余钱至京使。西川节度使孟知祥，怒不奉命，但因季良旧交，留居蜀中，不使任事。知祥妻李氏，系唐庄宗从姊，曾封琼华长公主，自与董璋分镇两川，内恃帝戚，外拥强兵，权势日盛，及季良至蜀，不得输送犒军余钱，唐廷颇加疑忌。安重诲尤欲设法除患，客省使李严，自请为西川监军，严母面谕道："汝倡谋伐蜀，侥幸成功。今日尚好再往么？"严谓食君禄，当尽君事，竟不遵母教，得请即行。得意不宜再往，此去真是送死了。既至成都，知祥盛兵出迎，入城与宴，酒至半酣，知祥勃然道："公前奉使王衍，归即请公伐蜀，庄宗信用公言，遂致两川俱亡，今公复来，蜀人能不怀惧么？况现今各镇，俱废监军，公独来监我军，究是何意？"严方欲答辩，知祥已顾部将王彦铢，令他动手。彦铢率严下座，严始惶恐乞哀。知祥道："蜀人俱欲杀公，并非出自我意，公亦知众怒难违吗？"遂不由分说，竟被彦铢推至阶下，一刀两段。遂上表唐廷，诬严他罪，且请授赵季良为节度副使。

唐主嗣源尚欲以恩信羁縻，再遣客省使李仁矩赴蜀慰谕。并因琼华公主及知祥子昶，尚留住都中，亦命仁矩乘便送去，知祥总算厚待仁矩，遣归洛阳，申表称谢，但心中已不免藐视唐廷了。为后文伏案。

时平卢军校王公俨作乱，幸得讨平，公俨伏诛，支使官名。韩叔嗣坐党并死。叔嗣子熙载奔吴，邺都军亦蠢然思动，留守赵在礼恐不能制，密求移镇。唐主徙在礼为横海节度使，授皇甫晖为陈州刺史，赵进为贝州刺史，遣皇次子从荣镇守邺都。卢台兵变，由副招讨使房知温，与马军指挥使安审通，合兵围击，才得荡平。

宰相任圜，与安重诲同议内外重事，多半未合，唐主因敉平外乱，多出重诲主张，所以专信重诲。向例使臣出四方，必由户部给券，重诲拟改从内出，任圜与他力争廷前，声色俱厉，唐主也看不过去，怏怏入内。适有宫嫔接着，见唐主含有怒意，便问道："陛下与何人议事，声彻内廷？"唐主说是宰相任圜，宫嫔道："妾在长安宫中，从未见宰相奏事如此放肆，莫非轻视陛下不成？"想是花见羞，详见下文。唐主被她挑拨，愈滋不悦，卒从重诲言。圜因求罢，遂免他相职，令为太子少保，圜心不自安，更请致仕，也由唐主允准，退老磁州。已经迟了。

嗣因唐主出巡汴州，行至荥阳，民间讹言纷起，都说车驾将调迁镇帅。朱守殷正出镇宣武军，颇怀疑惧。判官孙晟劝守殷先发制人，守殷遂召都指挥使马彦超，与谋叛命。彦超不从，守殷便砍死彦超，登城拒守。唐主急遣宣徽使范延光往谕，延光道："往谕何益，不如急攻。否则彼得缮备，反致城坚难下了。臣愿得五百骑速趋汴城，乘他无备，方可收功。"唐主乃拨骑兵五百，星夜前往，飞驰二百里，到了大梁城下，天尚未明，喊声动地。守殷从睡梦中惊醒，急忙号召徒众，开城搦战，两下里杀到黎明，御营使石敬瑭，又率亲军趋至，杀得汴军人仰马翻。守殷正要退回，遥见有一簇人马，拥着黄盖乘舆，呼喝前来。不由得意忙心乱，策马返奔，哪知城上已竖起降旗，守兵一齐拥出，向前迎降，眼见是禁遏不住，无路可归，没奈何拔刀自刎，血溅身亡！死有余辜。

唐主入城，搜诛余党，共死数十百人，独孙晟乘间逃脱，径奔淮南。安重诲尚恨任圜，诬称圜与守殷通谋，密遣供奉官王镐赴磁州，矫制赐任圜自尽。圜受命怡然，聚族酣饮，然后仰药自杀。圜系京兆人氏，素有政声，相业卓著，不幸抗直遭谗，无辜毕命。小子有诗叹道：

　　　　折槛留旌抗直臣，汉成庸弱尚知人。
　　　　如何五季称贤辟，坐使忠良枉杀身！

　　重海既矫制杀圜，然后出奏，究竟唐主嗣源如何主张？待至下回说明。

　　本回多叙外事，是前后过渡文字。前数回是专叙后唐，无暇述及外情，即如灭蜀一段，亦系唐廷直接用兵，唐为主，蜀固为客也。此回叙契丹事，兼及南方各镇，是契丹为主，而各镇为客，经此一回表明，则既足顾应上文，俾阅者知所沿革，下文因事叙人，自不至无绪可寻矣。至若孟知祥之杀李严，及平卢之乱，邺都之乱，汴州之乱，俱用简笔叙过，绝不渗漏。而任圜枉死，即顺手带出，后唐贤相莫如圜，特别提明，正所以表其贤而惜其死也。

第二十一回

王德妃更衣承宠
唐明宗焚香祝天

却说唐主李嗣源,宠任枢密使安重诲,连他矫制与否,亦未尝过问。重诲冤杀任圜,才行奏闻,唐主反诏数圜罪,说他"不遵礼分,潜附守殷,应该处死。惟骨肉亲戚仆役等,并皆赦罪"云云。在唐主的意见,还算是格外矜全,其实已为重诲所蒙蔽,枉害忠良了。

重诲为佐命功臣,因此得宠。还有一个后宫宠妃,与重诲阴相联络,每在唐主面前,陈说重诲好处,唐主益深信不疑。原来唐主正室,系是曹氏,只生一女,封永宁公主;次为夏氏,生子从荣、从厚;妾为魏氏,就是从珂生母,由平山掳掠得来。见前文。又有一个王氏女,出自邠州饼家,为梁将刘鄩所买,作为侍儿,及年将及笄,居然生成一副绝色,眉如远山,目如秋水,鼻似琼瑶,齿似瓠犀,当时号为"花见羞"。得鄩钟爱,鄩死后,此女无家可归,流寓汴梁。适嗣源次妻夏夫人去世,另求别耦,有人至安重诲处,称扬王氏美色,重诲即转白嗣源,嗣源召入王氏,仔细端详,果然是艳冶无双,名足称实。虽王氏行谊不同刘后,但也是一朝尤物。从来好色心肠,人人所同,难道唐主嗣源,见了美色,有不格外爱怜么?况王氏身虽无主,尚带得遗金数万,至此多赍给嗣源。嗣源既得丽姝,又得黄金,自然喜上加喜,宠上加宠。即位未几,封曹氏为淑妃、王氏为德妃。

王氏尚有余金,又赠遗嗣源左右,与嗣源诸子。大家得了钱财,哪个不极口称赞,并且王氏性情和婉,应酬周到。每当嗣源早起,盥栉服御,统由她在旁侍奉,就是待遇曹淑妃,亦必恭必敬,不敢少忤。及曹淑妃将册为皇后,密语王氏道:"我素多病,不耐烦劳,妹可代我正位中宫。"王氏慌忙拜辞道:"后为帝匹,即天下母,妾怎敢当此尊位呢?"初意却还可取。既而六宫定位,曹氏虽总掌内权,如同虚设,一切处置,多出王氏主张。

王氏既已得志，倒也顾念恩人，如遇重海请托，无不代为周旋。重海有数女，经王氏代为介绍，欲令皇子从厚娶重海女为妇，唐主恰也乐允。偏重海入朝固辞，转令王氏一番好意，无从效用。看官阅此，几疑安重海是个笨伯，有此内援，得与后唐天子，结作儿女亲家，尚然不愿，岂不是转惹冰上人懊怅么？哪知重海并非不愿，却是受了孔循的愚弄。循也有一女，方运动作太子妃，一闻重海行了先着，不禁着急起来，他本是刁猾绝顶的人，便往见重海道："公职居近密，不应再与皇子为婚，否则转滋主忌，恐反将外调呢。"重海是喜内恶外，又与循为莫逆交，总道是好言进谏，定无歹意，因此力辞婚议。<small>聪明反被聪明误。</small>循遂托宦官孟汉琼，入白王德妃，愿纳女为皇子妇。王氏因重海辜负盛情，未免介意，此时由汉琼入请，乐得以李代桃，便乘间转告唐主，玉成好事。重海渐有所闻，才觉大怒，即奏调孔循出外，充忠武军节度使，兼东都留守，唐主勉从所请。

　　可巧秦州节度使温琪入朝，愿留阙下。唐主颇喜他恭顺，授为左骁卫上将军，别给禀禄。过了多日，唐主语重海道："温琪系是旧人，应择一重镇，俾他为帅。"重海答道："现时并无要缺，俟日后再议。"又隔了月余，唐主复问重海，重海勃然道："臣奏言近日无阙，若陛下定要简放，只有枢密使可代了。"唐主亦忍耐不住，便道："这也无妨，温琪岂必不能做枢密使么？"重海也觉说错，无词可对。<small>谁叫你如此骄横。</small>温琪得知此事，反暗生恐惧，好几日托疾不出。

　　成德节度使王建立亦与重海有隙，重海说他潜结王都，阴怀异志，建立亦奏重海专权，愿入朝面对。唐主即召令入都，建立奉诏即行，驰入朝堂，极言重海植党营私，且说枢密副使张延朗，以女嫁重海子，得相援引，互作威福。唐主已疑及重海，又听得建立一番奏语，当然不乐，便召重海入殿。重海也含怒进来，惹得唐主愈加懊恼，便顾语重海道："朕拟付卿一镇，暂俾休息，权令王建立代卿，张延朗亦除授外官。"重海不待说毕，厉声答道："臣披除荆棘，随陛下已数十年，值陛下龙飞九重，承乏机密，又阅三载，天下幸得无事，一旦将臣摈弃，移徙外镇，臣罪在何处？敢乞明示！"唐主愈怒，拂袖遽起，退入内廷。

　　适宣徽使朱弘昭入侍，便与语重海无礼，弘昭婉奏道："陛下平日待重海如左右手，奈何因一旦小忿，遽加摈斥，臣见重海语多拗戾，心实无他，还求陛下三思！"唐主怒为少霁，越日复召入重海，温言抚慰。建立乃陛辞归镇，唐主道："卿曾言入分朕忧，奈何辞去？"建立道："臣若在朝，反累陛下动怒，不若告辞！"唐主道："朕知道了。"会同平章事郑珏，表情致仕，有诏允准，即令建立为右仆射，兼同平章事。

　　既而皇子从厚纳孔循女为妃，循乘便入朝，厚赂王德妃左右，乞留内用。安重海再三奏斥，仍促令赴镇。皇侄从璨，素性刚猛，不为人屈。从前唐主幸汴，往讨朱守殷，留他为皇城使，他召客宴会节园，酒后忘情，戏登御榻，当日并无人纠弹，蹉跎年余，反由重诲提出劾奏，贬为房州司户参军，寻且赐死。此外挟权胁主，党同伐异，尚难尽述。

义武节度使王都，在镇十余年，因与庄宗结为姻亲，曾将爱女嫁与继岌，所以累蒙宠眷，属州得自除刺史，所出租赋，皆赡本军。至庄宗已殁，继岌自杀，唐主嗣源即位，尚是曲意优容，不加征索，独安重诲屡加裁抑，且说他逼父夺位，心不可问，因之唐主亦随时预防。会契丹屡次犯塞，唐廷调兵守边，多屯驻幽、易间，免不得仰给定州，都不愿输运，遂有异图。再加心腹将和昭训，劝都为自全计，都即遣人至青、徐、歧、潞、梓五镇，赍投蜡书，约同起事。偏五镇概不答复，令都孤掌难鸣，乃复募得说客，令劝北面副招讨使王晏球。晏球不但不从，反飞表唐廷，报称都反，唐主便命晏球为招讨使，发诸道兵进攻定州。

都至此已势成骑虎，不能再下，只好纠众拒守，不反乌乎死，不死乌能泄养父遗恨！一面向奚酋秃馁处求救，啖以重赂。秃馁遂率万骑来援，突入定州。晏球见番兵气盛，不如让他一舍，退保曲阳。那秃馁即洋洋自得，与都合兵进攻。将至曲阳附近，伏兵猝发，左右夹击，把秃馁等一鼓杀退。晏球乘胜追击，拔西关城，作为行府，令祁、易、定三州土民，输税供军。都与秃馁困守孤城，呼秃馁为馁王，屈身奉事，求他设法免患。秃馁乃替他乞师契丹，契丹亦发兵相助。都遣部将郑季璘、杜弘寿等，往迎契丹军，适被晏球侦悉，潜师邀击，把季璘、弘寿一并擒回，斩首示众。

都益觉气沮，至契丹兵到，方与秃馁开城相会，合兵袭破新乐，复逼曲阳。晏球凭城遥望，见来军轻佻不整，可以力破，便召集将校，指示敌隙，方下城宣谕道："王都恃有外援，跃马前来，我看他趾高气扬，必然无备，可一战成擒哩。今日乃诸军报国的时间，宜悉去弓矢，概用短兵接战，不得回顾，违令立斩！"此令一下，全军应命，当即开城出战。骑兵先驱，步兵继进，或奋树，或挥剑，或持斧，或挺刃，不管什么死活，一齐冲杀过去。晏球在后督战，有进无退，任你番骑精壮得很，也被杀得七零八落，死亡过半，余众北遁，都与秃馁，拼命逃还。

契丹败卒，走回本国，途中又被卢龙军截杀一阵，只剩得寥寥无几，脱归告败。契丹主耶律德光，再遣酋长惕隐一作特哩衮，系契丹官名。来救定州，又为王晏球杀败，仍然遁回。卢龙节度使赵德钧，复遣牙将武从谏，埋伏要路，截住归踪。惕隐不及防备，被从谏突出一枪，搠落马下，活捉而去，并擒得番目五十人，番兵六百人。赵德钧遣使献俘，解至洛都。廷臣请骈戮示威，唐主道："此等皆虏中骁将，若尽加诛戮，使彼绝望，不如暂行留存，借纾边患。"乃赦惕隐及番目五十人，余六百人一体处斩。

第二十一回　王德妃更衣承宠　唐明宗焚香祝天

契丹两次失败，不敢再入。唐主即遣使促晏球攻城，晏球与朝使联辔并行，至定州城下，指阅形势，扬鞭密语道："此城如此高峻，就使城主听外兵登城，亦非梯冲所及，徒丧精兵，无损贼势，不若食三州租赋，爱民养兵，静俟内溃，自可不战而下了。"确是将略。朝使返报唐主，唐主乃不再催逼。好容易过了残年，直至次年即天成四年。二月，定州内乱，都指挥使马让能，开城迎纳官军，晏球麾军直入，都阓家自焚。负心人应该如此。秃馁被唐军擒住，械送大梁，就地枭首。贪小失大。晏球振旅而还，已而入朝，唐主褒劳有加。晏球口不言功，但说是久劳馈运，不免怀惭，因此益惬主心，拜为天平军节度使，兼中书令，未几又徙镇平卢，寻即病逝。追赠太尉。晏球虽是两朝臣，但将略可称，故特详叙。会吴丞相徐温病殁，吴主杨溥，自称皇帝，改元乾贞，追尊行密为"太祖武皇帝"，渥为"烈宗景皇帝"，隆演为"高祖宣皇帝"，授徐知诰太尉兼侍中，拜温子知询为辅国大将军，兼金陵尹。因荆南高季兴称藩表贺，特封秦王。应前回。季兴侵楚，至白田击败楚师，获将吏三十四人，献入吴国。楚王马殷，遣使诉唐，且请建行台。唐封殷为楚国王，殷始升潭州为长沙府，立宫殿，置百官，命弟賨为静江军节度使，子希振为武顺军节度使，次子希声，判内外诸军事，姚彦章为左相，许德勋为右相，整兵添戍，控制边疆。

吴主杨溥，闻唐楚相结，遣使与唐修好，国书中自称皇帝。安重诲谓杨溥敢与朝廷抗礼，遣使窥视，不应延纳，遂将吴使拒绝，吴使自去。杨溥以唐既绝好，索性再发兵攻楚。到了岳州，楚人早已预备，不待吴兵列阵，便迎头痛击，擒得吴将苗璘、王彦章。尚有几个败卒，逃归报知吴主。吴主方有惧色，亟遣人赴楚求和，请放还苗、王二将。楚王殷乃将二将释归，与吴息争。

荆南节度使高季兴死，有子九人，长子从诲，向吴告哀，吴令从诲承袭父职。从诲既得嗣位，召语僚佐道："唐近吴远，务远舍近，终非良策，不如服唐为是。"乃遣使如楚，浼楚王殷代为谢罪，情愿仍修职贡，一面令押牙官刘知谦，奉表唐廷，进赎罪银三千两。唐主许令赦罪，拜从诲节度使，追封季兴为楚王。

先是季兴在日，闻楚得富强，赖有谋臣高郁，乃屡遣门客至楚，进说楚王，阴加反间。楚王殷始终不信，待郁如初。及希声用事，又向楚散布谣言，谓马氏当为高郁所夺，希声已是动疑；又经妻族杨昭遂，谋代郁任，屡向希声前谮郁，希声竟夺郁兵柄，左迁为行军司马，郁愤愤道："犬子渐大，即欲咋人，我将归老西山，免为所噬！"这数语为希声所闻，立矫父命杀郁，并及族党。数语杀身，可见语言不可不慎。是日大雾四塞，马殷深居简出，尚未知郁死耗，及瞧着大雾，方语左右道："我昔从孙儒渡淮，每杀无辜，必遭天变，难道今日有冤死的人么？"翌日始闻郁死，殷拊膺大恸道："我已老耄，政非己出，使我勋旧横罹冤酷，可悲可痛！看来我亦不能长久了。"不死何为。越年殷即病死，年已七十九。

　　长子希振，因弟握大权，自愿让位，遂由希声承袭父职，报达唐廷。唐以殷官爵俱高，无可追赠，惟赐谥"武穆"。并授希声为武安、静江等军节度使。希声嗜食鸡汁，每日必烹五十鸡，至送殷安葬，并无戚容，且食尽鸡臛数器，然后出送。礼部侍郎潘起道："从前阮籍居丧，尝食蒸豚，何代没有贤人呢！"希声尚莫名其妙，还道他是赞美词，烹鸡如故。惟去建国成制，复藩镇旧仪，尽心事唐，尚不失畏天事大的意义。且因亨国不永，二载即亡，所以保全首领，尚得善终。

　　此外如吴越王钱镠，当庄宗末年，也据国称尊，改元宝正。后来致安重诲书，语多倨傲，重诲奏遣供奉官乌昭遇、韩玫，出使吴越，传旨诘问。吴越王钱镠，还算照旧接待，不曾摆出帝王的架子，胁迫唐使。及唐使北返，韩玫却诬劾昭遇，说他屈节称臣，向镠拜舞，昭遇竟致枉死。重诲请削镠王爵，但令以太师致仕，所有吴越朝聘使臣，悉令所在系治。镠令子传瓘等上表讼冤，均被重诲撂阻，不得自伸。嗣是重诲身为怨府，连藩镇亦痛心疾首了。死期将至。

　　惟自唐主嗣源即位后，励精图治，不事畋游，不耽货利，不任宦官，不喜兵革，志在与民更始，共享承平，所以四方无事，百谷用成。唐主改名为"亶"，表示诚意，且与宰相等从容坐论，谈及乐岁，亦自觉有三分喜色。冯道在旁讽谏道："臣昔在先皇幕府，奉使中山，道出井陉，路甚险阻。臣自忧马蹶，牢持马缰，幸不失坠；及行人坦途，放辔自逸，竟至颠陨。可见临危时未必果危，居安时未必果安，行路尚且如此，何况治国平天下呢！"述冯道语，是不以人废言之意。唐主点首称善，又接口问道："今岁虽是丰年，百姓果家给人足否？"道又答道："凶年患饿莩，丰年伤谷贱，丰凶皆病，惟农家如是。臣尝记进士聂夷诗云：'二月卖新丝，五月粜新谷，医得眼前疮，剜却心头肉。'语虽鄙俚，却曲尽田家情状。总之民业有四，农为最苦，人主最应体恤呢。"

　　唐主甚喜，命左右录聂夷诗，时常讽诵，差不多似座右铭，且因自己年逾花甲，料不能久，每夜在宫中沐手焚香，向天叩祝道："某本胡人，因天下扰乱，为众所推，权居此位，自惭不德，未足安民；愿天早生圣人，为生民主，俾某早得息肩，乃是四海的幸福了！"相传宋太祖赵匡胤，便是后唐天成二年，降生洛阳的夹马营内。乃父叫做赵弘殷，曾在后唐掌领禁军，至匡胤开国登基，海内才得统一，这都由唐主嗣源，一片诚心，感格上苍，方生此真命天子呢。小子有诗咏道：

　　　　敢将诚意告苍穹，一片私心愿化公。
　　　　夹马营中征诞降，果然天意与人同。

天成五年二月，唐主复改元长兴。过了二月，河中忽报兵变，逐去节度使李从珂。欲知变乱原因，容待下回分解。

史称唐明宗不迩声色，语难尽信。王德妃为梁将刘鄩侍儿，曾有"花见羞"之美名，至为唐主所得，极承宠眷，尚得谓非好色耶！况唐主纳德妃时，度其年已逾半百，此时已非少壮，尚为美色所迷，盥栉服御，悉出妃手，是其溺情床第，朝夕不离，已可想见。安重诲虽为佐命功臣，而挟权专恣，实由妃酿成之。设重诲不失妃欢，始终固结，吾知在明宗朝，未必其即遭危祸也。自王都受诛，四方无事，亦不过为一时之幸遇。至焚香祝天一事，史家播为美谈，夫既无心为帝，则何不迎立继岌，岂必知继岌之不足治民，乃起而暂代耶？第时当五季，如天成、长兴之小康，已属仅见，故史官不无溢美之词。本编叙明宗事，瑕瑜并采，毁誉存真，是固犹是董狐史笔也。

第二十二回

攻三镇悍帅生谋
失两川权臣碎首

却说唐主养子李从珂屡立战功，就是唐主得国，亦亏他引兵先至，才得号召各军，从珂未免自恃，与安重诲势不相下。一日重诲宴饮，彼此争夸功绩，究竟从珂是武夫，数语不合，即起座用武，欲殴重诲。幸重诲自知不敌，急忙走匿，方免老拳。越宿，从珂酒醒，亦自悔卤莽，至重诲处谢过，重诲虽然接待，总不免怀恨在心。度量太窄。唐主颇有所闻，乃出从珂为河中节度使。从珂至镇，性好游猎，出入无常。重诲意欲加害，矫传密旨，谕河东牙内指挥使王彦温，令觑随逐从珂。彦温奉命，会从珂出城阅马，彦温即勒兵闭门，不容从珂入内，从珂叩门呼问道："我待汝甚厚，奈何见拒？"彦温从城上应声道："彦温未敢负恩，但受枢密院密札，请公入朝，不必还城！"从珂没法，只好退驻虞乡，遣使表闻。

唐主毫不接洽，自然召问重诲。重诲不便实陈，诈称由奸人妄言，应速加讨。唐主欲诱致彦温，面讯虚实，乃除授彦温为绛州刺史，促令入朝。看官试想，此时矫诏害人的安重诲，肯令彦温入朝面证么？当下一再请讨，始由西都留守索自通，步军都指挥使药彦稠，率兵往讨彦温。唐主却面嘱彦稠道："彦温拒绝从珂，想是有人主使，汝至河中，须生絷彦温回来，朕当面问底细。"彦稠应命而去，及驰抵河中，彦温尚未悉情由，出城相迎。不料见了彦稠，未曾发言，那刀锋已经过来，好头颅竟被斫去。恐做鬼也莫明其妙。彦稠既杀了彦温，即传首阙下，唐主怒彦稠违命，下敕严责，重诲独出为解免，竟不加罪。明是串通一气。从珂知为重诲所构，诣阙自陈，偏唐主不令详辩，责使归第。重诲再讽令冯道、赵凤等，劾奏从珂失守河中，应加罪谴。唐主道："我儿为奸党所倾，未明曲直，奈何亦出此言，岂必欲置诸死地么？朕料卿等受托而来，未必出自本意。"道与凤不禁怀惭，无言而退。

翌日，由重诲独自进见，仍劾从珂罪状。唐主艴然道："朕昔为小校时，家况贫苦，赖此儿负石灰，收马粪，得钱养活。朕今日贵为天子，难道不能庇护一儿！卿必欲加他谴责，试问卿将若何处置？"愤懑已极。重海道："陛下谊关父子，臣何敢言！惟陛下裁断！"唐主道："令他闲居私第，也算是重处了，此外何必多言！"重海更奏保索自通为河中节度使，有诏允准。自通至镇，承重海意旨，检点军府甲仗，列籍上陈，指为从珂私造。赖王德妃从中保护，从珂因得免罪。看官阅过前回，已知王德妃为了婚议，渐疏重海。是时德妃已进位淑妃，取外库美锦，造作地毯。重海上书切谏，引刘后事为戒。这却不得咎重海。惹起美人嗔怒，始与重海两不相容。重海欲害从珂，王德妃偏阴护从珂，究竟枢密权威，不及帷房气焰，重海尚未知敛抑，特徙磁州刺史康福，出镇朔方。朔方为羌胡出没地，镇帅往往罹害，福受知唐主，为重海所忌，欲令他出当戎冲，亏得主恩隆重，特遣将军牛知柔、卫审崎等，率万人护送，沿途掩击逆羌，杀获几尽，转令福安抵塞上，大振声威。人各有命，谋害何益？

重海计不得逞，也只好付诸缓图。偏是一波才了，一波又起：西川节度使孟知祥雄踞成都，渐露异志，重海又出预军谋，献上二议，一是分蜀地以镣蜀势，一是增蜀官以制蜀帅。两策不得谓非，可惜调度未善。唐主却也称善，便委重海调度。重海令夏鲁奇为武信军节度使，镇治遂州。又割东川中的果、阆二州，创置保宁军，授李仁矩为节度使。并命武虔裕为绵州刺史，各置戍兵。这种处置，实为防备两川起见。东川节度使董璋，首先动起疑来。原来李仁矩曾往来东川，先时因唐主祀天，持诏谕璋，令献礼钱百万缗，仁矩到了梓州，由璋设宴相待，一再催请，至日中尚然未至。璋不禁怒起，带领徒卒，持刃入驿，仁矩方拥妓酣饮，蓦闻璋至，仓皇出见。璋令他站立阶下，厉声呵斥道："公但闻西川斩李客省，难道我不能杀汝么？"仁矩始有惧意，涕泣拜请，才得乞免。璋乃遣仁矩归，但献钱五十万缗。仁矩本唐主旧将，又与安重海友善，挟怒归来，极言璋必叛命，重海因命他出镇阆州，使与绵州刺史武虔裕联络，控制东川。虔裕系重海表兄，重海益恃为心腹，密令伺璋。嗣是唐廷屡得密报，竟言璋将发难，重海又饬武信军节度使夏鲁奇，亟治遂州城隍，严兵为备。

那时董璋很是惊惶，不得不自求生路，实行抵制。他与孟知祥素有宿嫌，未尝通问，此次因急求外援，不得不通好知祥，愿与知祥结为婚媾。知祥见梓州使至，召入问明，本意是不愿连和，只因道路谣传，朝廷将割绵、龙二州为节镇，自思祸近剥肤，与董璋同病相怜，也只好弃嫌修好。当下商诸副使赵季良，季良亦请合纵拒唐。知祥遂遣梓州使还报，愿招璋子为女夫，并令季良答聘梓州。季良归语知祥道："董公贪残好胜，志大谋短，将来必为患西川，不可不防！"后来两川交哄，由此一言。知祥始欲悔婚，但一时不好渝盟，姑与董璋虚与周旋，约他联名上表，略言"阆中建镇，绵、遂增兵，适启流言，震动全蜀，请收回成命"等语。嗣得唐廷颁敕，不过略加慰谕，毫不更张。董璋乃诱执武虔裕，幽锢府廷，发兵至剑门，筑起七寨，复在剑门北置永定关，布列烽火，一面募民入伍，剪发黥面，驱往遂、阆二州，剽掠镇军。孟知祥又表请割云安十二盐监，隶属西川，将盐值拨给宁江戍兵。于是两难并发，反令唐廷大费踌躇。

唐主嗣源因董璋已露叛迹，不若知祥尚隐逆萌，乃许知祥所请，另派指挥使姚洪，率兵千人，从李仁矩戍阆州。董璋闻阆州又增兵戍，忍无可忍，他本有子光业，在都为宫苑使，便致书嘱子道："朝廷割我支郡，分建节镇，又屡次拨兵戍守，是明明欲杀我了。你为我转白枢要，若朝廷再发一骑入斜谷，我不得不反，当与汝永诀呢。"光业得书，取示枢密院承旨李虔徽，虔徽转告安重诲。重诲怒道："他敢阻我增兵么？我偏要增兵，看他如何区处！"既已挑动二憨，还要抱薪赴火。随即派别将荀咸乂再率千人西行。光业闻知，急语虔徽道："此兵西去，我父必反，我不敢自爱，恐烦朝廷调发，糜饷劳师，不若速止此兵，可保我父不反。"虔徽又转白重诲，重诲哪里肯依。果然咸乂未到阆州，董璋已经倡乱。

阆州镇将李仁矩，遂州镇将夏鲁奇，与利州镇将李彦琦飞表奏闻。唐主召群臣会议军事，安重诲进言道："臣早料两川必反，但陛下含容不讨，因致如此！"若非你去逼反，度亦未必至此。唐主道："我不负人，人既负我，不能不讨了。"遂饬利、遂、阆三州，联兵进讨。偏三镇尚未出师，两川先已入犯，反使三镇自顾不暇，还想什么联军。看官道两川兵马，如何这般迅速？原来唐廷会议发兵，适有西川进奏官苏愿，得知消息，立遣从官驰报知祥。知祥与赵季良计议。季良道："为今日计，莫若令东川先取遂、阆，然后我拨兵相助，并守剑门。彼时大军虽至，我已无内顾忧了！"知祥依议而行，遣使约董璋起兵。璋愿引兵击阆州，请知祥进攻遂州。知祥乃遣指挥使李仁罕为行营都部署，汉州刺史赵廷隐为副，简州刺史张业为先锋，率兵三万，往攻遂州，再派牙内指挥使侯弘实、孟思恭等，领兵四千，助董璋攻阆州。

阆中镇帅李仁矩本来是个糊涂虫，一闻川兵到来，便欲出城搦战，部将皆进谏道："董璋久蓄反谋，来锋必不可当，不如固垒拒守，挫他锐气；俟大军到来，贼自然走了。"仁矩怒道："蜀兵懦弱，怎能当我精卒呢？"遂不从众言，居然出战。诸将因良谋不纳，各无斗志，未曾交锋，便即溃退，仁矩亦策马逃归。董璋乘势追击，险些儿突入城中，幸经姚洪断后，抵敌一阵，才得收兵入城，登陴拒守。璋曾为梁将，姚洪尝隶璋麾下，至是用密书招洪，诱令内应，洪投诸厕中。璋昼夜攻城，城中除姚洪外，都不肯为仁矩效力，眼见得保守乏人，坐致陷没。仁矩立被杀毙，家属尽死。姚洪巷战被执，由董璋向他面责道："我尝从行间拔汝，今日如何相负！"洪瞋目道："老贼！汝昔为李氏奴，扫除马粪，得一胔残炙，感恩无穷。今天子用汝为节度使，有何负汝，乃竟尔造反呢？汝犹负天子，我受汝何恩，反云相负！我宁为天子死，不愿与人奴并生！"璋闻言大怒，令壮士扛镬至前，刲洪肉入镬烹食，洪至死尚骂不绝声。不没忠节。

唐廷闻阆州失守，乃下诏削董璋官爵，诛璋子光业，命天雄军节度使石敬瑭为招讨使，夏鲁奇为副，右武卫上将军王思同为先锋，率兵征蜀，且令孟知祥兼供馈使。知祥已与璋同反，唐主尚欲笼络，所以有此诏命。毋乃太愚。知祥当然不受，反益兵围遂州，并促董璋速攻利州。璋向利州进发，途次遇雨，饷运不继，仍退还阆州。知祥闻报大惊道："阆中已破，正好进取利州，我闻李彦琦无甚勇略，必望风遁去，若得他仓廪，据险拒守，北军怎能西救遂州！今董公僻处阆中，远弃剑阁，必非良策，一旦剑门失陷，两川都吃紧了！"知祥谋略，远过董璋，故董璋卒为所败。遂遣人驰白董璋，愿发兵三千人，助守剑门。璋答言剑门有备，不劳遣师。知祥乃更派将下夔州，取泸州，更分道往略黔、涪。

过了旬日，果得董璋急报，谓石敬瑭前军，已袭据剑门，守将齐彦温被他擒去。知祥顿足道："董公果误我了！"急召都指挥使李肇入见，令他率兵五千，倍道往据剑州。又遣人诣遂州，令赵廷隐分兵万人，会屯剑州。再派故蜀永平节度使李筠领兵四千，据守龙州要害。西川诸将多系郭崇韬留戍，崇韬冤死，诸将多归咎朝廷，故愿为知祥效力。时适隆冬，天寒道滑，赵廷隐自遂州移军，士卒多观望不前，廷隐泣谕道："今北军势盛，若汝等不肯力战，妻孥皆为人有了！"于是众志始奋，亟向剑州进发。

先是西川牙内指挥使庞福诚，昭信指挥使谢锽屯来苏村，闻剑门失守，互相告语道："若北军更得剑州，两蜀恐难保了。"遂引步兵千余人，从间道趋剑州，适值石敬瑭前锋王思同，与阶州刺史王弘贽，沪州刺史冯晖等从此山驰下，望将过去，不下万余人，福诚便语谢锽道："我军只有千余名，来军总在万人以上，就使以一敌十，尚虑不足。今已天暮，待至明晨，我辈恐无遗类了。"谢锽道："不若乘着今夜，先去劫营，杀他一个下马威，免他轻视。"福诚道："我意也是如此！但敌众我寡，只好用着疑兵计，前后夹攻，令他惊退，便好保住剑州了。"锽奋然道："我挡敌前，君挡敌后，可好么？"福诚大喜，便与锽分路潜进，是夜唐军已越北山，就在山下扎营，约至黎明进攻剑州。夜色将阑，忽闻营外喊声骤起，急忙出兵对敌，不意来兵甚猛，所持皆系利刃，乱冲乱斫，好似生龙活虎一般。时当黑夜，也不知来兵若干，情急心虚，已觉遮拦不住，又听得山上吹角鸣鼓，响彻行营，不由的惊上加惊，立即弃营遁去，还保剑门，十多日不敢出军。

庞、谢二将，已将唐军吓退，安返剑州，计议用明写，攻战用虚写，笔法灵活。赵廷隐、李肇两军，亦陆续到来，剑州已保无虞，再加董璋遣将王晖，也来助守，兵厚势盛，足敌官军。那庞、谢二将，仍出镇原汛去了。

石敬瑭到了剑门，才奏称知祥拒命。有诏夺知祥官爵，促敬瑭即日进讨。知祥闻剑州已固，方大喜道："我但恐唐军进据剑州，扼守险要，或分兵直趋朴州，董公必弃阆州奔还，我军失援，也只好撤遂州围。两川震动，势甚可虞。今乃顿兵剑门，连日不出，我定可济事了。"遂命赵廷隐、李肇等，整备迎敌。石敬瑭带着大军，进屯北山。赵廷隐在牙城后面，依山列阵，使李肇、王晖，出阵河桥。敬瑭引步兵进击廷隐，饬骑兵冲突河桥，两路兵马，统被蜀兵用强弩射退。到了日暮，敬瑭引退，又被廷隐等追杀一阵，丧失至千余人，仍还屯剑门。

当下飞使至洛，极言蜀道险阻，未易进兵，关右人民，转饷多劳，往往窜匿山谷，聚为盗贼，情势可忧，务乞睿断等语。敬瑭亦不免推诿。唐主接得军报，愀然语左右道："何人能办得了蜀事？看来朕当自行呢。"安重诲在旁进言道："臣职忝机密，军威不振，由臣负责，臣愿自往督战！"唐主道："卿愿西行，尚有何言！"

重诲拜命即行，日夜驰数百里，西方藩镇，闻重诲西来，无不惶骇，急将钱帛刍粮，运往利州。天寒道阻，人畜毙踣，不可胜计。凤翔节度使李从曛，已徙镇天平军，继任为朱弘昭，闻重诲过境，迎拜马前，留馆府舍，供张甚谨，连妻子也出来拜谒。重诲还道他是义重情深，与语朝事，无非说是"谗言可畏，此行誓为国家宣力，杜塞谗口"。弘昭尚极力称扬，及重诲既去，他即上书奏陈，说是重诲怨望，不可令至行营。小人之不可与处也如此。又贻书石敬瑭，劝他阻止重诲，免夺兵权。敬瑭正防到此着，再引兵出屯北山，与赵廷隐等交战数次，未见得利。且因遂州被陷，夏鲁奇阵亡，心下很是焦烦，一得弘昭来书，连忙拜表唐廷，但言重诲远来，转惑军心，乞即征还。

唐主早不悦重诲，别用范延光为枢密使，又因宣徽使孟汉琼，出使军前，还言两川变乱，统由重诲一人所致，再加王德妃从旁媒孽，越使唐主动疑，遂召重诲东归。重诲方到三泉，接到诏敕，不得已马首东瞻。

石敬瑭闻重诲东还，即生退志，适知祥枭夏鲁奇首，遣人持示行营。鲁奇有二子随军，共向敬瑭泣陈，愿取父首。敬瑭道："知祥长厚，必葬汝父，较诸身首异处，不更好么？"越日果由知祥传命，收还首级，备棺殓葬。敬瑭即毁去营寨，班师北归，两川兵从后追蹑，直至利州。李彦琦亦弃城奔还。自是利、遂、阆三镇，尽为蜀有。知祥复遣李仁罕等，攻夺忠、万、夔三州，声势大振。董璋乃收兵还东川。

唐主闻敬瑭奔还，并不加谴，但欲归罪重诲。重诲还，过凤翔，再想与朱弘昭谈心，弘昭已经变脸，闭门不纳。重诲怅怅还都，途中奉诏，命为河中节度使，不必入觐，方转趋河中去了。

未几由唐廷宣敕，复吴越王钱镠官爵，再起李从珂为左卫上将军，出镇凤翔。重诲愈觉不安，乃上章乞休，朝命以太子太师致仕，另简皇侄从璋为河中节度使，并遣步军药彦稠率兵同行，使防重诲变状。重诲有二子，长崇绪，次崇赞，宿卫京师,一闻制下,即日私奔至河中省视重诲。重诲道:"尔等来此,有无朝命?"二子答言未曾,重诲大惊道:"未奉敕旨,怎得擅来!"说至此,不禁顿足,半晌才唏嘘道:"我知道了,这事非尔等意,有人诱使尔等,陷我重罪,我以死报国罢了,余复何言!"乃将二子械送阙下。行至陕州,已有制敕传到,令就地下狱。

重诲既发遣二子,自知不妙,日夕防有后命。忽有中使到来,见了重诲,尚未开口,即向他恸哭。重诲亦流涕问故。中使道:"人言公有异志,朝廷已遣药彦稠领兵来了。"重诲泫然道:"我久受国恩,死不足报,尚敢另生异志,更烦国家发兵,贻主上忧么?"已而李从璋、药彦稠到来,与重诲相见,尚无恶意。重诲正要交卸,不防来了皇城使翟光邺传着密旨,令从璋转图重诲。从璋即带兵围重诲第,自入门见重诲。甫至庭中,便即下拜。重诲惊出,降阶答礼,偏从璋手出一锤,趁着重诲俯首时,猛击过去,砉然一声,流血满庭。重诲妻张氏,三脚两步地走了出来,抱住重诲,大呼道:"令公就使得罪,死亦未晚,何必这般辣手!"从璋又用锤击张氏首,可怜一对夫妇,就此毕命,同归地下。享尽荣华,难免有此一日。

看官听着!翟光邺奉遣至河中,不过由唐主密嘱,谓重诲果有异志,可与从璋密商。光邺素恨重诲,即授意从璋,击死重诲夫妇,然后返报唐主,只说重诲已蓄异图。唐主即日下诏,把断绝钱镠,及离间孟知祥、董璋等事,一股脑儿归至重诲身上,并将他二子并诛,惟族属得免连坐。小子有诗叹道:

大臣风度贵休休,贪利终贻家国忧。
一奋铁锤双陨命,生前何不早回头!

唐主已诛死重诲,又命西川进奏官苏愿,东川进奉军将刘澄,各还本道,传谕安重诲专命兴兵,今已伏辜了。毕竟两川如何对待,且至下回表明。

安重诲恃宠擅权,其足以致死也,由来久矣。从珂虽唐主养子,但为唐主所垂爱,且已立有大功,语云疏不间亲,宁重诲独未之闻乎?顾因杯酒小嫌,必欲陷害从珂,计尚未遂,而君臣之疑忌,已从此生矣。王德妃为重诲内援,特以制锦铺地之谏阻,即致失欢,重诲不乘此乞休,尚欲何为?至于两川发难,必激之使变,已属乖方。且李仁矩、武虔裕等皆非将才,乃一以私党而令镇阆州,一以私亲而使守绵州,用人失当,专顾私图,几何而不偾事也!逮夫内外交构,不死何待,彼尚自诩为一死报国。为问其所谓报国者,果属何在耶?或犹以死非其罪惜之,夫罪如重诲,死何足惜,所惜者唐主嗣源,不能明正其罪,乃徒为李从璋所击毙耳。重诲不死于国法,而死于从璋之手,宜后人之为彼呼冤也。

第二十三回

杀董璋乱兵卖主
宠从荣骄子弄兵

却说孟知祥据有西川，得进奉官苏愿归报，已知朝廷有意诏谕，且闻在京家属，均得无恙；乃遣使往告董璋，欲约他同上谢表。璋勃然道："孟公家属皆存，原可归附，我子孙已经被戮，还谢他什么？"遂将来使斥归。知祥再三遣使，往说董璋，略言"主上既加礼两川，若非奉表谢罪，恐复致讨。我曲彼直，反足致败，不如早日归朝，得免后祸。"璋始终不从。越年为唐主长兴元年，知祥再遣掌书记李昊诣梓州，极陈利害。璋不但不允，反将昊诟骂一番，攧出府门。昊怏怏回来，入白知祥道："璋不通谋议，且欲入窥西川，公宜预备为是。"知祥乃增戍设防，按兵以待。

果然到了孟夏，董璋率兵入境，攻破白杨林镇，把守将武弘礼擒去。当董璋出兵时，与诸将谋袭成都，诸将统皆赞成，独部将王晖道："剑南万里，成都为大，时方盛夏，师出无名，看来似未必成功哩。"璋不肯依言，遂进兵白杨林镇。

知祥闻武弘礼被擒，亟集众将会议。副使赵季良道："董璋为人，轻躁寡恩，未能拊循士卒。若据险固守，却是不易进攻，今不守巢穴，前来野战，乃是舍长用短，不难成擒了。惟董璋用兵，轻锐皆在前锋，公宜诱以羸卒，待以劲兵，始虽小衄，终必大捷。愿公勿忧！"季良善谋。知祥又问何人可为统帅，季良道："璋素有威名，今举兵突至，摇动人心，公当自出抵御，振作士气。"赵廷隐独插入道："璋有勇无谋，举兵必败，廷隐当为公往擒此贼！"知祥大喜，即命廷隐为行营马步军都部署，率三万人出拒董璋。

廷隐部署军伍，已经成队，乃入府辞行。适外面递入董璋檄文，指斥知祥悔婚败盟，又有遗季良、廷隐及李肇书，文中语气，似与三人已订密约，有里应外合的意思。知祥阅毕，递视廷隐，廷隐举书掷地道："何必污目！想总是行反间计，欲公杀副使及廷隐呢。"再拜而行,知祥目送廷隐道:"众志成城,当必能济事了。"

才阅两日,又接汉州败报,守将潘仁嗣,与董璋交战赤水,大败被擒,接连又得汉州失守警耗。知祥投袂起座,命赵季良守成都,自率八千人趋汉州,行至弥牟镇,见廷隐驻营镇北,遂与他会师。次日见董璋兵至,会廷隐列阵鸡踪桥,扼住敌冲;又令都知兵马使张公铎列阵后面,自登高阜督战。

董璋至鸡踪桥畔,望见西川兵盛,也有惧意,退驻武侯庙前,下马休息。帐下骁卒忽大噪道:"日已亭午,曝我做甚?何不速战!"璋乃上马趋进,前锋甫交,东川右厢马步指挥使张守进,即弃甲投戈,奔降知祥。知祥召问军情,守进道:"璋兵尽此,无复后继,请急击勿失。"知祥乃麾军逆击,两下里一场鏖斗。东川兵恰也利害,争夺鸡踪桥,廷隐部下指挥使毛重威、李瑭,相继阵亡,惹得廷隐性起,拼死力战,三进三却,总敌不住东川兵。都指挥副使侯弘实,见廷隐不能得利,也挥兵倒退。知祥立马高阜,瞧着情形,不禁捏着一把冷汗,亟用马箠指麾后阵,令张公铎上前救应。公铎部下养足锐气,一经知祥指麾,骤马突出,大呼而进。东川兵已杀得筋疲力软,不防一支生力军,从刺斜里杀将过来,顿时旗靡辙乱,不能支持。廷隐、弘实,又乘势杀转,把东川兵一阵蹂躏,擒住东川指挥使元积、董光裕等八十余人。先败后胜,果如季良所料。董璋拊膺长叹道:"亲兵已尽,我将何依?"遂率数骑遁去,余众七千人投降知祥。潘仁嗣也得逃还。知祥再引兵穷追,至五侯津,又收降东川都指挥使元瓌,长驱入汉州城。董璋早弃城东奔,西川兵入璋府第,觅璋不得,但见有刍粮甲械,遗积甚多,大众相率搬取,无心去追董璋,璋因是得脱。

惟赵廷隐带着亲卒,追至赤水,复得收降东川散卒三千人。知祥命李昊草榜,慰谕东川吏民,且草书劳问董璋,谓将至梓州,诘问负约情由,及见侵罪状,一面至赤水会廷隐军,进攻梓州。璋奔至梓州城下,肩舆入城。王晖迎问道:"公全军出征,今随还不及十人,究属何因?"报复语虽然痛快,究非臣下所宜。璋无言可答,只向他流涕下泪。晖却冷笑而退。及璋入府就食,不意外面突起喧声,慌忙投箸出窥,略略一瞧,乱兵不下数百,为首有两员统领,一个正是王晖,一个乃是从子都虞侯董延浩,自知不能理喻,亟率妻子从后门逃出。登城呼指挥使潘稠,令讨乱兵。稠引十卒登城,竟把璋首取去,献与王晖。璋妻及子光嗣,统自经死。适西川军将赵廷隐驰抵城下,晖即开城迎降。

廷隐趋入梓州,检封府库,候知祥到来发落。偏是知祥有疾,中途逗留。那李仁罕自遂州到来,由廷隐出迎板桥,仁罕并不道贺,且侮嫚廷隐。廷隐非常衔恨,强延仁罕入城。既而知祥疾瘳,方入梓州,犒赏将士,本欲令廷隐为东川留后,偏是仁罕不服,也欲留镇梓州,乃由知祥自行兼领,调廷隐为保宁军留后,仍饬仁罕还镇遂州，两人才算受命，各归镇地。

山南西道王思同奏达唐廷，谓董璋败死，知祥已并有两川。当由唐主商诸辅臣，枢密使范延光道："知祥虽据全蜀，但士卒皆东方人，知祥恐他思归为变，亦欲借朝廷威望，镇压众心，陛下不如曲意招抚，令彼自新。"唐主道："知祥本我故人，为谗人离间至此，朕今日招抚故交，也不好算是曲意哩。"乃遣供奉官李存瓌赴蜀，宣慰知祥。知祥已还成都，闻存瓌持诏到来，即遣李昊出迎，延入府第，存瓌即开读诏词，略云：

董璋狐狼，自贻族灭。卿邱园亲戚，皆保安全，所宜成家世之美名，守君臣之大节。既往不咎，勉释前嫌，卿其善体朕意！

知祥跪读诏书，拜泣受命。存瓌将诏书递交知祥，然后与知祥行甥舅礼。原来存瓌系李克宁子，克宁妻孟氏，即知祥胞妹。克宁为庄宗所杀，子孙免罪。克宁被杀，见第四回。存瓌留事阙下，得为供奉官。知祥见甥儿无恙，恰也欣慰。留住数日，便遣存瓌东归，上表谢罪。且因琼华长公主即知祥妻，见前文。已经病逝，讣告丧期，又表称将校赵季良五人，平东有功，乞授节钺。唐主再命存瓌西行，赐故长公主祭奠，赠绢三千匹，赏还知祥官爵，并赐玉带。所有赵季良等五将，候知祥择地委任，再请后命。知祥乃复请西川文武将吏，乞许权行墨制，除补始奏。唐主一一允许。知祥遂用墨制授季良等为节度使，越年且由唐廷派遣尚书卢文纪，礼部郎中吕琦，册封知祥为东西川节度使蜀王，自是知祥得步进步，隐然有帝蜀的思想了。隐伏下文。

是时吴越王钱镠，亦已老病，奄卧多日，自知病必不起，召诸将吏入寝室，流涕与语道："我子皆愚懦，恐不足任后事，我死，愿公等择贤嗣立！"诸将吏皆泣下道："大王令嗣传瓘，素从征伐，仁孝有功，大众俱愿受戴，请以为嗣！"镠乃召入传瓘，悉出印钥相授道："将士推尔，尔宜善自守成，无忝所生！"传瓘拜受印钥，起侍寝侧，镠又与语道："世世子孙，当善事中国，就使中原易姓，亦毋失事大礼，切记勿忘！"传瓘亦唯唯遵教，未几镠殁，享寿八十一岁。

相传镠生时适遇天旱，道士东方生指镠所居，谓池龙已生此家。时镠正产下，红光满室，父宽以为不祥，弃诸井旁。惟镠祖母知非常儿，抱归抚养，名为婆留，且号井为"婆留井"。及镠年数岁，尝在村中大木下，指示群儿，戏为队伍，颇得军法。后来骁勇绝伦，善射与槊。邑中有衣锦山，上列石镜，阔二尺七寸，镠对石自顾，身服冕旒，如封王状。虽尝隐秘不言，但因此有自负意。至受梁封为吴越王后，广杭州城，筑捍海石塘，江中怒潮急湍，版筑不就，镠采山阳劲竹，制成强弩五百，硬箭三千，选弓弩手出射潮头，潮乃退趋西陵，遂得竖桩垒石，筑成长堤。_{射潮事传为美谈，其实潮汐长落，本有定时，镠特借此以鼓动工役耳。}且建候潮、通江等城门，并置龙山、浙江两闸，遏潮入河。嗣是钱塘富庶，冠绝东南。_{为民奠土，不为无功。}

镠自少年从军，夜未尝寐，倦极乃就圆木小枕，或枕大铃，枕欹辄寤，名为警枕。寝室内置一粉盘，有所记忆，即书盘中，至老不倦。平时立法颇严，一夕微行，还叩北城门，门吏不肯启关，自内传语道："就使大王到来，亦不便启门！"诘旦镠乃从北门入，召入北门守吏，嘉他守法，厚给赏赐。有宠姬郑氏父，犯法当死，左右替他乞免。镠怒道："为一妇人，欲乱我法么？"并命宫人牵出郑姬，斩首以徇。_{纯是权术。}每遇春秋荐享，必呜咽道："今日贵盛，皆祖先积善所致，但恨祖考不及见哩。"_{孝思可嘉。}晚年礼贤下士，得知人誉。自传瓘袭职，传讣唐都，唐主赐谥"武肃"，命以王礼安葬，且令工部侍郎杨凝式撰作碑文。浙民代请立庙，奉诏俞允。越二年庙成供像，历代不移。浙人称为海龙王，或沿称为钱大王。_{补叙钱镠故事，亦不可少。}

传瓘为镠第五子，《十国春秋》谓为第七子。曾任镇海、镇东两军节度使，嗣位后改名元瓘，以遗命去国仪，仍用藩镇法，除民逋赋，友于兄弟，慎择贤能，所以吴越一方，安堵如恒。

惟闽王王延钧杀兄攘位，据闽数年，会遇疾不能视事，延禀竟率子继雄自建州来袭福州。延钧忙遣楼船指挥使王仁达往御，仁达遇继雄军，为立白帜，作乞降状。继雄信为真情，过舟慰抚，被仁达一刀杀死，乘势追擒延禀，牵至延钧帐前。延钧病已少愈，面责延禀道："兄尝谓我善继先志，免兄再来，今日烦兄至此，莫非由我不能承先么？"_{回应前第二十回。}延禀惭不能答，即由延钧喝令推出，枭首示众，复姓名为周绍琛。遣弟延政往抚建州，慰抚军民，闽地复安。

延钧渐萌骄态，上书唐廷，内称楚王马殷，吴越王钱镠，统加尚书令，今两王皆殁，请授臣尚书令。唐廷置诸不理。延钧遂不通朝贡。已而信道士陈守元言，建宝皇宫，自称皇帝，改名为鏻。守元又妄称黄龙出现，因改元龙启，国仍号闽，追尊审知为太祖，立五庙，置百官，升福州为长乐府，独霸一方。唐廷力不能讨，由他逞雄。

武安军节度使马希声病死，弟希范向唐报丧，唐主准令袭职，不烦细表。定难军治夏州。节度使李仁福，也因病去世，子彝超自称留后，唐主欲稍示国威，徙彝超镇彰武军，_{治延州。}别简安从进为定难留后。偏彝超不肯奉命，但托词为军民所留，不得他往。唐廷令从进往讨彝超，卒因饷道不继，无功引还。彝超上表谢罪，自陈无叛唐意，不过因祖父世守，上下相习，所以迁徙为难，乞恩许留镇。廷议以夏州僻远，不若权事羁縻，省得劳师费财。唐主也得过且过，授彝超得节度使，姑息偷安罢了。将外事并作一来，无非是插叙文字。

外事粗定，内乱复萌！骨肉竟同仇敌，萧墙忽起干戈，这也是教训不良，酿成祸变，说将起来，可叹可悲！哭起一峰，笔不平直。原来唐主嗣源，生有四子，长名从璟，为元行钦所杀，元行钦即李绍荣。已见前文。次名从荣，又次名从厚，又次名从益。天成元年，从荣受命为天雄军节度使，兼同平章事。次年，授从厚同平章事，充河南尹，判六军诸卫事。从荣闻从厚位出己上，未免怏怏。又越年，徙从荣为河东节度使，兼北都留守。未几，又与从厚互易，从荣得为河南尹，判六军诸卫事。两人为一母所生，见二十一回。性情却绝不相同。从厚谨慎小心，颇有老成态度；独从荣躁率轻夸，专喜与浮薄子弟，赋诗饮酒，自命不凡。唐主屡遣人规劝，终不肯改，也只好付诸度外。教之不从，奈何置之。

长兴元年，封从荣为秦王，从厚为宋王。从荣既得王爵，开府置属，益招集淫朋为僚佐，日夕酣歌，豪纵无度；一日入谒内廷，唐主问道："尔当军政余暇，所习何事？"从荣答道："暇时读书，或与诸儒讲论经义。"唐主道："我虽不知书，但喜闻经义，经义所陈，无非父子君臣的大道，足以益人智思，此外皆不足学。我见庄宗好作歌诗，毫无益处，尔系将家子，文章本非素习，必不能工，传诸人口，徒滋笑谤，愿汝勿效此浮华哩！"从荣勉强答应，心中却不以为然。惟当时安重海尚在禁中，遇事抑制，为从荣所敬惮，故尚未敢为非。

及重海已死，王淑妃、孟汉琼居中用事，授范延光、赵延寿为枢密使。延光以疏属见用，没甚重望。延寿本姓刘，为卢龙节度使赵德钧养子，冒姓刘氏，因巧佞得幸，尚唐主女兴平公主，参入枢要。从荣都瞧不上眼，任意揶揄。石敬瑭自西蜀还朝，受任六军诸卫副使。他本娶唐主女永宁公主为妻，公主与从荣异母，素相憎嫉，敬瑭恐因妻得祸，不愿与从荣共事，屡思出补外任，免惹是非。就是延光、延寿，也与敬瑭同一思想，巴不得离开殿廷，省却无数恶气，只恨无隙可请，没奈何低首下心，虚与周旋。会契丹东丹王兀欲，怨及母弟，越海奔唐，唐赐姓名为李赞华，授怀化军治慎州。节度使。就是从前卢龙献俘的惕隐，见二十一回。也授他官职，赐姓名为狄怀忠。契丹遣使索还，唐廷不许，遂屡次入寇。唐主欲简择河东镇帅，控御契丹，延光、延寿遂荐举石敬瑭，及山南东道节度使康义诚。敬瑭幸得此隙，立即入阙，自请出镇，乃授敬瑭为河东节度使，敬瑭拜命，即日登程。既至晋阳，用部将刘知远、周瓌为都押衙，委以心腹，军事委知远，财政委瓌，静听内处消息，相机行事。后晋基业，肇始于此。

唐主调回康义诚，令掌六军诸卫副使，代敬瑭职。出从珂为凤翔节度使，加封潞王。四子从益为许王，并加秦王从荣为尚书令，兼官侍中。从益乳母王氏，本宫中司衣,因见秦王势盛,欲借端依托,为日后计,乃暗瞩从益至唐主前,求见秦王。唐主以幼儿思兄,人情常事,乃遣王氏挈往秦府。王氏见了从荣,非常谄谀,甚且装出许多媚态,殷勤凑奉。从荣最喜奉承,又见王氏有三分姿色,乐得移篙近舵,索性将从益哄出,令婢媪抱见王妃刘氏,自与王氏搂入别室,做了一出鸳鸯梦。待至云收雨散,再订后期,且嘱王氏伺察宫中动静。王氏当然依嘱,仍带从益回宫。嗣是王氏常出入秦府,传递消息,所有宫中情事,从荣无不与闻。又有太仆少卿致仕何泽,乘机希宠,表请立从荣为皇太子。唐主览表泣下,私语左右道:"群臣请立太子,朕当归老太原旧第了!"六十余岁,尚恋尊荣耶?不得已令宰相枢密会议。从荣闻信,亟入见唐主道:"近闻有奸人请立太子,臣年尚幼,愿学治军民,不愿当此名位呢。"唐主道:"这是群臣的意思,朕尚未曾决定。"从荣乃退,出语延光、延寿道:"执政欲立我为太子,是欲夺人兵权,幽入东宫哩。"延光等揣知上意,且惧从荣见怪,遂奏请授从荣为天下兵马大元帅,位宰相上。有诏准奏,于是从荣总揽兵权,得用禁军为牙兵。每一出入,侍卫盈途,就是入朝时候,从骑必数百人,张弓挟矢,驰骋皇衢,居然是六军领袖,八面威风。小子有诗咏道:

皇嗣何堪使帅师?《春秋》大义贵先知。
只因骄子操兵柄,坐使萧墙祸乱随。

从荣擅权,朝臣畏祸,最着急的莫若两人。看官道两人为谁?待小子下回再表。

读此回而知唐明宗之未足有为,不过一庸柔主耳。两川交争,正可借此进兵,坐收渔人之利,董璋出师,能间道以袭东川,易如反手,否则侯孟知祥入东川时,乘虚捣成都,亦是攻其无备之一策。璋固败死,知祥亦疲,卞庄子之所以能刺二虎者,由是道也。乃事前毫不注意,事后徒知慰谕,遂令知祥坐大,并有两川,是非失策之甚者乎?至若对待藩镇,同一柔弱,甚至不能制驭其子,酿成骄戾,卫州吁之致乱,咎在庄公,岂尽厥子罪哉!况年已老迈,尚不欲择贤为嗣,当断不断,反受其乱,识者有以窥明宗之心术矣。

第二十四回

毙秦王夫妻同受刃
号蜀帝父子迭称雄

却说唐廷大臣，见秦王从荣擅权，多恐惹祸，就中最着急的，乃是枢密使范延光、赵延寿两人。屡次辞职，俱不得唐主允许。嗣因唐主有疾，好几日不能视朝，从荣却私语亲属道："我一旦得居南面，定当族诛权幸，廓清宫廷！"如此狂言，奈何得居南面！延光、延寿得闻此语，越加惶急，复上表乞请外调。唐主正日夕忧病，见了此表，遽掷置地上道："要去便去，何用表闻！"延光、延寿急得没法。究竟延寿是唐室驸马，有公主可通内线。公主已进封齐国，颇得唐主垂爱，遂替延寿入宫陈情，但说是延寿多病，不堪机务，唐主还未肯遽允。延寿又邀同延光，入内自陈道："臣等非敢惮劳，愿与勋旧迭掌枢密，免人疑议。且亦未敢俱去，愿听一人先出，若新进不能称职，仍可召臣，臣奉诏即至便了。"唐主乃令延寿为宣武节度使，延寿欢跃而去。枢密使一缺，召入节度使朱弘昭继任。弘昭入朝固辞，唐主怒叱道："汝等皆不欲侍侧，朕养汝等做什么？"弘昭始不敢再言，悚惶受命。前日待安重诲机变得很，此次却上钩了。

范延光见延寿外调，欣羡得很，他恨无玉叶金枝作为妻室，只好把囊中积蓄，取了出来，送奉宣徽使孟汉琼，托他恳求王淑妃，代为请求，希望外调。无非拜倒石榴裙下，不过难易有别。毕竟钱可通灵，一道诏下，授延光为成德军节度使。延光如脱重囚，即日陛辞，向镇州莅任去了。晦气了一个三司使冯赟，调补枢密使，枢密使非不可为，但惜朱、冯二人，才不称职耳。外此如近要各官，亦多半求去，有蒙允准的，有不蒙允准的，允准的统是喜慰，不允准的统是忧愁。康义诚度不能脱，遣子服事秦王，为自全计，唐主还道他朴忠可恃，命为亲军都指挥使，兼同平章事，其实义诚是佯为恭顺，阴持两端，有什么朴忠可恃呢！一班狡徒，任内外事，安得不乱？

先是大理少卿康澄目击乱萌，曾有《五不足惧六可畏》一疏，奏入宫廷，当时称为名论。疏中略云：

> 臣闻安危得失，治乱兴亡，曾不系于天时，固非由于地利，童谣非祸福之本，妖祥岂隆替之源？故雉雊升鼎而桑谷生朝，不能止殷宗之盛；神马长嘶而玉龟告兆，不能延晋祚之长。是知国家有不足惧者五，有深可畏者六，阴阳不调不足惧，三辰失行不足惧，小人讹言不足惧，山崩川涸不足惧，蟊贼伤稼不足惧，此不足惧者五也；贤人藏匿深可畏，四民迁业深可畏，上下相徇深可畏，廉耻道消深可畏，毁誉乱真深可畏，直言蔑闻深可畏，此深可畏者六也。伏惟陛下尊临万国，奄有八纮，荡三季之浇风，振百王之旧典，设四科而罗俊彦，提二柄而御英雄。所以不轨不物之徒，咸思革面；无礼无义之辈，相率悛心。然而不足畏者，愿陛下存而勿论，深可畏者，愿陛下修而靡忒，加以崇三纲五常之教，敷六府三事之歌，则鸿基与五岳争高，盛业共磐石永固矣。谨此疏闻。

唐主览疏，虽优诏褒答，但总未能切实举行。所以六可畏事，始终失防，徒落得优柔寡断，上下蒙蔽，几乎又惹出伦常大变，贻祸宫闱。

长兴四年十一月，唐主病体少瘳，出宫赏雪，至士和亭宴玩半日，免不得受了风寒。回宫以后，当夜发然，急召医官诊视，说是伤寒所致，投药一剂，未得挽回。次日且热不可耐，竟至昏昏沉沉，不省人事。秦王从荣与枢密使朱弘昭、冯赟，入问起居，三呼不应。王淑妃侍坐榻旁，代为传语道："从荣在此。"唐主又不答。淑妃再说道："弘昭等亦在此。"唐主仍然不答。从荣等无言可说，只好退出。

既至门外，闻宫中有哭泣声，还疑是唐主已崩。从荣还至府中，竟夕不寐，专俟中使迎入。哪知候到黎明，一些儿没有影响，自己却倦极思眠，便在卧室中躺下，呼呼睡去，等到醒来，已是午牌时候，起问仆从，并没有宫廷消息，不由得惊惧交并，一心思想做皇帝，可惜运气未来。当即遣人入宫，诈称遇疾，私下召集党人，定一密谋，拟用兵入侍，先制权臣。遂遣押衙马处钧，往告朱弘昭、冯赟道："我欲带兵入宫，既便侍疾，且备非常，当就何处居住？"弘昭等答道："宫中随便可居，惟王自择。"嗣又私语处钧道："皇上万福，王宜竭力忠孝，不可妄信浮言。"处钧还白从荣，从荣又遣处钧语二人道："尔等独不念家族么？怎敢拒我！"二人大惧，入告孟汉琼。汉琼转白王德妃，德妃道："主上昨已少愈，今晨食粥一器，当可无虞。从荣奈何敢蓄异图！"汉琼道："此事须要预防，一经秦王入宫，必有巨变！看来惟先召康义诚，调兵入卫，方免他虑。"德妃点首，汉琼自去。

原来唐主嗣源昏睡了一昼夜，到了次日夜半，出了一身微汗，便觉热退神清，蹶然坐起。四顾卧室，只有一个守漏宫女，尚是坐着。便问道："夜漏几何？"宫女起答道："已是四更了。"唐主再欲续问，忽觉喉间微痒，忙向痰盂唾出数片败肉，好似肺叶一般，随又令宫女携起溺壶，撤下许多涎液，当有宫女启问道："万岁爷曾省事否？"唐主道："终日昏沉，此刻才能知晓，未知后妃等何往？"宫女道："想是各往寝室，待去通报便了。"语毕，便抢步外出，往报后妃。六宫闻信，陆续趋集，互相笑语道："大家还魂了！"汝等去做什么？因相率请安，并问唐主腹可饥否？唐主颇欲进食，乃进粥一器，由唐主食尽，仍然安睡，到了天明，神色更好了许多。

惟从荣尚未得知，还疑是宫中秘丧，将迎立他人，不得不先行下手。至孟汉琼往晤康义诚，义诚爱子情深，未免投鼠忌器，但嗫嚅对答道："仆系将校，不敢预议，凡事须由宰相处置！"汉琼见义诚首鼠两端，忙去转告朱弘昭。弘昭大惊，夜邀义诚入私室，一再详问，义诚仍执前言，未几辞去。是夕已由从荣召集牙兵千人，列阵天津桥，待至黎明，即遣马处钧至冯赟第，叩门传语道："秦王决计入侍，当居兴圣宫，公等各有宗族，办事应求详允，祸福在指顾间，幸勿自误！"赟未及答，处钧已去，转告康义诚，义诚道："王欲入宫，自当奉迎。"于是冯赟、康义诚，各怀私意，俱驰入右掖门，朱弘昭相继驰至，孟汉琼自内趋出，与弘昭等共至中兴殿门外，聚议要事。赟具述处钧传语，且顾语义诚道："如秦王言，心迹可知，公勿因儿在秦府，左右顾望，须知主上禄养吾徒，正为今日，若使秦王兵得入此门，将置主上何地！我辈尚有遗种么？"义诚尚未及答，门吏已仓皇趋入，大声呼道："秦王已引兵至端门外了。"孟汉琼闻报，拂袖遽起道："今日变生仓猝，危及君父，难道尚可观望么？如我贱命，有何足惜，当自率兵拒击哩！"说着，即趋入殿门。朱、冯两人，联步随入。义诚不得已，也跟在后面。汉琼入白唐主道："从荣造反，已引兵攻端门，若纵他入宫，便成大乱了！"宫人听了此言，相向号哭，唐主亦惊语道："从荣何苦出此！"还是溺爱。便问朱、冯两人道："究竟有无此事？"两人齐声道："确有此事，现已令门吏闭门了。"唐主指天泣下，且语义诚道："烦卿处置，勿惊百姓！"还是相信。

适从珂子控鹤指挥使重吉在侧，也由唐主与语道："我与尔父亲冒矢石，手定天下，从荣等有何功劳，今乃为人所教，敢行悖逆！我原知此等竖子，不足付大事，当呼尔父来朝，授他兵柄。汝速为我闭守宫门！"重吉应命，即召集控鹤兵，把宫门堵住。

孟汉琼披甲上马，出召入马军都指挥使朱弘实，令率五百骑讨从荣。从荣方扼住天津桥，踞坐胡床，令亲卒召康义诚。亲卒行至端门，见门已紧闭，转叩左掖

第二十四回　毙秦王夫妻同受刃　号蜀帝父子迭称雄　141

门，亦没人答应，便从门隙中瞧将进去，遥见朱弘实引着骑兵，踊跃而来，慌忙走白从荣。从荣惊惶失措，忙起座摆甲，弯弓执矢。俄而骑兵大至，冒矢直进，朱弘实遥呼道："来军何故从逆，快快回营，免得连坐！"从荣部下的牙兵，应声散去，慌得从荣狼狈奔回。走入府第，四顾无人，只有妻室刘氏在寝室中抖做一团。正在没法摆布，又听得人声鼎沸，突入门来，刘氏先钻入床下，从荣急不暇择，也匍匐进去，与刘氏一同避匿。似此怯弱，何故作威！皇城使安从益，先驱驰入，带兵搜寻，从外至内，上下一顾，已见床下伏着两人，便即顺手拽出，一刀一个，结果性命。夫妻同死，不意安重诲后，复有从荣。再从床后搜寻，尚躲着少子一人，也即杀死，各枭首级，携归献功。

　　唐主闻从荣被杀，且悲且骇，险些儿堕落御榻。再绝再苏，疾乃复剧。从荣尚有一子，留养宫中，诸将请一体诛夷。唐主泣语道："此儿何罪？"语未毕，孟汉琼入奏道："从荣为逆，应坐妻孥，望陛下割恩正法！"唐主尚不肯遽允，偏将吏哗声遽起，无可禁止。只得命汉琼取出幼儿，毕命刀下，追废从荣为庶人。诸将方才散归。

　　宰相冯道率百寮入宫问安，唐主泪下如雨，呜咽与语道："我家不幸，竟致如此，愧见卿等！"冯道等亦泣下沾襟，徐用婉言劝慰，然后退出。行至朝堂，朱弘昭等正在聚议，欲尽诛秦府官属，道即抗声道："从荣心腹，只有高辇、刘陟、王说三人，若判官任赞任事才及半月，王居敏、司徒诩因病告假，已过半年，岂与从荣同谋？为政宜尚宽大，不宜株连无辜！"弘昭尚不肯从，冯赟却赞同道议，与弘昭力争，乃止诛高辇一人。刘陟、王说也得免死，长流远方。任赞、王居敏、司徒诩等贬谪有差。

　　时宋王从厚已调镇天雄军，唐主命孟汉琼驰驿往召，即令汉琼权知天雄军府事。从厚奉命还都，及至宫中，那唐主李嗣源，已先三日归天了。总计唐主嗣源在位，共得八年，寿六十有七。史称他性不猜忌，与物无竞，即位后年谷屡丰，兵革罕用，好算是五代贤君，小子也不暇评驳，请看官自加体察便了。不断之断，尤善于断。越年四月，始得安葬徽陵，庙号"明宗"。这且慢表。

　　且说宋王从厚，既至洛都，便在柩前行即位礼。阅七日始缞服朝见群臣，给赐中外将士。至群臣退后，御光政楼存问军民，无非是表示新政，安定人心。及还宫后，谒见曹后、王妃，恰也尽礼，不消细说。适朱弘实妻入宫朝贺，司衣王氏，与语秦王从荣事，唏嘘说道："秦王为人子，不在左右侍疾，反欲引兵入卫，原是误处；但必说他敢为大逆，实是冤诬！朱公颇受王恩，奈何不为辩白呢？"语虽近是，但汝与他私通，忽出此语，转令人愈加疑心。弘实妻归告弘实。弘实大惧，亟与康义诚同白嗣皇，且言王氏曾私通从荣，尝代诇宫中情事。一番奏陈，断送王氏生命，有诏令她自尽。好去与从荣叙地下欢了。既而辗转牵连，复累及司仪康氏，也一并赐死。寻复株连王德妃，险些儿迁入至德宫，幸曹后出为洗释，才算无事，但嗣皇从厚，待遇王德妃，即因是寖薄了。

越年正月，改元应顺，大赦天下。加封冯道为司空，李愚为右仆射，刘煦为吏部尚书，并兼同平章事。进康义诚为检校太尉，兼官侍中，判六军诸卫事。朱弘实为检校太保，充侍卫马军都指挥使。且命枢密使朱弘昭、冯赟及河东节度使石敬瑭，并兼中书令。赟以超迁太过，辞不受命，乃改兼侍中，封邠国公。康义诚以下并得加封，岂因其杀兄有功耶？居心如此，安得令终！外如内外百官，俱进阶有差。就是荆南节度使高从诲，也进封南平王，湖南节度使马希范，得进封楚王，两浙节度使钱元瓘，并进封吴越王。惟加蜀王孟知祥为检校太师。知祥却不愿受命，遣归唐使，嘱使代辞。

看官听着！知祥既并有两川，野心勃勃，欲效王建故事。闻唐主已殂，从厚入嗣，遂顾语僚佐道："宋王幼弱，执政皆吏小人，不久即要生乱哩。"僚佐闻言，已知他富有深意，但因岁月将阑，权且蹉跎过去。未几就是孟春，乃推赵季良为首，上表劝进，且历陈符命，什么黄龙现，什么白鹊集，都说是瑞征骈集，天与人归。知祥假意谦让道："孤德薄不足辱天命，但得以蜀王终老，已算幸事！"季良进言道："将士大夫，尽节效忠，无非望附翼攀鳞，长承恩宠，今王不正大统，转无从慰副人望，还乞勿辞！"季良本臣事后唐，乃赴蜀后，专媚知祥，曲为效力，可鄙可叹！知祥乃命草定帝制，择日登位。国号蜀，改元明德。

届期衮冕登坛，受百寮朝贺。偏天公不肯做美，竟尔狂风怒号，阴霾四塞，一班趋炎附势的人员，恰也有些惊异。但且享受了目前富贵，无暇顾及天心。何不亦称符瑞？当下授赵季良为司空同平章事、王处回为枢密使、李仁罕为卫圣诸军马步军指挥使、赵廷隐为左匡圣步军都指挥使、张业为右匡圣步军都指挥使、张公铎为捧圣控鹤都指挥使、李肇为奉銮肃卫都指挥使、侯弘实为副使，掌书记。毋昭裔为御史中丞、李昊为观察判官、徐光溥为翰林学士。所有季良等兼领节使，概令照旧。追册唐长公主李氏为皇后，夫人李氏为贵妃。妃系唐庄宗嫔御，赐给知祥，累从知祥出兵，备尝艰苦。一夕梦大星坠怀，起告长公主，公主即语知祥道："此女颇有福相，当生贵子。"既而生子仁赞，就是蜀后主昶。昶系仁赞改名，详见下文。史家称王建为前蜀，孟知祥为后蜀。

知祥僭号以后，唐山南西道张虔钊、武定军节度使孙汉韶，皆奉款请降，兴州刺史刘遂清尽撤三泉、西县、金牛、桑林戍兵，退归洛阳。于是散关以南，如阶、成、文诸州，悉为蜀有。

过了数月，张虔钊等入谒知祥，知祥宴劳降将。由虔钊等奉觞上寿，知祥正欲接受，不意手臂竟酸痛起来，勉强受觞，好似九鼎一般，力不能胜，急忙取置案上以口承饮，及虔钊等谢宴趋退，知祥强起入内，手足都不便运动，成了一个疯瘫症。延至新秋，一命告终。遗诏立子仁赞为太子，承袭帝位。

赵季良、李仁罕、赵廷隐、王处回、张公铎、侯弘实等，拥立仁赞，然后告丧。仁赞改名为昶，年才十六，暂不改元。尊知祥为高祖，生母李氏为皇太后。

知祥据蜀称尊，才阅六月，当时有一僧人自号"醋头"，手携一灯檠，随走随呼道："不得灯，得灯便倒！"蜀人都目僧为痴，及知祥去世，才知"灯"字是借映登极。又相传知祥入蜀时，见有一老人状貌清癯，挽车趋过，所载无多。知祥问他能载几何？老人答道："尽力不过两袋。"知祥初不经意，渐亦引为忌讳，后来果传了两代，为宋所并。小子有诗咏道：

　　两川窃据即称尊，风日阴霾蜀道昏。
　　半载甫经灯便倒，才知释子不虚言。

知祥帝蜀，半年即亡。这半年内，后唐国事，却有一番绝大变动，待小子下回再详。

观从荣之引兵入卫，谓其即图杀逆，尚无确证，不过急思承祚，恐为乃弟所夺耳。孟汉琼、朱弘昭、冯赟等，遽以反告，命朱弘实、安从益率兵迎击，追入秦府，杀于床下。从荣死不足责，但罪及妻孥，毋乃太甚！唐主嗣源，始不能抑制骄儿，继不能抑制奸将，徒因悲骇增病，遽尔告终。宋王入都，已死三日，幸当时如潞王者，在外尚未闻丧讣。否则阋墙之衅，早起阙下，宁待至应顺改元后耶！蜀王知祥，乘间称帝，彼既知从厚幼弱，不久必乱，奈何于亲子仁赞，转未知所防耶！观人则明，对己则昧，知祥亦徒自哓哓耳。

第二十五回

讨凤翔军帅溃归
入洛阳藩王篡位

却说唐主从厚已改元应顺，尊嫡母曹氏为太后，庶母王氏为太妃，所有藩镇文武臣僚，更一体覃恩，俱给赏赐。独疑忌潞王从珂听信朱、冯两枢密，出从珂子重吉为亳州团练使。重吉有妹名惠明，在洛为尼，亦召入禁中。从珂闻子被外黜，女被内召，料知新主有猜忌意，免不得瞻顾彷徨。他本为明宗所爱，夙立战功，明宗病剧，只遣夫人刘氏入省，自在凤翔观望。及明宗去世，亦谢病不来奔丧。彼时已料有内衅，坐觇成败。果然嗣皇从厚，信谗见猜，屡遣使侦察从珂。朱弘昭、冯赟，又捕风捉影，专喜生事。内侍孟汉琼，与朱、冯结为知己，朱、冯说他有功，加官至开府仪同三司，且赐号忠贞扶运保泰功臣。汉琼有何功绩，只杀从荣一事，由他首倡。此时汉琼出守天雄军，见上回。意欲邀他回都，协同办事，于是奏请召还汉琼，徙成德节度使范延光，转镇天雄军。河东节度使石敬瑭，移镇成德军。潞王从珂，却叫他改镇河东，兼北都留守。天下本无事，庸人自扰之。从厚也不知利害，俱从所请，遣使出发四镇，分头传命。

从珂镇守凤翔，距都最近，第一个接到敕使，满肚中怀着鬼胎。忽又闻洋王从璋前来接替，更觉疑虑不安。看官阅过上文，应知从璋为明宗从子，前时简任河中，手杀安重海。这番调至凤翔，从珂也恐他来下辣手，随即召集僚佐，商议行止。大众应声道："主上年少，未亲庶事，军国大政，统由朱、冯两枢密主持。大王威名震主，离镇是自投罗网，不如拒绝为是！"观察判官冯胤孙，独出为谏阻道："君命召，不俟驾而行，诸君所议，恐非良图。"大众闻言，统哑然失笑，目为迂谈。从珂乃命书记李专美，草起檄文，传达邻镇，大略谓"朱弘昭、冯赟等，乘先帝疾亟，杀长立少，专制朝权，疏间骨肉，动摇藩垣，从珂将整甲入朝，誓清君侧，但虑力不逮心，愿乞灵邻藩，共图报国"云云。

檄文既发，又因西都留守王思同，挡住出路，不得不先与联络，特派推官郝

第二十五回　讨凤翔军帅溃归　入洛阳藩王篡位

诩，押牙朱廷乂等相继诣长安，说以利害，饵以美妓。思同却慨然道："我受明宗大恩，位至节镇，若与凤翔同反，就使成事，也不足为荣。一或失败，身名两丧，反致遗臭万年。这事岂可行得！"遂将郝诩、朱廷乂拘住，详报唐廷。此外各镇，接到从珂檄文，或与反对，或主中立，惟陇州防御使相里金，有心依附，即遣判官薛文遇，往来计事。

唐主从厚，既闻从珂叛命，拟遣康义诚出兵往讨。义诚不欲督师，请饬王思同为统帅，羽林都指挥使侯益为行营马步都虞侯。益知军情将变，辞疾不行，遂被黜为商州刺史，侯益尚不失为智，义诚却很是狡诈。即命王思同为西面行营马步军都部署，前静难军节度使药彦稠为副；前绛州刺史苌从简为马步都虞侯，严卫步军左厢指挥使尹晖、羽林指挥使杨思权等，皆为偏裨，出师数万，往讨从珂。又命护国节度使安彦威，为西面行营都监，会同山南、西道，及武定、彰义、静难各军帅，夹攻凤翔。一面令殿直楚昭祚，往执亳州团练使李重吉，幽锢宋州。洋王从璋，行至中途，闻从珂拒命，便即折还。

王思同等会同各道兵马，共至凤翔城下，鼙鼓喧天，兵戈耀日，当即传令攻城。城垒低浅，守备不多，由从珂勉谕部众，乘陴抵御。怎奈城外兵众势盛，防不胜防，东西两关，为全城保障，不到一日，都被攻破，守兵伤亡，不下千百，急得从珂危惧万分，寝食不遑。好容易过了一宵，才见天明，又听得城外喧声，一齐趋集，好似那霸王被困，四面楚歌。极写唐军声势，反射后文降溃。

从珂情急登城，泣语外军道："我年未二十，即从先帝征伐，出生入死，金疮满身，才立得本朝基业，汝等都随我有年，亦应目睹，今朝廷信任谗臣，猜忌骨肉，试想我有何罪，乃劳大军痛击，必欲置我死地呢？"说至此，就在城上大哭起来。内外军士相率泣下。忽西门外跃出一将，仰首大呼道："大相公真是我主哩！"遂率部众解甲投戈，愿降潞王。从珂开城放入，思权用片纸呈入，内书数语云"愿王克京城日，授臣节度使，勿用作防团。"从珂即下城迎劳，援笔批入纸中，写就"思权为邠宁节度使"八字，授与思权。思权舞蹈称谢。为彼一人，断送社稷，试问彼心何忍？且登城招诱尹晖，尹晖即遍呼各军道："城西军已入城受赏了！我等应早自为计！"说着，也将甲胄脱卸，作为先导，各军遂纷纷弃械，乞降城中。从珂复开了东门，迎纳尹晖等降军。

王思同毫不接洽，骤见乱兵入城，顿时仓皇失措，与安彦威等五节度使，统皆遁去。凤翔城下，依旧是风清日朗，雾扫云开。从珂转惊为喜，大括城中财帛，犒赏将士，甚至鼎釜等器，亦估值作为赏物。大众都得满愿，欢声如雷。长安副留守刘遂雍，闻思同败还，也生异志，闭门不纳。思同等只好转走潼关。从珂建大将旗鼓，整众东行，尚恐思同据住长安，并力拒守。及行次岐山，闻刘遂雍不纳思同，大喜过望，便即遣人慰抚。遂雍悉倾库帑，遍赏从珂前军，前军皆不入城，受赏即去。至从珂到来，由遂雍出城迎接，复搜索民财，充作供给。从珂也无暇入城，顺道东趋，径逼潼关。

唐廷尚未得败报，至西面步军都监王景从等自军中奔还，才识各军大溃。唐主从厚惊慌得了不得，亟召康义诚入议，凄然与语道："先帝升遐，朕在外藩，并不愿入都争位，诸公同心推戴，辅朕登基。朕既承大业，自恐年少无知，国事都委任诸公，就是朕对待兄弟，也未尝苛刻。不幸凤翔发难，诸公皆主张出师，以为区区叛乱，立可荡平，今乃失败至此，如何能转祸为福？看来只有朕亲往凤翔，迎兄入主社稷，朕仍旧归藩。就使不免罪谴，亦所甘心，省得生灵涂炭了！"徒然哀鸣，有何益处？朱弘昭、冯赟等，面面相觑，不发一言。不能收火，如何放火？

康义诚眉头一皱、计上心来，便进议道："西师惊溃，统由主将失策，今侍卫诸军尚多，臣请自往抵敌，扼住要冲，招集离散，想不至再蹈前辙，愿陛下勿为过忧！"唐主从厚道："卿果前往督军，当有把握，但恐寇敌方盛，一人不足济事，且去召入石驸马，一同进兵，可好么？"义诚道："石驸马闻徙镇命，恐亦未愿，倘有异心，转足资寇，不如由臣自行，免受牵制！"巧言如簧。从厚总道他语出至诚，毫不动疑，便召将士慰谕，亲至左藏，悉发所储金帛，分给将士。且更面嘱道："汝等若平凤翔，每人当更赏二百缗。"将士无功得赏，益加骄玩，各负所赐物，出语途人道："到凤翔后，再请给一分，不怕朝廷不允！"途人闻言，有几个见识较高，已料他贪狡难恃，康义诚独洋洋得意，调集卫军，入朝辞行。

都指挥使朱弘实，进白唐主道："禁军若都出拒敌，洛都归何人把守？臣意以为先固洛阳，然后徐图进取，可保万全。"义诚正恨弘实主兵，击毙从荣，此时又出来阻挠，顿觉怒气上冲，厉声叱道："弘实敢为此言，莫非图反不成？"弘实本是莽夫，怎肯退让，也厉声答道："公自欲反，还说别人欲反么？"这二语的声音，比义诚还要激响，适值从厚登殿，听是弘实口音，心滋不悦，便召二人面讯。二人争讼殿前，弘实仍盛怒相向，义诚独佯作低声，两下各执一词。义诚便面奏道："弘实目无君上，在御座前，尚敢这般放肆，况叛兵将至，不发兵拦阻，却听他直入都下，惊动宗社，这尚得谓非反么？"从厚不禁点首，义诚又逼紧一层道："朝廷出此奸臣，怪不得凤翔一乱，各军惊溃；今欲整军耀武，必须将此等国蠹，先正典刑，然后将士奋振，足以平寇！"从厚被他一激，遂命将弘实绑出市曹，斩首以徇。各禁军见弘实冤死，无不惊叹，那康义诚得泄余恨，遂带着禁军，一麾出都去了。

从厚见义诚就道，还以为长城可靠，索性令楚匡祚杀死李重吉，并将重吉妹惠明，也勒令自尽，眼巴巴地专待捷音。当下宣诏军前，命康义诚为凤翔行营都招讨使，王思同为副。哪知思同奔至潼关，被从珂前军追至，活擒而去，解至从珂行辕。从珂面加诘责，思同慨然道："思同起自行间，蒙先帝擢至节镇，常愧无功报主；非不知依附大王，立得富贵，但人生总有一死，死后何颜往见先帝？今战败就擒，愿早就死！"忠有余而才略不足，终致杀身。从珂也自觉怀惭，改容起谢道："公且休言！"遂命羁住后帐，偏杨思权、尹晖二人，羞与相见，屡劝从珂心腹将刘延朗，谋毙思同。延朗遂乘从珂醉后，擅将思同杀死。及从珂醒后报闻，托言思同谋变，从珂徒付诸一叹罢了。

再进军入华州，前驱又执到药彦稠，命系狱中。越日进次阌乡，又越日进次灵宝，各州邑无一拒守，如入无人之境。护国节度使安彦威，与匡国节度使安重霸望风迎降。独陕州节度使康思立闭门登城，拟俟康义诚到来，协同守御。从珂前驱至城下，中有捧圣军五百骑，前曾出守陕西，至此为从珂所诱，令充前锋，便向城上仰呼道："城中将吏听着！现我等禁军十万，已奉迎新帝，尔等数人，尚为谁守？徒累得一城人民，肝脑涂地，岂不可惜！"守兵应声下城，开门出迎。思立禁遏不住，也只好随了出来，迎从珂入城。

从珂入城安民，与僚佐再商行止。僚佐献议道："今大王将及京畿，料都中人必皆丧胆，不如移书入都，慰谕文武士庶，令他趋吉避凶，定可不劳而服了。"从珂依言，即驰书都中，略言大兵入都，惟朱弘昭、冯赟两族不赦外，此外各安旧职，不必忧疑。时侍卫马军指挥使安从进，方受命为京城巡检，一得此书，即潜布心腹，专待从珂军到，好出城迎降。

唐主从厚，尚似睡在梦中，诏促康义诚进兵。义诚军至新安，部下将士，争弃甲兵，赴陕投降。及抵乾壕，十成中走去了九成半，只剩得寥寥数十人。义诚心本叵测，此次自请出兵，意欲尽举卫卒，迎降从珂，作为首功，不意卫卒已走了先着，顿失所望。可巧途次遇着从珂候骑，即与他相见，自解所佩弓剑，令携去作为信物，传语请降。心术最坏，莫如此人。警报飞达都中，可怜唐主从厚，急得不知所为，忙遣中使宣召朱弘昭。弘昭正忧心如焚，突然闻召，即惶遽出涕道："急乃召我，是明明欲杀我谢敌呢！"当即投井自尽。安从进闻弘昭已死，竟引兵入弘昭第，枭了弘昭首级，乘便往杀冯赟，把冯家男女长幼，尽行屠戮，遂将朱、冯两颗头颅送入陕中。

从厚得弘昭死耗，复闻冯族被屠，自知危在旦夕，不得不避难出奔。适值孟汉琼自魏州归来，便令他再往魏州，整备行辕，以便出幸。汉琼佯为应命，及趋出都门，却扬鞭西驰，投奔陕府去了。保泰功臣，所为也如是么？从厚尚未得知，自率五十骑至玄武门，顾语控鹤指挥使慕容进道："朕且幸魏州，徐图兴复，汝可率控鹤兵从行！"进系从厚爱将，便即应声道："生死当从陛下！请陛下先行一步，俟臣召集部众，出卫乘舆！"从厚乃驰出玄武门。一出门外，门便阖住。看官道是何人所阖？原来就是慕容进。进给出主子，立即变卦，安安稳稳地居住都中，并没有从驾的意思。

宰相冯道等入朝，到了端门，始知朱、冯皆死，车驾出走，因怅然欲归。李愚道：“天子出幸，并未向我等与谋。今太后在宫，我等且至中书省，遣小黄门入宫请示，取太后进止，然后归第，诸公以为何如？”道摇首道：“主上失守社稷，人臣将何处禀承？若再入宫城，恐非所宜。潞王已处处张榜，不若归俟教令，再作计较。"已生变志。乃共归至天宫寺。安从进遣人与语道："潞王倍道前来，行将入都，相公宜带领百官，至谷水奉迎。"道等乃入憩寺中，传召百官。中书舍人卢导先至，道与语道："闻潞王将至，应具书劝进，请舍人速即起草！"便欲劝进，太无廉耻。导答道："潞王入朝，百官只可班迎，就使有废立情事，亦当俟太后教令，怎得遽往劝进呢？"道又说道："凡事总须务实。"导答驳道："公等身为大臣，难道有天子出外，遽向别人劝进吗？若潞王尚守臣节，举大义相责，敢问公等具何词对答呢？为公等计，不如率百官径诣宫门，进名问安，取太后进止，再定去就，方算是情义兼尽了。”

道尚踌躇未决，那安从进复遣人催促道："潞王来了，太后、太妃，已遣中使迎劳潞王，奈何百官尚未出迎？"道慌忙出寺，李愚、刘昫等，也纷然随行。到了上阳门外，伫候了半日有余，并不见潞王到来，但只卢导趋过。道复召与语，导对答如初。李愚喟然道："舍人所言甚当，我等罪不胜数了。"罪止贪生，何必过谦。乃相偕还都。

是时潞王从珂尚留陕中，康义诚至陕待罪，从珂面责道："先帝晏驾，立嗣由诸公，今上居丧，政事出诸公，何为不能终始，陷吾弟至此？"你也口是心非。义诚大惧，叩头请死。本意想立首功，谁知当场出丑！从珂冷笑道："你且住着，再听后命！"已露杀机。义诚不得已留住行营，马步都虞侯苌从简、左龙武统军王景戡，均为从珂军所执，匍匐乞降。从珂俱命系狱，遂遣人上笺太后，一面由陕出发，东趋洛都。至渑池西，遇着孟汉琼，汉琼伏地大哭，欲有所陈。一哭便能保命么？从珂勃然道："汝也不必多言，我已早知道了！"遂命左右道："快了此阉奴！"汉琼魂不附体，连哀求语都说不出来，刀光一闪，身首分离。杀得好。

从珂复引兵至蒋桥，唐相冯道等，已排班恭迎。丑极。从珂传令，说是未谒梓宫，不便相见。道等又上笺劝进，越丑。从珂并不审视，但令左右收下，竟尔昂然入都。先进谒太后、太妃，再趋至西宫，拜伏明宗枢前，泣诉诣阙的缘由。冯道等跟了进来，俟从珂起身，列班拜谒，从珂亦答拜。冯道等又复劝进，从珂道："我非来夺位，实出自不得已。俟皇帝归阙，园寝礼终，当还守藩服，诸公遽议及此，似未谅我的苦衷了！"汝谁欺？欺天乎！看官！你道从珂此言，果然好当真么？翌日即由太后下令，废少帝从厚为鄂王，命从珂知军国事。又翌日复传出太后教令，谓"潞王从珂，应即皇帝位"。从珂并不固辞，居然在枢前行即位礼，受百官朝贺了。写得从珂即位之速，返射上文伪言。

先是从珂在凤翔，有瞽者张濛自言知术数事，尝事太白山神。神祠就是北魏崔浩庙。每遇人问休咎，由濛祷告，神即附体传语，颇有应验。从珂亲校房暠，酷信濛术，曾托濛代询潞王吉凶。濛即传神语道："三珠并一珠，驴马没人驱。岁月甲庚午，中兴戊己土。"暠茫然不解，请濛代释。濛答道："这是神语，我亦未能解释呢。"暠转白从珂，从珂亦莫明其妙，至入都受册，文中起首，便是"应顺元年岁次甲午，四月庚午朔"三语，从珂回视房暠道："张濛神言，果然应验了！"惟"三珠"两语，尚难索解，再令暠往延张濛，共相研究。濛言"三珠"指"三帝"，"驴马没人驱"，便是失位的意义。是耶非耶！乃授濛为将作少监同正，敕赐金紫，作为酬谢。

　　还有一种奇怪的应兆，凤翔人何叟年逾七十，无疾猝死。冥中见了阴官，凭几告叟道："为我白潞王，来年三月，当为天子二十三年。"叟方闻此语，一声怪响，竟尔还阳。自思阴官所言，不便转告，仍秘匿过去。逾月又死，复见阴官，向他怒叱道："怎得违我命令，不去转达！今再放汝还阳，速即传报！"阴官必欲转白，究是何因？叟惶恐遵教，退见廊庑下簿书，便问守吏。守吏道："朝代将易，这就是升降人爵的簿籍呢。"及叟已再苏，不敢隐匿，乃转告从珂亲校刘延朗，延朗转白从珂，从珂召叟入问，叟答道："请待至来年三月，必有征信，否则戮我未迟。"从珂乃给与金帛，嘱他不再泄漏，遣令还家，及期果验。但从珂据国，先后仅及三年，何故讹作二十三年，后人仔细研求，方知从珂生日，是正月二十三日，小字二十三，讳名便叫作"阿三"。二十三年，就是三年，究竟此事真假，小子也无从辨明。但史乘上载有此语，不妨依言录述，聊供看官谈助。并随笔写入一诗道：

　　　　同胞兄弟尚操戈，异类何能保太和！
　　　　养子可曾如养虎，明宗以后即从珂。

　　从珂篡位，故主从厚，究竟往何处去了？欲知详情，试阅下回便知。

　　明宗既殂，从厚依次当立，名正言顺，本无可乘之隙。且即位仅及数月，无甚失德，亦何至速即危亡，所误者任用非人耳！朱弘昭、冯赟等前时尝畏惮从荣，不敢入任枢密使。至从荣既死，从珂犹存，阿三骁勇善战，出从荣上，亟宜设法笼络，曲予羁縻。彼于从厚入都之时，不过在外观望，未尝反唇相讥，是固非觊觎神器者比。何物朱、冯，乃轻令徙镇，激之使反乎！且王思同等率领大军，围攻凤翔，东西关陷，围城岌岌，而杨思权大呼先降，尹晖随靡，遂致众军大溃，是思权之罪，且比朱、冯为尤甚。康义诚居心叵测，更过思权，从厚误信而用之，几何而不亡国杀身耶！然观当时卖国诸臣，皆属先朝遗老，是其咎尤不在从厚，而在明宗。祖父欲传国于子孙，不为之择贤而辅，虽举国家而授之，亦属无益。此贻谋之所以宜慎也。

第二十六回

卫州廯贼臣缢故主
长春宫逆子弑昏君

却说潞王从珂入洛篡位的期间,正故主从厚,流寓卫州驿,剩得一个匹马单身,穷极无聊的时候。他自玄武门趋出,随身只五十骑兵,四顾门已阖住,料知慕容进变卦,不由得自嗟自怨,踯躅前行。到了卫州东境,忽见有一簇人马,拥着一位金盔铁甲的大员,吆喝而来。到了面前,那大员滚鞍下马,倒身下拜,仔细瞧着,乃是河东节度使石敬瑭。便即传谕免礼,令他起谈。敬瑭起问道:"陛下为什么到此?"从厚道:"潞王发难,气焰甚盛,京都恐不能保守,我所以匆匆出幸,拟号召各镇,勉图兴复,公来正好助我!"敬瑭道:"闻康义诚出军西讨,胜负如何?"从厚道:"还要说他什么,他已是叛去了!"敬瑭俯首无言,只是长叹。也生歹心。

从厚道:"公系国家懿戚,事至今日,全仗公一力扶持!"敬瑭道:"臣奉命徙镇,所以入朝。麾下不过一二百人,如何御敌?惟闻卫州刺史王弘贽,本系宿将,练达老成,愿与他共谋国事,再行禀命!"从厚允诺。敬瑭即驰入卫州,由弘贽出来迎见,两下叙谈。敬瑭即开口道:"天子蒙尘,已入使君境内,君奈何不去迎驾?"弘贽叹息道:"前代天子,亦多播越,但总有将相侍卫,并随带府库法物,使群下得所依仰。今闻车驾北来,只有五十骑相随,就使有忠臣义士,赤心报主,恐到了此时,亦无能为力了!"乐得别图富贵。

敬瑭闻言,也不加评驳,但支吾对付道:"君言亦是,惟主上留驻驿馆,亦须还报,听候裁夺。"便别了弘贽,返白从厚,尽述弘贽所言。从厚不禁陨涕。旁边恼动了弓箭使沙守荣、奔洪进,奔与贲同系洪进姓。直趋敬瑭前,正辞诘责道:"公系明宗爱婿,与国家义同休戚,今日主忧臣辱,理应相恤;况天子蒙尘播越,所恃惟公。今公乃误听邪言,不代设法,直欲趋附逆贼,卖我天子呢!"说至此,守荣即拔出佩刀，欲刺敬瑭。忠义可嘉，惜太莽撞。敬瑭连忙倒退，部将陈晖，即上前救护敬瑭，拔剑与守荣交斗，约有三五个回合。敬瑭牙将指挥使刘知远，遽引兵入驿，接应陈晖。晖胆力愈奋，格去守荣手中刀，把他一剑劈死。洪进料不能支，也即自刎。知远见两人已死，索性指挥部兵，趋至从厚面前，将从厚随骑数十人，杀得一个不留。从厚已吓作一团，不敢发声，那知远却麾兵出驿，拥了敬瑭，竟驰往洛阳去了。不杀从厚，还算是留些余地。看官！你想此时的唐主从厚，弄得形单影只，举目无亲，进不得进、退不得退，只好流落驿中，任人发落。卫州刺史王弘贽，全不过问，直至废立令下，乃遣使迎入从厚，使居州廨。明知从厚难保，因特视为奇货。一住数日，无人问候，惟磁州刺史宋令询，遣使存问起居。从厚但对使流泪，未敢多言。皇帝失势，一至于此，后人亦何苦欲做皇帝。既而洛阳遣到一使，入见弘贽，向贽下拜，这人非别，就是弘贽子峦，曾充殿前宿卫。贽问他来意，他即与贽附耳数语，贽频频点首，便备了鸩酒，引峦往见从厚。从厚识是王峦，便询都中消息，峦不发一语，即进酒劝饮。从厚顾问弘贽道："这是何意？"弘贽道："殿下已封鄂王，朝廷遣峦进酒，想是为殿下饯行呢。"从厚知非真言，未肯遽饮，弘贽父子，屡劝不允，峦竟性起，取过束帛，硬将从厚勒毙，年止二十一岁。

从厚妃孔氏即孔循女。尚居宫中，生子四人，俱属幼稚。自王峦弑主还报，从珂遣人语孔妃道："重吉等何在？汝等尚想全生么？"孔妃顾着四子，只是悲号。不到一时，复有人持刃进来，随手乱斫，可怜妃与四子，一同毕命。从厚只杀一重吉，却要六人抵命，如此凶横，宁能久存！

磁州刺史宋令询，闻故主遇害，恸哭半日，自缢而亡。从厚之死，尚有宋令询死节，后来从珂自焚，无一死事忠臣，是从珂且有愧多矣。从珂即改应顺元年为清泰元年，大赦天下，惟不赦康义诚、药彦稠。义诚伏诛，并且夷族。此举差快人意。余如苌从简、王景戡等，一律释免。葬明宗于徽陵，并从荣、重吉遗棺，及故主从厚遗骸，俱埋葬徽陵域中。从厚墓土，才及数尺，不封不树，令人悲叹。至后晋石敬瑭登基，乃追谥从厚为闵帝，可见从珂残忍，且过敬瑭，怪不得他在位三年，葬身火窟哩。莫谓天道无知。

从珂下诏犒军，见府库已经空虚，乃令有司遍括民财，敲剥了好几日，也止得二万缗。从珂大怒，硬行科派，否则系狱。于是狱囚累累，贫民多赴井自尽，或投缳自经。军士却游行市肆，俱有骄色。市人从旁聚诟道："汝等但知为主立功，反令我等鞭胸杖背，出财为赏，自问良心，能无愧天地否？"军士闻言，横加殴逐，甚至血肉纷飞，积尸道旁，人民无从呼吁。犒军费尚属不敷，再搜括内藏旧物，及诸道贡献，极至太后、太妃，亦取出器物簪珥，充作犒赏，还不过二十万缗。当从珂出发凤翔时，曾下令军中，谓入洛后当赏人百缗，至是估计，非五十万缗不可，偏仅得二十万缗，不及半数，从珂未免怀忧。

适李专美夜值禁中，遂召入与语道："卿素有才名，独不能为我设谋，筹足军赏么？"专美拜谢道："臣本驽劣，材不称职，但军赏不足，与臣无咎。自长兴以来，屡次行赏，反养成一班骄卒。财帛有限，欲望无穷，陛下适乘此隙，故能得国。臣愚以为国家存亡，不在厚赏，要当修法度、立纪纲，保养元气，若不改前车覆辙，恐徒困百姓，存亡尚未可知呢！今财力已尽，只得此数，即请酌量派给，何必定践前言哩！"从珂没法，只得下了制敕，凡在凤翔归命，如杨思权、尹晖等，各赐二马一驼，钱七十缗，下至军人钱二十缗，在京军士各十缗。诸军未满所望，便即造谣道："去却生菩萨，扶起一条铁。""生菩萨"指故主从厚，"一条铁"指新主从珂。玩他语意，已不免怀着悔心了。全为下文写照。

当下大封功臣，除冯道、李愚、刘昫三宰相仍守旧职外，用凤翔判官韩昭胤为枢密使，刘延朗为副，房暠为宣徽北院使，随驾牙将宋审虔为皇城使，观察判官马裔孙为翰林学士，掌书记李专美为枢密院直学士。康思立调任邢州节度使，安重霸调任西京留守，杨思权升任邠州节度使，尹晖升任齐州防御使，安重进升任河阳节度使，相里金升任陕州节度使。加封天雄军节度使范延光为齐国公，宣武军节度使驸马都尉赵延寿为鲁国公，幽州节度使赵德钧封北平王，青州节度使房知温封东平王，天平节度使李从曮仍回镇凤翔，封西平王。惟石敬瑭自卫州入朝，虽由从珂面加慰劳，礼貌颇恭，但前此同事明宗，两人各以勇力自夸，素不相下，此时从珂为主，敬瑭为臣，不但敬瑭易勉强趋承，就是从珂亦勉强接待。相见后留居都中，未闻迁调，敬瑭很自不安，以致愁病相侵，形同骨文。亏得妻室永宁公主，出入禁中，屡与曹太后谈及，请令夫婿仍归河东。公主本曹太后所出，情关母女，自然竭力代谋。从珂入事太后、太妃，还算尽礼，因此太后较易进言。有时公主入谒，与从珂相见，亦尝面陈微意，从珂乃复令敬瑭还镇河东，加官检校太师兼中书令，封公主为魏国长公主。

凤翔旧将佐，入劝从珂，都说应留住敬瑭，不宜外任。惟韩昭胤、李专美两人，谓敬瑭与赵延寿，并皆尚主，一居汴州，一留都中，显是阴怀猜忌，未示大公，不如遣归河东为便。从珂也见他骨瘦如柴，料不足患，遂遣使还镇。敬瑭得诏即行，好似那凤出笼中，龙游海外，摆尾摇首，扬长而去。原是得意。

既而进冯道为检校太尉，相国如故。李愚、刘昫，一太苛察，一太刚褊，议论多不相合。或至彼此诟詈，失大臣体。从珂乃有意易相，问及亲信，俱说尚书左丞姚顗，太常卿卢文纪，秘书监崔居俭，均具相才，可以择用。从珂意不能决，因书三人姓名，置诸琉璃瓶中，焚香祝天，用箸挟出，得姚、卢两人。遂命姚顗、卢文纪同平章事，罢李愚为左仆射，刘昫为右仆射。寻册夫人刘氏为皇后，授次子重美

第二十六回　卫州靡贼臣缢故主　长春宫逆子弑昏君

为右卫上将军，兼河南尹，判六军诸卫事。嗣且命兼同平章事职衔，加封雍王。一朝规制，内外粗备，那弑君篡国的李从珂，遂高拱九重，自以为安枕无忧了。笔伐口诛，不肯放过。小子按时叙事，正好趁着笔闲，叙及闽中轶闻。回应二十三回。

闽主延钧既僭称皇帝，封长子继鹏为福王，充宝皇宫使，尊生母黄氏为太后，册妃陈氏为皇后。先子而后及母妻，是依时事为录述，并非倒置于此，见闽主之溺爱不明，卒遭子祸。看官道陈氏是何等人物？她本是延钧父王审知侍婢，小名金凤。说起她的履历，更属卑污。她本是福清人氏，父名侯伦，年少美丰姿，曾事福建观察使陈岩。岩酷嗜南风，与侯伦常同卧起，视若男妾。偏岩妾陆氏，也心爱侯伦，眉来眼去，竟与侯伦结不解缘，只瞒了一个陈岩。未几岩死，岩妻弟范晖自称留后。陆氏复托身范晖，产下一女便是金凤。此女系侯伦所生，由晖留养，至王审知攻杀范晖，金凤母女，乘乱走脱，流落民间。幸由族人陈匡胜收养，方得生存。审知据闽，选良家女充入后宫，金凤幸得与选，年方十七，姿貌不过中人，却生得聪明乖巧，娇小玲珑。一入宫中，便解歌舞。审知喜她灵敏，即令贴身服事。

延钧出入问安，金凤曲意承迎，引得延钧很是欢洽，心痒难熬。惟因老父尚在，不便勾搭，没奈何迁延过去。至审知一殁，延钧嗣位，还有什么顾忌？便即召入金凤，侑酒为欢，郎有心，妾有意，彼此不必言传，等到酒酣兴至，自然拥抱入床，同做巫山好梦。这一夜的颠鸾倒凤，备极淫荡。延钧已娶过两妻，从没有这般滋味，遂不禁喜出望外，格外情浓，及僭号称帝，拟册正宫，元配刘氏早卒，继室金氏，貌美且贤，不过枕席上的工夫，很是平淡，延钧本不甚欢昵。到了金凤入幸，比金氏加欢百倍。那时闽后的位置，当然属诸金凤了。只是要做乌绪公奈何！既立金凤为皇后，即追封他假父陈岩为节度使，母陆氏为夫人，族人守恩、匡胜为殿使。别筑长春宫，作藏娇窟。

延钧尝用薛文杰为国计使，文杰敛财求媚，往往诬富人罪，籍没家资，充作国用，以此得大兴土木，穷极奢华。并且广采民女，罗列长春宫中，令充侍役。每当宫中夜宴，辄燃金龙烛数百枝，环绕左右，光明如昼。所用杯盘，统是玛瑙、琥珀及金玉制成，且令宫婢数十人擎住，不设几筵。匪夷所思。饮到醉意醺醺，延钧与金凤，便将衣服尽行卸去，裸着身体，上床交欢。床四围共有数丈，枕可丈余，当两人交欢时，又令诸宫人裸体伴寝，互为笑谑。嗣复遣使至安南，特制水晶屏风一具，周围四丈二尺，运入长春宫寝室。延钧与金凤淫狎，每令诸宫女隔屏窥视，金凤常演出种种淫态，取悦延钧。或遇上巳修禊，及端午竞渡，必挈金凤偕游。后宫妇女，杂衣文锦，夹拥而行。金凤作乐游曲，令宫女同声歌唱，悠扬宛转，响遏行云。还有兰麝气，环珮声，遍传远近，令人心醉。这真可谓淫荒已极了。

延钧既贪女色，复爱娈僮。有小吏归守明面似冠玉，肤似凝酥，他即引入宫中，与为欢狎，号为归郎。淫女尤喜狂，顿令这水性杨花的金凤姑娘，也为颠倒梦想，愿与归郎作并头莲。归郎乐得奉承，便觑隙至金凤卧房，成了好事。金凤得自母传，不意归郎竟似侯伦。起初尚顾避延钧，后来延钧得疾，变成一个疯瘫症。于是金凤与归郎，差不多夜夜同床，时时并坐了。但宫中婢妾甚多，有几个狡黠善淫的，也想亲近归郎，乘机要挟。害得归郎无分身法，另想出一条妙计，招入百工院使李可殷与金凤通奸。金凤多多益善，况可殷是个伟岸男子，仿佛是战国时候的嫪毐，独得秘缄，益足令金凤惬意。归郎稍稍得暇，好去应酬宫人，金凤也不去过问。惟可殷不在时，仍令归郎当差。当时延钧曾命锦工做九龙帐，掩蔽大床，国人探悉宫中情形，作一歌词道："谁谓九龙帐，只贮一归郎！"延钧哪里得知，就使有些知觉，也因疾病在身，振作不起。

　　天下事无独必有偶，那皇后陈金凤外，又出一个李春燕。凤后有燕，何畜生之多也！春燕为延钧侍妾，妖冶善媚，不下金凤。姿态比金凤尤妍。延钧也加爱宠，令居长春宫东偏，叫做东华宫。用珊瑚为梲梲，琉璃为棂瓦，檀楠为梁栋，缀珠为帘幕，范金为柱础，与长春宫一般无二。自延钧骤得疯瘫，不能御女，金凤得了归守明、李可殷等，作为延钧的替身，春燕未免向隅，势不免另寻主顾。凑巧延钧长子继鹏，愿替父代劳，与春燕联为比翼，私下订约，愿做长久夫妻。乃运动金凤，乞她转告延钧，令两人得为配偶。延钧本来不愿，经金凤巧言代请，方将春燕赐给继鹏，两人自然快意，不消絮述。

　　惟延钧素性猜忌，委任权奸。内枢密使吴英为国计使薛文杰所谮，竟致处死。英尝典兵，得军士心，军士因此嗟怨。忽闻吴人攻建州，当即发兵出御，偏军士不肯出发，请先将文杰交出，然后起程。延钧不允，经继鹏一再固请，乃将文杰捕下，给与军士，军士乱刀分刲，脔食立尽，始登途拒吴。吴人退去。

　　既而延钧复忌亲军将领王仁达，勒令自尽，一切政事，统归继鹏处置。皇城使李仿，与春燕同姓，冒认兄妹，遂与继鹏作郎舅亲，自恣威福。李可殷尝被狎侮，心怀不平，密与殿使陈匡胜勾结，谗构李仿及继鹏。继鹏弟继韬，又与继鹏不睦，党入可殷，密图杀兄。偏继鹏已有所闻，也尝与李仿密商，设法除患。会延钧病剧，继鹏及仿，放胆横行，竟使壮士持梃，闯入可殷宅中。正值可殷出来，当头猛击，脑裂而死。死得猝不及防。

　　看官试想，这李可殷是皇后情夫，骤遭惨毙，教阿凤何以为情？慌忙转白延钧，不意延钧昏卧床上，满口谵语，不是说延禀索命，就是说仁达呼冤。金凤无从进言，只好暗暗垂泪，暂行忍耐。到了次日，延钧已经清醒，即由金凤入诉，激起延钧暴怒，力疾视朝。呼入李仿，诘问可殷何罪？仿含糊对付，但言当查明复旨。踉跄趋出，急与继鹏定计，一不做，二不休，号召皇城卫士，鼓噪入宫。

第二十六回　卫州嬖贼臣缢故主　长春宫逆子弑昏君

延钧正退朝休息，高卧九龙帐中，蓦闻哗声大至，亟欲起身，怎奈手足疲软，无力支撑。那卫士一拥突入，就在帐外用槊乱刺，把延钧搠了几个窟窿。金凤不及奔避，也被刺死。归郎躲入门后，由卫士一把抓住，斫断头颅。李仿再出外擒捕陈守恩、匡胜两殿使，尽加杀戮。继韬闻变欲逃，奔至城门，冤家碰着对头，适与李仿相值，拔刀一挥，便即陨首。延钧在九龙帐中，尚未断气，宛转啼号，痛苦难忍。宫人因卫士已去，揭帐启视，已是血殷床褥，当由延钧嘱咐，自求速死，令宫人刺断喉管，方才毕命。小子有诗叹道：

　　九龙帐内闪刀光，一代昏君到此亡！
　　荡妇狂且同一死，人生何苦极淫荒！

延钧被弑，这大闽皇帝的宝座，便由继鹏据住，安然即位。欲知此后情形，俟小子下回说明。

唐主从厚，与闽主延钧，先后被弑，正是两两相对。惟从厚生平行事，不若延钧之淫昏，乃一则即位未几，即遭变祸，一则享国十年，才致陨命；此非天道之无知，实由人事之有别。明宗末年，乱机已伏，不发难于明宗之世，而延及于从厚之身，天或者尚因明宗之逆取顺守，尚有令名，特不忍其亲罹惨祸，乃使其子从厚当之耳。延钧嗣位，闽固无恙，初年尚不甚淫荒，至僭号为帝，立淫女为后，于是愈昏愈乱，而大祸起矣。本回叙入闽事，全从《十国春秋》中演出，并非故意媟亵，导人为淫。阅者当知淫昏之适以致亡，勿作秽语观可也。

第二十七回
嘲公主醉语启戎
援石郎番兵破敌

却说王继鹏弑父、杀弟,并将仇人一并处死,喜欢得了不得,遂假传皇太后命,即日监国。到了晚间,没一人敢生异议,便登了帝座,召见群臣。群臣皆俯伏称贺。继鹏改名为昶。册李春燕为贤妃。命李仿判六军诸卫事。仿为弑君首恶,心常自疑,多养死士,作为护卫。继鹏恐他复蓄异谋,密与指挥使林延皓计议,托名犒军,大享将士,暗中布着埋伏,专候李仿进来,顺便下手。仿昂然直入,趋至内殿,猝遇伏甲突出将他拿下,立即枭斩。当下阖住内城,严防外乱,并将仿首悬示启圣门外,揭仿弑君、弑后,及擅杀继韬等罪状。仿部众不服,攻应天门,未能得手,转焚启圣门,由林延皓率兵拒守,也不得逞。但将仿首取去,东奔吴越。

继鹏闻乱兵溃去,心下大悦,当命弟继严权判六军诸卫,用六军判官叶翘为内宣徽使,追号父鏻即延钧,见前。为"惠宗皇帝",发丧安葬,改元通文。尊皇太后黄氏为太皇太后,进册李春燕为皇后。继鹏本有妻李氏,自得了春燕,将妾作妻,正室反贬入冷宫。春燕好淫工媚,善伺主意。继鹏非常宠爱,坐必同席,行必同舆,别造紫微宫,专供春燕游幸,繁华奢丽,且过东华。好算跨灶。春燕所言,继鹏无不允从。内宣徽使叶翘,博学质直,本为福邸宾僚,继鹏待以师礼,多所裨益。及入为宣徽使,反致言不见用,翘固请辞职,却屡承慰留。既而为李后事,上书切谏,惹动继鹏怒意,援笔批答道:"一叶随风落御沟!"是古今批语中所罕有。遂放翘归永泰原籍,翘幸得寿终。

这且慢表,且说河东节度使石敬瑭,既抵晋阳,尚恐为朝廷所忌,阴图自全,常称病不理政事。有二子重英、重裔,留仕都中,重英任右卫上将军,重裔为皇城副使,皆受敬瑭密嘱,侦探内事。两人贿托太后左右,每有所闻,即行传报。所以唐主从珂,与李专美、李崧、吕琦、薛文遇、赵廷义等日夕密谈,无不探悉。适契丹屡寇北边,禁军多屯戍幽州。敬瑭乃与幽州节度使赵德钧,联名上表,乞请增粮。有诏借河东菽粟，及镇州输绢五万匹，出易粮米。特派镇、冀二州车千五百乘，运粮至幽州戍所。敬瑭复自率大军，出屯忻州。

是时天旱民饥，百姓既苦乏食，又病徭役。敬瑭督促甚急，未免怨声载道。凑巧唐廷遣使到来，赐给敬瑭军夏衣，军士急呼万岁，声彻全营。敬瑭独自担忧，幕僚段希尧进言道："将在外，君命有所不受。今军士不由将令，预先传呼万岁，是目中已无主帅了，他日如何使用？请查出首倡，明正军法！"敬瑭乃令刘知远查究，得三十六人，推出处斩，为各军戒。朝使闻此消息，返报从珂。从珂越生疑忌，即派武宁军节度使张敬达，为北面行营副总管，名目上是防御契丹，实际上是监制敬瑭。敬瑭并非笨伯，猜透从珂微意，格外加防。药线已设，总要爆裂。

好容易到了清泰三年，正月上浣，即值从珂诞辰，宫中号为千春节，置酒内廷，文武百官，联翩趋入，奉觞进贺。从珂已喝了许多巨觥，带着一片醉意，宴毕回宫，巧值魏国长公主，自晋阳来朝祝寿，便即捧上瑶觞，表达贺忱。从珂接饮毕，便笑问道："石郎近日何为？"公主答道："敬瑭多病，连政务都不愿亲理，每日惟卧床调养，需人侍奉罢了。"为夫托疾，究竟女生外向。从珂道："我忆他筋力素强，何致骤然衰弱？公主既已至京，且在宫中宽留数日，由他去罢。"公主着急道："正为他侍奉需人，所以今日入祝，明日即拟辞归。"从珂不待词毕，便作醉语道："才行到京，便想西归，莫非欲与石郎谋反么？"公主闻言，不禁俯首，默然趋退。从珂亦即安寝。

次日醒来，即有人入谏从珂，说他酒后失言。此人为谁？乃是皇后刘氏。从珂即位后，曾追尊生母鲁国夫人魏氏为太后，册正室沛国夫人刘氏为皇后。此是补叙之笔。刘氏素性强悍，颇为从珂所畏，她闻从珂醉语，一时不便进规，待至诘旦，方才入谏。从珂已经失记，至由刘后述及，方模模糊糊地记忆起来，心中亦觉自悔。当下召入魏国长公主，好言抚慰，并说昨夕过醉，语不加检，幸勿介怀。公主自然谦逊，一住数日，方敢告辞。从珂且进封她为晋国长公主，俾她悦意，且赐宴饯行。

毕竟夫妇情深，远过兄妹，公主还归晋阳，即将从珂醉语，报告敬瑭。敬瑭益加疑惧，即致书二子，嘱令将洛都存积的私财，悉数载至晋阳，只托言军需不足，取此接济。于是都下谣言，日甚一日，都说是河东将反。

唐主从珂，时有所闻，夜与近臣从容议事，因与语道："石郎是朕至亲，本无可疑，但谣言不靖，万一失欢，将如何对待呢？"群臣皆不敢对，彼此支吾半晌，便即退出。学士李崧，私语同僚吕琦道："我等受恩深厚，怎能袖手旁观？吕公智虑过人，究竟有无良策？"琦答道："河东若有异谋，必结契丹为援。契丹太后，以赞华投奔我国，屡求和亲，赞华事见二十三回。只因我拘留番将，未尽遣还，所以和议未成。今若送归番将，再饵以厚利，岁给礼币十余万缗，谅契丹必欢然从命，河东虽欲跳梁，当亦无能为了。"和亲亦非良策，不过少延岁月。崧答道："这原是目前至计，惟钱谷皆出三司，须先与张相熟商，方可奏闻。"说着，即邀吕琦同往张第。

张相乃是张延朗，明宗时曾充三司使，从珂篡位，命他为吏部尚书，兼同平章事职衔，仍掌三司。后唐称度支、盐铁、户部为三司。闻李、吕二人进谒，当即出迎。李崧代述琦计，延朗道："如吕学士言，不但足制河东，并可节省边费。若主上果行此计，国家自可少安，应纳契丹礼币，但向老夫责办，定可筹措，请两公速即奏陈。"二人大喜，辞了延朗。至次日入内密奏，从珂颇以为然，令二人密草国书，往遗契丹，静俟使命。

二人应命退出，从珂复召入枢密直学士薛文遇，与商此事。文遇道："堂堂天子，若屈身夷狄，岂不足羞！况虏性无厌，他日求尚公主，如何拒绝！汉成帝献昭君出塞，后悔无穷；后人作昭君诗云：'安危托妇人。'这事岂可行得？"从珂不禁失声道："非卿言，几乎误事！"

越日急召崧、珂入后楼，二人总道是索阅国书，怀稿入见。不料从珂在座，满面怒容，待二人行过了礼，便叱责道："卿等当力持大体，敷佐承平，奈何徒出和亲下策！朕只一女，年尚乳臭，卿等欲弃诸沙漠么？且外人并未索币，乃欲以养士财帛，输纳虏廷，试问二卿究怀何意？'二人慌忙拜伏道："臣等竭愚报国，并非敢为虏计，愿陛下熟察！"从珂怒尚未息，李崧只管磕头，吕琦拜了两拜，便即停住。从珂瞋目道："吕琦强项，尚视朕为人主么？"琦亦抗声道："臣等为谋不臧，但请陛下治罪，若多拜即可邀赦，国法转致没用了！"尚有丈夫气。从珂被他一驳，颜才少霁，令二人起身，各赐卮酒压惊。二人跪饮，拜谢而退。

未几即降调琦为御史中丞，不令入直。朝臣窥测意旨，哪敢再言和亲。忽由河东呈入奏章，系是石敬瑭自陈羸疾，乞解兵柄，或徙他镇。从珂览奏，明知非敬瑭真意，但事出彼请，乐得依从，便拟将敬瑭移镇郓州。李崧、吕琦又上书谏阻，还有升任枢密使房暠，亦力言不可。独薛文遇奋然道："俗语有言，'道旁筑室，三年不成'，此事应断自圣衷，群臣各为身谋，怎肯尽言！臣料河东移亦反，不移亦反，不若先事防维为是！"也是汉晁错流亚。从珂大喜道："卿言正合朕意。前日有术士言，谓朕今年应得贤佐，谋定天下，想应验在卿身了！"不从彼言，何致焚身？立命学士院草制，徙敬瑭为天平节度使，特命马军都指挥使宋审虔出镇河东，且令张敬达为西北蕃汉马步都部署，促敬瑭速移郓州。

看官试想，这石敬瑭表请移镇，明明是有意尝试，哪知弄假成真，竟颁下这道诏命。慌忙召集将佐，私下与商道："我再来河东时，主上曾许我终身在此，不更换人接替，今忽有是命，是与千春节向公主言，同一忌我，我难道便来就死么？"幕僚段希尧，及节度判官赵莹，观察判官薛融等，俱劝敬瑭暂且忍耐，姑往郓州。旁有一将闪出道："不可不可！明公今往郓州，是所谓迁乔入谷了。试思明公在此，兵强马壮，若称兵传檄，帝业可成，奈何以一纸诏书，甘投虎口呢？"敬瑭闻言瞧着，正是都押牙刘知远，彼固不屑在人下者。方欲出言回答，又有一人接入道："明公入朝，今上新即位，岂不知蛟龙异物，不宜纵入深渊，乃仍把河东授公，这是天意相助，非人谋所得违。况明宗遗爱在人，今上以养子入继，名不正，言不顺，公系明宗爱婿，反招今上疑忌，若不早图，后悔无及了！"敬瑭视之，是掌书记桑维翰，一推一挽，拥起此石。乃向二人拱手道："二公所言甚明，但恐河东一镇，未能抵制朝廷。"维翰又道："从前契丹主子，与明宗约为兄弟，今部兵出没西北，公诚能推诚屈节，服事契丹，万一有急，朝呼夕至，何患不成？"甘心事狄，沧十六州为左衽，维翰实为罪魁。敬瑭遂决意发难，特令维翰草起表文，请唐主从珂让位。略云：

臣河东节度使石敬瑭，谨顿首上言：古者帝王之治天下也，立储以长，传位以嫡，为古今不易之良法。晋献公以骊姬之故，废太子，立奚齐，晋之乱者数十年。秦始皇不早立储君，杀扶苏，立胡亥，卒至自亡其国。唐之天下，明宗之天下也。明宗皇帝，金戈铁马之所经营，麦饭豆粥之所收拾，持三尺剑，马上得天下，厥功亦非小可。近者宫车晏驾，宋王登基，陛下乃以养子入攘大统，天下忠义之士，皆为扼腕。区区臣愚，欲望陛下退处藩邸，传位许王，有以对明宗皇帝在天之灵，有以服天下忠臣义士之心。不然，同兴问罪之师，稍正篡位之罪，徒使流血污庭，生灵涂炭，彼时悔之，亦噬脐矣！冒昧上言，复候裁夺。

原来从珂篡位时，除弑死故主从厚外，所有明宗后妃，及少子许王从益，俱安居宫中，未尝冒犯。所以敬瑭此表，迫从珂传位从益。情理颇正，但问汝入洛后，何故不拥立许王？看官！你想从珂是肯依不肯依呢？表文到京，一入从珂目中，无名火引起三丈，立即撕碎，抛掷地上，令学士书诏斥责道：

卿于鄂王固非疏远，卫州之事，卿实负之。许王之言，何人肯信？卿其速往郓州，毋得徘徊不进，致干罪戾，特此谕知。

敬瑭得诏，复与刘知远等商议，知远道："先发制人，后发为人制。今日已成骑虎，不能再下，请即传檄四方，且求救契丹，即日举义，当无不克！"敬瑭依计而行，忽报雄义都指挥使安元信，率部下六百人来降，即由敬瑭迎入，婉言慰问道："朝廷称强，河东称弱，公为何舍强归弱呢？"元信道："元信不能知星识气，但据人事而论，帝王能治天下，唯信最重。今主上与明公最亲，尚不能以信相待，况疏贱呢？无信如此，亡可立待，怎得为强！"敬瑭大悦，委以军事，命为亲军巡检使。既而振武西北巡检使安重荣，及西北先锋指挥使安审信、张万迪等，各率部兵归晋阳。敬瑭一一欣纳。

嗣闻朝旨次第颁下，削夺河东节度使官爵，这尚是意中所有的事情。未几，由探卒入报，张敬达为四面排阵使，张彦琪为马步军都指挥使，安审琦为马军都指挥使，相里金为步军都指挥使，武廷翰为壕塞使，率兵数万，杀奔太原来了。一急。又未几再得急报，张敬达为太原四面都部署，杨光远为副，高行周为太原四面招抚排阵等使，调集各道马步兵，已自怀州进行，不日要到太原了。二急。

敬瑭召语将佐道："事急了！快到契丹求救罢。"言未已，复有一凶耗传来，乃是亲弟都指挥使敬德，及从弟都指挥使敬威，并二子重英、重裔，一并被诛，险些儿将敬瑭痛死，半响才哭出声来。此急非同小可。一声大恸，又复将喉咙塞住，但用两手搥胸，好容易迸出声泪，且哭且语道："我受明宗皇帝厚恩，出力报国，今乃使子弟冤死，含恨九泉！若非举兵向阙，恐一门无噍类了！我非敢负明宗，实朝廷激我至此，不得不然。皇天后土，实闻此言！"各将佐等都从旁劝慰。

敬瑭亟命桑维翰草表，向契丹称臣，且愿事以父礼，乞即发兵入援。事成以后，愿割卢龙一道，及雁门关以北诸州，作为酬谢。刘知远忙出阻道："称臣已足，何必称子；厚许金币，亦足求援，何必割畀土地。今日因急相许，他日必为中国大患，悔无及了！"颇得先见，可惜敬瑭不从。敬瑭道："且管眼前要紧，顾不得日后了。"便令维翰缮讫，遣使持表赴契丹。

契丹主耶律德光，曾梦一神人从天而下，庄容与语道："石郎使人唤汝，汝宜速去！"及醒后，转告述律太后，太后以为梦兆无凭，不足注意。及敬瑭使至，览表大喜，慨然允诺。入白述律太后道："梦兆已验，天意早使我援石郎呢！"述律太后也即喜慰，因打发回书，仍令原使赍还，约言秋高马肥，当倾国入援。敬瑭得书，稍稍放怀，惟整缮兵备，固守城濠。

过了数日，张敬达率军大至，来攻晋阳。敬瑭授刘知远为马步军指挥使，所有安重荣、张万迪诸降将悉归节制。知远用法无私，不分新旧，因此士心归附，俱乐为用。敬瑭身披重甲，亲自登城，任他城下各军，飞矢投石，一些儿没有畏缩，只是坐镇城楼。知远在旁进言道："观敬达辈无他奇策，不过深沟高垒，为持久计，愿明公分道遣使，招抚军民，免得与我为难。若守城尚是容易，知远一人，已足担当，请公勿忧！"敬瑭握知远手，且抚背道："得公如此，我自无忧了。"遂下城自去办事，一切守城计划，悉委知远。

知远日夕不懈，小心拒守，张敬达屡攻不下。那催督攻城的朝使，却一再至军，嗣又令吕琦犒师。兵马副使杨光远语琦道："愿附奏皇上，幸宽宵旰，贼若无援，旦夕当平，就使契丹兵到来，亦可一战破敌呢！"谈何容易。琦返报唐主从珂，从珂很是欣慰。偏偏过了旬日，未见捷报，免不得再下诏谕，饬诸军速攻晋阳。敬达恰也心焦,四面围攻,适值秋雨连绵,营垒多被冲坏,长围竟不能合。晋阳城中,粮储日罄,也不免焦急起来,专望契丹入援。

契丹主耶律德光,如约出师,号令军前道:"我非为石郎兴兵,乃奉天帝敕使,汝等但踊跃前进,必得天助,保无他患!"可见梦兆之言,或由德光设词欺众,并非果有此事。军士齐声应命,共得五万铁骑,浩荡南来,扬言大兵三十万,从扬武谷趋入,直达晋阳,列营汾北。德光先遣人通报敬瑭道:"我今日即拟破敌,可好么?"敬瑭亟遣人驰告德光,谓"南军势盛,未可轻战,不如待至明日"。使人方去,遥闻鼓角齐鸣,喊声大震,料知两边已经交锋,忙令刘知远带着精兵,出城助战。

说时迟,那时快,契丹主德光,已遣轻骑三千,进薄张敬达大营。敬达早已防着,见来兵皆不被甲,纵马乱闯,还道他轻率不整,便尽出营兵搠战,一场驱逐,把契丹兵赶至汾曲,契丹兵涉水自去。唐兵尚不肯舍,沿岸追击,哪知芦苇中尽是伏兵,几声胡哨,尽行突出,将唐兵冲作数截。唐步兵已追过北岸,多为所杀,惟骑兵尚在南岸,一齐引退。敬达忙收军回营,营内忽突出一彪人马,首先一员大将,跃马横枪,大声呼道:"张敬达休走,刘知远已守候多时了。"敬达不觉着忙,急率败军南遁,又被追兵掩杀一阵,伤亡约万余人。

晋阳解围,敬瑭即整备羊酒,亲出犒契丹兵士。见了契丹主德光,行过臣礼。德光用手搀扶,且语敬瑭道:"会面很迟,今日是君臣父子,幸得相会,也好算是盛遇了!"敬瑭拜谢,认虏为父已出不情,况敬瑭年龄当比德光为长,奈何以父礼事之!起身复问道:"皇帝远来,士马疲倦,骤与唐兵大战,竟得大胜,这是何因?"德光大笑道:"闻汝带兵多年,难道尚未知兵法么?"乐得嘲笑。敬瑭怀惭,只好侧身恭听。正是:

战败适形中国弱,兵谋竟让外夷优。

毕竟德光如何说法,且看下回续叙。

有从珂之弑君篡位,必有石敬瑭之叛命兴师,以逆召逆,非特天道,人事亦如是耳。从珂,明宗之养子也;敬瑭,明宗之爱婿也。养子得之,何如爱婿得之。从珂因而忌敬瑭,敬瑭亦因之拒从珂。薛文遇谓河东移亦反,不移亦反,原是确论,但不结契丹以制河东之死命,徒激之使反,果何益乎?敬瑭急于叛命,甘臣契丹。称臣不足,继以称子,称子不足,继以割燕云十六州,刘知远谏阻不从,卒使十六州人民,沦入夷狄,敬瑭之罪,莫大于此。故其叛从珂也,情尚可原,而其引契丹入中国也,罪实难恕。敬瑭其五代时之祸首乎!

第二十八回

契丹主册立晋高祖
述律后笑骂赵大王

却说契丹主耶律德光，因石敬瑭问及兵谋，便笑答道："我出兵南来，但恐雁门诸路，为唐军所阻，扼守险要，使我不得进兵。嗣使人侦视，并无一卒，我知唐无能为，事必有成，所以长驱深入，直压唐营。我气方锐，彼气方沮，若非乘势急击，坐误事机，胜负转未可知了。这乃是临机应变，不能与劳逸常理，一般评论哩。"敬瑭很是叹服，便与德光会师，进逼唐军。

张敬达等奔至晋安寨，收集残兵，闭门固守，当被两军围住，几乎水泄不通。敬达检点兵卒，尚不下五万人，战马亦尚存万匹，怎奈士无斗志，无故自惊。敬达也自知难恃，忙遣使从间道驰出，赍表入京，详告败状，并乞济师。唐主从珂，当然惶急，更命都指挥使符言饶，率洛阳步骑兵，出屯河阳，天雄节度使范延光，卢龙节度使赵德钧，耀州防御使潘环，三路进兵，共救晋安寨。一面下敕亲征。次子雍王重美入奏道："陛下目疾未痊，不宜远涉风沙，臣儿虽然幼弱，愿代陛下北行！"从珂巴不得有人代往，既得重美奏请，即欲依议，尚书张延朗及宣徽使刘延朗等入谏道："河东联络契丹，气焰正盛，陛下若不亲征，恐士卒失望，转误大事。还请陛下三思！"从珂不得已，自洛阳出发。

途次语宰相卢文纪道："朕素闻卿有相才，所以重用，今祸难至此，卿可为朕分忧否？"文纪无言可答，惟惶恐拜谢。及进次河阳，再由从珂召集群臣，咨询方略。文纪才进言道："国家根本，实在河南，胡兵忽来忽往，怎能久留？晋安大寨甚固，况已发三路兵马，克日往援，兵厚力集，不难破敌。河阳系天下津要，车驾可留此镇抚南北，且遣近臣前往督战，就使不得解围，进亦未晚。"善承意旨，总算相才。张延朗亦插入道："文纪所言甚是，请陛下准议便了。"

看官听着！张延朗曾劝驾亲征，为什么到了中途，骤然变计？他因忠武节度使

第二十八回　契丹主册立晋高祖　述律后笑骂赵大王

赵延寿随驾北行，兼掌枢务，大权为彼所握，自己未免失势。此时闻文纪请遣近臣，正好将他派往，免得争权，因此竭力赞成。到此还要倾轧，可叹可恨！从珂怎识私谋，还道两人爱己，只是点首。待延朗说毕，乃问何人可派往督战，延朗又开口道："赵延寿父德钧，率卢龙兵赴难，陛下何不遣延寿往会，乘便督战。"从珂迟疑未答，翰林学士须昌、和凝等，一同怂恿，方命延寿率兵二万，前往潞州。延寿领命去讫。

从珂数日不接军报，因复出次怀州，遍谕文武官僚，令他设谋拒敌。各官吏多半无能，想不出什么计策，惟吏部侍郎龙敏，上书献议道："河东叛命，全仗契丹帮助，契丹主倾国入寇，内顾必然空虚，臣意请立李赞华为契丹主，派天雄、卢龙二镇，分兵护送，自幽州直趋西楼，令他自乱。朝廷不妨露檄说明，使契丹主内顾怀忧，回兵备变，然后命行营将士，简选精锐，从后追击，不但晋安可以解围，就是寇叛亦不难扫灭，这乃是出奇捣虚的上计。"确是良策。从珂却也称妙，偏宰相卢文纪等，谓契丹太后，素善用兵，国内不致无备，反多使二镇将士，送命沙场，因是议久不决；从珂反弄得毫无主张，但酣饮悲歌，得过且过。

群臣或又劝从珂北行，从珂道："卿等勿言石郎，使我心胆堕地！"想是天夺其魄，所以索然气馁。于是群臣箝口，相戒勿言。独赵德钧上表行在，愿调集附近兵马，自救晋安寨，从珂总道他忠心为国，优诏传奖，且命他为诸道行营都统。赵延寿为河东道南面行营招讨使，父子在潞州相见，延寿便将所部二万人，尽付德钧。天雄节度使范延光，正奉命出屯辽州，德钧欲并延光军，延光不从，德钧即逗留潞州，延挨不进。从珂一再敦促，未闻受命。又是一个变脸。乃遣吕琦赐德钧手敕，并赍金帛犒师，德钧乃引军至团柏，屯营谷口，再行观望。

契丹主耶律德光，进兵榆林，所有辎重老弱，留住虎北口，相机行事，胜即进，败即退。赵延寿欲探知消息，出兵掩击，入白德钧，德钧笑道："汝尚未知我来意么？我且为汝表奏行在，请授汝为成德节度使，若得旨俞允，我父子姑效忠朝廷，否则石氏称兵，欲图河南，我难道不能行此么？"延寿颇怨及延朗，也乐得依了假父。即日上表，略言"臣德钧奉命远征，幽州势孤，欲使延寿往驻镇州，以便接应，请朝廷暂假旌节"云云。从珂得表，面谕来使道："延寿方往击贼，何暇移驻镇州，俟贼平后，当如所请。"来使返报德钧。德钧又复上表，坚请即日简命。从珂大怒道："赵氏父子，必欲得一镇州，究为何意？他能击却胡寇，虽入代朕位，朕亦甘心。若徒玩寇要君，恐犬兔俱毙，难道畀一镇州，便能永远富贵么？"遂叱回来使，不允所请。

德钧闻报，即遣幕客厚赍金帛，往赂契丹。契丹主德光，问他来意，幕客便进言道："皇帝率兵远来，非欲得中国土地，不过为石郎报怨。但石郎兵马，不及幽州，今幽州镇帅赵德钧，愿至皇帝前请命；如皇帝肯立德钧为帝，德钧兵力，自足平定洛阳，将与贵国约为兄弟，永不渝盟。石氏一面，仍令常镇河东，皇帝不必久劳士卒，尽可整甲回国，待德钧事成，再当厚礼相报。"这番言语，却把德光哄动起来。暗思自己深入唐境，晋安未下，德钧尚强，范延光出屯辽州，倘或归路被截，反致腹背受敌，陷入危途，不若姑允所请，一来可卖情德钧，二来仍保全石郎，取了金帛，安然归国，也可谓不虚此行了。便留住德钧幕客，徐与定议。

早有敬瑭探马，报知敬瑭。敬瑭大惊，忙令桑维翰谒见德光。德光传入，由维翰跪告道："皇帝亲提义师，来救孤危，汾曲一战，唐兵瓦解，退守孤寨，食尽力穷，转眼间即可扫灭。赵氏父子，不忠不信，素蓄异图，部下皆临期召集，更不足畏，彼特惧皇帝兵威，权词为饵，皇帝怎可信他诡言，贪取微利，坐麋大功。且使晋得天下，将尽中国财力，奉献大国，岂小利所得比呢！"德光半晌答道："尔曾见捕鼠否？不自防备，必致啮伤，况大敌呢！"维翰又道："今大国已扼彼喉，怎能啮人！"德光道："我非背盟，不过兵家权谋，知难乃退。况石郎仍得永镇河东，我也算是保全他了。"维翰急答道："皇帝顾全信义，救人急难，四海人民，俱系耳目，奈何一旦变约，反使大义不终，臣窃为陛下不取哩。"德光尚未肯允，经维翰跪在帐前，自旦至暮，涕泣固争，说得德光无词可驳，只好屈志相从。便召出德钧幕客，指着帐外大石，且示且语道："我为石郎前来，石烂乃改此心。汝去回报赵将军，他若晓事，且退兵自守，将来不失一方面，否则尽可来战！"德钧幕客，料知不便再说，只好辞归。

德光乃使维翰返报敬瑭，敬瑭即至契丹军营，亲自拜谢。但管自己，不管子孙，真正何苦！德光喜道："我千里来援，总要成功方去。观汝气貌识量，不愧中原主，我今便立汝为天子，可好么？"敬瑭闻言，好似暖天吃雪，非常凉快。但一时不好承认，只得推辞道："敬瑭受明宗厚恩，何忍遽忘？今因潞王篡国，恃强欺人，致烦皇帝远来，救危纾难。若自立为帝，非但无以对明宗，并且无以对大国！此事未敢从命！"德光道："事贵从权，立汝为帝，方使中国有主，何必固辞！"敬瑭含糊答应，但言回营再议。

既返本营，诸将佐已知消息，当然奉书劝进。遂在晋阳城南，筑起坛位，先受契丹主册封，命为晋王。然后择吉登坛，特于唐清泰三年十一月间，行即位礼。届期这一日，契丹主德光，自解衣冠，遣使赍授，并给册命。相传册中词句，因夷夏不同，特命桑维翰主稿，册文有云：

维天显九年。天显系契丹年号，见前文。岁次丙申，十一月丙戌朔，十二日丁酉，大契丹皇帝若曰：於戏！元气肇开，树之以君，天命不恒，人辅以德。

故商政衰而周道盛，秦德乱而汉图昌。人事天心，古今靡异。咨尔子晋王，神钟睿哲，天赞英雄，叶梦日以储祥，应澄河而启运。迨事数帝，历试诸艰，武略文经，乃由天纵，忠规孝节，固自生知，猥以眇躬，奄有北土，暨明宗之享国也，与我先哲王保奉明契，所期子孙顺承，患难相济，丹书未泯，白日难欺。顾予纂承，匪敢失坠，尔维近戚，实系本支，所以予视尔若子，尔待予犹父也。朕昨以独夫从珂，本非公族，窃据宝图，弃义忘恩，逆天暴物，诛翦骨肉，离间忠良，听任矫谀，威虐黎献，华夷震悚，内外崩离。知尔无辜，为彼致害，敢征众旅，来逼严城。虽并吞之志甚坚，而幽显之情何负！达予闻听，深激愤惊，乃命兴师，为尔除患。亲提万旅，远殄群雄，但赴急难，罔辞艰险。果见神祇助顺，卿士协谋，旗一麾而弃甲平山，鼓三作而僵尸遍野。虽已遂予本志，快彼群心，将期税驾金河，班师玉塞。矧今中原无主，四海未宁，茫茫生民，若坠涂炭。况万几不可以暂废，大宝不可以久虚，拯溺救焚，当在此日。尔有庇民之德，格于上下；尔有戡难之勋，光于区宇；尔有无私之行，通乎神明；尔有不言之信，彰乎兆庶。予懋乃德，嘉乃丕绩，天之历数在尔躬，是用命尔，当践皇极。仍以尔自兹井土，首建义旗，宜以国号曰晋。朕永与为父子之邦，保山河之誓。於戏！诵百王之阙礼，行兹盛典，成千载之大义，遂我初心。尔其永保兆民，勉持一德，慎乃有位，允执厥中，亦惟无疆之休，其诫之哉！中国主子，受外夷册封，史不多见，故录述全文。

敬瑭登坛，拜受册命，并接过衣冠，穿戴起来。好一个不华不夷的主子，南面就座，受部臣朝贺。礼毕乃鼓吹而归。当时附和诸臣，又盛言符谶，托为符瑞。相传朱梁开国时，壶关县庶穰乡中，有乡人伐树，树分两片，中有六字云："天十四载石进。"潞州行营使李思安，呈报梁主朱温，温令大臣考察，均不能解。乃藏诸武库。至敬瑭称帝，遂有人强为解释，谓"天"字两旁，取"四"字旁两画加入，便成"丙"字，"四"字去中间两画，加入"十"字，便成"申"字。如此牵强，无不可解。这就是应在丙申年。《周易》晋卦象辞，有"晋者进也"一语，国号大晋，岂非明验。又当晋阳受困时，城中北面，有毗沙门天王祠，寅夜献灵，金甲执殳，巡行城上，既而不见，内外俱惊为神奇。牙城内有崇福坊，坊西北隅有泥神，首上忽出现烟光，如曲突状。询诸坊僧，谓唐庄宗得国时，神首上亦曾出烟。今烟又重出，当有别应。嗣是日旁多有五色云气，如莲芰状，术士多指为天瑞。敬瑭也目为祥征，因此乘势称帝，号令四方。

即位以后，又至番营拜谢德光，愿割幽、蓟、瀛、莫、涿、檀、顺、新、妫、儒、武、云、应、环、朔、蔚十六州，作为酬谢，并输契丹岁币三十万匹。何其慷慨。德光自然心喜，就在营内设宴，与敬瑭欢饮而别。

敬瑭返入晋阳，即于次日御崇元殿，降制改元，号为天福。一切法制，皆遵唐明宗故事。命赵莹为翰林学士承旨，桑维翰为翰林学士，权知枢密院事。刘知远为侍卫马军都指挥使，客将景延广为步军都指挥使。此外文武将佐，封赏有差，册立晋国长公主李氏为皇后，大赦天下。布置已定，再会契丹兵攻晋安寨。

晋安寨已被围数月，待援不至，营将高行周、符彦卿等，屡出突围，均被契丹兵杀回。寨中刍粮俱尽，张敬达决志死守，毫无叛意。杨光远、安审琦等，入劝敬达，谓"不如投降契丹，保全一营性命。"敬达怒叱道："我为元帅，兵败被围，已负重罪，奈何反教我降敌呢！且援兵旦暮且至，何妨再待数日。万一援绝势穷，汝等可降，我却不降，宁可刎首，俾汝等出献番房，自求多福，我终不愿背主求荣哩！"还算忠臣。光远斜睨审琦，意欲令他下手，审琦不忍加害，转身趋出，告知高行周，行周也服敬达忠诚，常引壮骑为卫。敬达未识情由，反语人道："行周尝随我后，意欲何为？"不识好人，终致一死。行周乃不敢相随。杨光远觑得此隙，屡召诸将密议，诸将常称敬达为张生铁，各有怨言，遂与光远合谋，决杀敬达。诘旦敬达升帐，光远佯称启事，趋至案前，拔出佩刀，竟将敬达刺死，开寨出降契丹。

契丹主德光，收纳降众，入寨检查，尚存马五千匹，铠仗五万件，悉数搬归，交与敬瑭，并将降将降卒，亦尽归敬瑭约束，且面谕道："勉事尔主！"又因张敬达为忠死事，收尸礼葬，语部众及晋诸将道："汝等身为人臣，当效法敬达呢！"唐马军都指挥使康思立，听了此言，且惭且愤，即致病终。思立尚有人心，足愧杨光远等。敬瑭复请命德光，会师南下，德光语敬瑭道："桑维翰为汝尽忠，汝当用以为相。"敬瑭乃授维翰为中书侍郎，赵莹为门下侍郎，并同平章事，赐号推忠兴运致理功臣。敬瑭欲留一子守河东，亦向德光询明。德光令尽出诸子，以便审择。敬瑭当然遵命，令诸子进谒德光。德光仔细端详，见有一人貌类敬瑭，双目炯炯有光，即指示敬瑭道："此儿目大，可任留守。"敬瑭答道："这是臣养子重贵。"德光点首，乃令重贵留守太原，兼河东节度使。看官听说！这重贵是敬瑭兄敬儒子，敬儒早卒，敬瑭颇爱重贵，视若己儿，就是后来的出帝。

晋阳既有人把守，遂由德光下令，遣部将高谟翰为先锋，用降卒前导，迤逦进兵，自与敬瑭为后应。前锋到了团柏，赵德钧父子，未战先遁。符彦饶、张彦琪、刘延朗、刘在明各将吏，本皆由从珂遣往救应，至是亦相继溃散。士卒自相践踏，伤亡无算，再经契丹兵从后尾击，杀得唐军尸横遍野，血流成渠。及德光、敬瑭至团柏谷口，唐军早不知去向，仅剩得一片荒郊，枯骨累累了。

唐主从珂留寓怀州，尚未得各军消息，至刘延朗、刘在明等，狼狈奔还，方知晋安失守，团柏又溃，敬瑭已自称帝，杨光远等统皆叛去，急得神色仓皇，不知所措。众议天雄军未曾交战,军府远在山东,足遏敌氛,不如驾幸魏州,再作计较。从珂也以为然。但因学士李崧,素与范延光友善,乃召崧入议。薛文遇未知情由,亦蹑迹入见,从珂勃然变色。崧料知为着文遇,急蹑文遇靴尖,文遇会意,慌忙退出。从珂乃语崧道:"我见此物,几乎肉颤,恨不拔刀刺死了他!"本是贤佐,奈何欲将他刺死?崧答道:"文遇小人,浅谋误国。何劳陛下亲自动手!"从珂怒意少解,始与崧议东幸事。崧谓延光亦未必可恃,不如南还洛阳。从珂依议,遂谕令起程还都。

洛阳人民,闻北军败溃,车驾遁还,顿时谣言四起,争出逃生。门吏禀请河南尹重美,出令禁止,重美道:"国家多难,未能保护百姓,倘再欲绝他生路,愈增恶名,不如听他自便罢!"乃纵令四窜,众心少安。

从珂自怀州至河阳,闻都下有慌乱情形,也不敢遽返,且在河阳暂住,命诸将分守南北城。一面遣人招抚溃将,为兴复计。哪知人心瓦解,众叛亲离,诸道行营都统赵德钧,与招讨使赵延寿,已迎降契丹,被耶律德光拘送西楼去了。原来德钧父子,奔至潞州,敬瑭先遣降将高行周,劝令迎降,德钧到也乐从。既而敬瑭与德光同至潞州,德钧父子,即迎谒高河。德光尚好言慰谕,惟敬瑭掉头不顾,任他谒问,始终不与交言。德光知两下难容,乃将德钧父子,送解西楼。

德钧见述律太后,把所赍宝货,及田宅册籍进献。述律太后问道:"汝近日何故往太原?"德钧道:"奉唐主命。"述律太后指天道:"汝从吾儿求为天子,奈何作此妄语?"说着,又自指胸前道:"此心殊不可欺哩!"德钧俯伏在地,不敢出声。至此亦知愧悔否?述律太后又说道:"我儿将行,我曾诫我儿云:'赵大王若伺我空虚,北向渝关,汝急宜引归,自顾要紧!太原一方的成败,管不得许多了。'汝果欲为天子,俟击退我儿,再行打算,也不为迟。汝本为人臣,既不思报主,又不能击敌,徒欲乘乱徼利,不忠不义,尚有什么面目,来此求生呢?"爽快之至,读至此应浮一大白!德钧吓得乱抖,只是叩首乞哀。述律太后又问道:"货物在此,田宅何在?"德钧道:"在幽州。"述律太后道:"幽州今属何人?"德钧道:"现属太后!"述律太后道:"既属吾国,要你献什么?"德钧渐汗交流,只恨地上无隙,不能钻入。还是述律太后大发慈悲,令暂拘狱中,俟德光回来,再行发落。可怜德钧至此,又不能不磕头称谢,退至番狱待罪。及德光北归,才将他父子释出。德钧怏怏而亡,延寿却得为翰林学士。小子有诗叹道:

番妇犹知忠义名,如何华胄反偷生!
虏廷俯伏遭呵责,可有人心抱不平!

欲知耶律德光何时归国，容至下回叙明。

从珂以骁勇著名，乃石郎一反，即致心胆坠地，是非前勇而后怯也，盖未得富贵以前，冒险进取，虽死不顾，故能以百战成名。既得富贵以后，志愿既盈，其气渐衰，故转至一蹶不振。且也从珂得国，由于篡窃而来，不意石郎之起而议其后，自问心虚，益致气馁，而当时文武将佐，又属朝秦暮楚，成为习惯，四顾无一人可恃，安能不为之沮丧也。惟石敬瑭乞怜外族，恬不知羞，同一称臣，何如不反，既已为帝，奈何受封，虽为唐廷所迫，不能不倒行逆施，然名节攸关，岂宜轻骤！谋之不臧，非特贻害子孙，抑且沦陷民族，惜不令述律太后，以责赵德钧者责石敬瑭，而竟使其靦为民上也。

第二十九回

一炬成灰到头孽报
三帅叛命依次削平

却说晋王石敬瑭，既入潞州，即欲引军南向。契丹主耶律德光，意欲北归，乃置酒告别，举杯语敬瑭道："我远来赴义，幸蒙天佑，累破唐军。今大事已成，我若南向，未免惊扰中原，汝可自引汉兵南下，省得人心震动。我令先锋高谟翰，率五千骑护送，汝至河梁，尚欲谟翰相助，可一同渡河，否则亦听汝所便。我且留此数日，候汝好音，万一有急，可飞使报我，我当南来救汝！若洛阳既定，我即北返了。"敬瑭很是感激，与德光握手，依依不舍，泣下沾襟。亦知德光之为胡首否？德光亦不禁泪下，自脱白貂裘，披住敬瑭身上。且赠敬瑭良马二十匹，战马千二百匹，并与订约道："世世子孙，幸勿相忘！"敬瑭自然应命。德光又说道："刘知远、赵莹、桑维翰，统是汝创业功臣，若无大故，不得相弃！"敬瑭亦唯唯遵教。随即拜别德光，与契丹将高谟翰，进逼河阳。

唐都指挥使符彦饶、张彦琪等，自团柏败还，密白唐主从珂道："今胡兵得势，即日南来，河水复浅，人心已离，此处断不能固守，不如退归洛都。"从珂乃命河阳节度使苌从简，与赵州刺史赵在明，协守河阳南城，自断浮桥归洛阳。遣宦官秦继旻，与皇城使李彦绅，突至李赞华第中，将他击死，聊自泄忿。哪知石敬瑭一到河阳，苌从简马上迎降，且代备舟楫，请敬瑭渡河，一面执住刺史刘在明，送入敬瑭营中。敬瑭释在明缚，令复原官，遂渡河向洛阳进发。

唐主从珂，亟命都指挥使宋审虔、符彦饶，及节度使张彦琪，宣徽使刘延朗，率千余骑至白马阪，巡行战地，准备驻守。忽见晋军渡河而来，约有五千余骑，登岸先驱，符彦饶等已相顾骇愕，共语审虔道："何地不可战？何苦在此驻营，首当敌冲！"说着，便即驰还。审虔独力难支，也即退归。从珂见四将还朝，尚是痴心妄想，与议恢复河阳，四将面面相觑，不发一言。迎新送旧，已成常态。

那警报如雪片传来，不是说敌到某处，就是说某将迎敌，最后报称是胡兵千骑，分扼渑池，截住西行要路，从珂方仰天叹道："这是绝我生机了！"既有今日，何必当初！遂返入宫中，往见曹太后、王太妃，潸然泪下。王太妃不待说出，已知不佳，便语曹太后道："事已万急，不如权时躲避，听候姑夫裁夺！"太后道："我子孙妇女，一朝至此，我还有何颜求生，妹请早自为计！"曹太后亦有呆气，何不死于从厚时，而独为养子死耶？王太妃乃抢步趋出，带了许王从益，窜往球场去了。

从珂奉着曹太后，并挈皇后刘氏，及次子雍王重美，并都指挥使宋审虔等，携传国宝，登玄武楼，积薪自焚。刘皇后回顾宫室，语从珂道："我等将葬身火窟，还留宫室何用？不如一同毁去，免入敌手！"妇人心肠，究比男子为毒。重美在旁谏阻道："新天子入都，怎肯露居！他日重劳民力，死且遗怨，亦何苦出此辣手哩！"于是后议不行，就在玄武楼下，纵起火来。一道烟焰，直冲霄汉，霎时间火烈楼崩，所有在楼诸人的灵魂，统随了祝融氏驰往南方去了。

从珂一死，都城各将吏，统开城迎降，解甲待罪。晋主石敬瑭，即率兵入都，暂居旧第。命刘知远部署京城，扑灭玄武楼余火，禁止侵掠，使各军一律还营。所有契丹将卒留馆天宫寺中，全城肃然，莫敢犯令。从前窜匿诸人民，数日皆还，悉复旧业。当由晋主下诏，促朝官入见，文武百官，俱在宫门外谢恩。车驾乃移入大内，御文明殿，受群臣朝贺，用唐礼乐，大赦天下。惟从珂旧臣张延朗、刘延浩、刘延朗三人，罪在不赦，应正典刑。延浩自缢，两延朗皆处斩。追谥鄂王从厚为"闵帝"，改行礼葬，闵帝妃孔氏为皇后，祔葬闵帝陵。并为明宗皇后曹氏举哀，辍朝三日，拾骨安埋。觅得王德妃及许王从益，迎还宫中。妃自请为尼，晋主不许，引居至德宫，令皇后随时省问，事妃若母。封从益为郇国公，独废故主从珂为庶人。或取从珂脔及髀骨以献，乃命用王礼瘗葬。从珂享年至五十一岁，史家称为废帝。总计后唐，自庄宗起，至废帝止，四易主，三易姓，只过了十三年。

后唐已亡，变作后晋，仍用冯道同平章事，卢文纪为吏部尚书，周瓌为大将军，充三司使。符彦饶为滑州节度使，苌从简为许州节度使，刘凝为华州节度使，张希崇为朔方节度使，皇甫遇为定州节度使，余镇多沿用旧帅。命皇子重乂为河南尹。追赠皇弟敬德、敬殷为太傅，皇子重英、重裔为太保。改兴唐府为广晋府，唐庄宗晋陵为伊陵。饯契丹将士归国，送回李赞华丧，封赠燕王。前学士李崧、吕琦，逃匿伊阙，晋主闻他多才，赦罪召还，授琦为秘书监，崧为兵部侍郎，兼判户部。寻且擢崧为相，充枢密使。桑维翰兼枢密使。

时晋主新得中原，藩镇未尽归服，就使上表称贺，也未免反侧不安。再加兵燹余生，疮痍未复，公私两困，国库空虚，契丹独征求无厌，今日索币、明日索金，几乎供不胜供，屡苦支绌。维翰劝晋主推诚弃怨，厚抚藩镇，卑辞厚礼，敬事契

第二十九回 一炬成灰到头孽报 三帅叛命依次削平

丹，训卒缮兵，勤修武备，劝农课桑，藉实仓廪，通商惠工，俾足财货，因此中外欢洽，国内粗安。

契丹主耶律德光，闻晋主已经得国，当即北还，道出云州，节度使沙彦珣出迎，为德光所留。城中将吏，奉判官吴峦，管领州事，闭城拒寇。德光自至城下，仰呼吴峦道："云州已让归我属，奈何拒命？"言未已，忽有一箭射下，险些儿穿通项领。幸亏闪避得快，才将来箭撇过一旁，德光大怒，立命部众攻城。城上矢石如雨，反击伤许多番兵，一连旬日，竟不能下。倒是一位硬汉子。德光急欲归国，乃留部将围攻，自己带领亲卒，奏凯而回。吴峦固守至半年，尚不稍懈，但苦城孤粮竭，不得已遣使至洛，乞即济师。晋主不便食言，一面致书契丹，请他解围，一面召还吴峦，免他作梗，契丹兵果解围引去，峦亦奉召入都，晋主令为宁武军节度使。还有应州指挥使郭崇威，亦耻臣契丹，挺身南归。十六州土地人民，悉数割与契丹。中国外患，从此迭发，差不多有三百年，这都是石晋酿成大祸呢！痛乎言之！

卢龙节度使卢文进，自思为契丹叛将，恐契丹向晋索捕，乃弃镇奔吴。文进归唐见前文。吴徐知诰方谋篡国，引为己用。当时中原多故，名士耆儒，多拔身南来。知诰预使人招迎淮上，赠给厚币。既至金陵，即縻以厚禄，客卿多乐为效用。知诰又阴察民间，遇有婚丧乏资，辄为赒恤。盛暑不张盖操扇，尝语左右道："士众尚多暴露，我何忍用此！"士民为所笼络，相率归心。他因生时曾得异征，有一赤蛇从梨中出，走入母刘氏榻下，刘氏就此得孕，满月而产。及为杨行密所掠，令拜徐温为义父，温又梦得一黄龙，所以格外垂爱。为此种种征兆，遂靠了养父余烈，牢笼人士，日思篡吴。

吴王杨溥尚无失德，知诰苦无隙可乘，乃阳请归老金陵，留子景通为相，暗中却嘱使右仆射宋齐邱，劝吴王溥徙都金陵。不怀好意。吴人多不愿迁都，溥亦无心移徙，仍遣齐邱往谕知诰，罢迁都议。知诰计不得逞，再令属吏周宗驰诣广陵，讽吴王传禅。齐邱独以为未可，请斩宗以谢吴人，因黜宗为池州刺史。既而节度副使李建勋，及司马徐玠等，屡陈知诰功业，应早从民望，乃复召宗为都押牙，封知诰为东海郡王，嗣复加封尚父太师大丞相天下兵马大元帅，进封齐王。

知诰复忌吴王弟临川王濛，诬他藏匿亡命，擅造兵器，竟降濛为历阳公，幽锢和州，令控鹤军使王宏监守。濛突出杀宏，奔往庐州，欲依节度使周本。本子祚将濛执住，解送金陵，为知诰所杀。知诰遂开大元帅府，自置僚属。闽、越诸国，皆遣使劝进。那时吴王杨溥已成赘瘤，乐得推位让国。把乃父传下的土地人民，悉数交给，即遣江夏王璘奉册宝至金陵，禅位齐王。知诰建太庙社稷，改金陵为江宁府，即皇帝位，改吴天祚三年为升元元年，国号大齐。尊吴王溥为"高尚思玄弘古让皇帝"，上册自称受禅老臣。用宋齐邱、徐玠为左右丞相，周宗、周廷玉为内枢密使，追尊徐温为太祖武皇帝。温子知询，与知诰未洽，已被褫官。独知询弟知证、知谔，素与知诰亲睦，因封知证为江王，知谔为饶王。且以"知"字应该避嫌，不如自将"知"字除去，单名为诰。吴太子琏，尝娶诰女为妃，宋齐邱请与绝婚，且迁让皇溥居他州。诰遂徙让皇溥至润州丹阳宫，派兵防守，阳称护卫，阴实管束。降吴太子琏为弘农郡公，封琏妃即诰女。为永兴公主。可怜杨溥父子，抑郁成疾，父死丹阳宫，子死池州康化军。得保首领，还是大幸。就是这位皇女永兴公主，也朝夕悲切，闻宫人呼公主名，越多涕泪，渐渐地形瘵骨瘦，也致病终。

诰立宋氏为皇后，子景通为吴王，改名为璟。徐氏子知证、知谔，请诰复姓，诰佯为谦抑，只言不敢忘徐氏恩。旋经百官申请，乃复姓李氏，改名为昇。自言为唐宪宗子建王恪四世孙，因再易国号为唐，立唐高祖、太宗庙，追尊四代祖恪为定宗，曾祖超为成宗，祖志为惠宗，父荣为庆宗。奉徐温为义祖。以江宁为西都，广陵为东都。庐州节度使周本，亦曾至金陵劝进，归途自叹道："我不能声讨逆臣，报杨氏德，老而无用，还有何颜事二姓呢？"返镇未几，即至去世。既知自愧，何必劝进？

自李昇改国号为唐，史家恐与唐朝相混，特标明为南唐。先是江南童谣云："东海鲤鱼飞上天"。至是南唐大臣，趁势附会，谓"鲤""李"音通，"东海"系徐氏祖籍，李昇过养徐氏，乃得为帝，这便是童谣的应验。又江西有杨花一株，变成李花，临川有李树生连理枝，相传为李昇还宗预兆。江州陈氏，宗族多至七百口，仍不析居，每食必设广席，长幼依次坐食。又畜犬百余，也共食一牢，一犬不至，诸犬不食，当时称为德政所及，因有此瑞。州县有司，采风问俗，报明孝子悌弟，不下百数，五代同居，共计七家，由李昇颁下制敕，旌表门闾，蠲免役赋。这也无非是铺张扬厉，粉饰承平罢了。抹倒一切。

事且慢表，且说天雄军节度使范延光，闻晋军入洛，自辽州退归魏州，及晋主颁敕招抚，不得已奉表请降。但事出强迫，未免阳奉阴违。他未贵显时，曾有术士张生，与谈命理，谓他日必为将相。至张言果验，格外信重。又尝梦蛇入腹，仍要张生详梦，张生谓蛇龙同种，将来可做帝王。蛇钻七窍，还有何吉。嗣是侈然自负，阴怀非望。因唐主从珂素加厚待，一时不忍负德，所以蹉跎过去。到了石晋开国，还有什么顾恋，不过仓猝发兵，恐非晋敌，乃虚与周旋，敷衍面子，暗中致齐州防御使秘琼书，欲与为乱。琼得书不报，延光恐他密报晋主，使人伺琼，乘他因事出城，把他刺死。随即聚卒缮兵，意图作乱。

晋主闻知消息，颇以为忧。桑维翰请晋主徙都大梁，且献议道："大梁北控燕赵，南通江淮，是一个水陆都会，资用很是富足。今延光反形已露，正好乘时迁都。大梁距魏，不过十驿，彼若有变，即可发兵往讨，迅雷不及掩耳，庶可制彼死命！"晋主称善，遂托词东巡，出发洛都。留前朔方节度使张从宾为东都巡检使，

第二十九回　一炬成灰到头孽报　三帅叛命依次削平

辅皇子重乂居守，自挈后妃等赴汴。沿途由百官扈跸，安安稳稳，到了大梁。下诏大赦，进封凤翔节度使李从曮为岐王，平卢节度使王建立为临淄王，两人是范延光陪宾。就是将反未反的范延光，也加封临清王，权示羁縻。

延光得了王爵，也把反意一半打消。偏左都押牙孙锐与澶州刺史冯晖合谋，屡劝延光发难。延光尚是踌躇，会有病恙，不能视事，锐竟擅上表章，诋斥朝廷。及延光得知，使人已经出发，不能追回。乃召锐面询，锐本延光心腹，久知一切底细，便伸述延光梦兆，催他乘机发难，必得成功。否则何至速死！延光又觉心热，遂依了锐计，遣兵渡河，焚劫草市。

滑州节度使符彦饶，据实奏闻。当由晋主调动兵马，令马军都指挥使白奉进，率骑兵千五百人，出屯白马津。再命东都巡检使张从宾为魏府西南面都部署，续派侍卫都军使杨光远，率步骑万人屯滑州。护圣都指挥使杜重威，率步骑五千屯卫州。哪知人情变幻，不可预料，西南面都部署张从宾，出兵讨魏，反为延光所诱，也一同造起反来。

晋主方令杨光远为魏府四面都部署，以从宾为副。忽闻此报，急调杜重威移师往讨。重威未及移兵，从宾已还陷河阳，杀死节度使皇子重信，再入洛阳，杀死东都留守皇子重乂，并进兵据汜水关，将逼汴州。有诏令都指挥使侯益，统禁兵五千，会同杜重威，往击从宾，并饬宣徽使刘处让，从黎阳分兵会讨。远水难救近火，急得汴城里面，烽火惊心，从官无不惊惧。独桑维翰指画军事，从容不迫，神色自如。晋主戎服戒严，密议奔往晋阳。夺位时非常踊跃，即位后非常胆怯，这都为富贵所误。维翰叩头苦谏道："贼烽虽盛，势不能久，请少待数日，不可轻动！"晋主乃止，但促各军分头进剿。

白奉进至滑州，与符彦饶分营驻扎。军士有乘夜掠夺，由奉进遣兵出捕，共得五人，三人系奉进部下，二人系彦饶部下，奉进尽令斩首，然后通知彦饶。彦饶以奉进不先关白，很觉不平，奉进乃率数骑至彦饶营，婉言谢过。彦饶道："军中各有部分，公奈何取滑州军士，擅加诛戮！难道不分主客么？"奉进也不禁怒起，便勃然答道："军士犯法，例当受诛，仆与公同为大臣，何分彼此！况仆已引咎谢公，公尚不肯解怒，莫非欲与延光同反么？"语亦太激。说着，拂衣竟去，彦饶并不挽留，由他自去。偏帐下甲士大噪，持刀突出，竟杀奉进。所有奉进从骑，仓皇逃脱，且走且呼。诸军各擐甲操兵，喧噪不休。左厢都指挥使马万，禁遏不住，意欲从乱。巧遇右厢都指挥使卢顺密，率兵出营，厉声语万道："符公擅杀白公，必与魏州通谋，我等家属，尽在大梁，奈何不思报国，反欲助乱，自求灭族呢？今日当共擒符公送天子，立大功，军士从命有赏，违命即诛，何必再疑！"万嘿然不答。部下且还有数人，呼跃而出，被顺密麾动亲军，捕戮数人，余众才不敢动。万亦只好依了顺密，与都虞侯方太等，共攻牙城，一鼓即拔，擒住彦饶，令方太解送大梁，诏赐自尽。即授马万为滑州节度使，卢顺密为果州团练使，方太为赵州刺史。

杨光远为滑州变乱，急自白皋至滑城，士卒欲推光远为主。光远叱道："天子岂汝等贩弄物！晋阳乞降，出自穷蹙，今又欲改图，乃真是反贼了！"士卒始不敢再言。及抵滑城，已是风平浪静，重见太平。乃奏请滑州平乱情形，归功卢顺密。

晋主因三镇迭叛，不免惊惶，遂向刘知远问计。知远道："陛下前在晋阳，粮不能支五日，尚成大业，今中原已定，内拥劲兵，外结强邻，难道尚怕这鼠辈么？愿下抚将相以恩，臣等驭士卒以威，恩威并著，京邑自安，本根深固，枝叶自不致伤残了！"确是至论。晋主转忧为喜，委知远整饬禁军。知远严申科禁，用法无私，有军士盗纸钱一幞，事发被擒，知远即令处死。左右因罪犯轻微，代求赦宥。知远道："国法论心不论迹，我诛彼情，岂计价值呢！"由是众皆畏服，全城安堵。

及得杨光远奏报，复命光远为魏府行营都招讨使，兼知行府事。调昭义节度使高行周为河南尹，兼东都留守，授杜重威昭义节度使，充侍卫马军都指挥使，命侯益为河阳节度使。且因重威方在讨逆，卢顺密平乱有功，先调顺密为昭义留后，令重威、侯益与光远进军讨贼。光远驱众至六明镇，正值魏州叛将冯晖、孙锐等，渡河前来，当即掩他不备，横击中流。晖与锐不能抵挡，大败走还，众多溺死。重威、侯益乘胜至氾水，遇张从宾众万余人，迎头痛击，俘斩殆尽。从宾慌忙西走，乘马渡河，竟致溺死。党与张延播、张继祚、娄继英等，统被擒住，送至阙下。那时还有何幸，当然身首分离，妻孥骈戮了。两镇既平，范延光知事不济，归罪孙锐，把他族诛。因贻书杨光远，乞他代奏阙廷，情愿待罪。正是：

　　失势复成摇尾犬，乞怜再做磕头虫。

杨光远代为奏闻，能否邀晋主允准，容待下回叙明。

俚语有云："风吹墙头草，东吹东倒，西吹西倒。"观五代时之将吏，正与里谚相符。从珂得势，则归从珂，从珂失势，即降敬瑭，是而欲国家治安，百年不乱，其可得乎！但从珂弑鄂王，杀孔妃，及其四子，篡逆不道，隐干天诛，其举室自焚，宜也！非不幸也！敬瑭入洛，虽未能迎立从益，昌言仗义，但奉养王德妃，仍封从益以公爵，不忘故主，犹为可取。范延光为唐大臣，不能效死于晋阳，反欲称兵于魏博，朝降晋，夕叛晋，不忠不义，乌能成事？符彦饶、张从宾等，益等诸自郐以下，不足讥焉。然敬瑭入洛，仅阅一年，而叛者迭起，降臣之不足信也，固如是夫！

第三十回

杨光远贪利噬人
王延羲乘乱窃国

却说晋主得杨光远奏报，不欲遽允，仍敕光远进攻魏州。光远意存观望，遇有军事调度，辄与朝廷龃龉。晋主曲意含容，且令光远长子承祚，尚帝女长安公主，次子承信，亦拜美官，光远乃整军徐进。到了魏州城下，驻立大营，亦不过虚张声势，迁延时日。自天福二年秋季进兵，直至次年秋季，仍不损魏州片堞。惟招降前澶州刺史冯晖，荐请授官。晋主特擢晖为义成节度使，欲借此诱劝魏州将士，偏魏州坚守如故，杨光远旷日无功。为下文谋叛伏案。

晋主因师老民疲，没奈何再议招抚，乃遣内职朱宪，往谕延光，许以大藩，且使朱宪传谕道："汝若投降，决不杀汝，如或食言，白日在上，不得享国！"至此与设重誓，何如前日允请！延光乃顾副使李式道："主上重信，许我不死，想不至有他虑了。"遂撤去守备，厚待朱宪，遣令归报。宪复命后，好几日不得延光降表，因复遣宣徽使刘处让往谕，申说再三，始由延光令二子入质，并派牙将奉表待罪。晋主颁赐赦书，延光素服出迎，顿首受诏。接连是恩诏迭下，改封延光为高平郡王，调任天平军节度使，仍赐铁券。所有延光将佐李式、孙汉威、薛霸等，各授防御使、团练使、刺史。牙兵皆升为侍卫亲军，就是张从宾、符彦饶余党，一并赦罪，不再株连。未免太宽。魏州步军都监使李彦珣，本为河阳行军司马，随张从宾同反。从宾败死，他得脱奔魏州，延光令为都监使，登城拒守。彦珣有母在邢州，为杨光远军捕取，推至城下，招降彦珣。彦珣拈弓搭箭，竟将老母射死。及延光复降，晋主却令彦珣为坊州刺史。近臣言彦珣杀母，恶逆已甚，不宜轻赦。晋主道："赦令已行，如何再改呢？"即许令莅任。叛君之罪尚可赦，弑母之罪乌可恕！晋主欲全小信，反失大义，故特揭之。授杨光远为天雄节度使，加官检校太师，兼中书令。

光远已恃宠生骄，尝与宣徽使刘处让叙谈，多不平语。处让答言朝廷处置，均由李、桑二相主议，并非出自宸断。光远不禁动怒道："宰相得兼枢密，自前代郭崇韬后，无此重官。今闻李、桑二相，皆兼枢密，怪不得他独断独行。主上尚肯优容，我光远却忍耐不下呢！"既而处让归朝，光远即托呈密奏，极言执政过失。晋主明知他有意刁难，但因军事甫平，不得已曲从所请，乃加桑维翰兵部尚书，李崧工部尚书，撤去枢密使兼职，即令刘处让代任。光远益加专恣，随时上表，尚指斥宰辅不已。

晋主见他跋扈，恐将来势大难制，密与桑维翰熟商。维翰谓天雄重镇，屡生叛乱，应析土分众，减杀势力。延光可使守洛阳，调虎离山，免为后患。晋主依议，即升汴州为东京，置开封府，改洛京为西京，雍京为晋昌军，即加杨光远为太尉，命任西京留守，兼河阳节度使。升广晋府为邺都，*即魏州。*设置留守，就命高行周调任。升相州为彰德军，以澶、卫二州为属郡，置节度使，由贝州防御使王延胤升任。升贝州为永清军，以博、冀二州为属郡，也置节度使，由右神武统军王周升任。自高行周以下，俱奉命莅镇，毫无异言。独杨光远怏怏失望，勉强移镇，密贻契丹货赂，诋毁晋室君臣。自养壮士千余人，作为爪牙。既而诬劾桑维翰，迁除不公，与民争利。晋主不得已出维翰镇相州，调王延胤为义武节度使，另用刘知远、杜重威同平章事。

知远有佐命大功，得升宰辅，自谓应当此职。重威出讨魏州，略有微勋，怎能与知远相比？不过尚帝妹乐平公主，得列外戚，也居然与揽朝纲。知远羞与为伍，杜门托疾，不受朝命。晋主不觉怒起，召问赵莹道："知远坚拒制敕，太觉不恭，朕意拟削夺兵权，令归私第。"莹拜请道："陛下前在晋阳，兵不过五千人，为唐兵十余万所攻，危如朝露，若非知远心同金石，怎能成此大业？奈何因区区小过，便欲弃置，窃恐此语外闻，反不足示人君大度呢！"晋主意乃少解，即命学士和凝，诣知远第慰谕，知远才起床拜受。

范延光自郓州入朝，面请致仕，经晋主慰留，仍行还镇。嗣复屡表乞休，乃命以太子太师致仕，留居大梁。越年，延光又请归河阳私第，奉诏允准，遂重载而行。西京留守杨光远，偏奏称延光叛臣，不居洛汴，归处里门，他日逃入敌国，适贻后患，请思患预防，禁止归里云云。晋主乃命延光寓居西京，延光到了洛阳，光远即遣子承贵，带领甲士，把他围住，逼令自杀。延光道："天子在上，赐我铁券，许我不死，尔父子怎得如此！"承贵不允，挺着白刃，驱延光上马，胁见光远。途中遇河过桥，被承贵推落桥左，连人带马，坠了下去，活活沉死。死固其宜。只不应为光远父子所杀。所有延光载归宝货，统为承贵所劫，一股脑儿搬回府署，光远大喜。无非为此。

奏闻晋廷，但说延光赴水自尽。晋主也谂破阴谋，但畏光远强盛，不敢诘责，只征令光远入朝。光远还算听命，入阙面觐，晋主与语道："围魏一役，卿左右各

第三十回　杨光远贪利噬人　王延羲乘乱窃国

立功劳，未授重赏，今当各除一州，遍给恩荣，免他失望。"光远代为谢恩，晋主遂选择光远亲将数人，分授各州刺史。待他出发，却下了一道诏敕，徙光远为平卢节度使，进爵东平王。光远才识中计，悯悯出都，驰赴青州去了。

时契丹改元会同，国号大辽。公卿百官，皆仿中国制度，且参用中国人，进赵延寿为枢密使，兼政事令。一面遣人入洛，接归延寿妻燕国长公主。即兴平公主进爵燕国。夫妇同入虏廷，延寿遂一心一意，为辽效力。晋主闻契丹改辽，乃遣使上辽尊号，命宰相冯道为辽太后册礼使，左仆射刘昫为辽主册礼使，备着卤簿仪仗，直抵西楼。辽主大悦，优待二使，厚赏遣归。晋主事辽甚谨，奉表称臣，尊辽主为父皇帝，每辽使至，必至别殿拜受诏敕，岁输金帛三十万外，吉凶庆吊，岁时赠遗，相续不绝。凡辽太后、元帅、太子、诸王大臣，各有馈遗，稍不如意，即来诮让，朝廷均引为耻事，独晋主卑辞厚礼，忍辱含羞。前已铸成大错，此时不得不尔。辽主见他诚意，屡止晋主上表称臣，但令称儿皇帝，如家人礼。嗣且颁给册宝，加晋主号为"英武明义皇帝"。晋主受册，事辽益恭。辽主既得幽州，改名南京，用唐降将赵思温为留守。思温子延照在晋，晋主命为祁州刺史。思温密令延照代奏，谓虏情终变，愿以幽州内附，晋主不许。吐谷浑在雁门北面，本属中国，自卢龙一带，让归辽有，吐谷浑亦皆辽属。因苦辽贪虐，仍思归晋，遂挈千余帐来奔。辽主因此责晋，晋主忙派兵逐回，才得无事。

北方稍得安静，始思控驭南方。吴越王钱元瓘、楚王马希范、南平王高从诲，均向晋通好，尚守臣礼。独闽自王延钧称帝后，与中原久绝通问，嗣主继鹏，改名为昶，晋天福二年，曾遣弟继恭，入修职贡，且告嗣位。晋主以三镇方乱，不暇南顾。但礼待继恭，即日遣还。次年冬季，始命左散骑常侍卢损为册礼使，封闽主昶为闽王，赐给赭袍，闽主弟继恭为临海郡王。

使节方发，闽主昶已有所闻，即令进奏官林恩，入白晋相，谓"已袭帝号，愿辞册使"。晋主不追回卢损，损竟至福州，昶辞疾不见，但令弟继恭招待，不受册命。有士人林省邹，私语卢损道："我主不事君，不爱亲，不恤民，不敬神，不睦邻，不礼宾，怎能久享国家？我将僧服北逃，他日当相见上国呢！"不为国讳，亦非所宜。损遂辞归。昶仍不出面，但令继恭署名奉表，遣礼部员外郎郑元弼，随损入贡。晋主召元弼入见，谕令归国禀明，此后上表，不应再由继恭出名。元弼唯唯而去，还白闽主。闽主昶置诸不理，但与宠后李春燕，及六宫嫔御，彻夜宴饮，淫媟不休。弑父逆子，独守家法，也算难得。应二十七回。

方士陈守元、谭紫霄以房术得幸。守元号"天师"，紫霄号"正一先生"，两人受贿入请，言无不从。通文二年建白龙寺，四年作三清殿，统是雕甍画栋，备极辉煌。白龙寺的缘起，是由谭紫霄等捏称白龙夜现，乃命建筑。三清殿是由天师怂恿，内供宝皇大帝、元始天尊、太上老君像。统用黄金铸成，约需数千斤。日焚龙脑、薰陆诸香，佐以铙钹诸乐。每晨祷祝，谓可求大还丹，命巫祝林兴住持殿中。一切国政，均由兴传宝皇命，裁决施行。确是捣鬼。兴与闽主叔父延武、延望有怨，假托神语，谓"二叔将生内变"。闽主昶不察虚实，即令兴率壮士夜杀二叔，及他五子。判六军诸卫事建王继严，即昶弟，见二十七回。颇得士心，昶又信林兴言，罢他兵柄，令改名继裕，别命季弟继镕掌判六军，革去"诸卫"字样。既而兴谋发觉，尚不加诛，只流戍泉州。方士等又上言紫微宫中，恐有灾侵，乃徙居长春宫，两宫俱见二十六、七回。淫酗如故。有时且召入诸王，强令饮酒，伺他过失。从弟继隆，因醉失礼，即命处斩，又屡因醉后动怒，诛戮宗室。

左仆射平章事延羲，系昶叔父，佯狂避祸，由昶赏给道士服，放置武夷山中。嗣复召还，幽锢私第。国用不足，专务苛征，甚至果蓏鸡豚，无不有赋。因此天怒人怨，众叛亲离。

先是昶父在日，曾袭开国遗制，设二卫军，号为控宸、控鹤二都，昶独另募壮士二千人为腹心，号为宸卫都，禄赐比二都较厚。或言二都怨望，恐将为乱。昶因欲将他遣出，分隶漳、泉二州，二都相率惊惶。控宸军使朱文进、控鹤军使连重遇，又屡为昶所侮弄，阴怀不平。会北宫大火，求贼不得，昶令重遇率内外营兵，扫除灰烬，限日告成。又疑重遇与谋纵火，意欲加诛。内学士陈郯，私告重遇，重遇因夜入值，竟号召二都卫兵，焚毁长春宫，攻逼闽王。且使人就延羲私第，迫出延羲，令从瓦砾中直入，奉为主帅，共呼万岁。复召外营兵共逐闽主。

闽主昶仓皇出走，引着皇后李春燕，及妃妾、诸王，奔至宸卫都营中，宸卫都慌忙拒战。怎奈火势燎原，不可向迩，那控宸、控鹤二都，又乘势杀来，令人无从拦阻。彼此乱杀多时，宸卫都一半伤亡，剩得残兵千余人，奉闽主昶等逃出北关。行至梧桐岭，众稍溃散。忽闻后面喊声大震，延羲兄子继业，统兵追来。昶素来善射，引弓射毙多人。俄而追兵云集，射不胜射，昶投弓语继业道："卿为人臣，臣节何在？"继业道："君无君德，臣怎得有臣节？况新君系是叔父，旧君乃是兄弟，孰亲孰疏，不问可知！"可作昏君棒喝。昶无词可答，即由继业麾动兵士，拥与俱还。行至陼庄，用酒灌昶，令他醉卧，用帛缢死。皇后李春燕，及昶诸子，并昶弟继恭，一并被杀，藁葬莲花山侧。后来冢上生树，树生异花，似鸳鸯交颈状，时人号为鸳鸯树。可谓一双同命鸟。

继业返报延羲，延羲遂自称闽王，易名为曦，改元永隆。讣闻邻国，反说是宸卫都所弑，假意改葬故主，谥昶为"康宗"，一面向晋称藩，遣商人间道上表。晋乃遣使至闽，授曦为检校太师中书令，福州威武军节度使，兼封闽国王。曦虽受晋命，一切措施，仍如帝制。天师陈守元等，已为重遇所杀，更命泉州刺史，诛死林兴，用太子太傅致仕李真为司空，兼同平章事，闽中粗安。

曦因宫阙俱焚，另造新宫居住，册李真女为皇后。曦性嗜酒，后性亦嗜酒，一双夫妇，统视杯中物为性命。闽主累世嗜饮，应改称为酒国。所以终日痛饮，不醉不休。一日在九龙殿宴集群臣，从子继柔在侧，向不能饮，偏曦令概酌巨觥，不得少减。继柔实饮不下去，伺曦旁顾，倾酒壶中，不意被曦瞧着，怒他违令，竟命推出斩首。群臣相顾骇愕，不知所措，勉强饮了数觥，偷看曦面，亦有醉容，便陆续逃席，退出殿外。只翰林学士周维岳，尚在席中。曦醉眼模糊，顾左右道："下面坐着，系是何人？"左右答是维岳，曦微笑道："维岳身子矮小，为何独能容酒？"左右道："酒有别肠，不在长大。"曦作色道："酒果有别肠么？可掼他下殿，剖腹验肠。"此语说出，吓得维岳魂不附身，面无人色。幸亏左右代为解免，向曦禀白道："陛下如杀维岳，何人侍陛下终饮？"曦乃免杀维岳，叱令退去。维岳忙磕头谢恩，急趋而出，三脚两步地逃回私第。

泉州刺史余廷英，尝矫曦命，掠取良家女，曦闻报大怒，即欲加诛。廷英即进买宴钱十万缗，曦尚是嫌少，便道："皇后之贡，奈何没有！"廷英乃复献皇后钱十万，因得赦罪。

曦尝嫁女，全朝士尽献贺礼，否则加笞。御史刘赞，坐不纠举，亦将笞责。谏议大夫郑元弼，入朝面净，曦叱责道："卿何如魏郑公，乃敢来强谏么？"元弼答道："陛下似唐太宗，臣亦敢自拟魏征了！"曦乃心喜，释赞不笞。

曦又纳金吾使尚保殷女为妃，尚妃生有殊色，甚得宠幸。每当曦酣醉时，妃欲杀即杀，欲宥即宥，朝臣时虞不测。曦弟延政，出任建州刺史，屡上书规兄，曦不但不从，反覆书痛詈，且遣亲吏邺翘，监建州军。

翘与延政议事，屡起龃龉，翘语延政道："公欲反么！"延政遽起，欲拔剑斩翘。翘狂奔而出，往投南镇，依监军杜汉崇。延政发兵进攻，南镇兵溃，翘与汉崇俱逃回福州。曦见二人奔归，乃遣统军使潘师逵、吴行真等，率兵四万，往击延政。兵至建州城下，分扎二营，师逵驻城西，行真驻城南，皆阻水自固，所有城外庐舍，悉数焚毁。镇日里烟雾迷蒙。延政登城四顾，未免惊心，亟遣使至吴越乞援。吴越王元瓘，命同平章事仰仁诠、都监使薛万忠，领兵救建州。兵尚未至，那延政已攻破闽军，杀退大敌。原来师逵在营，轻率寡谋，被延政探悉情形，先遣将林汉徽等，出兵挑战，诱至茶山，由城中出军接应，两路夹攻，斩首千余级。越宿复募敢死士千余人，昏暮渡水，潜劫师逵营，因风纵火，城上鼓噪助威，吓得师逵脚忙手乱，闯营出奔。凑巧碰着建州都头陈海，一枪刺去，坠落马下，再复一枪，断送性命。余众四溃。待至黎明，整兵再攻行真寨，行真闻潘营尽覆，正想遁走，蓦闻鼓声遥震，亟弃营奔逃。建州兵追杀一阵，约死万余人。延政遂分兵进取水平、顺昌二城。

会值吴越兵至，延政出牛酒犒师，说是闽军败去，请他回军。偏仰仁诠等不肯空回，竟至城西北隅下营，想与建州为难。正是多事。建州已经过两战，人马劳乏，更因分兵出攻，愈觉空虚，不得已想出一策，延入名幕，写了一封急书，遣人诣闽求救，闽主曦本与延政为敌。得了来书，怎肯遽允，但书中说得异常恳切，引着阋墙御侮的大义，前来劝勉，乃令泉州刺史王继业为行营都统，率兵二万驰援，并遣轻兵绝吴越粮道。吴越军食尽欲归，由延政麾兵出击，大破吴越军，俘斩万计，仁诠等仓皇窜免。这叫做自讨苦吃。

延政乃遣牙将赍了誓书，女奴捧了香炉，赴闽盟曦。曦与建州牙将，同至太祖审知墓前，歃血与盟，总算是罢战息争，再敦睦谊。但宿嫌未泯，总不能贯彻始终。

未几延政添筑建州城，周围二十里，一面向闽王乞请，拟升建州为威武军，自为节度使。曦以威武军是福州定名，不应复称，但称建州为镇安军，授延政节度使，加封富沙王。延政复改镇安为镇武，不从曦议。曦因是复忌延政。

汀州刺史延喜，系是曦弟，曦疑他与延政通谋，发兵捕归。又闻延政与继业书，有勾通意，因即召继业还闽，赐死郊外。并杀继业子于泉州，别授继严为刺史。后来复疑及继严，罢归鸩死，专用子亚澄同平章事，掌判六军诸卫，自称为大闽皇。已而僭号为帝，授子亚澄为威武节度使，兼中书令，封长乐王。寻且加封闽王。王延政亦自称兵马大元帅，与曦失和，再行攻击，两下互有胜负。至晋天福八年，也公然称帝。国号殷，改元天德，偌大一个闽国，生出了两个皇帝来。仿佛两头蛇。小子有诗叹道：

　　阋墙构衅肇兵争，宁识君臣与弟兄！
　　分守一隅蜗角似，如何同气不同情！

闽乱未靖，晋廷亦变故多端，俟小子下回再表。

杨光远为后唐部将，从张敬达出讨晋阳，战败以后，遽杀敬达出降，其心迹之不足恃，已可概见。及魏州一役，侥幸成功，彼即拥兵自恣，要挟多端。晋主曲为优容，愈足养成跋扈。范延光乞休归里，载宝甚多，虽象齿焚身，咎由自取，然光远安得而杀之，亦安得而夺之！身为人臣，目无法纪，彼岂尚肯为晋室臣乎？闽祖王审知，虽起自盗贼，而好礼下士，有长者风。乃子孙不贤，淫酗无度，鏻后有昶，昶后有曦。篡杀相寻，祸乱无已。要之五季之世，君不君，臣不臣，父不父，子不子，一晦盲否塞之天下也，胥中国而夷狄之，禽兽之，可悲也夫！

第三十一回

讨叛镇行宫遣将
纳叔母嗣主乱伦

却说晋成德节度使安重荣，出自行伍，恃勇轻暴，尝语部下道："现今时代，讲什么君臣，但教兵强马壮，便好做天子了。"府署立有幡竿，高数十尺，尝挟弓矢自诩道："我射中竿上龙首，必得天命。"说着，即将一箭射去，正中龙首。投弓大笑，侈然自负。嗣是召集亡命，采买战马，意欲独霸一方，每有奏请，辄多逾制，朝廷稍稍批驳，他便反唇相讥。镇帅多跋扈不臣，都是当日的主子教导出来。

晋主惩前毖后，尝有戒心，义武军节度使皇甫遇，与重荣为儿女亲家，晋主恐他就近联络，特徙遇为昭义军节度使，并命刘知远为北京留守，隐防重荣。重荣不愿事晋，尤不屑事辽，每见辽使，必箕踞嫚骂，有时且将辽使杀毙境上，辽主尝贻书诮让，晋主只好卑辞谢罪。重荣越加气愤，适遇辽使拽剌一作伊呼。过境，便派兵捕归。再遣轻骑出掠幽州人民，置诸博野。又上表晋廷，略言"吐谷浑、突厥、契苾、沙陀等，各率部众归附，党项等亦纳辽牒，愿备十万众击辽。朔州节度副使赵崇，已逐去辽节度使刘山，求归中国，此外旧臣沦没虏廷，亦皆延颈企踵，专待王师，天道人心，不便违拒，兴华扫虏，正在此时。陛下臣事北虏，甘心为子，竭中国脂膏，供外夷欲壑，薄海臣民，无不惭愤。何勿勃然变计，誓师北讨，上洗国耻，下慰人望，臣愿为陛下前驱"云云。晋主览奏，却也有些心动，屡召群臣会议。北京留守刘知远，尚未出发，劝晋主毋信重荣，桑维翰正调镇泰宁军，闻知消息，亦即密疏谏阻，略云：

窃谓善兵者待机乃发，不善战者彼己不量。陛下得免晋阳之难，而有天下，皆契丹之功，不可负也。今安重荣恃勇轻敌，吐谷浑假手报仇，皆非国家之利，不可听也。臣观契丹数年以来，士马精强，吞噬四邻，战必胜、攻必取，割中国之土地，收中国之器械，其君智勇过人，其臣上下辑睦，牛马蕃息，国无天灾，此未可与为敌也。且中国初定，士气雕沮，以当契丹乘胜之威，其势相去甚远。若和亲既绝，则当发兵守塞。兵少不足以待寇，兵多则馈运无以继之。我出则彼归，我归则彼至，臣恐禁卫之士，疲于奔命，镇定之地，无复遗民。今天下粗安，疮痍未复，府库虚竭，兵民疲敝，静而守之，犹惧不济，其可妄动乎？契丹与国家恩义非轻，信誓甚著，彼无间隙而自启衅端，就使克之，后患愈重。万一不克，大事去矣！议者以为岁输缯帛，谓之耗蠹，有所卑逊，谓之屈辱。殊不知兵连而不休，祸结而不解，财力将匮，耗蠹孰甚焉！用兵则武吏功臣，过求姑息，边藩远郡，得以骄矜，屈辱孰甚焉！臣愿陛下训农习战，养兵息民，俟国无内忧，民有余力，然后观衅而动，则动必有成矣。近闻邺都留守，尚未赴镇，军府乏人。以邺都之富强，为国家之藩屏，臣窃思慢藏诲盗之言，勇夫重闭之戒。乞陛下略加巡幸，以杜奸谋，是所至盼。冒昧上言，伏乞裁夺。

晋主看到此疏，方欣然道："朕今日心绪未宁，烦懑不决，得桑卿奏，似醉初醒了。"遂促刘知远速赴邺都，并兼河东节度使，且诏谕安重荣道：

尔身为大臣，家有老母，忿不思难，弃君与亲。吾因契丹得天下，尔因吾致富贵，吾不敢忘德，尔乃忘之，何耶？今吾以天下臣之，尔欲以一镇抗之，不亦难乎！宜审思之，毋取后悔！

重荣得诏，反加骄慢，指挥使贾章，一再劝谏，反诬以他罪，推出斩首。章家中只遗一女，年仅垂髫，因此得释。女慨然道："我家三十口，俱罹兵燹，独我与父尚存。今父无罪见杀，我何忍独生！愿随父俱死。"重荣也将女处斩。镇州人民，称为烈女，已料重荣不能善终。*不没烈女。*饶阳令刘岩献五色水鸟，重荣妄指为凤，畜诸水潭。又使人制大铁鞭，置诸牙门，谓铁鞭有神，指人辄死，自号"铁鞭郎君"，每出必令军士抬鞭，作为前导。镇州城门，有抱关铁像，状似胡人，像头无故自落，重荣小字"铁胡"，虽知引为忌讳，但反意总未肯消融。*取死之兆。*

山南东道节度使安从进，与重荣同姓，恃江为险，隐蓄异谋，重荣遂阴相结托，互为表里。晋主既虑重荣，复防从进，乃遣人语从进道："青州节度使王建立来朝，愿归乡里，朕已允准。特虚青州待卿，卿若乐行，朕即降敕。"*要徙就徙，必先使人探问，主权已旁落了。*从进答道："移青州至汉江南，臣即赴任。"晋主闻他出言不逊，颇有怒意，但恐两难并发，权且含容。从进子弘超，为宫苑副使，留居京师，从进请遣子归省，晋主也依言遣归。弘超既至襄州，从进遂决计造反。

天福六年冬季，晋主忆桑维翰言，北巡邺都。学士和凝已升任同平章事，独入朝面请道："陛下北行，从进必反，理应预先布置。"晋主道："朕已留郑王重贵，居守大梁，卿意还有何说？"凝又奏道："兵法有言，先人乃能夺人。陛下此行，京中事恐难兼顾，愿留空名宣敕三十通，密付留守郑王，一旦闻变，便可书诸将名遣往讨逆了。"晋主称善，依议而行，遂留重贵居守，自向邺都进发。及驾入邺都，留守刘知远，已遣亲将郭威，招诱吐谷浑酋长白承福，徙入内地，翦去安重荣羽翼，专待晋主命令，听候发兵。晋主因重荣虽有反意，尚无反迹，但遣杜重威为天平节度使，马全节为安国节度使，密令调军储械，控制重荣。

重荣致书从进，教他即日起事，趁着大梁空虚，掩击过去。从进遂举兵造反，进攻邓州。郑王重贵闻报，立派西京留守高行周，为南面行营都部署，前同州节度使宋彦筠为副，宣徽南院使张从恩为监军，就从空敕填名，颁发出去，令讨从进。邓州节度使安审晖，方闭城拒守，飞促高行周赴援。行周亟命武德使焦继勋，先锋都指挥使郭金海，右厢都监陈思让等带着精兵万人，往援邓州。从进得侦卒探报，谓邓州援师将至，不禁惊诧道："晋主未归，何人调兵派将，来得这般迅速呢？"乃退至唐州，驻扎花山，列营待战。陈思让跃马前来，挺枪突入，焦、郭二将，挥兵后应，一哄儿冲入从进阵内。从进不防他这般勇猛，吓得步步倒退。主将一动，士卒自乱，被思让等一阵扫击，万余人统行溃散。襄州指挥使安弘义，马蹶被擒，从进单骑走脱，连山南东道的印信，都致失去。如此不耐战，也想造反，真是自不量力。既返襄州，慌忙集众守御。高行周、宋彦筠、张从恩等，陆续至襄州，四面围住。

从进很是危急，重荣尚未闻知，竟集境内饥民数万，南向邺都，声言将入朝行在。晋主知他诈谋，即命杜重威、马全节进讨，添派前贝州节度使王周，为马步都虞侯。重威率师西趋，至宗城西南，正与重荣相值。重荣列阵自固，由重威一再挑战，均被强弩射退。重威颇有惧色，便欲退兵，指挥使王重胤道："兵家有进无退！镇州精兵，尽在中军，请公分锐卒为二队，击他左右两翼。重胤等愿直冲中坚，彼势难兼顾，必败无疑。"重威依议，分军并进，重胤身先士卒，闯入中坚，镇军少却。重威、全节见前军已经得势，也麾众齐进，杀死镇军无数。镇州将赵彦之，卷旗倒戈，奔降晋军。晋军见他铠甲鞍辔，俱用银饰，不由得起了贪心，也无暇问及来由，即把他乱刀分尸，掷首与敌，所有铠甲鞍辔等，当即分散。此等军士，实不中用，奈安重荣更属不济，所以败死。重荣见全军失利，已是惊心，更闻彦之降晋被杀，益觉战栗不安。遂退匿辎重中，飞奔而去。部下二万余人马，一半被杀，一半逃散。是年冬季大冷，逃兵饥寒交迫，至无孑遗，重荣仅率十余骑，奔还镇州。驱州民守城，用牛马皮为甲，闹得全城不宁。重威兵至城下，镇州牙将自西郭水碾门，引官军入城，杀守陴民二万人，城中大乱。重荣入守牙城，又被晋军攻破，没处奔逃，束手就戮，枭首送邺。晋主御楼受馘，命漆重荣首级，赍献辽主，改镇州成德军为恒州顺国军，即用杜重威为顺国节度使，令镇恒州。

先是辽主耶律德光，闻重荣擅执辽使，即遣人驰责晋廷。晋主恐他犯塞，亟遣邢州<small>即安国军。</small>节度使杨彦珣为使，至辽谢罪。辽主盛怒相见，彦珣却从容说道："譬如家出逆子，父母不能制伏，奈何？"辽主怒乃少解，但尚拘留彦珣，不肯放归。至重荣已反，始信罪在重荣，与晋无涉，乃释彦珣归晋。既而重荣首级，已至西楼，晋廷以为可告无罪，哪知辽使复来诘责，问晋何故招纳吐谷浑。晋主以吐谷浑酋长，阴附重荣，不得已徙入内地。偏辽使索白承福头颅，致晋主无从应命，为此忧郁盈胸，渐渐地生起重病来了。<small>谁叫你向虏称臣，事虏为父？</small>

是时已是天福七年，高行周攻克襄州，安从进自焚死，执住从进子弘超，及将佐四十三人，送往大梁。晋主尚在邺都，病已不起，但闻捷报，不能还京受俘，徒落得唏嘘叹息，一命呜呼。统计在位七年，寿五十一岁，后来庙号"高祖"，安葬显陵。

晋主生有七子，四子被杀，散见上文，二子早殁，只剩幼子重睿，尚在冲龄。晋主卧疾，宰相冯道入见，由晋主呼出重睿，向道下拜，且令内侍抱置道怀，意欲托孤寄命，使道辅立幼主。及晋主病终，道与侍卫马步都虞侯景延广商议，延广谓国家多难，应立长君。道本是个模棱人物，依了延广，竟与议定拥立重贵，飞使奉迎。

重贵已晋封齐王，接得来使，星夜赴邺，哭临保昌殿，就在柩前即位，大赦天下。内外文武官吏，进爵有差。会襄州行营都部署高行周，都监张从恩等，自大梁献俘至邺。由嗣主重贵，御乾明门受俘，命将安弘超等四十余人，斩首市曹。随即就崇德殿宴集将校，行饮至受赏礼，命高行周为宋州节度使，加检校太尉，改调宋州节度使安彦威为西京留守，兼河南尹，张从恩为东京留守，兼开封尹，加检校太尉。降襄州为防御使，升邓州为威胜军，即授宋彦筠为邓州节度使，此外立功将校，并皆进阶。加景延广同平章事，兼侍卫马步军都指挥使。延广恃定策功，乘势擅权，禁人不得偶语，官吏相率侧目。从前高祖弥留，曾有遗言，命刘知远辅政，延广密劝重贵，抹煞遗旨，加知远检校太师，调任河东节度使。知远由是怏怏，失望而去。<small>暗映下文。</small>

冯道、景延广等拟向辽告哀，草表时互有争议，延广谓称孙已足，不必称臣。<small>既已称孙，何妨称臣。</small>道不置一词。<small>长乐老惯作此态。</small>学士李崧，新任为左仆射，独从旁力诤道："屈身事辽，无非为社稷计，今日若不称臣，他日战衅一开，贻忧宵旰，恐已无及了！"延广犹辩驳不休。重贵正倚重延广，便依他计议，缮表告哀。晋使至辽，

第三十一回　讨叛镇行官遣将　纳叔母嗣主乱伦

辽主览表大怒，遣使至邺，问何故称孙不称臣？且责重贵不先禀命，遽即帝位，亦属非是。景延广怒目道："先帝为北朝所立，所以奉表称臣。今上乃中国所立，不过为先帝盟约，卑躬称孙，这已是格外逊顺，有什么称臣的道理！况国不可一日无君，若先帝晏驾，必须禀命北朝，然后立主，恐国中已启乱端，试问北朝能负此责任么？"强词非不足夺理，奈将士乏材何？辽使倔强不服，怀忿北归，详报辽主。辽主已怒上加怒，再经政事令兼卢龙节度使赵延寿，从旁挑拨，好似火上添油。那时辽主德光，自然愤不能平，便欲兴兵问罪，入捣中原了。后来战祸，实始于此。

晋主重贵，毫不在意，反日去勾搭一位釐居娇娘，竟得称心如愿，一淘儿行起乐来。看官道釐妇为谁？原来是重贵叔母冯氏。冯氏为邺都副留守冯濛女，很有美色，晋高祖素与濛善，遂替季弟重胤，娶濛女为妇，得封吴国夫人。不幸红颜薄命，竟失所天，冯氏寂居寡欢，免不得双眉锁恨，两泪倾珠。重贵早已生心，只因叔侄相关，尊卑须辨，更兼晋高祖素严阃范，不敢胡行，蓝桥无路，徒唤奈何！及为汴京留守，正值元配魏国夫人张氏，得病身亡，他便想勾引这位冯叔母，要她来做继室。转思高祖出幸，总有归期，倘被闻知，必遭谴责。况且高祖膝下，单剩一个幼子重睿，自己虽是高祖侄儿，受宠不殊皇子，他日皇位继承，十成中可希望七八成，若使乱伦得罪，岂非这个现成帝座，恰为了一时淫乐，把他抛弃吗？于是捺下情肠，专心筹划军事，得平定安从进，成了大功。

到了赴邺嗣位，大权在手，正好任所欲为，求偿宿愿。可巧这位冯叔母，也与高祖后李氏，重贵母安氏等，同来奔丧，彼此在梓宫前，素服举哀。由重贵瞧将过去，但见冯氏缟衣素袂，越觉苗条，青溜溜的一簇乌云、碧澄澄的一双凤目、红隐隐的一张桃靥、娇怯怯的一搦柳肢，真是无形不俏，无态不妍，再加那一腔娇喉，啼哭起来，仿佛莺歌百啭，饶有余音。此时的重贵呆立一旁，几不知如何才好。那冯氏却已偷眼觑着，把水汪汪的眼波，与重贵打个照面，更把那重贵的神魂，摄了过去。及举哀已毕，重贵方按定了神，即命左右导入行宫，拣了一所幽雅房间，使冯氏居住。

到了晚间，重贵先至李后、安妃处，请过了安，顺便路行至冯氏房间。冯氏起身相迎，重贵便说道："我的婶娘，可辛苦了么？我特来问安！"冯氏道："不敢！不敢！陛下既承大统，妾正当拜贺，哪里当得起'问安'二字！"开口已心许了。说至此，即向重贵裣衽，重贵忙欲搀扶，冯氏偏停住不拜，却故意说道："妾弄错了！朝贺须在正殿哩。"重贵笑道："正是，此处只可行家人礼，且坐下叙谈。"冯氏乃与重贵对坐。重贵令侍女回避，便对冯氏道："我特来与婶娘密商，我已正位，万事俱备，可惜没有皇后！"冯氏答道："元妃虽薨，难道没有嫔御？"重贵道："后房虽多，都不配为后，奈何？"冯氏嫣然道："陛下身为天子，要如何才貌佳人，尽可采选。中原甚大，宁无一人中意乎？"重贵道："意中却有一人，但不知她乐允否？"冯氏道："天威咫尺，怎敢不依！"满口应承。重贵欣然起立，凑近冯氏身旁，附耳说出一语，乃是看中了婶娘。冯氏又惊又喜，偏低声答道："这却使不得，妾是残花败柳，怎堪过侍陛下！"重贵道："我的婶娘！你已说过依我，今日是就要依我了。"说着，即用双手去搂冯氏。冯氏假意推开，起身趋入卧房，欲将寝门掩住。重贵抢步赶入，关住了门，凭着一副膂力，轻轻将冯氏举起，掖入罗帷。冯氏半推半就，遂与重贵成了好事。这一夜的海誓山盟，笔难尽述。

好容易欢恋数宵，大众俱已闻知。重贵竟不避嫌疑，意欲册冯氏为后，先尊高祖后李氏为皇太后，生母安氏为皇太妃，然后备着六宫仗卫，太常鼓吹，与冯氏同至西御庄，就高祖像前，行庙见礼。宰臣冯道以下，统皆入贺。重贵怡然道："奉皇太后命，卿等不必庆贺！"道等乃退。重贵挈冯氏回宫，张乐设饮，金樽檀板，展开西子之颦；绿酒红灯，煊出南威之色。重贵固乐不可支，冯氏亦喜出望外。待至酒酣兴至，醉态横生，那冯氏凭着一身艳妆，起座歌舞，曼声度曲，宛转动人，彩袖生姿，蹁跹入画。重贵越瞧越爱，越爱越怜，蓦然间忆及梓宫，竟移酒过奠，且拜祷道："皇太后有命，先帝不预大庆！"真是昏语。一语说出，左右都以为奇闻，忍不住掩口胡卢。重贵亦自觉说错，也不禁大笑绝倒，且顾语左右道："我今日又做新女婿了！"冯氏闻言，嗤然一笑，左右不暇避忌，索性一笑哄堂。重贵趁势揽冯氏手，竟入寝宫，再演龙凤配去了。小子有诗咏道：

叔母何堪作继妻，雄狐牝雉太痴迷！
北廷暴恶移文日，曾否疚心悔噬脐？

转瞬间又阅一年，晋主重贵，已将高祖安葬，奉了太后、太妃，及宠后冯氏，一同还都。欲知后事，请看下回。

安从进与安重荣，材具平庸，且无功绩之足言，徒以攀龙附凤，得为镇帅，富贵已达极点，而犹不知足，敢生异志者，无非欲为石敬瑭第二，妄冀非分之尊荣耳。迨晋军分道出兵，而二悍即归殄灭，不度德，不量力，害必至此，何足怪乎！重贵以兄子继统，甫经莅事，即听景延广言，开罪契丹。外衅已开，自速其祸，而又纳叔母冯氏，渎伦伤化，败德乱常，名为人主，而行同禽兽，亦安能不危且亡也！若冯氏以叔母之尊，甘与犹子为偶，淫妇无耻，殊不足责，厥后与重贵同毙沙漠，正天道恶淫之报。此淫之所以为万恶首也！

第三十二回

悍弟杀兄僭承汉祚
逆臣弑主大乱闽都

却说晋主重贵，由邺都启行还汴，暂不改元，仍称天福八年。自幸内外无事，但与冯皇后日夕纵乐，消遣光阴。冯氏得专内宠，所有宫内女官，得邀冯氏欢心，无不封为郡夫人。又用男子李彦弼为皇后都押衙，正是特开创例，破格用人。重贵已为色所迷，也不管什么男女嫌疑，但教后意所欲，统皆从命。独不怕为元绪公么？后兄冯玉，本不知书，因是椒房懿戚，擢知制诰，拜中书舍人。同僚殷鹏，颇有才思，一切制诰，常替玉捉刀，玉得敷衍过去。寻且升为端明殿学士，又未几升任枢密使，真个是皇亲国戚，比众不同。可惜是块碱砆。

小子因专叙晋事，把别国别镇的状况，未免失记。此处乘晋室少暇，不得不将别国情形，略行叙述。

南汉主刘龑，自遣何词入唐后，已知唐不足惧，并因击败楚军，越加强横。事见第二十回。龑生十九子，俱封为王。长子耀枢，次子龟图，已皆早世。三子弘度，受封秦王。四子弘熙，受封晋王，两人素性骄恣。惟五子弘昌封越王，颇能孝谨，且有智识。龑欲使为储贰，惟越次册立，心殊未安，因此蹉跎过去。且自龑僭位后，岭南无恙，全国太平，他却安安稳稳过了二十多年。年龄虽越五十，尚属体强力壮，没甚病痛，总道是寿命延长，不妨将立储问题，宽延时日。哪知六气偶侵，二竖为祟。当后晋天福七年，即南汉大有十五年，竟染了一场重症，医药罔效。当下召入左仆射王翻，密与语道："弘度、弘熙，寿算虽长，但终不能任天下大事，弘昌类我，我早欲立为太子，苦不能决，我子孙不肖，恐将来骨肉纷争，好似鼠入牛角，越斗越小呢。"说至此，泣下唏嘘。翻劝慰道："陛下既属意越王，须赶紧筹备，臣意拟将秦、晋二王，调守他州，方可无虞。"龑点首称是，乃拟徙弘度守邕州，弘熙守容州。

计议已定，适崇文使萧益入问起居，龚又述明己意。益力谏道："废长立少，必启争端，此事还求三思！"龚被他一说，又害得没有主意，蹉跎了好几日，竟尔毕命。弘度依次当立，遂即南汉皇帝位，更名为玢，改大有十五年为光天元年。命弟晋王弘熙辅政，尊龚为天皇大帝，庙号高祖。龚僭位二十六年，享年五十四岁，生平最喜杀人，创设汤镬、铁床等具，有灌鼻、割舌、肢解、刳剔、炮炙、烹蒸诸刑，或就水中捕集毒蛇，即将罪人投入，俾蛇吮噬，号为水狱。每决罪囚，必亲往监视，往往垂涎呀呷，不觉朵颐。想是豺狼转生。又性好奢侈，尽聚南海珍宝，作为玉堂璇宫。晚年更筑起一座南薰殿，柱皆镂金饰玉，础石间暗置香炉，朝夕燃香，有气无形，真个是穷奢极丽，不惜工资。

　　到了弘度即位，比乃父更觉骄奢，更添一种好色的奇癖，专喜观男女裸逐，混作一淘。外面作乐，里面饮酒，镇日间嬉戏淫媟，不亲政事。或夜间穿着墨缞，与娼女微行，出入民家，毫无顾忌。左右稍稍谏阻，立被杀死。惟越王弘昌及内常侍吴怀恩，屡次进谏，虽然言不见从，还算是顾全脸面，不加杀戮。

　　晋王弘熙，日进声伎，诱他荒淫。昏迷了好几月，度过残冬，已是光天二年，弘熙阴图篡位，知乃兄素好手搏，特嘱指挥使陈道庠，引力士刘思潮、谭令禋、林少疆、林少良、何昌廷等五人，聚习晋府，习角抵戏，技艺有成，献入汉宫。弘度大悦，亲加验视，果然拳法精通，不同凡汉，遂留五人为侍卫，有暇辄命他角逐，评量优劣，核定赏罚。未几已届暮春，召集诸王至长春宫，宴饮为欢。俳乐以外，即令五力士演角抵戏，且饮且观。五力士抖擞精神，卖弄拳技，引得弘度心花大开，尽管把黄汤灌将下去，顿时酩酊大醉，不省人事。弘熙发出暗号，那陈道庠即指示刘思潮等，掖着弘度，就势用力，竟将弘度干骨拉断。但听得一声狂叫，遽尔暴亡。可怜这位少年昏君，只活得二十四岁，便被害死。速死为幸。

　　后来谥为"殇帝"。所有宫内侍从，都杀得一个不留，诸王乘势逸出，不敢入视。待至翌晨，始由越王弘昌，带着诸弟，哭临寝殿。因即迎弘熙嗣位，易名为"晟"，改光天二年为应乾元年。命弟弘昌为太尉，兼诸道兵马都元帅，少弟循王弘杲为副，并预政事。陈道庠及刘思潮等，皆赏赉有差。南汉吏民，虽不敢公然讨逆，但宫中篡弑情形，已是无人不晓，免不得街谈巷议，传作新闻。

　　循王弘杲，请斩刘思潮等以谢中外。不能仗义讨逆，徒欲归咎从犯，安得不自取死亡！看官试想，这弑君、杀兄的刘弘熙，岂肯把佐命功臣，付诸典刑么？思潮等闻弘杲言，反诬称弘杲谋反，弘熙遂嘱思潮暗伺行踪。会弘杲宴客，思潮即纠集谭令禋等，带同卫兵，持械突入。弘杲不及趋避，立被刺死。弘熙闻报，很是欣慰，且大出金帛，厚赏思潮、令禋等人。一面严刑峻法，威吓臣下，并且猜忌骨肉，比前益甚。南汉高祖十九子，除长、次二子早死外，三子、五子被害，第九子万王弘操，先在交州阵亡，此时尚剩十四子。弘熙欲将十三人尽行加害，陆续设法，杀一个，少一个，结果是同归于尽，这便是南汉主龑好杀的惨报呢。大声疾呼。

小子因隔年太远，不应并叙下去，只好将汉事暂搁，另述唐事。唐主徐知诰，已复姓李氏，改名为昪。见二十九回。自命为江南强国，与晋廷不相聘问，独向辽通使，彼此互有往来。每当辽使至唐，辄给厚贿。及送至淮北，已入晋境，暗使人刺杀辽使，竟欲嫁祸晋廷，令他南北失和，自己可收渔人厚利。晋天福五年，晋安远节度使李金全，为亲吏胡汉筠所怂恿，擅杀朝使贾仁沼，为晋所讨，不得已奉表降唐。唐主昪遣鄂州屯营使李承裕、段处恭等，率兵三千，往迎金全。金全驰诣唐军，承裕遂入据安州。晋廷别简节度使马全节，兴师规复，与李承裕交战安州城南，承裕败走。晋副使安审晖领兵追击，复破唐兵，斩段处恭，擒李承裕，自唐监军杜光邺以下，尽被捕获。全节杀死承裕及俘卒千五百人，械送光邺等归大梁。

时晋主石敬瑭尚存，闻光邺等被械入都，不禁叹息道："此曹何罪！"遂各赐马匹及器服，令还江南。唐主昪严拒不纳，送还淮北，且遗晋主书，内有边校贪功，乘便据垒，军法朝章，彼此不可四语。晋主仍遣令南归，偏唐主昪派了战船，力拒光邺，光邺只好仍入大梁。晋主授光邺官，编光邺部兵为显义都，命旧将刘康统领，追赠贾仁沼官阶，算是了案。李金全到了金陵，唐主昪待他甚薄，只命为宣威统军，金全已不能归晋，没奈何觍颜受命，此段文字，补前文所未详。嗣是昪无心窥晋，惟知保守吴疆。

既而吴越大火，焚去宫室府库，所储财帛兵甲，俱付一炬。吴越王钱元瓘骇极成狂，竟致病殁。将吏奉元瓘子弘佐为嗣，弘佐年仅十三，主少国疑，更因火灾以后，元气萧条。吴越事就便带过。南唐大臣，多劝昪进击吴越，昪摇首道："奈何利人灾殃！"这是李昪仁心，不得谓其迂腐。遂遣使厚赍金粟，吊灾唁丧，此后通好不绝。昪客冯延巳好大言，尝私讥昪道："田舍翁怎能成大事？"昪虽有所闻，也并不加罪。但保境安民，韬甲敛戈，吴人赖以休息。

好容易做了七年的江南皇帝，年已五十六岁，未免精力衰颓。方士史守冲，献入丹方，照方合药，服将下去，起初似觉一振，后来渐致躁急。近臣谓不宜再服，昪却不从。忽然间背中奇痛，突发一疽，他尚不令人知，密召医官诊治，每晨仍强起视朝。无如疽患愈剧，医治无功，乃召长子齐王璟入侍，未几已近弥留，执璟手与语道："德昌宫积储兵器金帛，约七百余万，汝守成业，应善交邻国，保全社稷。我试服金石，欲求延年，不意反自速死，汝宜视此为戒！"说至此，牵璟手入口，啮指出血，才行放下，涕泣嘱咐道："他日北方当有事，勿忘我言！"为后文伏笔。

璟唯唯听命。是夕昪殂，璟秘不发丧，先下制命齐王监国，大赦中外。越数日不闻异议，方宣遗诏，即皇帝位，改元保大。太常卿韩熙载上书，谓越年改元，乃是古制，事不师古，勿可以训。璟优旨褒答，但制书已行，不便收回，就将错便错地混了过去。

璟初名景通，有四弟景迁、景遂、景达、景逷。景迁蚤卒，由璟追封为楚王。景遂由寿王进封燕王，景达由宣城王进封鄂王，景逷为昪妃种氏所出。昪既受禅，方得此子，颇加宠爱。种氏以乐妓得幸，至此亦加封郡夫人。蛾眉擅宠，便思夺嫡，尝乘间进言，谓景逷才过诸兄。昪不禁发怒，责他刁狡，竟出种氏为尼，且不加景逷封爵。及昪殁璟继，种氏恐璟报怨，且泣且语道："人毉骨醉，将复见今日了！"以小人心，度君子腹。幸璟笃爱同胞，晋封景逷为保宁王，并许种氏入宫就养。璟母宋氏，尊为皇太后，种氏亦受册为皇太妃。议定父昪庙号，称为"烈祖"。

寻改封景遂为齐王，兼诸道兵马元帅，燕王景达为副。璟与诸弟立盟枢前，誓兄弟世世继立，景遂等一再谦让，璟终不许。给事中萧俨疏谏，亦不见报，但封长子弘冀为南昌王，兼江都尹。虔州妖贼张遇贤作乱，派将荡平。中书令太保宋齐邱，自恃勋旧，树党擅权，由璟徙宋为镇海军节度使。宋齐邱暗生忿怼，自请归老九华，一表即允，赐号九华先生，封青阳公。齐邱去后，引用冯延巳、常梦锡为翰林学士，冯延鲁为中书舍人，陈觉为枢密使，魏岑、查文徽为副使。这六人中除梦锡外，半系齐邱旧党，且专喜倾轧，贻误国家，吴人目为五鬼。梦锡屡言五人不宜重用，璟皆不纳。

既而璟欲传位景遂，令他裁决庶政。冯延巳、陈觉等，乘机设法，令中外不得擅奏，大臣非经召对，不得进见。给事中萧俨，复上疏极谏，俱留中不发。连宋齐邱在外闻知，亦上表谏阻。侍卫都虞侯贾崇，排闼入净道："臣事先帝三十年，看他延纳忠言，孜孜不倦，尚虑下情不能上达。陛下新即位，所恃何人，遽与群臣谢绝。臣年已衰老，死期将至，恐从此不能再见天颜了！"言毕，泣下呜咽。璟亦不觉动容，引坐赐食，乃将前令撤销。表扬谏臣。

忽由闽将朱文进，弑主称王，遣使入告，唐主璟斥他不道，拘住来使，拟发兵声讨。群臣谓闽乱首祸，为王延政，应先讨伪殷，方足代除乱本。延政不过叛兄，未尝弑主，唐臣所言不免偏见。因将闽使遣归，特派查文徽为江西安抚使，令觇建州虚实，再行进兵。看官道闽中大乱，从何而起？小子在前文三十回中，已叙闽主曦酗乱情形，早见他不能久享。唐主璟即位，曾贻闽主曦及殷主延政书，责他兄弟寻戈，有乖友爱。曦复书辩驳，引周公诛管、蔡，及唐太宗杀建成、元吉事，作为比附，自护所短。延政且驳斥唐主篡吴，负杨氏恩。唐主怒起，便与两国绝好，尤恨延政无礼，意图报怨。释闽攻殷，伏机于此。可巧闽拱宸都指挥使朱文进，突然发难，再弑闽主，激成祸乱，于是全闽大扰，利归南唐。

先是文进与连重遇分统两都，重遇弑昶立曦，入任阁门使，控鹤都归魏从朗统

第三十二回　悍弟杀兄僭承汉祚　逆臣弑主大乱闽都

带，从朗亦勾连党羽，统军未久，为曦所杀。文进、重遇未免兔死狐悲，阴生疑贰。曦又召二人侍宴，酒兴方酣，遽吟唐白居易诗云："惟有人心相对间，咫尺之情不能料！"二人知曦示讽，忙起座下拜道："臣子服事君父，怎敢再生他志？"曦微笑无言，二人佯为流涕，亦不闻慰答。宴毕趋出，文进顾语重遇道："主上忌我已深，毋遭毒手！"重遇应诺。

会曦后半氏，妒害尚妃。俱见三十回。密欲图曦，改立子亚澄为闽主，遂使人告文进、重遇道："主上将加害二公，如何是好？"夫主不可信，别人可信么？二人闻言益惧，即密谋行弑。适后父李真有疾，曦至真第问安，文进、重遇暗嘱拱宸马步使钱达，掖曦上马，乘便拉死。

侍从奔散，文进、重遇，拥兵至朝堂，率百官会议。当由文进宣言道："太祖皇帝，光启闽国，已数十年，今子孙淫虐，荒坠厥绪，天厌王氏，应该择贤嗣立，如有异议，罪在不赦！"大众统是怕死，没一人敢发一言。重遇即接口道："功高望重，无过朱公，今日应当推立了！"大众又噤不发声。文进并不推让，居然升殿，被服衮冕，南面坐着。重遇率百官北面朝贺，再拜称臣，草草成礼。即由文进下令，悉收王氏宗族。自太祖子延熹以下，少长共五十余人，一体骈戮。就是曦后李氏，曦子亚澄，也同时被杀。李真闻变惊死，余官得过且过，乐得偷生。惟谏议大夫郑元弼，抗辞不屈，拟奔建州，为文进所害。元弼虽死犹荣，不若曦后、曦子之死有余辜。文进自称威武军留后，权知闽国事。葬闽主曦，号为"景宗"。用重遇总掌六军，兼礼部尚书判三司事，进枢密使鲍思润同平章事，令羽林统军使黄绍颇，为泉州刺史，左军使程文纬为漳州刺史，汀州刺史许文稹举郡降文进，文进许为原官。部署少定，因派人四出报告，且向晋奉表称藩。晋授文进为威武节度使，知闽国事。独殷主延政，倡议讨逆，先遣统军使吴成义，率兵击闽，与战不利。再遣部将陈敬佺，领兵三千，屯尤溪及古田，卢进率兵二千屯长溪，作为援应。

泉州指挥使留从效语同僚王忠顺、董思安、张汉思道："朱文进屠灭王氏，遣腹心分据诸州，我辈世受王氏恩，乃交臂事贼，一旦富沙王攻克福州，我辈且死有余愧了！"王、董等也以为然，从效即召部下壮士，夜饮家中，酒酣与语道："富沙王已平福州，密旨令我等讨黄绍颇，我观诸君状貌，皆非贫贱士，何不乘此讨贼？能从我言，富贵可图，否则祸且立至了！"众壮士不以为诈，踊跃效命，各出持白梃，逾垣入刺史署，擒住绍颇，剁作两段。从效入取州印，赴延政族子王继勋宅中，请主军府，自称平贼统军使，函绍颇首，遣兵马使陈洪进赍诣建州。延政立授继勋为泉州刺史，从效、洪进为都指挥使。漳州将陈谟，闻风起应，亦杀刺史程文纬，请王继成权知州事。继成也是延政族子，与继勋同居疏远，所以文进篡位，王氏亲族多死，惟二人幸全。汀州刺史许文稹，又见风驶帆，奉表降殷。

朱文进闻三州生变，慌得手足无措，忙悬重赏募兵，得二万人，令部下林守谅、李廷谔为将，往攻泉州，钲鼓声达百里。殷主延政，也遣大将军杜进，率兵二万救泉州。留从效得了援师，开城出战，与杜进夹攻闽军。闽军兵皆乌合，似鸟兽散，林守谅战死，李廷谔被擒。捷报飞达建州，延政因促吴成义，率战舰千艘，速攻福州。朱文进求救吴越，遣子弟为质，吴越尚未出师，殷军已集城下。那时唐主璟已从查文徽请，遣都虞侯边镐攻殷。吴成义吓迫闽人，反诈称唐军援己，闽人大恐。朱文进无法可施，因遣同平章事李光准诣建州，赍献国宝。

光准方行，部吏已有贰心。南廊承旨林仁翰，密语徒众道："我辈世事王氏，今受制贼臣，倘富沙王到来，有何面目相见呢？"众应声道："愿听公令！"仁翰便令众被甲，径趋连重遇第，重遇严兵自卫，由仁翰执槊直前，刺杀重遇，斩首示众道："富沙王将至，恐汝等要族灭了！现我已杀死重遇，去一逆党，汝等何不亟取文进，赎罪图功？"大众听到此言，一齐摩拳擦掌，闯入阙廷，饶你文进威焰熏天，至此变成一个独夫，立被乱军拖出，乱刀齐下，粉骨碎身！恶人终有恶报，世人何苦作恶！

当下大开城门，迎吴成义入城。成义验过二人首级，传送建州，并由闽臣附表，请殷主延政归闽。延政因唐兵方至，未暇徙都，但命从子继昌，出镇福州，改号福州为南都，且复国号为闽。发南都侍卫及左右两军甲士万五千人，同至建州，抵御唐兵。小子有诗叹道：

　　外侮都从内讧招，一波才了一波摇；
　　闽江波浪喧豗甚，春色原来已早凋。

欲知闽唐争战情形，且容下回续叙。

五季之世，虽为天地闭塞之时，然亦未尝无公理。南汉主刘龚，暴虐不仁，以杀人为快事，竟得安享国家，至二十有六年之久，且生子至十有九人，几疑天心助暴，公理尽亡。且弘熙杀兄屠弟，淫刑以逞，弘度荒耽酒色，死不足惜，诸弟无辜，亦遭毒手，冥漠岂真无凭，意者其假手弘熙，俾龚子之无噍类，以偿其杀人之罪恶乎！即如闽乱情形，成自篡弑，子可弑父，弟何不可叛兄！臣何不可戕君！朱文进、连重遇两逆，连毙二主，自以为凶横无敌，而卒归诛夷，报施不爽，公理固自在也。彼唐主昪虽得国不正，而休兵息民，终为彼善于此。嗣主璟笃爱同胞，迎养庶母，孝友可风，大节已著，即无失政，而卒免篡弑之祸。阅者于夹缝中求之，可知公理昭昭，著书人固已道破也。

第三十三回

得主援高行周脱围
迫父降杨光远伏法

却说唐、闽交争的时候，正晋、辽失好的期间。晋主重贵，自信任一个景延广，向辽称孙不称臣，辽主已有怒意，见三十一回。会辽回图使乔荣，来晋互市，置邸大梁。回图使系辽官名，执掌通商事宜。荣本河阳牙将，从赵延寿降辽，辽主因他熟悉华情，令充此使。偏景延广喜事生风，说荣为虎作伥，力劝晋主捕荣，拘系狱中。晋主不管好歹，惟言是从。延广既将荣下狱，复把荣邸存货，尽行夺取，再命境内所有辽商，一律捕诛，没货充公。仿佛强盗行径。晋廷大臣，恐激怒北廷，乃上言辽有大功，不应遽负。晋主重贵，难违众议，因释荣出狱，厚礼遣归。

荣过辞延广，延广张目道："归语尔主，勿再信赵延寿等谰言，轻侮中国，须知中国土马，今方盛强，翁若来战，孙有十万横磨剑，尽足相待，他日为孙所败，贻笑天下，悔无及了！"大言不惭者，其鉴之。荣正虑亡失货财，不便归报，既闻延广大言，遂乘机对答道："公语颇多，未免遗忘，敢请记诸纸墨，俾便览忆！"延广即令属吏照词笔录，付与乔荣。荣欢然别去，归至西楼，即将书纸呈上。辽主耶律德光，不瞧犹可，瞧着此纸，勃然大怒，立命将在辽诸晋使，絷住幽州，一面集兵五万，指日南侵。

是时晋连遭水旱，复遇飞蝗，国中大饥。晋廷方遣使六十余人，分行诸道，搜括民谷。一闻辽将入寇，稍有知识的官吏，自然加忧。桑维翰已入为侍中，力请卑辞谢辽，免起兵戈。独景延广以为无恐，再四阻挠。那晋主重贵，始终倚任延广，还道平辽妙策，言听计从。朝臣领袖，除延广外，要算维翰，维翰言不见用，还有何人再来多嘴。河东节度使刘知远，料定延广鲁莽，必致巨寇，只因不便力争，但募兵戍边，奏置兴捷武节等十余军，为固圉计。为后文代晋张本。

平卢节度使杨光远，已蓄异谋。见三十回。从前高祖尝借给良马三百匹，景延广又特传诏命，发使索还。光远不得已取缴，密语亲吏道："这明明是疑我呢！"遂发使至单州，召子承祚使归。承祚本为单州刺史，闻召后，即托词母病，夜奔青州。晋廷遣飞龙使何超权知单州事，且颁赐光远金帛，及玉带御马，隐示羁縻。这却不必。光远视恩若仇，竟密遣心腹至辽，报称"晋主负德背盟，境内大饥，公私困敝，乘此进攻，一举可灭"等语。辽主已跃跃欲动，再加赵延寿从旁怂恿，便语延寿道："我已召集山后及卢龙兵五万人，令汝为将。汝此去经略中原，如果得手，当立汝为帝！"

延寿闻命，喜欢得了不得，忙伏地叩谢。谢毕起身，即统兵起程。到了幽州，适留守赵思温子延照，自祁州奔至父所。见三十回。当由延寿命为先锋，驱军南下，直逼贝州。

晋主重贵方因即位逾年，御殿受贺，庆赏上元，忽接到贝州警报，说是危急异常。重贵召群臣计议，群臣多说道："贝州系水陆要冲，关系甚大，但前此已拨给刍粟，厚为防备，大约可支持十年，为什么一旦遇寇，便这般紧急哩！"重贵道："想是知州吴峦，虚张敌焰，待朕慢慢儿地遣将援他便了！"救兵如救火，奈何迟缓！

过了数日，又有警信到来，乃是贝州失守，吴峦死节。于是晋廷君臣，才觉着忙。看官阅过前文，应知吴峦在云州时，守城半年，尚不为动，此次何故速败，与城俱亡？原来贝州升为永清军，曾由节度使王周管辖。见三十回。王周调任，改用王令温。令温因军校邵珂，凶悖不法，将他斥革。珂阴怀怨望，潜结辽军。会令温入朝执政，保举吴峦，权知州事。峦才到任，辽兵大至，城中将卒，与峦素不相习，怎能驱使得人？峦尚推诚抚士，誓众守城，将士颇为感奋，愿效死力。那居心叵测的邵珂，也居然在吴峦前，自告奋勇，情愿独当一面。峦不知有诈，优词奖勉，令他率兵守南门，自统将吏守东门。赵延寿麾众猛扑，经峦登陴督守，所有辽人攻具，多被峦用火扑毁，残缺不全。极写吴峦。既而辽主耶律德光亲率大军至贝州城下，再行进攻，峦毫不胆怯，一面向晋廷乞援，一面督将吏死守。不意邵珂竟大开南门，迎纳辽兵。辽兵一拥而入，全城大乱。峦懊悔不及，尚率将吏巷战，待至支持不住，自赴井中，投水殉难。贝州遂陷，被杀至万人。

晋廷闻报，乃命归德节度使高行周为北面行营都部署，河阳节度使符彦卿为马军左厢排阵使，右神武统军皇甫遇为马军右厢排阵使，陕府节度使王周为步军左厢排阵使，左羽林将军潘环为步军右厢排阵使，率兵三万，往御辽兵。晋主重贵更下诏亲征，择日启銮。可巧成德节度使杜威即杜重威，因避晋主名讳，去一重字。遣幕僚曹光裔至青州，为杨光远陈说祸福。光远即令光裔入奏，诡言存心不二，臣子承祚私归，实由省视母病，既蒙恩宥，全族荷恩，怎敢再作他想，重贵信以为真，仍命光裔复往慰谕。其实光远何尝变计，不过为缓兵起见，权作哀词。重贵以为东顾无

第三十三回　得主援高行周脱围　迫父降杨光远伏法

忧，可以安心北征，命前邠州节度使李周为东京留守，自率禁军启行。授景延广为御营使，一切方略号令，悉归延广主裁。

途次连接各道警报，河东奏称辽兵入雁门关，恒、邢、沧三州，亦俱报寇入境内，滑州又飞奏辽主至黎阳。重贵乃命河东节度使刘知远为幽州道行营招讨使，成德节度使杜威为副。再派右武卫上将军张彦泽等，赴黎阳御辽。因恐辽兵势盛，未可轻敌，更派译官孟守忠，致书辽主，乞修旧好。辽主复书道："事势已成，不可复改了！"

重贵未免心焦，硬着头皮，行至澶州。探报谓辽主屯元城，赵延寿屯南乐，又觉得与敌相近，益加愁烦。镇日里军书旁午，应接不遑。太原刘知远，奏破辽伟王于秀容，斩首三千级，余众遁去。一喜。知郓州颜衎，遣观察判官窦仪驰报，说是博州刺史周儒举城降辽，又与杨光远通使往来，引辽兵自马家口渡河，左武卫将军蔡行遇战败，竟为所擒。一忧。

重贵忧喜交并，只好请出这位全权大使景延广，与议军情。窦仪语延广道："虏若渡河，与光远合，河南两面受敌，势且难保了！"延广也以为然，乃派侍卫马军都指挥使李守贞，及神武统军皇甫遇，陈州防御使梁汉璋，怀州刺史薛怀让，统兵万人，沿河进御。蓦接高行周、符彦卿等急报，谓军至戚城，被辽兵围住，请即发兵相援。延广本已下令，饬诸将分地拒守，毋得相救，此次来使请师，稍与军令有违，不如观望数天，再作计较。以人命为儿戏，安能不亡国败家！

嗣是戚城军报，日紧一日，始入白重贵。重贵大惊道："这是正军，怎得不救！"延广道："各军已皆派往别处，现在只有陛下亲军，难道也派往不成！"重贵奋然道："朕自统军赴援，有何不可！"改怯为勇，想是被延广激起。遂召集卫军，整饬前行。

将至戚城附近，遥闻鼓角喧天，料知两军开战，当下麾军急进，仅越里许，已达战场。遥见敌骑甚众，纵横满野，一少年骁将，白袍白马，翼住行营都部署高行周，冲突出围，敌骑四面追来，被少将张弓迭射，左射左倒，右射右倒，敌皆披靡。重贵乘势杀上，高行周见御驾亲援，也翻身再战，救出左厢排阵使符彦卿，及先锋指挥使石公霸，杀毙辽兵甚多。辽兵遁去。

重贵登戚城古台，慰劳三将，三将齐声道："臣等早已告急，待援不至，幸蒙陛下亲临，始得重生。"重贵不禁失声道："这皆为景延广所误！延广迟报数日，所以朕来得太迟了。"三人凄然道："延广与臣等何仇，不肯遣兵救急？"说至此，相对泣下。经重贵好言抚慰，始各收泪。重贵问少将为谁？行周道："是臣儿怀德。"点出高怀德，语加郑重。重贵立即召见，赐给弓马，怀德拜谢，重贵仍还次澶州。

这边方奏凯班师，那边亦捷书驰至，李守贞等至马家口，正值辽兵筑垒，步兵为役，骑兵为卫，当由守贞等冲杀过去，骑兵退走。晋军乘胜攻垒，应手即下，辽兵大溃，乘马赴河，溺死数千人，战殁亦数千人，还有驻扎河西的辽兵，见河东失败，也痛哭退还，辽人始不敢东侵了。守贞生擒敌将七十八人，及部众五百人，解送澶州，一并伏法。又有夏州节度使李彝殷，奏称合蕃、汉兵四万，从麟州渡河，攻入辽境，牵制敌势，有诏授彝殷为西南面招讨使。寻闻杨光远欲西会辽兵，即命前保义节度使石赟，分兵屯戍郓州，防御光远。且命刘知远带领部众，自土门出恒州，会同杜威各军，掩击辽兵。知远不肯受命，但移屯乐平，逗留不进。

　　辽主耶律德光，闻各路失利，已萌退志，又未甘遽退，特想出一计，伪弃元城，声言北归，暗在古顿、邱城旁，埋伏精骑，等候晋军。邺都留守张从恩，屡奏称虏已遁去，晋军意欲追击，为霖雨所阻，方才停止。辽兵埋伏经旬，并不见晋军追来，反弄得人马饥疲。辽主因计不得逞，唏嘘不已。赵延寿进策道："晋军畏我势盛，必不敢前，不如进薄澶州，四面合攻，得据住浮梁，便可长驱中原了！"辽主依议，即于三月朔日，自督兵十余万，进攻澶州。自城北列阵，横亘至东西两隅，端的是金戈挥日，铁骑成云。高行周等自戚城进援，前锋与辽兵对仗，自午至哺，不分胜负。辽主自领精骑，前来接应，晋主重贵亦出阵待着。辽主望见晋军颇盛，顾语左右道："杨光远谓晋遇饥荒，兵多馁死，为何尚这般强盛呢？"遂分精骑为两队，左右夹击晋军，晋军屹立不动。等到辽兵趋近，却发出一声梆响，接连是万弩齐发，飞矢蔽空，辽兵前队，多半中箭，当然退却。又攻晋军东偏，两下里苦战至暮，互有杀伤。辽主知不能胜，引兵自去，至三十里外下营。

　　既而北去，有帐中小校窃马来奔，报称辽主已收兵北归；景延广疑他有诈，闭营高坐，不敢追蹑。那辽主却分军为二，一出沧德，一出深冀，安然归去。所过焚掠一空，留赵延寿为贝州留后。别将麻答陷德州，把刺史尹居璠拘去。嗣由缘河巡检梁进，募集乡社民兵，乘敌出境，复将德州取还。

　　晋主重贵，因辽兵已退，留高行周、王周镇守澶州，自率亲军归大梁。侍中桑维翰，劾奏景延广不救戚城，专权自恣，乃出延广为西京留守。延广郁郁无聊，唯日夕纵酒，藉以自娱。旋因朝使出括民财，河南府出缗钱二十万，延广擅增至三十七万，意欲把十七万缗，中饱私囊。判官卢亿进言道："公位兼将相，富贵已极，今国家不幸，府库空虚，不得已取诸百姓，公奈何额外求利，徒为子孙增累呢！"延广也不觉怀惭，方才罢议。尚有人心。

　　各道横敛民财，锁械刀杖，备极苛酷，百姓求生不得，求死不能。再加朝旨驱民为兵，号"武定军"，得七万余人，每七户追出兵械，供给一卒，可怜百姓无从呼吁，统害得卖妻鬻子，荡产破家。那晋主重贵，尚下诏改元开运，连日庆贺，朝欢暮乐，晓得什么民间痛苦，草野流离。坐是速亡。

第三十三回　得主援高行周脱围　迫父降杨光远伏法

邺都留守张从恩，上言赵延寿虽据贝州，部众统久客思归，正好伺隙进击。奉诏授为贝州行营都部署，督将士规复贝州。当下麾兵往攻。及抵贝州城下，赵延寿已弃城遁去。城中烟焰迷濛，余火未息。从恩入城扑救，盘查府库，已无一钱，民居亦被劫无遗，徒剩得一座空城了。

未几滑州河决，水溢汴、曹、单、濮、郓五州，朝命发数道丁夫，堵塞决口，好容易才得堵住。晋主重贵，欲刻碑记事，中书舍人杨昭进谏，疏中有"刻石纪功，不若降哀痛之诏；染翰颂美，不若颁罪已之文"四语，最为恳切。重贵方将原议搁起。

嗣有人谓宰相冯道，依违两可，无补时艰，特出道为匡国军节度使，进任桑维翰为中书令，兼枢密使。维翰再秉国政，尽心措置，纪纲少振，颇有转机。且授刘知远为北面行营都统，晋封北平王，杜威为招讨使，督率十三节度，控御朔方。维翰在内指挥，自行营都统以下，无敢违命，时人多服他胆略。惟权位既重，四方赂遗，竞集门庭，仅阅一岁，积资巨万。并且恩怨太明，睚眦必报，又生成一张大面，耳目口鼻，无不广大。僚属按班进见，仰视声威，无不失色，所以秉政岁余，渐有谤言。*磨穿铁砚之桑维翰，亦未能免俗，可叹！*

杨光远素为维翰所嫉，至是维翰必欲除去光远，遂专任侍卫马步都虞侯李守贞，率步骑二万，进讨青州。光远方自棣州败还，突闻守贞兵到，慌忙领兵守城，且遣使求救辽廷。守贞奋力督攻，四面兜围，困得水泄不通。光远日望辽兵来援，哪知辽兵只来得千余人，被齐州防御使薛可言，中途击退。城中援绝势孤，粮食渐尽，兵士多半饿死。光远料不能出，自登城上，遥向北方叩首道："皇帝！皇帝！误我光远了！"*谁叫你叛国事房？*言已泣下，光远子承勋、承信、承祚等，劝光远出降，光远摇首道："我在代北时，尝用纸钱驼马祭天，入池沉没，人皆说我当做天子，我且死守待援，勿轻言降晋哩！"承勋等怏怏退下，回忆谋叛首领，实出判官邱涛，及亲校杜延寿、杨瞻、白承祚数人，乃俟光远回府，竟号召徒众，杀死邱、杜、杨、白四人，函首出送晋营。一面纵火大噪，劫光远出居私第，然后开城迎纳官军，派即墨县令王德柔上表谢罪。

德柔赍表入都，晋主重贵览表，踌躇未决，召桑维翰入问道："光远罪大宜诛，但伊子归命，可否为子免父？"维翰忙接口道："岂有逆状滔天，尚可轻赦？望陛下速正明刑。"重贵始终怀疑，俟维翰退后，惟传命军前，饬李守贞便宜从事。守贞已入青州，接到廷寄，乃遣客省副使何延祚，率兵入光远私第，拉死光远，便算了案。上书报闻，诡言光远病死。晋主重贵，反起复杨承勋为汝州防御使。*乃父叛君，诸子劫父，不忠不孝，同一负辜，可笑那重贵赏罚不明，纵容叛逆，徒养成一班无父无君的禽兽，哪里能保有国家呢！评论精严！*

先是光远叛命，中外大震，有朝士扬言道："杨光远欲谋大事么？我实不信！光远素患秃疮，伊妻又尝跛足，天下岂有秃头天子，跛脚皇后么？"为这数语，转令人心渐靖，不到一年，光远果然伏诛了！

辽主耶律德光，闻光远被诛，青州归晋，又拟大举入寇。令赵延寿引兵先进，前锋直达邢州。成德节度使杜威，飞章告急。晋主复欲亲征，会遇疾不果，乃调张从恩为天平节度使，马全节为邺都留守，会同护国军节度使安审琦，武宁军节度使赵在礼，共御辽兵。在礼屯邺都，余军皆屯邢州，两下俱按兵不战。辽主德光，复率大兵踵至，建牙元氏县，声势甚盛。各军已有惧意，再经晋廷戒他慎重，越加惶恐，顿时未战先却，沿途抛弃甲仗，无复部伍。匆匆奔至相州，勉强过了残冬。

开运二年正月，朝旨命赵在礼退屯澶州，马全节还守邺都；另遣右神武统军张彦泽，出戍黎阳；西京留守景延广，出扼胡梁渡。辽兵大掠邢、洺、磁三州，进逼邺境。张从恩、马全节、安审琦三军，同时会集，列阵相州安阳水南，为截击计。神武统军皇甫遇，方加官检校太师，出任义成军节度使，也闻难前来，与濮州刺史慕容彦超，带着数千骑兵，作为游骑，先去侦探敌势。自旦至暮，未见回来，安阳诸将，免不得惊讶起来。正是：

军情艰险原难测，兵报稽迟促暗惊。

究竟皇甫遇驰往何处，容至下回表明。

石晋之向辽称臣，原一大谬。但铸错已成，势难骤改。重贵新立，皇纲未振，乃误信一景延广，向辽挑衅，辽主入寇无功，旋即引去，此岂重贵之果能却敌，实由天夺之鉴，促其波亡耳！景延广虽被劾外调，而进任者为一桑维翰，悉心秉政，颇有转机。然贿赂公行，恩怨必报，究非大臣风度。且幽、涿十六州，沦没房廷，创此议者为谁，而可谓无罪乎？杨光远引房入侵，甘心叛主，实欲效石敬瑭故事，但秃疮天子，跛脚皇后，久为世笑，安能有成？惟重贵不能明正典刑，徒令李守贞之遣人拉死，反以病卒见告，叛命者可以免罪，则天下谁不思藉蛮夷力，窃皇帝位乎？故辽兵再举，而虎伥甚多。石晋不亡于内乱，而亡于外寇，有以夫！

第三十四回

战阳城辽兵败溃
失建州闽主覆亡

却说义成节度使皇甫遇，与濮州刺史慕容彦超，往探敌踪，行至邺县漳水旁，正值辽兵数万，控骑前来。遇等且战且却，至榆林店，后面尘头大起，见辽兵无数驰至，遇语彦超道："我等寡不敌众，但越逃越死，不如列阵待援。"彦超亦以为然，乃布一方阵，露刃相向。辽兵四面冲突，由遇督军力战，自午至未，约百余合，杀伤甚众。遇坐马受伤，下骑步战。仆人顾知敏，让马与遇。遇一跃上马，再行冲锋，奋斗多时，才见辽兵少却。旁觅知敏，已经失去，料知为敌所擒，便呼彦超道："知敏义士，怎可轻弃！"彦超闻言，便怒马突入辽阵，遇亦随往，从枪林箭雨中，救出知敏，跃马而还。义勇可风。

时已薄暮，辽兵又调出生力军，前来围击，遇复语彦超道："我等万不可走，只得以死报国了！"乃闭营自固，以守为战。安阳诸将，怪遇等至暮未归，各生疑虑。安审琦道："皇甫太师，寂无声问，想必为敌所困。"言未已，有一骑士驰来，报称遇等被围，危急万状。审琦即引骑兵出行。张从恩问将何往？审琦慨然道："往救皇甫太师！"如闻其声。从恩道："传言未必可信，果有此事，虏骑必多，夜色昏黄，公往何益！"审琦朗声道："成败乃是天数，万一不济，亦当共受艰难，倘使虏不南来，坐失皇甫太师，我辈何颜还见天子！"审琦亦颇忠勇。说至此，已扬鞭驰去，逾水急进，辽兵见有援师，便即解围。遇与彦超，才得偕归相州。

张从恩道："辽主倾国南来，势甚汹涌，我兵不多，城中粮又不支一旬，倘有奸人告我虚实，彼虏悉众来围，我等死无葬地了。不若引兵就黎阳仓，倚河为拒，尚保万全。"审琦等尚未从议，从恩麾军先走，各军不能坚持，相率南趋，扰乱失次，如邢州溃退时相同。从恩只留步卒五百名，守安阳桥，夜已四鼓。

知相州事符彦伦，闻各军退去，惊语将佐道："暮夜纷纭，人无固志，区区五百步卒，怎能守桥！快召他入城，登陴守御。"当下遣使召还守兵，甫经入城，天色已曙。遥望安阳水北，已是敌骑纵横。彦伦命将士乘城，扬旗鸣鼓，佯示军威。辽兵不知底细，总道是兵防严密，不敢径进。彦伦复出甲士五百，列阵城北，辽兵益惧，至午退归。

北面副招讨使马全节等，奏称虏众引还，宜乘势大举，出袭幽州。振武节度使折从远，又表称截击归寇，进攻胜朔。于是晋主重贵，复起雄心，召张从恩入都，权充东京留守，自率亲军往滑州。命安审琦屯邺都，再从滑州趋澶州，马全节部军，依次北上。刘知远在河东，得知消息，不禁叹息道："中原疲敝，自守尚恐不足，今乃横挑强胡，幸胜且有后患，况未必能胜呢！"你也未免观望。

辽主尚未知晋主亲出，但取道恒州，向北旋师。前驱用羸兵带着牛羊，趋过祁州城下。刺史沈斌，望见辽兵羸弱，以为可取，遂派兵出击。不意兵已出发，那后队的辽兵，突然掩至，竟将州兵隔断，趁势急攻。斌登城督守，赵延寿在城下指挥辽兵，仰首呼斌道："沈使君！你我本系故交，想区区孤城，如何得保！不如趋利避害，速即出降。"斌正色答道："公父子失计，陷没虏廷，忍心害理，敢率犬羊遗裔，来噬父母宗邦，试问公具有天良，奈何不自愧耻，尚有骄色。斌弓折矢尽，宁为国家死节，终不效公所为！"对牛弹琴。延寿恼羞成怒，扑攻益急，两下相持一昼夜，待至诘朝，城被攻破，斌即自杀。延寿掳掠一周，出城自归。

晋主再命杜威为北面行营都招讨使，领本道兵，会马全节等进军。杜威乃进兵定州，派供奉官萧处钧，收复祁州，权知州事。一面会同各军，进攻泰州，辽刺史晋廷谦开城出降。晋军乘胜攻满城，擒住辽将没剌，复移兵拔遂城。

辽主耶律德光，还至虎北口，迭接晋军进攻消息，又拥众南向，麾下约八万人。晋营哨卒，报知杜威，威不禁生畏，拔寨遽退，还保泰州。及辽军进逼，再退至阳城，那辽主不肯休息，鼓行而南，晋军退无可退，不得不上前厮杀。可巧遇着辽兵前锋，即兜头拦截，一阵痛击，杀败辽兵，逐北十余里，辽兵始逾白沟遁去。

越二日，晋军结队南行，才经十余里，忽遇辽兵掩住，四面环攻。晋军突围而出，至白团卫村，依险列阵，前后左右，排着鹿角，权作行寨。辽兵一齐奔集，攒聚如蚁，又把晋营围住，并用奇兵绕出营后断绝晋军粮道。是夜东北风大起，拔木扬沙，很是利害。晋营中掘井取水，方见泉源，泥辄倒入，军士用帛绞泥，得水取饮，终究不能解渴，免不得人马俱疲。挨至黎明，风势愈剧，辽主德光，踞坐胡车，大声发令道："晋军止有此数，今日须一律擒住，然后南取大梁。"遂命铁鹞军辽人称精骑为铁鹞。同时下马，来蹋晋营。拔去鹿角，用短兵杀入，后队更顺风扬火，声助兵威。

晋军至此，却也愤怒起来，齐声大呼道："都招讨使！何不下令速战！难道甘束手就死么?"杜威尚是迟疑,徐徐答道:"俟风少缓,再定进止。"李守贞进言道:"敌众我寡,现值风扬尘起,彼尚未辨我军多少,此风正是助我,若再不出军奋击,一俟风缓,吾属无噍类了!"说至此,便向众齐呼道:"速出击贼。"又回头语威道:"公善守御,守贞愿率中军决死了。"马军排阵使张彦泽欲退,副使药元福力阻道:"军中饥渴已甚,一经退走,必且崩溃。敌谓我不能逆风出战,我何妨出彼所料,上前痛击,这正是兵法中诡道哩!"马步军都排阵使符彦卿,亦挺身出语道:"与其束手就擒,宁可拼生报国!"遂与彦泽、元福,拔关出战。皇甫遇亦麾兵跃出,纵横驰骤,锐不可当,辽兵辟易,倒退至数百步。风势越吹越大,天愈昏暗,几乎不辨南北,彦卿与守贞相遇,并马与语道:"还是曳队往来呢?还是再行前进,以胜为度呢?"守贞道:"兵利速进,正宜长驱取胜,怎得回马自沮!"彦卿乃呼集诸军,拥着万余骑,横击辽兵,呐喊声震动天地。辽兵大败而走,势如崩山,晋军追逐至二十余里。

辽铁鹞军已经下马,仓猝不能复上,委弃马仗,满积沙场,及奔至阳城东南水上,始稍稍成列。杜威闻胜出追,行至阳城,遥见辽兵正在布阵,乃下令道:"贼已破胆,不宜更令成列!"因遣轻骑驰击,也来驶顺风船么?辽兵皆逾水遁去。耶律德光乘车北走千余里,得一橐驼,改乘急走。诸将请诸杜威,谓急追勿失。杜威独扬言道,"遇贼幸得不死,尚欲索取衣囊么?"总不肯改过本心。李守贞接入道:"两日以来,人马渴甚,今得水畅饮,必患脚肿,不如全军南归为是。"乃退保定州,嗣复自定州引还,晋主也即还都。

杜威归镇,表请入朝,晋主不许。看官道他何意?原来杜威久镇恒州,自恃贵戚,贪纵无度,往往托词备边,敛取吏民钱帛,入充私橐。富室藏有珍货,及名姝骏马,必设法夺取,甚且诬以他罪,横加杀戮,没资充公。至虏骑入境,他却畏缩异常,任他纵掠,属城多成榛莽。自思境内残敝,又适当敌冲,不如入都觐主,面请改调。晋主重贵不许,他竟不受朝命,委镇入朝。

朝廷闻报,相率惊骇。桑维翰入奏道:"威常凭恃勋亲,邀求姑息,及疆场多事,无守御意,擅离边镇,藐视帝命。正当乘他入朝,降旨黜逐,方免后患!"晋主重贵,默然不答,面上反露出二分愠意。维翰又道:"陛下若顾全亲谊,不忍加罪,亦只宜授他近京小镇,勿复委镇雄藩。"重贵才出言道:"威与朕至亲,必无异志,但长公主欲来相见,所以入朝,愿卿勿疑!"维翰怏怏趋出。嗣是不愿再言国事,托词足疾,上表乞休。晋主总算慰留。

未几杜威入都,果挈妻同至。妻系晋主女弟,已进封宋国长公主,至是入宫私觐,替威面请,求改镇邺都。晋主重贵,立即应诺,命威为邺都留守,仍号邺都为天雄军,令兼充节度使。为了兄妹的私情,竟把宗社送掉了。调故留守马全节镇成德军，威欣然辞行，挈妻偕往。马全节调任未几，即报病殁，后任为定州节度使王周，用前易州刺史安审约充定州留后，这也无容絮述。

且说辽主连年入寇，中国原被他蹂躏，受害不堪，就是北廷人畜，亦多致亡死。述律太后语德光道："今欲令汉人为辽主，汝以为可行否？"德光答言不可。述律太后复道："汝不欲汉人主辽，奈何汝欲主汉？"德光答道："石氏负我太甚，情不可容！"述律太后道："汝今日虽得汉土，亦不能久居，万一蹉跌，后悔难追！"又顾语群下道："汉儿怎得一向眠，自古但闻汉和蕃，不闻蕃和汉，若汉儿果能回意，我亦何惜与和。"这消息传入大梁，桑维翰含忍不住，复劝晋主向辽修和，稍纾国患。晋主重贵，乃使供奉官张晖，奉表称臣，往辽谢过。

辽主德光道："使景延广、桑维翰自来，再割镇、定两道与我，方可言和。"张晖不敢多辩，归白晋主。晋主谓辽无和意，不再遣使。且默忆辽兵两入，均得击退，自谓可无后虞，乐得安享太平，耽恋酒色。凡四方贡献珍奇，尽归内府，选嫔御、广宫室，多造器玩，崇饰后庭。在宫中筑织锦楼，用织工数百，制成地毯，期年甫成。又往往召入优伶，贪夜歌舞，赏赐无算。寻且因各道贡赋，统用银两，遂命将银易金，取藏内库，笑语侍臣道："金质轻价昂，最便携带。"后人即指为北迁预兆。骄侈如此，即无以金易银之举，宁能免乎！桑维翰复进谏道："强邻在迩，未可偷安！曩时陛下亲御胡寇，遇有战士重伤，且不过赏帛数端。今优人一谈一笑，偶尔称旨，辄赐束帛万缯，并给锦袍银带，彼战士宁无见闻！将谓陛下待遇优伶，远过战将，势必灰心懈体，尚谁肯奋身效力，为陛下保卫社稷呢？"重贵不从。

枢密使冯玉，专事逢迎，甚得主欢，兄妹本是同情。竟升任同平章事。玉尝有微疾，乞假在家，重贵语群臣道："自刺史以上，俟冯玉病愈视事，方可迁除。"嗣是内外官吏，多趋奉冯玉，门庭如市。还有宣徽南院使李彦韬，倾邪憸巧，素为高祖幸臣，至此复与冯玉联络，得充侍卫马军都指挥使，晋官检校太保。两竖专权，朝政益坏。

先是重贵有疾，桑维翰尝遣女仆入宫，朝见太后，且问皇弟重睿，曾否读书。语为重贵所闻，未免芥蒂。至冯玉擅权，偶与谈及，玉即谓维翰有意废立，益触动重贵疑心。李彦韬是冯家走狗，当然与玉相联，排斥维翰。还有天平节度使李守贞，亦与维翰有隙，内外构陷，立将维翰摔去，罢为开封尹。进前开封尹赵莹为中书令，左仆射李崧为枢密使，司空刘昫判三司。维翰政权被夺，遂屡称足疾，谢绝宾客，不常朝谒。或语冯玉道："桑公系是元老，就使撤除枢务，亦当委任重藩，奈何令为开封尹，徒治理琐务呢！"玉半响才道："恐他造反啰！"或又道："彼乃儒生，怎能造反？"玉复道："自己不能造反，难道不能教人造反么？"朝臣以玉党同伐异，啧有烦言。玉内恃懿戚，外结藩臣，遂把那石氏一家，轻轻地送与他

第三十四回　战阳城辽兵败溃　失建州闽主覆亡

人了。

小子因开运二年的秋季，闽为唐灭，不得不按时叙入，只好把晋事暂停，另述闽事。应三十二回。闽主延政，与唐相拒，不分胜负。唐安抚使查文徽，屡请益兵，唐主璟更派都虞侯何敬洙为建州行营招讨使，将军祖全恩为应援使，姚凤为都监，率兵数千攻建州，由崇安进屯赤岭。闽主延政，遣仆射杨思恭，统军使陈望，率兵万人，前往抵御。望列栅水南，旬余不战，唐人也不敢进逼。偏思恭传延政命，促望出击。望答道："江淮兵精将悍，不可轻敌。我国安危，系此一举，须谋出万全，然后可动！"思恭变色道："唐兵深入，主上寝不交睫，委命将军。今唐军不过数千，将军拥众万余，不急督兵出击，徒然老师糜饷，试问将军如何对得住主上呢？"望不得已引军涉水，与唐交仗。

唐将祖全恩见闽兵到来，只用千人对仗，佯作亏输，诱望穷追。望猛力追去，蓦听得后队大噪，急忙回顾，已被唐兵截作数段，顿时脚忙手乱，不及施救。唐将姚凤搅入中坚，先将帅旗砍翻，祖全恩又自前杀入。两唐将交逼陈望，望心胆愈裂，偶然失防，身已中槊，一个倒栽葱，跌落马下，立刻送命。望能守，不能战，故致丧身。杨思恭并不援应，一闻陈望阵亡，即慌忙逃回。延政大惧，婴城自守，且向泉州调将董思安、王忠顺，使率本州兵五千，分防建州要害。王、董二人见三十二回。

偏建州未能免兵，福州又复生变。从前福州指挥使李仁达，叛曦奔建州，延政用以为将。及朱文进叛曦，仁达复奔还福州，为文谋取建州。文进虑他多诈，黜居福清。尚有著作郎陈继珣亦叛延政入福州。至延政子继昌，由延政派为福州镇守，仁达、继珣，恐难免罪，意欲先发制人。继昌暗弱嗜酒，不恤将士，部下多生怨谤，延政曾防到此着，遣指挥使黄仁讽，为镇遏使，率兵保护继昌。继昌瞧不起仁讽，仁讽亦不免介意。仁达、继珣，乘间进语仁讽道："今唐兵乘胜南下，建州孤危，富沙王不能保有建州，怎能顾及福州？昔王潮兄弟，皆光山布衣，取福建尚如反掌，况我等乘此机会，自图富贵，难道不及王潮兄弟么！"仁讽也不多说，但点首示表同情。仁达、继珣退出，即密召党羽，乘夜突入府舍，杀死王继昌。吴成义闻变来援，双手不敌四拳，也为所杀。

仁达初欲自立，恐众心未服，特迎雪峰寺僧卓岩明为主，托言此僧两目重瞳，手垂过膝，真天子相。党徒同声附和，遂将秃奴拥入，代解衲衣，被服衮冕，就在南面高坐起来。大约亦是盘坐。仁达率将吏北面拜舞，年号恰遵晋正朔，称为天福十年。遣使至大梁，上表称藩。闽主延政闻报，族灭黄仁讽家，更派统军使张汉真，带领水军五千，会漳泉兵往讨岩明。

到了福州东关，船甫下碇，那城内突出一将，领着数千弓弩手，飞射来船。汉真不及备御，所带战舰，均被射得帆折樯摧。当下麾船欲遁，不防江中驶出许多小舟，舟中载着水兵，七铦八叉，来捉汉真。汉真措手不迭，被他叉落水中，活擒而去。余众或逃或死，不在话下。该统将入城报功，即将汉真砍为两段。看官道该将为谁？原来就是黄仁讽。仁讽因家族夷灭，无愤可泄，所以勇往直前，擒戮来将，聊报仇恨。亦是错想。那半僧半帝的卓岩明，毫无他能。惟在殿上噀水散豆，喃喃诵呪，谓为镇压来兵，因得胜仗。赏劳已毕，派人至莆田迎入乃父，尊为太上皇。仁达自判六军诸卫事，使黄仁讽守西门，陈继珣守北门。

仁讽事后追思，忽觉怀惭，是良心发现处。从容语继珣道："人生世上，贵有忠信仁义。我尝服事富沙王，中道背叛，忠在哪里？富沙王以从子托我，我反帮同乱党，将他杀毙，信在哪里？近日与建州兵交战，所杀多乡曲故人，仁在哪里？抛撇妻子，令为鱼肉，受人屠戮，义在哪里？身负数恶，死有余愧了！"说着，泪如雨下。继珣劝慰道："大丈夫建功立名，顾不到什么妻子，且置此事，勿自取祸！"两人密谈心曲，偏为外人所闻，往报仁达。仁达竟诬称两人谋反，猝遣兵役捕至，枭首示众。仁讽实是该死。

既而大集将士，请卓岩明亲临校阅。岩明昂然到来，甫经坐定，由仁达目视部众，众已会意，竟登阶刺杀岩明，仁达却佯作惊惶，仓皇欲走，当被大众拥住，迫居岩明坐位。仁达令杀伪太上皇，自称威武军留后，用南唐保大年号，向唐称臣，又遣人入贡晋廷。唐命仁达为威武节度使，赐名弘义，编入国籍。仁达又派使至吴越修好。

闽主延政，因国势日危，亦遣使至吴越乞援，愿为附庸。吴越尚未发兵，那唐军却锐意进攻，日夕不休。延政左右，密告福州援兵，有谋叛情状，乃收还甲仗，遣归福州。暗中却出兵埋伏，待至半途，突起围住，杀得一个不留，共得八千余尸骸，载归为脯，充作兵粮。看官试想，兔死尚且狐悲，这守兵也有天良，怎忍残食同类，因此人人痛怨，瓦解土崩。或劝董思安早择去就，思安慨然道："我世事王氏，见危即叛，天下尚有人容我么？"部众感泣，始无叛意。

唐先锋使王建封，攻城数日，侦得守兵已无固志，遂缘梯先登。唐兵随上，守卒尽遁。闽主延政，无可奈何，只好自缚请降。王忠顺战死，董思安整众奔泉州。汀州守将许文稹、泉州守将王继勋、漳州守将王继成，闻建州失守，相继降唐。闽自王审知僭据，至延政降唐，凡六主，共五十年。小子有诗叹道：

　　　不经弑夺不危亡，祸乱都因政失常。
　　　五十年来王氏祚，可怜一战入南唐！

延政被解至金陵，能否保全性命，待至下回再表。

兵贵鼓气，气盛则一往莫御，观此回白团卫村之战，知晋之所以能胜辽者，全在气盛而已。然杜威、张彦泽之临阵畏缩，偷生畏死，已见一斑。若非李守贞、药元福、符彦卿、皇甫遇诸人，踊跃直前，彼早靦颜降虏矣。晋主重贵任用非人，反以威为懿亲，有功王室，违命不诛，拒谏不从，能保狼子之不反噬乎！若闽主延政，势成弩末，既无保邦却敌之材，复有好猜嗜杀之失，倒行逆施，不亡何待！彼雪峰寺僧卓岩明，是何侥幸，一跃称帝！但有非分之福，必有无妄之灾。僭位未几，父子骈戮，求再披缁而不可得，富贵岂可幸致耶！览此书，可作当头棒喝。

第三十五回

拒唐师李达守危城
中辽计杜威设孤寨

却说王延政被虏至金陵，入见唐主。唐主降敕赦罪，授为羽林大将军，所有建州诸臣，一概赦免。惟仆射杨思恭，暴敛横征，剥民肥己，建州人号为杨剥皮，唐主特数罪处斩，以谢建人。另简王崇文为永安节度使，令镇建州。崇文治尚宽简，建人遂安。

越年三月，唐泉州刺史王继勋，贻书福州，意在修好。李弘义即李仁达。以泉州本隶威武军，素归节制，此时平行抗礼，与前不符，免不得暗生愤怒，拒书不受。嗣且遣弟弘通，率兵万人，往攻泉州。泉州指挥使留从效，语刺史王继勋道："李弘通兵势甚盛，本州将士，因使君赏罚不明，不愿出战，使君且避位自省罢！"继勋沉吟未决，当由从效指挥部众，把继勋掖出府门，逼居私第。自称代领军府事，部署行伍，出截弘通。战至数十回合，从效用旗一麾，部兵都冒死直上，弘通招架不住，回马返奔。主将一逃，全军大乱，走得快的还算幸免，稍迟一步，便即丧生。从效追至数十里外，方才凯旋，便遣人至金陵告捷。唐主璟授从效为泉州刺史，召继勋归金陵，徙漳州刺史王继成为和州刺史，汀州许文稹为蕲州刺史，惩前毖后，为休息计。

燕王景达用属掾谢仲宣言，面白唐主，谓宋齐邱系国家勋旧，弃诸草莱，未惬众望。宋齐邱归老九华，见三十二回。唐主乃复召齐邱为太傅，但奉朝请，不令预政。偏齐邱未肯安闲，硬要来出风头。枢密使陈觉，向与齐邱交好，遂托齐邱上疏推荐，愿往召李弘义入朝。齐邱乐得吹嘘。未奉批答，觉又自上一书，谓子身往说弘义，不怕弘义不来。唐主乃令觉为福州宣谕使，赍赐弘义金帛，并封弘义母妻为国夫人，四弟皆迁官。

觉到了福州，满望弘义出迎，就可仗他三寸舌，劝令入觐。不意弘义高坐府署，但遣属吏导觉入见，弘义惟稍稍欠身，面上含着一种杀气，凛凛可畏。两旁更站住刀斧手，仿佛与觉为仇，有请君入瓮的情状。吓得陈觉魂胆飞扬，但传唐主赐命，不敢说及"入朝"二字。弘义但拱手言谢，即使属吏送觉入馆，以寻常酒饭相待。觉很觉没趣，住了一昼夜，便即辞归。可谓扫脸。

行至剑州，越想越惭，越惭越愤，便矫诏使侍卫官顾忠，再至福州，召弘义入朝。自称权领福州军府事，且擅发汀、建、抚、信各州戍卒，命建州监军使冯延鲁为将，前往福州，促弘义入朝。延鲁先致弘义书，晓谕祸福。弘义毫不畏怯，竟覆书请战，特遣楼船指挥使杨崇葆，率舟师抵拒延鲁。觉恐延鲁独力难支，续派剑州刺史陈海，为沿江战棹指挥使，援应延鲁。一面拜表金陵，但说福州孤危，旦夕可克。

唐主璟并未接洽，接阅表文，才知觉矫制调兵，专擅得了不得，禁不住怒气勃发。学士冯延已已进任首相，与朝上一班大臣，多是陈觉党羽，慌忙上前劝解，统说是兵逼福州，不宜中止，且俟战胜后再作区处。唐主乃权时忍耐。未几接得军报，延鲁已得胜仗，击败杨崇葆。又未几复接军报，延鲁进攻福州西关，被弘义一鼓击退，士卒多死，连左神威指挥使杨匡邺，都为所擒。那时唐主不能罢手，只好将错便错地做了下去。当下命永安节度使王崇文，为东南面都招讨使；漳泉安抚使魏岑，为东面监军使；延鲁为南面监军使，会兵进攻福州。凭着人多势厚，陷入外郭。弘义收集残众，固守内城，改名弘达，奉表晋廷。晋授弘达为威武节度使，知闽国事，惟不过授他虚名，并没有什么帮助。唐兵在福州外城，攻扑以外，一再招诱。福州排阵使马捷，愿为内应，遽引唐军至善化门桥。弘达不防内变，几乎手足失措，还亏都指挥使丁彦贞率敢死士百人，用着短兵，闯入唐兵阵内，再荡再决，才将唐兵击却，不令入门。但孤城总危急得很，弘达寝卧不安，复改名为达，遣使至吴越乞援，奉表称臣。再四改名，有何益处？适唐漳州将林赞尧作乱，杀死监军使周承义。剑州刺史陈海，忙会同泉州刺史留从效，往平漳乱，逐去赞尧。即用故闽将董思安权知漳州事，且联名保荐思安，唐主因授思安为漳州刺史。思安以父名章，上书辞职。这也未免迂拘。唐主特改称漳州为南州，且令他与从效合兵，助攻福州。

福州已如累卵，怎禁得住唐兵合攻？只好再三派使，至吴越催促援军。吴越王弘佐，召诸将商议进止。诸将统言道路险远，不便往援，惟内都监使邱昭券，主张出师。弘佐道："唇亡齿寒，古有明戒，我世受中原命令，位居天下兵马元帅，难道邻国有难，可坐视不救么？诸君只乐饱食安坐，奈何为国！"说着，便命统军使张筠、赵承泰，调兵二万，水陆南下，往援福州。李达闻援兵到来，急开水城门迎接。吴越军自曾浦夜进，得入城中。偏唐军闻风急攻，进东武门。李达偕吴越军拼命出拒，鏖斗多时，不能得胜，只勉强保守危城。

　　唐主更遣信州刺史王建封，再往福州，满拟添兵益将，指日成功。偏建封素性倔强，不肯服从王崇文。陈觉、冯延鲁、魏岑、留从效等，又彼此争功，彼进此退，彼退此进，好似满盘散沙，不相团结，因此将士灰心，各无斗志。唐主召江州观察使杜昌业为吏部尚书，昌业查阅簿籍，慨然叹道："连年用兵，国帑将罄，如何能持久呢？"为下文伏笔。

　　且说晋主重贵，本欲发兵援闽，因北寇方深，无暇南顾，只好虚词笼络，得过且过。定州西北有狼山，土人入山筑堡，意在避寇。堡中有佛舍，由女尼孙深意住持，深意妖言惑众，远近奉若神明。中山人孙方简，及弟行友，与深意联宗。自居侄辈，敬事深意。深意病死，方简诡称深意坐化，用漆髹尸，置诸神龛中，服饰如生，香花供奉。徒党辗转依附，多至数百人。时晋、辽绝好，北方赋役繁重，寇盗充斥。方简兄弟，自言有天神相助，可庇人民。百姓奔趋如鹜，求他保护，他遂选择壮丁，勒成部伍，舍寺作寨，号为一方保障。初意却是可取。

　　辽兵入寇，即督众邀击，夺得甲兵牛马军资，分给徒众，众皆欢跃。乡民闻风往依，携老挈幼，络绎不绝，历久得千余家，自恐为吏所讨，归款晋廷。晋廷亦借他御寇，令署东北招收指挥使。方简遂屡入辽境抄掠，辄有杀获，渐渐地骄恣起来，尝向晋廷多方要求。晋廷怎能事事依他，他不得如愿，即叛晋降辽，愿为向导，引辽入寇。匪人之不可恃也如此！会河北大饥，饿莩载道，兖、郓、沧、贝一带，盗贼蜂起，吏不能禁。天雄军节度使杜威，遣部将刘延翰，出塞市马，竟为方简所掳，押献辽廷。途次被延翰脱逃，还奔大梁。报称方简为辽作伥，亟宜预防。晋主乃命天平节度使李守贞为北面行营都部署，义成节度使皇甫遇为副，彰德节度使张彦泽充马军都指挥使，义武节度使李殷充步军都指挥使，并遣指挥使王彦超、白延遇等，率步兵十营戍邢州。守贞虽为统帅，但与内廷都指挥使李彦韬未协。彦韬方党附冯玉，掌握军权，应前回。往往牵制守贞。守贞佯为敬奉，暗中实怨恨不平。看官！你想内外不和，形同水火，国事尚堪再问么！呼应语不可少。

　　晋主恐吐谷浑等，再为辽诱，屡召白承福入朝，宴赐甚厚，白承福降晋见三十一回。令戍滑州。承福令部众仍往太原，择地畜牧。番众不知法律，尝犯河东禁令。节度使刘知远，依法惩办，不肯少贷。番目白可久，渐生怨望，率所部先亡归辽。

　　知远得报，密与亲将郭威计议道："今天下多事，番部出没太原，实是腹心大病，况白可久已先叛去，能保不辗转相诱么！"威答道："顷闻可久奔辽，辽授他云州观察使，倘被承福闻知，必望风欣羡，阴生异图。俗语说得好：'擒贼先擒王'，承福一除，部落自衰。且承福拥资甚厚，饲马尝用银槽，我若得资饷军，雄踞河东，就使中原生变，也可独霸一方。天下事安危难测，愿公早为决计！"威亦乱世枭

第三十五回　拒唐师李达守危城　中辽计杜威设孤寨

雄。知远称善，因密表吐谷浑反复无常，请迁居内地。晋主遂派使押还蕃众，分置诸州。

知远料承福势孤，即遣郭威召诱承福，俟承福入太原城，用兵围住，诬他谋叛，把承福亲族四百余口，杀得精光。所有承福遗资，一并籍没。事后奏达晋廷，仍然将"谋叛"二字作为话柄。晋主哪里知晓，颁敕褒赏，吐谷浑从此衰微，河东却从此雄厚了。为刘氏代晋张本。

既而辽兵三万寇河东。想由白可久导入！刘知远命郭威出拒阳武谷，击破辽兵，斩首七千级，露布告捷。张彦泽亦报称泰、定二州，连败辽人，俘馘二千名。晋廷君臣，得意扬扬，还道是北虏浸衰，容易翦灭。

适幽州来了一个弁目，谓赵延寿有意归国。枢密使李崧、冯玉信为真情，遽使杜威致书延寿，具述朝旨，唉他厚利。嗣得延寿复书，略言久处异域，思归故国，乞发大兵接应，即当自拔来归。冯玉等更怀痴望，且派使往幽州，与延寿约定师期。延寿假意承认，暗地里报知辽主。辽主将计就计，且嘱瀛州刺史刘延祚，遗乐寿监军王峦书，伪言愿举城内附。并云"城中辽兵不满千人，朝廷若发兵往袭，自为内应，城可立下。今秋又值多雨，瓦桥以北，积水漫天，辽主已归牙帐，虽闻关南有变，道远水阻，如何能来？请朝廷乘势速行"等语。王峦得书，飞使表闻。

冯玉、李崧，喜欢得了不得，拟先发大军，往迎延寿与延祚。杜威亦上言瀛、莫可取状。深州刺史慕容迁，且献入瀛、莫地图。玉与崧遂奏白晋主，请用杜威为都招讨使，李守贞为副。中书令赵莹，私语冯、李二人道："杜为国威，身兼将相，尚所欲无餍，心常慊慊，此岂还可复假兵权！必欲有事朔方，不如专任守贞，尚无他虑呢！"亦非知本之言。冯、李亦不以为然，遂授杜威行营都招讨使，李守贞为兵马都监，安审琦为左右厢都指挥使，符彦卿为马军左厢都指挥使，皇甫遇为马军右厢都指挥使，他如梁汉璋、宋彦筠、王饶、薛怀让诸将，统随往北征。且下敕榜道，专发大军，往平黠虏，先收瀛、莫，安定关南，次复幽、燕，荡平塞北。能说不能行奈何？结末一行，是有能擒获虏主者，除上镇节度使，赏钱万缗、绢万匹、银万两。是敕一下，各军陆续出发。偏偏天不助美，自六月积雨，至十月末止，军行粮输，免不得拖泥带水，各生怨言。

杜威到了广晋，与李守贞会师，北向进行，且恐兵马不足，再令妻宋国公主入都，乞请添兵。晋主将禁军多半拨往，顾不得宿卫空虚，但望他克期奏捷。威带领全军，直往瀛州，遥见城门大开，寂若无人，不由得暗暗惊疑，徬徨却顾。当下驻营城外，分遣侦骑四往探听。俟得侦报，谓辽将高漠翰，已引兵潜出，刺史刘延祚不知去向，威乃令马军排阵使梁汉璋，引二千骑往追辽兵。此时应知中计，何不速退？还要令梁汉璋往追，想是汉璋该死此地了。汉璋奉令前进，行至南阳务，陷入伏中，辽兵四面齐起，把汉璋困住垓心。汉璋左冲右突，竟不能脱，徒落得全军覆没，暴骨沙场。

败报递入威营，威慌忙引还。那时辽主耶律德光，闻知晋军已退，遂大举南来，追蹑晋军。杜威素来胆小，星夜南奔，张彦泽时在恒州，引兵往会，主张拒敌。威乃与同趋恒州，使彦泽为先锋。进至中渡桥，桥据滹沱河中流，辽兵已上桥扼守，由彦泽麾众与争，三却三进，辽兵焚桥退去，与晋军夹河列营。

辽主德光，见晋军大至，争桥失利，恐晋军急渡滹沱，势不可当，正拟引众北归。嗣闻晋军沿河筑寨，为持久计，乃逗留不去。杜威筑垒自固，闭门高坐，偏裨皆节度使，无一奋进，但日相承迎，置酒作乐，罕谈军事。磁州刺史李榖献策道："今大军与恒州相距，不过咫尺，烟火相望。若多用三股木置水中，就木上积薪布土，桥可立成。更密约城中举火相应，夜募壮士，斫入虏营，表里合势，虏自惊溃了！"确是退敌之策。诸将皆以为然，独杜威不从。惟遣榖南至怀孟，督运军粮。

辽主德光，见杜威久不出兵，料知怔忪无能，遂用大兵潜压晋营，暗遣部将萧翰，与通事刘重进，领骑兵百人，及步卒数百，潜渡滹沱河上游，绕出晋军后面，断晋粮道。途中遇着晋军樵采，便即掠去。有几个脚生得长的，逃回营中，张皇虏势，说有无数辽兵，截我归路。营中得此消息，当然恟惧。辽将萧翰等驰至栾城，如入无人之境，城中戍兵千余人，猝不及防，竟被翰等闯入，没奈何狼狈乞降。翰俘得晋民，黥面为文，有"奉敕不杀"四字，各纵使南走。运粮诸役夫，从道旁遇着，总道是虏兵深入，不如赶紧逃生，遂把粮车弃去，四处奔溃。一时风声鹤唳，传遍中原。中国专思骗人，偏被外人骗去。李榖在怀孟闻警，忙自缮奏疏，密陈大军危急，请车驾速幸澶州，并召高行周、符彦卿扈从，急发兵守澶州、河阳，防备敌冲。这疏由军将关勋飞马走报，晋廷接到榖疏，相率惊惶。那杜威又奏请益兵，都城卫士，已遣发军前，只剩得宫禁守兵数百名，又一齐调赴，并命发河北及滑、孟、泽、潞刍粮五十万，往诣军前，追呼严急，所在鼎沸。已而杜威复遣使张祚告急，晋廷无从派兵，但遣祚归报行营，令他严守。祚还至途中，竟被辽兵掳去。嗣是内外隔绝，两不相通。

开封尹桑维翰目击危状，求见晋主，拟进陈守御计划。晋主正在苑中调鹰，只图快乐，不欲维翰入见，当遣内侍拒绝。维翰不得已入枢密院，与冯玉、李崧，谈及国事。话不投机半句多，任你桑维翰韬略弘深，议论确当，那冯、李两公，只是摇首闭目，不答一词。维翰怅然趋出，还语所亲道："晋氏将不血食了！"

过了两三天，军报益急，晋主因欲亲自出征，都指挥使李彦韬入阻道："陛下亲征，孰守宗社？臣闻千金之子，坐不垂堂；况陛下尊为天子，难道可屡冒矢石么？"晋主乃命高行周为北面都部署，副以符彦卿，共戍澶州，遣西京留守景延广，出屯河阳。

杜威在中渡桥，与辽兵相持多日，不展一筹，恼了指挥使王清，入帐见威道："我军暴露河滨，无城为障，营孤食尽，势且自溃。清愿率步兵二千为先锋，夺桥开道，公率诸军继进，得入恒州，守御有资，始可无恐了！"威踌躇半晌，方才许诺。派宋彦筠领兵千人，与清俱往。清挺身直前，逾河进战，约数十回合，杀毙辽兵百余人，虏势少却。宋彦筠胆小如鼷，一遇辽兵接仗，不到半刻，便即退缩。辽兵从后追杀，彦筠凫水逃回。独清尚带着孤军，猛力奋斗，互有杀伤。一再遣使至大营，促威进兵，威安坐营幄，竟不使一人一骑，往救王清。清力战至暮，顾语部众道："上将握兵，坐视我等围困，不肯来援，想必另有异谋。我等食君禄，当尽力君事，迟早总是一死，不如以死报国罢！"部众都为感动，死战不退。既而天色渐昏，辽主腾出新军，来围王清。可怜王清势孤力竭，与众尽死。临死时尚格毙辽兵数名。小子有诗叹道：

　　沙场战死显忠名，壮士原来不惜生。
　　只恨贼臣甘误国，前驱殉节尚无成。

王清既死，诸军夺气，辽兵乘胜逾河，环逼晋营。究竟杜威如何抵敌，容至下回再详。

倾南唐之全力，尚不能拔一孤城，可见师克在和，不和必败。彼李仁达四处乞援，仅得一吴越偏师，拒战失利，假令南唐各将，齐心协力，取孤城如反手，亦何至旷日无功耶？若杜威虽中辽计，坐失一梁汉璋，然尚无损大局。苟联合张彦泽等，逾滹沱河以杀敌，则一举可逐辽兵，抑或从王清言，并力俱进，亦得入据恒州，固守却敌。失此不行，徒致良将丧躯，强虏四逼，天下未有将帅不和，而能出师告捷者也。南唐尚不足责，如杜威者，其石氏之贼臣乎！

第三十六回
张彦泽倒戈入汴
石重贵举国降辽

却说辽兵环逼晋营,气焰甚盛,晋营中势孤援绝,粮食且尽。杜威计无所施,惟有降辽一策,或尚得保全性命。当与李守贞、宋彦筠等商议,众皆无言。独皇甫遇进言道:"朝廷以公为贵戚,委付重任,今兵未战败,遽欲靦颜降虏,敢问公如何得对朝廷!"*遇后来为晋殉难,故特别提出。*威答道:"时势如此,不能不委曲求全!"*遇愤慨而出。*威密遣心腹将士,驰往辽营请降,且求重赏。辽主德光道:"赵延寿威望素浅,未足为中原主子;汝果降我,当令汝为帝。"*仍是骗局。*这语由将士还报,威大喜过望,即令书记官草好降表。越宿召集诸将,出表相示,令他依次署名。诸将虽然骇愕,但多半贪生怕死,依令画诺,惟皇甫遇未曾与列。威再遣阁门使高勋,赍奉降表,呈入辽营。辽主优诏慰纳,遣勋报威,即日受降。

威便令军士出营列阵,军士踊跃趋出,摩拳擦掌,等待厮杀。俄见威出帐宣谕道:"现已食尽途穷,当与汝等共求生计,看来只有降敌了。"说着,遂命军士释甲投戈,军士惊出意外,禁不住号哭起来,霎时闻声震原野。威与守贞同时扬言道:"主上失德,信用奸邪,猜忌我军,我等进退无路,不如投顺北朝,别求富贵。"*杜威原是丧心,不意守贞亦复如此。*

语未毕,已有一辽将带着辽骑,整辔前来,身上穿着赭袍,很是鲜明。看官道是何人?原来就是赵延寿。延寿到了军前,抚慰士卒,杜威以下,相率迎谒。延寿命随行辽兵,递上赭袍,交与杜威。威欣然披服,向北下拜,及起身向众,居然趾高气扬,隐隐以中国皇帝自命。*廉耻扫地。*延寿即引威等往谒辽主。辽主语威道:"汝果立功中国,我当不负前言!"威率众将舞蹈谢恩。辽主面授威为太傅,李守贞为司徒。

威愿为前驱,引辽主至恒州城下,招谕守将王周,劝他出降。周即开城迎入,

第三十六回　张彦泽倒戈入汴　石重贵举国降辽

辽主率大军入城，派兵往袭代州，刺史王晖，亦举城迎降。辽主复遣通事耿崇美，招降易州。易州刺史郭璘，素具忠忱，每当辽兵过境，必登陴拒守，无懈可击。辽主德光，尝恐他邀截归路，屡有戒心，每过城下，必指城叹息道："我欲吞并中原，恨为此人所扼，迟早总要除他哩。"至是命崇美往抚易州，易州兵吏，闻风生畏，争先出降。璘不能禁阻。但痛骂崇美。崇美怒起，拔剑杀璘，应手而倒。*不略忠臣*。

易州归辽，义武军节度使李殷，安国军留后方泰，相继降辽。辽主命孙方简为义武节度使，麻答为安国节度使，另派客省副使马崇祚权知恒州事。遂引兵自邢、相南行，杜威率降众随从。皇甫遇不欲降辽，偏辽主召他入帐，令先驱入大梁。遇固辞而出，泣谓左右曰："我位为将相，败不能死，尚忍倒戈图主么！"是夜引从骑数人，行至平棘，顾语从骑道："我已数日不食了，尚何面目南行！"遂扼吭而死。*节尚可取*。

辽主改命张彦泽先进，用通事傅住儿一译作富珠哩。为都监，偕彦泽前职大梁。彦泽引兵二千骑，倍道疾驰，星夜渡白马津，直抵滑州。晋主重贵，始闻杜威败降，接连收到辽主檄文，乃是由彦泽传驿递来，内有"纳叔母于中宫、乱人伦之大典"等语。想是晋臣所为。慌得重贵面色如土，急召冯玉、李崧、李彦韬三人，入内计事。三人面面相觑，最后是李崧开口道："禁军统已外出，急切无兵可调，看来只有飞诏河东，令刘知远发兵入卫呢！"重贵闻言，忙命李崧草诏，遣使西往。

过了一宵，天色微明，宫廷内外，竞起喧声。重贵惊醒起床，出问左右，才知张彦泽领着番骑，已逼城下。嗣又有内侍入报道："封邱门失守，张彦泽斩关直入，已抵明德门了！"重贵越加慌忙，急令李彦韬搜集禁兵，往阻彦泽。不意彦韬已去，宫中益乱，有两三处纵起火来。重贵自知难免，携剑巡宫，驱后妃以下十余人，将同赴火。亲军将薛超，从后赶上，抱住重贵，乞请缓图。俄递入辽主与晋太后书，语颇和平，重贵乃令亲卒扑灭烟火，自出上苑中，召入翰林学士范质，含泪与语道："杜郎背我降辽，太觉相负，从前先帝起太原时，欲择一子为留守，商诸辽主，辽主曾谓我可当此任。卿今替我草一降表，具述前事，我母子或尚可生活了。"

质依言起草，援笔写就，但见表中列着：

孙男臣重贵言：顷者唐运告终，中原失驭，数穷否极，天缺地倾。先人有田一成，有众一旅，兵连祸结，力屈势孤。翁皇帝救患摧刚，兴利除害，躬擐甲胄，深入寇场，犯露蒙霜，度雁门之险，驰风击电，行中冀之诛，黄钺一麾，天下大定，势凌宇宙，义感神明；功成不居，遂兴晋祚，则翁皇帝有大造于石氏也。旋属天降鞠凶，先君即世。臣遵承遗旨，纂绍前基。谅暗之初，荒迷失次，凡有军国重事，皆委将相大臣。至于嬗继宗祧，既非禀命，轻发文字，辄敢抗尊，自启衅端，果贻赫怒。祸至神惑，运尽天亡，十万师徒，望风束手，亿兆黎庶，延颈归心。臣负义包羞，贪生忍耻，自贻颠覆，上累祖宗，偷度朝昏，苟存视息。翁皇帝若惠顾畴昔，稍霁雷霆，未赐灵诛，不绝先祀，则百口荷更生之德，一门衔罔报之恩，虽所愿焉，非敢望也。臣与太后暨妻冯氏，及举家戚属，见于郊野，面缚待罪，所有国宝一面，金印三面，今遣长子陕府节度使延煦，次子曹州节度使延宝，管押进纳，并奉表请罪，陈谢以闻。

表文草就，呈示重贵。重贵正在瞧着，突有一老妇踉跄进来，带哭带语道："我曾屡说冯氏兄妹，是靠不住的。汝宠信冯氏，听她妄行，目今闹到这个地步，如何保全宗社！如何对得住先人！"重贵转眼旁顾，进来的不是别人，正是皇太后李氏。当下心烦意乱，也无心行礼，只呆呆地站立一旁，李太后尚欲发言，外面又有人趋入道："辽兵已入宽仁门，专待太后及皇帝回话！"太后乃顾问重贵道："汝究竟怎么样办？"重贵答不出一句话儿，只好将降表奉阅，太后约略一瞧，又恸哭起来。

范质在旁劝慰道："臣闻辽主来书，无甚恶意，或因奉表请罪，仍旧还我宗社，亦未可知。"痴呆子语。太后也想不出别法，徐徐答道："祸及燃眉，也顾不得许多了。他既致书与我，我也只好复答一表，卿且为我缮草罢。"质乃再草一表。其文云：

> 晋室皇太后新妇李氏妾言：张彦泽、傅住儿至，伏蒙阿翁皇帝降书安抚。妾伏念先皇帝顷在并、汾，适逢屯难，危同累卵，急若倒悬，智勇俱穷，朝夕不保。皇帝阿翁，发自冀北，亲抵河东，跋履山川，逾越险阻，立平巨孽，遂定中原。救石氏之覆亡，立晋朝之社稷。不幸先皇帝厌代，嗣子承祧，不能继好息民，反且辜恩亏义。兵戈屡动，驷马难追，咸实自贻，咎将谁执！今穹昊震怒，中外携离，上将牵羊，六师解甲，妾举宗负衅，视景偷生。惶惑之中，抚问斯至，明宣恩旨，曲示含容，慰谕丁宁，神爽飞越，岂谓已垂之命，忽蒙更生之恩！省罪责躬，九死未报。今遣孙男延煦、延宝，奉表请罪，陈谢以闻！

太后与重贵，把表文略瞧一周，便召入延煦、延宝，令他赍着表文，往谒辽营。相传延煦、延宝，系是重贵从子，重贵养为己儿，或说由重贵亲生，未知孰是。两人素居内廷，所兼节度使职衔，乃是遥领，并未莅任。此次入奉主命，只好赍表前去。那辽通事傅住儿，已入朝来宣辽主敕命，重贵无法拒绝，勉强出见。傅

第三十六回　张彦泽倒戈入汴　石重贵举国降辽

住儿令重贵脱去黄袍，改服素衣。下阶再拜，听读辽敕。重贵顾命要紧，不得已唯言是从，左右皆掩面而泣。满朝皆妇人，如何守国！

待傅住儿读毕出朝，重贵垂泪入内，特遣内侍往召张彦泽，欲与商量后事。彦泽不肯应召，但使内侍复报道："臣无面目见陛下！"重贵还道他怀羞怕责，因此不来。再遣使慰召，彦泽微笑不应，自至侍卫司中，捏称晋主命令，召开封尹桑维翰入见。维翰应命前来，行至天街，适与李崧相遇，立马与谈。才说了一二语，有军吏行近维翰马前，长揖与语道："请相公赴侍卫司。"维翰料为彦泽所欺，势难免祸，乃语李崧道："侍中当国，今日国亡，反令维翰死事，究为何因？"崧怀惭自去。

维翰既入侍卫司，望见彦泽堂皇高坐，面色骄倨，不禁愤恨交并，指斥彦泽道："去年脱公罪戾，使领大镇，继授兵权，主上待公不薄，公奈何负恩至此！"彦泽无词可答，但令置诸别室，派兵看守。

一面索捕仇人，稍有嫌隙，无不处死。复纵兵大掠，掳得珍宝，多取为己有。贫民亦乘势闯入富家，杀人越货，抢劫至两昼夜，都城一空。彦泽所居，宝货山积，自谓有功北朝，日益骄横，出入骑从，常数百人，前面导着大旗，上书"赤心为主"四字。道旁士民，免不得笑骂揶揄。随军闻声拿捕，有几个晦气的，被他拿至彦泽面前，彦泽不问所犯，但瞋目竖起三指，便将犯人枭首。宣徽使孟承诲，匿避私第，也被彦泽捕至，结果性命。阁门使高勋，外出未归。彦泽乘醉入高勋家，勋有叔母及弟，出来酬应，片语未合，俱被杀死，陈尸门前。都下咸有戒心，差不多似豺虎入境，寝食不安。

先是彦泽尝为彰义军节度使，擅杀掌书记张式，甚至决口剖心，截断四肢。又捕住亡将杨洪，先截手足，然后处斩。河阳节度使王周，曾奏劾彦泽不法二十六条，刑部郎中李涛等，亦交章请诛，彦泽坐贬为龙武将军。后来御辽有功，因复擢用。上文所载桑维翰语，就指此事。补叙明白。

李涛时为中书舍人，私语所亲道："我若逃匿沟渎，仍不得免，何如亲自往见，听他处置！"遂大胆前往，至彦泽处投刺直入，朗声呼道："上疏请杀太尉人李涛，谨来请死！"彦泽欣就接见。且笑语道："舍人今日，可知惧否？"涛答道："涛今日惧足下，仿佛足下前日惧涛，向使朝廷早用涛言，何致有今日事！"彦泽益发狂笑，命从吏酌酒与饮。涛取饮立尽，从容自去，旁若无人。彦泽倒也无可如何。

未几令部兵入宫，胁迁重贵家属至开封府，宫中无不痛哭。重贵与太后李氏、皇后冯氏，得乘肩舆，宫人、宦官十余名，随后步行。彦泽见重贵等携有金珠，又使人前语道："北朝皇帝，就要来京，库物却不应取藏哩。"重贵没法，悉数缴出。彦泽择取奇玩，余仍还封库中，留待辽主。及重贵等已入开封府署，更派控鹤指挥使李筠率兵监守，内外不通。汉奸比外夷更凶，彦泽可见一斑。重贵姑母乌氏公主，以金帛赂守卒，始得入见重贵及太后，相持一恸，诀别而归，夜自经死。倒还是个烈妇。重贵使取内库帛数匹，库吏不肯照给，且厉声道："这岂尚是晋主所有么？"重贵又向李崧求酒，崧语使人道："非敢爱酒，恐陛下饮酒后，更致忧躁，别生不测，所以不敢奉进。"宗社已失，还要酒帛何用，这是重贵自取其辱。重贵因所求不得，再欲召见李彦韬。待久不至，正在潸然泪下，忽由彦泽差来悍吏，硬索楚国夫人丁氏。丁氏系延煦母，年逾三十，华色不衰，为彦泽所垂涎。重贵禀白太后，不欲使往，太后当然迟疑。怎奈彦泽一再强迫，连太后亦不能阻难，丁氏更身不由主，被他载去。冶容诲淫，想总不能保全名节了！不索冯皇后，还保存重贵体面。是夕彦泽竟杀死桑维翰，用带加颈，遣报辽主，诡云维翰自缢身亡。辽主怅然道："我并不欲杀维翰，奈何自尽！"遂传命厚恤家属。晋将高行周、符彦卿，都诣辽营请降。辽主传入，两人拜谒帐前，但听辽主宣言道："符彦卿！你可记得阳城战事否？"见三十四回。彦卿答道："臣当日出战，但知为晋主效力，不暇他想，今日特来请罪，死生惟命！"你既知有晋主，到此何故变节！辽主解颐笑道："也好算一个强项士，我赦你前罪罢了！"彦卿拜谢，与高行周一同退出。

适延煦、延宝，奉表入帐，并呈上传国宝等。辽主览过表文，也不多言，惟接受传国宝时，却反覆摩挲，最后问延煦道："这印可真吗？"延煦答言是真，辽主沉吟道："恐怕未必！"遂从案上取过片纸，草草写了数行，递给延煦道："你去交与重贵便了。"二人趋出，即返报重贵。重贵见辽主手书，乃是模模糊糊的汉文。略云：

大辽皇帝付与孙石重贵知悉，孙勿忧恐，必使汝有啖饭处。惟所献传国宝，未必是真，汝既诚心归降，速将真印送来！

重贵看了前数语，心下略略放宽。及瞧到后数语，又不免焦急起来，便自言自语道："我家只有此宝，奈何说是假的！"忽又猛然省悟道："不错！不错！"旁顾左右，只有愁容惨淡的妃嫔几个，没人可代为书状。乃援笔自书道：

先帝入洛京时，为伪主从珂自焚，传国旧宝，不知所在，想必与之俱烬。先帝受命，旋制此宝，臣僚备知此事。臣至今日，何敢藏宝勿献！谨此状闻。

这奏状着人递去，才免辽主诘责。嗣闻辽主渡河来京，意欲与太后前往奉迎，先告知张彦泽。彦泽不欲令见辽主，特遣人奏白辽主道："天无二日，宁有两天子

第三十六回　张彦泽倒戈入汴　石重贵举国降辽

相见路旁？"辽主依议，不许重贵郊迎，赵延寿等语辽主道："晋主既已乞降，当使衔璧牵羊，大臣舆榇，恭迎郊外。"辽主摇首道："我遣奇兵直取大梁，并非前往受降，何必用这般古礼！惟景延广前言不逊，很是可恨，应即速捕来！"遂派兵往捕延广，自引亲军渡河南行。途次传令晋臣，一切如故，朝廷制度，仍用汉仪。晋臣请备齐法驾，迎接辽主。辽主又复报道："我方擐甲督兵，太常仪卫，尚未暇用，尽可不必施行！"

及行至封邱，景延广自来谒见。辽主怒责道："两国失欢，皆汝一人所致，汝尚敢来见我么？十万横磨剑，今日何在！"妙甚，趣甚！延广极口抵赖。辽主召乔荣入证，那延广尚不肯承认，经乔荣取出一纸，就是当日笔录，字迹分明。见三十三回。此时证据显然，百喙难辩。荣复证成延广罪案十条，每服一事，即授一筹。筹至八数，辽主忿然道："罪不胜诛，说他作甚！"延广浑身发抖，伏地请死。由辽主喝令锁着，押往北庭，延广夜宿陈桥，俟守兵少懈，扼吭而死。得免刀头痛苦，还是幸事。

时已岁暮，到了除夕这一日，晋廷文武百官，闻辽主翌日到京，黉夜出宿封禅寺。越日为正月元旦，百官在寺内排班，遥辞晋主，改服素衣纱帽，出迎辽主。但见辽兵整队前来，前步后骑，统是雄纠纠的健儿、声蹀蹀的壮马。当中拥着一位辽皇帝，貂帽貂裘，裹着铁甲，高坐逍遥马上，英气逼人。惹得晋臣眼花撩乱，慌忙匍伏道旁，叩头请罪。辽主见路左有一高阜，纵辔上登，笑盈盈地俯视晋臣，徐令亲军传谕，叫晋臣一律起身，仍易常服。晋臣三呼万岁，响彻云霄。越写越丑。

晋左卫上将军安叔千，起身出班，趋至高阜前，再行跪下，口作胡语。辽主哂道："汝就是安没字么？汝从前镇守邢州，已累表通诚，我尝记着，至今未忘。"叔千听着，好似小儿得饼，非常喜欢，便磕了几个响头，呼跃而退。毫无羞耻。他本喜习夷言，罕识汉文，时人呼为安没字，所以辽主亦如此相呼。

晋臣已皆起立，引导辽主入封邱门。才到门前，晋主重贵偕太后等一齐出城，来迎辽主。辽主拒不令见，但使往寓封禅寺中，自率大军径入。城内百姓，惊呼骇走。辽主上登城楼，遣通事宣谕道："我亦犹人，汝等百姓，无庸惊慌，此后当使汝等苏息！我本无意南来，汉人引我至此哩！"百姓闻谕，稍稍安静。辽主再下楼入明德门，门内就是宫禁，他却下马拜揖，然后入宫。令枢密副使刘敏权知开封尹事。到了日暮，辽主仍出屯赤冈。不欲污乱宫闱，夷狄尚知礼义。

晋阁门使高勋，上诉辽主，谓张彦泽妄杀家人；百姓亦争投牒疏，详列彦泽罪状。辽主命将彦泽系至，宣示百官，问彦泽应否处死，百官统言应斩。辽主道："彦泽应加死刑，傅住儿亦不为无罪，索性叫他同死罢。"遂令并捕傅住儿，与彦泽绑至北市，派高勋监刑。号炮一响，双首齐落。彦泽前时所杀士大夫的子孙，俱经杖来观，且哭且詈。高勋命将彦泽尸骸，断腕剖心，祭奠枉死诸人。百姓且破脑取髓，脔肉分食，顷刻即尽。未知延煦母丁氏意中如何？

辽主又命将晋主宫眷，尽徙入封禅寺，派兵把守。会连日雨雪，外无供亿，重贵等冻馁不堪。李太后使人语寺僧道："我尝饭僧至数万金，今日独不相念么？"可为施僧者鉴。僧徒谓虏意难测，不敢进食，太后哭泣不止。重贵复密求守兵，丐得粗粝烂饭，勉强充饥。过了数日，辽主颁下诏敕，废重贵为负义侯。晋自石敬瑭僭位，只得一传，共计二主，凑成十一年而亡。小子有诗叹道：

大敌当前敢倒戈，皇纲不正叛臣多。
追原祸始非无自，成也萧何败也何！

重贵被废后，还要迁他到黄龙府。欲知底细，请看官续阅下回。

观本回杜威、张彦泽事，令人发指，但亦由石氏自取其咎耳。石敬瑭为明宗婿而灭唐，杜威为石氏婿而灭晋，报应显然，何足深怪！张彦泽反颜事仇，为虏效力，屠掠京邑，劫辱帝妃，罪较杜威为尤甚，然当日杀人负罪，廷臣交章请诛，石氏何为姑息养奸，略从贬抑，便即迁擢，仍使之典握兵权，倒戈反噬耶！况石重贵奸淫叔母，宠信佞臣，太后屡诫不知悛，谋臣献议不知纳，国危身辱，仓皇出降，不亦宜乎！故有石敬瑭之为父，必有石重贵之为子，其父暴兴，其子暴亡，因果诚不爽哉！

第三十七回

迁漠北出帝泣穷途
镇河东藩王登大位

　　却说辽主废去晋主重贵，且令徙往黄龙府。黄龙府本渤海扶余城，辽太祖东征渤海，还至城下，见有黄龙出现城上，因改号为黄龙府。重贵闻要徙至辽东，哪得不慌、哪得不悲！就是李太后以下诸宫眷，统是相向号泣，用泪洗面。有何益处？辽主却使人传语李太后道："闻重贵不从母言，因致覆亡。汝可自便，不必与重贵偕行。"李太后泣答道："重贵事妾甚谨，不过违背先君，失和上国，所以一举败灭。今幸蒙大恩，全生保家，母不随子，将安所归？"语亦太迂。

　　辽主乃仍自赤岗入宫，所有内外各门，统派辽兵守卫。每门磔犬洒血，并用竿悬挂羊皮，作为厌胜。当下面谕晋臣道："从今以后，不修甲兵，不买战马，轻赋省役，好与天下共享太平了。"遂撤消东京名目，降开封府为汴州，府尹为防御使。辽主改服中国衣冠，百官起居，悉仍旧制。赵延寿荐引李崧，说他才可大用。还有辽学士张砺，从前也做过晋臣，与延寿同时降辽，亦谓崧可入相，辽主因授崧为太子太师，充枢密使。适威胜军节度使冯道，自邓州入朝，辽主亦素闻道名，即时召见。道拜谒如仪，辽主戏问道："你是何等老子？"道答道："无才无德，痴顽老子。"辽主不禁微笑，又问道："汝看天下百姓，如何救得？"道应声道："此时即一佛出世，亦恐救不得百姓；惟皇帝尚可救得呢。"无非面谀。辽主甚喜，仍令道守官太傅，充枢密顾问。随即遣使四出，颁诏各镇，诸藩争上表称臣。独彰义节度使史匡威，据住泾州，不受辽命。雄武节度使何重建，手刃辽使，举秦、成、阶三州降蜀。

　　杜威自降辽后，仍复名重威，率部众屯驻陈桥。辽主在河北时，恐他兵众生变，曾令缴出铠仗数百万，搬贮恒州，战马数万，驱归北庭。及辽主渡河入梁，意欲派遣胡骑，驱众入河，尽行处死。部将谓他处晋兵，闻风知惧，必皆拒命，不若权时安抚，缓图良策。辽主虽然罢议，心中总不能无疑，所以供给不时，累得陈桥戍卒，昼饿夜冻，怨骂重威。

重威不得已表达军情，辽主召赵延寿入议，仍欲尽诛晋兵。延寿道："皇帝亲冒矢石，取得晋国，是归诸己有呢？还是替他人代取呢？"辽主变色道："我倾国南征，五年不解甲，才得中原，难道甘心让人么？"延寿又道："晋国南有唐，西有蜀，皇帝可曾闻知否？"辽主道："如何不闻！"延寿复道："晋国东自沂密，西及秦、凤，延袤数千里，接连吴、蜀，晋尝用兵防守，连年不懈。臣想南方暑湿，非北人所能久居，他日车驾北归，无兵守边，吴、蜀必乘虚入寇，恐中原仍非皇帝所有，岂不是历年辛苦，终归他人么！"辽主愕然道："我未曾料到此着，据汝所说，今将奈何？"延寿道："最好将陈桥降卒，分守南边，吴蜀便不能为患了。"辽主道："我前在潞州，一时失策，尽把唐兵授晋。晋得此兵，反与我为仇，转战数年，才得告捷。今幸入我手，若非悉数歼除，后患仍不浅哩！"延寿道："从前留住晋兵，不质妻孥，故有此患。今若将戍卒家属，徙置恒、定、云、朔间，每岁分番，使戍南边，料他必顾念妻子，不敢生变。这却是目前上策哩！"辽主方才称善，即命陈桥降卒，分遣还营。

看官！你道延寿此言，是为辽呢，是为晋呢，还是为降卒呢？小子不必评断，但看上文辽主与延寿言，许他为中国皇帝，他喜出望外，便可知他的心术，话中有话了。含蓄得妙。

且说晋主重贵，得辽主敕命，迁往黄龙府，重贵不敢不行，又不欲遽行，延挨了好几日。那辽主已派骑士三百名，迫令北迁，没奈何挈眷起行。除重贵外，如皇太后李氏，皇太妃安氏，皇后冯氏，皇弟重睿，皇子延煦、延宝，相偕随往。还有宫嫔五十人、内官三十人、东西班五十人、医官一人、控鹤官四人、御厨七人、茶酒三人、仪銮司三人、亲军二十人一同从行。辽主又派晋相赵莹，枢密使冯玉，都指挥使李彦韬，伴送重贵。沿途所经，州郡长吏，不敢迎奉。就使有人供馈，也被辽骑攫去。可怜重贵以下诸人，得了早餐，没有晚餐；得了晚餐，又没有早餐。更且山川艰险，风雨凄清，触目皆愁，噬脐何及！回忆在大内时，与冯后等调情作乐，谑浪笑傲，恍同隔世。富贵原是幻梦。

及入磁州境内，刺史李榖，迎谒路隅，相对泣下。榖且泣且语道："臣实无状，负陛下恩！"重贵流涕不止，仿佛似有物堵喉，一语都说不出来。榖倾囊献上，由重贵接受后，方说了"与卿长别"四字！辽兵不肯容情，催榖速去，榖乃拜别重贵，自返磁州。重贵行至中渡桥，见杜重威寨址，慨然愤叹道："我家何负杜贼，乃竟被他破坏！天乎！天乎！"说至此，不禁大恸。谁叫你信任此贼！左右勉强劝慰，方越河北趋。

第三十七回　迁漠北出帝泣穷途　镇河东藩王登大位

　　到了幽州，阖城士庶，统来迎观。父老或牵羊持酒，愿为献纳，都为卫兵叱去，不令与重贵相见。重贵当然悲惨，州民亦无不唏嘘。至重贵入城，驻留旬余，州将承辽主命，犒赏酒肉。赵延寿母，亦具食馔来献，重贵及从行诸人，才算得了一饱。

　　既而自幽州启行，过蓟州、平州，东向榆关，榛莽塞路，尘沙蔽天，途中毫无供给，大众统饿得饥肠辘辘，困顿异常。夜间住宿，也没有一定馆驿，往往在山麓林间，瞌睡了事。幸喜木实野蔬，到处皆有，宫女、从官，自往采食，尚得疗饥。重贵亦借此分甘，苟延残命。

　　又行七八日至锦州，州署中悬有辽太祖阿保机画像，辽兵迫令重贵等下拜。重贵不胜屈辱，拜后泣呼道："薛超误我！不使我死。"求死甚易，恐仍口是心非。再走了五六日，过海北州。境内有东丹王墓，特遣延煦瞻拜。嗣是渡辽水抵渤海国铁州，迤逦至黄龙府，大约又越十余天。说不尽的苦楚，话不完的劳乏。李太后、安太妃两人，年龄已高，委顿得了不得。安太妃本有目疾，至是连日流泪，竟至失明。就是冯皇后以下诸妃嫔，均累得花容憔悴，玉骨销磨，这真所谓物极必反，数极必倾，前半生享尽荣华，免不得有此结果呢！当头棒喝。

　　辽主德光，已将重贵北迁，据有中原。遂号令四方，征求贡献。镇日里纵酒作乐，不顾兵民。赵延寿请给辽兵饷糈，德光笑道："我国向无此例，如各兵乏食，令他打草谷罢了。"看官道"打草谷"三字，作何解释？原来就是劫夺的别名，自辽主有此宣言，胡骑遂四出剽掠，凡东西两京畿，及郑、滑、曹、濮数百里间，财畜俱尽，村落一空。

　　辽主又尝语判三司刘昫道："辽兵应有犒赏，速宜筹办！"刘昫道："府库空虚，无从颁给，看来只有括借富民了！"辽主允诺。遂先向都城士民，括借钱帛；继复遣使数十人，分诣各州，到处括借。民不应命，即加苛罚。百姓痛苦异常，不得已倾产输纳。哪知辽主并未取作犒赏，一股脑儿贮入内库，于是内外怨愤，连辽兵亦都解体了。

　　杨光远子承勋，由汝州防御使，调任郑州。见三十三回。辽主因他劫父致死，召令入都，承勋不敢不至。及进谒辽主，被辽主当面呵斥，且置诸极刑，令部兵脔割分食。别用承勋弟承信为平卢节度使，使承杨氏宗祀。匡国军节度使刘继勋，曾参预绝辽政策，至是入朝辽主，亦为辽主所责，命将他锁住，解送黄龙府。宋州节度使赵在礼，闻辽将述轧、拽刺等入据洛阳，急自宋趋洛，进谒辽将。述轧、拽刺踞坐堂上，绝不答礼，反勒令献出财帛。在礼很是愤闷，但托言入朝大梁，再行报命，侥幸脱身。转趋郑州，接得刘继勋被拘消息，自恐不免，便在马枥间缢死。死已晚矣。辽主闻在礼死耗，方将继勋释出，继勋已惊慌成疾，未几毕命。为此种种情事，遂致各镇担忧，别思拥戴一尊，驱逐胡兵。可巧河东节度使刘知远，乘势崛起，雄长西陲，于是中原帝统，迫归刘氏身上，又算做了一代的乱世君主。特笔提出，成一片段。

刘知远镇守河东，本来是蓄势待时，审机观变，所以晋主绝辽，他亦明知非策，始终未尝入谏。及辽主入汴，亟派兵分守四境，防备不虞。且恐辽兵强盛，一时不便反抗，特遣客将王峻，赍奉三表，驰往大梁。一是贺辽主入汴；二是说河东境内，夷夏杂居，随在须防，所以未便离镇入朝；三是因辽将刘九一，驻守南川，有碍贡道，请将刘军调开，俾便入贡。辽主德光，览毕表文，很是喜欢，便令左右拟诏褒奖。诏书草定，由辽主过目，特提起笔来，将"刘知远"三字上，加一"儿"字。又取出木拐一支，作为赐物，命王峻持诏及拐，还报知远。向例辽主赏赐大臣，以木拐为最贵，大约如汉朝旧制，颁赐几杖相似。辽臣中惟皇叔伟王，才得此物。王峻负拐西行，辽兵望见，相率避路，可见得这枝木拐，是非常郑重的意思。

及峻到河东，复报知远，呈上辽主诏书及所赐木拐，知远略略一瞧，并没有什么希罕，但问及大梁情形。峻答道："辽主贪残，上下离心，必不能久有中原。大王若举兵倡义，锐图兴复，海内定然响应，胡儿虽欲久居，也不可得了！"知远道："我递去三表，原是缓兵计策，并不是甘心臣虏。借知远口中，说出赍表本意。但用兵当审察机宜，不可妄动，今辽兵新据京邑，未有他变，怎可轻与争锋？好在他专嗜财货，欲壑已盈，必将北去。况且冰雪已消，南方卑湿，虏骑断不便久留。我乘他北走，进取中原，方可保万全了。"计策固是，奈百姓何！于是按兵不发，专俟大梁动静，再定进止。

辽主未得知远谢表，疑有贰心，又派使催贡方物。知远乃遣副留守白文珂入献奇缯名马。辽主面语文珂道："汝主帅刘知远，既不事南朝，又不事北朝，究竟怀着什么意思？"文珂权词解免。经辽主令他回报，即兼程西归，报明知远。孔目官郭威在侧，便即进言道："虏恨已深，不可不防！"知远道："且再探听虚实，起兵未迟。"

忽由大梁传到辽诏，上书大辽会同十年，大赦天下。知远大惊道："辽主颁行正朔，宣布赦文，难道真要做中国皇帝么？"行军司马张彦威入劝道："中原无主，惟大王威望日隆，理应乘此正位，号召四方，共逐胡虏。"知远笑道："这却未便，我究竟是个晋臣，怎可背主称尊！且主上北迁，我若可半道截回，迎入太原，再谋恢复，庶几名正言顺，容易成功了。"遂下令调兵，拟从丹陉口出发，往迎晋主。特派指挥使史弘肇，部署兵马，预戒行期。

看官！你道刘知远的举动，果是真心为晋么？他探听得大梁消息，多推尊辽主为中国皇帝，不禁心中一急，因急生智，独想出一个迎主的名目，试验军情。揭出肺肠。究竟大梁城内，是何实迹？小子不得不据实叙明。

辽主德光，入据大梁，已经匝月。乃召晋百官入议，开口问道："我看中国风俗，与我国不同，我不便在此久留，当另择一人为主，尔等意下如何？"语才说毕，即听得一片喧声，或是歌功，或是颂德，结末是说的中外人心，都愿推戴皇帝。大家都是摇尾狗。辽主狞笑道："尔等果是同情么？"语未已，又听了几十百个"是"字。辽主道："众情一致，足见天意，我便在下月朔日，升殿颁敕便了。"大众才退。

到了二月朔日，天色微明，晋百官已奔入正殿，排班候着。但见四面乐悬，依然重设，两旁仪卫，特别一新。大众已忘故主，只眼巴巴地望着辽主临朝。好容易待至辰牌，才闻钟声震响，杂乐随鸣，里面拥出一位华夷大皇帝，戴通天冠，着绛纱袍，手执大珪，昂然登座。晋百官慌忙拜谒，舞拜三呼。极写丑态。朝贺礼毕，辽主颁正朔，下赦诏，当即退朝。

晋百官陆续散归，都道是富贵犹存，毫无怅触。独有一个为虎作伥的赵延寿，回居私第，很是怏怏。他本由辽主面许，允立为帝，见三十三回。此时忽然变幻，无从称尊，一场大希望，化作水中泡，哪得不郁闷异常。左思右想，才得一策，越日即进谒辽主，乞为皇太子。亏他想出。辽主勃然道："你也太误了！天子儿方可做皇太子，别人怎得厕入！"延寿连磕数头，好似哑子吃黄连，说不出的苦衷。辽主徐说道："我封你为燕王，莫非你还不足么？我当格外迁擢便了。"延寿又不好多嘴，只得称谢而出。辽主乃召入学士张砺，令为赵延寿迁官。时方号恒州为辽中京，张砺因奏拟延寿为中京留守，大丞相，录尚书事，都督中外诸军事，兼枢密使。辽主见了奏草，援笔涂去二语，单剩得"中京留守兼枢密使"八字，颁给延寿。延寿不敢有违，惟益怨辽主食言，越加愤愤。

谁知赵延寿未得称帝，刘知远恰自加帝号，居然与辽抗衡。河东指挥使史弘肇，奉知远命，召诸军至球场，当面传言，令他即日迎主。军士齐声道："天子已被掳去，何人作主？现在请我王先正位号，然后出师！"弘肇转白知远，知远道："虏势尚强，我军未振，宜乘此建功立业，再作计较。士卒无知，速应禁止乱言！"恐非由衷之论。遂命亲吏驰诣球场，传示禁令。军士方争呼万岁，俟闻禁令传下，方才少静，次第归营。

是夕即由行军司马张彦威等，上笺劝进，知远尚不肯允；翌日复迭上二笺，知远乃召郭威等入商。郭威尚未开言，旁有都押衙杨邠进言道："天与不取，反受其咎，王若再谦让不居，恐人心一移，反致生变了！"郭威亦接入道："杨押衙所言甚是，愿王勿疑！"知远道："我始终未忍忘晋，就使权宜正位，也不应骤改国号，另颁正朔。"郭威道："这也何妨！"知远乃诹吉称尊，择定二月辛未日，即皇帝位。

届期这一日，知远在晋阳宫内，被服衮冕，登殿受朝。将吏等联翩拜贺，三呼万岁。即由知远传制，仍称晋朝，惟略去开运年号，复称天福十二年。蹊跷得很。礼成还宫，又传谕诸道，凡为辽括借钱帛，一概加禁。且指日出迎故主，令军士部署整齐，护驾启行。已经称帝，还要迎什么故主，这明是掩耳盗铃。小子记得唐朝袁天罡与李淳风同作推背图，曾传下谶语道：

宗亲散尽尚生疑，岂识河东赤帝儿！
顽石一朝俱烂尽，后图惟有老榴皮。

自刘知远称帝后，人始能解此谶文，首句是隐斥石重贵；次句是借汉高祖的故事，比例知远；三句是本辽主石烂改盟语，见二十八回。见得辽主灭晋，石已烂尽，应该易姓；四句老榴皮，是"榴""刘"同音，作为借映。此语未免牵强。照此看来，似乎万事都有定数呢。闲文少表，且请看官续阅下回，再叙刘知远出兵详情。

前半回叙及晋主北迁，写出无限痛苦，为后世乱政失国者，作一龟鉴。李太后以下，随往沙漠，历受艰辛，尚足令人叹息。若如冯氏之嫁侄失节，得为皇后，始若以为可幸，及北徙以后，奔波劳悴，求死不得，乃知有奇福者必有奇祸，守节者未必果死，失节者亦未必幸生也。后半回叙刘知远事，见得知远之处心积虑，无非私图。彼于《五代史》中，得国可谓较正，乃以堂堂正正之举，反作鬼鬼祟祟之为，忽臣晋，忽臣辽，忽欲自帝，心术不纯，终属可鄙，以视豁达豪爽之刘季，相去为何如耶？上下数千年，得汉高祖二人，名同迹异，优劣固自有别也。

第三十八回

闻乱惊心辽主遄返
乘丧夺位燕王受拘

却说刘知远已即位称帝,才亲督军士,出发寿阳,托词北趋,邀迎故主。是时石重贵等,早已过去,差不多要到黄龙府,哪里还能截回?知远乃分兵戍守,自率亲军还入晋阳。假惺惺何为。当下拟敛取民财,犒赏将士,将士巴不得有重赏,当然没有异言。独有一位新皇内助,闻知此事,便乘知远入宫时,直言进谏道:"国家创业,虽由天意,但亦须与民同治。陛下即位,不闻惠民,先欲剥民,这岂是新天子救民的本意?妾请陛下毋取民财!"知远皱眉道:"公帑不足,如何是好?"语未毕,又听得答语道:"后宫颇有积蓄,何妨悉数取出,赏劳各军!就使不能厚赏,想各军亦当原谅,不生怨言。"知远不禁改容道:"卿言足豁我心,敬当从命!"遂检出内库金帛,尽行颁赏,军士格外感激,愈加欢跃。看官道这位贤妇,系是何人?原来是刘夫人李氏。李氏本晋阳农女,颇有才色,知远为校卒时,牧马晋阳,偶然窥见李氏,便欲娶她为妻,先向李家求婚。偏李家不愿联姻,严词拒绝,惹得知远性起,邀同伙伴,黑夜闯入李家,把李氏劫取回来。实是强盗行为。李家素来微贱,无从申诉,只好由他劫去。李氏不得脱身,没奈何从了知远,成为夫妇,不意遇难成祥,转祸为福,知远迭升大官、进王爵、握兵权,李氏随夫贵显,亦得受封为魏国夫人。农家女得此厚福,可谓难得!此次知远为帝,事出匆匆,未及立后,李氏已乘隙进言,情愿将半生私积,一并充公。农家女有此大度,怪不得身受荣封,转眼间就为国母了。

这且慢表。且说辽主德光,闻知远称帝河东,勃然大怒,立夺知远官爵,派通事耿承美为昭义节度使,守住泽潞,高唐英为彰德节度使,守住相州;崔廷勋为河阳节度使,守住孟州。三面扼定,断绝河东来路,且好相机进攻。哪知各处人民,苦辽贪虐,又经游兵辗转招诱,相聚为盗,所在揭竿。

滏阳贼帅梁晖，集众千人，送款晋阳，愿效驱策，磁州刺史李榖，也遣人密报知远，令晖往袭相州。晖侦知相州空虚，高唐英尚未到来，急率壮士数百名，乘夜潜行，直抵相州城下。城上毫无守备，便悄悄地架起云梯，有好几十个矫捷健儿，陆续登城。城内尚未闻知，直至健儿下城启关，纳入众人，一哄儿杀将进去，守城将吏，才得惊醒。急切如何抵御，只得拼命闯出，夺路飞跑，一半送命，一半逃生。梁晖入据相州，自称留后，一面报捷晋阳。

还有陕府指挥使赵晖、侯章，及都头王晏等，杀死辽监军刘愿，悬首府门。众推赵晖为留后，侯章为副，奉表晋阳，输诚投效。

刘知远闻两处响应，即欲进取大梁。郭威道："晋代未平，不宜远出，且先攻取二州，然后规画大梁。"知远乃遣史弘肇率兵五千，往攻代州。

代州刺史王晖，背晋降辽，总道是高枕无忧，忽闻晋阳兵到，慌忙调兵守城。无如兵难猝集，敌已先登，霎时间满城皆敌，无处逃避，立被河东兵拘住，牵至史弘肇马前，一刀毕命。

代州既下，晋州亦相继归顺。原来知远登极，曾遣部吏张晏洪、辛处明等，招谕晋州。适晋州留后刘在明，往朝辽主，由副使骆从朗，权知州事，从朗拘住张、辛二使，置诸狱中。可巧辽吏赵熙，奉命驰至，括借民财。从朗格外巴结，相助为虐，民不聊生。大将药可俦，代抱不平，且闻河东势盛，有意归向，乃纠众攻杀从朗，并戮赵熙，就在狱中释出张、辛二使，推张为留后，辛为都监。张、辛便奏报晋阳，知远自然欣慰。

接连是潞州留后王守恩，亦上表输诚，又未几得澶州表章，乞请速援。澶州已为辽属，由辽将耶律郎五或作乌，亦作郎鄂。居守。郎五贪酷，为吏民所苦。水运什长王琼，连接盗首张乙，得千余人，袭据南城，围攻郎五。郎五一面拒守，一面求救。王琼亦恐辽兵来援，寡不敌众，忙令弟超奉表晋阳，求发援师。知远召超入见，赏赉甚厚，越日遣还，但言援兵即发。超驰回澶州，琼已败死，徒落得怅断鸰原，自寻生路罢了！连叙数事，为辽去汉兴之兆。

惟辽主迭闻变乱，未免心惊，乃遣天雄军节度使杜重威、泰宁军节度使安审琦、武宁军节度使符彦卿等，各归原镇，用汉官治汉人，冀免反抗，仍用亲吏监军。适赵延寿新赋悼亡，意欲续婚。他的妻室，即燕国公主，本是唐明宗女。尚有妹子永安公主，出居洛阳，延寿闻阿姨有姿，遂请诸辽主，愿以妹代姊。辽主当然允诺。即遣人至洛，迎永安公主入京。

这永安公主，是许王从益胞妹，素由王德妃抚养。石敬瑭篡唐即位，曾迎王德妃母子，留养宫中。且封从益为郇国公，继承唐祀。见二十九回。至重贵嗣立，动加猜忌，王德妃自请出外，挈领从益兄妹，往居洛阳。此时接得辽敕，王德妃是一

第三十八回　闻乱惊心辽主遄返　乘丧夺位燕王受拘

女流，怎敢违慢，即与郓国公从益，送永安公主入京，亲主婚礼，顺便请谒辽主。辽主德光，亦下座答礼，且语王德妃道："明宗与我约为弟兄，尔是我嫂，怎好受拜！"胡人尚顾名分。德妃令从益入谒，辽主亦欢颜相待，令母子俱居客馆。已而婚嫁礼毕，王德妃母子，向辽主辞行。辽主面授从益为彰信军节度使。德妃以从益年少，未达政事，替他代辞。辽主乃令随母还洛，仍封从益为许王。自己尚欲留主中原，命张砺、和凝同平章事，且亲临崇元殿，易服赭袍，令晋臣行入阁礼。唐朝故事，天子正殿叫做衙，便殿叫做阁，辽主饬行入阁礼，无非随时咨问，求治弭乱的意思。

不料礼仪甫定，那宋、亳、密各州，俱有警报，并称为盗所陷。辽主长叹道："中国人如此难制，正非我所意料！"嗣是惹动归思，即拟北返。天气渐暖，春光将老，辽主越不耐烦，便召晋臣入谕道："天时向暑，我难久留，意欲暂归北庭，省问太后。此处当留一亲将，令为节度使，料亦不至生变。"晋臣齐声道："皇帝怎可北去！如因省亲不便，何妨派使奉迎。"辽主道："太后族大，好似古柏蟠根，不便移动。我意已定，无容多议了！"晋臣不敢再言，纷纷退出。已而有诏颁下，复称汴梁为宣武军，令国舅萧翰为节度使，留守汴梁。翰系述律太后的兄子，有妹为辽主后，赐姓为"萧"，于是辽国后族，世称"萧氏"。

辽主欲令晋臣一并从行，嗣恐摇动人心，乃只命文武诸司，及诸军吏卒，随往北庭，统计已达数千人，又选宦官、宫女数百名，饬令随侍，所有库中金帛，悉数捆载整装起行。萧翰送辽主出城，仍然还守。辽主向北进发，见沿途一带，村落皆空，却也不免唏嘘，立命有司发榜数百纸，揭示人民，招抚流亡。偏胡骑性喜剽掠，遇有人民聚处的地方，仍往劫夺，辽主也未尝禁止。夷夏大防，万不可溃，一溃防闲，必罹此祸。昼行夜宿，到了白马津，率众渡河，顾语宣徽使高勋道："我在北廷，每日射猎，很觉适意。自入中原后，局居宫廷，毫无乐趣，今得生还，虽死无遗恨了！"死在目前。

行抵相州，正值辽将高唐英围攻州城，与梁晖相持不下。辽主纵兵助攻，顿时陷入，梁晖巷战亡身。城中所有男人，悉被屠戮；婴儿赤子，由胡骑掷向空中，举刃相接，多半剖腹流肠，或竟坠落地上，跌作肉饼。妇女杀老留少，驱使北去，留高唐英守相州。唐英检阅城中遗民，只剩得七百人，骷髅约十数万具。看官试想，惨不惨呢！

辽主闻磁州刺史李榖，密通晋阳，派兵拘至，亲加质讯。榖诘问证据，反使辽主语塞，佯从车中引手，索取文书。经榖窥破诈谋，乐得再三穷诘，声色不挠。辽主竟被瞒过，乃命释归。算是大幸。

嗣因所过城邑，满目萧条，遂遍语蕃、汉群臣道："使中国如此受殃，统是燕王一人的罪过。"又顾相臣张砺道："汝也算一个出力人员！"虎伥原是可恨，虎亦不谓无罪。砺俯首怀惭，无言可答，闷闷地随向北行，毋庸细述。

独宁国军都虞侯武行德，为辽主所遣，与辽吏督运兵仗，用舟装载，自汴入河，溯流北驶。行德麾下，有士卒千余人，驶至河阴，密语士卒道："我等为虏所制，离乡远去，人生总有一死，难道统去做外国鬼么？今虏主已归，虏势渐衰，何不变计逐虏，据守河阳？待中原有主，然后臣服，岂不是一条好计呢！"士卒一体赞成，愿归驱使，行德遂举舟中甲仗，分给士卒，一声号令，全军俱起，把辽吏砍成肉泥，乘势袭击河阳城。辽节度使崔廷勋，方派兵助耿崇美，进攻潞州，城内无备，突被行德杀入，逐去廷勋，据住河阳，令弟行友持奉蜡书，从间道驰诣晋阳，表明诚意。

那时潞州留守王守恩，已向晋阳告急，刘知远命史弘肇为指挥使，率兵援潞。弘肇用部将马海为先锋，星夜进兵，驰诣潞州城下，寂静无声，并不见有辽兵，马海大起疑心。及王守恩出城相迎，两下晤谈，方知辽兵闻有援师，已经退去。马海奋然道："虏闻我军到来，便即退兵，这是古人所谓弩末呢。我当前往追击，杀敌报功！"正说着，史弘肇继至，即由马海请令，麾兵追虏。途中遇着辽兵，大呼直前，挟刃齐进，好似风扫落叶一般，不到一时，已枭得虏首千余级，余众遁去。

马海方奏凯回军，辽将耿崇美退保怀州，崔廷勋亦狼狈奔至。就是洛阳辽将拽剌等，亦闻风胆落，趋至怀州，与崇美、廷勋等会晤，相对咨嗟，且会衔报闻辽主。

辽主得报，大为失意，继且自叹道："我有三失，怪不得中国叛我呢！我令诸道括钱，是第一失；纵兵打草谷，是第二失；不早遣诸节度使还镇，是第三失。如今追悔无及了！"前责人，后责己，尚非愚憨者比。看官听着！辽主德光，也是一个好大喜功的雄主，此番大举入汴，到处顺手，已经如愿以偿，但他尚思久据中原，偏偏不能满意，连得许多警耗，由愤生悔，由悔生忧，竟至怏怏成疾。到了栾城，遍体苦热，用冰沃身，且沃且啖。及抵杀狐林，病势愈剧，即日毕命。

亲吏恐尸身腐臭，特剖腹贮盐，腹大能容积盐数斗，乃载尸归国，晋人号为帝耙。辽太后述律氏，抚尸不哭，且作恨辞道："汝违我命，谋夺中原，坐令内外不安，须俟诸部宁一，才好葬汝哩。"

原来辽主一死，形势立变，赵延寿恨主背约，首先发难。他本内任枢密，遥领中京，至是扈跸前驱，欲借中京为根据地。便引兵先入恒州，且语左右道："我不愿再入辽京了！"哪知人有千算，天教一算，似这卖国求荣，糜烂中原的赵延寿，怎能长享富贵，得使考终！借古讽世，是著书人本意。延寿入恒州时，即有一辽国亲王，蹑迹前来，亦带兵随入。延寿不敢拒绝，只好由他进城。这辽亲王为谁？乃是耶律德光的侄儿，东丹王突欲的长子。突欲奔唐，唐赐姓名为李赞华，留居京师。赞华为李从珂所杀，事见前文。独突欲子尚留北庭，未尝随父归唐。看官欲问他名字，乃是叫做兀欲。旧作乌裕，亦作郭约。德光因他舍父事己，目为忠诚，特封为永康王。

兀欲随主入汴，复随主归国，尝见延寿怏怏，料他蓄怨，特暗地加防。此次追踪而至，明明是夺他根据。一入城门，即令门吏缴出管钥，进至府署，复令库吏缴出簿籍，全城要件，已归掌握，辽将又多半归附，愿奉他为嗣君。兀欲登鼓角楼，与诸将商定密谋，择日推戴。那赵延寿尚似在睡梦中，全然没有知晓，反自称受辽主遗诏，权知南朝军国事，且向兀欲要求管钥簿籍，兀欲当然不许。

有人通知延寿道："辽将与永康王聚谋，必有他变，请预备为要。今中国兵尚有万人，可借以击虏，否则事必无成！"延寿迟疑未决，后来想得一法，拟于五月朔日，受文武官谒贺。晋臣李崧入语道："虏意不同，事情难测，愿公暂从缓议。"延寿乃止。

辽永康王兀欲闻延寿将行谒贺礼，即与各辽将商定，届期掩击。嗣因延寿罢议，不得不另想别法。可巧兀欲妻自北庭驰至，探望兀欲，兀欲大喜道："妙计成了，不怕燕王不入彀中。"遂折柬往邀延寿，及张砺、和凝、冯道、李崧等，共至寓所饮酒。延寿如约到来，就是张砺以下，皆应召而至。兀欲欢颜迎入，请延寿入坐首席，大众依次列坐，兀欲下坐相陪。酒醴具陈，肴核维旅。彼此饮了好几觥，谈了许多客套话，兀欲方语延寿道："内子已至，燕王欲相见么？"延寿道："妹果来此，怎得不见！"即起身离座，与兀欲欣然入内，去了多时，未见出来，李崧颇为担忧。和凝、冯道私问张砺道："燕王有妹适永康王么？"张砺摇首道："并非燕王亲妹。我与燕王在辽有年，始知永康王夫人，与燕王联为异姓兄妹，所以有此称呼。"借张砺口中说明，无非倒戟而出之笔法。道言未绝，兀欲已由内出外，独不见延寿偕出。李崧正要启问，兀欲笑语道："燕王谋反，我已将他锁住了！"这语说出，吓得数人面面相觑，不发一言。兀欲复道："先帝在汴时，遗我一等，许我知南朝军国事，至归途猝崩，并无遗诏。燕王怎得擅自主张，捏称先帝遗命，惟罪止燕王一人。诸公勿虑，请再饮数觥！"和凝、冯道等唯唯听命，勉强饮毕，告谢而出。

越日由兀欲下令，宣布先帝遗制，略云："永康王为大圣皇帝嫡孙，人皇王长子，太后钟爱，群情允归，可就中京即皇帝位。"看官阅此，当知遗制为兀欲所捏造。但恐未知大圣皇帝，及人皇王为何人？小子应该补叙明白：大圣皇帝，就是辽太祖阿保机的尊谥，人皇王就是突欲。阿保机在世时，自称天皇王，号长子突欲为人皇王，因此兀欲捏造遗制，特别声明。兀欲始举哀成服，传讣四方，并遣人报知述律太后。太后怒道："我儿平晋国、取中原，有大功业，伊子留侍我侧，应该嗣立。人皇王叛我归唐，兀欲为人皇王子，怎得僭立呢！"当下传谕兀欲，令取消成议。兀欲哪里肯从，竟在恒州即皇帝位，受蕃汉各官朝贺。寻即撤去丧服，鼓吹作乐，声彻内外。

忽闻述律太后，将发声讨，便恨恨道："我不逼人，人且逼我，这尚可坐视么？"遂命亲将麻答守恒州，并晋臣文武吏卒，一概留住，自率部兵北行。选得宫女、宦官、乐工数百人，随从马后。最后复有军士数十名，押着一乘囚车，内坐一个燕王赵延寿。揶揄极了。小子走笔至此，口占一诗，随笔录出，为赵延寿写照。诗云：

　　失身事虏已堪羞，况复甘心作寇仇！
　　自古贤奸终有报，好从马后看羁囚。

兀欲北去，刘知远南来。欲知南北各事，且看下回分解。

辽主之不能久据中原，或谓由天限华夷，迫令北返，是实不然。当时廉耻道丧，官吏以送旧迎新为得计。中原人民，手无尺寸柄，畴能反抗强虏？假令辽主入汴，但以噢咻小惠，笼络臣民，中国可坐而定也。误在贪酷残虐，激成众怨，遂致枭桀四起，与辽为难。辽主怅然北归，自陈三失，亶其然乎！赵延寿叛唐降辽，又引辽灭晋，嗣复欲背辽自主，居心叵测，不可复问。辽永康王兀欲，一举而拘絷之，诚为快事。且其称帝恒州，办非全然无理，立嫡以长，古有明训，谁令辽太后溺爱少子，舍长立幼，违大经而生巨变，正辽太后之自取也！于兀欲乎何尤！

第三十九回

故妃被逼与子同亡
御史敢言奉母出戍

却说赵延寿为兀欲所拘，带归辽京，消息传至河东，河东军将，以河中节度使赵匡赞为延寿子，正好乘势招谕，劝他归降。刘知远依议办理，派使至河中宣抚。既而传说纷纷，言延寿已死，再由郭威献策，着人往河中吊祭。其实延寿还是活着，过了二年，始受尽折磨，瘐死狱中。<small>只难为永安公主。</small>

知远遂召集将佐，商议进取，诸将哗声道："欲取河南，应先定河北。为今日计，不若出师井陉，攻取镇、魏二州。<small>镇州即恒州。</small>二镇得下，河北已定，河南自拱手臣服了。"知远沉吟道："此议未免迂远，我意从潞州进行。"言至此，有一人抗声谏阻道："两议皆未可行！今虏主虽死，党众尚盛，各据坚城。我出河北，兵少路迂，旁无应援，倘群虏合势共击，截我前锋，断我后路，我不能进，又不能退，援绝粮尽，如何支持？这是万不可行的。若从潞州进兵，山路险窄，粟少兵残，未能供给大军，亦非良策。臣意谓应从陕、晋进发，陕、晋二镇，新近款附，引兵过境，必然欢迎，饷通路便，万无一失，不出两旬，洛、汴可俱定了。"<small>三议相较，自以此议为善。</small>知远点首道："卿言甚善，朕当照行。"

节度判官苏逢吉已升任中书侍郎，独出班进言道："史弘肇屯兵潞州，群虏相继遁去，不如出师天井关，直达孟津，更为利便。"知远也以为然。嗣经司天监奏称太岁在午，不利南行，宜由晋、绛抵陕。知远乃决，准于天福十二年五月十二日，自太原启銮。告谕诸道，一面部署内政，厘定乃行。遂册魏国夫人李氏为皇后，皇弟刘崇为太原尹，从弟刘信为侍卫指挥使。皇子承训、承佑、承勋及皇侄承赟为将军，杨邠为枢密使，郭威为副使，王章为三司使，苏逢吉、苏禹珪同平章事。凡首先归附诸镇将，如赵晖、王守恩、武行德等，皆实授节度使。

转瞬间已是启銮期限，即命太原尹刘崇留守北都，赵州刺史李存瓌为副，幕僚李骧为少尹，牙将蔚进为马步指挥使，佐崇驻守。知远挈领全眷，及部下将士三万人，由太原出发。越阴地关，道出晋、绛，意欲召还史弘肇，一同扈驾。苏逢吉、杨邠谏阻道："今陕、晋、河阳均已向化，房将崔廷勋、耿崇美亦将遁去，若召还弘肇，恐河南人心动摇，房势复盛，转足为患了。"知远尚在踌躇，使人谕意弘肇，弘肇遣还使人，附呈奏议，与苏、杨相符。乃令弘肇屯潞，规取泽州。

泽州刺史翟令奇，坚壁拒守，弘肇已派兵往攻，经旬未下，部将李万超，愿往招降，得弘肇允许，骑至城下，仰呼令奇道："今房兵北遁，天下无主。太原刘公，兴义师，定中土，所向风靡，后服者诛；君奈何不早自计！"令奇迟疑未答，万超又道："君为汉人，奈何为房守节？况城池一破，玉石不分，君甘为房死，难道百姓亦愿为房死么？"令奇被他提醒，方答称愿降，开门迎纳官军。弘肇闻报，亦驰入泽州。安民已毕，留万超权知州事，自还潞州镇守。

会辽将崔廷勋、耿崇美等，又进逼河阳，节度使武行德，与战失利，飞向潞州求援。弘肇率众南下，甫入孟州境内，廷勋等已拥众北遁。经过卫州，大掠而去。行德出迎弘肇，两下联合，分略河南。弘肇为人，沉毅寡言，御众严整，将校有过，立杀无赦，兵士所至，秋毫无犯，因此士皆用命，民亦归心。刘知远从容南下，兵不血刃，都由弘肇先驱开路，抚定人民，所以有此容易哩。反射后文。

辽将萧翰留守汴梁，闻知远拥兵南来，崔、耿诸将，统已遁还，自知大势已去，不如北归。筹划了好几日，又恐中原无主，必且大乱，归途亦不免受祸。乃从无策中想出一策，捏传辽主诏命，令许王李从益，知南朝军国事。当即派遣部将，驰抵洛阳，礼迎从益母子。王德妃闻报大惊道："我儿年少，怎能当此大任？"说着，忙挈从益逃匿徽陵城中。徽陵即唐明宗陵，见前文。辽将蹑迹找寻，竟被觅着，强迫从益母子出赴大梁。萧翰用兵拥护从益，即日御崇元殿。从益年才十七，胆气尚小，几乎吓下座来，勉强支撑，受蕃、汉诸臣谒贺。翰率部将拜谒殿上，令晋百官拜谒殿下，奉印纳册，由从益接受。方才毕礼，王德妃明知不妙，自在殿后立着。至从益返入，心尚未定。偏晋臣联袂入谒，德妃忙说道："休拜！休拜！"晋臣只管屈膝，黑压压地跪下一地。此时屈膝，比拜房还算有光。德妃又连语道："快……快请起来！"等到大众尽起，不禁泣下道："我家母子，孤弱得很，乃为诸公推戴，明明非福，眼见得是祸祟了！奈何！奈何！"大众支吾一番，尽行告退。翰留部将刘祚带兵千人，卫护从益，自率蕃众北去。

王德妃昼夜不安，屡派人侦探河东军，当下有人入报道："刘知远已入绛州，收降刺史李从朗，留偏将薛琼为防御使，自率大军东来了。"未几又有人走报，谓刘知远已抵陕州；又未几得知远檄文，是从洛阳传到，宣慰汴城官民。凡经辽主补署诸吏，概置勿问。晋臣接读来檄，又私自聚谋，欲迎新主，免不得伺隙窃出，趋洛投效，也想做个佐命功臣。丑极。

王德妃焦急万分，与群臣会议数次，欲召宋州节度使高行周，河阳节度使武行

第三十九回　故妃被逼与子同亡　御史敢言奉母出戍

德，共商拒守事宜。使命迭发，并不见到，德妃乃召语群臣道："我母子为萧翰所逼，应该灭亡，诸公无罪，可早迎新主，自求多福，勿以我母子为念！"说至此，那两眶凤目中，已堕落无数珠泪。花见羞要变成花见怜了。大众也被感触，无不泣下。忽有一人启口道："河东兵迂道来此，势必劳敝。今若调集诸营，与辽将并力拒守，以逸待劳，不致坐失，能有一月相持，北救必至，当可无虑。"德妃道："我母子系亡国残余，怎敢与人争夺天下？若新主悯我苦衷，知我为辽所劫，或尚肯宥我余生。今别筹抵制，惹动敌怒，我母子死不足惜，恐全城且从此涂炭了！"是谓妇人之仁，但此外亦别无良策。大众闻言，尚交相聚论，主张坚守。三司使刘审交道："城中公私俱尽，遗民无几，若更受围一月，必无噍类。愿诸公勿复坚持，一听太妃处分！"众始无言。德妃再与群臣议定，遣使奉表洛阳，迎接刘知远。表文首署名衔，乃是"臣梁王权知军国事李从益"数字，从益出居私第，专候刘知远到来。

知远至洛阳后，两京文武百官，陆续迎谒。至从益表至，因命郑州防御使郭从义，领兵数千，先入大梁清宫。临行时密谕从义道："李从益母子并非真心迎我，我闻他曾召高行周等，与我相争，行周等不肯应召，始穷蹙无法，遣使表迎。汝入大梁，可先除此二人，切切勿误！"郭从义奉命即行，到了大梁，便率兵围住从益私第，传知远命，迫令从益母子自杀。王德妃临死大呼道："我家母子，究负何罪，何不留我儿在世，使每岁寒食节，持一盂麦饭，祭扫徽陵呢！"说毕，乃与从益伏剑自尽。

大梁城中，多为悲惋，惟从义遣人报命。刘知远独欢慰异常。未免太忍。乃启行入大梁，汴城百官，争往荥阳迎驾。辽将刘祚，无法归国，亦只好随同迎降。知远纵辔入城，御殿受贺，下诏大赦。凡辽主所除节度使，下至将吏，各安职任，不复变更。乃称汴梁为东京，国号大汉，惟尚用天福年号。顾语左右道："我实未忍忘晋呢！"还要骗人。嗣是封赏功臣，犒劳兵士，当然有一番忙碌。小子述不胜述，姑从阙如。

当时各道镇帅，先后纳款。就是吴越、湘南、南平三镇，亦遣人表贺。大汉皇帝刘知远，得晋版图，南面垂裳，又是一新朝气象了。可惜不长。南唐主李璟，当辽主入汴时，曾派使贺辽，且请诣长安修复诸陵，即唐高祖、太宗诸陵。辽主不许。会晋密州刺史皇甫晖，棣州刺史王建，皆避辽奔唐，淮北贼帅，亦多向江南请命。唐史馆修撰韩熙载上疏道："陛下恢复祖业，正在今日。若虏主北归，中原有主，恐已落人后，必至规复无期。"唐主览书感叹，颇欲出师。怎奈福州军事，尚未成功，反且败报传来，丧师不少，自慨国威已挫，哪里还能规取中原。

福州李达得吴越援军，与唐兵相持，小子前已叙过。见三十五回。两下里攻守逾年，未判成败。吴越复令水军统帅余安，领着战舰千艘，续援福州，行抵白虾浦，海岸泥淖，须先布竹簧，方可登岸。唐兵在城南瞧着，弯弓竞射，簧不得施。

余安正没法摆布，静待多时，既而箭声已歇，便纵兵布篗，悉数登岸，进击唐兵。唐将冯延鲁，抵挡不住，弃师先走，冤冤枉枉地死了多人，并阵亡良将孟坚。原来唐兵停射，系是延鲁主见，延鲁欲纵敌登岸，尽加歼除，孟坚苦谏不从。至吴越兵登岸，大呼奋击，锐不可当。延鲁遁去，孟坚战死。唐将刘从效、王建封等亦相继披靡，城中兵又出来夹攻，大破唐兵，尸横遍野。还亏唐帅王崇文，亲督牙兵三百人，断住后路，且战且行，才得保全残众，走归江南。这番唐兵败衄，丧师二万余人，委弃军资器械，至数十万，府库一空，兵威大损。

唐主以陈觉矫诏，冯延鲁失策，笞止二人，拟正法以谢中外，余皆赦免。御史江文蔚本系中原文士，与韩熙载同具盛名，熙载奔唐，文蔚亦坐安重荣叛党，惧罪南奔。安重荣事见三十一回。唐主喜他能文，令充谏职。他见唐主诏敕只罪陈觉、冯延鲁，不及冯延巳、魏岑，心下大为不平，遂对仗纠弹，上书达数千言。说得淋漓痛快。小子不忍割爱，因限于篇幅，节录如下：

　　臣闻赏罚者帝王所重。赏以进君子，不自私恩；罚以退小人，不自私怨。陛下践阼以来，所信重者冯延巳、延鲁、魏岑、陈觉四人，皆擢自下僚，骤升高位，未尝进一贤臣，成国家之美。阴狡弄权，引用群小，在外者握兵，居中者当国。师克在和，而四凶邀利，迭为前却，使精锐者奔北，馈运者死亡，谷帛戈甲，委而资寇，取弱邻邦，贻讥海内。今陈觉、冯延鲁虽已伏辜，而冯延巳、魏岑犹在，本根未殄，枝干复生。延巳善柔其色，才业无闻，凭恃旧恩，遂阶任用。蔽惑天聪，敛怨归上，以致纲纪大坏，刑赏失中。风雨由是不时，阴阳以之失序。伤风败俗，蠹政害人，蚀日月之明，累乾坤之德。天生魏岑，朋合延巳，蛇豕成性，专利无厌。逋逃归国，鼠奸狐媚，谗疾君子，交结小人，善事延巳，遂当枢要，面欺人主，孩视亲王，侍燕喧哗，远近惊骇，进俳优以取容，作淫巧以求宠，视国用如私财，夺君恩为己惠，上下相蒙，道路以目。征讨之柄，在岑折简，帑藏取与，系岑一言。福州之役，岑为东面应援使，而自焚营壁，纵兵入城，使穷寇坚心，大军失势。军法逗留畏懦者斩，律云：主将守城，为贼所攻，不固守而弃去，及守备不设，为贼掩覆者皆斩。昨敕赦诸将，盖以军政威令，各非己出。岑与觉、延鲁更相违戾，互肆威权，号令并行，理在无赦。况天兵败衄，宇内震惊，将雪宗庙之羞，宜醢奸臣之肉。已诛二罪，未塞群情，尽去四凶，方祛众怒。今民多饥馑，政未和平。东有伺隙之邻，北有霸强之国。市里讹言，遐迩危惧。陛下宜轸虑殷忧，诛鉏虺蜮。延巳谋国不忠，在法难原，魏岑同罪异诛，观听疑惑，请并行典法以谢四方，则国家幸甚！

文蔚上疏时，明知词太激烈，恐触主怒，先在江中备着小舟，载送老母，立待左迁。果然唐主下敕，责他诽谤大臣，降为江州司士参军。文蔚即奉母赴江州。直臣虽去，谏草具存，江南人士，辗转传写，纸价为之一昂。究竟有名无利，宜乎谀媚日多。太傅宋齐邱，曾荐陈觉为福州宣谕使，见三十五回。至是竭力营救，竟得准请。赦免陈觉、冯延鲁死罪，但流觉至蕲州、延鲁至舒州。韩熙载亦忍耐不住，上书并劾齐邱，兼及冯延巳、魏岑二人。唐主但撤延巳相位，降为少傅，贬岑为太子洗马，齐邱全不加谴，宠任如故。熙载又屡言齐邱党与，必为祸乱；齐邱益与熙载为仇，劾他嗜酒猖狂，被黜为和州司士参军。是时辽主归死，辽将萧翰，亦弃汴北遁。唐主又想经略北方，用李金全为北面招讨使。哪知刘知远已捷足先得，驰入大梁，还要他费什么心，动什么兵哩！统是空思想。

　　吴越军将解福州围，凯旋钱塘。吴越王弘佐，另派东南安抚使鲍修让，助戍福州。未几吴越王病殁，年仅二十，无子可承，弟弘倧依次嗣立。颁敕至福州，李达令弟通权知留后，自诣钱塘，朝贺新君。弘倧加达兼官侍中，赐名孺赟，寻且遣归。达已返福州，与鲍修让两不相下，屡有龃龉，复欲举兵降唐，杀鲍自解，偏被修让察觉。先引兵往攻府第，一场蹂躏，不但杀死李达，并将他全家老小，一并诛夷。凶狡如达，应该至此。随即传首钱塘，报明情状。吴越王弘倧，别简丞相吴程，出知威武军节度使事。

　　自是福州归吴越，建州归南唐，各守疆域，相安无事。那北方最强的大辽帝国，偏由兀欲继统，仇视祖母，彼此争哄。兀欲得着胜仗，竟把一位聪明伶俐的述律太后，拘至辽太祖阿保机墓旁，锢禁起来。小子有诗叹道：

　　　　虏廷挺出女中豪，佐主兴邦不惮劳。
　　　　只为立储差一着，被孙拘禁祸难逃。

欲知辽太后被幽详情，且至下回再阅。

　　辽将北去，刘氏南来，偏夹出一个李从益来，权知南朝军国事。从益母子，系亡国遗裔，谁乐推戴？而萧翰乃迫而出之，舍安土而入危境，不死何待！但母子茕茕，受人迫胁，原为不得已之举；且于刘知远无名分之嫌，知远又臣事唐明宗，胡为必杀之而后快？残忍若此，宜其享年不永，而传祚亦最短也。南唐为当时强国，苟任用得人，本可乘时出师，与刘知远共争中原，尚未知鹿死谁手。乃庸臣当国，呆竖弄兵，仅攻一残破之福州，犹不能下，反且丧师败北，致遭大挫，何其无英雄气象耶！直言如江文蔚，反遭罢斥，而金壬宵小，仍得窃位，南唐之不振也亦宜哉；读江中丞弹文，可为南唐一哭。

第四十回

徙建州晋太后绝命
幸邺都汉高祖亲征

却说辽永康王兀欲，在恒州擅立为帝，便即率兵北向，归承大统。到了石桥，正遇辽太后遣来的兵士，为首的乃是降将李彦韬。彦韬随晋主北去，进谒辽太后，太后见他相貌魁梧，语言伶俐，即令他隶属麾下。以貌取人，失之彦韬。此时闻兀欲进来，便命彦韬为排阵使，出拒兀欲。兀欲前锋，就是伟王。伟王大呼道："来将莫非李彦韬么？须知新主是太祖嫡孙，理应嗣位。汝由何人差遣，前来抗拒？若下马迎降，不失富贵；否则刀下无情，何必来做杀头鬼！"彦韬见来军势盛，本已带着惧意，一闻伟王招降，乐得滚鞍下马，迎拜道旁。伟王大喜，更晓谕彦韬部众，教他一体投诚，免受屠戮。大众亦抛戈释甲，情愿归降。两军一合，倍道急进，不到一日，便达辽京。述律太后方派彦韬出战，总道他肯尽死力，不意才阅一宵，即闻伟王兵到，惊得手足失措，悲泪满颐。老婆娘亦有此日耶！

城中将吏，又素感兀欲厚恩，争先出迎。原来兀欲平日，性情豪爽，散财下士。前由德光赐绢数千匹，便悉数分散，顷刻而尽。所以将士多受笼络，相率爱戴。伟王入城，兀欲继至，述律太后束手无策，只好听他处置。当有数骑入宫，拥出太后，胁往木叶山。木叶山就是阿保机葬处，墓旁多筑矮屋，派人守护。那述律太后被迫至此，没奈何在矮屋栖身，昼听猿啼，夜闻鬼哭，任她铁石心肠，也是忍受不住。况且年力已衰，猝遭此变，自己也情愿速死。忧能致疾，未几告终。是前杀酋长之报。

兀欲易名为阮，自号天授皇帝，改元天禄。国舅萧翰驰至国城，大局已经就绪，孤掌当然难鸣，也只能得过且过。进见兀欲，行过了君臣礼，才报称张砺谋反，已与中京留守麻合，将他伏诛。兀欲也不细问，但令翰复职了事。

看官道张砺被杀，是为何因？砺随辽主德光入汴，尝劝德光任用镇帅，勿使辽人，翰因此怀恨。及自汴州还至恒州，即与麻合说明，麾骑围张砺第，牵砺出问道："汝教先帝勿用辽人为节度使，究怀何意？"砺抗声道："中国人民，非辽人所能治，先帝不用我言，所以功败垂成。我今还当转问国舅，先帝命汝守汴，汝何故不召自来呢？"理论固是，但问他何故引虏入寇，残害中原？翰无言可诘，惟益加忿恚，饬左右将砺锁住。砺又恨恨道："欲杀就杀，何必锁我！"翰置诸不理，但令左右牵他下狱。越宿由狱卒入视，砺已气绝仆地，想已是气死了。看官记着！张砺、赵延寿，同是汉奸，同是虏怅。砺拜相，延寿封王，为虏效力，结果是同死虏手。古人有言："惠迪吉，从逆凶。"这两人就是榜样呢！苦口婆心。

兀欲已经定国，乃为先君德光安葬，仍至木叶山营陵，追谥德光为嗣圣皇帝，庙号太宗。临葬时遣人至恒州召晋臣冯道、和凝等会葬，可巧恒州军乱，指挥使白再荣等，逐出麻答，并据定州。冯道等乘隙南归，仍至中原来事新主，免为异域鬼魂。这正是不幸中的大幸。惟恒州乱源，咎由麻答一人。麻答为辽主德光从弟，平生好杀。在恒州时，残酷尤甚，往往虐待汉人，或剥面抉目，或髡发断腕，令他辗转呼号，然后杀死。出入必以刑具自随，甚至寝处前后，亦悬人肝胫手足，人民不胜荼毒，所以酿成变乱。已而白再荣等，表顺汉廷，于是恒、定二镇，仍为汉有。这且无庸细表。

惟辽负义侯石重贵，自徙居黄龙府后，曾奉述律太后命令，改迁至怀密州，州距黄龙府西北千余里。重贵不敢逗留，带领全眷，跋涉长途。故后冯氏，不堪艰苦，密嘱内官搜求毒药，将与重贵同饮，做一对地下鸳鸯。可奈毒药难求，生命未绝，不得不再行趱路。行过辽阳二百里，适辽嗣皇兀欲入都，幽禁述律，特下赦文，召重贵等还居辽阳，略具供给。重贵等仍得生机，全眷少慰。越年四月，兀欲巡幸辽阳，重贵带着母妻，白衣纱帽，往谒帐前，还算蒙兀欲特恩，令易常服入见。重贵伏地悲泣，自陈过失。兀欲令人扶起，赐他旁坐。当下摆起酒席，奏起乐歌，令重贵入座与饮，分尝一胾。那帐下的伶人、从官，多由大梁掳去，此时得见故主，无不伤怀。至饮毕散归，各赍衣服药饵，饷遗重贵。重贵且感且泣，自思被掳至此，才觉得苦尽甘来，倒也安心过去。想冯氏亦不愿服药了。

偏偏福无双至，祸不单行。兀欲住居旬日，因天气已近盛夏，拟上陉避暑，竟向重贵索取内宫十五人，及东西班十五人，还要重贵子延煦，随他同行。重贵不敢不依，心中很是伤感，最苦恼的是膝下娇雏，也被蕃骑取去。父女惨别，怎得不悲！原来兀欲妻兄禅奴，一作绰锡里。见重贵身旁有一幼女，双鬟绰约，娇小动人，便欲取为婢妾。面向重贵请求，重贵以年幼为辞。禅奴转白兀欲，兀欲竟遣一骑卒，硬向重贵索去，赐给禅奴。到了仲秋，凉风徐拂，暑气尽消，兀欲乃下陉至霸州。陉系北塞高凉地，夏上陉，秋下陉，乃向来辽主惯例。

重贵忆念延煦，探得兀欲下陛消息，即求李太后往谒兀欲，乘便顾视。李太后因驰至霸州，与兀欲相见，延煦在兀欲帐后，趋谒祖母，老少重逢，悲喜交集。兀欲顾李太后道："我无心害汝子孙，汝可勿忧！"李太后拜谢道："蒙皇帝特恩，宥妾子孙，没世衔感。但在此坐食，徒劳上国供给，自问亦未免怀惭，可否在汉儿城侧，赐一隙地，俾妾子孙得耕种为生？如承俯允，感德更无穷了！"向虏主求一隙地，何如速死为是。兀欲温颜道："我当令汝满意便了。"又顾延煦道："汝可从汝祖母同返辽阳，静待后命。"延煦遂与李太后一同拜辞，仍至辽阳候敕。

　　未几即有辽敕颁到，令南徙建州，重贵复挈全眷启行。自辽阳至建州又约千余里，途中登山越岭，备极艰辛。安太妃目早失明，禁不起历届困苦，镇日里卧着车中，饮食不进，奄奄将尽。当下与李太后等诀别，且嘱重贵道："我死后当焚骨成灰，南向飞扬，令我遗魂得返中国，庶不至为虏地鬼了！"悲惨语，不忍卒读。说着，痰喘交作，须臾即逝。重贵遵她遗命，为焚尸计，偏道旁不生草木，只有一带砂碛，极目无垠，哪里寻得出引火物！嗣经左右想出一法，折毁车轮，作为火种，乃向南焚尸。尚有余骨未尽，载至建州。

　　建州节度使赵延晖，已接辽敕，谕令优待，乃出城迎入，自让正寝，馆待重贵母子。一住数日，李太后商诸延晖，求一耕牧地，延晖令属吏四觅，去建州数十里外，得地五千余顷，可耕可牧。当下给发库银，交与重贵，俾得往垦隙地，筑室分耕。重贵随从尚有数百人，尽往种作，莳蔬植麦，按时收成，供养重贵母子。重贵却逍遥自在，安享天年，随身除冯后外，尚有宠姬数人，陪伴寂寥，随时消遣。

　　一日正与妻妾闲谈，忽来了胡骑数名，说是奉皇子命，指索赵氏、聂氏二美人。这二美人是重贵宠姬，怎肯无端割舍！偏胡骑不肯容情，硬扯二人上舆，向北驰去。看官！你想重贵此时，伤心不伤心么？重贵伏案悲号，李太后亦不胜凄惋。冯氏拔去眼中钉，想是暗地喜欢。大家哽咽多时，想不出什么法儿，可以追回，只好撒手了事。惟李太后睹此惨剧，长恨无穷，蹉跎过了一年，已是后汉乾祐三年。李太后寝疾，无药可医，尝仰天号泣，南向戟手，呼杜重威、李守贞等姓名，且斥且詈道："我死无知，倒也罢了；如或有知，地下相逢，断不饶汝等奸贼！"骂亦无益。嗣是病势日重，延至八月，已是弥留。见重贵在侧，呜咽与语道："从前安太妃病终，曾教汝焚骨扬灰。我死，汝也可照办，我的烬骨，可送往范阳佛寺，我也不愿作虏地鬼哩！"语与安太妃略同，恰另具一种口吻。是夕即殁，重贵与冯氏宫人，及宦官东西班，均被发徒跣，舁柩至赐地中，焚骨扬灰，穿地而葬。

　　后来重贵夫妇，不知所终。至后周显德年间，有中国人自辽逃归，说他尚在建州，惟随从吏役，多半亡故。此后遂无消息，大约总难免一死，生做异乡人，死做异乡鬼罢了。卅六鸳鸯同命鸟，一双蝴蝶可怜虫。史家因重贵北迁，号为"出帝"，或因他年少失国，号为"少帝"，究竟他何年死、何地死，无从查考。小子也不能臆造，权作阙文，愿看官勿笑我疏忽哩。叙法周密。

且说刘知远入主大梁，四方表贺，络绎不绝。河南一带，统已归顺，辽兵或降或遁，辽将高唐英驻守相州，为指挥使王继弘、楚晖所杀，传首诣阙。知远大悦，免不得有一番封赏。湖南节度使马希广，派人告哀，并报称兄终弟及，有乞请册封的意思。知远遂加希广为检校太尉，兼中书令，行天策上将军事，镇守湖南，加封楚王。

希广即希范弟，希范曾受石晋册封，岁贡不绝。生平豪侈，挥金如土，尝造会春园及嘉宴堂，费至巨万。继筑九龙殿，用沉香雕成八龙，外饰金宝，抱柱相向。自言己身亦是一龙，故称九龙。辽兵灭晋，中原大乱，湖南牙将丁思瑾，劝希范出兵荆、襄，进图汴、洛，成一时霸业。希范也惊为奇论，但终不能照行。思瑾意图尸谏，扼吭竟死。无如希范纵乐忘返，哪里肯发愤为雄！昼聚狎客，饮博欢呼，夜罗美女，荒淫狎亵。后宫多至数百人，尚嫌不足，甚至先王妾媵，多加无礼。又往往嘱令尼僧，潜搜良家女子，闻有容色，强迫入宫。一商人妇甚美，为希范所闻，胁令该夫送入，该夫不愿，立被杀毙，取妇而归。偏该妇颜如桃李，节若冰霜，誓志不辱，投缳自尽。足与罗敷齐名，可惜不载姓氏。希范毫不知悔，肆淫如故，尝语左右道："我闻轩辕御五百妇女，乃得升天，我亦将为轩辕氏呢？"果然贪欢成痨，一病不起。濒危时召入学士拓跋常，常一作恒。以母弟希广相属，令他辅立。拓跋常有敢谏名，素为希范所嫉视，至是却嘱以后事，想是回光返照，一隙生明。但希广尚有兄希萼，为朗州节度使，舍长立少，仍然非计。希范殁，希广入嗣，拓跋常虑有后患，劝希广以位让兄。独都指挥使刘彦瑫、天策学士李弘皋，定欲遵先王遗命，乃即定议。继受汉主册封，似乎名位已定，可免后忧，哪知骨肉成仇，阋墙不远。湖南北十州数千里，从此祸乱无已，将拱手让人了。插入楚事，为湖南入唐伏案。小子因楚乱在后，汉乱在先，且将楚事暂搁，再叙汉事。

天雄军节度使杜重威、天平军节度使李守贞等前奉辽主令，各得还镇。刘知远入汴，重威、守贞，皆奉表归命。适宋州节度使高行周入朝，朝命行周往邺都，镇天雄军，调重威镇宋州。并徙河中节度使赵匡赞镇晋昌军，调守贞镇河中，此外亦各有迁调，无非是防微杜渐，免得他深根固蒂，跋扈一方。各镇多奉命转徙，独有一反复无常的杜重威，竟抗不受命，遣子弘璲，北行乞援。时辽将麻答，尚在恒州，即拨赵延寿遗下幽州兵二千人，令指挥使张琏为将，南援重威。重威请琏助守，再求麻答济师，麻答又派部将杨衮，率辽兵千五百人，及幽州兵千人，共赴邺都。汉主刘知远得知消息，忙命高行周为招讨使，镇宁军节度使慕容彦超为副，率兵往讨重威。并诏削重威官爵，饬二将速即出师。

行周与彦超，同至邺州城下，彦超自恃骁勇，请诸行周，愿督兵攻城。行周道："邺都重镇，容易固守，况重威屯戍日久，兵甲坚利，怎能一鼓即下哩！"彦超道："行军全靠锐气，今乘锐而来，尚不速攻，将待何时？"行周道："兵贵持重，见可乃进，现尚不应急攻，且伺城内有变，进攻未迟！"彦超又道："此时不攻，留屯城下，我气日衰，彼气益盛。况闻辽兵将至，来援重威，他日内外夹攻，敢问主帅如何对付？"行周道："我为统帅，进退自有主张，休得争执！"彦超冷笑道："大丈夫当为国忘家，为公忘私，奈何顾及儿女亲家，甘误国事！"行周闻言，越觉动恼，正要发言诘责，彦超又冷笑数声，疾趋而出。原来行周有女，为重威子妇，所以彦超疑他营私，且扬言军前，谓行周"爱女及贼，因此不攻。"应有此嫌。行周有口难分，不得已表达汉廷。

　　汉主虑有他变，乃议亲征。当下召入宰臣苏逢吉、苏禹珪等，商谘亲征事宜，两人模棱未决。汉主转询吏部尚书窦贞固，贞固与知远同事石晋，素相和协，至是独赞成亲征。还有中书舍人李涛，未曾与议，却密上一疏，促御驾即日征邺，毋误时机。汉主因二人同心，并擢为相，便下诏出巡澶、魏，往劳王师。越二日即拟启行，命皇子承训为开封尹，留守大梁，凑巧晋臣李崧、和凝等，自恒州来归，报称辽将麻答，已经被逐，可绝杜重威后援。汉主甚喜，面授崧为太子太傅，凝为太子少保，令佐承训驻京。且颁诏恒州，宣抚指挥使白再荣，命为留后。见上文。复称恒州为镇州，仍原名为成德军。

　　号炮一振，銮驾出征，前后拥卫诸将吏，不下万人。行径匆匆，也不暇访察民情，一直趋至邺下行营。高行周首先迎谒，泣诉军情。汉主知曲在彦超，因当彦超谒见时，面责数语，且令向行周谢过。行周意乃少解，随即遣给事中陈观，往谕重威，劝他速降。重威闭城谢客，不肯放入。陈观复命，触动汉主怒意，便命攻城。彦超踊跃直前，领兵先进，行周不好违慢，也驱军接应。汉主登高遥望，但见城上的矢石，好似雨点一般，飞向城下。城下各军，冒险进攻，也是个个争先、人人努力。怎奈矢石无情，不容各军进步，自辰至午，仍然危岗兀立，垣堞依然。那时只得鸣金收军，检点士卒，万余人受伤，千余人丧命。汉主始叹行周先见，就是好勇多疑的慕容彦超，至此亦索然意尽，哑口无言。

　　行周入帐献议道："臣来此已久，城中闻将食尽，但兵心未变，更有辽将张琏助守，所以明持不下。请陛下招谕张琏，琏若肯降，重威也无能为力了。"汉主依议，遣人招张琏降，许他不死。偏偏琏不肯从，一再往劝，始终无效。迁延至两旬有余，围城中渐觉不支，内殿直韩训献上攻具。汉主摇首道："守城全恃众心，众心一离，城自不保，要用什么攻具呢？"韩训怀惭而退，忽由帐外报入，有一妇人求见，汉主问明底细，才命召入。正是：

猖獗全凭强虏助，窃危要仗妇人扶。

毕竟妇人为谁，待至下回表明。

辽太后为朔漠女豪，佐夫相子，奋有北方，而受制于其孙。李太后为石氏内助，因宴传言，激成大举。而被累于其子。南北暌违，事适相合，何两智妇结果之不幸也！但辽太后幽死墓侧，得随夫于地下；李太后羁死建州，徒做鬼于房中。两两相较，当以李太后之死为尤惨焉。杜重威身亡晋室，引虏覆邦，罪不容于死，不特李太后骂为奸贼，至死不忘，即中原人士，亦谁不思食其肉，寝其皮乎？刘氏入汴，不加显罚，仍令守官，几若多行不义之人，亦得幸免；乃移镇命下，复思抗拒，枭獍心肠，不死不止，而天意亦故欲迫诸死地，以为奸恶者戒。汉主亲征，犹然招降，虽得苟延残喘，而终不免于诛夷。李太后有知，庶或可少泄余恨也夫！

第四十一回

奉密谕王景崇入关
捏遗诏杜重威肆市

　　却说汉主刘知远，传见来妇，看官道妇人为谁？原来是重威妻宋国公主。公主入谒汉主，行过了礼，由汉主赐令旁坐，问及重威情形，公主道："重威因陛下肇兴，重见天日，不胜庆幸。但恐陛下追究既往，负罪难逃，所以一闻移镇，虑蹈不测。适辽将又来监守，遂致触犯天威，劳动王师，今愿开城谢罪，令臣妾前来乞恩。望陛下网开一面，曲贷余生！"汉主道："朕信重威，重威尚不信朕么？况朕已一再招降，奈何拒命？"公主道："重威非敢抗陛下，实由虏将张琏，挟制重威，不使迎降。"虽是诳言，但欲为夫解免，不得不尔，阅者尚当为公主曲原。汉主道："虏将独不怕死么？"公主道："正为怕死，所以阻挠。"汉主沉吟半晌，方微笑道："朕一视同仁，既赦重威，何不可赦张琏。烦汝入城回报，如果真心出降，不问华夷，一体赦免！"公主起身拜谢，辞别回城。

　　重威得公主传语，转告张琏，琏答道："公可全生，琏难幸免，愿守此城，以死为期！"倒是个硬汉。重威道："粮食早尽，兵皆枵腹，看来是不能不降了！汉主谓一体赦免，谅不欺人，请君勿虑！"琏又道："恐怕未必。"重威道："我再遣次子弘琏，前去请求，能得一朝廷赦书，大家好安心出降了。"琏方才允诺，弘琏即出往汉营。过了半日，持到汉主手谕，许琏归国。重威乃复遣判官王敏，先送谢表，旋即素服出降，拜谒汉主。汉主赐还衣冠，仍授检校太师，守官太傅，兼中书令。大军随汉主入城，城内已饿莩载道，满目萧条。辽将张琏，亦来拜见，汉主忽瞋目道："全城兵民，为汝一人，害得这般凄惨，汝可知罪否？"琏不意有此一诘，一时转无从措词。汉主便令推出斩首，复捕斩弁目数十人，天子无戏言，奈何背约！惟什长以下，放还幽州。辽众无从报怨，将出汉境，大掠而去。枢密使郭威入帐，与汉主附耳数语，汉主即令他会同王章，按录重威部下诸亲将，一并拿下，悉数处斩。又将重威私资，及僚属家产，抄没充公，分赐战士。重威似刀剁肉，无从呼吁，只好与妻孥相对，暗地流涕罢了。还是小事，请看后来。

汉主住邺数日，下令还都，留高行周为邺都留守，充天雄军节度使。行周固辞，汉主语苏逢吉道："想是为着慕容彦超了，我当命他徙镇泰宁军，卿可为我谕意。"逢吉转谕行周，行周乃受命留邺。汉主且晋封行周为临清王，即命杜重威随驾还都。既归大梁，加封重威为楚国公。重威平时出入，路人辄旁掷瓦砾，且掷且詈，亏得他脸皮素厚，还是禁受得起，但威风已尽扫地了。所有宋州一缺，不愿再任重威，但令史弘肇兼镇，毋庸细表。看似闲文，实补前回未了之文。

且说汉主刘知远原籍，本属沙陀部落，知远以自己姓刘，改国号汉，强引西汉高祖、东汉光武帝，作为远祖。当尊汉高祖为太祖、光武帝为世祖，立庙祭享，历世不祧。高祖湍尊为"文祖"，妣李氏为"明贞皇后"；曾祖昂为"德祖"，妣杨氏为恭惠皇后；祖僎为"翼祖"，妣李氏为昭穆皇后；父琠为"显祖"，母安氏为"章懿皇后"。共立四庙，与汉高祖、光武帝并列，合成六庙。命太常卿张昭，厘定六庙乐章舞名。知远以邺都告平，入庙告祖，所有订定乐舞，概令举行，真个是和声鸣盛，肃祀明禋。

不料皇子开封尹承训，自助祭后，感冒风寒，逐日加剧。汉主因承训孝友忠厚，明达政事，格外留心看护，多方医治。怎奈区区药物，不能挽回造化，竟于天福十二年十二月中，悠然而逝，年止二十六。汉主在太平宫举哀，哭得涕泗滂沱，几致晕去。经左右极力劝慰，勉强收泪，亲视棺殓，追封魏王，送归太原安葬。此子若存，刘氏不至遽亡。嗣是常带悲容，少乐多忧，一代枭雄，又将谢世。

蹉跎过了残年，便是元旦。汉主因身躯未适，不受朝贺，自在宫中调养。转眼间已过四天，病体少痊，乃出宫视朝，改天福十三年为乾祐元年，颁诏大赦。越数日，易名为暠，晋封冯道为齐国公，兼官太师。兵部递上奏牍，报称凤翔节度使侯益，与晋昌节度使赵匡赞，叛国降蜀，蟠踞关中，请速派将往讨云云。汉主闻变，即命右卫大将军王景崇，将军齐藏珍，调集禁兵数千，往略关西。

原来蜀主孟昶，嗣知祥位，除去强臣李仁罕、张业，国内太平，十年无事。辽主灭晋，晋雄武节度使何重建，举秦、成、阶三州降蜀。见三十七回。蜀主昶遂欲吞并关中，遣山南西道节度使孙汉韶等，攻下凤州。适晋昌军节度使赵匡赞，闻杜重威得罪，恐自己亦未必保全，索性向蜀投降，别图富贵。遂派人奉表蜀主，乞遣兵援应长安，即晋昌军。兼略凤翔。蜀主甚喜，即命中书令张虔钊，为北面行营招讨安抚使，宣徽使韩保贞为都虞侯，率兵五万，道出散关。又饬何重建为副使，领部众出陇州，与张虔钊等会师，同趋凤翔。一面令都虞侯李廷珪，统兵二万出子午谷，为长安声援。

凤翔节度使侯益，接得侦报，知蜀主大举入侵，惊慌得了不得。正拟拜表告急，忽来了雄武军弁吴崇恽，递入何重建手书，并附蜀枢密使王处回招降文。内容大意，无非是晓示利害、劝益归蜀。益恐待援不及，不如依书乞降，免得惊惶。遂缴出地图兵籍，使吴崇恽带还，附表请平定关中，且贻书赵匡赞，约为犄角，互相帮扶。偏赵匡赞狐疑未定，复听了判官李恕，仍然上表汉廷，自请入朝。东倒西歪，比墙头草且勿如。

　　这李恕本是赵延寿幕僚，延寿令佐匡赞，为晋昌军节度判官。当匡赞降蜀时，恕已出言谏阻，匡赞不从，至是复极谏道："燕王入胡，本非所愿，今汉家新得天下，方务招怀，若谢罪归朝，必能保全爵禄，入蜀恐非良策哩。蹄涔不容尺鲤，愿公三思，毋贻后悔！"匡赞听了，很觉有理，因遣恕入朝谢罪，情愿面觐汉主，听受处分。汉主问恕道："匡赞何故附蜀？"恕答道："匡赞以身受房官，父在房廷，恐陛下未肯俯谅，所以附蜀求生。臣一再谏诤，谓国家必应存抚，匡赞亦自知悔悟，故遣臣来祈哀！"汉主道："匡赞父子，本吾故交，不幸陷房。今延寿方坠槛阱，我何忍再害匡赞呢？汝可返报匡赞，不必多疑，尽可来朝！"恕拜谢而去。

　　嗣得侯益表章，也与匡赞一般见解，谢罪请朝。时王景崇尚未启行，汉主召入卧内，密谕景崇道："赵匡赞、侯益虽俱来请朝，未知他有无诡计，汝率兵西去，当密观动静！他若真心入朝，不必过问，倘或迁延观望，汝可便宜从事，勿堕狡谋！"景崇应声遵旨，即日启行，西赴长安。

　　赵匡赞恐蜀兵驰至，转难脱身，不待李恕返报，便离长安，趋入大梁。途次与李恕接着，得知汉主谕言，益放心前行。复与景崇晤谈，景崇亦让他过去，自率兵径谒长安。才入长安城中，军报已陆续到来，统说蜀兵已入秦州，就要来攻长安。景崇因随兵不多，恐未足敌蜀，忙发本道兵马，及赵匡赞牙兵千余人，同拒蜀人。又虑匡赞牙兵，或有叛亡等情，意欲黥字面中，使不得逞。当下与齐藏珍商议，藏珍尚不甚赞成，那牙兵将校赵思绾，已入请黥面，为部兵倡。景崇当然心喜。藏珍待思绾退出，私语景崇道："思绾面带杀气，恐非良将，况黥面命令，尚未发出，他即先来面请，越是诡谀，越是狡诈，此人万不可恃，速除为宜！"甚是，甚是。景崇摇首道："无罪杀人，如何服众？"遂不从藏珍计议，自督兵往堵蜀军。

　　蜀将张廷珪，正自子午谷出师，探得匡赞入朝音信，便欲引归。不意景崇突至，险些儿措手不及，仓猝对敌，已被景崇麾兵入阵，冲破中坚，没奈何且战且行，奔回至十里外，才免追袭。手下兵士，已伤亡至数千名，懊丧而去。侯益闻景崇得胜，廷珪败还，自然顺风使帆，决计拒蜀。蜀帅张虔钊行至宝鸡，略悉侯益反覆情形，便与诸将会商。或主进，或主退，弄得虔钊无可解决，只好按兵暂住。忽闻汉将王景崇，召集凤翔、陇、邠、泾、鄜、坊各兵，纷纷前来，吓得魂不附体，急忙引兵夜遁。及景崇追到散关，蜀兵已奔入关中，只剩得后队四百人，被景崇一鼓掳归。

景崇两次告捷，朝命景崇兼凤翔巡检使，因即引兵至凤翔。侯益开门迎入，与景崇谈入朝事，语带支吾。景崇未免动疑，即派部军分守诸门，再伺侯益行止。蓦然间接到朝旨，御驾升遐，皇次子承祐即皇帝位，不由得心下一动，倒有些踌躇起来。小子且慢叙景崇意见，先将汉主临崩大略，演述出来。顺事叙入，而文法独奇。

汉主刘知远，自长子承训殁后，感伤成疾，屡患不豫。亏得参苓补品，逐日服饵，才支撑了一两月。乾祐元年正月终旬，病体加重，服药无灵，乃召宰相苏逢吉，枢密使杨邠、郭威，入受顾命。还有都指挥使史弘肇，虽命他兼镇宋州，却是在都遥制，所以亦得奉召。四大臣同入御寝，见汉主病已大渐，俱作愁容。汉主顾谕道："人生总有一死，死亦何惧。但承训已殁，承祐依次当立。朕虑他幼弱，后事一切，不得不嘱托诸卿！"四人齐声道："敢不效力！"汉主又长叹道："眼前国事，尚无甚危险，但须善防杜重威！"说到"威"字，喉中如有物梗住，不能出声。四人慌忙趋退，请后妃、皇子等送终。

未几即发哀声，当由苏逢吉趋入道："且慢！且慢举哀！皇帝有要旨传下，须立刻办了，方可发丧。"后妃等未识何因，只因逢吉身任首相，且是顾命中第一个大臣，料他必有要图。当即停住了哀，令他出办。逢吉退出，见杨邠、郭威等，已拟好诏敕。即饬侍卫带领禁军，往拿杜重威及重威子弘璋、弘琏、弘璲。重威在私第中，安然坐着，毫不预防。至禁军入门，仓皇接诏，甫经下跪，那冠带已被禁军褫去。且听侍卫宣诏道：

　　杜重威犹贮祸心，未悛逆节，枭首不改，虺性难驯。昨朕小有不安，罢朝数日，而重威父子，潜肆凶言，怨谤大朝，煽惑小辈。今则显有陈告，备验奸期，既负深恩，须置极法。其杜重威父子，并令处斩。所有晋朝公主及外亲族，一切如常，仍与供给。特谕。

重威听罢，魂飞天外，急得带哭带辩。偏侍卫绝不留情，即令禁军缚住重威，并将他三子拿下，一并牵出，连他妻室宋国公主，都不使诀别。匆匆驱至市曹，已有监刑官待着，指麾两旁刽子手，趋至重威父子身旁，拔出光芒闪闪的刀儿，剁将过去。只听得有三四声，重威父子的头颅，皆已堕落。父子同时入冥府，未始非天伦乐事。遗骸陈设通衢，都人士在旁聚观，统激起一腔义愤，或诟骂，或蹴击，连军吏都禁遏不住。霎时间成为肉泥，几无从辨认了。该有此报，但至此始见伏法，已不免为失刑。

重威既诛，方为故主发丧。并传出遗制，封皇子承祐为周王，即日嗣位，朝见百官，然后举哀成服。先是汉主刘知远欲改年号，宰臣进拟"乾和"二字。御笔改为"乾祐"，适与嗣主名相同，当时目为预征，所以后来沿称乾祐，不复改元。太常卿张昭，拟上先帝谥法，称为"睿文圣武昭肃孝皇帝"，庙号"高祖"，嗣葬睿陵。统计刘知远称帝，未满一年，不过时已易岁，历史上算做二年，享年五十四岁。

　　承祐既立，尊母李氏为皇太后，颁诏大赦，号令四方。关中接得诏书，王景崇踌躇未定，便是为处置侯益的问题。侯益非常狡黠，为景崇所疑。或劝景崇杀益，景崇叹道："先帝原许我便宜行事，但谕出机密，恐嗣皇帝未曾闻知，我若杀益，转近专擅。况赦文已下，更觉难行，我只好密奏朝廷，再作计较。"主见已定，便草密疏奏请，疏未缮发，那侯益已私离凤翔，星夜入都去了。景崇不禁大悔，甚至自诉不休。

　　这侯益却是机变，一入都门，便诣阙求见。嗣主承祐，问他何故引入蜀军？益并不慌忙，反从容答道："蜀兵屡寇西陲，臣意欲诱他入境，为聚歼计。"承祐不由得"嗤"了一声，令益退出。*似乎有些识见。* 益见嗣主形态，倒也自危，幸喜家资富厚，好仗那黄白物，运动相臣。金银是人人喜欢，宰相以下，得了他的好处，哪有不替他说项。你吹嘘、我称扬，究竟承祐年未弱冠，也道是前日错疑，即授益为开封尹，兼中书令。益又贿通史弘肇等，逸构景崇，说他如何专恣，如何骄横。承祐不得不信，派供奉官王益至凤翔，征赵匡赞牙兵诣阙。

　　赵思绾很是不安，复由景崇激他数语，越觉心慌，既随王益启行，到了半途，语同党常彦卿道："小太尉已落人手，我等若至京师，自投死路，奈何！奈何！"*小太尉指赵匡赞。* 彦卿道："临机应变，自有方法，愿勿再言！"

　　越日行抵长安，长安已改号"永兴军"。节度副使安友规，巡检使乔守温，出迎王益，置酒客亭。思绾入请道："部下军士，已在城东安驻。惟将士家属，多在城中，意欲暂时入城，挈眷出宿城东。"友规不知是计，且见思绾并无铠仗，乐得做个人情，应允下去。思绾便引弁目驰入西门，适有州校坐守门侧，腰剑下悬，为思绾所注目，突然趋进，顺手夺剑，挺刃一挥，剁落州校头颅。*州校真是枉死。* 当下顾令党羽，一齐动手，急切里无从得械。便向附近觅得白梃，左横右扫，击死门吏十余人，遂把城门阖住，自入府署劈开武库，取出甲仗，分给部众，把守各门。友规等在外闻变，惊慌失措，不待饮毕，便已溜去。朝使王益，也逃之夭夭，不知去向。思绾据住城池，募集城中少年，得四千余人，缮城隍，葺楼堞，才经十日，守具皆备。王景崇不知声讨，反讽凤翔吏民上表，请令自己知军府事。正是：

功业未成先跋扈，嫌疑才启即猖狂。

欲知汉廷如何处置，容至下回说明。

汉主刘知远杀张琏而赦杜重威，赏罚不明，无逾于此。琏不过一房将耳。既已请降，抚之可也，纵之亦可也；诱使降顺，突令处斩，是为不信，是为不仁。重威引虏亡晋，罪已难逃；况复叛复靡常，负恶益甚，不杀果胡为者？彼侯益、赵匡赞之忽叛忽服，亦无非藐视汉威，同儿戏耳。迨知远已殂，始由苏逢吉等捏称遗诏，捕诛重威。所颁诏文，实是无端架诬，不足为重威罪。罪可杀而杀非其道，犹之失刑也。前过宽，后过暴，何怪三叛之又复连兵乎。

第四十二回

智郭威抵掌谈兵
勇刘词从容破敌

却说王景崇暗讽吏民,代求节钺。汉主承佑,与群臣会议,都料是景崇诡计,不肯允行,别徙邠州节度使王守恩,为永兴节度使;陕州节度使赵晖,为凤翔节度使;调景崇为邠州留后,令即赴镇。景崇迁延观望,不肯遽行。那时又突出一个叛臣,竟勾通永兴、凤翔两镇,谋据中原。这人为谁?就是河中节度使李守贞。守贞为三叛之首,故特提一笔。

守贞与重威为故交,重威诛死,也未免兔死狐悲。默思汉室新造,嗣君才立,朝中执政,统是后进,没一个可与比伦;不若乘时图变,倒可转祸为福。遂潜纳亡命,暗养死士,治城堑,缮甲兵,昼夜不息。参军赵修己,颇通术数。守贞召与密议,修己谓时命不可妄动,再三劝阻。守贞半信半疑。修己辞职归田,忽有游僧总伦,入谒守贞,托言望气前来,称守贞为真主。守贞大喜,尊为国师,日思发难。一日召集将佐,置酒大会,畅饮了好几杯。起座取弓,遥指一虎舐掌图,顾语将佐道:"我将来若得大福,当射中虎舌。"说着,即张弓搭箭,向图射去,"飕"的一声,好似箭镞生眼,不偏不倚,正在虎舌中插住。将佐同声喝采,统离座拜贺。守贞益觉自豪,与将佐入席再饮,抵掌而谈,自鸣得意。将佐乐得面谀,益令守贞手舞足蹈,乐不可支。饮至夜静更阑,方才散席。

未几有使人自长安来,递上文书。经守贞启视,乃是赵思绾的劝进表,不由得心花怒开。使人复献上御衣,光辉灿烂,藻锦氤氲。守贞到了此时,是喜欢极了,略问来使数语,令左右厚礼款待,阅数日才命归报,结作爪牙。自是反谋益决,妄言天人相应,僭号秦王。遣使册思绾为节度使,令仍称永兴军为晋昌军。

同州节度使张彦威,因与河中相近,诇知守贞所为,时常戒备,且密表请师。汉廷派滑州指挥使罗金山,率领部曲,助戍同州。因此守贞起事,同州得以无恐。

第四十二回　智郭威抵掌谈兵　勇刘词从容破敌

守贞遣骁将王继勋，出兵据潼关。军报驰入大梁，汉主乃命澶州节度使郭从义，充永兴军行营都部署，与客省使王峻，率兵讨赵思绾，邠州节度使白文珂，为河中行营都部署，率兵讨李守贞。继复派出夔州指挥使尚洪迁，为永兴行营都虞侯；阆州防御使刘词，为河中行营都虞侯。

各军同时西行，独尚洪迁恃勇前驱，趋至长安城下。赵思绾正养足锐气，专待官军对仗，遥望洪迁前来，立即麾众杀出，与洪迁交锋。洪迁尚未列阵，思绾已经杀到，主客异形，劳逸异势，就使洪迁骁悍过人，至此亦旗靡辙乱，禁遏不住。勉强招架，终究是不能支撑。看看士卒多伤，便麾兵先退，自率亲军断后，且战且行。思绾力追不舍，恼动了洪迁血性，拼死力斗，才把思绾击退。但洪迁身上，已受了数十创，回至大营，呕血不止，过了一宵，便即捐生。写洪迁阵亡情状，又另是一种写法。

郭从义、王峻二人因洪迁战死，未免畏缩，敛兵不进。峻与从义，又两不相容，越觉得你推我诿，延宕不前。汉廷再遣泽潞节度使常恩，领兵援应，可巧郭从义也分兵往迎，两下会师，总算克复了一座潼关，由常恩屯兵守着。河中行营都部署白文珂，逗留同州，未尝进兵。新授凤翔节度使赵晖，到了咸阳，部署兵士，一时也不能急进。汉主承祐，颇以为忧，特派枢密使郭威为西面军前招谕安抚使，所有河中、永兴、凤翔诸军，悉归郭威节制。

威奉命将行，先诣太师冯道处问策。冯道徐语道："守贞宿将，自谓功高望重，必能约束士卒，令他归附。公去后，若勿爱官物，尽赐兵吏，势必众情倾向，无不乐从，守贞自无能为了！"威谢教即行，承制传檄，调集各道兵马，前来会师。并促令白文珂趋河中，赵晖趋凤翔。晖已探得王景崇降蜀，并通李守贞，连表奏闻，有诏命郭威兼讨景崇。威乃与诸将会议军情，熟权缓急。诸将拟先攻长安、凤翔。时华州节度使扈彦珂，亦奉调从军，独在旁献议道："今三叛连兵，推守贞为主，守贞灭亡，两镇自然胆落，一战可下了。古人有言，'擒贼先擒王'，不取首逆，先攻王、赵，已属非计。况河中路近，长安、凤翔皆路远，攻远舍近，倘王、赵拒我前锋，守贞袭我后路，岂非是一危道么！"诚然！诚然！威待他说毕，连声称善，乃决分三道攻河中，白文珂及刘词自同州进，常恩自潼关进、自率部众从陕州进。沿途所经，与士卒同甘苦，小功必赏，微过不责；士卒有疾，辄亲自抚视；属吏无论贤愚，有所陈请，均和颜悦色，虚心听从。虽由冯道处得来秘诀，但亦能得法意外。因此人人喜跃，个个欢腾。

守贞初闻郭威统兵，毫不在意，且因禁军尝从麾下，曾受恩施，若一到城下，可坐待倒戈，不战自服。哪知三路汉兵，陆续趋集，统是扬旗伐鼓，耀武扬威。郭威所带的随军，尤觉得气盛无前，野心勃勃。当下已有三分惧色，凭城俯瞩，见有认识军将，便呼与叙旧。未曾发言，已听得一片哗声，统叫自己为叛贼，几乎无地自容。转思木已成舟，悔恨无益，只得提起精神，督众拒守。郭威竖栅城西，白文珂竖栅河西，常恩竖栅城南。威见恩立营不整，又见他无将领才，遣令归镇，自分兵驻扎南城。诸将竞请急攻，威摇首道："守贞系前朝宿将，健斗好施，屡立战功，况城临大河，楼堞完固，万难急拔。且彼据高临下，势若建瓴，我军仰首攻城，非常危险，譬如驱士卒投汤火，九死一生。有何益处？从来勇有盛衰，攻有缓急；时有可否，事有后先。不若且设长围，以守为战，使他飞走路绝。我洗兵牧马，坐食转饷，温饱有余，城中乏食，公私皆竭。然后设梯冲，飞书檄，且攻且抚。我料城中将士，志在逃生，父子且不相保，况乌合之众呢！"一番大议论，确有特见。诸将道："长安、凤翔，与守贞联结，必来相救。倘或内外夹攻，如何是好？"威微笑道："尽可放心，思绾、景崇徒凭血气，不识军谋。况有郭从义等在长安，赵晖往凤翔，已足牵制两人。不必再虑了！"成算在胸。乃发诸州民夫二万余人，使白文珂督领，四面掘长壕，筑连垒，列队伍，环城围住。越数日，见城上守兵，尚无变志，威又语诸将道："守贞前畏高祖，不敢嚣张。今见我辈崛起太原，事功未著，有轻我心，故敢造反。我正宜守静示弱，慢慢儿地制伏呢。"遂命将吏偃旗息鼓，闭垒不出。但沿河遍设火铺，延长至数十里，命部兵更番巡守。又遣水军舣舟河滨，日夕防备，水陆扼住。遇有间谍，无不捕获，于是守贞计无所出，只有驱兵突围一法。偏郭威早已料着，但遇守兵出来，便命各军截击，不使一人一骑，突过长围。所以守贞兵士，屡出屡败，屡败屡还。守贞又遣使赍着蜡书，分头求救。南求唐、西求蜀、北求辽，均被汉营逻卒，掩捕而去。城中益穷蹙无计，渐渐地粮食将尽，不能久持，急得守贞日蹙愁眉，窘急万状。国师总伦，时常在侧，守贞当然加诘。总伦道："大王当为天子，人不能夺，惟现在分野有灾，须待磨灭将尽。单剩得一人一骑，方是大王鹊起的时光哩。"真是呆话。守贞尚以为然，待遇如初。利令智昏，一至于此。

王景崇据住凤翔，既与守贞勾通，受他封爵，便杀死侯益家属七十余人，只有一子仁矩，曾为天平行事司马，在外得免。仁矩子延广，尚在襁褓，乳母刘氏，易以己子，抱延广潜逃，乞食至大梁。狡如侯益，不期得此乳母。侯益大恸，哀请朝廷诛叛复仇。汉主传诏军前，促攻凤翔。

赵晖时已进攻，与景崇相持。忽闻蜀兵来援景崇，已至散关，当即派遣都监李彦从，潜师袭击，杀退蜀兵。且乘势夺取凤翔西关。景崇退守大城，晖屡用赢兵诱战，不见景崇出师。乃别设一计，暗令千余人绕出南山，伪效蜀装，张着蜀旗，从南山趋下。又命围城军士，佯作慌张，哗称蜀兵大至。景崇本已遣子德让，诣蜀乞援，眼巴巴地望着好音，一闻蜀兵到来，还辨什么真假，即派兵数千往迎。出城未及里许，蓦闻号炮声响，晖军四面攒集，把数千凤翔兵围住。凤翔兵士，方知中伏，可怜进退无路，统被晖军杀尽。<small>晖颇能军。</small>景崇闻报，徒落得垂头丧气，懊悔不及，自是不敢轻出。

那蜀主孟昶果遣山南西道节度使安思谦，率兵救凤翔，另派雄武节度使韩保贞，引兵出沔阳，牵制汉军。景崇子德让，先行入报，景崇才令部将李彦舜等，出迓蜀兵。赵晖得蜀兵来信，亟分兵遏守宝鸡。蜀将申贵，为思谦前驱，用诱敌计来诱汉兵。汉兵已入宝鸡城内，见蜀兵稀少，出城追赶，遇伏败还。不意城内已被蜀兵掩入，竟将宝鸡夺去。幸赵晖先事预防，恐宝鸡戍兵，不足敌蜀，更派精兵五千人援应，途中遇着败军，两下会合，复将宝鸡夺还。思谦引军至渭水，经申贵还报，始知先胜后挫。再欲进攻，因探得宝鸡有备，料一时不能攻下，遂语大众道："敌势尚强，我军粮少，未便与他久持。不若暂退，再作后图。"<small>实是怯懦。</small>乃退屯凤州，寻归兴元。

王景崇闻蜀兵退归，再遣使向蜀告急，蜀臣多不愿发兵。经景崇再三表请，始由蜀主下令，仍命安思谦出援。思谦请先运粮四十万斛，方可出境。蜀主太息道："思谦未曾出兵，先来索粮，意已可知，岂肯为朕进取？朕且拨粮颁给，看他愿出兵否？"乃发兴州、兴元米数万斛，交与思谦。思谦始自兴元出凤州，再由凤州进散关，另派部将申贵、高彦俦等，击破汉箭筈、安都诸寨。宝鸡戍卒，出截玉女津，也为蜀兵所败，仍然退归。思谦进驻模壁，韩保贞也出新关，同至陇州会齐，将攻宝鸡。赵晖再欲分军接应，因怕势分力弱，反为景崇所乘，乃饬宝鸡兵吏，严守城池，不得妄动。一面移文至河中，向郭威乞师。

威正欲破灭李守贞，适值南唐起兵，来援河中，不得不分师邀击，暂缓攻城。守贞幕下，有游客二人，一是狂士舒元，一是道士杨讷。二人见守贞围困，特扮作平民，出城南向，求救唐廷。舒元易姓为"朱"，杨讷易姓名为"李平"，好容易混出重围，奔至金陵，吁请救急。唐主璟犹豫未决，谏议大夫查文徽、兵部侍郎魏岑，怂恿唐主出师。唐主因命北面行营招讨使李金全出救河中，以清淮节度使刘彦贞为副，文徽为监军使，岑为沿淮巡检使，相偕俱出，同至沂州。

金全令部众暂憩，遣探骑侦察汉营，再定行止。探骑去了多时，至午未回，营中已备好午餐，一齐会食。那探骑入帐通报道："距此地十数里外，有一长涧，涧北有汉兵驻守，不过数百人，且甚羸弱，请急击勿失！"金全不待说毕，厉声叱退，仍然安坐食饭。诸将莫名其妙，待至大众食毕，都至金全面前，请即出战。金全又厉声道："敢言出战者斩！"<small>两层写来，事奇笔亦奇。</small>诸将默然退出，免不得交头接耳，私谤金全。待至夕阳西下，暮色苍黄，金全又下令道："营内队伍，须要整齐，各军器械，不得抛离。大家守住营门，毋得妄动，违令立斩！"<small>又作一层疑案。</small>诸将越加疑心，但军令如山，不敢不遵，只好依言备办。

蓦听得鼓声大震，四面八方，有兵掩至，统到营门前呐喊，几不知有多少人马。金全营内，但守住营垒，无人出战，那来兵喧嚷多时，恰也不闻进攻，四散而去。到了起更，已寂静无声，方奉金全命令，造饭会食。

金全问诸将道："汝等试想，午后可出战么？"诸将始齐声道："大帅料敌如神，幸免危祸，但究竟从何料着？"金全微笑道："兵法有言，'知己知彼，百战不殆'。汉帅系是郭威，号称能军，难道我军远来，彼尚未能侦悉么？涧北设着羸兵，明明是诱我过涧，堕他伏中。我军至暮不出，伏兵无用，当然前来鼓噪，乱我军心。待见我壁垒森严，无隙可乘，不得已知难而退，明眼人何难预料呢！"诸将方才拜服。

金全一驻数日，复探得汉垒严密，料知河中必危，便语诸将道："郭威为帅，守贞断难幸免。我等进援，有损无益，不如退师为是。"查文徽、魏岑等，前时乘兴而来，至此也兴尽欲返，即拔营退驻海州。且遣使入奏唐主，详陈一切情形。唐主复贻汉书，婉谢前失，请仍通商旅，并乞赦李守贞。

汉廷置诸不答，但闻赵晖情急，饬郭威设法往援。威计却唐兵，亲督兵往援赵晖，行抵华州，接晖来文，谓蜀兵食尽退去，因即折回。途次过了残腊，便是乾祐二年。白文珂闻郭威将至，引兵往迎，河中行营，只留都指挥使刘词，主持一切。

先是郭威西行，曾戒白文珂、刘词道："贼不能突围，迟早难逃我手；若彼突出，我等且功败垂成。成败关键，全在此举。我看贼中骁锐，尽在城西，我去必来突围。汝等须要严防，切切毋忽！"白文珂、刘词两人，依着威言，日夕注意，守兵也不敢出来。到了文珂迎威，城中已经探悉，潜遣人夜缒出城，沽酒村墅，任人赊欠。逻骑多半嗜酒，见了这杯中物，不禁垂涎，况又是不需现钱，乐得畅饮数杯。你也饮、我也饮，饮得酩酊大醉，统向营中睡熟，不复巡逻。杯中物误人甚大，故酒色财气中列为第一。刘词恰也小心，惟这一着未尝预防，险些儿堕他狡计。

一夕已经三鼓，词觉有倦意，和衣假寐，正要朦胧睡去。忽闻栅外有鼓噪声，欻然惊起，趋出寝所，向外一望，已是火势炎炎，光明如昼。部兵东张西望，不知所为。词故意镇定，绝不变色，且下令道："区区小盗，怕他什么！"遂率众堵御，冒烟而出。客省使阎晋卿道："贼甲皆黄，为火所照，容易辨认。惟众无斗志，颇觉可忧！"裨将李韬朗声道："无事食君禄，有急可不死斗么？我愿当先，诸将士快随我来！"说至此，即援槊先进，大众也趁势随上。俗语说得好，一夫拼命，万夫莫当，况经李韬一言，激动众愤，就使火势燎原，一些儿没有怕惧，只管向前奋击。河中兵相率辟易，为首骁将王继勋，勇敢善斗，至此也杀得大败，身受重伤，逃入城中。手下剩得百余骑，跟跄随回，余众皆死。

刘词方收军入栅，扑灭余火，贪夜修补，次日仍壁垒一新。待郭威到来，词出迎马首，向威请罪。威欣然道："我正愁此一着，非兄健斗，几为虏笑。今幸破贼，贼技已穷，可无他虑了。"至入栅后，厚赏刘词及李韬，将士等亦各给财帛。惟严申酒禁，非俟破城犒宴，不准私饮。爱将李审，首犯军令，饮酒少许，威察得情迹，召审入诘道："汝为我帐下亲将，敢违我令，若非加刑，何以示众！"遂喝令左右，推审出辕，斩首示众。小子有诗赞道：

　　用威用爱两无私，便是诸军用命时。
　　莫怪将来成帝业，尧山兵法本来奇。

李审就诛，全营股栗。嗣是令出必行，成功就在目前了。欲知河中克复情形，请看官续阅下回。

三叛连兵，首发难者为赵思绾，继以李守贞、王景崇，似乎思绾之罪为最大，而守贞次之，景崇又次之。实则不然，守贞背晋降虏，罪与杜重威相同，倘有明王，早已不赦。乃幸得免死，仍予旌节，复敢效重威故智，再生叛乱，罪恶至此，死有余辜。景崇受命讨叛，反自为叛，《春秋》之戮，宁能后诸！赵思绾一狂暴徒耳，若非守贞、景崇之为逆，一将平之足矣。故本回叙事，于河中为最详，次凤翔，次长安。而于郭威之首攻河中，赵晖之分攻凤翔，亦具有褒词，一褒一贬，笔下固自有阳秋也。

第四十三回

覆叛巢智全符氏女
投火窟悔拒汉家军

却说河中叛帅李守贞,被围逾年,城中粮食已尽,十死五六,眼见是把守不住。左思右想,除突围外无他策。乃出敢死士五千余人,分作五路,突攻长围的西北隅。郭威遣都监吴虔裕,引兵横击,把河中兵扫将过去,五路俱纷纷败走,多半伤亡。越数日又有守兵出来突围,陷入伏中,统将魏延朗、郑宾,俱为汉兵所擒。威不加杀戮,好言抚慰。魏、郑二人,大喜投诚,因即令他作书,射入城中,招谕副使周光逊,及骁将王继勋、聂知遇。光逊等知不可为,亦率千余人出降。嗣是城中将士,陆续出来,统向汉营归命。郭威乃下令各军,分道进攻,各军闻命,当然踊跃争先,巴不得一鼓就下。怎奈城高堑阔,一时尚攻它不进,因此一攻一守,又迁延了一两月。想是守贞命数中,尚有一两月可延。

可巧郭从义、王峻,报称赵思绾已有降意,惟此人不除,终为后患,应该如何处置,听命发落。郭威令他便宜行事。于是首先发难的赵思绾,也首先伏诛。思绾为郭从义、王峻所围,苦守经年,曾遣子怀义,诣蜀乞援。蜀兵尚未能到河中,怎能入援长安?援绝犹可,最苦粮空。思绾本喜食人肝,尝亲自持刀,剖肝作脍,脍已食尽,人尚未死。又好取人胆作下酒物,且饮且语道:"吞人胆至一千,便胆气无敌了。"至城中食尽,即掠妇女、幼稚,充作军粮。糜肉饲兵,自己吞食肝胆,权代饭餐。有时且用人犒军,计数分给,如屠羊豕一般。可怜城中冤气冲天,镇日里笼着黑雾,不论晴雨,统是这般。郭从义乃使人诱降。

先是思绾少时,求为左骁卫上将军李肃仆从,肃适致仕,谢绝不纳。肃妻张氏,系梁、晋两朝元老张全义女,具有远识,特问肃何故不纳思绾。肃慨然道:"是人目乱语诞,他日必为叛贼!"张氏道:"妾意亦然。但君今拒绝,他必挟恨无穷,一旦逞志,必遭报复,我家恐无遗类。不若厚赠金帛,遣令图生!"肃如言召

第四十三回　覆叛巢智全符氏女　投火窟悔拒汉家军　255

入思绾，馈赠多金，思绾拜谢而去。

后来入据长安，正值李肃闲居城中，思绾即往谒见，拜伏如故。肃惊起避席，禁不住思绾勇力，将肃捺入座中，定要肃完全受拜，且尊呼肃为恩公。肃勉强敷衍，心中委实难过，及思绾退出，急入语张夫人道："我说此人必叛，今果闯乱，复来见我，我且受污，奈何！"张氏道："何不劝他归国！"肃又道："他已势成骑虎，怎肯遽下！我若劝他，反惹他疑心，自招屠戮了。"张氏道："长安虽固，料他必不能久据。他若舍此而去，不必说了，否则官军来攻，总有危急这一日，那时容易进言，自无他患。"肃也以为然，暂且纾忧。

思绾屡遣人送奉珍馐，加以裘帛。肃不好峻拒，又不便接受，百端为难。自思将来多凶少吉，不如图个自尽，免致株连。因觅得毒药，即欲服下。亏得张氏预先觉察，将药夺去，始得免死。及长安围急，日食人肉，张氏复语肃道："今日正可入府劝降。幸勿再延！"相时知机，好一个贤智妇人。肃乃往见思绾，思绾倒履相迎，推肃上坐，便开口问道："恩公前来，想是怜念思绾，设法解围，愿乞明教！"肃答道："公本与国家无嫌，不过因惧罪起见，据城固守。今国家三道用兵，均未成功，公若乘此变计，幡然归顺，料朝廷必然喜悦，保公富贵，为二镇劝。公试自思，坐而待毙，亦何若出而全身呢？"思绾道："倘朝廷不容我归顺，岂不是欲巧反拙！"肃又道："这可无虑，包管在我手中。我虽致仕，朝廷未尝不知。若由公表明诚意，再附我一疏，为公洗释前愆，当无有不允了！"

思绾尚未能决，判官程让能，正受郭从义密书，有意出降，乘着李肃进言时，也即入劝，熟陈祸福。思绾乃即令让能起草，撰成二表，一表是由肃出名，一表是思绾出名，遣使诣阙。待过旬余，得去使返报，知朝廷已允赦宥，且调任他镇。思绾大喜。未几即有诏敕颁到行营，授思绾检校太保，调任华州留后。当由郭从义传入城中，令思绾出城受诏，思绾释甲出城，拜受朝命，遂与郭从义面约行期，指日往华州任事。从义允诺，许令还城整装，惟派兵随入，守住南门。思绾迟留未发，托言行装未整，改易行期，至再至三。从义乃与王峻商议道："狼子野心，终不可用。不如早除，杜绝后患！"王峻不甚赞成，但言须禀命郭威。便是两不相容之故。

从义因遣人至河中行营，请除思绾。既得威诺，即与王峻按辔入城，陈列步骑，直至府署。遣人召思绾出署道："太保登途，不遑出饯，请就此对饮一杯，便申别意。"思绾不得不从，一出署门，便被从义一声暗号，麾动军士，将他拿下。并入署搜捕家属，及都指挥常彦卿，一并牵至市曹，枭首示众。且籍没思绾家赀，得二十余万贯，一半入库，一半赈饥。城中丁口，旧有十余万，至是仅遗万人。从义延入李肃，请他主持赈务，肃自然出办，两日即尽。入府销差，归家与张夫人说明，一对老夫妻，才得高枕无忧，白头偕老了。应该向闺中道谢。

思绾伏法，郭威免得兼顾，日夕督兵攻城，冲入外郭。李守贞收拾余众，退保内城，诸将请乘胜急攻，威说道："鸟穷犹啄，况一军呢！今日大功将成，譬如涸水取鱼，不必性急了。"守贞知己必死，在衙署中多积薪刍，为自焚计。迁延数日，守将已开城迎降，有人报知守贞，守贞忙纵火焚薪，举家投入火中。说时迟，那时快，官军已驰入府衙，用水沃火，应手扑灭。守贞与妻及子崇勋，已经焚死。尚有数子、二女，但触烟倒地，未曾毙命。官军已检出尸骸，枭守贞首，并取将死未死的子女，献至郭威马前。

　　威查验守贞家属，尚缺逆子崇训一人，再命军士入府搜拿。府署外厅已毁，独内室岿然仅存。军士驰入室中，但见积尸累累，也不知谁为崇训。惟堂上坐一华妆命妇，丰采自若，绝不慌张。大众疑是木偶，趋近谛视，但听该妇呵声道："休来！休来！郭公与我父旧交，汝等怎得犯我！"好大胆识。军士更不知为何人，但因她词庄色厉，未敢上前锁拿，只好退出府门，报知郭威。威亦惊诧起来，便下马入府，亲自验明。那妇见郭威进来，方下堂相迎，亭亭下拜。威略有三分认识，又一时记忆不清，当即问明姓氏。及该妇从容说出，方且惊且喜道："汝是我世侄女，如何叫汝受累呢！我当送汝回母家。"该妇反凄然道："叛臣家属，难缓一死。蒙公盛德，贷及微躯，感恩何似！但侄女误适孽门，与叛子崇训结褵有年，崇训已经自杀，可否令侄女棺殓，作为永诀！得承曲允，来生当誓为犬马，再报隆恩！"威见该妇情状可怜，不禁心折，便令指出崇训尸首，由随军代为殓理。该妇送丧尽哀，然后向威拜谢，辞归母家。威拨兵护送，不消细叙。惟该妇究为何人？她自说与崇训结褵，明明是崇训妻室。惟她的母家，却在兖州，兖州即泰宁军，节度使魏国公符彦卿，就是该妇的父亲。画龙点睛。

　　先是守贞有异志，尝觅术士卜问休咎。有一术士能听声推数，判断吉凶。守贞召出全眷，各令出声。术士听一个，评一个，统不与寻常套话。挨到崇训妻符氏发言，不禁瞿然道："后当大贵，必母仪天下！"术士既知吉凶，如何专推符氏，不言守贞全家之多凶。守贞果信术士言，何不转诘崇训之可否为帝。史家所载，往往类此，本编亦依史演述云尔。守贞闻言，益觉自夸道："我媳且为天下母，我取天下，当然成功，何必再加疑虑呢！"于是决计造反。

　　及城破后，守贞葬身火窟。崇训独不随往，先杀家人，继欲手刃符氏。符氏走匿隐处，用帷自蔽，令崇训无从寻觅。崇训惶遽自杀，符氏乃得脱身，东归兖州。符彦卿贻书谢威，且因威有再生恩，愿令女拜威为父，威也不推辞，复称如约。惟女母对此孽雏，说她夫家灭亡，孑身仅存，无非是神明佑护，不如削发为尼，做一个禅门弟子，聊尽天年。符氏独摇首道："死生乃是天命，无故毁形祝发，真是何苦呢？"还要去做皇后，怎肯为尼。后来再嫁周世宗，果如术士所言，这且待后再表。

且说郭威攻克河中，检阅守贞文书，所有往来信札，或与朝臣勾结，或与藩镇交通，彼此统指斥朝廷，语多悖逆。威欲援为证据，一并奏闻。秘书郎王溥进谏道："魑魅乘夜争出，见日自消，愿一概付火，俾安反侧！"保全甚多。威闻言称善，乃将河中所留文牍，尽行焚去。当即驰书奏捷。召赵修己为幕宾，掌管天文。四面搜缉伪丞相靖崎、孙愿，伪枢密使刘芮，伪国师总伦等犯，与守贞子女，分入囚车，派将士押送阙下。

　　汉主承祐，御明德楼，受俘馘，宣露布，百官称贺。礼毕，即命将罪犯徇行都城，悬守贞首于南市，诛各犯于西市。二叛既平，但有凤翔一城，朝夕可下。朝旨令郭威还朝，留扈彦珂镇守河中，所有华州一缺，即命刘词补任。授郭从义为永安节度使，兼加同平章事职衔。此外立功将士，封赏有差。

　　郭威奉诏还都。入阙朝见，汉主承祐，令威升阶，面加慰劳，亲酌御酒赐威，威跪饮尽卮，叩首谢恩。汉主又命左右取出赏物，如金帛、衣服、玉带、鞍马等类，一一备具。威复拜辞道："臣受命期年，只克一城，何功足录！且臣统兵在外，凡镇安京师，拨运军食，统由诸大臣居中调度，使臣得灭叛诛凶，臣怎敢独膺此赐？请分赏朝廷诸大臣！"汉主承祐道："朕亦知诸大臣功勋，当有后命。此物但足赏卿，卿毋固辞！"威乃拜辞而出。翌晨，威复入朝，汉主拟使威兼领方镇，威又拜辞道："杨邠位在臣上，未受茅土，臣何敢当此！且臣尝蒙陛下厚恩，忝居枢密，帷幄参谋，不能与将帅同例。史弘肇为开国功臣，夙总武事，所以兼领藩封，臣万不敢受！"汉主乃上威检校太师，兼职侍中，且加赐史弘肇、苏逢吉、苏禹珪、窦贞固、杨邠等兼职，与威略同。惟中书侍郎李涛，已早罢相，不得与赐。汉主尚欲特别赏威，威一再叩谢道："运筹建画，出自庙堂；发兵馈粮，出自藩镇；暴露战斗，出自将士；今功独归臣，再三加赏，反足使臣折福。愿匄余生为陛下效力，嗣有他功，再当领赏便了！"差不多似三揖三让。汉主方才罢议。

　　嗣因受赐诸臣，谓恩赏只及亲近，不录外藩，未免重内轻外。于是再议加恩，加天雄节度使高行周为太师，山南东道节度使安审琦为太傅，泰宁即上文兖州。节度使符彦卿为太保，河看官览这诰文，应知刘赟是知远养子，并非亲生。究竟他生父为谁？就是河东节度使刘崇兼中书令；忠武节度使刘信，天平节度使慕容彦超，平卢节度使刘铢并兼侍中；朔方节度使冯晖，夏州节度使李彝殷，并兼中书令；义武节度使孙方简，武宁节度使刘赟并加同平章事。他如镇州节度使武行德，凤翔节度使赵晖等，也各加封爵，不胜殚述。

　　赵晖围攻凤翔，已历年余。闻河中、长安依次平定，独凤翔不下，功落人后，免不得焦急异常。遂督部众努力进攻，期在必克。王景崇困守危城，也害得智穷力竭，食尽势孤。幕客周璨，入语景崇道："公前与河中、长安，互为表里，所以坚守至今。今二镇皆平，公将何恃？蜀儿万不可靠，不如降顺汉室，尚足全生。"景崇道："我一时失策，累及君等，虽悔难追！君劝我出降，计亦甚是。但城破必死，出降亦未必不死，君独不闻赵思绾么？"璨知不可劝，退出署外。

越数日外攻益急。景崇登陴四望，见赵晖跨马往来，亲冒矢石，所有将士，无不效命。城北一隅，攻扑更是利害，不由得俯首长吁，猛然间得了一计。立即下城，召语亲将公孙辇、张思练道："我看赵晖精兵，多在城北。来日五鼓，汝二人可毁城东门，诈意示降，勿令寇入。我当与周璨带领牙兵，突出北门，攻击晖军。幸而得胜，或守或去，再作良图。万一失败，也不过一死，较诸束手待毙，似更胜一筹了。"两将唯唯听命，景崇又与周璨约定，诘旦始发，是时准备停当，专待天明。

既而城楼谯鼓，已打五更，公孙辇、张思练两人，行至东门，即令随兵纵起火来。周璨也到了府署，恭候景崇出门。不意府署中忽然火起，烧得烟焰冲天，不可向迩。璨急召牙兵救火，待至扑灭，署内已毁去一半，四面壁立，独有景崇居室，一些儿没有遗留。眼见是景崇全家，随从那祝融回禄，同往南方去了。辇与思练，正派弁目来约景崇，突然见府舍成墟，大惊失色，急忙返报。急得两将没法，只好弄假成真，毁门出降。周璨早有降意，当然随降赵晖。晖引兵入城，检出景崇烬骨，折作数段。当即晓谕大众，禁止侵掠。立遣部吏报捷大梁。汉廷更有一番赏赐，无容细表，于是三叛俱亡。

当时另有一位大员，也坐罪屠戮。看官欲问他姓名，就是太子太傅李崧。李崧受祸的原因，与三叛不同。从前刘氏入汴，崧北去未归，所有都中宅舍，由刘知远赐给苏逢吉。逢吉既得崧第，凡宅中宿藏，及洛阳别业，悉数占有。至崧得还都，虽受命为太子太傅，仍不得给还家产。自知形迹孤危，不敢生怨，又因宅券尚存，出献逢吉。马屁拍错了。逢吉不好面斥，强颜接受。入语家人道："此宅出自特赐，何用李崧献券！难道还想卖情么？"从此与崧有嫌。崧弟屿嗜酒无识，尝与逢吉子弟往来，酒后忘情，每怨逢吉夺他居第。逢吉闻言，衔恨益深。

翰林学士陶毂，先为崧所引用，至此却阿附逢吉，时有谤言。可巧三叛连兵，都城震动，史弘肇巡逻都中，遇有罪人，不问情迹轻重，一股脑儿置入叛案，悉数加诛。李屿仆夫葛延遇，逋负失偿，被屿杖责，积成怨隙。遂与逢吉仆李澄，同谋告变，诬屿谋叛。结怨小人，祸至灭家。但陶毂文士，以怨报德，遑论一仆！逢吉得延遇诉状，正好乘隙报怨，遂将原状递交史弘肇。且遣吏召崧至第，从容语及葛延遇事，佯为叹息。崧还道是好人，愿以幼女为托。逢吉又假意允许，不使归家，即命家人送崧入狱。

崧才识逢吉刁狡，且悔且忿道："从古以来，没有一国不亡，一人不死。我死了便休，何用这般倾陷呢！"及为吏所鞫，屿先入对簿，断断辩论。崧上堂闻声，顾语屿道："任汝舌吐莲花，也是无益。当道权豪，硬要灭我家族，毋庸哓哓了！"屿乃自诬伏罪，但说与兄弟僮仆二十人，同谋作乱，又遣人结李守贞，并召辽兵。逢吉得了供词，复改二十字为五十字，有诏诛崧及屿，兼戮亲属，无论少长，悉斩东市；葛延遇、李澄，反得受赏。都人士统为崧呼冤。小子有诗叹道：

> 遭谗诬伏愿拼生，死等鸿毛已太轻。
> 同是身亡兼族灭，何如殉晋尚留名！

欲知后事如何，且至下回续叙。

永兴围城中，有一李肃妻张氏，河中叛眷内，有一李崇训妻符氏，本回特别叙明。于军马倥偬之际，独显出两个女豪，尤足使全回生色。惟张氏以智全夫，且令叛贼出降，长安得以戡定，为家为国，共得保安，七尺须眉，对之具有愧色矣。符氏胆识过人，智不在张氏下。但夫死不嫁，礼有明文，女母令削发为尼，实欲为女保全贞节。符氏乃不从母言，志在再醮。虽其后果为国母，而绳以礼律，毋乃犹有遗憾欤！若夫三叛之亡，咎皆自取，而李崧族灭，不无冤诬。然试问谁与亡晋，谁与降辽，而得长享富贵耶？故苏逢吉固不得杀崧，而崧之罪实无可逭；都下称冤，其犹为一时之偏见也夫！

第四十四回

弟兄构衅湖上操戈
将相积嫌席间用武

却说汉主承祐，因三叛已平，内外无事，自然欣慰异常。除赏赐诸臣外，复加封吴越、荆南、湖南三镇帅。吴越王弘倧，秉性刚严，统军使胡进思，骄横不法，为弘倧所嫉视，密与指挥使何承训商议，谋逐进思。承训佯为定计，出与进思说明。进思即带领亲兵，黄夜叩宫，戎服入见。弘倧惊问何事，进思以下，语多狂悖，急得弘倧骇奔，跑入义和院，闭门避祸。进思反锁院门，矫传王命，诡言猝得疯痰，不能视事，可传位王弟弘俶等语。弘俶本出镇台州，当弘倧嗣立时，召入钱塘，赐居南邸，参相府事。进思既颁发伪敕，即召集文武大吏，至南邸迎谒弘俶。弘俶愕然道："能全我兄，方敢承命。否则宁避贤路，幸勿强迫！"进思拜手道："愿遵王言！"诸官吏亦俯伏称贺。弘俶乃入元帅府南厅，受册视事，徙故王弘倧至锦衣军，遣都头薛温率兵保护。且戒温道："此后有非常处分，均非我意，汝当死拒，不得相从！"温受命而去。

进思屡劝弘俶害兄，弘俶始终不从，且严防进思。何承训希承意旨，复请弘俶速诛进思。弘俶恨他反复无常，猝命左右拿下承训，推出斩首。杀得爽快。进思闻承训卖己，却也说是该杀，惟日虑弘倧报复，又捏称弘俶命令，饬薛温毒死弘倧。温抗声道："温受命时，未闻此言，不敢妄发！"进思复夜遣私党二人，逾垣突入，持刀前进。亏得弘倧日夜戒惧，闻声大呼，温急率众趋救，捉住二贼，剁毙庭中。诘旦面报弘俶，弘俶大惊道："保全我兄，全出汝力。"乃赏温金帛，仍令加意。进思无从下手，忧惧日积，猝然间疽发背上，呼号而死。命该如此。

弘俶仍奉汉正朔，奏达弘倧传位情形。汉主承佑授弘俶为东南面兵马都元帅，兼镇海、镇东等军节度使，封吴越国王。未几以平乱覃恩，加授尚书令。弘倧得弘俶优待，移居东府，优游二十年，安然告终，吴越号为"让王"。友爱家风，足矫乱

第四十四回　弟兄构衅湖上操戈　将相积嫌席间用武

世。这是后话。同时荆南节度使高从诲病殁，子保融嗣。先是汉高祖起兵太原，高从诲尝遣使劝进，一面且入贡大梁，取媚辽主。至汉已定国，从诲上表称贺，并求给郢州，未得俞允。从诲遂潜师寇郢，被刺史尹实击退。又发水军袭襄州，也为节度使安审琦所破，败归荆南。从诲两次失败，恐汉兵南讨，急向唐、蜀称臣，求他援助。时人见他东奔西走，南投北降，见利即趋，见害即避，呼他为高无赖。乾祐元年，从诲因与汉失和，北方商旅不通，境内贫乏，复上表汉廷，自陈悔过，愿修职贡。汉廷方虑三叛构兵，无暇诘责，乃派使臣宣抚荆南。既而从诲寝疾，命三子保融判内外兵马事。从诲旋殁。保融嗣知留后，告哀汉廷，汉授保融荆南节度使，同平章事。越年汉平三叛，推恩加封，命保融兼官侍中，与吴越同时颁诏。

尚有湖南节度使楚王马希广，亦得进授太尉，算是大汉隆恩。希广当然拜命，独希广兄希萼，据有朗州，也遣使至汉，表求节钺。小子于前四十回中，曾已叙明希萼为兄，希广为弟，弟承王位，兄独向隅，势不免同室操戈，想看官当已阅过。果然为时未几，即致暴裂。希广有庶弟希崇，曾为天策左司马，素性狡险。阴遗希萼书，内言"指挥使刘彦瑫等，妄称遗命，废长立少。愿兄勿为所欺"云云。希萼得书览毕，激动怒意，遂借奔丧为名，入探虚实。行至砥石，早被刘彦瑫闻知，请命希广遣都指挥使周廷诲，带着水军，往迎希萼。两下会着，由廷诲逼他释甲，然后导入。希萼见廷诲军容，不敢不屈意相从，卸甲改装，随廷诲入国城，成服丧次，留居碧湘宫。及丧葬礼毕，希萼求还。廷诲入白希广道："王若能让位与兄，不必说了；否则为国割爱，毋使生还！"*劝人杀兄，亦属非是。* 希广道："我何忍杀兄，宁可分土与治。"乃厚赠希萼，遣归朗州。

希萼大为失望，还镇后即上诉汉廷，谓希广越次擅立，事出不经，臣位次居长，愿与希广各修职贡，置邸称藩。汉廷以希广已受册封，未便再封希萼，乃不允所请，但谕以兄弟一体，毋得失和，所有贡献，当附希广以闻。又别赐希广诏书，亦无非劝他友爱，弭衅息争。希广原是受命，希萼偏不肯从，募乡兵，造战舰，将与希广从事，争个你死我活。

适南汉主晟，*本名弘熙，见三十二回。* 杀死诸弟，骄奢淫佚，特遣工部郎中钟允章，赴楚求婚，哪知希广不许，谢绝允章。允章还报，晟愤愤道："马氏尚能经略南土否？"允章道："马氏方启内争，怎能害我？"晟又道："果如卿言，我正好乘隙进取了。"允章极口赞成。晟遂遣指挥使吴珣，内侍吴怀恩，率兵攻贺州。楚主希广，忙派指挥使徐知新、任廷晖，统兵往救。到了贺州城下，见城上已遍竖敌旗，惹起众愤，立刻攻城，鼓声一起，各队竞进。忽听得几声怪响，地忽裂开，前驱兵士，统坠入地下去了。*令人惊讶。* 徐知新等忙忙收军，十成中已失去四五成，且恐敌兵出击，星夜奔回，乞请济师。希广责他不肯尽力，立将徐、任二将处斩。

看官听着！这徐、任二将的败衄，并非畏怯，实出鲁莽。南汉统将吴珣，陷入贺州，就在城外凿一大阱，上复竹箔，附以土泥。复从堑中穿穴达阱，设着机轴，专待禁军来攻。若徐、任等能小心查察，当可免祸，误在麾兵轻进，徒然把前驱士卒，送死阱中。罪固难贷，情尚可原。希广当日，何妨令他戴罪立功，乃骤加显戮，伤将士心，如何能御敌固防呢！评断精确。南汉兵转攻昭、桂、连、宜、严、梧、蒙诸州，多半被陷，大掠而去。希萼乘势发兵，督领战舰七百艘，将攻长沙。妻苑氏进阻道："兄弟相攻，无论胜负，俱为人笑，不如勿行！"希萼不听，引兵趋潭州。即长沙。希广闻变，召入刘彦瑫等，慨然与语道："朗州是我兄镇治，不可与争，我情愿举国让兄。"言之有理，惜为群小所误。刘彦瑫固言不可，天策学士李弘皋、邓懿文亦同声谏阻，乃命岳州刺史王赟为战棹指挥使，出拒希萼。即命刘彦瑫监军。彦瑫与赟，驶舟至仆射洲，巧值朗州战船，逆风前来。赟据住上风，麾众截击，大破朗州兵，获住战舰三百艘。复顺风追赶，将及希萼坐船，忽后面有差船到来，传希广命，说是"勿伤我兄！"既不能让国，还要戒以勿伤，真是妇人之仁。赟乃引还，希萼得从赤沙湖遁归。苑氏闻希萼败还，泣语家人道："祸将到了！我不忍见屠戮呢。"遂投井自尽。未免轻生。

静江军节度使马希瞻，系希广弟，闻两兄交争，屡次作书劝戒，各不见从，也病疽而殁。希萼因败益愤，招诱辰溆州及梅山蛮共击湖南。蛮众贪利忘义，争来赴敌，与希萼同攻益阳。希广遣指挥使陈璠往援，交战淹溪，璠竟败死。希萼又遣群蛮破迪田，杀死镇将张延嗣，希广再命指挥使黄处超赴剿，也致败亡。希萼连得胜仗，再向汉廷上表，请别置进奏务于京师。汉主承祐，仍优诏不许，惟劝他兄弟修和。希萼遂改道求援，臣事南唐。唐令楚州刺史何敬洙，将兵往助希萼，共攻希广。

希广到了此时，哪得不焦灼万分。慌忙遣使至汉，表称荆南、岭南、江南连兵，谋分湖南，乞速发兵屯澧州，扼住江南、荆南要路。汉廷并未颁发复谕，急得希广寝食不安。刘彦瑫入见希广道："朗州兵不满万，马不盈千，何足深惧！愿假臣兵万余人，战舰百五十艘，径入朗州，缚取希萼，为大王解忧。"言之不怍。希广大悦，即授彦瑫为战棹指挥使，兼朗州行营都统，亲出都门饯行。

彦瑫辞别希广，航行入朗州境，父老各赍牛酒犒军。彦瑫总道是民心趋附，定可进取。战舰既过，即用竹木自断后路，表示决心。也想学项羽之破釜沉舟耶！行次湄州，望见朗州战舰百余艘，装载州兵、蛮兵各数千，即乘风纵击，且抛掷火具，焚毁敌船。敌兵惊骇，正思返奔，忽风势倒吹，火及彦瑫战船，反致自焚，彦瑫不遑扑救，只好退走，无如后路已断，追兵又至，士卒穷蹙无路，战死溺死，不下数千人。

第四十四回　弟兄构衅湖上操戈　将相积嫌席间用武

彦瑫单舸走免，败报传入长沙，希广忧泣终日，不知所为。或劝希广发帑犒师，鼓励将士，再行拒敌。希广素来吝啬，没奈何颁发内帑，取悦士心。或又谓希崇流言惑众，反状已明，请速诛以绝内应。希广又是不忍，潸然流涕道："我杀我弟，如何见先王于地下。"迂腐之极。将士见希广迂懦，不免懈体。马军指挥使张晖，从间道击朗州，闻彦瑫败还，也退屯益阳。嗣因朗州将朱进忠来攻，诡词诳众道："我率麾下绕出贼后，汝等可留城中待我，首尾夹击，不患不胜。"说着，引部众出城，竟从竹头市逃归长沙。进忠闻城中无主，驱兵急攻，遂陷益阳。守兵九千余人，尽被杀死。

希广见张晖遁归，急上加急，不得已遣僚属孟骈，赴朗州求和。希萼令骈还报道："大义已绝。不至地下，不便相见了！"希广益惧，忽又接朗州探报，希萼自称顺天王，大举入寇。那时无法可施，只好飞使入汉，三跪九叩首的，乞请援师。汉主承祐，倒也被他感动，拟调将遣兵，往援湖南。偏值外侮猝乘，内变纷起，连自己的宗社，也要拱手让人，哪里还能顾到南方！说来又是话长，小子按年叙事，不得不依着次第，先述汉乱。界限划清，次第分明。

汉主承祐嗣位，倏经三年。起初是任用勋旧：命杨邠掌机要、郭威主征伐、史弘肇典宿卫、王章总财赋，四大臣同寅协恭，国内粗安。惟国家大事，尽在四大臣掌握，宰相苏逢吉、苏尚珪等，反若赘瘤。二苏多迁补官吏，杨邠谓虚縻国用，屡加裁抑，遂致将相生嫌，互怀猜忌。适关西乱起，纷扰不休，中书侍郎兼同平章事李涛，请调杨、郭二枢密，出任重镇，控御外侮；内政可委二苏办理。这明明是思患预防、调停将相的意思。不意杨、郭二人误会涛意，疑他联络二苏，从旁倾轧，竟入宫泣诉太后，自请留奉山陵。李太后又疑承祐喜新厌旧，面责承祐，经承祐述及涛言，益增母怒，立命罢涛政柄，勒归私第。种种误会，构成隐患。承祐欲使母生欢，更重用杨、郭、史、王四大臣，除弘肇兼官侍中外，三大臣皆加同平章事兼衔。二苏益致失权，愈抱不平。既而郭威出讨河中，朝政归三大臣主持。邠司黜陟，重武轻文，文吏升迁，多方抑制；弘肇司巡察，怙权专杀，都人犯禁，横加诛夷；章司出纳，加税增赋，聚敛苛急，不顾民生。由是吏民交怨，恨不得将三大臣同时摔去。

及三叛告平，郭威还朝，今日赐宴，明月颁赏，仿佛是四海清夷，从此无患。承祐年已浸长，性且渐骄，除视朝听政外，辄与近侍戏狎宫中。飞龙使后匡赞，茶酒使郭允明，最善谄媚，大得主宠。往往编造庾词，杂以媟语，不顾主仆名分，乱嘈嘈地聚作一堆，互相笑谑。李太后颇有所闻，常召承祐入宫，严词督责。承祐初尚遵礼，不敢发言，后来听得厌烦，竟反唇相讥道："国事由朝廷作主，太后妇人管什么朝事！"说至此，便抢步趋出，徒惹起太后一场烦恼，他却仍往寻乐去了。

太常卿张昭得知此事，上疏切谏，大旨在远小人，亲君子。承佑怎肯听受，置诸不理。

到了乾祐三年初夏，边报称辽兵入寇，横行河北，免不得召集大臣，共商战守。会议结果，是遣枢密使郭威出镇邺都，督率各道备辽。史弘肇复提出一议，谓威虽出镇，仍可兼领枢密。苏逢吉据例辩驳，弘肇愤然道："事贵从权，岂必定授故例，况兼领枢密，方可便宜行事，使诸军畏服。汝等文臣，怎晓得疆场机变哩！"逢吉畏他凶威，不敢与较，但退朝语人道："用内制外，方得为顺。今反用外制内，祸变不远了！"逢吉能料大局，如何不能料自身？越日有诏颁出，授郭威为邺都留守天雄军节度使，仍兼枢密使，凡河北兵甲钱谷，见威文书，不得违误。为此一诏，汉社遂墟。

是夕宰相窦贞固，为威饯行，且邀集朝贵，列座相陪。大家各敬威一樽，才行归座。弘肇见逢吉在侧，引酒满觞，故意向威厉声道："昨日廷议，各争异同，弟应为君尽此一杯。"说毕一饮而尽。逢吉亦忍耐不住，举觞自言道："彼此都为国事，何足介意！"杨邠亦举觞道："我意也是如此！"是几时孟光接了梁鸿案。遂与逢吉同饮告干。郭威恰过意不下，用言解劝。弘肇又厉声道："安朝廷，定祸乱，须恃长枪大剑，毛锥子有何用处？"王章闻言，代为不平，也插嘴道："没有毛锥子，饷军财赋，从何而出？史公亦未免欺人了！"真是舌战，不是钱客。弘肇方才无言。

少顷席散，各怏怏归第。威于次日入朝辞行，伏阙奏请道："太后随先帝多年，具有经验，陛下春秋方富，有事须禀训乃行。更宜亲近忠直，屏逐奸邪，善善恶恶，最宜明审！苏逢吉、杨邠、史弘肇，皆先帝旧臣，尽忠殉国，愿陛下推心委任，遇事谘询，当无失败！至若疆场戎事，臣愿竭愚诚，不负驱策，请陛下勿忧！"承佑敛容称谢。待威既北去，仍然置诸脑后，不复记忆。那三五朝贵，却暗争日烈，好似有不共戴天的大仇。

一日由王章置酒，宴集朝贵。酒至半酣，章倡为酒令，拍手为节，节误须罚酒一樽。大家都愿遵行，独史弘肇喧嚷道："我不惯行此手势令，幸毋苦我！"客省使阎晋卿，适坐弘肇肩下，便语弘肇道："史公何妨从众？如不惯此令，可先行练习，事不难为，一学便能了。"说着，即拍手相示，弘肇瞧了数拍，到也有些理会，因即应声遵令。令既举行，你也拍，我也拍。轮到弘肇，偏偏生手易错，不禁忙乱，幸由晋卿从旁指导，才免罚酒。苏逢吉冷笑道："身旁有姓阎人，自无虑罚酒了！"道言未绝，忽闻席上豁喇一声，几震得杯盘乱响。随后即闻弘肇诟骂声，大众才知席上震动，由弘肇拍案所致。好大的手势令。逢吉见弘肇变脸，慌忙闭住了口。弘肇尚不肯干休，投袂遽起，握拳相向。逢吉忙起座出走，跨马奔归。弘肇向王章索剑，定要追击逢吉，杨邠从旁泣劝道："苏公是宰相，公若加害，将置天子何地！

愿公三思后行!"弘肇怒气未平,上马径去。邠恐他再追逢吉,也即上马追驰,与弘肇联镳并进,直送至弘肇第中,方才辞归。

看官试想,逢吉虽出言相嘲,也无非口头套话,并不是什么揶揄,为何弘肇动怒,竟致如此?原来弘肇籍隶郑州,系出农家,少时好勇斗狠,专喜闯祸。惟乡里有不平事,辄能扶弱锄强。酒妓阎氏,为势家所窘,经弘肇用力解决,阎氏始得脱祸。娼妓多情,以身报德,且潜出私蓄,赠与弘肇,令他投军。<u>阎氏颇似梁红玉,可惜弘肇不及韩蕲王。</u>弘肇投入戎伍,得为小校,遂感阎氏恩,娶为妻室。到了夫荣妻贵,相得益欢。逢吉所言,是指阎晋卿,弘肇还道是讥及爱妻,所以怒不可遏,况已挟有宿嫌,更带着三分酒意,越觉怒气上冲。还亏逢吉逃走得快,侥幸全生。逢吉遭此不测,始欲外调免祸,继且自忖道:"我若出都门,只烦仇人一处分,便成齑粉了。"乃打消初意。王章亦郁郁不乐,欲求外官。还是杨邠慰留,也致迁延过去。<u>统是出去为妙。</u>汉主承祐探悉情形,特命宣徽使王峻,设席和解,仍然无效。小子有诗叹道:

  岂真杯酒伏戈矛,攘臂都因宿怨留。
  天子徒为和事老,不临死地不知休!

将相不和,内变已伏,尚有各种逸构情形,待小子下回再叙。

希广、希萼阋墙构衅,与吴越适成反比例。故吴越虽有内乱,而得免破裂,湖南一启纷争,而即促危亡,甚矣兄弟之不宜相残也!希萼凶悍,希广迂懦,刘彦瑫等喜懦惧凶,故舍长立少,庸讵知迂懦者之终难成事耶!但推原祸始,实由希范,有事或可达权,无事必宜守经,否则,未有不乱且亡者也。夫兄弟不和,家必破,将相不和,国必亡。楚以兄弟不和而破家,汉以将相不和而亡国。同时肇乱,又若不相谋而适相合。著书人读书得间,合成一回,使其两相对照,标目生新,是亦一文字中之特色也。

第四十五回

伏甲士骈诛权宦
溃御营窜死孱君

却说杨邠、史弘肇等，揽权执政，势焰薰天，就是皇帝老子，亦奈何他不得。汉主近侍，及太后亲戚，夤缘得位，多被邠等撤除。太后有故人子，求补军职，弘肇不但不允，反把他斩首示众。还有太后弟李业，充武德使，夙掌内帑，适宣徽使出缺，业密白太后，乞请升补。太后转告承祐，承祐复转语执政，邠与弘肇，俱抗声说道："内使迁补，须有次第，外戚不得超擢，紊乱旧纲！"理非不正，语亦太激。承祐入禀太后，只好作为罢论。客省使阎晋卿，依次当升宣徽使，久不得补。这是何理？枢密承旨聂文进、飞龙使后匡赞、茶酒使郭允明，皆汉主幸臣，亦始终不得迁官。平卢节度使刘铢，罢职还都，守候数月，并未调任。因此各生怨恨，渐启杀机。

承祐三年服阕，除丧听乐，赐伶人锦袍、玉带。伶人知弘肇骄横，不得不前去道谢，果然触怒弘肇，当面叱辱道："士卒守边苦战，尚未得此重赏，汝等何功，乃得此赐？"立命脱下，还贮官库。伶人固不应重赏，但亦须上疏谏阻，不得如此专横。承祐尝娶张彦成女为妃，不甚和协。嗣得一耿氏女，秀丽绝伦，大加宠信，便欲立她为后。商诸杨邠，邠谓立后太速，且从缓议。何不辨明嫡庶。偏偏红颜薄命，遽尔夭逝。速死实是幸事。累得承祐哀毁，如丧考妣，且欲用后礼殓葬。又被邠从旁阻挠，不得如愿。承祐已恨为所制，积不能平。有时与杨邠、史弘肇商议政事，承祐面谕道："事须审慎，勿使人有违言！"邠与弘肇齐声道："陛下但禁声，有臣等在，还怕何人！"骄恣极了。承祐虽不敢斥责，心中却懊恨得很。退朝后与左右谈及恨事，左右趁势进言道："邠等专恣，后必为乱，陛下如欲安枕，亟宜设法除奸！"承祐尚不能决，是夕闻作坊锻声，疑有急兵，起床危坐，达旦不寐。嗣是虑祸益深，遂欲除去权臣，为自安计。

第四十五回　伏甲士骈诛权宦　溃御营窜死孱君

宰相苏逢吉与弘肇有隙，屡用微言挑拨李业，使诛弘肇。业即与文进、匡赞、允明，定好密计，入白承祐，承祐令转禀太后。太后道："这事何可轻发，应与宰相等熟权利害，方可定议。"业答道："先帝在日，尝谓朝廷大事，不可谋及书生，文人怯懦，容易误人。"太后终不以为然，召入承祐，嘱他慎重。承祐愤愤道："国家重事，非闺阁所知，儿自有主张。"言已，拂衣径出。业等亦退告阎晋卿，晋卿恐谋事不成，反致及祸，急诣弘肇第求见，欲述所闻。也是弘肇恶贯已盈，适有他故，不遑见客，竟命门吏谢绝晋卿。晋卿不得已驰归。

越日天明，杨邠、史弘肇、王章入朝，甫至广政殿东庑，忽有甲士数十人驰出，拔出腰刀，先向弘肇砍去，弘肇猝不及防，竟被砍倒。杨邠、王章骇极欲奔，怎禁得甲士攒集，七手八脚，立将两人砍翻，结果又是三刀，三道冤魂，同往冥府。殿外官吏，不知何因，都惊惶得了不得，忽由聂文进趋出，宣召宰相朝臣，排班崇元殿，听读诏书。宰臣等硬着头皮，入殿候旨。文进复趋入宣诏道："杨邠、史弘肇、王章，同谋叛逆，欲危宗社，故并处斩，当与卿等同庆。"大众听诏毕，退出朝房，未敢散去。嗣由汉主承祐，亲御万岁殿，召入诸军将校，面加慰谕道："杨邠、史弘肇、王章，欺朕年幼，专权擅命，使汝等常怀忧恐。朕今除此大憝，始得为汝等主，汝等总可免横祸了！"大众皆拜谢而退。又召前任节度使、刺史等升殿，晓谕如前，大众亦无异言，陆续趋退。无如宫城诸门，尚有禁军守住，不放一人，待至日旰，始放大众出宫。大众步行归第，才知杨邠、史弘肇、王章三家，尽被屠戮，家产亦籍没无遗了。可为争权夺利者鉴。

到了次日，又闻得缇骑四出，收捕杨、史、王三人戚党，并平时仆从，随到随杀。大众都恐连坐，待至日暮无事，才得安心。侍卫步军都指挥使王殷，向与弘肇友善，此时正出屯澶州。承祐闻信李业等言，遣供奉官孟业，赍着密敕，令业弟澶州节度使李洪义，乘便杀殷。又因邺都留守郭威，素与杨、史等联络一气，也遣使赍诏，密授邺都行营马军指挥使郭崇威、步军指挥使曹威，令杀郭威及监军王峻。令两威杀一威，恐还是一威利害。

是时高行周调镇天平、符彦卿调镇平卢、慕容彦超调泰宁，俱由承祐颁敕，令与永兴节度使郭从义，同州节度使薛怀让、郑州防御使吴虔裕、陈州刺史李谷一同入朝。命宰相苏逢吉权知枢密院事，前平卢节度使刘铢，权知开封府事；侍卫马步都指挥使李洪建，权判侍卫司事；客省使阎晋卿，权充侍卫马军都指挥使。逢吉虽与弘肇有嫌，但李业等私下定谋，实是未曾预议。暮闻此变，也觉惊心，私语同僚道："事太匆匆，倘主上有言问我，也不至这般仓皇了！"刘铢索性残忍，既任开封尹职务，便与李业合谋，为斩草除根的计划，凡郭威、王峻的家族，一律捕戮，老少无遗。李洪建本为业兄，业使他捕诛王殷家属，他却不肯逞凶，但派兵吏监守殷家，仍令照常寝食，殷家竟得平安。独殷在澶州，尚未知悉，忽有李洪义入帐，递交密诏，令殷自阅。殷览毕大惊，问从何处得来。洪义道："朝廷正遣孟业到此，嘱洪义依着密旨，加害使君。洪义与使君交好有年，怎忍下此毒手？"殷慌忙下拜道："如殷余生，尽出公赐！"又问孟业尚在否。洪义道："适与他同来，想在门外。"说至此，即出引孟业，同入见殷。殷问及朝事，略得数语，已是愤愤，便将业囚住，立派副使陈光穗，转报邺都。

郭威至邺都后，去烦除弊，严饬边将谨守疆场，不得妄动，如遇辽人寇掠，尽可坚壁清野，以逸待劳。边将相率遵令，辽人也不敢入侵，河北粗安。

一日正与宣徽使监军王峻，出城巡阅，坐论边事。忽来澶州副使陈光穗，便即延入。光穗呈上密书，由威披阅，才知京都有变，将来书藏入袖中，即引光穗回入府署。王峻尚未知底细，也即随归。威遽召入郭崇威、曹威及大小三军将校，齐集一堂，当面宣言道："我与诸公拔除荆棘，从先帝取天下。先帝升遐，亲受顾命，与杨、史诸公弹压经营，忘寝与餐，才令国家无事。今杨、史诸公，无故遭戮，又有密诏到来，取我及监军首级。我想故人皆死，亦不愿独生，汝等可奉行诏书，断我首以报天子，庶不至相累呢！"

郭崇威等听着，不禁失色，俱涕泣答言道："天子幼冲，此事必非圣意，定是左右小人，诬罔窃发；假使此辈得志，国家尚能治安么？末将等愿从公入朝，面自洗雪，荡涤鼠辈，廓清朝廷，万不可为单使所杀，徒受恶名！"威尚有难色，假意为之。枢密使魏仁浦进言道："公系国家大臣，功名素著，今握强兵，据重镇，致为群小所构，此岂辞说所能自解？时事至此，怎得坐而待毙！"翰林天文赵修己亦从旁接入道："公徒死无益，不若顺从众请，驱兵南向。天意授公，违天是不祥呢！"威意乃决，留养子荣镇守邺都。

荣本姓柴，父名守礼，系威妻兄子。天姿沉敏，为威所爱，乃令为义儿。汉命荣为贵州刺史，荣愿随义父麾下，未尝赴任，故留居邺城，任牙内都指挥使，遥领贵州。为后文入嗣周祚，故特从详。威以留守有人，遂命郭崇威为前驱，自与王峻带领部众，向南进发。道出澶州，李洪义、王殷，出郊相见，殷对威恸哭，愿举兵属威，乃率部众从威渡河。途次获得一谍，审讯姓名，叫做鸳脱，是汉宫中的小竖，受汉主命，来探邺军进止。威喜道："我正劳汝还奏阙廷。"当下命随吏属草，缮起一疏，置鸳脱衣领中，令他返奏。疏中略云：

臣威言：臣发迹寒贱，遭际圣明，既富且贵，实过平生之望，唯思报国，敢有他图！今奉诏命，忽令郭崇威等杀臣，即时俟死，而诸军不肯行刑，逼臣赴阙，令臣请罪廷前，且言致有此事，必是陛下左右谮臣耳！今鸳脱至此，天假其便，得伸臣心，三五日当及阙朝。陛下若以臣有欺天之罪，臣岂敢惜死。若实有谮臣者，乞陛下缚送军前，以快三军之意，则臣虽死无恨矣！谨托鸶脱附奏以闻。"

郭威既遣还鸶脱，驱众再进。到了滑州，节度使宋延渥，本尚高祖女永宁公主，自思力不能敌，开城迎威。威入城取出库物，犒赏将士，且申告道："主上为谗邪所惑，诛戮功臣，我此来实不得已。但以臣拒君，究属非是。我日夜筹思，益增惭汗。汝等家在京师，不若奉行前诏，我死亦无恨了！"还要笼络军士。诸将应声道："国家负公，公不负国家，请公速行毋迟！安邦雪怨，正在此时！"威乃无言，王峻却私谕军士道："我得郭公处分，俟克京城，听汝等旬日剽掠！"观王峻言，则郭威之志在灭汉，不问可知。况剽掠何事，乃堪令经旬日耶！众闻命益奋，怂恿郭威，飞速进兵。威乃与宋延渥同出滑城，直趋大梁。

是时汉廷君臣，已闻郭威南来，拟发兵出拒。可巧慕容彦超，与吴虔裕应召入朝。汉主承祐，即与商发兵事宜。慕容彦超力请出师。前开封尹侯益，亦列朝班，独出奏道："邺军前来，势不可遏，宜闭城坚守，挫他锐气！臣意谓邺都家属，多在京师，最好是令他母妻，登城招致，可不战自下哩！"郭威正防到此着，故前此一再谕军。彦超应声道："这是懦夫的愚计哩！叛臣入犯，理应发兵声讨，侯益衰老，不足与言大计！"看你有何妙策。汉主承祐道："慎重亦是好处，朕当令卿等同行便了！"乃令益与彦超及阎晋卿、吴虔裕，并前郾州节度使张彦超，率禁军趋澶州。

诏敕甫下，正值鸶脱回朝，报称郭威军已至河上，且取出原疏，呈上御览。承祐且阅且惧，且惧且悔，忙召宰臣等入商。窦贞固首先开口道："日前急变，臣等实未与闻。既得幸除三逆，奈何尚连及外藩？"承祐亦叹息道："前事原太草草，今已至此，说亦无益了。"李业在旁，抗声说道："前事休提！目今叛兵前来，总宜截击，请倾库赐军，重赏下必有勇夫，何足深虑！"苏禹珪驳业道："库帑一倾，国用将何从支给？臣意以为未可！"这语说出，急得李业头筋爆绽，向禹珪下拜道："相公且顾全天子，勿惜库资！"乃开库取钱，分赐禁军，每人二十缗，下军十缗。所有邺军家属，仍加抚恤，使通家信诱降。

未几，接得紧急军报，乃是威军已到封邱，封邱距都城不过百里。宫廷内外，得此消息，相率震骇。李太后在宫中闻悉，不禁泣下道："前不用李涛言，应该受祸，悔也迟了！"我说尚不止此误。承祐也很觉不安。独慕容彦超自恃骁勇，入朝奏请道："前因叛臣郭威，已至河上，所以陛下收回前命，留臣宿卫。臣看北军如同蟣蝼，当为陛下生擒渠魁，愿陛下勿忧！"又来说大话了。承祐慰劳一番，令出朝候旨。彦超退出，碰见聂文进，问北来兵数，及将校姓名，由文进约略说明，彦超方失色道："似此剧贼，到也未易轻视哩！"徒恃血气，不战即馁！

俄顷有朝旨颁出，令慕容彦超为前锋，左神武统军袁鄚，前邓州节度使刘重进，与侯益为后应，出拒郭威。彦超即领军出都，至七里店驻营，掘堑自守，令坊市出酒色饷军。袁鄚、刘重进、侯益也出都驻扎赤岗。两军待了半日，未见邺军到来。俄而天色已暮，各退守都城。翌日复出，至刘子坡，与邺军相遇，彼此下营，按兵不战。

承佑欲自出劳军，禀白李太后。太后道："郭威是我家故旧，非死亡切身，何至如此！但教守住都城，飞诏慰谕。威必有说自解。可从即从，不可从再与理论。那时君臣名分，尚可保全，慎勿轻出临兵！"尚不失为下策。承佑不从，出召聂文进等扈驾，竟出都门。李太后又遣内侍戒文进道："贼军向迩，大须留意！"文进答道："有臣随驾，必不失策，就使有一百个郭威，也可悉数擒归！太后何必多心！"比彦超还要瞎闹。内侍自去，文进即导车驾至七里店，慰劳彦超，留营多时，又值薄暮，南北军仍然不动，乃启跸还宫。彦超送承佑出营，复扬声道："陛下宫中无事，请明日再莅臣营，看臣破贼！臣实不必与战，但一加呵叱，贼众自然散归了。"还要说大话。承佑很是欣慰，还宫酣睡。

越日早起，用过早膳，又欲出城观战。李太后忙来劝阻，禁不住少年豪兴，定要自去督军，究竟慈母无威，只好眼睁睁地由他自去。承佑率侍从出城，忽御马无故失足，险些儿将乘舆掀翻。已示不祥。亏得扈从人多，忙将马缰代为勒住，方得前进。既至刘子坡，立马高阜，看他交战。南北军各出营列阵，郭威下令道："我此来欲入清君侧，非敢与天子为仇。如南军未曾来攻，汝等休得轻动！"

道言甫毕，突闻南军阵内，鼓声一震，那慕容彦超，引着轻骑，跃马前来。邺军指挥使郭崇威，与前博州刺史李筠，也领骑兵出战。两下相交，喊声震地，约有数十回合，未见胜负。郭威又遣前曹州防御使何福进，前复州防御使王彦超，领劲骑出阵，横冲南军。彦超未及防备，骤被突入，眼见得人仰马翻，不可禁遏，自尚仗着勇力，上前拦阻。怎禁得铁骑纵横，劲气直达，扑喇一声，竟将彦超坐马撞倒，邺军一齐上前，来捉彦超。幸彦超跃起得快，改乘他马，再欲督战，左右旁顾，见敌骑已围裹拢来，自恐陷入垓心，不如速走。乃怒马冲出，引兵退去，麾下死了百余人。汉军里面，全仗这位慕容彦超，彦超败退，众皆夺气，陆续走降北军。侯益、吴虔裕、张彦超、袁鄚、刘重进等，俱向威通款，威军大振。一班不要脸的狗官，令人愤叹！彦超知不可为，自率数十骑奔兖州。威知汉主孤危，顾语宋延渥道："天子方危，公系国戚，可率牙兵往卫乘舆。且又面奏主上，请乘间速至我营，免生意外！"延渥奉令，引兵趋汉营，但见乱兵云扰，无从进步，只得半途折还。

是夕汉主承佑，与宰相从官数十人，留宿七里寨。吴虔裕、张彦超等，相继遁去，侯益且潜奔威营，自请投降，余众已失统帅，当然四溃。到了天明，由汉主承祐起视，只剩得一座空营。慌忙登高北望，见邺营高悬旗帜，烨烨生光。将士出入营门，甚是雄壮，不由得魂飞天外。当即策马下岗，加鞭驰回。行至玄化门，门已紧闭，城上立着开封尹刘铢。厉声问道："陛下回来，如何没有兵马？"承祐无词可对，回顾从吏，拟令他代答刘铢，蓦闻弓弦声响，急忙闪避，那从吏已应声倒地，吓得承祐胆裂，回辔乱跑，向西北驰去。苏逢吉、聂文进、郭允明等尚跟着同跑，一口气趋至赵村。后面尘头大起，人声马声，杂沓而来，承祐料有追兵，慌忙下马，将入民家暂避。不意背后刺入一刀，痛苦至不可名状，一声狂号，倒地而亡，享年只二十岁。小子有诗叹道：

主少由来虑国危，况兼群小日相随。
将军降敌君王走，剚刃胸中果孰悲！

欲知何人弑主，待至下回叙明。

杨邠、史弘肇专权自恣，目无君上；王章横征暴敛，民怨日滋，声其罪而诛之，谁曰不宜！乃与群小密谋，伏甲图逞，已失人君之道。幸而得手，则权恶已诛，余宜赦宥以示宽大，乃必屠其家，夷其族，何其酷也！不宁惟是，且于积功最著之郭威，又欲并诛之而后快，天下有淫刑以逞者，而可保有国家耶！邺军一出，全局瓦解，仅一慕容彦超，亦乌足恃！刘子坡一战，彦超虽败，止伤亡百余人，而余将即通款邺营，不战自降，盖鉴于立功之被戮，毋宁卖主以求荣，有激而来，非必其皆无耻也。惟郭威引兵向阙，托言入清君侧，一再申令，似与窥窃神器者不同。抑知大奸似忠，大诈似信，观其申谕将士之言，无非激成众愤，入阙图君。王峻且谓克君以后，任军士剽掠旬日。是可忍，孰不可忍乎！《纲目》以承祐被弑，归罪郭威，谅哉！

第四十六回

清君侧入都大掠
遭兵变拥驾争归

却说汉主承祐，走入赵村，背后忽有刀刺入，立时倒毙。看官道是何人所刺？原来就是茶酒使郭允明。他见后面追兵大至，还道是邺都将士，因欲弑主报功，恶狠狠地下此毒手。不料追兵近前，仔细一望，并非邺军，乃仍是汉主承祐的亲兵，前来扈卫。允明才知弄错，心下一急，便把弑主的刀儿，向脖颈上一横，也即倒毙。好与承祐同至森罗殿对簿受罪去了。苏逢吉还要逃走，偏前面有一人挡路，浑身血污，状甚可怖。模糊辨认，正是故太子太傅李崧，事见四十三回。这一吓非同小可，顿时心胆俱碎，跌落马下，立即归阴。独有聂文进逃了一程，被追兵赶上，乱刀竞斫，分作数段。李业、后匡赞尚在城中，闻北郊兵败，便从宫中攫取金宝，藏入怀中，混出城外。业奔陕州，匡赞奔兖州。阎晋卿在家自尽，都中大乱。

郭威得汉主被弑消息，放声恸哭。这副急泪，如何得来？将佐都入帐劝慰，威且哭且语道："我早晨出营巡视，尚望见天子车驾，停着高坡，正思下马免胄，往迎天子，偏车驾已经南去。我总料是回都休息，不意为奸竖所弑，怎得不悲？细想起来，实是老夫的罪孽哩。"你既自知罪孽，何不自缚入都，听候太后发落。将佐道："主上失德，应有此变，与公无涉。请速入都平乱，保国安民！"威乃收泪，率军入都，甫在玄化门，尚见刘铢拒守，箭如雨下，乃转向迎春门，门已大开，难民载道。威无心顾恤，纵辔驰入，先至私第中探望，门庭无恙，人物一空，回首前时，忍不住几点痛泪。这是真哭。便遣何福进守明德门，纵兵四掠，可怜满城屋宇，悉被蹂躏。毁宅纵火，杀人取财，闹得一塌糊涂，不可收拾。前滑州节度使白再荣，闲居私第，被乱兵闯将进去，把他缚住，尽情劫掠。既将财物取尽，复向再荣说道："我等尝趋走麾下，今无礼至此，无面见公。公不如慨给头颅罢！"说至此，即拔刀刺再荣首，扬长自去。

吏部侍郎张允，积资巨万，性最悭吝，虽亲如妻孥，亦不使妄支一钱。甚至箱

第四十六回　清君侧入都大掠　遭兵变拥驾争归

笼锁钥，统悬挂衣间，好似妇人家环佩一般，行动震响，戛戛可听。妙语解颐。至是畏匿佛殿中，尚恐有人觅着，特在重檐下面的夹板间，扒将进去，蹲伏似鼠。怎奈乱兵不可放过，先至他家中拷逼妻孥，迫令说明去向，然后入殿搜寻，到处寻觅，未见踪迹。便上登重檐，从夹板中窥视，果然有人伏着，当即用手牵扯。张允尚不肯出来，拼死相拒。一边躲，一边扯，两下里用力过猛，那夹板却不甚坚固，竟尔脱笋，连人带板，坠将下来。乱兵似虎似狼，揪住张允，把他衣服剥下，连锁钥一并取去。允已跌得头青眼肿，不省人事，渐渐地苏醒还阳，开眼一望，只剩得一个光身，又痛又冷，又可惜许多钥匙，急欲出殿还家，已是手不能动，足不能行。正在悲惨的时候，幸得家人来寻，才将他扛舁回去。一入家门，问明妻子，听得历年家蓄，尽被抢完，"哇"的一声，狂血直喷，不到半日，呜呼哀哉。守财奴请视此。

乱兵越抢越凶，夜以继日，满城烟火冲天，号哭震地。右千牛卫大将军赵凤，看不过去，挺身直出道："郭侍中举兵入都，为锄恶安良起见，鼠辈敢尔，与乱贼何异！难道侍中本意，教他这般么？"遂持弓挟矢，带着从卒数十名，出至巷口，踞坐胡床。遇有乱兵劫掠，即与从卒迭射，射死了好几人。巷中民居，才得安全。次日辰牌，郭崇威语王殷道："兵扰已甚，若不止剽掠，再经一日，要变作空城了！"乃请命郭威，严行部署，令将弁分道巡城，不得再加剽掠，违令立斩。兵士尚恃有原约，未肯罢手，及见有数人悬首市曹，乃敛迹归营，时已斜日下山了。

郭威偕王峻入宫，向李太后问安，太后已泣涕涟涟。只因事成既往，无法挽回，不得已出言慰抚。威复面请太后，此后军国重事，须俟太后教令，然后施行。太后也不多言，惟命威为故主发丧，另择嗣君。威唯唯而出，令礼官驰诣赵村，检验故主尸骸，妥为棺殓，移入西宫。威部下争议丧礼，或说宜如魏高贵乡公即魏曹髦。故事，以公礼葬。威太息道："祸起仓猝，我不能保护乘舆，负罪已大，奈何尚敢贬君呢！"乃择日举哀，命前宗正卿刘皞主丧，且禀承太后命令，宣召百官入朝，会议后事。

太师冯道，最号老成，实最无耻。率百官入见郭威。威尚下阶拜道，道居然受拜，仍如前日，且徐徐说道："侍中此行，好算是不容易呢！"威闻道言，不觉色变，半响才复原状。语中有刺。旁顾百官，多半在列，惟不见窦贞固、苏禹珪二相。及问明冯道，方知二人从七里寨逃归，匿居私第。当下遣吏往召。二人不敢再拒，只好入朝。威仍欢颜与叙，请他照常办事，才得把二人忧虑，一概销除。

于是共同会议，指定罪魁为李业、阎晋卿、聂文进、后匡赞、郭允明等人。阎、聂、郭三人已死，李业、后匡赞在逃。还有权知开封府事刘铢、权判侍卫府事李洪建，亦属从犯，尚留都下，立即派兵往捕，将他拿到，囚住狱中。冯道乘间进言道："国家不可无君，明日当禀白太后，请旨定夺！"百官当然赞同，郭威也不能不允。文字中俱寓微意。大致议定,已是日晡,始退朝散归。翌晨由郭威会同冯道,诣明德门,候太后起居,且奏述军国大议,并请早立嗣君。太后召冯道入内商量了好多时,才由道赍着教令,出宫宣告。其词云:

> 懿维高祖皇帝,翦乱除凶,变家为国,救生民于涂炭,创王业于艰难,甫定寰区,遽遗弓剑!枢密使郭威、杨邠,侍卫使史弘肇,三司使王章,亲承顾命,辅立少君,协力同心,安邦定国。旋属四方多事,三叛连衡;吴、蜀内侵,契丹启衅;蒸黎恟惧,宗社阽危。郭威授任专征,提戈进讨,躬当矢石,尽扫烟尘,外寇荡平,中原宁谧。复以强敌未殄,边塞多艰,允赖宝臣,往临大邺。疆场有藩篱之固,朝廷宽宵旰之忧。不谓凶竖连谋,群小得志,密藏锋刃,窃发殿廷。已杀害其忠良,方奏闻于少主,无辜受戮,有口称冤。而又潜差使臣,矫赍宣命,谋害枢密使郭威,宣徽使王峻,侍卫步军都指挥使王殷等。人知无罪,天不助奸。今者郭威、王峻、澶州节度使李洪义,前曹州防御使何福进,前复州防御使王彦超,前博州刺史李筠,北面行营马步都指挥使郭崇威,步军都指挥使曹威,护圣都指挥使白重赞、索万进、田景咸、樊爱能、李万全、史彦超,奉国都指挥使张铎、王晖、胡立,弩手指挥使何赟等,径领兵师,来安社稷。逆党皇城使李业,内客省使阎晋卿,枢密都承旨聂文进,飞龙使后匡赞,茶酒使郭允明,胁君于大内,出战于近郊,及至力穷,遂行弑逆,冤愤之极,今古未闻。今则凶党既除,群情共悦。神器不可以无主,万几不可以久旷,宜择贤君,以安天下。河东节度使崇、许州节度使信皆高祖之弟;徐州节度使赟,开封尹承勋,皆高祖之男。俱列磐维,皆居屏翰,宜令文武百辟,议择所宜,嗣承大统,毋再迁延!特此谕知。

教令读毕,郭威等与百官退入朝堂,择选嗣君。郭威宣言道:"高祖子三人,只剩一前开封尹承勋,今欲择嗣,舍彼为谁?"大众齐声道:"这是不易的至理,还有何疑!"郭威道:"众志佥同,我等就入禀太后便了。"随即率众出朝,再入明德门,进至万岁宫,面谒李太后,请立承勋为嗣君。"太后道:"承勋依次当立,名正言顺。但他自开封卸任,久罹羸疾,致不能起,奈何?"威答道:"可否令大众一见病状?"太后道:"有何不可?"便令左右入内,舁出承勋坐床,举示大众,大众才无异言。

郭威顾王峻道:"这且如何是好?"王峻道:"看来只好迎立徐州节度使了。"威沉吟半晌,方徐声答道:"且至朝堂再议罢。"言下有不悦意。遂相偕出宫,再至朝堂,询问大众,大众却愿立刘赟。威亦未便梗议,但淡淡地说道:"时候不早,我等不应再入宫中,向太后絮烦,看来只好表闻罢。"大众又应声道:"甚善!甚善！即请侍中属吏草表便了。"威应声而出，众亦散去。及威归私第，便令书记草表。草就后，由威审阅，尚未惬意，再令改窜，仍然未惬，没奈何将就了事。无非是不愿立赟。

越日入朝，百官统已在列，即由威取出表文，推冯道为首，自己与百官陆续署名。名已署毕，乃命内侍呈入。俄而得太后旨，召入冯道、郭威，允议立赟。命冯道代撰教令，择日往迎。冯道是个著名圆滑的人物，实是老奸巨滑。料得此次迎赟，非威本意。不如用言推诿，较为妥当，遂禀太后道："迎立新主，须先酌定礼仪，就是教令亦须斟酌，俟臣与郭威出外商定，再行奏闻。"太后点首称是。道与威便即辞出，且行且语道："郭侍中幕下多才，所有教令礼仪，请侍中酌定为是。"威笑道："太师何必过谦。"道皱眉道："我已老了。前日教令，太后命我起草，我搜索枯肠，勉成此令，今番却饶了我罢。"郭威道："我是武夫，不通文墨，幕下亦无甚佳士。惟忆我出征河中，每见朝廷诏书，处分军事，均合机宜。当时问明朝使，说是翰林学士范质手笔，现未知他留住都中否？"道答言范质未曾归里，想总尚在都中。威喜道："待我前去访求便是。"遂分途自行。

时已隆冬，风雪漫天。威冒雪前进，到处访问，方得范质住址。造门入见，相知恨晚。威即脱所服紫袍，披上质身，质当然拜谢。便由威邀他入朝，替太后代作教令。质谓："前代故事，太上皇传言，例得称诰，皇太后称令，今是否仍遵古制？"威答说道："目下国家无主，凡事须凭太后裁断，不妨径称为诰。"质即应命，提笔作诰文，一挥立就。诰曰：

天未悔祸，丧乱弘多。嗣主幼冲，群凶蔽惑。构奸谋于造次，纵毒蛊于斯须。将相大臣，连颈受戮，股肱良佐，无罪见屠。行路咨嗟，群情扼腕。我高祖之弘烈，将坠于地。赖大臣郭威等，激扬忠义，拯救颠危，除恶蔓以无遗，俾缀旒之不绝。宗祧事重，缵继才难，既闻将相之谋，复考著龟之兆，天人协赞，社稷是依。徐州节度使赟，禀上圣之资，抱中和之德。先皇视之如子，钟爱特深，固可以子育兆民，君临万国，宜令所司择日备法驾奉迎，即皇帝位。於戏！神器至重，天步方艰，致理保邦，不可以不敬，贻谋听政，不可以不勤，允执厥中，祇膺景命！

看官览这诰文，应知刘赟是知远养子，并非亲生。究竟他生父为谁？就是河东节度使刘崇，崇为知远弟，赟即知远侄儿。知远爱赟，引为己子。此次奉迎礼节，为汉家所未有，范质援古证今，仓皇讨论，即日撰定。威取示廷臣，大家同声赞美，莫易一词。当由威上奏太后，请遣太师冯道，及枢密直学士王度，秘书监赵上交，同赴徐州，迎赟入朝。太后便即批准，颁下诰令。

冯道得诰，又不免吃惊，沉思良久，竟往见郭威道："我已年老，奈何还使往徐州？"威微笑道："太师勋望，比众不同，此次出迎嗣君，若非太师作为领袖，何人胜任？"道应声道："侍中此举，果出自真心么？"威怅然道："太师休疑，天日在上，威无异心。"好似《西游记》中猪八戒，专会罚咒。道乃与王度、赵上交出，都南下。途次顾语二人道："我生平不作谬语人，今却作谬语了。"

威既送道出都，复率群臣上禀太后，略言嗣皇到阙，尚须时日，请太后临朝听政。太后俞允，立颁诰命，想仍是翰林学士范质手笔。词云：

> 昨以奸邪构衅，乱我邦家，劻德效忠，翦除凶慝。俯从人欲，已立嗣君，宗社危而复安，纪纲坏而复振。皇帝法驾未至，庶事方殷。百辟上言，请予莅政，宜允舆议，权总万几，止于浃旬，即复明辟。此诰！

李太后既允听政，当然陟赏功臣，升王峻为枢密使兼右神武统军，袁鸢为宣徽南院使，王殷为侍卫马步军都指挥使，郭崇威为侍卫马军都指挥使，曹威为步军都指挥使。惟三司事宜，权命陈州刺史李穀充任。

忽接到兖州奏牍，乃是节度使慕容彦超，拿住前飞龙使后匡赞，押送东都，因有此奏。郭威待匡赞解到，便令押送法司，与刘铢、李洪建两犯，一并审讯，定谳后刑。嗣经法司呈入谳案，谓后匡赞、刘铢、李洪建，已一并伏罪。匡赞与苏逢吉、李业、阎晋卿、聂文进、郭允明等同谋，令散员都虞侯奔德等下手，杀害杨邠、史弘肇、王章。刘铢、李洪建党附李业等，屠害将相家属，供据确凿，罪应诛夷。惟李业尚在逃未获，宜移文陕州，勒令节度使李洪信，速拿业赴阙，并案正法云云。威乃飞使赴陕，勒交李业。业前时奔赴陕州，正因节度使李洪信，为业从兄，欲往投靠，洪信知业闯祸，不敢容纳，挥令他适。业西奔晋阳，道出绛州，为盗所伺，利他多金，杀业夺货而去。洪信闻郭威入都，恐防连坐，遣人捕业。查知为盗所杀，便即奏闻。使人在途，与朝使相遇，一并入都，报知郭威。威遂将全案处置，奏闻太后，太后当然准议。

先是刘铢被获时，铢顾语妻室道："我死，汝不免为人婢。"妻泣答道："如君所为，正合如是。妾为君罹罪，恐为婢不足，还要一同枭首哩。"铢默然无言，随吏下狱，惟妻言适为郭威所闻，颇加怜念，因使人入狱责铢道："我常与君同事汉室，岂无故人情谊？家属屠灭，虽有君命，汝何不留一线情，忍使我全家受戮！敢问君家有无妻子，今日亦知顾念否？"铢无可解免，竟强辩道："铢当时只知为汉，无暇他顾。今日但凭郭公处分，尚有何言！"使人还报郭威。威乃戮铢及子，但释铢妻。王殷家属，前由李洪建保全。殷屡向威请求，乞免洪建一死，威独不许，惟赦免家属。刘铢、李洪建、后匡赞，同日处斩，并枭苏逢吉、阎晋卿、郭允明、聂

第四十六回　清君侧入都大掠　遭兵变拥驾争归

文进首级，悬诸市曹。允明弑主，罪恶尤甚，此时异罪同刑，已可见郭威之心。蓦接镇、邢二州急报，谓"辽主兀欲，发兵深入。屠封邱，陷饶阳，乞即调师出援。"郭威遂入禀太后。太后即令威统师北征，国事权委窦贞固、苏禹珪、王峻，军事委王殷，授翰林学士范质为枢密副使，参赞机要。威即于十二月朔日，领大军出发都城。行至滑州，接着徐州来使，乃是奉刘赟命，令慰劳诸将。赟亦未免太急。诸将见郭威辞色，微露不平，遂面面相觑，不肯拜命，且私相告语道："我等屠陷京师，自知不法。若刘氏复立，我等尚有遗种么？"威闻言，似作惊愕状，便遣还徐使，立麾军士趋澶州。

途次正值天晴，冬日荧荧，很觉可爱。诸将乘势献谀，谓郭威马前，有紫气拥护而行。威佯若不闻，驱兵渡河，进至澶州留宿，诘旦起来，早餐已毕，再下令启行。忽听得军士大噪，声如雷动，他却不慌不忙，返身入内，将门闭住。军士逾垣直入，向威面请道："天子须由侍中自为，大众已与刘氏为仇，不愿再立刘氏子弟了！"威未及答言，军士已将威绕住，前扶后拥，或即扯裂黄旗，披威身上，竟呼万岁。威无从禁止，累得声势沮丧，形色仓皇。入门时并未慌忙，对众时却似逡巡，好一种欺人手段！待至众声少静，方宣言道："汝等休得喧哗，欲我还朝，亦须奉汉宗庙，谨事太后，且不准骚扰人民！从我乃归，不从我宁死！"众应声道："愿从钧谕！"威乃率众南还，沿途禁止喧扰。

到了河滨，河冰初解，须筑浮桥，然后可渡。威命军士驻扎一宵，俟明日筑桥渡河。到了夜半，朔风大起，天气骤寒，待旦视河，冰复坚冱，各军即拥威南渡，号为凌桥。渡毕风止，冰亦渐解。小子有诗叹道：

入都报怨揽权威，北讨南侵任手挥。
岂是天心真有属，凌桥特渡"雀儿"归！雀儿系郭威绰号。详见下回。

威已越河南还，当有人驰报都中。朝内诸大臣，究竟如何对付，待至下回再详。

观本回写郭威事，处处似忠，却处处是诈。彼既以清君侧为名，奈何入都纵掠，置诸不理，反俟郭崇威、王殷之请，然后谕禁乎？冯道谓此行不易，乃不敢自立，初议立高祖三子承勋，继议立高祖从子赟，廷臣皆未知其伪，独冯道从旁窥破，知其言不由衷，道固料事明而虑患深者，惜其模棱苟合，甘为长乐老以终也！澶州之变，非郭威之暗中运动，谁其信之？经作者一一叙述，虽未揭橥隐衷，而已具匣剑帷灯之妙，欲知个中意，尽在不言中。妙笔亦妙文也。

第四十七回

废刘宗嗣主被幽
易汉祚新皇传诏

却说枢密使王峻，马步军都指挥使王殷，本是郭威心腹。一闻澶州兵变，料知威必南还，自为天子。当即派马军指挥使郭崇威，率骑兵七百人，驰赴宋州，阳言往卫刘赟，阴实使图刘赟。至崇威出发，便与窦贞固等商议，往迎郭威。窦、苏两相，本来是庸懦得很，况又手无兵权，怎能与郭威对垒，没奈何承认下去。可巧郭威有人差到，奉笺李太后，谓"由诸军所迫，班师南归，军士一致戴臣，臣始终不忘汉恩，愿事汉宗庙，母事太后"等语。掩耳盗铃。峻等即将笺呈入，一介女流，屡经巨变，只有在宫暗泣，一些儿没有他策。窦贞固、苏禹珪已与王峻、王殷等，出至七里店，迎接郭威。一俟威到，即在道旁伛偻鸣恭，趋跄表敬。可恨可叹。威尚下马相见，共叙寒暄，略谈数语，便由窦贞固等，捧呈一篇劝进文，所有朝内百僚，一并署名。威喜形眉宇，形式上很是谦逊，口口声声，说是未奉太后诰敕，不敢擅专。贞固等请即入都，威总以未奉诰敕为词，留驻皋门村。

是夕贞固等还朝，报明太后，不知如何胁迫，取了一道诰文。即于次日黎明，赍诣威营，当面宣读诰文。其词云：

> 枢密使侍中郭威，以英武之才，兼内外之任，翦除祸乱，弘济艰难，功业格天，人望冠世。今则军民爱戴，朝野推崇，宜总万机，以允群议。可即监国，中外庶事，并取监国处分，特此通告。

威拜受诰敕，便称孤道寡起来，也有一道教令，传示吏民。略云：

> 寡人出自军戎，并无德望，因缘际会，叨窃宠灵。数语恰是的确。高祖皇帝甫在经纶，待之心腹，洎登大位，寻付重权。当顾命之时，受忍死之寄，与诸

第四十七回　废刘宗嗣主被幽　易汉祚新皇传诏

勋旧，辅立嗣君。旋属三叛连衡，四郊多垒，谬膺朝旨，委以专征，兼守重藩，俾当劲敌，敢不横身戮力，竭节尽心，冀肃静于疆场，用保安于宗社！不谓奸邪构乱，将相连诛，偶脱锋镝，克平患难。志安刘氏，顺报汉恩，推择长君以绍丕构，遂奏太后，请立徐州相公，奉迎已在于道途，行李未及于都辇。寻以北面事急，寇骑深侵，遂领师徒，径往掩袭。行次近镇，已渡洪河。十二月二十日，将登澶州，军情忽变，旌旗倒指，喊叫连天，引袂牵襟，迫请为主。环绕而逃避无所，纷纭而逼胁愈坚。顷刻之间，安危不保。事不获已，须至徇从。于是马步诸军，拥至京阙。今奉太后诰旨，以时运艰危，机务难旷，传令监国，逊避无由，黾勉遵承，夙夜忧愧。所望内外文武百官，共鉴微忱，匡予不逮，则寡人有深幸焉！布教四方，咸使闻知！

岁聿云暮，转眼新年。郭威仍留驻皋门村，拟俟新岁入都，即位改元，做一个新朝天子。那徐州节度使刘赟，尚未曾得悉，使右都押牙巩廷美、教练使杨温居守徐州。自与冯道等西来，在途仪仗，很是烜赫，差不多似天子出巡，左右皆呼万岁。赟得意洋洋，昂然前进。到了宋州，入宿府署，翌晨起床，闻门外有人马声，不知是何变故。急忙阖门登楼，凭窗俯瞩，见有许多骑士，声势汹汹，环集门外。为首的统兵将官，扬鞭仰望，也觉英气逼人，便惊问道："来将为谁？如何在此喧哗！"言未毕，已听得来将应声道："末将是殿前马军指挥使郭崇威，目下澶州军变，朝廷特遣崇威至此，保卫行旌，非有他意！"赟答道："既如此说，可令骑士暂退，卿且入见！"崇威不答，俯首迟疑。赟乃遣冯道出门，与崇威叙谈片刻，崇威才下马入门，随道登楼，向赟谒见。赟执崇威手，抚慰数语，继以泣下。来时何等轩昂，至此如何胆落。崇威道："澶州虽有变动，郭公仍效忠汉室，尽可勿忧！"崇威并未称臣，内变可知。赟稍稍放心，彼此又问答数语，崇威即下楼趋出。

徐州判官董裔入见道："崇威此来，看他语言举止，定有异谋。道路谣传，统说郭威已经称帝，陛下尚深入不止，未免少吉多凶！陛下有指挥使张令超护驾，何不召入与商，谕以祸福，令乘夜劫迫崇威，夺他部众。明日掠取睢阳金帛，北走晋阳，召集大兵，再行东下。想郭威此时，新定京邑，必无暇遣兵追袭，这乃是今日的上策呢！"赟犹豫未决。还应入做皇帝么？董裔叹息而出。赟夜不安枕，辗转筹思，才觉裔言有理。至天明宣召令超，哪知令超已为崇威所诱，不肯进见，眼见得大事已去了。

未几由冯道入见，奉上一书，乃是郭威寄赟，内言兵变大略，召道先归安抚，留王度、赵上交奉跸入朝。赟亦明知是郭威欺人，一时却不便说破。道竟开口辞行，赟始愀然道："寡人此来，所恃惟公。公为三十年旧相，老成望重，所以不疑。今崇威夺我卫兵，危在旦夕，问公何以教寡人？"还要自称寡人。道语带支吾，但云待回京后，抚定兵变，再行报命。赟部将贾贞在侧，瞋目视道，且举佩剑示赟，赟摇手道："休得草率！这事与冯公无涉，勿疑冯公。"实可杀却，何必放归。道乘势辞出，星夜驰回。未几即有太后诰命，传到宋州，由郭崇威赍诏示赟，令赟拜受。诰云：

> 比者枢密使郭威，志安社稷，议立长君，以徐州节度使赟，为高祖近亲，立为汉嗣，爰自藩镇征赴京师。虽诰命寻行，而军情不附，天道在北，人心靡东，适取改卜之初，俾膺分土之命。赟可降授开府仪同三司，检校太师上柱国，封湘阴公，食邑三千户，食实封五百户。钦哉唯命！

赟受诰后，面色如土。郭崇威更绝不容情，立迫赟出就外馆，不准逗留府署。董裔、贾贞代抱不平，硬与崇威理论。崇威竟麾动部众，拿下二人，立刻枭首。可怜这位湘阴公刘赟，鼻涕眼泪，流作一堆。没奈何迁居别馆，由崇威派兵监守，寸步难移。王度、赵上交仍奉郭威命令，召还都中。

王峻等助威为虐，又遣申州刺史马铎，率兵诣许州，监制节度使刘信。信为刘知远从弟。曾任侍卫马军都指挥使，知远将殂，杨邠等出信镇许，不准入辞，信号泣而去。承佑嗣位，信任官如旧。及邠等被诛，信大集将佐，开宴庆贺，且与语道："我还道老天无眼，令我三年不能适意，主上孤立，几落贼手。今幸天日重开，贼臣授首，乐得与诸公畅饮数杯了！"既而邺军入都，承佑被弑，信又惶急无计，食不下咽。寻闻迎立刘赟，即命子往徐州奉迎。谁知一波未平，一波又起，马铎竟领兵到来，突然入城。信情急无聊，索性自尽了事。铎遣人复命。

王峻、王殷等已为郭威除去二患，便于正月五日，迎威入都，一面胁令李太后下诰，把汉室所有国宝，悉数赍送郭威，威敬谨受诰。诰云：

> 邈古以来，受命相继，系不一姓，传诸百王。莫不人心顺之则兴，天命去之则废。昭然事迹，著之典书。予否运所丁，遭家不造，奸邪构乱，朋党横行，大臣冤枉以被诛，少主仓猝而及祸，人自作孽，天道宁论！监国威深念汉恩，切安刘氏，既平乱略，复正颓纲。思固护于基局，择继嗣于宗室，而狱讼尽归于西伯，讴歌不在于丹朱，六师竭推戴之诚，万国仰钦明之德。鼎革斯启，图箓有归。予作佳宾，固以为幸。今奉符宝授监国，可即皇帝位。於戏！天禄在躬，神器自至，允集天命，永绥兆民，敬之哉！

威受诰后，并接收国宝，便自皋门入大内，被服衮冕，御崇元殿，受文武百官朝贺。苏禹珪、窦贞固以下，联翩入朝，舞蹈山呼。就是历朝元老冯太师，自宋州

第四十七回　废刘宗嗣主被幽　易汉祚新皇传诏

驰归，也入殿称臣，躬与朝谒。不记当日受拜时耶！礼毕退班，即由新天子下诏道：

自古受命之君，兴邦建统，莫不上符天意，下顺人心。是以夏德既衰，爰启有商之祚，炎风不竞，肇开皇魏之基。朕早事前朝，久居重位。受遗辅政，敢忘伊、霍之忠，仗钺临戎，复委韩、彭之任。匪躬尽瘁，焦思劳心，讨叛涣于河、潼；张声援于岐、雍。竟平大憝，粗立微效。才旋师于关西，寻统兵于河朔，训齐师旅，固护边陲。只将身许国家，不以贼遗君父。外忧少息，内患俄生。群小联谋，大臣遇害，栋梁既坏，社稷将倾。朕方在藩维，已遭谗构。逃一生于万死，径赴阙廷；枭四罪于九衢，幸安区宇。将延汉祚，择立刘宗，征命已行，军情忽变。朕以众庶所迫，逃避无由，扶拥至京，尊戴为主。谁为为之！孰令听之！重以中外劝进，方岳推崇，黾勉虽顺于众心，临御实惭于凉德。改元建号，祗率旧章，革故鼎新，宜覃沛泽。朕本姬氏之远裔，虢叔之后昆，积庆累功，格天光表，盛德既延于百世，大命复集于眇躬。今连国宜以大周为号，可改汉乾祐四年为周广顺元年。自正月五日昧爽以前，一应天下罪人，为常赦所不原者，咸赦除之。故枢密使杨邠、侍卫都指挥使史弘肇、三司使王章等，以劳定国，尽节致君，千载逢时，一旦同命，悲感行路，愤结重泉。虽寻雪于沉冤，宜更伸于渥泽，并可加等追赠，备礼归葬，葬事官给，仍访子孙叙用。其余同遭枉害者，亦与追赠。马步诸军将士等，戮力协诚，输忠效义，先则平持内难，后乃推戴朕躬，言念勋劳，所宜旌赏。其原属将士等，各与等第，超加恩命，仍赐功臣名号。内外前任、现任文武官致仕官，各与加恩；如父母在未有恩泽者即与恩泽，已有恩泽者，更与恩泽；如亡没未曾追封赠者，更与封赠。一应天下州县所欠乾祐二年以前夏秋残税，并与除放。澶州已来官路，两边共二十里内，得除放乾祐三年残税欠税。河北沿边州县，曾经契丹蹂践处，豁免通欠，如澶州同。凡天下仓场库务，宜令节度使专切钤辖，掌纳官吏，一依省条指挥，无得收耍余秤耗。旧所进羡余物色，今后一切停罢。乘舆服御，宫闱器用，大官常膳，概从俭约。诸道所有进奉，只助军国之费，诸无用之物，不急之务，并宜停罢。帝王之道，德化为先，崇饰虚名，朕所不取。未必。今后诸道所有祥瑞，不得辄有奏献。古者用刑，本期止辟，今兹作法，义切禁非，宽以济猛，庶臻中道。今后应犯窃盗贼赃及和奸者，并依晋天福元年以前条制施行。罪人非判逆，毋得诛及亲族，籍没家资。天下诸侯，皆有咸友，自可慎择委任，必当克效参裨。朝廷选差，理或未当，宜矫前失，庶叶通规。其先时由京差遣军将，充诸州郡都押牙、孔目官、内知客等，并可停废，仍勒却还旧处职役。近代帝王陵寝，令禁樵采。唐庄宗、明宗、晋高祖诸陵，各置守陵十户；汉高祖陵前，以近陵人户充署职员及守官人，时日荐飨，并旧有守陵人户等，一切如故。仍以晋、汉之胄为二王后，委中书门下处分。值景运之方新，与天下为更始，兴利除弊，一道同风，朕实有厚望焉！此诏。

翌日再行视朝，派前曹州防御使何福进，权许州节度使；前复州防御使王彦超，擢徐州节度使；前澶州节度使李洪义，权宋州节度使。这三缺最是要紧。又越日上汉太后尊号，称为昭圣皇太后，徙居西宫。命有司择日为故主发丧，丧期已定，周主郭威，亲至西宫成服。祭奠举哀，辍朝七日。禁坊市音乐。追谥故主为"汉隐帝"，且遵古制殡灵七月，始遣前宗正卿刘皞，护灵輀，备仪仗，送葬许州。五代享年，汉祚最短，先后两主，仅得四年。汉前开封尹承勋，即于是年去世，追封陈王。汉太后又延寿三年，即显德元年。病殁宫中，祔葬汉高祖陵，这也不在话下。了结汉事。惟小子前叙郭威，只及官爵功勋，未曾叙及履历籍贯。此次郭威为帝，追尊四代。应将他少年家世，补叙明白。

威本邢州尧山人，父名简，曾为晋顺州刺史，被兵死难。威时仅数龄，随母王氏走潞州，母又道殁，赖姨母韩氏提携抚育，始得成人。潞州留后李继韬，即李嗣源子。招募壮士。威年方十八，依故人常氏家，闻命应募，编入行伍。素性好刚使气，不肯为人下。继韬爱他勇敢，就使逾法犯禁，亦特别贷免。尝游行市中，见有屠夫豪横武断，为众所惮，不由得愤怒起来。便呼屠割肉，稍不如意，更加呵叱。屠夫坦腹相示道，"汝敢刺我否？"道言未绝，已被威剚刃入胸。市人大惊，拥威付吏，继韬不忍杀他，纵令亡去。嗣得友人李琼，授以《闾外春秋》，方折节读书，得谙兵法。娶同里女柴氏为妻。柴氏家颇殷实，听得嫁奁，易钱给威，令再出从军，乃走依汉高祖麾下，积功发迹，代汉为帝。追尊高祖璟为"信祖"，妣张氏为"睿恭皇后"；曾祖湛为"僖祖"，妣申氏为"明孝皇后"；祖蕴为"义祖"，妣韩氏为"翼敬皇后"；父简为"庆祖"，母王氏为"章德皇后"。夫人柴氏早卒，进册为后，谥曰"圣穆"。继室杨氏，也早病逝。再继室为张氏，自威出镇邺都，留张氏居京师，为刘铢所杀。子青哥、意哥，侄守筠、奉超、定哥，孙宜哥、喜哥、三哥，同时被屠。周主顾念前情，追封继室杨氏为淑妃，再继室张氏为贵妃；子青哥赐名为侗，追赠太保；意哥赐名为信，追赠司空；守筠改名为愿，追赠左领军将军；奉超赠左监门将军；定哥赐名为逊，赠左千卫将军；宜哥赠左骁卫大将军，赐名为谊；喜哥赠武卫大将军，赐名为诚；三哥赠左领卫大将军，赐名为諴。家属以外，进封故旧，高行周进位尚书令，仍封齐王；安审琦封南阳王，符彦卿封淮阳王，遣归原镇；王殷加同平章事职衔，充邺都留守，典军如故。前太师冯道为中书令弘文馆大学士，以司徒兼门下侍郎同平章事。前宰相窦贞固为侍中，兼修国史；苏禹珪守司空平章事。此外各进爵有差。追封杨邠为恒农郡王，史弘肇为郑王，王章为琅琊郡王，召还郭崇威，令为洋州节度使，兼检校太保；曹威为荆州节度使，兼检校太傅，各领军如故。郭崇威避周主讳，省去威字；曹威易名为英。皇养子荣，闻镇邺有人，表请入觐，有旨不必来朝，调授澶州节度使，兼检校太保，封太原郡侯。

　　河东节度使刘崇，为赟生父，初闻故主遇害，拟发兵南向，继得赟入嗣消息，欣然说道："我儿为帝，尚有何求？"遂按兵不进，但使人至郭威处，探明虚实。威少时微贱，尝在颈上黥一飞雀，时人号为郭雀儿。当时语河东来使道："郭雀儿要做天子，也不待今日了！"继又自指颈上，示来使道："世上岂有雕青天子？请转告刘公，不必多疑。"来使便即辞行，返报刘崇，崇益喜慰。独太原少尹李骧进言道："公休信郭威，看他志不在小，必将自取。请公速引兵逾太行，据孟津，俟徐州殿下即位，然后还镇，方不为他所卖。"崇拍案大怒道："腐儒欲离间我父子么？左右快推出斩首！"良言不用，枉送儿命，还要杀死李骧，真是愚悖。骧大呼道："我负经济才，为愚夫谋事，死也应该！但家有老妻，愿与同死！"崇闻言益怒，竟令属吏捕取骧妻，一同处斩。

　　及赟既见废，被锢宋州，乃遣徐州押牙巩廷美，奉表周廷，求赟调藩。为这一表，要将赟送到枉死城中去了。小子有诗叹道：

　　　　不听忠言错已成，归藩一表促儿生。
　　　　雕青天子欺人惯，肯使湘阴入汴京！

　　欲知周主如何答复，请看下回便知。

　　刘赟以旁支入承正统，本非创闻；但内有郭威之专政，即令赟得入都，果嗣大位，能保威之不为曹丕、刘裕乎？为赟计，能辞则辞，不能辞，亦当向河东请兵，作为声援，自率大军诣阙，则郭氏或尚不敢动。至行抵宋州，受逼郭崇威，即从董裔言，遁归晋阳，已非上策。乃犹迁延不决，不死奚待乎？郭威入都称帝，易汉为周，新制下颁，犹存礼义，较之梁、唐、晋、汉，似进一等，然亦由文字之优长，始觉规模之粗备。五季以乱易乱，文学浸衰，不值一盼，有范质以振兴之，始稍见右文之治。文事盛而武力绌，正天之所以开赵宗也。否则军阀骄横，兵争益甚，大乱果何日靖乎？

第四十八回

陷长沙马希萼称王
攻晋州刘承钧折将

却说周主郭威,接到巩廷美来表,踌躇一回,特想出数语,作为答复河东文书。大略说是:

> 湘阴公近在宋州,正拟令搬取赴京,但勿忧疑,必令得所。惟公在彼,固请安心,若能同力扶持,别无顾虑,即当便封王爵,永镇北门,铁契丹书,必无爱惜!特此复谕。

巩廷美接得复文,转达刘崇,且言周主多诈,不可不防。请即发兵援徐,愿与教练使杨温,固守徐州,静待后命。刘崇得报,也欲称帝晋阳,与周抗衡,一时无暇遣援。哪知巩廷美、杨温二人,已奉刘赟妃董氏为主,仍张汉帜,不服周命。周主遣新授节度使王彦超,率兵驰诣徐州,且遗湘阴公刘赟书,令他转示廷美等人,嘱使静候新节度入城,各除刺史。刘尚依言致书,嘱巩、杨迎王彦超,巩、杨不肯从命,一意拒守。王彦超到了城下,射书谕降,仍然不从,乃督兵围攻。巩、杨二将,日夜戒备,专待河东援兵。

河东节度使刘崇决计抗周,就在晋阳宫殿中,南面称帝。国仍号汉,沿用乾祐年号,据有并、汾、忻、代、岚、宪、隆、蔚、沁、辽、麟、石十二州,命节度判官郑珙、观察判官赵华,同平章事,次子承钧为侍卫亲军都指挥使兼太原尹,副使李存瓌为代州防御使,裨将张元徽为马步军都指挥使,陈光裕为宣徽使。存瓌、元徽等,请建立宗庙。崇慨然道:"朕因高祖皇帝的基业,一旦坠地,不得已南面称尊,权承汉祚。究竟我是何等天子,尔等是何等将相呢?宗庙且不必立,但如家人祭礼,延我宗祀。得能规复中原,再修庙貌,妥我先灵,也未为迟哩。"将吏方才罢议。惟河东地窄民贫，岁入无多，百官俸给，不得不格外减省，宰相俸钱，月止百缗，节度使月止三十缗，此外惟薄有资给罢了。历史上称崇为东汉，或号为北汉，免与南汉相混。小子因南北分称，容易记忆，故此后叙及河东，概以北汉为名。叙事明析。

北汉主称帝这一日，就是湘阴公赟毕命的时期。当时宋州节度使李洪义讣报周廷，只说是刘赟暴亡。后来《涑水通鉴》、司马光著。《紫阳纲目》朱熹著。大书特书云："周主威弑湘阴公赟于宋州。汉刘崇称帝于晋阳。"可见得刘赟暴亡，实是李洪义密奉主命，暗中下手。且直书为"弑"，令郭威更无从躲闪，所以千秋万世，统称他是直笔呢。引古为证，取义谨严。

闲文少表，且说周主郭威即位，颁诏四方，荆南节度使高保融，首先表贺。且报称："去年十一月间，朗州节度使马希萼破潭州，十二月缢杀楚王马希广，自称天策上将军，武安、武平、静江、宁远等军节度使嗣楚王。"周主郭威，因国家初定，无暇南顾，但优旨嘉奖高保融，加封渤海郡王。但高保融奏报楚事，仅据纲领，欲知详细，还须另行叙明。

自楚王马希广，出师屡败，益阳失守，长沙吃紧，希萼大举入寇，希广向汉告急，汉适内乱，不遑出援。应四十四回。希萼知希广势孤，急引兵进攻岳州，刺史王赟登城坚拒，无懈可击。希萼在城下呼赟道："公非马氏旧臣，不事我，反欲事异国么？既为人臣，独怀二心，岂非贻辱先人！"赟从容答道："亡父为先王将，亦破淮南兵。今大王兄弟构兵，适贻淮南厚利，且先王破淮南，后嗣臣淮南，贻辱何如！大王诚能释憾罢兵，不伤同气，赟愿尽死事大王兄弟，怎敢别生二心！"希萼闻言，颇也知惭，引兵转趋长沙。部将朱进忠，已自益阳攻陷玉潭，再与希萼会师，屯兵湘西。

希广令刘彦瑫召集水师，与水军指挥使许可琼率战舰五百艘，守城北津，迤及南津，独派庶弟希崇为监军。前已有人请诛，置诸不理，此时更派作监军，痴极笨极！又遣马军指挥使李彦温，领骑兵屯驼口，扼住湘阴路，步军指挥使韩礼，率步兵屯杨柳桥，扼住栅路，与希萼相持数日，胜负未决。强弩指挥使彭师暠，登城西望，入白希广道："朗人骤胜致骄，行列未整，更有蛮兵夹入，益见喧嚣。若假臣步卒三千，从巴陵渡江，绕出湘西，攻敌后面，再令许可琼带领战舰，攻敌前面，背腹夹攻，不怕敌人不走。一场败北，将来自不敢轻入了。"此计甚妙。希广却也称善，便召可琼入议。哪知可琼已阴与希萼密约，分治湖南，至是闻师暠计议，反瞠目伸舌道："这是危道，决不可从，况师暠出身蛮都，能保他不生异心么？"自己通敌，还说别人难恃，此等人安可不杀？希广乃止。且命诸将尽受可琼节制，日给可琼五百金。可琼时常闭垒，不使士卒知朗军进退，或且诈称巡江，与希萼密会水西，愿为内应。希广反叹为良将,言听计从。彭师暠闻可琼通敌,入谏希广道:"可琼将叛,国人尽知,请速加诛,毋贻后患!"希广叱道:"可琼世为楚将,岂有此事!"师暠退出,喟然长叹道:"我王仁柔寡断,败亡可立俟呢!"

已而长沙大雪,平地积四尺许。两军苦不得战,希广迷信僧巫,抟土作鬼神形,举手指江,谓可却退朗人。又命众僧日夜诵经,向佛祷告,希广也披缁膜拜,高念宝胜如来,声彻户外。是谓祈死。朗州步军指挥使何敬真,乘雪少霁,即率蛮兵三千,迫韩礼营,阴遣小校雷晖,冒充长沙兵士,混入礼寨,用剑击礼。礼骇走狂呼,一军惊扰,敬真乘乱掩入,立将礼营捣破。礼军大溃,礼受创奔回,越日毙命。于是朗兵水陆齐进,急攻长沙。长沙某军指挥使吴宏,与小门使杨涤相语道:"强敌凭陵,城且不保,我等不效死报国,尚待何时?"遂各引兵出战,宏出清泰门,涤出长乐门。统怒马争先,以一当十,奋斗至三四时,朗兵少却。刘彦瑫与许可琼袖手旁观,并不出援。宏士卒饥疲,先退入城,涤亦还军就食。

朗兵复竞进扑城,彭师暠挺槊突出,与朗兵交战城北,未分胜负。朗将朱进忠带引蛮众,至城东纵起火来。城上守兵,为烟雾所迷,不免惊惶,忙招许可琼军,令他救城。可琼竟举军降希萼。守兵见可琼降敌,当然惊乱,朗兵遂一拥登城,长沙遂陷。希广亟带领妻孥,走匿慈堂。朗兵及蛮兵,杀官民、焚庐舍,彻夜不休。自马殷立国后,所积珍宝,尽被夺散。宫殿屋宇,统成灰烬,闹得人声鼎沸,烟焰迷离。

李彦温尚屯兵驼口,望见城中火起,急引兵还援。至清泰门,朗人已据城拒战,矢石交下,正拟冒险进攻,忽有千余人绕城而来,统是神色仓皇,备极狼狈。为首的且凄声呼道:"李将军快寻生路罢!"彦温瞧着,正是刘彦瑫,便问主子如何?彦瑫道:"不知下落;我已觅得先王及今王诸子,从旁门逃出,幸与君相遇,正好结伴同奔。朗兵利害得很,若不急走,恐一经追杀,必无噍类了!"彦温被他一吓,也觉惊慌,遂与彦瑫等同奔袁州,转降南唐。

希萼入城后,即与希崇相见,希崇率将吏进谒,上书劝进。吴宏战血满袖,顾视希萼道:"我不幸为许可琼所误,今日虽死,地下也好对先王了!"彭师暠投槊地下,大呼道:"师暠不降,情愿请死!"希萼叹道:"这可谓铁石人了!"纵令自便,不欲加诛。也是保全忠臣,却是难得。希崇遂导希萼入府视事,闭城搜捕希广夫妇,及掌书记李弘皋、弘节,都军判官唐昭胤,学士邓懿文,小门吏杨涤等,先后拘至,尽作俘囚。

希萼首问希广道:"你我承父兄余业,难道不分长幼么?"希广流涕道:"将吏见推,朝廷见命,所以权受,并非出自本心。"希萼也不禁恻然,便顾左右道:"这是钝夫,怎能作恶?徒受群小欺蒙,因致如此。"遂命牵往狱中。嗣讯弘皋、弘节

第四十八回　陷长沙马希萼称王　攻晋州刘承钧折将

等，多半说是先王遗命，不肯伏罪，惹得希萼怒起，命将弘杲、弘节、唐昭胤、杨涤四人，绑出府门，凌迟处死，分饷蛮军。邓懿文少说数语，总算从宽一线，枭首市曹。似此残忍，何能久享！遂自称天策上将军、武安、武平、静江、宁远等军节度使，嗣爵楚王。授希崇节度副使，判军府事，其余要职，悉用朗人充任。

越日，语将吏道："希广懦夫，受制左右，我欲使他不死。汝等以为然否？"诸将皆不敢对，独朱进忠尝为希广所答，乘此报怨，奋然进言道："大王血战三年，始得长沙。一国不容二主，今日不除，他日悔无及了！"乃命牵出勒死。希广临刑，尚喃喃诵佛书，至死才觉绝口。希广妻捶毙杖下，彭师暠不忘故主，棺殓希广，瘗诸浏阳门外，后人号为"废王冢"。希萼命子光赞为武平留后，遣何敬真为朗州都指挥使，统兵戍守，且因故学士拓跋恒，曾劝希广让国，召令复职。恒称疾不起，希萼亦无可如何。

未几令掌书记刘光辅入贡南唐，唐主璟命右仆射孙晟、客省使姚凤为册礼使，册封希萼为楚王。希萼又令光辅报谢，唐主厚待光辅，并问湖南情形。光辅密奏道："湖南民疲主骄，陛下若发兵往取，易如反掌呢。"又是一个卖国臣。唐主乃命都虞侯边镐为信州刺史，屯兵袁州，渐渐地谋吞湖南了。

南方正扰攘不休，北方亦兵戈迭起。北汉主刘崇，闻赟死人手，向南大恸道："我悔不用忠臣言，致伤儿命！"遂命为李骧立祠，岁时致祭。一面整兵缮甲，锐意复仇。可巧辽将潘聿捻，奉辽主命，贻书崇子承钧，通问国情。刘崇即使承钧复书，略说本朝沦亡，因袭帝位，欲循晋室故事，求援北朝。聿捻转报辽主。辽主兀欲，得了复书，当然欣允，发兵屯阴地、黄泽、团柏，遥作声援。刘崇即命皇子承钧为招讨使，白从晖为副，李存环为都监，统兵万人，分作五道，出攻晋州。

晋州节度使王晏，闭门不出，城上旗帜兵仗，亦散乱不整。承钧还道他是不能拒守，饬兵士蚁附登城。不料一声鼓响，那堞内伏兵，霎时齐起，挟着硬弓毒矢，接连射下，还有长枪大戟，巨斧利矛，钩的钩、斫的斫，把北汉兵杀伤无数，承钧忙鸣金收军，退出濠外。王晏竟驱兵杀出，前来追击。承钧哪里还敢恋战，麾兵急奔，跑了十多里，方不见有追兵，择地下寨。招集散卒，死伤已千余人，并失去副兵马使安元宝，不知是否阵亡，后经探骑报闻，才知元宝被擒，投降晋州了。

承钧且惭且愤，移攻隰州，行至长寿村，突遇隰州步军指挥使孙继业，从刺斜里杀将出来，顿使承钧又吃一大惊。前锋牙将程筠，不管好歹，竟挺枪跃马，出战继业。两马相交，双枪并举。约有一二十合，被继业大喝一声，把程筠刺落马下。隰州兵捉住程筠，立刻斩首，枭示军前。承钧大怒，麾兵前斗，要与继业拼命。偏继业刁猾得很，率军急退，竟回入城中去了。承钧追至城下，城上早已准备，由隰州刺史许迁，亲自督守，再加孙继业登陴相助，里守外攻，约过了数昼夜，北汉兵毫无便宜，反伤亡了许多人马，只好一齐退去。北汉兵两次败退，这叫做出手就献丑。

北汉主刘崇，接得败报，正在焦灼，怎奈不如意事，接踵而来。徐州一城，被周将王彦超陷入，杀死巩廷美、杨温，只湘阴公夫人董氏，还算由周主特恩，安抚保护，未曾殉难。徐州事虽用带笔，恰是毫不渗漏。崇忧愤交并，立遣通事舍人李鄩，赴辽乞援。辽主兀欲，本来是用两头烧通的计策。当周主郭威称帝时，已从饶阳回师，应四十六回。派蕃将朱宪奉书周廷，称贺即位，周廷亦遣尚书右丞田敏报聘。此次联络北汉，明明使他鹬蚌相争，自己好做个渔翁。至李鄩到辽乞师，兀欲尚不肯发兵，先遣使臣拽剌梅里，与鄩同诣北汉。捏称周使田敏，已约输岁贡十万缗。刘崇不禁情急，忙使宰相郑珙，赍着金帛，与拽剌梅里同往，纳赂辽主。国书中且自称侄皇帝，致书于叔天授皇帝，见四十回。请行册礼。辽主兀欲，喜如所愿，厚待郑珙，日夕赐宴。珙在途已感受风寒，禁不起肉酪厚味，一夕宴毕归馆，竟致暴亡。兀欲发还珙丧，并遣燕王述轧，一作舒幹。政事令高勋，同至北汉，册封刘崇为"大汉神武皇帝"，妃为皇后。刘崇情急求人，也顾不得什么屈膝，只好对着辽使，拜受册封，改名为旻。令学士卫融等，诣辽报谢，乞即济师。

辽主召集诸部酋长，拟即日大举，援汉侵周，诸部酋长多不愿南行。兀欲强令从军，自督部众至新州。驻宿火神淀，夜间忽遭兵变，由燕王述轧，及伟王子呕里僧为首，持刀入帐，竟将兀欲劈死。也有此日。

辽太宗德光子齐王述律，一作舒噜。在军闻变，走入南山。述轧即自立为帝，偏各部酋长不乐推戴，情愿往迎述律，攻杀述轧及呕里僧。述律乃自火神淀入幽州，即辽主位，号天顺皇帝，改元应历，当下为故主兀欲发丧，并遣使至北汉告哀。

刘崇派枢密直学士王得中等，贺述律即位，且吊兀欲丧，仍称述律为叔，请兵攻周。述律素好游畋，不亲政事，每夜酣饮，达旦乃寐，日中方起，国人号为"睡王"。北汉乞援再四，方遣彰国军节度使萧禹厥，统兵五万，与北汉会师，自阴地关进攻晋州。

时晋州节度使王晏，与徐州节度使王彦超对调；晏已离镇，彦超未至。巡检使王万敢权知晋州军事，与龙捷都指挥使史彦超，虎捷都指挥使何徽，募兵拒守。辽兵五万人，北汉兵二万人，共至晋州城北，三面营垒，日夜攻扑。王万敢等多方抵御，且飞使至大梁求援。周主郭威，命王峻为行营都部署，发诸道兵援晋州，威自至西庄饯行，亲赐御酒三卮，峻饮毕拜别，上马径去。驰至陕州，留军不进。周主闻报，免不得遣使促行，并欲督师亲征，正是：

　　　　将军故意留西鄙，天子劳心欲北征。

究竟王峻何故逗留，待至下回表明。

希广不能让兄，又不能拒兄，潭州之陷，咸本自诒。况忠如彭师暠而不用，奸如许可琼而独任，迷信僧巫，至死且讽诵佛经，愚昧至此，安能不亡？若希萼之加刃同胞，脔食旧臣，残忍太甚，几何而不俱灭也！刘崇不从李骧之言，以致刘赟死于非命，虽悔奚追，厥后甘心事狄，出师屡败，欲泄忿而不得，欲报怨而未能，乃知失之毫厘，谬以千里，天下之不听忠言，自致危祸者，皆类是耳。特揭出之以为后世鉴云。

第四十九回

降南唐马氏亡国
征东鲁周主督师

却说王峻留驻陕州,并非故意逗挠,他却另有秘谋,不便先行奏闻。周主郭威,闻报惊疑,拟自统禁军出征,取道泽州,与王峻会救晋州。一面遣使臣翟守素,往谕王峻,峻与守素相见,屏去左右,附耳密语道:"晋州城坚,可以久守。刘崇会合辽兵,气势方锐,不可力争,峻在此驻兵,并非畏怯,实欲待他气馁,然后进击,我盛彼衰,容易取胜。今上即位方新,藩镇未必心服,切不可轻出京师!近闻慕容彦超据住兖州,阴生异志,若车驾朝出汜水,彦超必暮袭京城,一或被陷,大事去了!幸转达陛下,勿生他疑!"守素唯唯遵教,即日驰还京城,报知周主郭威,威闻言大悟,手自提耳道:"几败我事!"遂将亲征计议,下敕取消。郭雀儿亦有失策时耶?

是时已为广顺元年十二月,天气严寒,雨雪霏霏。峻乃下令各军,速即进发,到了绛州,也无暇休息,便语都排阵使药元福道:"晋州南有蒙阮,地最险恶,若为敌兵所据,阻我前进,却很费事。汝引部卒三千,赶紧前行,得能越过蒙阮,便可无忧了!"元福应命前驱,冒雪急进,到了蒙阮相近,见地势果然险恶,幸无敌兵把守,便纵马飞越,出了蒙阮,方才扎住。令部校回报王峻。峻私喜道:"我事得成了!"因即麾军继进,过了蒙阮径路,与药元福相会,向晋州进兵。

北汉主刘崇,及辽将萧禹厥,正虑攻城不下。粮食将尽,更兼大雪漫天,野无所掠,未免智穷力尽,日思退归。忽接哨骑探报,知王峻已逾蒙阮,不由得心惊胆战,立命烧去营垒,黉夜返奔。至王峻到了晋州,敌兵早遁。城内王万敢、史彦超、何徽等出迎王峻,导入城中。彦超便禀王峻道:"寇兵虽去,相距未远,若使轻骑追击,必得大胜。"峻答说道:"我军远来劳乏,且休养一宵,明日再议。"彦超乃退。翌晨值峻升厅,彦超又来禀白,药元福等亦从旁怂恿,峻乃令药元福统兵，与指挥使仇弘超，左厢排阵使陈思让、康延诏，策马出追。驰至霍邑，追及敌众，便奋击过去。敌军后队，统是北汉兵，一闻追兵到来，都越山四跑，急不择路，或坠崖，或堕谷，死了无数。元福催后军急进，偏偏延诏懦怯，沿途逗留，且语元福道："地势险窄，恐有伏兵，且回兵徐图进取。"元福忿然道："刘崇挟胡骑南来，志吞晋、绛，今气衰力竭，狼狈遁还，不乘此时扫灭，必为后患。"言未已，那王峻遣人到来，说是穷寇勿追，饬令回军，元福长叹数声，收军而还。王峻亦非真良将。

辽兵还至晋阳，人马十丧三四，萧禹厥自耻无功，诿罪一部酋，钉死市中。刘崇亦丧兵无数，复因辽兵归去，不得不畀他厚赆，害得府库空虚，人财两失，只好付诸一叹，缓图报怨罢了。智力原不及郭威。

且说楚王马希萼得据长沙，刑戮无度，已失人心。更且纵酒荒淫，尽把军府政事，委任希崇。小门使谢彦颙，系家僮出身，面目清扬，姣如处女，希萼很是宠爱，尝令与妃嫔杂坐，视同男妾。不怕作元绪公么？彦颙恃宠生骄，凌蔑大臣，就是手握大权的王弟希崇，他亦未加尊敬，或且拊肩搭背，戏狎靡常，希崇引为恨事。向例王府开宴，小门使只能伺候门外，希萼独使彦颙与座，甚至列诸将上，诸将亦愤愤不平。希萼因府舍被焚，命朗州指挥使王逵，副使周行逢，率部曲千余人修葺府署，执役甚劳，毫无犒赐。士卒统有怨言，逵与行逢密语道："众怒已深，不早为计，祸将及我两人了！"遂率众逃归朗州。

希萼沉醉未醒，左右不敢白，越宿始报知希萼。希萼大怒，立遣指挥使唐师翥，领兵往追。直抵朗州城下，被王逵等伏兵邀击，士卒尽死，师翥孑身逃归。逵入朗州城，逐去留后马光赞，别奉希萼兄子光惠知朗州事，寻且立为节度使。光惠愚懦嗜酒，不能服众，逵与行逢，商诸朗州戍将何敬真，废去光惠，推立辰州刺史刘言，权知留后，逵自为副使。因恐希萼往讨，特向南唐求请旌节，唐主不许。乃奉表周廷，自称藩臣，周主也不给复谕，置诸不闻。

希萼本与许可琼密约，分治湖南，及攻入潭州，背约食言，且恐可琼怨望，暗通朗州，遽出为蒙州刺史。一面派马步指挥使徐威，左右军马步使陈敬迁、水军指挥使鲁公绾，牙内侍卫指挥使陆孟俊，率兵出城西北隅，立营置栅，预备朗兵。

徐威等劳役经旬，并未抚问，免不得怨声又起。希崇已知众怒，未尝进谏。一日希萼置酒端阳门，宴集将吏，徐威等不得预宴，希萼亦称疾不至，威等遂共谋作乱。先使人驱踶啮马数十匹，闯入府署。自率徒众持械相随，待马奔入府中，即托言縶马，掩入座上，纵横击人，颠踣满地。希萼骇奔，逾垣欲走，被威等追及，缚置囚车，并执小门使谢彦颙，自顶至踵，剉成齑粉。南风不竞，致罹此祸。遂推希崇为武安留后，大掠两日，方才安民。

希崇欲借刀杀人，特令彭师暠押住希萼，解往衡山县锢禁，随时管束。希萼已去，随接到朗州檄文，数希崇篡逆罪状，希崇方觉心惊。忽又闻朗州留后刘言，派马步军至益阳，将逼潭州，顿时仓皇失措，急发兵二千往御，且遣人赴朗州求和，愿为邻藩。平时很是刁滑，此时奈何若此。刘言见了潭使，颇费踌躇，掌书记李观象进议道："希萼旧将，尚在长沙，必不欲与公为邻，公不若先檄希崇，令他取各首来献，然后可和。希崇若从此议，取湖南如反掌了。"言依议而行，即令潭使返报，果然希崇畏言，杀死希萼旧臣杨仲敏、魏光辅、魏师进、黄勍等十余人，函首送朗州，派前辰阳令李翊为使。翊至朗州纳入首级，统已血肉模糊，不可辨认。言与王逵，遂说他以伪冒真，呵叱李翊。翊且愤且惧，撞死阶下。言也为心动，暂许希崇和议，调回益阳等军。希崇闻朗军调回，安然无忌，乐得纵情酒色，终日寻欢。不意彭师暠押送希萼，到了衡山，竟与衡山指挥使廖偃，共立希萼为衡山王，改县为府，断江立栅，编竹成战舰，居然与希崇为敌。这都是希崇弄巧成拙，反害自身！原来师暠受希崇差遣，明知是借刀杀人，及与廖偃相见，慨然与语道："要我弑君，我却不愿，宁可以德报怨，不甘枉受恶名！"廖偃也以为然，即与师暠拥立希萼，召募徒众，旬日间得万余人，且遣判官刘虚己，向唐乞援。师暠以德报怨，已属矫枉过正，更且引敌亡楚，尤觉失策。

希崇得悉此变，也遣使奉表唐廷，请兵拒朗。唐主璟立命袁州戍将边镐，西趋长沙。楚将徐威等又欲杀希崇。被希崇先期察觉，左思右想，无可为计，只好赶紧迎镐，尚可自全。忽闻镐军已至醴陵，适如所望，急发库款犒军。去使回报希崇，传述镐言，谓"此来拟平楚乱，并非代灭朗兵，如欲自保，速即迎降"。希崇听了，半晌无言，嗣且泪下。没奈何迫令前学士拓跋恒奉笺镐军，情愿降唐。恒怅然道："我久不死，徒为小儿等赍送降表，岂不可叹！"乃诣镐军请降。究竟贪生。

镐率兵抵潭州，希崇率弟侄出城，望尘迎拜。镐下马宣慰，与希崇等同入城中，寓居浏阳门楼，湖南将吏，相率趋贺，镐即发湖南仓库，取出金帛粟米。金帛给将吏，粟米赈饥民，阖城大悦。慷他人之慨，何乐不为。唐武昌节度使刘仁赡乘势取岳州，安抚吏民，舆情翕然。

捷报驰入金陵，唐百官额手称庆，独起居郎高远道："乘乱取楚，原是容易，但观统兵各将，均非良才，恐易取却难守哩。"为后文伏线。唐主璟独喜出望外，授边镐为武安节度使，征马氏全族入朝。希崇不欲东行，聚族相泣，并愿重赂边镐，令他代为奏请，仍准留居长沙。镐微笑道："我朝与公家世为仇敌，屈指将六十年，但未尝大举入境，欲灭公家。今公兄弟阋墙，穷蹙乞降，这是天意欲归我朝。公若再图反复，恐人肯恕公，天也未肯恕公了！"可作世人棒喝。希崇无词可答，只得挈领宗族，及将佐千余人，号哭登舟，共赴金陵。谁叫你陷害骨肉？

第四十九回　降南唐马氏亡国　征东鲁周主督师

马希萼据住衡山，还想经略岭南，特命龙峒戍将彭彦晖，移屯桂州。桂州节度副使马希隐，系是马殷少子，不愿彦晖前来，急檄蒙州刺史许可琼，同拒彦晖。可琼引兵趋桂州，与希隐合兵，杀退彦晖。彦晖奔回衡山，希萼大惊。适唐将李承戬，奉边镐命，引兵数千至衡山，促希萼入朝金陵，逼得希萼忧上加忧。就是廖偃、彭师暠，也想不出救急方法，索性投顺南唐，乃是无策中的一策。乃与希萼沿江东下，往朝南唐。

先是湖南有童谣云："鞭打马，马急走！"至是果验。马希隐闻二兄降唐，还想据守岭南，负嵎自固，偏南汉主刘晟，遣内侍吴怀恩入境，先乘虚袭入蒙州，继乘胜进逼桂州。希隐与许可琼，保守不住，乘夜斩关，带领遗众，向全州遁去。吴怀恩得了蒙、桂，复略定连、梧、严、富、昭、流、象、龚等州，于是南岭以北属南唐，南岭以南属南汉。只有朗州一隅，尚为刘言所据，但亦不复属马氏。自马殷据有湖南，至希崇降唐，共得六主，合成五十六年。

希萼兄弟，先后至金陵。唐主璟嘉他恭顺，命希萼为江南西道观察使，驻守洪州，仍封楚王；希崇为永泰军节度使，驻守扬州。其余湖南将吏，以次拜官。且因廖偃、彭师暠二人，忠事故主，特授偃为左殿直军使兼莱州刺史、师暠为殿直都虞侯。湖南刺史，俱望风朝唐。最可惜的是前岳州刺史王赟，至此已改调永州，独伤心故国，不忍降唐。经唐廷一再征召，勉强入觐。唐主璟责他后至，赐鸩而死。人生到此，天道难论，这叫做有幸有不幸呢！褒贬咸宜。

南唐既并有湖南，复议北略。参军韩熙载，入任户部侍郎，独上书谏阻道："郭氏奸雄，不亚曹、马，得国虽浅，守境已固。我若妄动兵戈，恐不独无成，反且有害呢！"唐主璟乃罢兵不发。偏是兖州节度使慕容彦超，叛周起兵，向唐求援，遂令唐主璟触动雄心，出兵五千人，令指挥使燕敬权为将，往援彦超。从南唐出援，接入彦超叛周事，绾合无痕。彦超自汴京逃归，心常疑惧，昼夜不安，特遣人贡献方物，自表歉忱，探试周主意向。周主加授彦超为中书令，并遣翰林学士鱼崇谅，至兖州传旨抚慰。略云：

> 向以前朝失德，少主用谗。仓猝之间，召卿赴阙，卿即奔驰应命，信宿至京，救国难而不顾身，闻君召而不俟驾。以至天亡汉祚，兵散梁郊，降将败军，相继而至，卿即便回马首，径返龟阴。为主为时，有终有始，所谓危乱见忠臣之节，疾风知劲草之心。若使为臣者皆复如是，则有国者谁不欲大用斯人！朕潜龙河朔之际，平难浚郊之时，缘不奉示谕之言，亦不得差人至行阙。且事主之道，何必如斯？若或二三于汉朝，又安肯效忠于周室，以此为惧，不亦过乎？卿但悉力推心，安民体国，事朕之节，如事故君，不惟黎庶获安，抑

亦社稷是赖！但坚表率，未易替移，由衷之诚，言尽于此，卿其勿疑！

彦超得了此谕，心终未释；且闻刘赟暴死，益不自安。募壮士，蓄刍粮，购战马，潜使人通书北汉，为关吏所获，奏报周廷。周主郭威，命中书舍人郑好谦，申谕彦超，与订誓约。彦超始终未信，特令都押牙郑麟诣阙，伪输情款，实觇机事。又捏造天平节度使高行周书，说是约他造反，因此出首。周主郭威，披书审阅，语多指斥朝廷，不禁微笑道："鬼蜮伎俩，怎能欺人？"遂将书颁示行周，行周果然奏辩，兼且谢恩。周主即遣阁门使张凝领兵赴郓州，为行周助守。彦超计不得逞，复表请入朝，竟由周主允准。未几又得彦超复奏，伪称境内多盗，不便离镇。周主付诸一笑，但待他发难，兴师问罪便了。并非姑息养奸，实是请君入瓮。

好容易过了一载，已是广顺二年。彦超召乡兵入城，引泗水注入城濠，预备战守。且令部吏伪扮商人，混入南唐，求请援师。一面募集群盗，剽掠邻境。寻得朝廷诏敕，命沂、密二州，不复属泰宁军。彦超怎肯失去二州，决计抗命。判官崔周度谏阻道："东鲁素习《诗》、《书》，自伯禽周公子。以来，不能霸诸侯，但用礼仪守国，自可长世。况公对朝廷，并无私憾，何必自疑？主上又再三谕慰，公能撤备归诚，定可长享富贵，安如泰山。公岂不闻杜重威、李守贞故事，奈何自取灭亡呢？"彦超不从，竟尔叛周。周主命侍卫步军都指挥使曹英，为兖州行营都部署，齐州防御使史彦韬为副，皇城使向训为都监，陈州防御使药元福为都虞侯，东讨彦超。

彦超闻周廷出师，忙遣人南行，约唐夹攻。唐将燕敬权已到下邳，恐众寡不敌，退屯沭阳。不料徐州巡检使张令彬，潜师袭击，捣破唐营，竟将燕敬权活捉了去，献入周廷。周主郭威，欲借此笼络南唐，命将敬权释缚，赐他衣服金帛，放归本土。敬权感泣谢罪，周主面谕道："奖顺除逆，各国从同，难道江南独异致么？我国贼臣，据城肆逆，殃及万民，尔国乃出助凶逆，诚为不解。尔可归语尔主，勿再失算！"敬权应命辞行，返报唐主。唐主也觉感激，不敢再援彦超。

彦超失一大援，不得已登城守御。曹英等到了城下，猛攻不克，乃筑垒围城。可巧王峻自晋州还师，也由周主拨至兖州。彦超见周军迭至，很是心慌，屡率壮士出城突围，统为药元福所败，只好闭城固守。周军四面围住，困得兖州水泄不通。自春至夏，守兵疲敝不堪，彦超因库资告罄，令大括民财，犒赐守兵。前陕州司马阎弘鲁，倾资出献，彦超尚说有私藏，命崔周度至弘鲁家，实行搜括。到处搜遍，毫无所得，乃返报彦超。彦超斥周度包庇弘鲁，俱令下狱。适弘鲁家有乳母，从泥土中拾得金缠臂，献与彦超，欲赎弘鲁。彦超益恨弘鲁藏金，遣军校搒掠弘鲁夫妇，硬要他献出私藏。可怜弘鲁夫妇，无从取献，宛转哀号，同毙杖下。死在眼前，还要这般毒虐。周度连坐处斩。看官听着！这周度坐罪，尚不是全为弘鲁，大半由前日忠谏，触怒彦超，所以遭此奇祸呢。

周主郭威，因兖州久攻未下，下诏亲征。命李穀、范质同平章事，留李穀权守东京，兼判开封府事，进郑仁诲为枢密使，权充大内都点检，郭崇充在京都巡检。布置已定，乃自京城出发，直抵兖州。先令人招谕彦超，守卒出言不逊，始督诸军进攻。诸军因御驾亲临，当然冒险进取，伐鼓渊渊，振旅阗阗。有分教一座坚城，从此崩陷；凶狡贪横的慕容彦超，要全家诛戮了。小子有诗叹道：

休笑人家尽懦夫，蛮横到底伏天诛！
试看身首分离日，谁惜昂藏七尺躯！

欲知攻克兖州情形，下回再行续叙。

古人有言："家必自毁而后人毁之，国必自伐而后人伐之。"观马氏兄弟之阋墙构衅，遂致全国让人，举族入唐，边镐兵不血刃，即得三楚。非马氏之自致覆亡，曷由致此！阅边镐言，凡天下之兄弟不和者，亦曷不亟自猛省也！慕容彦超有勇无谋，亡汉不足，反欲叛周。周主郭威再三慰谕，始终不从，甚且杀崔周度、毙阎弘鲁。如此凶戾，不死何为？乃知马希崇之覆国，与慕容彦超之亡家，无在非自取也。

第五十回

逐边镐攻入潭州府
拘刘言计夺武平军

却说慕容彦超，困守兖州，已是势穷力竭；并且素性贪吝，所括民财，半犒兵士，半充囊橐，因此士无斗志，相继出降。周主郭威，又亲至城下，督军猛攻，眼见得保守不住，彦超无法可施，竟至镇星祠中，禳灾祈福。这镇星祠乃是何神？原来彦超将反，有术士占验天文，谓"镇星行至角亢，角亢为兖州分野，当邀神佑。"彦超信为真言，特设一祠，令民家遍立黄幡，每日一祭。此时穷蹙无计，不得不仰求星君。蓦闻城被摧陷，急忙出祠督战，那周军似潮冲入，怎能招架得住？巷战良久，手下兵皆溃散。再奔至镇星祠旁，放起一把无名火，将祠毁去，然后驰入府署，挈妻投井，顷刻溺毙。子继勋率残众五百人，出奔被擒，立即磔死。彦超枭尸，所有家族，悉数诛夷。应该如此。兖州平定，周主留端明殿学士颜衎，权知兖州军府事，降泰宁军为防御州，并欲尽诛彦超将佐。翰林学士窦仪，心下不忍，特商诸宰臣冯道、范质，请他释免。两宰臣面奏周主，说是胁从罔治，周主乃赦罪不问。

启跸赴曲阜县，谒孔子祠，行释奠礼。登殿将拜，左右劝阻道："孔子乃是陪臣，不当受天子拜！"周主道："孔子为百世帝王师，难道可不敬礼么？"遂虔诚拜讫，命将祭器留藏祠中。又至孔林拜孔子墓，访得孔子四十三世孙孔仁玉，命为曲阜令；颜渊后裔颜涉，命为主簿。即令视事。仍饬兖州修葺孔祠，永禁墓旁樵采，然后还都，饮至犒赏，当然有一番手续。

过了数日，德妃董氏，病殁宫中。天子悼亡，免不得辍乐举哀，饰终尽礼。董氏镇州人，本嫁同里刘进超。进超仕晋，充内廷职使。辽兵犯阙，进超殉难，董氏嫠居洛阳。汉高祖自太原入京师，郭威从军过洛，闻董氏德艺兼长，纳为妾媵。后来出镇邺中，只命董氏随行，所以家属被屠，董氏幸得脱祸。及威已称帝，中宫虚

第五十回　逐边镐攻入潭州府　拘刘言计夺武平军

位，但册董氏为德妃，摄掌宫事。至此竟遭病殁，享年三十九岁。总觉命薄。叙出董氏，补前文所未逮。

郭威既悲妃殁，复触旧痛，好几日不愿视朝。接连是天平节度使高行周，病终任所，又辍朝数日，犹幸内外无事，朝政清闲。惟冀州边境，为辽兵所掠，由都监杜延熙，一鼓驱退，倒也损失有限，不足厪忧。既而武平军留后刘言，遣牙将张崇嗣入奏，报称"收复湖南，愿如马氏故事，乞请册封"。周主留馆来使，又有一番廷议，处置湖南事宜。

自唐将边镐入据长沙，潭民市不易肆，称镐为边菩萨，一体悦服。后来镐佞佛设斋，筑寺置观，所入赋税，除贡献金陵外，尽充佛事，浮费无节。凡地方一切政治，置诸不理，于是潭人失望。菩萨本来高搁，望他奚为？南汉内侍省丞潘崇彻，及将军谢贯，乘机攻郴州。镐出兵与争，大败奔还。郴州被陷。镐坐失军威。

唐指挥使孙朗、曹进，从镐平楚，部下所得廪给，反不及湖南降卒，军士已有怨言。唐复遣郎中杨继勋等，征取湖南租税，务从苛刻。行营粮料使王绍颜，希承继勋意旨，克减军粮，益激众怒。孙朗、曹进，投袂奋起，率部众入攻绍颜。绍颜走匿阃下，屏息无声。大众四觅无着，转趋府署，向镐要求，请斩绍颜以谢将士。镐含糊应允，待孙朗等退归营中，并不将绍颜取出，枭首示众。所以孙、曹两人，并谋杀镐，夜率部众焚府门，适值天雨，屡燃屡灭。镐本有戒心，至是闻府门被火，出兵格斗，且令传吹鼓角，作将旦状。孙朗等堕入镐谋，恐天晓军集，转难脱身，不如斩关出去，往投朗州，一声吆喝，麾退党徒，纷纷投关出城，黉夜向朗州奔去。

走了两三日，方抵朗州城外，求见刘言。言召他入署，问明原委，很是喜欢。王逵在旁问朗道："我欲再取湖南，恐唐兵来援，多一阻碍，奈何？"朗答道："朗臣唐数年，备知底细，现在朝无贤臣，军无良将，忠佞无别，赏罚不当，得能保守淮南，已是幸事，还有何暇兼顾湖南？朗愿为公前驱，取湖南如拾芥呢！"朗为唐臣，喉人往取湖南，亦非好人。逵心亦喜，厚待孙朗及曹进，整兵治舰，预谋大举。

唐主璟方用冯延巳、孙晟同平章事。两相意见未合，晟尝语左右道："金杯玉碗，乃竟盛狗矢么？"延巳闻言，恨晟益深。唐主尝遣将军李建期出屯益阳，使图朗州，又命知全州事张峦，兼桂州招讨使，使图桂州。两军出驻多日，未闻报功，唐主召语冯延巳、孙晟道："楚人归我，意在息肩。我未能抚息疮痍，反欲劳民费财，恐失楚意。现欲将桂林、益阳两处戍军，悉数调回，特授刘言旌节，俾得息兵，卿等以为何如？"孙晟道："陛下诚念及此，不但安楚，并足安唐。"延巳勃然道："臣意以为非是。前出偏将下湖南，远近震惊，一旦三分失二，适令他人藐视。请委任边将窥察形势，可进即进，可退乃退。"唐主因遣统军使侯训，率兵五千，往与张峦合兵，共攻桂州。训与峦联军南下，将到桂州城下，被南汉兵内外夹击，杀得大败亏输，训竟战死。峦收残卒数百人，奔回全州。败报到了唐延，唐主决拟召回李建期，授刘言为节度使。偏冯延巳又出来反对，谓宜召言入朝，察他举止，果肯效顺，再授旌节未迟。唐主乃遣使至朗州，召言入朝。

言与王逵密商行止，逵答道："武陵负江面湖，带甲百万，怎甘拱手让人？况边镐抚字无方，士民不附，可一战成擒，怕他什么？"言尚在沉吟，逵又道："行军贵速，一或迟延，反令镐得为备，不易进攻了。"乃遣归唐使，佯约入朝。一面召集何敬真、张仿、蒲公益、朱全琇、宇文琼、彭万和、潘叔嗣、张文表等牙将，皆授指挥使，令周行逢为行军司马。部署队伍，即日发兵。行逢善谋，文表善战，叔嗣善冲锋，三人情好颇深，和衷共进。王逵为统军元帅，分道趋长沙；令孙朗、曹进为先锋，直抵沅江，擒住唐都监刘承遇，收降唐军校李师德，乘胜进逼益阳，用着大刀阔斧，砍入唐守将李建期寨内。建期慌忙抵敌，被孙朗、曹进二将，绕住厮杀。张文表、潘叔嗣，持槊助战，任你建期如何力大，也被他七手八脚，活捉了去。所有戍兵二千人，尽行授首，一个不留。嗣是朗兵水陆并进，势如破竹。破桥口，入湘阴，直薄潭州。这位大慈大悲的边菩萨，变做无人无势的边和尚，自知不能敌朗兵，慌忙遣使乞援。怎奈远水难救近火，唐兵不能速到，朗兵已是登城。边镐弃城夜走，吏民俱溃，人多马杂，把醴陵桥门踏断，溺死压死，共约一万余人。*得之甚易，失亦甚易。*

王逵入城视事，自称武平军节度副使，权知军府事，遣何敬真等追镐。镐已狂窜回去，追赶不及，但杀死溃卒五百名。逵又令蒲公益攻岳州，唐岳州刺史宋德权及监军任镐，不战即溃。湖南各州县唐吏，闻风震栗，相继遁去。从前马氏岭北故土，一股脑儿归入刘言，只郴、连二州，为南汉有。王逵复欲攻取郴州，自督诸军及峒蛮共约五万人，将郴州围住。南汉将潘崇彻，夤夜趋救，出其不意，掩击朗兵，朗兵大败。

王逵走还，乃发使至朗州，请刘言入主长沙。言不愿舍朗，因上表周廷，报捷称臣。且称潭州残破，乞移使府治朗州。周主与群臣会议，大众都主张招抚，乃于广顺二年正月，表刘言为武平节度使，兼朗州大都督；升朗州为湖南首府，位出潭州上。王逵为武安节度使，周行逢为武安行军司马，何敬真为静江节度使，朱全琇为静江节度副使，张仿为武平节度副使。这诏旨颁到朗州，刘言以下，统皆拜受。

惟唐主璟因败惩罪，削边镐官爵，流戍饶州；斩宋德权、任镐；罢冯延巳、孙晟为左右仆射。自悔前失，乃议休兵息民。左右劝璟道："陛下能数十年不用兵，国可小康。"璟愤然道："璟将终身不用兵！何止数十年哩！"岂千年不死耶？不到数月，复召冯延巳为相，廷臣统呼为怪事。这且待后再表。

第五十回　逐边镐攻入潭州府　拘刘言计夺武平军

且说王逵入潭州后，与何敬真、朱全琇等，各置牙兵，分厅视事，吏民几不知所从。有时宴集诸将，也不辨尊卑、不分主客，彼此喧哗，毫无规律。逵引以为忧。惟周行逢、张文表二人，事逵尽礼。每有政议，逵倚二人为左右手。敬真、全琇未免疑逵，且已受周廷命令，往镇静江军，当即辞去。逵得拔去眼中钉，恰也心慰。惟自恃有功，不肯为刘言下，平居与言通书，词多倨傲。言不肯容忍，积成嫌隙，隐欲图逵。

逵颇有所闻，时常戒惧。行逢亦语逵道："刘言与我辈不协，敬真、全琇又与公有隙，若不先下手，将来两路发难，公将如何处置？"逵答道："君言甚是，逵早已加忧，苦无良策！"行逢与逵附耳数语，逵大喜道："与公除凶党，同治潭、朗，尚复何忧？"遂遣行逢至朗州，进谒刘言。言问他来意，行逢道："南汉已兴兵入寇，全、道、永三州，统已吃紧，行逢特来报闻！"言说道："王节度何不出御？"行逢道："南汉势大，非潭州兵力所能抵御，须合武平、静江两路军马方足却寇。"言踌躇半晌，方答语道："我处兵马不多，且是军阃要地，不便远离。看来只好檄调静江军，与潭军会同御敌罢！"正要你出此策。行逢道："如此甚妙，请大都督照行！"言遂檄令何敬真为南面行营招讨使，朱全琇为先锋使，促赴潭州会师，共御南汉。

行逢辞言先归，复进逵密计。逵待敬真、全琇到来，出郊迎劳，相见甚欢。两人问及敌情，逵答道："我已拨兵往堵，想寇势不即蔓延。公等远来，且入城休息，缓日往剿便了！"遂邀敬真、全琇入城，摆酒接风，并召入美妓侑酒，惹得两人眼花缭乱，情志昏迷。饮罢散席，仍嘱各妓留侍客馆，夜以继日。俗语说得好，"酒不醉人人自醉，色不迷人人自迷"。敬真、全琇一住数日，几与各妓结不解缘，朝朝暮暮，怜我怜卿，还记得什么军事。逵又日供佳酿，兼给嘉肴，使他酒食流连，沉湎不醒。一面又着人至朗州，再请济师。

刘言又拨指挥使李仲迁，率部兵三千，到了潭州。逵使与敬真相见。敬真令他先发，趋往岭北，待着后军。仲迁率兵逾岭，在岭北扎营数日，并不见敬真到来，亦未闻有什么南汉兵。正在惊疑得很，那都头符会，因士卒思归，竟劫仲迁还朗州。都在行逢计中。

敬真尚留居馆中，镇日昏醉，忽来了朗州使人，传刘言命，责敬真玩寇荒宴，把他缚住，送入潭州狱中。敬真醉眼矇眬，怎知真伪？其实朗州使人，是由潭卒假扮，就是南汉入寇，也由行逢捏造出来。朱全琇闻变急遁，由逵派兵追捕，也即拿还。当下从狱中牵出敬真，与全琇同斩市曹。并遣人报知刘言，诬称"敬真全琇私通南汉，托故逗留，不得不军法从事。李仲迁等私自逃归，亦请加罪。"言召诘仲迁，仲迁归罪符会，言竟将符会枭首，复报王逵。

行逢复语王逵道："武平节度副使李仿，系敬真亲戚。仿若不除，将为敬真复仇。公宜加意预防！"逵即转达刘言，请遣副使李仿，会同御寇。言本是个笨伯，一次中计，尚不觉悟；复遣仿至潭州。逵又殷勤迎入，设宴待仿，帐后暗置伏兵。待至酒意半阑，掷杯为号，立见伏兵杀出，将仿剁成肉泥。于是留行逢守潭州，由逵自率轻骑，往袭朗州。

朗州毫不防备，被逵掩入，直趋府署。指挥使郑珓，出来拦阻，未曾开口，项下已着了一刀，倒地而死。刘言闻变，尚不知为何因，冒冒失失地走将出来，兜头碰着王逵。逵麾动徒众，将言拥至别馆，拘禁起来。朗州兵士，仓皇欲遁。逵下令城中，谓言"通款南唐，故特问罪。此外概不株连。"兵士未沐言恩，哪个肯来助言？况朗州本由逵夺取，言不过坐享成功，各军又多逵故部，乐得依从逵命，得过且过。

逵安然据朗，奉表至周，也说刘言欲举周降唐。惟又添出许多诳语，谓"言欲攻潭州，部众不从，将他幽禁；臣至朗州抚安军府，幸得平定，仍移军府至潭州，特此奏闻。"周主郭威，虽然明睿，究竟相隔太远，无从辨别虚实。且湖南是羁縻地，更不必详细诘究，但教称臣纳贡，不妨俯从。因即派通事舍人翟光裔，宣抚王逵，悉如所请，且授逵为武平军节度使，兼中书令。逵厚赆光裔，送他还周，自取朗州图籍，还居潭州。别遣潘叔嗣往杀刘言。言镇朗州凡三年，朗人尝号言为"刘咬牙。"先是有童谣云："马去不用鞭，咬牙过今年。"鞭、边音通，边镐徙马氏，刘言逐边镐，王逵又杀刘言，是童谣亦已应验了。暂作一束。

且说镇宁节度使郭荣莅镇以后，由周主选择朝臣，令为僚佐。用王敏、崔颂为判官，王朴为掌书记。皆一时名士，辅导有方。荣妻刘氏，曾封彭城县君，前时留居大梁，为刘铢所屠。至周主即位，追封刘氏为彭城郡夫人；复因荣断弦待续，另为择配。荣闻符彦卿女，智足保身，嫠居母家，未曾他适。特请诸义父，愿纳为继室。周主本认符氏为义女，乐得为养子玉成，遂致书彦卿，求为义媳。彦卿自然遵命，当将嫠女送至澶州，与荣结为夫妇。怨女旷夫，各得其所，自不消说。回应四十三回。

荣在镇二年，屡请入朝，王峻时已入相，忌荣英明，辄从旁沮止。会黄河决口，峻奉命巡视，荣觑隙陈情，再乞入觐。果得周主批准。即日启行，驰诣阙下，父子相见，止孝止慈。即授荣为开封尹，兼功德使，加封晋王。王峻得知消息，遽自河上返大梁，固请辞职，周主不许。峻再乞外调，复经周主慰留，且命兼领平卢节度使。峻尚连章求解相职，并辞枢密，好几日不出视事。周主令近臣征召，仍然托疾不朝。嗣后因枢密直学士陈同，与峻相善，特遣他传示谕旨，谓"峻再不出，当亲临视疾。"峻乃不得已入谒。周主虽温颜劝勉，心下已存芥蒂。峻尚不知返省，屡有请求，遂令患难君臣，凶终隙末，免不得变起脸来。小子有诗讥王峻道：

难得功臣保始终，鸟飞已尽好藏弓。
如何恃宠成骄态，坐使勋名一旦空！

欲知王峻如何得罪，容俟下回续详。

有边镐之俘马氏，即有刘言之逐边镐；有刘言之逐边镐，即有王逵之杀刘言。所谓螳螂捕蝉，黄雀已随其后，特当局未之觉耳。且刘言为逵所推，而逵杀之；何敬真、朱全琇等，佐逵成功，而逵并杀之；争权攘利，不杀不止，彼后世之拥兵求逞，酿成战祸者，何一不可作如是观也！本回叙王逵之攻潭州，写得非常踊跃；及其图朗州也，又写得非常鬼秘。此由笔性之妙，足夺人目，不得以寻常小说目之。

第五十一回

滋德殿病终留遗嘱
高平县敌忾奏奇勋

却说周枢密使同平章事王峻，恃宠生骄，屡有要挟，周主虽然优容，免不得心存芥蒂。峻又在枢密院中，增筑厅舍，务极华丽，特邀周主临幸。周主颇尚俭约，因不便诘责，只好敷衍数语，便即回宫。会周主就内苑中，筑一小殿，峻独入奏道："宫室已多，何用增筑？"周主道："枢密院屋宇，也觉不少。卿何为添筑厅舍呢？"峻惭不能对，方才趋退。

一日适当寒食，周主未曾视朝，百官亦请例假。辰牌甫过，周主因起床较迟，尚未早膳，偏峻趋入内殿，称有密事面陈。周主还道他有特别大事，立即召见。峻行礼已毕，便面请道："臣看李榖、范质两相，实未称职，不若改用他人。"周主道："何人可代两相？"峻答道："端明殿学士尚书颜衎、秘书监陈观，材可大用，陛下何不重任！"周主怏怏道："进退宰相，不宜仓猝，俟朕徐察可否，再行定议。"峻絮聒不休，硬要周主承认。周主时已枵腹，恨不将他叱退，勉强忍住了气，含糊说道："俟寒食假后，当为卿改任二人便了。"亏他能耐。峻乃辞出。

周主入内用膳，越想越恨。好容易过了一宵，诘旦即召见百官。峻昂然直入，被周主叱令左右，将峻拿下，拘住别室。且顾语冯道诸人道："王峻是朕患难弟兄，朕每事曲容。偏他凌朕太甚，至欲尽逐大臣，翦朕羽翼。朕只一子，辄为所忌，百计阻挠。似此目无君上，何人能忍？朕亦顾不得许多了！"冯道等略为劝解，请贷死贬官。乃释峻出室，降为商州司马，勒令即日就道。峻形神沮丧，狼狈出都，行至商州，忧恚成疾，未几遂死。颜衎、陈观，坐王峻党，同时贬官。

邺都留守王殷，与王峻同佐周主，俱立大功。峻既得罪，殷亦不安。何不求去。先是殷出镇邺都，仍领亲军，兼同平章事职衔，自河以北，皆受殷节制。殷专务聚敛，为民所怨。周主尝遣使诫殷道："朕起自邺都，帑廪储蓄，足支数年。但教汝

第五十一回　滋德殿病终留遗嘱　高平县敌忾奏奇勋

按额课民，上供朝廷，已足国用。慎勿额外诛求，取怨人民！"殷不以为然，苛敛如故。且所属河北戍兵，任意更调，毫不奏闻，周主很是介意。广顺三年九月，为周主诞日，号"永寿节"，殷表请入朝庆寿，周主疑殷有异志，不准入朝。到了冬季，预备郊祀礼仪。不意殷竟擅自入都，麾下带着许多骑士，出入拥卫，烜赫异常。适值周主有疾，得此消息，很是惊疑。又因殷屡求面觐，并请拨给卫兵，藉防不测。周主越有戒心，遂力疾御滋德殿，召殷入见。殷甫上殿阶，即命侍卫出殿，将殷拿下。责他擅离职守，罪在不赦。一篇诏敕，把殷生平官爵，尽行削夺，长流登州。至殷既东去，复着将吏赍诏，追至半途，说他"有意谋叛，拟俟郊祀日作乱，可就地正法"等语。殷无从辩诬，只好伸颈就戮。一道冤魂，投入冥府，与前时病死的王峻，再做阴间朋友去了。功臣之不得其死，半由主忌，半由自取。

周主既杀死二王，方免后忧，当命皇子晋王荣判内外兵马事。改邺都为天雄军，调天平节度使符彦卿往镇，加封卫王。徙镇州节度使何福进镇天平军，加同平章事。镇州一缺，命侍卫步军都指挥使曹英出任；澶州一缺，命侍卫马军都指挥使郭崇出任。此外亦各有迁调，不可弹述。惟周主病体，始终未瘥。残冬已届，周主勉强支持，亲飨太庙，自斋宫乘辇至庙廷，才行下辇。由近臣扶掖升阶，甫及一室，已是痰喘交作，不能行礼。只得命晋王荣恭代，自己仍退居斋宫。夜间痰喘愈甚，险些儿谢世归天。幸经良医调治，始得重生。越日就是广顺四年元旦，周主又复强起，亲至南郊，大祀圜丘。自觉身体疲乏，未能叩拜，只好仰瞻申敬，草草成礼。礼毕还宫，御明德楼，受百官朝贺，宣制大赦，改广顺四年为显德元年。内外文武百官，加恩优赉，命妇并与进封，毋庸细叙。周主经此一番劳动，疾愈加剧，停止诸司进奏；遇有大事，由晋王荣入禀进止，然后宣行。

晋王荣总握内外兵柄，每日在府中办事，人心少安。忽由澶州牙校曹翰，入都见荣。拜谒已毕，即与荣密言道："大王为国储嗣，当思孝养。今主上寝疾，大王不入侍医药，镇日在外办事，如何慰天下仰望呢？"言外寓意。荣不禁大悟，便留翰居府，代决政务，自己入侍禁中，朝夕侍奉。

周主谕荣道："朕若不起，汝速治山陵，毋令灵柩久留殿内。陵所务从俭素，不得劳役百姓，不得多用工匠，勿置下宫，不要守陵宫人，并不必用石人石兽，但用纸衣为殓，瓦棺为椁。入窆后，可募近陵人民三十户，蠲免征徭，令他守视。陵前只立一石，镌刻数语，可云'周天子平生好俭，遗令用纸衣瓦棺。嗣主不敢有违。'如此说法，便足了事。汝若违我遗言，我死有知，必不福汝！"防患未然，可云明哲。荣含糊应命，周主见他怀疑，又申诫道："从前我西征时，见唐朝十八帝陵，统遭发掘，这都由多藏金玉，致启盗心。汝平时读史，应知汉文帝素好俭素，葬在霸陵原，至今完好如旧。每年寒食，可差人祭扫，如没人差去，遥祭亦可。并饬在河府、魏府间，各葬一副剑甲，澶州葬通天冠绛纱袍，东京葬平天冠衮龙袍。千万千万，勿忘遗言！"荣乃唯唯受教。

周主又命荣传敕，著宰臣冯道，加封太师；范质加尚书左仆射，兼修国史；李榖加右仆射，兼集贤殿大学士；升端明殿学士尚书王溥同平章事；宣徽北院使郑仁诲为枢密使；枢密承旨魏仁浦为枢密副使；司徒窦贞固进封沂国公；司空苏禹珪进封莒国公；授龙捷左厢指挥使樊爱能为侍卫马军都指挥使；虎捷左厢指挥使何徽为侍卫步军都指挥使；且加殿前都指挥使李重进为武信军节度使，检校太保，仍典禁军。

重进母系周主胞姊，曾封福庆长公主，周主以重进谊属舅甥，所以用为亲将。及周主大渐，特召重进入内，嘱受顾命。且令向荣下拜，示定君臣名分，重进一一遵旨。周主又叹息道："朕观当世文才，无过范质、王溥，今两人并相，我死无遗恨了！"哪知他后来降宋？是夕周主病逝滋德殿，寿五十一岁。

晋王荣秘不发丧。越三日已经大殓，迁灵柩至万岁殿，乃召集文武百官，颁宣遗制，令晋王荣即皇帝位。百官奉敕，遂奉荣即位柩前。是岁自正月朔日起，天色屡昏，日月多晕；及嗣主即位，忽然晴朗，天日为开，中外相率称奇。嗣主荣居丧数日，由宰臣冯道等，表请听政，三疏乃允。见群臣于万岁殿东庑下，始亲莅事。命太常卿田敏为先帝拟谥，敏上尊谥为"圣神恭肃文武孝皇帝"，庙号"太祖"。

忽由潞州节度使李筠，报称"北汉主刘崇，与辽将杨衮，率兵数万，自团柏谷入寇潞州"。周主荣甫经践阼，即闻此事，恰也有些心惊。幸亏他天姿英武，不以为忧，即召群臣会议，志在亲征。冯道等以为未可，且言"刘崇自晋州奔还，势弱气夺，未必即能再振。现恐由潞州谣传，李筠未战先怯，遽行奏闻，贻忧宵旰。陛下初承大统，人心未定，先帝山陵，方才启工，不应轻率出征。如果刘崇入寇，但教命将出御，便足制敌"云云。周主荣摇首道："刘崇幸我大丧，闻我新立，自谓良好机会，可以入伺中原。目下潞州告急，必非虚语。我若亲自出征，庶几先声夺人，免致轻觑！"冯道等一再固诤，周主荣又道："从前唐太宗创业，屡次亲征，朕岂怕河东刘崇么？"道独答道："陛下未可便学太宗。"周主荣奋然道："刘崇众至数万，统是乌合。如遇王师，可比泰山压卵，必胜无疑。"道又道："陛下试平心自问，果能作得泰山否？"冯道历事四朝，未闻献议，此次硬加谏阻，无非怯敌所致。周主荣拂袖起座，返身入内。

越宿颁出诏敕，分发各道，令他招募勇士，送入阙下。各道节度使得旨，陆续送致壮丁，由周主编入禁卫军，逐日操练，准备扈驾。俄又接得潞州急报。但见纸上写着：

第五十一回　滋德殿病终留遗嘱　高平县敌忾奏奇勋

昭义军节度使臣李筠万急上言：河东叛寇刘崇，幸祸伐丧，结连契丹入寇。臣出守太平驿，遣步将穆令均前往迎击，被贼将张元徽用埋伏计，诱杀令均，士卒丧亡逾千。寇焰愈张，兵逼驿舍，臣不得已回城固守，效死勿去，谨待援师。臣措置乖方，自取丧师之罪，乞付有司议谴！谨昧死上闻，翘切待命！李筠败绩，从奏报中叙明，亦一变体。

周主荣得了此报，也不欲与冯道等续商。但召王溥、王朴两人，入议亲征事宜。溥与朴赞成亲征，奏请先调各道兵马，会集潞州，然后车驾启行。周主乃召天雄军节度使符彦卿，自磁州进兵赴潞州，击敌后路，以澶州节度使郭崇为副；河中节度使王彦超，自晋州进兵赴潞州，击敌东面，以陕府节度使韩通为副；又命马军都指挥使樊爱能、步军都指挥使何徽、滑州节度使白重赞、郑州防御使史彦超、前耀州团练使符彦能等，引兵先赴泽州，以宣徽使向训为监军。一面令冯道恭奉梓宫，往赴山陵，留枢密使郑仁诲居守京师。车驾自三月上旬启行。

到了怀州，闻刘崇已引兵南向，拟兼程速进。控鹤都指挥赵晁，密语通事舍人郑好谦道："贼势甚盛，未可轻敌。主上拟倍道进兵，恐非良策。"好谦入阻周主，周主荣发怒道："汝怎得阻挠军情？想是有人主使，从速供出，免得受刑！"好谦慌忙吐实，说是赵晁所言。周主荣系晁入狱，即日下令启行，麾众急进。

不数日已到泽州，驻营东北隅。北汉主刘崇引着辽兵，行过潞州，不欲进攻，竟向泽州进发。至高平南岸，听得周军已到，才据险立营，只派前锋挑战。被周军邀击一阵，便即败退。周主荣恐他遁去，再命诸军黉夜前进。且促河阳节度使刘词，赶紧派兵援应。诸将因刘词未至，不免寒心。但因周主军令甚严，又未敢中途逗挠，不得已驱军前行。翌晨至巴公原，望见敌兵，北汉将张元徽，在东列阵；辽将杨衮，在西列阵。行伍很是整齐。周主命滑州节度使白重赞，与马步都虞侯李重进，率左军居西；樊爱能、何徽率右军居东，向训、史彦超率精骑居中央；殿前都指挥使张永德，率禁兵护住御驾。

两阵对圆，周军与敌兵相较，不过三分有二。刘崇见周军较少，悔召辽兵，顾语诸将道："我观敌垒，与我本部兵相差不多，早知如此，何必借援外人？今日不但破周，且可使外人心服，到也是一举两得了。"慢着。诸将上前道贺，独辽将杨衮，策马上前，望了多时，退见刘崇道："周军严肃，不可轻敌！"老将有识。刘崇奋髯道："时不可失，愿公勿言！看我与周军决战，今日必报儿仇。"徒夸无益。衮默然退去。忽东北风大起，吹得两军毛发森竖，个个惊栗，少顷转做南风，势亦少铩。北汉副枢密使王延嗣及司天监李义，进语刘崇道："风势已小，正可出战。"刘崇便下令进兵。枢密直学士王得中叩马谏阻道："风势逆吹，与我不利。李义素司天文，乃未知风势顺逆，昏昧若此，罪当斩首！"确是可杀。刘崇怒叱道："我意已决，老书生休得妄言！如再多嘴，我先斩汝！"得中吓退一旁，刘崇即麾动东军，令张元徽先进。

元徽率千骑击周右军，正与樊爱能、何徽相遇，两下交锋。不过数合，樊爱能、何徽忽然引退，右军遂溃，步兵千余人，解甲投戈，走降北汉，喧呼万岁。刘崇望见南军阵动，亲督诸军继进。矢如飞蝗，石如雨点，周军不免惊乱。

周主荣自引亲兵，躬冒矢石，向前督战。那时恼动了一位周将，大声呼道："主危如此，我等怎得不致死？"又语张永德道："贼气已骄，力战即可破敌。公麾下多弓弩手，请趁势西出为左翼，末将愿自为右翼，冒险夹击，不患不胜。国家安危，正在此一举了！"永德称善，遂与那将分统二千人，左右出战。那将身先士卒，驰犯敌锋，士卒亦接连跟着，捣入敌阵，无不以一当百。北汉兵不能抵御，纷纷倒退。看官道那将为谁？原来就是将来的宋太祖赵匡胤。提笔醒目。匡胤涿郡人，父名弘殷，曾任岳州防御使。匡胤系出将门，入充宿卫。此时随驾出征，见周主身入危境，不由得激动热忱，勇往直前，把北汉兵杀得大败。匡胤履历，详见《宋史演义》，故此编不过略叙。

内殿直马仁瑀，也呼语徒众道："使乘舆受敌，何用我辈？"遂跃马直出，引弓迭射，连毙数十人，士气益振。殿前右番行首马全义，至周主前面请道："贼已披靡，将为我擒，愿陛下按兵不动，徐观臣等破贼！"说着，即引数百骑进陷敌阵，可巧碰着张元徽，出来拦阻。全义即拨马舞刀，与元徽大战数十合。马仁瑀暗助全义，觑正元徽马首，一箭射去，说一声"着"，正中马眼。马负痛乱跃，立将元徽掀落地上。全义趁势一刀，把元徽挥作两段。元徽为北汉骁将，骤被杀死，北汉兵大为夺气。天空中的南风，越吹越猛，周军顺风冲杀，其势益盛。刘崇料不可支，慌忙自举赤帜，鸣金收军。偏军士已经溃散，一时无从收拾。辽将杨衮，望见周军得胜，不敢进援。且恨刘崇妄自尊大，不知进退，乐得袖手旁观，引还全军。北汉大败，周军大胜。

惟樊爱能、何徽领着残众，擅自南归。沿途遇着粮车，反控弦露刃，硬行剽掠。运夫仓猝骇走，伤亡甚多。周主荣遣军校追回，竟不奉诏，甚且杀死来使，纵辔奔驰。凑巧遇着河阳节度使刘词，率兵来援，爱能忙摇手道："辽兵大至，我军退回，公何必前去寻死！"刘词道："天子安否？"徽答道："我辈亏得速奔，还保生命。主上尚不肯退归，大约已走入泽州了。"词勃然道："主辱臣死，奈何不救？"足愧樊、何。遂引兵北趋，驰至战场。

正值敌众败退，尚有残兵万余人，阻涧屯列。天日将暮，南风尚劲，词带着一支生力军，越涧争锋，呐一声喊，杀入敌阵。北汉兵已经怯馁，还有何心对仗？死

第五十一回　滋德殿病终留遗嘱　高平县敌忾奏奇勋

的死、逃的逃。词麾众追去，还有涧南休息的周军，遥见词军得胜，也鼓动余勇，跃涧齐进，与词军并力追击。可怜北汉兵没处逃生，或死或降。刘词等直追至高平，方才回军。但见僵尸满野，血流成渠，所弃辎重器械，不可胜计。周军陆续搬入御营，时已昏黄。周主荣尚在野次，随便营宿。各军统夜巡逻，捕得樊、何麾下降敌诸兵，悉数处死。

越日复进军高平。刘崇闻周主将至，急忙被褐戴笠，乘着胡马，由雕窠岭遁归。入夜迷路，强迫村民为导，村民误引至晋州。行百余里，才知错误，杀死村民，返辔北走。所至得食，方拟举箸，传闻周兵追来，忙将碗筷抛去，上马急奔。*格外夸能，格外胆小。*崇已老惫，昼夜驰骤，几不能支。幸乘马为辽主所赠，特别精良。由崇伏住鞍上，始得奔回晋阳。

周主荣因刘崇已遁，料知追赶不及，且令各军休息高平。选得北汉降卒数千人，号为效顺指挥军，命前武胜行军司马唐景思为将，发往淮上，防御南唐。还有二千余降卒，每人赐绢二匹，并给还衣装，放归本部。各降卒罗拜而去。*也是欲擒故纵之法。*周主荣转入潞州，由节度使李筠迎入。正欲赏赉功臣，忽报樊爱能、何徽二人前来请罪。周主微笑道："他尚敢来见朕么？"遂呼左右趋出，将他二人拘住，不必进见，听候发落。正是：

到底英君能破敌，管教叛贼送残生。

未知二人性命如何？容俟下回再叙。

周主郭威临终之言，为死后计，未始不善；但徒尚薄葬，犹非知本之论。为人君者，诚能泽被生民，功昭当世，则后人谁不钦而敬之？试问五帝三王之墓，果有何人窃发耶？郭威自觉心虚，因有此嘱。且命在魏府、河府间，各葬剑甲，澶州、洛阳，葬冠服，既云示俭，何必多设虚冢？毋乃与曹操之七十二疑冢，隐隐相合耶？晋王嗣位，即有北汉之入寇，挟辽兵势，直抵泽潞。内有冯道，外有樊爱能、何徽，向使君主怯敌，大局立溃。郭威但诛及二功臣，不知卖国求荣者，固大有人在。微嗣君之英武聪明，宗社尚能自保乎！然以柴代郭，血统已亡，辛苦一世，徒为他人作马牛，亦可慨已！

第五十二回

丧猛将英主班师
筑坚城良臣破虏

却说周主荣夜宿行宫，暗思樊爱能、何徽是先帝旧臣，徽尝守御晋州，积有功劳，不如贷他一死。转念二人不诛，如何振肃军纪，辗转踌躇，不能自决。适值张永德入内值宿，便加询问。永德道："爱能等本无大功，忝为统将，望敌先逃，一死尚未足塞责。况陛下方欲削平四海，不申军法，就使得百万雄师，有何用处？"周主荣正倚枕假寐，听永德言，蓦然起床，掷枕地上，大呼称善。当下出帐升座，召入樊爱能、何徽，两人械系至前，匍伏叩头。周主叱责道："汝两人系累朝宿将，素经战阵，此次非不能战，实视朕为奇货，意欲卖与刘崇。今复敢来见朕，难道尚想求生么？"两人无法解免，除叩首请死外，乞赦妻孥。周主道："朕岂欲加诛尔曹，实因国法难逃，不能曲贷。家属无辜，朕自当赦宥，何必乞求！"两人拜谢毕。即由帐前军士，将两人如法绑出，斩首示众。并诛两人部将数十名，悬首至旦，便令棺殓，特给榇车归葬。恩威并用，令人心服。自是骄将惰卒，始知戒惧，不敢仍前疲玩了。

次日按功行赏，命李重进兼忠武军节度使，向训兼义成军节度使，张永德兼武信军节度使，史彦超为镇国军节度使，余亦升转有差。永德保荐赵匡胤，说他智勇双全，特授殿前都虞侯，领严州刺史。一面遣人至怀州，释赵晁囚，许令建功赎罪。晁忙至潞州谢恩，随驾如故。

周主荣更命天雄军节度使卫王符彦卿，为河东行营都部署，知太原行府事，澶州节度使郭崇为副，向训为都监，李重进为马步都虞侯，史彦超为先锋都指挥使，领步骑二万，进讨河东。又敕河东节度使王彦超、陕府节度使韩通，引兵入阴地关，与彦卿合军西进。用刘词为随驾都部署，以鄘州节度使白重赞为副。官职或叙或不叙，俱有斟酌，并非缺漏。彦卿、彦超两军指日登程，刘词等尚在潞州，俟车驾出发，然后从行。

北汉汾州防御使董希颜，守城不下。彦超自阴地关进兵，第一重门户，就是汾州城。围攻数日，竟不能拔。彦卿前军亦到，与彦超合攻，四面猛扑，锐不可当。迩时守兵恟惧，彦超忽下令停攻，各部将都来谏阻。彦超道："城已垂危，旦暮可下。我士卒精锐，必欲驱使先登，非不可克。但死伤必多，何若少待一二日，令他降顺为是！"乃收兵入营，只遣部吏入城投书，谕令速降。果然希颜从命，开城相迎。彦超入城安民，休息一宵，彦卿继至，便会师进逼晋阳。

北汉主刘崇，收散卒、缮甲兵、完城堑，防御周军。辽将杨衮，还屯代州，刘崇遣部吏王得中送行，顺便至辽廷乞援。辽主述律许发援兵，先遣得中回报，途次未免耽搁。那刘崇待援未至，只好固守晋阳，无暇顾及属地。辽州刺史张汉超，沁州刺史李廷诲，先后降周。石州刺史安彦进，为王彦超所擒，解送潞州，城亦陷没。周主荣闻前军得手，也命驾启行，亲征河东。甫出潞州，又接符彦卿军报，北汉宪州刺史韩光愿、岚州刺史郭言，亦举城归顺。周主格外喜慰，既入北汉境内，河东父老，箪食壶浆，争迎王师。且泣诉刘氏苛征，民不聊生，愿上供军需，助攻晋阳。

周主本无意吞并河东，不过欲耀武扬威，使刘崇不敢轻视。及见河东人民，夹道相迎，始欲一劳永逸，为兼并计。当下与诸将商议，誓灭晋阳。诸将多虑刍粮未足，请且班师，再图后举。周主已经出发，怎肯退回？<u>英武之主，大都类是。</u>遂麾军亟进，直抵晋阳城下。符彦卿、王彦超等，已在晋阳城外安营。闻御驾亲临，当然出营迎谒。周主入彦卿营，与彦卿谈及军事。彦卿密奏道："晋阳城固，未易猝拔，我军远来，师劳饷匮，恐一时未能取胜。况辽兵有来援消息，还望陛下三思，慎重进止！"周主默然不答。

嗣闻代州防御使郑处谦逐去辽将杨衮，遣人纳款投诚。周主语彦卿道："代州来归，忻州必孤！卿可移军往攻，此处由朕督领。定要扫灭河东，方无后虑。"彦卿不便再说，勉强应命。周主遂命郭从义为天平军节度使，令与向训、白重赞、史彦超等，随彦卿北进。自率各军环城，旌旗蔽天，戈鋋耀日，延袤至四十里。且取安彦进至城下，枭首揭竿，威慑守兵。一面令宰臣李榖，调度刍粮，饬发泽、潞、晋、隰、慈、终各州，及山东近便诸人夫，运粮馈军。怎奈行营人马，差不多有数十万，所至粮草，随到随尽。军士不免剽掠，遂致人民失望，渐渐地窜入山谷，避死求生。周主颇有所闻，敕诸将招抚户口，禁止侵扰。但令征纳当年租税，及募民输纳刍粟。凡输粟至五百斛，纳草至五百围，即赐出身；千斛千围，即授州县官。<u>亦伤政体。</u>

看官！你想河东百姓已经离散，还有何人再来供应？徒然颁出了一纸文书，有名无实。城下数十万兵马，仍旧是仰给饷运，别无他望。那符彦卿的奏报，络绎不绝。第一次要紧报闻，是辽主囚住杨衮，另派精骑至忻州。周主即授郑处谦为节度使，令他接济彦卿。第二次要紧报闻，是忻州监军李勍，杀死刺史赵皋，及辽通事杨耨姑，举城请降。周主又授李勍为忻州刺史，令彦卿速趋忻州。第三次要紧报闻，是代州军将桑珪、解文遇，杀死郑处谦，托言处谦通辽。彦卿防有他变，请速济师。周主再遣李筠、张永德将兵三千，往援彦卿。最后一次，是报称进兵忻口，先锋都指挥使史彦超，追敌阵亡。周主虽然英武，到此也不禁心惊。联翩叙下借宾定主。原来符彦卿等行至忻州，正值郑处谦被杀。桑、解两人，因彦卿到来，却也迎谒，但彦卿总加意戒备。至李筠、张永德赴援，兵力较厚，稍觉安心。无如辽兵时来城下，游弋不休。彦卿乃决计出击，与诸将开城列阵，静待敌兵厮杀。俄见敌骑驰至，三三五五，好似散沙一般。前锋史彦超自恃骁勇，哪里看得上眼，当即怒马突出，杀奔前去，从骑只二十余人。敌骑略略招架，就四散奔走，彦超驱马急赶，东挑西拨，越觉得兴高采烈，不肯回头。

彦卿恐彦超有失，亟命李筠引兵接应。李筠走得慢，彦超走得快，两下里无从望见。及李筠行了一程，见前面统是山谷，林箐丛杂，崖壑阴沉。四面探望，并不见有彦超，也不见有辽兵。自知凶多吉少，只好仔细窥探，再行前进。猛听得几声胡哨，深谷中涌出许多辽兵。当先一员大将，生得眼似铜铃，面似锅底，手执一柄大杆刀，高声喝道："杀不尽的蛮子，快来受死！"李筠心下一慌，也管不及彦超生死，只好火速收军，回马急奔。说时迟，那时快！番兵番将，已经杀到，冲得周军七零八落。筠至此不遑后顾，连部兵统行弃去，一口气跑回大营。番将哪里肯舍，骤马追来，幸亏彦卿出兵抵住，放过李筠，与番将大战一场，杀伤相当。

日将西下，番将方收兵回去，彦卿亦敛兵回城，这一次开仗，丧失了一员大将史彦超，及彦超带去二十余骑，一个也没有逃回。就是李筠麾下，亦十死七八。彦卿长叹道："我原说不如回军，偏偏主上不允，害得丧兵折将，如何是好？"说至此，遂命侦骑黉夜出探，访问彦超下落。至翌晨得了侦报，彦超被辽兵诱入山中，冲突不出，杀毙辽兵甚多，力竭身亡。彦卿也堕了数点眼泪，便令随员缮好奏疏，报明败状，自请处分。且乞周主班师回朝。

周主荣接阅奏章，忍不住悲咽道："可惜！可惜！丧我猛将，罪在朕躬！"乃追赠彦超为太师，命彦卿觅得遗骸，即返御营。周主本欲吞并北汉，日日征兵催饷，凡东自怀、孟，西及蒲、陕，所有丁壮夫马，无不调遣。役徒已劳敝不堪，更兼大雨时行，疫疠交作，更不便久顿城下，周主始兴尽欲归。一闻彦超战死，归计益决。

先是北汉使臣王得中，被周军隔断，不能回入晋阳，暂留代州，桑珪将他拘住，送入周营。周主许令释缚，并赐酒食及带马，和颜问道："汝往辽求援，辽兵果何时到来？"得中道："臣受汉主命令，送杨衮北返，他非所知。"周主冷笑道："汝休得欺朕。"得中答以不欺。周主乃令退居后帐，嘱将校再加盘诘。将校往语得中道："我主优容，待公不薄，若非据实陈明，一旦辽兵猝至，公尚得全生么？"得中叹息道："我食刘氏禄，应为刘氏尽忠！况有老母在围城中，若以实告，不特害我老母，恐且误我君上。国亡家亦亡，我何忍独生？宁可杀身取义，保我国家，我虽死亦瞑目了！"此人却有烈志。至周主决计南归，遂责得中欺罔，将他缢死。

会符彦卿等自忻州驰还，入见周主，面奏彦超遗骸，无从寻觅。不得已招魂入棺，殓以旧时衣冠，饬令随兵异归。周主也只好付诸一叹，出营亲奠。奠毕入营，便命军士收拾行装，即日班师。同州节度使药元福入奏道："进军容易退军难，陛下须慎重将事！"周主道："朕一概委卿。"元福乃部署卒伍，步步为营，俟各军先行，自为后殿。营内尚有粮草数十万，不及搬取，一并毁去。此外随军资械，亦多抛弃，大众匆匆就道，巴不得立刻入京。队伍散乱，无复行列。北汉主刘崇，出兵追蹑，亏得药元福断后一军，严行戒备，列成方阵。俟北汉兵将近，屹立不动，镇定如山。北汉兵冲突数次，几似铜墙铁壁，无隙可钻，渐渐地神颓气沮。那元福阵内，却发出一声梆响，把方阵变为长蛇阵，来击北汉兵，北汉兵顿时骇退，反被元福驱杀数里，斩首千余级，方徐徐再退，向南扈驾去了。元福能军。

周主还至潞州，休息数日，乃复启行至新郑县。县中为嵩陵所在处，嵩陵即周太祖陵。太师冯道，监工早竣，梓宫告窆，道亦病死。周主荣拜谒嵩陵，望陵号恸，俯伏哀泣，至祭奠礼毕，乃收泪而退。一意黩武，至送葬俱未亲到，柴荣亦未免负恩。饬赐守陵将吏，及近陵户帛有差。追封冯道为瀛王，赐谥"文懿"。道卒年已七十三，历相四代，且受辽封为太傅，逢迎为悦，阿谀取容。尝自作《长乐老叙》，自述历朝荣遇。后来宋欧阳修著《五代史》，讥他寡廉鲜耻，有愧虢州司户王凝妻。

凝病殁任所，有子尚幼。妻李氏携子负尸，返过开封府，投宿旅舍。馆主不肯留宿，牵李氏臂，迫使出门。李氏仰天大恸道："我为妇人，不能守节，乃任他牵臂么？"见门旁有斧，便顺手取来，把臂砍去，晕仆门外，好容易才得苏醒。道旁行人，相顾嗟叹，都责主人不情。主人乃留她入舍，给帛缠臂，乃得无恙。开封尹闻知此事，厚恤李氏，笞责馆主，且为李氏请旌朝廷。看官听说，"忠臣不事二主，烈女不事二夫。"如王凝妻才算烈女，冯道最是无耻、最是不忠，若与王凝妻相较，真正可羞。愿后世勿效此长乐老呢！仿佛晨钟。

周主荣还至大梁，立卫国夫人符氏为皇后，备礼册命。果被想到。进符彦卿为太傅，改封魏王。国丈应该加封。郭从义加兼中书令；刘词移镇长安；王彦超移镇许州，与潞州节度使李筠，并加兼侍中；李重进移镇宋州，加同平章事衔，兼侍卫亲军都指挥使；张永德加检校太傅，兼滑州节度使；药元福移镇陕州，白重赞移镇河阳，并加检校太尉；韩通移镇曹州，加检校太傅。这都算从征有功，所以迁官加爵。其实止高平一战，杀退勍敌，不谓无功。若进攻晋阳，有损无益，就是前时所得北汉州县，一经周主还师，所置刺史，望风遁回，地仍归入北汉。惟代州桑珪，婴城自守，终被北汉兵攻破，珪亦遁去。周主耗去了无数军饷，结果是不得一城，可见用兵是不应轻率哩！随笔示儆。

嗣是周主逐日视朝，政无大小，悉由亲断，百官但拱手受成，不加可否。河南府推官高锡，上书切谏，大致劝周主择贤任能，毋亲细事。周主不从。一日语侍臣道："兵贵精，不贵多。今有农夫百人，不足养甲士一名，奈何尚徒豢惰卒，坐涸民膏？且健懦不分，如何劝众？朕观历代宿卫，赢弱居多，又骄蹇不肯用命，一经大敌，非走即降。回溯数十年来，国姓屡易，都坐此弊。朕惟有简阅诸军，留强汰弱，方能振作军心，免蹈前辙哩！"侍臣一体赞成，遂命殿前都虞侯赵匡胤，大阅军士，挑选精锐，充作卫兵。又饬募各镇勇士，悉令诣阙，仍归匡胤简选，遇有材艺出众，即令补入殿前诸班。周主欲惩前弊，令匡胤简阅诸军，原是当时要策，但匡胤之得受周禅，即伏于此。人定不能胜天，令人徒唤奈何！此外马步各军，各命统将选择。凡从前骄兵惰卒，一概汰去。宫廷内外，尽列熊罴，军务方有起色了。

是年冬季，北汉主刘崇，忧愤成疾，竟至逝世。次子承钧向辽告哀，辽册承钧为汉帝，呼他为儿。承钧亦奉表称男，易名为钧。又在晋阳创立七庙，尊刘崇为世祖，改元天会，复向辽乞师复仇。辽遣高勋为将，率兵助刘钧。刘钧即令部将李存瓌，与勋同攻潞州，不克乃还。勋亦归国。刘钧知不能胜周，乃罢兵息民，礼贤下士，境内粗安。只辽骑却屡窥周边，不免骚扰。周主因大兵甫归，疮痍未复，但戒各边将固守边疆，不得出战。

未几，已是显德二年，周主仍遵旧时年号，不复改元。忽闻夏州节度使李彝兴，不奉朝命，拒绝周使。周主与群臣商议，群臣多说道："夏州地处偏隅，朝廷素来优待。此次不通周使，无非因府州防御使杜德扆厚沐国恩，得加旌节。彝兴耻与比肩，所以有此变态。臣等以为府州褊小，无足重轻，不若抚谕彝兴，善全大体。"周主怫然道："朕至晋阳，德扆即率众来朝，且为我力拒刘氏。朕授他节钺，不过报功，奈何一旦弃置！夏州止产羊马，贸易百货，悉仰我国。我若与他断绝往来，他便穷蹙，有何能为呢？"借周君臣口中补叙夏州府州事，笔墨较省。乃遣供奉官驰诣夏州，赍诏诘责，果然李彝兴惶恐谢罪，不敢抗违。

周主喜如所期，更下诏求言，详询内情，并及边事。边将张藏英上书献策，谓"深、冀二州交界，有葫芦河横亘数百里，应改掘使深，足限胡马南来，以人力济天险，最为利便"等语。周主因遣许州节度使王彦超、曹州节度使韩通起发兵夫，往掘河道。一面令张藏英绘图立说，再行详闻。藏英奉诏，绘就地形要害，请旨入朝，面陈图说"请俟葫芦河凿深后，即就河岸大堰口，筑城置垒，募兵设戍，无事执耒，有事操戈，且愿自为统率，随宜进止"等语。周主喜道："卿熟谙地势，悉心规画，定能为朕控御边疆。朕准卿所请，可即前去调度，毋负朕望！"

藏英立即拜辞，回镇月余，募得边民千余人，个个是身强力壮，矫健不群。那辽主述律，闻周军筑城堰口，派兵来争。王彦超、韩通分头堵御，却也敌得住辽兵。无如辽兵忽来忽去，行止无常。周军进击，他即退去；周军退回，他又进来，害得王、韩两将，日夕防备，不遑寝食。一班凿河筑城的民夫，也是惊惶得很，旋作旋辍。可巧张藏英募齐兵丁，前来大堰口，与王彦超、韩通会议，决计自作前驱，王、韩为后应，杀他一个痛快，使不再来。当下引众驰击，横厉无前，辽兵已是披靡。藏英又挺着长矛，左旋右舞，挑着处人人落马，刺着处个个洞胸。任你辽兵如何刁狡，也逃不脱性命。再经王彦超、韩通，从后追上，杀毙辽兵无数，剩得几个脚长的，抱头鼠窜，不知去向。

藏英追赶至二十里外，远望不见辽兵，方才退归。于是葫芦河疏凿得成，大堰口城垒渐竣。王彦超、韩通同时返镇，单留张藏英保守城寨，已足抵制辽人。周廷改称大堰口为大宴口，号屯军为静安军，即令藏英为静安军节度使。小子有诗赞道：

> 凿河筑垒费经营，扼要才堪却虏兵。
> 胡骑不来河北静，武夫原可作干城。

长城有靠，朔漠无惊，英武过人的周主荣，又想西征南讨了。欲知后事，请看后文。

知进不知退，是英主好处，亦即英主坏处。高平之战，非周主荣之决计进兵，则北汉炽张，长驱南下，河北必非周有矣。至北汉主已败入晋阳，缮甲兵、完城堑，坚壁以待，志在决死；加以辽兵为助，左右犄角，此固非可轻敌者。况以逸待劳，以主待客，难易判然，安能必胜？周主知进而不知退，此其所以损兵折将，弃械耗财，而卒致废然自返也。若张藏英之浚河筑城，正以守为战之计，可进可退，绰有余裕，胡马不敢南来，两河可以无患，谓非良将得乎！史彦超恃勇而死，张藏英好谋而成。为将者于此觇休咎，为主者亦可于此判优劣焉。

第五十三回

宠徐娘赋诗惊变
俘蜀帅得地报功

却说周主荣既败汉却辽，遂思西征南讨，统一中国。当下召入范质、王溥、李穀诸宰臣，及枢密使郑仁诲等，开口宣谕道："朕观历代君臣，欲求治平，实非容易。近自唐、晋失德，天下愈乱，悍臣叛将，篡窃相仍。至我太祖抚有中原，两河粗定，惟吴、蜀、幽、并，尚未平服，声教未能远被。朕日夜筹思，苦乏良策。想朝臣应多明哲，宜令各试论策，畅陈经济。如可采择，朕必施行，卿等以为何如？"范质、王溥等，齐声称善。乃诏翰林学士承旨徐台符以下二十余人，入殿亲试。每人各撰二文，一是"为君难，为臣不易论"；一是"平边策"。徐台符等得了题目，各去撰著。有的是攒眉蹙额，煞费苦心；有的是下笔成文，很是敏捷。自辰至未，陆续告成，先后缴卷。周主逐篇细览，多半是徒托空言，把孔圣人的"修文德、来远人"二语，敷衍成篇，不得实用。惟给事中窦仪、中书舍人杨昭俭，谓宜用兵江、淮，颇合周主微意。还有一篇崇论闳议的大文，乃是比部郎中王朴所作。略云：

臣闻唐失道而失吴、蜀；晋失道而失幽、并，观所以失之之由，知所以平之之术。当失之时，君暗政乱，兵骄民困；近者奸于内，远者叛于外，小不制而至于大，大不制而至于僭。天下离心，人不用命。吴、蜀乘其乱而窃其号，幽、并乘其间而据其地。平之之术，在乎反唐、晋之失而已。必先进贤退不肖以清其时，用能去不能以审其材；恩信号令以结其心，赏功罚罪以尽其力，恭俭节用以丰其财，时使薄敛以阜其民。俟其仓廪实、器用备，人可用而举之。彼方之民，知我政化大行，上下同心，力强财足，人安将和，有必取之势，则知彼情状者，愿为之间谍；知彼山川者，愿为之先导。彼民与此民之心同，是即与天意同。与天意同，则无不成之功矣。

  凡攻取之道，从易者始。当今惟吴易图，东至海，南至江，可挠之地二千里。从少备处先挠之，备东则挠西，备西则挠东，彼必奔走以救其弊。奔走之间，可以知彼之虚实，众之强弱，攻虚击弱，则所向无前矣。攻虚击弱之法，不必大举，但以轻兵挠之。南人懦怯，知我师入其地，必大发以来应，数大发则民困而国竭，一不大发，则我可乘虚而取利。彼竭我利，则江北诸州，乃国家之所有也。既得江北，则用彼之民，扬我之兵，江之南亦不难平之也。如此则用力少而收功多。得吴则桂、广皆为内臣，岷、蜀可飞书而召之。若其不至，则四面并进，席卷而蜀平矣。吴、蜀平，幽州亦望风而至。惟并州为必死之寇，不可以恩信诱，必须以强兵攻之。然彼自高平之败，力已竭、气已丧，不足以为边患，可为后图。

  方今兵力精练，器用具备，群下知法，诸将用命，一稔之后，可以平边。臣书生也，不足以讲大事。至于不达大体，不合机变，惟陛下宽之！

  周主览到这篇文字，大加称赏，便引与计议。朴谈论风生，无不称旨，因授为左谏议大夫。未几且命知开封府事。就是窦仪、杨昭俭，也得升官：仪为礼部侍郎，昭俭为御史中丞。特用声西击东的计策，先命偏师攻蜀，继出正军击唐。

  先是秦、成、阶三州入蜀，蜀人又取凤州。见前文。蜀主孟昶，好游渔色，浪费无度，国用不足，专向民间取偿。秦、凤人民，迭遭苛税，仍欲归隶中原，乃相次诣阙，乞举兵收复旧地。周主正要发兵，又得了这个机会，更加喜悦。立命凤翔节度使王景及宣徽南院使向训，为征蜀正副招讨使，西攻秦、凤。蜀主闻报，忙遣客省使赵季札，趋赴秦、凤二州，按视边备。季札本没有什么材干，偏他目中无人，妄自尊大。一到秦州，节度使韩继勋迎入城中，与谈军事。多经季札吹毛索瘢，免不得唐突数语，季札怏怏而去。转至凤州，刺史王万迪，见他趾高气扬，也是不服，勉强应酬了事。自大者必遭众忌。季札匆匆还入成都，面白蜀主，谓韩、王皆非将才，不足御敌。蜀主亦叹道："继勋原不足当周师，卿意属在何人？"季札朗言道："臣虽不才，愿当此任！管教周军片甲不回！"令人好笑。蜀主乃命季札为雄武节度使，拨宿卫兵千人，归他统带，再往秦、凤扼守。又派知枢密王昭远，按行北边城塞，部署兵马，防备周师。自己仍评花问柳，赌酒吟诗；日聚后宫佳丽，教坊歌伎，以及词臣狎客，一堂笑乐，好似太平无事一般。

  广政初年，广政即蜀主昶年号，见前。内廷专宠，要算妃子张太华，眉目如画，色艺兼优，蜀主昶爱若拱璧，出入必偕。尝同辇游青城山，宿九天文人观中，月余不返。忽一日雷雨大作，白昼晦暝，张太华身轻胆怯，避匿小楼。不意霹雳无情，偏向这美人头上，震击过去。一声响亮，玉骨冰销。想系房帷不谨，触动神怒，故遭此谴。昶悲悼得了不得。因张妃在日，曾留恋此观，有死后瘗此的谶语，乃用红锦龙褥，裹瘗观前白杨树下。

昶即日回銮，悼亡不已。一班媚子谐臣，欲解主忧，因多方采选丽姝。天下无难事，总教有心人，果然得一绝色娇娃，献入宫中。昶仔细端详，花容玉貌，仿佛太华，而且秀外慧中，擅长文墨，试以诗词歌赋，无一不精。直把这好色昏君，喜欢得不可名状。绸缪数夕，即拜贵妃，别号"花蕊夫人"，寻又赐号"慧妃"。妃爱赏牡丹芙蓉，所以蜀中有牡丹苑，有芙蓉锦城。牡丹苑中，罗列各种，无色不备。芙蓉锦城，是在城上种植芙蓉，秋间盛开，蔚若锦霞，因此号为"锦城"。

蜀地素称饶富，又经十年无事，五谷丰登，斗米三钱。都下士女，不辨菽麦，多半是采兰赠芍，买笑寻欢。上行下效，捷如影响。蜀主昶见近置远，居安忘危，除花蕊夫人外，又广选良家女子，充入后宫，各赐位号。有昭仪、昭容、昭华、保芳、保香、保衣、安宸、安跸、安情、修容、修媛、修娟等名目，秩比公卿大夫。甚至舞娼李艳娘，亦召入宫中，厕列女官，特赐娼家钱十万缗，代作聘金。

是年周、蜀开衅，适当夏日。昶既派出赵季札、王昭远两人，还道是御敌有余，依旧流连声色。渐渐地天气炎热，便挈花蕊夫人等，避暑摩诃池上，夜凉开宴，环侍群芳。昶左顾右盼，无限欢娱。及谛视嫔嫱，究要推那花蕊夫人，作为首选。酒酣兴至，就命左右取过纸笔，即席书词，赞美花蕊夫人。第一句写下道："冰肌玉骨清无汗"，第二句接写道："水殿风来暗香满。"从战鼓冬冬中，忽插一段香艳文字，越觉夺目。再拟写第三句，突有紧急边报到来，乃是周招讨使王景，自大散关至秦州，连拔黄牛八寨。昶不禁掷笔道："可恨强寇，败我诗兴！"乃并撤酒肴，即召词臣拟旨，派都指挥使李廷珪为北路行营都统、高彦俦为招讨使、吕彦琦为副招讨使、客省使赵崇韬为都监，出拒周师。一面促赵季札速赴秦州，援应韩继勋。

季札奉命出军，连爱妾都带在身旁，按驿徐进，兴致勃然。到了德阳，闻周军连拔诸寨，气势甚盛，不由得畏缩起来。嗣经朝旨催促，越觉进退两难。床头妇人，权逾君上，劝令还都避寇，不容季札不依。季札遂疏请解任，托词还朝白事。先遣亲军保护爱妾，与辎重一同西归，然后引兵随返。既至成都，留军士在外驻扎，单骑入城。都中人民，还疑他是孑身逃回，相率震恐。及季札入见蜀主，由蜀主问他军机，统是支吾对答，并没有切实办法。蜀主大怒道："我道汝有什么材能，委付重任，不料愚怯如此！"遂命将季札拘住御史台，付御史审勘。御史劾他挈妾同行，擅自回朝，应加死罪。蜀主批准，令把季札推出崇礼门外，斩首示众。谋及妇人，宜其死也。蜀行营都统李廷珪率兵至威武城，正值周排阵使胡立，带领百余骑，前来巡逻。廷珪即麾军杀上，把胡立困在垓心。胡立兵少势孤，冲突不出，被蜀将射落马下，活擒而去。赵部下多为所获，只剩数十骑逃归周营。李廷珪得了小胜，报称大捷，并命军衣上绣作斧形，号为"破柴都。"周主本姓为柴，故有此号。虚名何益？

蜀主昶接着捷报，很是喜慰，且遣使至南唐、北汉，约共出兵攻周。偏是得意事少，失意事多。捷报才到，败报又来。廷珪前军，为周将所败，掳去将士三百人。蜀主乃复遣知枢密使伊审征抚勉行营，再行督战。

审征驰诣军前，与廷珪商定军谋，遣先锋李进据马岭寨，截住周军来路。再派游击队旁出斜谷，进屯白涧，作为偏师。又令染院使王峦，引兵出凤州北境，至堂仓镇及黄花谷，绝周粮道。三路出师，审征、廷珪等择地扎营，专待消息，准备接应。

王峦率兵三千人，径趋堂仓。先令侦骑至黄花谷中，探明敌踪，还报谷外有周军往来，统是输运辎重，接济周营，并没有大将弹压。峦大喜道："我去把他辎重军，一齐夺来，管教他粮食中断，全军溃走了。"我亦说是妙计，无如不从汝愿。遂驱军前进，驰入黄花谷。谷长路窄，兵士不能并行，只好鱼贯而入，慢慢儿地蛇行过去。哪知周军伏在谷口，见蜀兵出谷前来，立即突出。打倒一个捉一个，打倒两个捉一双。王峦押着后队，尚未得知，只管催军速趱，待至前队已擒去千人，方悉谷外警报，慌忙传令退还。怎奈后面的谷口，也有周军出现，峦沙哑命杀出，手下只剩百余骑，紧紧随着。此外都陷入谷中，被周军前后搜捕，一股脑儿捉去。峦带百余骑还奔堂仓，急急如漏网鱼，累累如丧家犬，恨不得三脚两步，即抵大营。甫至堂仓镇附近，见前面摆着一彪人马，很是雄壮，为首的戴着兜鍪，穿着铁甲，立马横枪，朗声呼道："我周将张建雄也！来将快下马受缚，免我动手。"峦至此叫苦不迭，自思进退无路，只好硬着头皮，纵马来战。两下交锋，一个是胆壮气雄，一个是心惊力怯。才及四五合，杀得王峦满身臭汗，招架不住。建雄大喝一声，把峦扯住衣襟，摔落马下。周军顺手搅住，将峦缚好，牵往马前。蜀兵只有百余骑，怎能夺回主将，兼且无路脱奔，没奈何哀求乞降。建雄令军士反绑蜀兵，仍然由原路回军。那时黄花谷内，已将蜀兵捉得精光，仔细检点，刚刚捉了三千人，一个也不少，一个也不多。更奇的是一个不死，各由建雄带去，回营报功。原来王景、向训等，早已防蜀兵劫粮，伏兵黄花谷口。巧巧王峦中计，遂致全军覆没。

李进在马岭寨中，得知此信，吓得战战兢兢，还道周军具有神力，能使片甲不留。要逃性命，走为上策，便弃了马岭寨，奔回大营。白涧屯兵，也闻声奔溃。伊、李两蜀将的规画，一并失败。自知立脚不住，不如见机早退。因弃营返奔，直至青泥岭下，依险扎住。雄武节度使韩继勋，亦乐得逃生，画个依样葫芦，走还成都。一班逃将军。秦州观察判官赵砒，召官属与语道："敌兵甚锐，战无不胜。我国所遣兵将，向称骁勇，一经战阵，非死即逃。我等怎可束手待毙？去危就安，正在今日，未知诸君意下如何？"大众都是贪生怕死，听了批言，应声如响，即开城迎纳周军。

王景等已入秦州，便分兵攻成、阶二州，自督军往围凤州。成、阶二州的刺史，闻秦州失守，当即迎降，独凤州固守不下。自韩继勋逃回成都，蜀主昶把他褫职，改用王环为威武节度使、赵崇溥为都监，往援秦州。两将行至中途，接得秦州降周消息，忙引兵转趋凤州。甫入凤州城，那王景已率师来攻，急登陴守御。景四面攻扑，都被赵崇溥督兵拒却，乃筑垒成围，断绝城中樵汲，令他自毙。适曹州节度使韩通奉周主命，来助王景。景令他往城固镇，堵住蜀中援师。城中饷竭援穷，渐渐支撑不住，每夜有兵将缒城出降。王景乘危督攻，一鼓登城，城上守兵俱靡，王环、赵崇溥，尚率众巷战。怎奈士无斗志，陆续逃散。只剩王、赵两将，无路可奔，统被周将擒住。崇溥愤不欲生，绝粒而死，环被拘狱中。于是秦、凤、成、阶四州，俱为周有。

王景露布奏捷，静候朝命。周主传谕优奖，且命赦四州所获将士。愿归诸人，给资遣还。愿留诸人，各予俸赐，编为怀恩军，即令降将萧知远带领，暂住凤州。嗣因兴兵南讨，欲罢西征，遂遣萧知远率兵西归。

蜀中兵败地削，上下震惊。伊审征、李廷珪等，奉表请罪。蜀主概置不问，但命在剑门、白帝城各处，多聚刍粮，为备御计。一面鼓铸铁钱，禁民间私用铁器。国人很觉不便，都归咎李廷珪等将士。昶母李氏，亦屡言典兵非人，除高彦俦忠诚足恃外，应悉数改置，昶不能从。后来惟彦俦死节，方知李氏有识，可惜孟昶不用。但罢廷珪兵柄，令为检校太尉。及萧知远等还蜀，蜀主昶亦放还周将胡立等八十余人，并嘱立带转国书，向周请和。

立还至大梁，呈上蜀主昶书。周主展开一阅，但见起首二语，乃是大蜀皇帝，谨致书于大周皇帝阁下，不禁忿然道："他尚敢与朕为敌么？"嗣复看将下去，乃是一篇骈体文。略云：

窃念自承先训，恭守旧邦，匪敢荒宁，于兹二纪。顷者晋朝覆灭，何建来归，不因背水之战争，遂有仇池之土地。洎审晋君北去，中国且空，暂兴敝邑之师，更复成都之境。厥后贵朝先皇帝应天顺人，继统即位，奉玉帛而未克，承弓剑之空遗；但伤嘉运之难谐，适叹新欢之且隔。以至去载，忽劳睿德，远举全师，土疆寻隶于大朝，将卒亦拘于贵国。幸蒙皇帝惠其首领，颁以衣袭，偏裨尽补其职员，士伍遍加以粮赐，则在彼无殊于在此，敝都宁比于雄都！方怀全活之恩，非有放还之望。今则指导使萧知远等，押领将士子弟，共计八百

第五十三回　宠徐娘赋诗惊变　俘蜀帅得地报功

九十三人，还入成都，具审皇帝迥开仁愍，深念支离，厚给衣装，兼加巾屦，给沿程之驿料，散逐分之缗钱。此则皇帝念疆场几经变革，举干戈不在盛朝，特轸优容，曲全情好。求怀厚谊，常贮微衷。载念前在凤州，支敌虎旅，曾拘贵国排阵使胡立以下八十余人，嘱令军幕收管，令各支廪食，各给衣装。只因未测宸襟，不敢放还乡国。今既先蒙开释，已认冲融，归朝虽愧于后时，报德未稽于此日。其胡立以下，令各给鞍马、衣装、钱帛等，专差御衣库使李彦昭部领，送至贵境，望垂宣旨收管。矧以昶昔在龆龄，即离并都，亦承皇帝风起晋阳，龙兴汾水，合叙乡关之分，以申玉帛之欢。倘蒙惠以嘉音，即伫专驰信使，谨因胡立行次，聊陈感谢。词不尽意，伏惟仁明洞鉴，瞻念不宣。

周主览毕，颜色少霁，便语胡立道："他向朕乞和，情尚可原；但不应与朕钧礼，朕不便答复。汝在蜀多日，能悉蜀中情形否？"立叩陈蜀主荒淫情事，且自请失败罪名。周主道："现在有事南方，且令蜀苟延一二年，俟征服南唐，再图西蜀未迟。朕赦汝罪，汝且退出去罢！"立谢恩而退。

蜀主昶俟周复书，始终不至，竟向东载指道："朕郊祀天地，即位称帝时，尔方鼠窃作贼，今何得貌我至此？"遂仍与周绝好，复为敌国。小子有诗咏道：

　　丧师失地尚非羞，满口骄矜最足忧。
　　幸有南唐分敌势，尚留残喘度春秋。

蜀事暂从缓叙，小子要述及周、唐战争了。看官不嫌词费，还请再阅下回。

"声色"二字，最足误人，而国君尤甚。自古迄今，未闻有耽情声色，而能保邦致治者。蜀主孟昶据有两川，因佚思淫，因淫致侈，幸经中原多故，方得十余年无事。然周师一出，即失四州，所遣诸将，非死即逃，盖淫靡成风，将骄卒惰，欲其杀敌致果也得乎？逮夫修书乞和，不得答复，复有庞然自大之言。师徒挠败不之忧，土宇侵削不之惧，几何而不亡国败家也。厥后徐妃入宋，咏述亡国之由来，有"十四万人齐解甲，可无一个是男儿！"二语，后世竞传诵之。然美人误国，厥罪维钧，半老徐娘，亦宁能辞咎乎？而蜀主昶固不足责焉。

第五十四回

李重进涉水扫千军
赵匡胤斩关擒二将

却说蜀主昶致书乞和，周主虽不答复，却为着南讨兴师，暂罢西征。令各将振旅言旋，别命宰臣李穀为淮南道前军行营都部署，兼知庐、寿等州行府事，许州节度使王彦超为副，都指挥使韩令坤等一十二将，一齐从征，向南进发，并先谕淮南州县道：

朕自缵承基构，统御寰瀛。方当恭己临朝，诞修文德，岂欲兴兵动众，专耀武功！顾兹昏乱之邦，须举吊伐之义。蠢尔淮甸，敢拒大邦！因唐室之凌迟，接黄寇之纷扰，飞扬跋扈，垂六十年，盗据一方，僭称伪号。幸数朝之多事，与北境以交通，厚启兵端，诱为边患。晋、汉之代，寰境未宁，而乃招纳叛亡，朋助凶慝，李金全之据安陆，李守贞之叛河中，大起师徒，来为援应，攻侵高密，杀掠吏民，迫夺闽、越之封疆，涂炭湘、潭之士庶。以至我朝启运，东鲁不庭，发兵而应接叛臣，观衅而凭陵徐部。沭阳之役，曲直可知，尚示包荒，犹稽问罪。迩后维扬一境，连岁阻饥，我国家念彼灾荒，大许籴易。前后擒获将士，皆遣放还。自来禁戢边兵，不令侵挠。我无所负，彼实多奸！勾诱契丹，至今未已；结连并寇，与我为仇。罪恶难名，神人共愤！今则推轮命将，鸣鼓出师，征浙右之楼船，下朗陵之戈甲，东西合势，水陆齐攻。吴孙皓之计穷，自当归命；陈叔宝之数尽，何处偷生？一应淮南将士军人百姓等，久隔朝廷，莫闻声教，虽从伪俗，应乐华风，必须善择安危，早图去就。如能投戈献款，举郡来降，具牛酒以犒师，纳圭符而请命；车服玉帛，岂吝旌酬，土地山河，诚无爱惜。刑赏之令，信若丹青。若或执迷，宁免后悔！王师所至，军政甚明，不犯秋毫，有如时雨。百姓父老，各务安居，剽掳焚烧，必令禁止。须知助逆，何如效顺，伐罪乃能吊民。朕言尽此，俾众周知！

这道谕旨，传入南唐，江淮一带，当然震动。唐主璟只信用二冯，冯延巳尝坐罪罢相。见前文潭州失守事。不到数月，便命复职；冯延鲁又入任工部侍郎，兼东都副留守。东都即广陵，见前。就是陈觉、魏岑等，亦相继起用，奸佞盈廷，国政日紊。每年冬季，淮水浅涸，唐主本发兵戍守，号为"把浅兵"。寿州监军吴廷绍以为疆场无事，奏请撤戍，竟邀唐主俞允。清淮节度使刘仁赡固争不得，自决藩篱。忽闻周师将至，正值天寒水涸的时候，淮上人民，很是恐慌。独刘仁赡神色自若，部分守御，不异平时，众情少安。唐主命神武统军刘彦贞，为北面行营都部署，率兵二万趋寿州；奉化节度使同平章事皇甫晖，为北面行营应援使，常州团练使姚凤为应援都监，率兵三万屯定远县；召镇南节度使宋齐邱还至金陵，又授户部尚书殷崇义知枢密院事，与齐邱共预兵谋，居中调度。

周都部署李谷等，引兵至正阳镇。见淮上防守无人，便赶造浮梁，数夕即成，越淮而东，直指寿州城下。虽有唐兵二千余人，半途拦阻，哪里是周军对手，略略交锋，便即溃去。周都指挥使白延遇乘胜长驱，进至山口镇，又遇唐兵千余名，也不值周军一扫。惟进攻寿州，却是城坚难拔，用了许多兵力，毫不见功。李谷屡驰书周廷，报明情实，周主即拟亲征。适枢密使郑仁诲病逝，朝右失一谋臣，周主很是叹惜，亲往吊丧。近臣奏称年月方向，不利驾临。周主摇首道："君臣义重，尚顾得年月方向么？"可称豁达。遂亲至郑宅，哭奠而归。特叙仁诲之死，惜其贤也。

嗣由吴越王钱弘俶，遣来贡使，入献方物。周主召见使臣，嘱令赍诏回国，谕吴越王发兵击唐。吴越王应诏发兵，特简同平章事吴程，出袭常州。唐右武卫将军柴克宏，引军邀击，大破吴越军，斩首万余级，吴程遁还，克宏复移援寿州，途中忽然遇疾，竟尔暴亡。也是寿州晦气。

寿州尚是固守，李谷久攻不克，便在行营中过年。越年已是周显德三年了。周主闻寿州不下，决计亲征。命宣徽南院使向训，权任留守，端明殿学士王朴为副；彰信节度使韩通，权任点检侍卫司，及在京内外都巡检。派侍卫都指挥使李重进为先锋，前往正阳；河阳节度使白重赞，出屯颍上，遥应重进。两人先发，自督禁军启行。

那时唐将刘彦贞，已引兵援寿州，并具战船数百艘，令驶往正阳，毁周浮梁。李谷探知敌谋，召将佐集议道："我军不能水战。若正阳浮梁，为贼所毁，势且腹背受敌，退无所归。不如还保正阳，伫候车驾到来，听旨定夺。"乃一面报明周主，一面焚去刍粮，拔营齐退。

周主行至固镇，接到李谷奏报，不以为然。急遣中使驰往谷营，谕止退兵。谷已到正阳,才得谕旨,乃更复奏道:"贼将刘彦贞来救寿州,臣却不惧。只虑贼舰顺流掩击,断我浮梁,截我后路,所以不得已退守正阳。今贼舰日进,淮水日涨,若车驾亲临,万一粮道断绝,危且不测,愿陛下驻跸陈颍,俟臣审度可否,再行进取未迟!"周主览奏,愀然不乐,飞促李重进驰诣淮上,与毂会师。且传谕道:"唐兵且至,须急击勿失!"

　　重进奉命抵正阳,那唐将刘彦贞,到了寿州,见周军退去,便欲追击。刘仁赡谏阻道:"公军未至,敌已先退,想是畏公声威,故即遁去。但能固我边围,何用速战!倘或追击失利,大事反去了。"彦贞道:"火来水挡,兵来将御。敌已怯退,正好乘此进击,奈何不行?"池州刺史张全约,又力为谏止,怎奈彦贞坚执不从,驱军急进。死期已至,如何挽回!仁赡长叹道:"果遇周军,必败无疑!看来寿州是难保了。我当为国效死,城存与存,城亡与亡。"说毕泣下。部众统是感奋,乃入城登陴,修堞益兵,决计死守。

　　这位不识进退的刘彦贞,他本是无才无能,不娴军旅,平时靠着刻薄百姓的手段,日朘月削,积财巨万。一半儿充入宦囊,一半儿取赂权要。所以冯延巳、陈觉、魏岑等,争相标榜,或称他治民如龚、黄,龚遂、黄霸,汉时循吏。或誉他用兵如韩、彭,韩信、彭越,汉时良将。唐主信以为真,一闻周师入境,便把兵权交付与他,他亦直受不辞,贸然专阃。裨将咸师朗等,亦皆轻率寡谋,毫不足用。当下违谏进兵,直抵正阳,旌旗辎重,亘数百里。

　　周先锋将李重进,望见唐兵到来,便渡淮东进,也不及与彦贞答话,便身先士卒,冲入唐军。唐将咸师朗,自恃骁勇,策马舞刀,抵住重进。兵器并举,战到四五十合,不分胜负。重进佯输,跑马绕阵而走。师朗不知是计,骤马急追,约有二百余步,由重进按住了刀,挽弓搭箭,回放一矢。师朗刚刚追上,相距只有数武,急切无从闪避,左肩上着了一箭,忍痛不住,撞落马下。唐兵忙来抢救,被重进回马杀退,捉住师朗,遣部卒解入毂营。

　　毂闻重进得胜,也拨韩令坤等将士,越淮接应。重进正杀入唐阵,凭着一把大刀,左劈右斫,挥死多人。刘彦贞随兵虽众,统是酒囊饭袋,不耐争战。蓦遇重进一支人马,已似虎入羊群,望风奔避。再加韩令坤等相继杀来,哪里还敢抵敌,霎时间狂奔乱窜,四散逃生。单剩刘彦贞亲军数百人,如何支持?当然拥着彦贞,落荒西走。重进怎肯饶他,紧紧追蹑。前面有一小陂,地势不高,却很峻削。唐军越陂而逃,彦贞也跃马上陂。不防马失后蹄,倒退下来,竟将彦贞送落马后,滚坠陂下。凑巧重进追到,顺手一刀,把彦贞劈作两段!钱难买命,何如不贪?此外四窜的唐兵,被周军分头赶杀,斩首万余级,伏尸三十里,军资器械,遍地抛弃。由周军慢慢搬去,共得二十余万件。

第五十四回　李重进涉水扫千军　赵匡胤斩关擒二将

　　唐刺史张全约，方运粮进饷前军，途次见败卒逃归，报称彦贞战死，急将粮车折回寿州。所有彦贞残众，也共逃入寿州城内。刘仁赡表举全约为马步左厢都指挥使，同守州城。皇甫晖、姚凤闻彦贞覆师，不敢屯留定远县，即退保清流关。滁州刺史王绍颜，已委城遁去。

　　周主得知正阳胜仗，也自陈州至正阳，命李重进代为招讨使。但令縠判寿州行府事，自督大军进攻寿州，在淝水南下营。徙正阳浮梁至下蔡镇，且召宋、亳、陈、颖、徐、宿、许、蔡等处数十万，围攻寿州，昼夜不息。刘仁赡已备足守具，镇日里发矢掷石，鸣炮扬灰，使周军不能薄城。周军虽多，无从进步，只好顿留城下；周主亦无可如何。

　　忽报唐都监何延锡，率战舰百余艘，驻营涂山，为寿州声援，乃召殿前都虞侯赵匡胤入帐道："何延锡来援寿州，但在涂山下立营，不敢到此，想亦没有什么能力。惟寿州城内的守兵，得此声援。却不易摇动，汝可引兵前去，破灭此营。"匡胤领命，即率兵五千，趋往涂山。遥见唐兵维舟山下，一排儿却很整齐。岸上只有一营，想是何延锡驻着，便顾语部将道："我军是陆兵，敌军是水师。主客殊形，如何破敌？我惟有用计除他便了。"遂选老弱兵百余骑，授他密语，往诱敌营，自引精骑埋伏涡口。何延锡正在营中坐着，自思寿州孤危，不好不救，又不能遽救，心下好同辘轳一般。突有军吏入报道："周军来了！"延锡忙即上马，招集水军，出营角斗。营外只有百余骑周兵，更兼老少不齐，或长或短。延锡不禁大笑道："我道周军如何利害，怎知是这等人物！也想来踹我营么？"便麾兵杀上。那周兵并未对仗，立即返奔。延锡追了一程，也欲回军，但听得敌骑笑骂道："料你这等没用的贼奴，不敢追来，我有大军在涡口，你等如再追我，管教你人人陨首，个个丧生！"不欺之欺，尤善于欺。延锡被他一激，不肯罢休，索性再赶。且嘱令战舰五十艘，驶至涡口，就使遇着不测，也可下船急走。于是周兵前奔，唐兵后追，不多时已至涡口，只见前面统是芦苇，长可称身，并没有周军驻扎。延锡胆愈放大，又听得敌骑揶揄，仍然如故，便当先力追，那敌骑却从芦苇中，窜了进去。延锡不知好歹，也纵马入芦苇间，追杀敌骑。不意两旁伏着绊马索，竟将马足绊住，马忽坠倒，延锡也跌作一个倒栽葱。慌忙爬起，突来了一位面红大将军，兜头一棍，击破延锡脑袋，死于非命。

　　看官不必细猜，便可知是赵匡胤。匡胤既击死何延锡，指挥伏兵，驱杀唐军，唐军都做了刀头鬼。有几个跑得快的，远远逃去，哪里还好下船？所有战船五十艘，急急驶来，正好被匡胤夺住，乘船至御营报功，周主自然嘉奖。又接得庐、寿、光、黄巡检使司超，奏称在盛唐地方，击败唐兵，夺得战舰四十余艘。周主大喜，且谕匡胤道："我军处处得胜，先声已振，只是寿州不下，阻我前进。我欲进击清流关，卿以为可行否？"匡胤道："臣愿得二万人，往取此关。"周主道："清流关颇称雄壮，除非掩袭一法，未易成功。卿既欲往，就烦前去。"匡胤道："臣即引兵前往便了。"周主便派兵二万名，令匡胤带领了去。复遣人往谕朗州节度使王逵，命他出攻鄂州，特授南面行营都统使。王逵应诏出师，后文自有交代。

且说赵匡胤往袭清流关，星夜前进，路上偃旗息鼓，寂无声响，但令各队衔枚疾走。及距关十里，分部兵为两队，前队兵直往关下，自引兵从间道而去。皇甫晖、姚凤两人，探得周兵到来，开关迎敌，正在山下列阵。不防山后杀出一队雄师，喊呐前来，径去抢关。晖、凤连忙回军，奔入关门，那周军已经驰到，守兵阖门不及，被周军一拥杀进。吓得晖、凤手足失措，没奈何逃往滁州，周军队里的大将，就是赵匡胤，既占住清流关，便进薄滁城。

晖、凤才入城中，后面已有鼓声传到，回头遥望，远远的旗帜飘扬，如飞而至。就中有一最大的帅旗，上面隐约露一"赵"字。皇甫晖叫苦不迭，忙令把城外吊桥，立即拆去，阻住来军，与姚凤阖门拒守。登城俯眺，见周军已逼城壕，一齐下马凫水，越过濠西。那赵匡胤更来得突兀，勒马一跃，竟跳过七八丈阔的大渠，晖不禁伸舌！未几即见匡胤指麾兵士，督令攻城。当下开口传呼道："赵统帅不必逞雄，彼此各为其主，请容我列阵出战，决一胜负。幸勿逼人太甚！"匡胤笑道："你尽管出来交锋，我便让你一箭地，容你列阵，赌个你死我活，叫你死而无怨！"说至此，便用鞭一挥，令部众退后数步，自己亦勒马倒退，伫候守兵出战。好整以暇。

待了多时，听得城门一响，两扉骤辟，守兵滚滚出来，后面便是晖、凤二人，并辔督军。两阵对圆，匡胤持着一杆通天棍，上前突阵，且大呼道："我止擒皇甫晖，他人非我敌手，休来送死！"唐兵见他来势甚猛，便即让开两旁，由他驰入。他即冲至皇甫晖马前，晖忙拔刀迎战。刀棍相交，才及数合，被匡胤用棍架开晖刀，右手拔剑，向晖脑袋上斫去。晖将首一偏，不由得眼花撩乱，再经匡胤用棍一敲，就从马上坠下。姚凤急来相救，那马首已着了一棍，马蹄前蹶，也将姚凤掀翻。周军乘势齐上，把晖、凤都活捉了去。唐兵失了主帅，自然溃散，滁州城唾手取来。匡胤入城安民，遣人报捷。

周主命马军副指挥使赵弘殷，东取扬州，道过滁城，已值昏夜。弘殷为匡胤父，拟入城休息，即至城下叩门。匡胤问明来意，便道："父子虽系至亲，但城门乃是王事。深夜不便开城，请父亲权宿城外，俟诘旦出迎便了！"公而忘私。弘殷只好依言，在城外留宿一宵。越日天明，方由匡胤出谒，导父入城。嗣又连接钦使，一个是翰林学士窦仪，来籍滁州帑藏；一个是左金吾卫将军马承祚，来知滁州府事；还有一个蓟州人赵普，来做滁州军事判官。匡胤一一接见，很是欢洽。一面将皇甫晖、姚凤等，解献行在。晖已受伤，入见周主，不能起立，但委卧地上道："臣非不忠于所事，但士卒勇怯不同，所以被擒。臣前此亦屡与辽人交战，未尝见兵精如此。今贵朝兵甲坚强，又有统帅赵匡胤，智勇过人，无怪臣丧师委命，臣死也值得了！"虽是勉强解嘲，还算有些志节。周主颇加怜悯，命左右替他释缚，留在帐后养疴，晖竟病死。周主询知扬州无备，令赵弘殷速即进兵，再派韩令坤、白延遇两将，援应弘殷。弘殷时已抱病，力疾从公，既与韩、白二人会晤，便即引兵去讫。

唐主璟屡接败报，很是惶急，特遣泗州牙将王知朗，奉书周主，情愿求和。书中自称：唐皇帝奉书大周皇帝，请息兵修好，兄事周主，愿岁输货财，补助军需。周主得书不答，斥归知朗。唐主没法，再遣翰林学士钟谟，工部侍郎李德明赍献御药，及金器千两、银器五千两、缯帛二千匹、犒军牛五百头、酒二千斛，直至寿州城下，奉表称臣。周主命大陈军备，自帐内直达帐外，两旁统站着赳赳武夫，握刀操兵，非常严肃。然后令唐臣入见。钟谟、李德明一入御营，瞧着如许军容，已觉惊惶得很。没奈何趋近御座，见上面坐着一位威灵显赫的周天子，不由得魂悸魄丧，拜倒案前。正是：

　　上国耀兵张御幄，外臣投地怵天威。

欲知周主如何对付唐使？请看下回便知。

　　观南唐之不能敌周，说者多归咎于唐主之第知修文，不知经武。实则不然；唐主之误，误在任用非人耳。五鬼当朝，始终不悟，又加一自命元老之宋齐邱，为五鬼之首领，斥忠良，进奸佞。贪庸如刘彦贞，第以权奸之称誉，任为统帅，一战即死，坐失藩篱。皇甫晖、姚凤等皆庸碌子。清流关未战即溃，滁州城遇敌成擒，以阘茸无能之将士，欲其保守淮南，固必无是事也。子舆氏有言：不用贤则亡，削何可得？彼淮南之丧师削地，犹得苟延至十数年，意者其犹为淮南之幸欤！

第五十五回

唐孙晟奉使效忠
李景达丧师奔命

却说唐使钟谟、李德明入谒周主，拜倒座前，战兢兢地自述姓名，说明来意。并呈上唐主表文，由周主亲自展阅。表中略云：

> 臣唐主李璟上言：窃闻舍短从长，乃推通理；以小事大，著在格言。伏惟皇帝陛下，体上帝之姿，膺下武之运，协一千而命世，继八百以卜年。大驾天临，六师雷动，猥以遐陬之俗，亲为跋扈之行。循省伏深，兢畏无所，岂因薄质，有累蒸人！今则仰望高明，俯存亿兆，虔将上国，永附天朝。冀诏虎贲而归国，用巡雉堞以回兵。万乘千官，免驰驱于原隰；地征土贡，常奔走于岁时。质在神明，誓诸天地。别呈贡物，另具清单，伏冀赏纳，伫望宏慈。谨表！

周主览毕，掷置案上，顾语唐使道："汝主自谓唐室苗裔，应知礼义。我太祖奄有中原，及朕嗣位，已经六年有余。汝国只隔一水，从未遣一介修好。但闻泛海通辽，往来报问，舍华事夷，礼义何在？且汝两人来此，是否欲说我罢兵？我非愚主，岂汝三寸舌所得说动。今可归语汝主，亟来见朕，再拜谢过。朕或鉴汝主诚意，许令罢兵。否则朕即进抵金陵，借汝国库资，作我军犒赏。汝君臣休得后悔呢！"谟与德明，素有口才，至此俱震慑声威，一语不敢出口，惟有叩头听命，立即辞行。文武都是怕死。周主留住钟谟，遣还德明。嗣又得广陵捷报，韩令坤、白延遇等，掩入扬州。逐去唐营屯使贾崇，执住扬州副留守冯延鲁。惟赵弘殷在途遇病，已返滁州云云。周主乃复命令坤转取泰州。

看官听着！广陵就是扬州。从前扬州市中，有一疯人游行，诟骂市民道："俟显德三年，当尽杀汝等。"继又改语道："若不得韩、白二人，汝等必无遗类。"市民以为疯狂，毫不理睬。哪知周显德三年春季，果然有周军掩至，周将白延遇先入城中，唐东都营屯使贾崇，不敢抵抗，即焚去官府民舍，弃城南走。继而韩令坤踵至，侦捕守吏。冯延鲁本为副留守，一时逃避不及，慌忙削发披缁，匿居僧寺。偏偏有人认识，报知周军，似僧非僧的冯侍郎，竟被周军寻着，把他牵出，当作猪奴一般，捆缚了去。韩、白两将，既得延鲁，便禁止杀掠，使民安堵。果如疯人所言。令坤奉周主命，转取泰州。

泰州为杨氏遗族所居，杨溥让位李昇，病死丹阳，子孙徙居泰州，锢住永宁宫中，断绝交通，甚至男女自为匹偶，蠢若犬豕。唐主璟因江北鏖兵，恐杨氏子孙，乘势为变。特遣园苑使尹延范，迁置京口，统计杨氏遗男，尚有六十余人，妇女亦不下数十。延范承唐主密嘱，竟将杨氏男子六十余人，驱至江滨，一并杀死，仅率妇女渡江，杨氏遂绝。唐主璟反归咎延范，下令腰斩。延范有口难言，也冤冤枉枉地受了死刑。不得谓之冤枉，恐难偿六十余人性命！后来唐主泣语左右道："延范亦成济流亚。魏成济助司马昭刺死曹髦，旋为司马昭所杀。我非不知他效忠，因恐国人不服，没奈何处他死刑呢！"遂命抚恤延范家属，毋令失所。国将危亡，尚如此残忍，莫谓李璟优柔。嗣闻泰州被韩令坤取去，刺史方讷遁归。接连是鄂州长山寨守将陈泽，为朗州节度使王逵所擒，解献周营。天长制置使耿谦，举城降周。常州、宣州又有吴越兵入侵，静海军制置使姚彦洪，投奔吴越。急得李璟心慌意乱，日夕召入宋齐邱、冯延巳等会议军情。齐邱、延巳等也是无法，只劝唐主向辽乞援。唐主不得已遣使北往，行至淮北，被周将截住。搜出蜡书，拘送寿州御营。

唐廷待援不至，再由冯延巳奏请，特派司空孙晟，及礼部尚书王崇质赍表如周，愿比两浙、湖南，奉周正朔。晟语延巳道："此行本当属公，惟晟受国厚恩，始终当不负先帝。愿代公一行，可和即和，不可和即死。公等为国大臣，当思主辱臣死的大义，毋再误国。"一士谔谔，但与冯延巳相谈，未免对牛弹琴。延巳惭不能答。惟更令工部侍郎李德明，与晟等偕行。晟退语王崇质道："君家百口，宜自为谋。我志已定，终不负永陵一抔土，他非所计了！"永陵即李昇陵。遂草草整了行装，与崇质、德明二人，并及从吏百名，出都西去。

途次又迭闻败耗，光州兵马都监张延翰降周，刺史张绍弃城遁走；舒州亦被周军陷没，刺史周宏祚投水自尽；蕲州将李福，为周所诱，杀死知州王承，亦举州降周。唐失各州，叙笔随处不同，可谓化板为活。晟不禁长叹道："国事可知，我此行恐不复返了！"仿佛易水荆卿。便兼程前进，直抵寿州城下，进谒周主。当将表文呈入，大略说是：

朝阳委照，爝火收光；春雷发声，蛰户知令。伏念天佑之后，率土分摧，或跨据江山，或革迁朝代，皆为司牧，各拯黎元。臣由是克嗣先基，获安江表，诚以瞻乌未定，附凤何从？今则青云之候，明悬白水之符，斯应仰祈声教，俯被退方，岂可远动和銮，上劳薄伐？倘或俯悯下国，许作功臣，则柔远之风，其谁不服！无战之胜，自古独高。别进金千两、银十万两、罗绮二千匹，宣给军士，伏祈赐纳！

周主且阅且语道："一纸虚文，又来搪塞，朕岂被汝所欺么？"晟从容答道："称臣纳币，并非虚文；况陛下南征不庭，已由敝国谢罪归命。叛即讨，服即舍，古来圣帝明王，大都如是。望陛下俯纳臣言！"周主又道："朕率军南来，岂为这区区金帛？如果欲朕罢兵，速将江北各州县，悉数献朕。休得迟疑！"晟亦正色道："江北土地，传自先朝，并非得自大周，且江南亦奉表称臣，已不啻大周藩服，陛下何勿网开一面，稍假隆恩呢！"周主怒道："不必多言，汝国若不割江北，朕决不退师！"随又顾语李德明道："汝前来见朕，朕叫汝归语汝主，自来谢罪，今果何如？"德明慌忙叩首，且忆及延巳密嘱，愿献濠、寿、泗、楚、光、海六州，更岁输金帛百万，乞请罢兵，当下便尽情吐出。周主道："光州已为朕所得，何劳汝献？此外各州，朕亦不难即取。惟寿州久抗王师，汝国节度使刘仁赡，颇有能耐，朕却很加怜惜，汝等可替朕招来！"德明尚未及答，晟已目视德明，似含着一腔怒意。周主已经瞧透，索性逼晟前去，招降仁赡。晟却慨然请行。

周主遣中使监晟，同至城下，招呼仁赡答话。仁赡在城上拜手，问晟来意。晟仰语道："我来周营议和，尚无头绪。君受国恩，切不可开门纳寇，主上已发兵来援，不日就到了！"也是一个晋解扬。语毕自回，中使入报周主。周主召晟叱责道："朕令汝招降仁赡，如何反教他坚守？"晟朗声道："臣为唐宰相，好教节度使外叛么？若使大周有此叛臣，未知陛下肯容忍否？"周主见他理直气壮，倒也不能驳斥，便道："汝算是淮南忠臣，奈天意欲亡淮南，汝虽尽忠，亦无益了。"随命晟留居帐后，优礼相待。惟与李德明、王崇质商议和款，定要南唐献江北地，方准修好。

德明、崇质不敢力争，但说须归报唐主，当遵谕旨。周主乃遣二人东还，并付给诏书。略云：

朕擅一百州之富庶，握三十万之甲兵，农战交修，士卒乐用。苟不能恢复内地，申画边疆，便议班旋，直同戏剧。至于削去尊称，愿输臣节，孙权事魏，萧詧奉周，古也固然，今则不取。但存帝号，何爽岁寒，倘坚事大之心，必不迫人于险，事资真悫，辞匪枝游。俟诸郡之悉来，即大军之立罢，言尽于此，更不烦云。苟曰未然，请从兹绝。特谕！

李德明、王崇质两人，得了诏书，便还诣金陵，把周主诏书呈与唐主过目。唐主沉吟未决。宋齐邱从旁进言道："江北是江南藩篱，江北一失，江南亦不能保守了。德明等往周议和，并不是去献地，如何反替周主传诏，叫我国割献江北呢？"德明忍耐不住，竟抗声答道："周主英武过人，周军气焰甚盛，若不割江北，恐江南也遭蹂躏呢。"齐邱厉声道："汝二人也想学张松么？张松献西川地图，古今唾骂，汝等奈何不闻！"王崇质被他一吓，慌忙推诿，专归咎德明一人。于是枢密使陈觉，及副使李征古，同时入奏道："德明奉命出使，不能伸国威、修邻好，反且输情强敌，自示国弱。情愿割弃屏藩，坐捐要害，这与卖国贼何异？请陛下速正明刑，再图退敌！"德明闻言，越加暴躁，竟攘袂诟詈陈觉等人。惹得唐主大怒，立命绑出德明，责他卖国求荣的罪状，枭首市曹。德明若早知要死，不如死在周营，好与孙晟齐名。乃更简选精锐，得六万人，命太弟齐王景达为诸道兵马元帅，统兵拒周。授陈觉为监军使，起前武安节度使边镐为应援都军使，次第出发。

中书舍人韩熙载上书，略谓"皇弟最亲，元帅最重，不必另用监军"。唐主不听，又遣鸿胪卿潘承佑速赴泉州，招募勇士。承佑荐举前永安节度使许文稹、静江指挥使陈德诚，及建州人郑彦华、林仁肇，俱说是可为将帅。唐主因命文稹为西面行营应援使，彦华、仁肇，各授副将，再与周军决战。还有右卫将军陆孟俊，也自常州率兵万人，往攻泰州。

周将韩令坤，已回屯维扬，只留千人守泰州城，兵单力寡，哪里敌得过孟俊，当然遁走，泰州复被孟俊占去。俊又乘胜攻扬州，兵至蜀冈，令坤闻孟俊兵众，却也心惊。又且新纳爱妾杨氏，正在朝欢暮乐的时候，更不免英雄气短，儿女情长。当下令部兵护出杨氏，先行避敌，自己也弃城出走。忽有诏旨颁到，已遣滑州节度使张永德来援，那时只好勒马回城。入城以后，复闻赵匡胤调守六合，下令军中：不准放过扬州兵，如有扬州兵过境，一概刖足。自思归路已断，不如决一死战，与孟俊见个高下。计划已定，索性将爱妾杨氏，亦追了回来，整兵备械，专待孟俊攻城，好与他鏖斗一场。

孟俊不管死活，领着兵到了扬州，方就城东下寨。令坤先发制人，骤马杀出，领着敢死士千人，大刀阔斧，搅入孟俊寨内。孟俊不及预防，顿时骇退，主将一逃，全军四溃。独令坤不肯舍去，只管认着孟俊，紧紧追上。大约相距百余步，即抬弓搭箭，把孟俊射落马下，麾兵擒住，收军还城。

正拟将孟俊解送行在，偏是冤冤相凑，由爱妾杨氏出厅哭诉，要将孟俊剖心复仇。原来杨氏是潭州人，孟俊前时，曾随边镐往攻潭州，杀死杨氏家眷二百余口，惟杨氏有色，为楚王马希崇所得，充作妾媵。希崇降唐，出镇舒州，留家属居扬州。及韩令坤得扬州城，保全希崇家属，惟见杨氏华色未衰，勒令为妾。杨氏系一介女流，如何抵拒？只好随遇而安。到底是杨花水性。此时见了仇人孟俊，便请令坤借公报私。令坤当然依从，便将孟俊洗刷干净，活祭杨氏父母，挖心取肝，脔割了事。

那边唐元帅李景达，闻孟俊败死，急自瓜步渡江。行至六合县附近，探知赵匡胤据守六合，料不是好惹的人物，便在六合东南二十余里，安营设栅，逗留不进。赵匡胤早已侦悉，也按兵勿动。诸将请进击景达，匡胤道："景达率众前来，半道下寨，设栅自固，是明明怕我呢。今我兵只有二千，若前去击他，他见我兵寥寥，反足壮胆，不若待他来攻，我得以逸待劳，不患不胜。"

果然过了数日，城外鼓声大震，有唐兵万余人杀来，匡胤已养足锐气，立即杀出。自己仗剑督军，与唐兵奋斗多时，不分胜负。两军都有饥色，各鸣金收军。翌晨匡胤升帐，令军士各呈皮笠，笠上留有剑痕，约数十人。便指示军士道："汝等出战，如何不肯尽力？我督战时，曾斫汝皮笠，留为记号。如此不忠，要汝等何用？"遂命将数十人绑出军辕，一一斩讫。军法不得不严。部兵自是畏服，不敢少懈。

匡胤即令牙将张琼潜引千人出城，绕出唐军背后，截住去路，自率千人径捣唐营。唐营中方在早餐，蓦闻周军驰至，急忙开营迎敌。景达亦出来观战。不防周军勇猛得很，个个似生龙活虎，不可捉摸。突然间冲入中军，竟将景达马前的帅旗，用矛钩翻。景达吃一大惊，忙勒马返奔。帅旗是全军耳目，帅旗一倒，全军大乱，况且景达奔去，军中已没人主持。你也逃，我也走，反被周军前截后追，杀毙了无数人马。景达奔至江口，巧值周将张琼，列阵待着，要想活擒景达。还亏景达部将岑楼景，抵住张琼，大战数十回合，景达得带着残军，拼命冲出，觅舟径渡。岑楼景尚与张琼力战，后面又值匡胤追到，也只可舍了张琼，夺路逃生。张琼与匡胤合兵，追至江口，杀获约五千人，余众多泅水遁去，又溺毙了数千。周军始奏凯还城。

这次大战，景达挑选精卒二万人，自为前驱，留陈觉、边镐为后应。觉与镐正要渡江，偏景达已经败归，精卒伤亡了一大半。惟赵匡胤兵只二千，能把唐兵二万人驱杀过江，自然威名大震，骇倒淮南！为后来得国的预兆。

周主闻六合大捷，尚拟从扬州进兵。宰相范质等，叩马力谏，大致谓兵疲食少，乞请回銮。周主尚未肯从，经质再三泣谏，才有归意。可巧唐主又遣使上表，力请罢兵。大略说是：

圣人有作，曾无先见之明；王祭弗供，果致后时之责。六龙电迈，万骑云屯，举国震惊，群臣惴悚。遂驰下使，径诣行官，乞停薄伐之师，请预外臣之籍。天听悬邈，圣问未回，由是继飞密表，再遣行人，致江河羡海之心，指葵藿向阳之意。伏赐亮鉴，不尽所云！

周主得表，乃整备回銮。留李重进围寿州，更派向训权淮南节度使，兼充沿江招讨使，韩令坤为副招讨使。自往濠州巡阅各军，再至涡口亲视浮梁。适值唐舒州节度使马希崇，率兄弟十七人奔周，独不记杨氏么？周主命为右羽林统军，随驾北归。并将唐使臣孙晟、钟谟，及所获冯延鲁等，也一并带回，且召赵匡胤父子还都。

匡胤留兵捍守六合，自领亲兵入滁州，省父弘殷。弘殷病已少瘥，乃奉父启行。判官赵普，相偕随归。道过寿州，正值南寨指挥使李继勋被刘仁赡出兵袭破，所储攻具，多遭焚掠，将士伤毙数百人。继勋走入东寨，李重进在东寨中，仅能自保。军士经此一挫，相率灰心，意欲请旨班师。幸赵匡胤驰入行营，助他一臂，代为搜乘补阙，修垒济师。部署了十余日，周军复振。乃辞别重进，驰还大梁。

周主加封赵弘殷为检校司徒，兼天水县男，匡胤为定国军节度使，兼殿前都指挥使。匡胤复荐普可大用，乃即令为定国军节度推官。

忽由吴越王表奏常州军情，说为唐燕王弘冀所败，丧师万计，周主不胜惊叹。嗣又接到荆南奏表，代报朗州节度使王逵为下所杀，军士推立潭州节度周行逢为帅。周主又叹息道："吴越丧师，湖南又失去一支人马，恐唐兵乘隙猖狂，仍须劳朕再出呢。"小子有诗咏周主荣道：

南征北讨不辞劳，战血何妨洒御袍！
五代史中争一席，郭家养子本英豪。

究竟王逵何故被戕？下回再行补叙。

南唐非无忠臣。如司空孙晟，刚直不阿，颇胜大任，而乃为冯延巳所排挤，令充国使。是明明欲借刀杀人，聊泄私忿而已。晟仗节至周，理直气壮；而往谕刘仁赡数语，可质天地，宁死不辱君命，足为淮南生色。淮南有此忠臣而不能用，无怪其日削日危以底于亡也。李景达以唐主介弟，不堪一战，尤为可鄙。亲贵无一足恃，仅恃此妃黄俪白之文词，欲乞周主罢兵，何其瞢欤！古谓有文事必有武备，武备不足，文言奚益！本编选录唐表，正以见虚文之无补云。

第五十六回

督租课严夫人归里
尽臣节唐司空就刑

却说王逵据有湖南，始由潭州夺朗州，令周行逢知朗州事，自返长沙。继复由潭州徙朗州，调行逢知潭州事。用潘叔嗣为岳州团练使。周既授逵节钺，因谕令攻唐，逵乃发兵出境。道出岳州，潘叔嗣特具供张，待逵甚谨。逵左右皆是贪夫，屡向叔嗣索赂，叔嗣不肯多与，致遭谗构。逵不免误信，遂将叔嗣诘责一番。两下里争论起来，惹得王逵性起，当面呵斥道："待我夺得鄂州，再来问汝。"说毕自去。自取其死。

既入鄂州境内，忽有蜜蜂数万，攒麾盖上，驱不胜驱或且飞集逵身，逵不禁大惊。左右统是谀媚，向逵称贺，谓即封王预兆，逵始转惊为喜。果然进攻长山寨，一战得胜，突入寨中，擒住唐将陈泽。正拟乘势再进，忽接朗州警报，乃是潘叔嗣挟恨怀仇，潜引兵掩袭朗州。逵骇愕道："朗州是我根本地，怎可令叔嗣夺去！"遂仓猝还援，自乘轻舟急返。行至朗州附近，先遣哨卒往探。返报全城无恙，城外亦没有乱兵。逵似信非信，命舟子急驶数里，已达朗州。遥见城上甲兵整列，城下却也平静，那时也不遑细问，立即登岸。

时当仲春，百卉齐生，岸上草木迷离，瞧不出什么埋伏。谁知走了数步，树丛中一声暗号，跑出许多步卒，来捉王逵。逵随兵不过数十人，如何抵敌？当即窜去。逵亦抢步欲逃，偏被步卒追上，似老鹰拖小鸡一般，把他攫去。牵至树下，有一大将跨马立着，不是别人，正是岳州团练使潘叔嗣。仇人相见，还有何幸？立被叔嗣叱骂数语，拔刀砍死。原来叔嗣欲报逵怨，竟攻朗州，料知逵必还援，特探明行踪，伏兵江岸，得将逵获住处死。

当下引军欲还，部将俱请入朗州。叔嗣道："我不杀逵，恐他战胜回来，我等将无噍类，所以不得已设此一策。今仇人已诛，朗州非我所利，我不如仍还岳州罢！"部将道："朗州无主，将归何人镇守？"叔嗣道："最好是往迎周公，他近来深得民心，若迎镇朗州，人情自然悦服了。"说着，即留部将李简，入谕朗州吏民，自率众回岳州。

李简入朗州城，令吏民往迎周行逢。大众相率踊跃，即与简驰往潭州，请行逢为朗州主帅。行逢乃趋往朗州，自称武平留后。或为叔嗣作说客，请把潭州一缺，令叔嗣升任。行逢摇首道："叔嗣擅杀主帅，罪不容诛。我若反畀潭州，是我使他杀主帅了。这事岂可使得！"因召叔嗣为行军司马，叔嗣托疾不至。可见前时退还岳州，实是畏惧周行逢。行逢道："我召他为行军司马，他不肯来，是又欲杀我了。"乃再召叔嗣，佯言将授付潭州，令他至府受命。叔嗣欣然应召，即至朗州。行逢传令入见，自坐堂上，使叔嗣立庭下，厉声斥责道："汝前为小校，未得大功。王逵用汝为团练使，待汝不为不厚。今反杀死主帅，汝可知罪否？我未忍斩汝，乃尚敢拒我命么？"说至此，即喝令左右，拿下叔嗣，推出斩首。部众各无异言，行逢即奉表周廷，陈述详状。周主授行逢为武平军节度使，制置武安、静江等军事。

行逢本朗州农家子，出身田间，颇知民间疾苦，平时励精图治，守法无私。女夫唐德，求补吏职，行逢道："汝实无才，怎堪作吏！我今日畀汝一官，他日奉职无状，反不能为法贷汝。汝不如回里为农，还可保全身家呢。"看似行逢无情，实是顾全之计。乃给与农具，遣令还乡。府署僚属，悉用廉士，约束简要，吏民称便。

先是湖南大饥，民食野草，行逢尚在潭州，开仓赈贷，活民甚众，因此民皆爱戴。独自奉不丰，终身俭约。有人说他俭不中礼，行逢叹道："我见马氏父子，穷奢极欲，不恤百姓，今子孙且向人乞食，我难道好效尤吗？"能惩前辙，不失为智。行逢少年喜事，尝犯法戍静江军，面上黥有字迹。及得掌旌节，左右统劝他用药灭字。行逢慨然道："我闻汉有黥布，不失为英雄。况我因犯法知戒，始有今日，何必灭去？"左右闻言，方才佩服。惟秉性勇敢，不轻恕人，遇有骄惰将士，立惩无贷。一日闻有将吏十余人，密谋作乱。便即暗伏壮士，佯召将吏入宴。酒至半酣，呼壮士出厅，竟将十数人一并拖出，声罪处斩。部下因相戒勿犯。民有过失，无论大小，多加死刑。

妻严氏得封勋国夫人，见行逢用刑太峻，未免自危。尝从旁规谏道："人情有善有恶，怎好不分皂白，一概滥杀呢！"行逢怒道："这是外事，妇人不得预闻！"

严氏知不可谏，过了数日，乃伪语行逢道："家田佃户，多半狡黠。他闻公贵，不亲琐务，往往惰农自安，倚势侵民。妾愿自往省视。"行逢允诺，严氏即归还故里，修葺故居，一住不返。居常布衣菜饭，绝无骄贵气象。行逢屡遣仆媪往迓，严氏却辞以"志在清闲，不愿城居。"惟每岁春秋两届，自着青裙，押佃户送租入城。行逢谕止不从，且传语道："税系官物，若主帅自免家税，如何率下？"行逢也不能辩驳。

　　一日闲着，带领侍妾等人，驰回故里。见严氏在田亩间，督视农人，催耕促种，不禁下马慰劳道："我已贵显，不比前时，夫人何为自苦？"严氏答道："君不忆为户长时么？民租失时，常苦鞭挞；今虽已贵，如何把陇亩间事，竟不记忆呢！"行逢笑道："夫人可谓富贵不移了！"遂指令侍妾，强拥严氏上舆，抬入朗州。严氏住了一二日，仍向行逢辞行。行逢不欲令归，再三诘问。严氏道："妾实告君，君用法太严，将来必失人心。妾非不愿留，恐一旦祸起，仓猝难逃。所以预先归里，情愿辞荣就贱，局居田野，免致碍人耳目，或得容易逃生哩。"一再讽谏，用意良苦。行逢默然。俟严氏归去后，刑威为之少减。

　　严氏秦人，父名广远，曾仕马氏为评事，因将女嫁与行逢。行逢得此内助，终得自免，严氏亦获考终。史家采入《列女传》，备述严氏言行，这真不愧为巾帼丈夫呢！极力褒扬，风示女界。

　　且说周主还入大梁，闻寿州久攻不下，更兼吴越、湖南，无力相助，又要启跸亲征。宰相范质等仍加谏阻，因此尚在踌躇。

　　唐驾部员外郎朱元，颇有武略，上书白事，历言用兵得失事宜。唐主因命他规复江北，统兵渡江。更派别将李平，作为援应。朱元往攻舒州，周刺史郭令图，弃城奔还，唐主即授元为舒州团练使；李平亦收复蕲州，也得任蕲州刺史。从前唐人苛榷茶盐，重征粟帛，名目叫做薄征；又在淮南营田，劳役人民，所以民多怨讟。周师入境，沿途百姓，很表欢迎，往往牵羊担酒，迎犒周军。周军不加抚恤，反行俘掠。于是民皆失望。周主前攻北汉，亦蹈此弊，可见用兵之难。自立堡寨，依险为固；襞纸作甲，操耒为兵，时人号为白甲军。这白甲军同心御侮，守望相助，却是有些利害。每与周军相值，奋力角斗，不避艰险。周军屡为所败，相戒不敢近前。朱元因势利导，驱策民兵，得连复光、和诸州，兵锋直至扬、滁。周淮南节度使向训，拟并力攻扑寿州，反将扬、滁二州将士，调至寿州城下。扬、滁空虚，遂被唐兵夺去。

　　刘仁赡守寿州城，见周兵日增，屡乞唐廷济师，唐主只令齐王景达赴援。景达惩着前败，但驻军濠州境内，未敢前进。还有监军使陈觉，胆子比景达要小，权柄却比景达要大。凡军书往来，统由觉一人主持，景达但署名纸尾，便算了事。所以拥兵五万，并无斗志。部众亦乐得逍遥，过一日，算一日。惟唐将林仁肇等，有心赴急，特率水陆各军，进援寿州。偏周将张永德屯兵下蔡，截住唐援。仁肇想得一法，用战船载着干柴，因风纵火，来烧下蔡浮梁。永德出兵抵御，为火所熇，险些儿不能支撑。幸喜风回火转，烟焰反扑入唐舰，仁肇只好遁还。永德乃制铁绠千余尺，横绝淮流，外系巨木，遏绝敌船。大约距浮梁十余步外，东西缆住，免得唐军

第五十六回　督租课严夫人归里　尽臣节唐司空就刑

再来攻扑。惟仁肇等心终未死，一次失败，二次复来。永德特悬重赏，募得水中善泅的壮士，潜游至敌船下面，系以铁锁，然后派兵四麾，绕击敌船。敌船不能行动，被永德夺了十余艘。舰内唐兵，无处逃生，只好扑通扑通地跳下水去，投奔河伯处当差。仁肇单舸走免。

永德大捷，自解所佩金带，赐给泗水的总头目。惟见李重进持久无功，暗加疑忌。当上表奏捷时，附入密书，略谓重进屯兵城下，恐有贰心。周主以重进至戚，当不至此，特示意重进，令他自白。重进单骑诣永德营，永德不能不见，且设席相待。重进从容宴饮，笑语永德道："我与公同受重任，各拥重兵，彼此当为主效力，不敢生贰。我非不知旷日持久，有过无功。无如仁赡善守，寿州又坚，一时实攻他不入，公应为我曲谅，为什么反加疑忌呢！天日在上，重进誓不负君，亦不负友！"后来为周死节，已在言中。永德见他词意诚恳，不由得心平气和，当面谢过，彼此尽欢而散。军帅乘和，必有大功。一日重进在帐内阅视文书，忽由巡卒捉到间谍一名，送至帐下。那人不慌不忙，说有密事相报，请屏左右。重进道："我帐前俱系亲信，尽管说来！"那人方从怀中取出蜡丸，呈与重进。重进剖开一瞧，内有唐主手书。书云：

　　语曰："知彼知己，百战百胜；知己知彼，百战不殆。"今闻足下受周主之命，围攻寿州，顿兵经年，此危道也。吾守将刘仁赡，有匹夫不可夺之志；城中府库，足应二年之用。撄城自固，捍守有余。吾弟景达等近在濠州，秣马厉兵，养精蓄锐，将与足下相见。足下自思，能战胜否？况周主已起猜疑，别派张永德监守下蔡，以分足下之势，永德密承上旨，闻已腾谤于朝，言足下逗留不进，阴生贰心。

　　以雄猜之主，得媒蘖之言，似漆投胶，如酒下奏曲，恐寿州未毁一堞，而足下之身家，已先自毁矣。若使一朝削去兵柄，死生难卜，亦何若拥兵敛甲，退图自保之为愈乎？不然，择地而处，惠然南来，孤当虚左以待，与共富贵。铁券丹书，可以昭信。惟足下察之。

重进览毕，大怒道："狂竖无知，敢来下反间书么？"一口喝破。即令左右拿住来人，特差急足驰奏蜡书。

周主亦阅书生愤，传入唐使孙晟，厉色问道："汝屡向朕言，谓汝主决计求成，并无他意。为何行反间计，招诱我朝军将？我君臣同心一德，岂听汝主诳言？但汝主刁猾得很，汝亦明明欺朕，该当何罪？"说着，即将原书掷下，令晟自阅。晟取阅毕，神色自若，且正襟答道："上国以我主为欺，亦思上国果真心相待否？我主一再求和，如果慨然俯允，理应班师示诚，乃围我寿州，经年不撤，这是何理？臣奉使北来，原奉我主谕意，订约修好，迄今已住数月，未奉德音，怪不得我主变计、易和为战了！"言之有理。周主越怒道："朕前日还都，原为休兵起见。偏汝唐兵不戢，夺我扬、滁各州，这岂是真心求和么？"晟又道："扬、滁各州，原是敝国土地，不得为夺。"周主拍案道："汝真不怕死吗？敢来与朕斗嘴！"晟奋然道："外臣来此，生死早置度外，要杀就杀，虽死无怨！"

周主起身入内，令都承旨曹翰，送晟诣右军巡院，且密嘱数语，并付敕书。翰应命而出，呼晟下殿。偕至右军巡院中，饬院吏备了酒肴，与晟对饮。谈了许多时候，无非盘问唐廷底细，偏晟讳莫如深，一句儿不肯出口。翰不禁焦躁，起座与语道："有敕赐相公死！"晟怡然道："我得死所了！"便索取靴笏，整肃衣冠，向南再拜道："臣孙晟以死报国了！"言已就刑，从吏百余人，一并遭戮。惟赦免钟谟，贬为耀州司马。

既而周主自悔道："有臣如晟，不愧为忠！朕前时待遇加厚，每届朝会，必令与俱，且常赐饮醇醴。哪知他始终恋旧，不愿受恩。如此忠节，朕未免误杀了。"恐仍是笼络人心。乃复召谟为卫尉少卿。谟首鼠两端，怎能及得孙晟？晟死信传至南唐，唐主流涕甚哀，赠官太傅，追封鲁国公，予谥"文忠"。擢晟子为祠部郎中，厚恤家属，这且不必细表。已经表扬得够了。

且说周主既杀死孙晟，更决意征服南唐。自思水军不足，特命就城西汴水中，造战舰数百艘。即令唐降将日夕督练，预备出发。但连年征讨，需用浩繁，国库未免支绌，遂致筹饷为艰。闻得华山隐士陈抟，具有道骨，能知飞升黄白各术，乃遣吏驰召，征抟诣阙。抟因主命难违，没奈何随吏入都。由周主宣令入见，温颜咨询道："先生通飞升黄白诸术，可否指教一二？"抟答道："陛下贵为天子，当究心治道，何用这种异术呢？"是高人吐属。周主道："先生期朕致治，用意可嘉，朕愿与先生共治天下，还请先生留侍朕躬！"抟又道："臣山野鄙人，未识治道。且上有尧、舜，下有巢、由，盛世未尝无畸士。今臣得寄迹华山，长享承平，未始非出自圣恩呢！"周主尚欲挽留，命为左拾遗，抟再三固辞，乃许令还山。临行时，口占一诗道：

    十年踪迹走红尘，回首青山入梦频。
    紫阁峥嵘怎及睡？朱门虽贵不如贫。
    愁闻剑戟扶危主，闷听笙歌聒醉人。
    携取旧书归旧隐，野花啼鸟一般春。

抟既还山，周主又令州县长吏，随时存问，且特赐诏书道：

　　朕以卿高谢人寰，栖心物外，养太浩自然之气，应少微处士之星。既不屈于王侯，遂甘隐于岩壑，乐我中和之化，庆乎下武之期。而能远涉山涂，暂来城阙，浃旬延遇，宏益居多。白云暂驻于帝乡，好爵难縻于达士。昔唐尧之至圣，有巢、许为外臣，朕虽寡德，庶遵前鉴。恐山中所阙，已令华州刺史，每事供须。乍返故山，履兹春序，缅怀高尚，当适所宜。故兹抚问，想宜知悉。

抟奉诏后，又尝作诗一章道：

　　华泽吾皇诏，图南抟姓陈。
　　三峰十年客，四海一闲人。
　　世态从来薄，诗情自得真。
　　超然居物外，何必使为臣？

这两首诗，俱传诵一时，时人称他为答诏诗。小子也有一诗赞陈抟道：

　　不贪荣利不求名，甘隐林泉老一生。
　　世俗浮尘都洗净，西山留得好风清。

陈抟事至后再表，下回又要叙南北战争了。看官幸勿性急，试看下回表明。

里谚曰："家有贤妻，不遭横祸。"如周行逢妻严氏，可谓贤矣。行逢持己以俭，待民以恩，始非湖南杰士；独用法太峻，不留余地，肘腋之间，危机存焉。严氏能居安思危，归里课耕，以命妇而操贱役，处豪家而忆微时。既足规夫，复足风世，一举而两善备。故本回特揭载不遗，所以示妇道也。唐司空孙晟，奉使求成，始终不屈，置死生于度外，卒未肯输情敌国，委曲求全。观其临死怡然，南向再拜，从容就义，有足多者。本回亦特从详叙，所以示臣道也。至如陈抟之入阙辞官，还山高隐，亦足矫末俗而愧鄙夫。连类并书，有以夫！有以夫！

第五十七回

破山寨君臣耀武
失州城夫妇尽忠

却说周兵围攻寿州，经年不下，转眼间已是显德四年。城中渐渐食尽，有些支持不住。刘仁赡连日求救，齐王景达，尚在濠州，闻报寿州危急万分，乃遣应援使许文缜、都军使边镐，及团练使朱元等，统兵数万，溯淮而上，来援寿州。各军共据紫金山，列十余寨，与城中烽火相通。又南筑甬道，绵亘数十里，直达州城。当下通道输粮，得济城中兵食。

李重进亟召集诸将，当面嘱咐道："刘仁赡死守孤城，已一年有余。我军累攻不克，无非因他城坚粮足，守将得人。近闻城内粮将罄，正好乘势急攻，偏来了许文缜、边镐等军，筑道运粮，若非用计破敌，此城是无日可下了。今夜拟潜往劫寨，分作两路，一出山前，一从山后，前后夹攻，不患不胜。诸君可为国努力！"众将齐声应令。时当孟春，天气尚寒，重进令牙将刘俊为前军，自为后军，乘着夜半肃霜的时候，严装潜进，直达紫金山。

唐将朱元，也虑重进夜袭，商诸许文缜、边镐，请加意戒备。边、许自恃兵众，毫不在意。元叹息回营，惟令部下严行巡察，防备不虞。<u>回应朱元武略。</u>三更已过，元尚未敢安睡，但和衣就寝。目方交睫，忽有巡卒入报道："周兵来了！"元一跃起床，命军士坚守营寨，不得妄动。一面差人报知边、许二营。许文缜、边镐已经睡熟，接得朱元军报，方从睡梦中惊醒，号召兵士出寨迎敌。周将刘俊，已经杀到，一边是劲气直达，游刃有余；一边是睡眼朦胧，临阵先怯。更兼天昏夜黑，模糊难辨。前队的唐兵，已被周军乱斫乱刹，杀死多名。边、许两人，手忙脚乱，只好倾寨出敌。不防寨后火炬齐鸣，又有一军杀入，当先大将，正是李重进。吓得边、许心胆俱裂，急忙弃去正营，逃入旁寨。朱元保住营帐，无人入犯，惟觉得一片喊声，震动耳鼓，料知边、许失手。乃令壕寨使朱仁裕守营，自率部将时厚卿等，出营往援。巧值李重进跃马鏖兵，蹂躏诸寨。元大吼一声，率众抵敌，与周军

第五十七回　破山寨君臣耀武　失州城夫妇尽忠

鏖战多时，杀了一个平手。边镐、许文缜见朱元来援，始稍稍出头，前来指挥。重进恐防有失，与刘俊等徐徐退回，朱元也不追赶。惟与边、许检查营盘，刚刚破了二寨，正是边、许二人的正营。士卒伤数千人，粮车失去数十车。边、许懊悔不及，只朱元寨中，不折一矢，不丧一兵。元向边、许冷笑数声，回营安睡去了。

刘仁赡闻边、许败绩，倍加愤恨，即致书齐王景达，请令边镐守城，自督各军决战。偏景达复书不从。仁赡懊闷成疾，渐渐地不能起床。少子崇谏，恐父病垂危，城必不守，不如潜出降周，还可保全家族。乃乘夜出城，拟泛舟渡往淮北，偏被小校拦住，执送城中。仁赡问明去意，崇谏直供不讳。仁赡大怒道："生为唐臣，死为唐鬼，汝怎得违弃君父，私出降敌呢？左右快与我斩讫报来！"左右不好违令，只好将崇谏绑出。监军使周廷构，止住开刀，独驰入救解。仁赡令掩住中门，不令廷构入内，且使人传语道："逆子犯法，理应腰斩。如有为逆子说情，罪当连坐。"廷构闻言，且哭且呼，号叫了好一歇，并没有人开门。慌忙另遣小吏，向仁赡夫人处求救。仁赡夫人薛氏，蹙然与语道："崇谏是我幼子，何忍置诸死地？但彼既犯令，罪实难容。军法不可私，臣节不可隳，若宥一崇谏，是我刘氏一门忠孝，至此尽丧，尚有何面目见将士呢！"夫妇同心，古今罕有。说着，更派使促令速斩，然后举丧。众皆感泣，周廷构独说他夫妇残忍，代为不平。为后文降周伏笔。

李重进闻得消息，也为感叹。部将多有归志，谓"仁赡军令如山，不私己子，更有紫金山援兵，虽败未退，看来寿州是不易攻入，不如奏请班师，姑俟再举。"重进不得已出奏，候旨定夺。

周主得重进奏章，犹豫未决。适李榖得病甚剧，给假还都，周主特遣范质、王溥同诣榖宅，问及军事进止。榖答道："寿州危困，亡在旦夕。盖御驾亲征，将士必奋。先破援兵，后扑孤城。城中自知必亡，当然迎降，唾手便成功了。"

范质、王溥还白周主，周主再下诏亲征。仍命王朴留守京城，授右骁卫大将军王环，为水军统领，带领战舰数十艘，自闵河沿颍入淮，作为水军前队；自己亦坐着大舟，督率战舰百余艘，鱼贯而进，端的是舳舻横江，旌旗蔽空。

先是周与唐战，陆军精锐，非唐可敌，惟水军寥寥，远不及唐，唐人每以此自负。至是见周军战櫂，顺流而下，无不惊心。朱元留心军事，探得周军入淮，便登紫金山高冈，向西遥望，果见战船如织，飞驶而来，或纵或横，指挥如意。也不禁失声道："罢了！罢了！周军鼓棹，如此锐敏，我水军反不相及，真是出人不料了！"说着，那周军已薄紫金山。周主躬擐甲胄，带着许多将士，陆续登岸。就中有一威风凛凛的大将，随着周主。龙颜虎步，与周主不相上下，不由得暗暗喝采。有将校曾经战阵，认得是赵匡胤，随即报明。元即下冈至边、许寨中，与二人语道："周军来势甚锐，未可轻战，我军只好守住山麓，相戒勿动，待他锐气少衰，方可出与交锋。"许文缜道："彼军远来，正宜与他速战，奈何怯战不前！"言未已，即有军吏入报道："周将赵匡胤前来踹营了！"许文缜便即上马，领兵杀出，边镐亦随了同去。独朱元留住不行，且语部曲道："此行必败。"果然不到多时，边、许两军，狼狈奔回，各说赵匡胤厉害。朱元接着，便微哂道："我原说周军势盛，不便力争，只可坚壁以待。两公不听忠告，乃有此败。"边、许尚不肯认错，还埋怨朱元不救。朱元道："我若来接应两公，恐各寨统要失去了。"说罢，愤愤回营。

许文缜因此恨元，密报陈觉，请觉表求易帅。觉已因朱元恃功不逊，上书弹劾。此时又补上弹章，诬元如何骄蹇，如何观望。唐主璟信觉疑元，另派武昌节度使杨守忠代元。守忠至濠州，觉遂传齐王景达命令，召元诣濠州议事。元料有他变，喟然叹道："将帅不才，妒功忌能，恐淮南要被他断送了。我迟早总是一死，不如就此毕命罢！"说着，拔剑出鞘，意欲自刎。忽有一人突入，把剑夺住，抗声说道："大丈夫何往不富贵，怎可为妻子死？"元按剑审视，乃是门下客宋垍，便道："汝叫我降敌么？"垍答道："徒死无益，何若择主而事。"元叹息道："如此君臣，原不足与共事，但反颜事敌，亦觉自惭。罢罢！我也顾不得名节了。"朱元为南唐健将，唐不能用，原是大误，惟元甘降敌，终亏臣节。乃把剑掷去，密遣人输款周军。

周主当然收纳，乘势督攻紫金山。许文缜、边镐两人，尚恃着兵众，下山抵敌，被赵匡胤用诱敌计，引至寿州城南，三路杀出，把唐兵冲作数段。吓得边、许连声叫苦，飞马奔还。后面的周军，紧紧追来。他两人只望朱元出救，不防朱元寨内，已竖起降旗，自知立足不住，没奈何弃山逃走。朱元开营迎敌，只裨将时厚卿不肯从命，为元所杀。

周军既破紫金山大寨，又由周主督众追赶，沿淮东趋。周主自北岸进行，令赵匡胤等自南岸追击。水军统领王环，领着战船，自中流而下，沿途杀获万余人。那边镐、许文缜，正向淮东窜去，适遇杨守忠带兵来援，且言濠州全军，都已从水路前来。边、许又放大了胆，与守忠合作一处，来敌周军。冤冤见凑，又与赵匡胤相遇。

杨守忠不知好歹，便来突阵。周军阵内，由骁将张琼突出，抵住守忠。两人战了十多合，守忠战张琼不下，渐渐地刀法散乱，许文缜拨马来助，周将中又杀出张怀忠，四马八蹄，攒住厮杀。忽听得"扑揭"一声，杨守忠被拨落马，由周军活捉过去。文缜见守忠受擒，不免慌忙，一个失手，也被张怀忠擒住。唐军中三个将官，擒去一双，当然大乱。边镐拨马就走，由赵匡胤驱军追上，用箭射倒边镐坐马，镐堕落地上，也由周军向前，捆缚过来余众逃无可逃，多半跪地乞降。

这时候的齐王景达及监军使陈觉，正坐着艨艟大舰，扬帆使顺，来战周军。周水军统领王环，适与相值，便在中流大战起来两下里正在酣斗，但闻岸上鼓声大震，两旁统是周军站住，发出连珠箭，迭射唐兵。唐舰中多中箭倒毙，景达手足失措，顾陈觉道："莫非紫金山已经陷没么！"陈觉道："紫金山如已陷没，奈何杨守忠一军，亦杳无踪迹哩！"两人仿佛做梦。景达道："岸上统是周军，看来凶多吉少，我军将如何

第五十七回　破山寨君臣耀武　失州城夫妇尽忠

抵挡呢?"陈觉道："不如赶紧回军,再或不退,要全军覆没了。"景达忙传令退回。战舰一动,顿时散乱。王环乘势杀上,把唐舰夺了无数;所得粮械,更不胜计。唐兵或溺死,或请降,差不多有二三万名。景达、陈觉,统逃还濠州去了。

周主追至镇淮军,方才停住,天色已暮,就在镇淮军留宿。越日又发近县丁夫数千人,至镇淮军筑城,夹淮为垒,左右相应。且将下蔡浮梁,移徙至此,扼住濠州来路,省得他再援寿州。会淮水盛涨,唐濠州都监郭廷谓,率水军溯淮来毁浮梁,偏被周右龙武统军赵匡赞探悉,伏兵邀击,把他杀败。廷谓慌忙逃回,陈觉闻廷谓又败,连濠州都不敢留住,竟怂恿景达,同返金陵。只静江指挥使陈德诚一军,未曾对敌,还是完全无恙。他见景达等都已奔归,也恐孤军难保,渡江退还。

唐主闻诸军败退,拟自督诸将拒周。中书舍人乔匡舜,上书极谏,唐主说他阻挠众志,流戍抚州。嗣又将守御方略,问及神卫统军朱匡业、刘存忠。匡业不好直言,但诵罗隐诗道："时来天地皆同力,运去英雄不自由。"存忠亦从旁进言,谓臣意与匡业相同。唐主怒道："汝等坐视国危,不知为朕画策,反欲吟诗调侃,朕岂由汝等嘲弄么?"两人叩首谢罪,唐主怒终未释,竟贬匡业为抚州副使,流存忠至饶州。一面部署兵马,即欲亲行。偏经陈觉奔还,运动宋齐邱等,代为解免。且言周军精锐异常,说得唐主一腔锐气,化作虚无,竟把督军自出的问题,搁过一边,不再提起。于是濠、寿一带,孤危益甚。

周主命向训为淮南道行营都监,统兵戍镇淮军,自率亲军回下蔡,贻书寿州,令刘仁赡自择祸福。过了三日,未见复音,乃亲至寿州城下,再行督攻。刘仁赡闻援兵大败,扼吭叹息,遂致病上加病,卧不能起。至周主贻书,他亦未曾寓目,但昏昏沉沉地睡在床中,满口呓语,不省人事。周廷构见周主复来,攻城益急,料知城不可保,乃与营田副使孙羽,及左骑都指挥使张全约,商议出降。当下草就降表,擅书仁赡姓名,派人赍入周营,面谒周主。周主览表甚喜,即遣阁门使张保续入城,传谕宣慰。刘仁赡全未预闻,统由周廷构、孙羽等款待来使,且迫令仁赡子崇让,偕张保续同往周营,泥首谢罪。周主乃就寿州城北,大陈兵甲,行受降礼。廷构令仁赡左右,舁仁赡出城,仁赡气息仅属,口不能言,只好由他播弄。好汉只怕病来磨。周主温言劝慰,但见仁赡瞟了几眼,也未知他曾否听见,乃复令舁回城中,服药养疴。一面赦州民死罪,凡曾受南唐文书,聚迹山林,抗拒王师的壮丁,悉令复业,不问前过。平日挟仇互殴,致有杀伤,亦不得再讼。旧时政令,如与民不便,概令地方官奏闻。加授刘仁赡为天平节度使,兼中书令,且下制道:

　　刘仁赡尽忠所事,抗节无亏,前代名臣,几人可比?朕之南伐,得尔为多,其受职勿辞!

看官试想！这为国效死的刘仁赡，连爱子尚且不顾，岂肯骤然变志，背唐降周？只因抱病甚剧，奄奄一息，任他异出异入，始终不肯渝节。过了一宿，便即归天。说也奇怪，仁赡身死，天亦怜忠，晨光似晦，雨沙如雾，州民相率巷哭。偏裨以下，感德自到，共计数十人。就是仁赡妻薛夫人，抚棺大恸，晕过几次，好容易才得救活。她却水米不沾，泣尽继血，悲饿了四五天，一道贞魂，也到黄泉碧落，往寻藁砧去了。夫忠妇节，并耀江南。

周主遣人吊祭，追封彭城郡王，授仁赡长子崇赞为怀州刺史，赐庄宅各一区。寿州故治寿春，周主因他城坚难下，徙往下蔡，改称清淮军为忠正军，慨然太息道："我所以旌仁赡的忠节呢！"唐主闻仁赡死节，亦恸哭尽哀，追赠太师中书令，予谥"忠肃"，且焚敕告灵，中有三语云：

魂兮有知，鉴周惠耶？歆吾命耶？

是夜唐主梦见仁赡，拜谒墀下，仿佛似生前受命情状。及唐主醒来，越加惊叹，进封仁赡为卫王，妻薛氏为卫国夫人，立祠致祭。后来宋朝亦列入祀典，赐祠额曰"忠显"，累世庙食不绝。人心未泯，公道犹存，忠臣义妇，俎豆千秋，一死也算值得了。小子有诗赞道：

孤臣拼死与城亡，忠节堪争日月光。
试看淮南隆食报，千秋庙貌尚留芳。

周主复命朱元为蔡州防御使，周廷构为卫尉卿，孙羽为太仆卿，开仓发粟，分给寿州饥民。另派右羽林统军杨信，为忠正军节度使，管辖寿州，自率亲军还都，留李重进等进攻濠州。欲知濠州能否攻入？且待下回分解。

南唐健将，首为刘仁赡，次为朱元。朱元智能拒敌，而为陈觉、许文缜等所忌，迫令降周。元虽不免负主，然非激之使叛，亦何至铤而走险耶？许文缜、边镐庸奴耳！景达駏驉，陈觉鄙夫，讵足与周主相敌。独刘仁赡誓守孤城，忠而且勇。妻薛氏亦知守大节，甘斩亲儿，国而忘家，公而忘私，诚为古今所罕有。南唐有此忠臣，并有此义妇，乃忍使五鬼为蔽，双忠毕命，岂不足令人太息乎！阐扬名节，责在后人，大书特书，正以维纲常而砭末俗尔。

第五十八回

楚北鏖兵阇城殉节
淮南纳土奉表投诚

却说唐将郭廷谓守住濠州，因闻周主北还，潜率水军至涡口，折断浮梁，又袭破定远军营。周武宁节度使武行德，猝不及防，竟将全营弃去，孑身逃免。廷谓报捷金陵，唐主擢廷谓为滁州团练使，兼充淮上水陆应援使。独周主接得败警，按律定罪，降武行德为左卫将军，又追究李继勋失寨罪名，见五十五回。降为右卫将军。

周主本生父柴守礼，以太子少保光禄卿致仕，常与前许州行军司马韩伦，游宴洛阳。韩伦系令坤父，也是一个大封翁。守礼更不必说。两人恃势恣横，洛人无敢忤意，竟以阿父相呼。

一日，与市民小有口角，守礼竟麾动家丁，格死数人。韩伦也在旁助恶，殴詈不休。市民不甘枉死，激动公愤，即向地方官起诉。地方官览这诉状，吓得瞠目伸舌，不敢批答，只好挽人调处，曲为和解。那柴、韩二老，怎肯认过？市民亦不愿罢休，索性叩阍讼冤。当时周廷对待守礼，虽未明言为天子父，但元舅懿亲，声势亦大。当时接得冤诉，无人敢评论曲直，只有上达宸聪。周主顾念本生，把守礼略过一边，惟查究韩伦劣迹。嗣闻韩伦干预郡政，武断乡曲，公私交怨，罪恶多端，乃命刑官定谳，法当弃市。韩令坤伏阙哀求，情愿削职赎罪，乃只夺韩伦本身官爵，流配沙门岛。令坤任官如故，守礼不复论罪。守礼为周主生父，似难坐罪，惟枉法全恩，亦属非是，此亦一瞽瞍杀人之案。误在周主未知迎养，致有此弊。

内供奉官孙延希，督修永福殿。役夫或就瓦中啖饭，用柿为匕，不意为周主所见，责延希虐待役夫，叱出处死，并黜退御厨使董延勋、副使张皓等。左库藏使符令光，历职内廷，素来清慎。至是周主又欲南征，敕令光督制军士袍襦，限期办集。令光不能如限，又有敕处斩。宰相等入廷救解，周主拂衣入内，不愿从谏，令光竟戮死都市。为这二案，都人代为呼冤。周主亦尝追悔，但素性暴躁，一或忤旨，便欲加刑。亏得皇后符氏，从中解劝，还算保全不少。

显德四年十一月，又欲出征濠、泗，符后以天气严寒，力为谏阻。周主执意不从，累得符后抑郁成疾，饮食少进。周主不遑内顾，命王朴为枢密使，仍令留守东京，自率赵匡胤等出都，倍道至镇淮军。五鼓渡淮，直抵濠州城西。濠州东北十八里，有一巨滩，唐人在滩上立栅，环水自固。周主使内殿直康保裔，乘着橐驼，率军先济，赵匡胤为后应。保裔尚未毕渡，匡胤已跃马入水，截流而进。骑兵追随恐后，霎时间尽登滩上，攻入敌栅。栅内守兵，措手不及，纷纷溃散，遂得拔栅通道，径至濠州城下。

李重进早攻濠州南关，连日不下。忽闻御驾复来督师，大众奋勇百倍，或缘梯，或攀堞，不到半日，已攻入南关城。城东复有水寨，与城中作为犄角，王审琦奉周主命，领兵捣入，也将水寨据住。城北尚屯敌船数百艘，船外植木，防遏周军。周主命水师拔木进攻，纵火焚敌，敌船不能扑灭，被毁去七十余艘，余船遁去。

濠州诸防，种种失败，只剩得斗大孤城，如何保守？郭廷谓想出一法，遣人至周营上表。但说臣家属留居江南，今若遽降，必至夷族，愿先着人至金陵禀命，然后出降。周主微笑道："他无非是缓兵计，想往金陵乞援。朕亦不妨允他，等他援兵到来，一鼓歼灭，管教他死心塌地，举城出降了！"料事如神。遂留兵濠州城下，自移军往攻泗州。行至涣水东，遇着敌船，大约又有数百艘。当下水陆夹击，斩首五千余级，降卒二千余人。因即鼓行而东，所至皆下。赵匡胤为前锋，直薄泗州，焚南关、破水寨、拔月城。泗州守将范再遇，惊慌得了不得，即开城乞降。匡胤入城，禁止掳掠，秋毫无犯，州民大悦，争献刍粟犒军。周主自至城下，再遇迎谒马前，受命为宿州团练使，拜谢而去。匡胤出奏周主，报称全城安堵，周主乃不复入城，分三道进兵。匡胤率步骑自淮南进，自督亲军从淮北进，诸将率水军由中流进。

淮滨因战争日久，人不敢行，两岸葭苇如织，且多泥淖沟堑。周军乘胜长驱，踊跃争趋，几忘劳苦。沿途与唐兵相值，且战且进，金鼓声达数十里。行至楚州西北，地名清口，有唐营驻扎，保障楚州，由唐应援使陈承昭扼守。赵匡胤溯淮而上，黉夜袭击，捣入唐营。陈承昭不及预备，慌忙逃生。匡胤入帐，不见承昭，料他从帐后遁去，急急追赶，马到擒来。所有清口唐船，除焚荡外，尚得三百余艘；将士除杀溺外，收降七千人；淮上唐舰，扫得精光。周水军出没纵横，毫无阻碍。

濠州守将郭廷谓曾遣使至金陵乞援。及使人返报，谓当促陈承昭援泗，所以闭城待着。不料承昭被擒，全军覆没，廷谓无法可施，只得依着周主命令，送呈降表。当令录事参军李延邹起草。延邹勃然道："城存与存，城亡与亡，这是人臣大义，奈何靦颜降敌！"廷谓道："我非不能效死，但满城生灵，无辜遭戮，我实未忍。况泗州已降，清口覆军，区区一城，如何保全？不如通变达权，屈节保民，愿君勿拘拘小节！"此语亦聊自解嘲。延邹掷笔道："大丈夫终不负国，为叛臣作降表！"掷地作金石声。廷谓大怒，拔剑相逼道："汝敢不从我命么？"延邹道："头可断，降表不可草！"言未毕，已被廷谓把剑一挥，头落地上。濠州尚有戍兵万人，粮数万斛，廷谓举城降周，全城兵粮，俱为周有。

周主因泗州已降，不必后顾，当然大喜，敕授廷谓为亳州防御使，另派将吏驻守，自往楚州攻城。廷谓驰谒行幄，周主语廷谓道："朕南征以来，江南诸将，败亡相继。独卿能断涡口浮梁，破定远寨，也可算是报国了。濠州小城，怎能持久，就使李璟自守，亦岂足恃！卿可谓知几。现命卿往略天长，卿可愿否？"廷谓便称愿往，周主即令自率所部，往攻天长。再遣铁骑右厢都指挥使武守琦，率数百骑趋扬州。甫至高邮，扬州守将，已毁去官府、民庐，驱人民渡江南行，及守琦入扬州城，已是空空洞洞，成了一片瓦砾场。此外只剩十余人，不是老病，就是残疾，死多活少，未便远行，因此还是留着。守琦付诸一叹，据实奏闻。

周主仍命韩令坤往抚扬州，招缉流亡，权知军府事宜，又派兵将拔泰州，陷海州。惟楚州防御使张彦卿，与都监郑昭业，硬铁心肠，仿佛寿州的刘仁赡。周主亲御旗鼓，连日攻扑，城外庐舍，扫尽无遗。更发州民凿通老鹳河，引战舰入江，水陆夹击楚州城。炮声震地，鼓角喧天，彦卿绝不为动，惟与郑昭业同心堵御，视死如归。彦卿子光祚，随父登城，望见周军势盛，城中危在旦暮，乃泣谏彦卿道："敌强我弱，万难支持，城外又无一人来援，看来徒死无益，不如出降。"彦卿不答一词，旁顾诸将道："哪里有敌军来攻，汝等可望见否？"诸将侧身他顾，光祚亦掉头瞧着，不防彦卿拔出腰剑，竟向光祚顶后劈去，砉然一声，首随刀落。诸将闻有剑声，慌忙转视，但见一颗血淋淋的头颅，已在城上摆着，禁不住大家咋舌！彦卿却泣语诸将道："这是彦卿爱子，劝彦卿降敌。彦卿受李氏厚恩，义不苟免。这城就是我死所哩！诸君畏死欲降，尽可从便，但不得劝我，若劝我出降，请视我子首级！"仁赡杀子，彦卿亦杀子，可谓无独有偶。诸将皆感泣思奋，莫敢言降。

苦守至四十日，猛听城外一声怪响，好似天崩地塌一般。城上守卒，腾入天空，城墙坍陷至数十丈，那时堵不胜堵，周军从城缺杀入，一拥进来。原来周主督攻月余，焦躁异常，乃命军士凿城为窟，内纳火药，引以为线。线燃药发，把城轰坍，城遂被陷。彦卿尚结阵城内，誓死巷斗，战到日暮，杀得枪折刀缺，尚未肯休。既而退至州廨，矢刃俱尽。彦卿举绳床搏斗，犹格毙周军数十人，自身亦受了重伤，便大呼道："臣力竭了！"遂自刎而死。

郑昭业为周将所杀，余众千数百人，个个战死，无一生降。周军亦伤亡不少。

周主大怒，下令屠城，自州署以及民舍，俱付一炬，吏民死了万余人。周主身死国亡，未始非由此所致。赵匡胤搜诛彦卿家属，男女多死，惟留一彦卿少子光佑，谓是忠臣遗裔，不当尽歼。俟屠城已毕，方入奏周主，请留彦卿一脉，为臣教忠。周主怒气已平，乃准如所请。复令修筑城垣，募民实城。仍须百姓，何必尽屠。

嗣接郭廷谓奏报，唐天长军使易赟，已举城归顺，周主仍令赟斌为刺史。自发楚州，转趋扬州。韩令坤迎入城内，城乏居民，满目萧条。周主见城内空虚，特命在故城东南隅，另筑小城，俾便驻守。未几又接黄州刺史司超捷报，谓"与控鹤指挥使王审琦，败舒州军，擒唐刺史施仁望"，于是淮右粗平。

周主出巡泰州，复至迎銮镇，进攻江南，临江遥望。见有敌舰数十艘，停泊江心，即命赵匡胤带着战船，前往攻击。敌舰不敢迎战，望风退去。匡胤直抵南岸，毁唐营栅，乃收军驶回。越日，周主又遣都虞侯慕容延钊、右神武统军宋延渥水陆并进，沿江直下。延钊至布州，大破唐兵，江南大震。

先是江南小儿，遍唱"檀来"。人不知为何因，颇以为怪。至周师入境，先锋骑兵，皆唱蕃歌，首句即为"檀来也"三字，才识童谣有验，益加悯惧。

是时已为周显德五年三月，即唐主璟中兴元年。唐主嗣位，年号保大，是年已为保大十六年，改称中兴元年。唐主闻周军临江，恐即南渡，又耻降号称藩，意欲传位皇弟景遂，令他出面求和。景遂本为皇太弟，至是上表辞位，略言"不能扶危，自愿出就外藩"。齐王景达，因出师败还，辞元帅职。唐主乃改封景遂为晋王，兼江南西道兵马元帅，景达为浙西道元帅，兼润州大都督。立皇子燕王弘冀为太子，参治朝政，派枢密使陈觉，奉表至迎銮镇，谒见周主，贡献方物，且请传位太子，听命中朝。

周主谕觉道："汝主果诚心归顺，何必传位？且江北郡县，尚有庐、舒、蕲、黄四州，及鄂州汉阳、川二县，未曾归我。如欲乞和，即须献纳，方可开议！"觉叩伏案前，不敢违命。但言当遣还随员，再取表章。周主道："朕欲取江南，亦非难事，不特我军鼓勇争先，战胜攻取，就是荆南、吴越，也助顺讨逆，来请师期。"说至此，即检出二表，取示陈觉。觉一一接阅，一表是荆南高保融，奏称本道舟师，已至鄂州；一表是吴越王钱弘俶，奏称已发战棹四百艘，水军一万七千人，停泊江岸，候命进止。两表阅罢，觉愈加惊惶。且见迎銮镇一带，战舰如林，兵戈如蚁，大有气吞江南的形状，不由得形神毂觫，磕了无数响头，再四乞哀。鬼头鬼脑，不愧为五鬼之一。周主方道："汝速遣人取表，割献江北，朕得休便休，也不定要汝江南了。"觉拜谢而退，立遣随员还金陵，盛说周主声威，宜速割江北，还可保全江南。

唐主不得已，乃再遣阁门承旨刘承遇，至迎銮镇，愿将庐、舒、蕲、黄四州，及鄂州汉阳、汉川二县，尽行奉献。惟乞海陵盐监，仍属江南，周主不许。经承遇苦苦哀求，请岁结赡军盐三十万石，方邀允准。此外如奉周正朔，岁输土贡等款，

亦由陈觉、刘承遇等承认,周主乃许令罢兵,且颁诏江南道:

> 皇帝恭问江南国主无恙,使人至此,奏请分割舒、庐、蕲、黄等州,画江为界,朕已尽悉。顷逢多事,莫通玉帛之欢;适自近年,遂构干戈之役。两地之交兵未息,蒸民之受弊斯多。日昨再辱使人,重寻前意,将敦久要,须尽缕陈。今者承遇爰来,封函复至,请割州郡,仍定封疆,猥形信誓之辞,备认始终之意,既能如是,又复何求!边陲顿静于烟尘,师旅便还于京阙,永言欣慰,深切诚怀。其常、润一带,及沿江兵棹,今已指挥抽退;兼两浙、荆南、湖南水陆兵士,各令罢兵,以践和约。言归于好,共享承平,朕有厚望焉!

陈觉、刘承遇,既得求成,乃向周主处辞行。周主又语觉道:"传位一事,尽可不必。朕有手书,烦汝转达汝主便了。"随即取书给觉,觉与承遇,复拜谢而去。还至金陵,将周主原书呈与唐主。书中写着:

> 别睹来章,备形缛旨,叙此日传让之意,述向来高尚之怀。仍以数岁已还,交兵不息,备论追悔之事,无非克责之辞,虽古人有引咎责躬,因灾致惧,亦无以过此也。况君血气方刚,春秋甚富,为一方之英主,得百姓之欢心。即今南北才通,疆场甫定,是玉帛交驰之始,乃干戈载戢之初,岂可高谢君临,轻辞世务!与其慕希夷之道,曷若行康济之心。重念天灾流行,分野常事,前代贤哲,所不能逃。苟盛德之日新,则景福之弥远。勉修政务,勿倦经纶,保高义于初终,垂远图于家国。流芳贻庆,不亦美乎!特此谕意,君其鉴之!

周主既遣还陈觉等人,乃诏吴越、荆南军各归本道,赐钱弘俶犒军帛二万匹,高保融帛一万匹。命就庐州置保信军,简授右龙武统军赵匡赞为节度使,自从迎銮镇还扬州。唐主又遣同平章事冯延巳、给事中田霖,为江南进奉使,献入犒军银十万两,绢十万匹,钱十万贯,茶五十万斤,米麦二十万石,附以表文。略云:

> 臣闻孟津初会,仗黄钺以临戎,铜马既归,推赤心而服众。皇帝量包终古,德合上元,以其执迷未复,则薄赐徂征;以其向化知归,则俯垂信纳。仰荷含容之施,弥坚倾附之念。然以淮海遐陬,东南下国,亲劳玉趾,久驻王师,以是忧惭,不遑启处。今既六师返斾,万乘还京,合申解甲之仪,粗表充庭之实。望风陈款,不尽依依。

延巳等既至扬州，呈入表文，接连又遣汝郡公徐辽，客省使尚全，恭上买宴钱二百万缗。又有一篇四六表文，有云：

> 伏以柏梁高会，展极居尊，朝臣咸侍于冕旒，天乐盛张于金石，莫不竞输宝瑞，齐献寿杯。而臣僻处偏隅，回承睠顾，虽心存于魏阙，奈日远于长安，无由觐咫尺之颜，何以罄勤拳之意！遂令戚属躬拜殿廷，纳忠则厚，致礼则微，诚惭野老之芹，愿献华封之祝。

周主连得二表，特在行宫赐宴。冯延巳、田霖、徐辽、尚全一并列座。辽代唐主李璟捧上寿觞，并进金酒器、御衣犀带、金银、锦绮、鞍马等物，周主亦各有赠赐。宴毕辞去，车驾乃启程还京。诏进侍卫诸军及诸道将士官阶，优给行营将士，追恤临阵伤亡各家属，子孙并量材录用。新得淮南十四州六十县，所欠赋税，并准蠲免。即授唐将冯延鲁为太府卿，充江南国信使，并以卫尉少卿前唐使钟谟为副，令赍国书及本年历书，还赴江南。并赐唐主御衣玉带，及锦绮罗縠共十万匹；金器千两、银器万两、御马五匹、散马百匹、羊三百匹、犒军帛千万匹。

唐主李璟得书，乃去帝号，自称国主，用周显德年号，一切仪制，皆从降损；并因周信祖庙讳为璟，即郭威高祖，见前文。特将本名除去偏旁，易名为景。再遣冯延鲁、钟谟至周都，奉表谢恩。周主命在京师置进奏院，馆待来使。更升任延鲁为刑部侍郎，谟为给事中，仍遣归江南。小子有诗咏道：

> 连年争战苦兵戈，割地称臣始许和。
> 我为淮南留一语，国衰只为佞臣多！

此外尚有俘获唐将，亦陆续放还。俟至下回开篇，再行详叙。

————

周师入淮，势如破竹，各城多望风乞降，其能为国捐躯者，除孙晟、刘仁赡外，尚有李延邹之不草降表，及张彦卿等之千人皆死。虽曰无补，忠足尚焉。彦卿杀子，见诸赵鼎臣《竹隐畸士集》。子可杀，君不可负，大义灭亲，臣节凛然。说者或讥其愚忠。夫时当五季，纲纪沦亡，得张彦卿等之秉节不挠，实足羽翼名教。即曰近愚，愚亦不可及矣。否则如陈觉、冯延巳等，匍匐乞哀，割地不知惜，屈节不知羞，偷生畏死，甘为奴隶，国家亦乌用此庸臣为耶！唐主璟之任用非人，以致蹙国降号，是乃所谓愚夫也已。

第五十九回

惩奸党唐主施刑
正乐悬周臣明律

却说唐使冯延鲁、钟谟自周遣还,又释归南唐降卒,共五千七百五十人。嗣又将许文缜、边镐、周廷构等,也一并放归。先是冯延巳、陈觉等,自诩多才,睥睨一切,尝侈谈天下事,以为经略中原,可运掌上。延巳尤善长聚咏,著有乐章百余阕,统是铺张扬厉,粉饰隆平。唐主璟本好诗词,与延巳互相唱和,工力悉敌,璟因引为同调。翰林学士常梦锡,屡次进谏,极言延巳等浮夸无术,不应轻信。怎奈延巳正得君心,任你舌敝唇焦,也是无益!淮南战起,唐兵屡败,梦锡又密谏道:"延巳等奸言似忠,若陛下再不觉悟,恐国家从此灭亡了!"唐主璟仍然不从。至李德明被杀,虽由宋齐邱、陈觉等从旁怂恿,见五十五回。延巳也串同一气,斥德明为卖国贼,应该伏诛。及许文缜等战败紫金山,同作俘虏,陈觉与齐王景达自濠州遁归,国人恟惧,唐主璟召入延巳等,会商军事,甚至泣下,延巳尚谓无恐。枢密副使李征古,与延巳同党,且大言道:"陛下当治兵御敌,奈何作儿女子态?徒对臣等涕泣,莫非是酒醉不成,还是由乳母未至呢!"对君敢如此放肆,可知唐主之不堪为君。唐主不禁色变,征古却举止自若。

会司天监奏天文有变,人主应避位禳灾,唐主乃复召谕群臣道:"国难未纾,我欲释去万机,栖心冲寂,究竟何人可以托国?"李征古先答道:"宋公齐邱,系再造国手,陛下如厌弃国机,何不举国授与宋公?"陈觉亦从旁插嘴道:"陛下深居禁中,国事皆委任宋公,先行后闻,臣等可随时入侍,与陛下同谈释、老了。"唐主闻言,目顾延巳,延巳亦似表同情。乃命中书舍人陈乔草诏,将委国与宋齐邱。乔俟群臣退后,独持入草诏,造膝密陈道:"宗社重大,怎可假人!今陛下若署此诏,从此百官朝请,皆归齐邱,尺地一民,俱非己有。就使陛下甘心澹泊,脱屣万乘,独不念烈祖创业,如何艰难,难道可一朝委弃吗?古有齐淖齿、赵李兑,皆战国时人。近有让皇，且为陛下所亲见。抚今思昔，能不寒心！臣恐大权一去，求为田舍翁，且不可得了！"唐主愕然道："非卿言，几落贼人彀中！"于此益见李璟之愚。乃将草诏撕毁，引乔入见皇后钟氏，及太子弘冀，且指语道："这是我国忠臣！他日国家急难，汝母子可托付大事，我虽死无遗恨了。"嗣是乃疑忌宋齐邱、陈觉等人。

觉诣周议和，还至金陵，矫传周主诏命，谓江南连岁拒周，皆由严续主谋，须立杀无赦。续为故相严可求子，尚唐烈祖李昪女，性颇持正，不入宋党。唐主命为门下侍郎，兼同平章事。觉与续有嫌，因借此构陷。唐主已有三分明白，不忍杀续，但罢为少傅，且令觉退出枢密，但令为兵部侍郎。并将左相冯延巳，亦罢除相位，降为太子少傅；黜枢密副使李征古，令为晋王景遂副倅。

及钟谟南归入见唐主，乘隙进言道："宋齐邱累受国恩，见危不能致命，反谋篡窃。陈觉、李征古等，阴为羽翼，罪实难容，请陛下申罪正法！"唐主忽忆及觉言，便问谟道："觉曾传周主命，追诛严续，卿在周廷，果闻有此语否？"谟答道："臣未闻此言，恐是由觉捏造。就是前时李德明，与臣同往议和，他亦无非衡量强弱，因请割地求成。齐邱与觉说他卖国，遂致诛死，试问今日觉往通款，比前时德明所请，得失何如？德明受诛，觉怎得无罪？"虽未免袒护德明，却是言之有理。唐主沉吟多时，乃语谟道："究竟周主欲诛严续否？"谟又道："臣谓周主必无此言；如若不信，臣可至周廷问明。"唐主点首，因令谟再赍表入周，略言久拒王师，皆由臣昏愚所致，严续无与，请加恩宽宥。周主览表，不禁惊诧道："朕何曾欲诛严续？就使续欲拒朕，彼时桀犬吠尧，各为其主，朕亦何必过事苛求。"谟乃述及严续刚正，及陈觉等矫诈情状。周主又道："据汝说来，严续为汝国忠臣，朕为天下主，难道教人杀忠臣么？"谟叩谢而归，报明唐主。

唐主因欲诛宋齐邱等，又遣钟谟诣周禀白。周主道："诛佞录忠，系汝国内政，但教汝主自有权衡，朕不为遥制呢。"谟即兼程还报，唐主乃命枢密使殷崇义，草诏惩奸，历数宋齐邱、陈觉、李征古罪恶。放齐邱还九华山，谪觉为国子博士，安置饶州，夺征古官，流戍洪州。觉与征古，悯悯出都，途中复接唐主敕书，赐令自尽。南唐五鬼，陈觉为首，还有魏岑、查文徽，已病死；此外只剩二冯。唐主不复问罪，寻且迁任延巳为太子太傅，延鲁为户部尚书，宠用如故。

唐主尝曲宴内殿，从容语延巳道："吹皱一池春水，何干卿事！"延巳答道："怎能如陛下所咏：'小楼吹彻玉笙寒'，更为高妙呢。"时江南丧败不支，苟延岁月，君臣不能卧薪尝胆，乃各述曲宴旧诗，作为评谑，无怪他一蹶不振，终致灭亡。评断有识。惟宋齐邱至九华山，唐主命地方有司，锁住齐邱居宅，不准自由，但穴墙给与饮食。齐邱叹道："我从前为李氏谋画，幽住让皇帝族于泰州，天道不爽，理应及此，我也不想再活了！"遂自经死。唐主谥为"丑缪"，追赠李德明为光禄卿，赐谥曰"忠"。亦未见得。

因复遣使报周，并贡冬季方物。周主特派兵部侍郎陶穀报聘，穀素有才名，周主闻江南人士，多擅文才，故令穀充使职。穀既至金陵，见了唐主，吐属风流，温文尔雅。唐主亦颇起敬，特命韩熙载陪宾，殷勤款待。熙载素称江南才子，家中藏书甚多，穀向他借观，且嘱馆伴抄录，一时不能脱身。唐宫中有歌妓秦蒻兰，知书识字，色艺兼优，唐主命她至客馆中，充作女役。不怀好意。穀见她容颜秀丽，体态娉婷，已不禁暗暗喝采。惟身为使臣，不便细询姓氏，总还道是驿吏女儿，未敢唐突。哪知娟娟此豸，故意撩人，有时眼角留情，有时眉梢传语，有时轻颦巧笑，卖弄风骚，惹得陶穀支持不定，未免与她问答数语。偏她应对如流，无论什么诗歌，多半记忆，益令陶穀倾心锺爱，青眼垂怜，渐渐地亲近香肤，引为腻友。美人解意，才子多情，哪有不移篙近岸，图成美事？一宵好梦，备极欢娱。

越宿起床，那美人儿出外自去，镇日里没有见面。穀已是启疑，适由韩熙载奉唐主命，邀令晚宴，穀不好固辞，随着同行。既入唐廷，自有内侍趋出，导引入内殿中。唐主已经待着，降阶相迎。寒暄已罢，即请入席，且召歌妓侑觞，穀很是矜持。唐主微讽道："公南来有日，久居馆中，独不嫌岑寂么？"穀答称借阅韩书，幸免岑寂。唐主道："江南春色，闻已为公采得一枝，何必相欺！"穀极力答辩，唐主付诸一笑，仍举觥劝饮。穀饮了一二杯，忽听得歌声幽咽，从屏后出来。歌云：

好姻缘，恶姻缘，只得邮亭一夜眠。

穀听此二语，已觉惊心，复又有歌词续下道：

别神仙，琵琶拨尽相思调，知音少！再把鸾胶续断弦，是何年！

这词名为"春光好"。穀博通词曲，当然知晓，且料有别因，忙从屏间一瞧，果然走出一个歌娘，似曾相识，微皱眉山，仔细谛视，就是昨夜相偎相抱的秦蒻兰，禁不住面上生惭，汗涔涔下。中冓之言，不可道也，所可道也，言之丑也。便即起座谢宴，托言醉不能饮，经唐主嘲讽数语，也只好似痴似聋，转身退去。次日便即辞行，自回大梁去了。唐主如此弄人，成何大体。唐主自鸣得意，且不必说。

惟南汉主晟，闻唐为周败，不免加忧。他自篡位以后，猜忌骨肉，把弘昌以下十三弟，杀得一个不留。诸侄因尽加歼戮，惟选得几个美色的侄女，取入宫中，迫为婢妾。禽兽不如。且派兵入海，掠得商贾金帛，增筑离宫数千间，殿侧皆置宫人，令她候晓，名为"候窗监"。每值宴会，晟独坐殿廷间，侍宴百官，各结彩亭，列坐殿旁两庑。宴酣后,令有司槛兽而进,两旁翼以刀戟。晟下殿射兽,兽未死,即用戈戟戮毙,算作乐事。又尝夜饮大醉,用瓜置伶人尚玉楼项间,拔剑劈瓜,并斩尚首。翌日酒醒,再召玉楼侍宴,左右谓昨已受诛,方才叹息。后宫专宠,有两个李妃,一号李丽妃,一号李蟾妃。宫人卢琼仙、黄琼芝,色美性狡,特授为女侍中,朝服冠带,参决政事。宦官中最宠林延遇,诸王夷灭,俱由延遇主谋。延遇临死,荐同党龚澄枢自代。澄枢刁滑,与延遇相类。朝政不修,权出嬖幸。至闻周征服淮南,意欲入贡周廷,因为湖南所隔,不便通道,乃治战舰、修武备,为自固计。未几又自叹道:"我身得免祸患,已是幸事,还要管什么子孙呢?"自知颇明。会月食牛女间,出书占卜,谓为自己应该当灾,乃纵情酒色,为长夜饮。渐渐地精枯色悴,加剧而亡。年三十九岁。

长子继兴嗣立,改名为多铢。尊故主晟为中宗。时铢年十六,委政中官,龚澄枢、陈延寿权势最重,又进卢琼仙为才人,内政皆取决琼仙。台省官仅备员数,不得与闻国政。铢性好奢,筑万政殿,一柱费用,须白金三千锭。又建天华宫,筑黄龙洞,日费千万,毫不吝惜。宦官李托,有二养女,均有姿色。长女入为贵妃,次女亦得为才人,一时并宠。还有宫婢波斯女,黑腊而慧,光艳动人,性善淫媚,赐名"媚猪"。尚书右丞钟允章,欲整肃纲纪,惩治奸滑,适为宦官所忌,诬称允章谋反。迫铢加刑,竟致族诛。遂擢李托为内太师,兼六军观军容使,国事皆禀托而行。铢日与大小李妃及波斯媚猪,恣为淫乐,自称萧闲大夫,不复临朝视事。中官多至七千余,或加至三公、三师职衔,女官亦不下千人,也有师、傅、令、仆的名目。陈延寿又引入女巫樊胡子,戴远游冠,衣紫霞裙。踞坐帐中,自称有玉皇附见,能预知祸福,呼铢为太子皇。铢极端迷信,往往向胡子就教。卢琼仙及龚澄枢等争相依附,胡子乃伪言琼仙、澄枢、延寿统是上天差来,辅佐太子皇,不宜轻加罪谴。铢信用益坚,视国事如儿戏,但因僻处岭南,周天子无暇问罪,所以昏愦糊涂的刘铢,尚得荒纵数年,等到赵宋开国,然后灭亡。这且待《宋史演义》中,再行详述,本书已将终篇,不必絮谈了。界画分明。

且说周主还都后,皇后符氏薨逝,年止二十有六,谥曰"宣懿"。后妹亦颇有容色,出入宫中,周主欲册为继后,因南征得手,又思北讨,所以未遑行礼。未几即为显德六年,高丽、女真,均遣人入贡方物。周主御崇德殿,召见番使,命有司遍设乐悬,藉示汉仪。四面钟磬陈列,有几处止属虚设,未闻击响。待番使退朝,周主召问乐工,何故不击钟磬。乐工谓"向例如此,不敢妄击"。周主再加细诘,乐工多不能答,乃命端明殿学士窦俨,讨论古今雅乐,考订阙失。窦俨谓通晓乐音,臣不如朴,因令朴订定乐律。朴援据古今,具疏胪陈,略云:

第五十九回　惩奸党唐主施刑　正乐悬周臣明律

臣闻礼以检形，乐以治心。形顺于外，心和于内，而天下不治者，未之有也。夫乐生于人心，而声成于物，物声既成，复能感人之心，是谓之乐。昔黄帝吹九寸之管，得黄钟正声，半之为清声，倍之为缓声，三分损益之，以成十二律；旋相为宫，以生七调为一均，凡十二均，八十四调而大备。遭秦灭学，历代罕能用之。唐祖孝孙考正大乐，其法始备。安史之乱，十亡八九，至于黄巢，荡尽无遗。时有博士殷盈孙，铸镈钟十二，编钟二百四十。处士萧承训，校定石磬，今之在悬者是也。虽有钟磬之状，殊无相应之和，其镈钟不问音律，但循环而击，编钟编磬，徒悬而已。丝竹匏土，仅有七声，黄钟之宫，止存一调；盖乐之缺坏，无甚于今。陛下临视乐悬，知其亡失，以臣尝学律吕，宣示古今乐录，命臣讨论，臣虽不敏，敢不奉诏！

朴上疏后，援照古法，用秬黍定尺，一黍为分，十黍为寸，积成九寸，径三分，为黄钟律管。推演得十二律，因作律准。共分十有三弦，长九尺，依次设柱，系弦成声。第一弦为黄钟律，第二弦为大吕律，第三弦为太簇律，第四弦为夹钟律，第五弦为姑洗律，第六弦为仲吕律，第七弦为蕤宾律，第八弦为林钟律，第九弦为夷则律，第十弦为南吕律，第十一弦为无射律，第十二弦为应钟律，第十三弦为黄钟清声。声律既调，用七律为一均，错成五音：宫声为主，徵声、商声、羽声、角声，互为联属。五音相续，迭声不乱，合成八十四调，然后配以笙簧，间以钟磬，凡四面乐悬，无不协响，合成节奏。无论何种歌曲，但好谱入乐声，均能应腔合拍，不疾不徐。朴又上言此法久绝，出臣独见，乞集百官校正得失，有诏令百官再行参酌。百官多半是门外汉，晓得什么音律奥旨，彼此同声附和，统复称王朴高才，非臣等所及。乃命乐工演试，果然五声有序，八音克谐，乐得周主心花怒开，极称盛事。

周主又究心贡举，务求得人，裁并寺院，严禁左道。平居辄留意农事，刻木为农夫、蚕妇，列置殿廷。且诏散骑常侍艾颖等三十四人，分行诸州，均定田租。又诏诸州并乡村，率以百户为团，团置耆长三人，令司民事，课耕劝稼。又从汴口疏河通淮，以达舟楫，再导汴水入蔡水，以便漕运。公私交利，上下翕然。周世宗为五代贤主，故历叙美政。周主遣王朴巡视汴口，督建斗门。工既告竣，还过故相李穀第，忽然疾作，晕仆座上。慌忙用人舁归，医治无效，竟尔谢世，年五十四岁。周主亲往吊丧，用玉钺叩地，痛哭再四，不能自止。左右从旁慰劝，周主仰天叹道："天不欲我平中原么？何为夺我王朴，有这般迅速哩！"吊毕回宫，数日不欢。

朴精究术数，谈言多中，周主志在统一，常恐运祚短促，不能如愿。一日从容问朴，谓："朕躬践阼，能得几年？"朴答道："陛下有心致治，尝以苍生为念，天高听卑，自当蒙福。臣本固陋，一知半解，推演数理，可得三十年。三十年后，非臣所能知呢。"周主喜道："诚如卿言，朕当为主三十年，十年开拓天下，十年养百姓，十年致太平，朕志足了！"后来征辽回师，便即晏驾，计在位止及五年零六个月，似与朴言不符。或谓五六乃三十成数，朴不便直言，故用隐谜相答。究竟朴能否预知，小子也不能定断，只好援据遗闻，随笔录叙。因继咏一诗道：

怀才挟术佐明王，天不假年剧可伤！
岂是庆陵周世宗陵。将晏驾，先归地下待吾皇！

王朴既殁，周主失一股肱，但北伐雄心，仍然不改，因即下诏亲征。欲知周主北伐情形，下回再当详叙。

唐为周败，国威不振，至于割地请和，始正宋党之罪，论者已嫌其太迟。窃谓亡羊补牢，犹为未晚，越王勾践，其前师也。唐主璟诚自惩前败，黜佞任良，则十年生聚，十年教训，二十年后，与北宋角逐中原，尚未知鹿死谁手。顾犹信用二冯，吟风嘲月。迨周使远来，则密嘱歌妓以狎侮之，饵人不足，结怨有余，多见其不知量也。刘晟父子，更出璟下，故其亡也，比江南为尤速。至若周世宗之英武过人，王朴之智谋绝俗，天独未假以年，不获共谋统一，命耶数耶？是固在可解不可解之间矣。然世宗美政，王朴长材，不容过略，故类叙之以风示后世云。

第六十回

得辽关因病返跸
殉周将禅位终篇

却说周主南征时，北汉主刘钧，乘虚袭周，发兵围隰州。隰州刺史孙议，得病暴亡，后任未至。骤闻河东兵至，不免惊惶。幸亏都监李谦溥，权摄州事，浚城隍、严兵备，措置有方，不致失手。时方盛夏，河东兵冒暑围城，谦溥引二小吏登城，从容督御，身服絺绤，手挥羽扇，毫无慌张形状。河东将士，却也料他不透，未敢猛攻。谦溥又潜约建雄军节度使杨廷璋，各募敢死士百人，夜劫河东兵寨。河东兵猝不及防，仓皇散走。谦溥自率守军，开城追击，逐北数十里，斩首数百级，隰州解围。

当下奏报行在。周主即令谦溥为隰州刺史，且命昭义军节度使李筠，与杨廷璋联兵北讨，共伐狡谋。李筠遂进攻石会关，连破河东六寨。廷璋仍命李谦溥往侵汉境，夺得一座孝义县城。北汉主刘钧，不禁生忧，小挫即忧，想什么乘虚袭人？慌忙飞使至辽，乞请济师。辽主述律，不愿出兵，支吾对付，急得刘钧忧急万分。再三通使求援，辽主乃授南京留守萧思温为兵部都总管，助汉侵周。周主已征服南唐，返至大梁，接得辽、汉合寇的消息，决意亲征。他想北汉跳梁，全仗辽人为助，若要釜底抽薪，不如首先攻辽。辽人一败，北汉势孤，自然容易讨平。

计议已定，乃命宣徽南苑使吴延祚权东京留守，宣徽北院使昝居润为副，三司使张美为大内都部署。其余各将各领马步诸军及大小战船，驰赴沧州；自率禁军为后应。都虞侯韩通，由沧州治水道，节节进兵，立栅乾宁军南，修补坏防，开游口三十六，可达瀛、莫诸州。周主亦自至乾宁军，规画地势，指示军机，遂下令进攻宁州。宁州刺史王洪，自知不能守御，开城乞降。乃派韩通为陆路都部署，赵匡胤为水路都部署，水陆并举，向北长驱。车驾自御龙舟，随后继进。

朔方州县，自石晋割隶辽邦，好几年不见兵革，骤闻周师入境，统吓得魂胆飞扬。所有官吏人民，望风四窜，周军顺风顺水，直薄益津关。关中守将终廷辉，登阙南望，但见河中敌舰，一字儿排着，旌旗招飐，矛戟森严，不由得心虚胆怯，连打了好几个寒噤。正在没法摆布，可巧有一人到来，连呼开关。廷辉瞧将下去，乃是宁州刺史王洪。便问他来意，洪但说有密事相商，须入关面谈。廷辉见他一人一骑，不足生畏，乃开关纳入，两下晤谈。洪先自述降周的原因，并劝廷辉也即出降，可保关内百姓。廷辉尚在狐疑。洪又道："此地本是中国版图，你我又是中国人民，从前为时势所迫，没奈何归属北廷，今得周师到此，我辈好重还祖国，岂非甚善！何必再事迟疑？"廷辉听了这番言语，自然心动，便允出降。

周主令王洪返守宁州，留廷辉守益津关，各派兵将助守。遣赵匡胤为先锋，溯流西进。渐渐地水路促狭，不便行舟，乃舍舟登陆，入捣瓦桥关。匡胤到了关下，守将姚内斌见来兵不多，即率数千骑士，出城截击。经匡胤大杀一阵，内斌麾下，伤亡了数百名，方才退回。越日，周主亦倍道趋至，都指挥使李重进以下，亦相继到来，还有韩通一军，收降莫州刺史刘楚信，瀛州刺史高彦晖，沿途毫无阻碍，也到瓦桥关下会师。眼见得周军云集，慑服雄关。

匡胤督军攻城，先在城下招降姚内斌，大略"谓王师前来，各城披靡，单靠这偌大关隘，万难把守若见机投顺，不失富贵，否则玉石俱焚，幸勿后悔！"内斌沉吟多时，方答言明日报命。匡胤也不强迫，便按兵不攻。静守一宵，次日拟再往攻关，已有探骑报入，敌将姚内斌，开城来降。匡胤乃待他到来，导见周主。内斌拜到座前，周主好言抚慰，面授为汝州刺史，内斌叩首谢恩，随起引周军入关。

周主置酒大会，遍宴群臣，席间议进取幽州，诸将奏对道："陛下出师，只四十二日，兵不过劳，饷不过费，便得关南各州，这都由陛下威灵，所以得此奇功。惟幽州为辽南要隘，必有重兵把守，将来旷日持久，反恐不美，还请陛下三思！"周主默然不答。散宴后，便召指挥使李重进入帐道："我军前来，势如破竹，关南各州县，不劳而下，这正是灭辽扫北的机会，奈何中道还师？且朕欲统一中原，平定南北，时不可失，决意再进！汝可率兵万人，翌日出发。朕即统兵接应，不捣辽都，定不回军！"重进料难劝阻，只好应声退出。又传谕散骑指挥使孙行友，率骑兵五千名，往攻易州，行友亦奉旨去讫。

重进于次日启行。行至固安，城门洞辟，守吏已经遁去，一任周兵拥入。重进令军士略憩，另派哨骑探视行径。返报固安县北，有一安阳水，既无桥梁，又无舟楫，想是由辽兵惧我前往，所以拆桥藏舟，阻我去路。重进闻报，颇费踌躇，忽闻周主驾到，乃即出城迎谒，禀明前途阻碍。周主锐图进取，当即与重进往阅河流，果然水势汪洋，深不见底。巡视一回，便谕重进道："此水不能徒涉，只好速筑浮梁，方便进兵。"重进当然应命。周主乃令军士采木作桥，限期告竣，自率亲军还驻瓦桥关。

天有不测风云，人有旦夕祸福。周主忽然得病，连日未瘥。那孙行友却已攻下

第六十回　得辽关因病返跸　殉周将禅位终篇

易州，擒住刺史李在钦，献入行营。周主抱病升帐，问他愿降愿死。在钦偏抗声不屈，触动周主怒意，即命推出斩首。此人却有别肠，莫非命中该死。自觉支持不住，退入寝所。又越两日，仍然未瘳，当由赵匡胤入帐劝归。周主不得已照允，乃改称瓦桥关为雄州，留陈思让居守；益津关为霸州，留韩令坤居守，然后下令回銮。

返至澶渊，却逗留不行。宰辅以下，只令在寝门外问疾，不许入见，大众都惶惑得很。澶州节度使，兼殿前都点检张永德，与周主为郎舅亲，独得入寝所问视，婉言进谏道："天下未定，根本空虚，四方藩镇，多是幸灾乐祸，但望京师有变，可从中取利。今澶、汴相去甚迩，车驾若不速归，益致人心摇动，愿陛下俯察舆情，即日还都为是！"周主怫然道："谁使汝为此言？"永德道："群臣统有此意。"周主目注永德道："我亦知汝为人所教，难道都未喻我意么？"未几又摇首道："我看汝福薄命穷，怎能当此！"永德闻言，竟莫明其妙，只管俯首沉思。实是一片疑团。猛听周主厉声道："汝且退去，朕便回京！"

永德慌忙趋出，部署各军，专待周主出来，周主也即出帐，乘辇还都。看官！你道周主何故疑忌永德？原来周主因病南还，途次稍觉痊可。偶从囊中取阅文书，忽得直木一方，约长三尺，上有字迹一行，乃是"点检作天子"五字！不由得惊异起来。他亦不便询问左右，仍然收贮囊中。默思石敬瑭为明宗婿，后来篡唐为晋。今永德亦尚长公主，难道我周家天下，也要被他篡夺么？左思右想，无从索解。及见永德劝他回京，心中忍耐不住，遂露了一些口风。永德哪里知晓，当然摸不着头脑，只好搁过一边。

及周主入京，病体略松，便册宣懿皇后胞妹符氏为继后，封长子宗训为梁王，次子宗让为燕国公。命范质、王溥两相，参知枢密院事。授魏仁浦为枢密使，兼同平章事，吴延祚亦授枢密使。都虞侯韩通得兼宋州节度使，加检校太尉；赵匡胤为殿前都点检，加检校太傅，兼忠武军节度使。此外文武诸官，亦迁转有差。独叙韩通、赵匡胤实为下文伏案。独免都点检张永德官，但令为检校太尉，留奉朝请。朝臣统是惊疑，不知葫芦里卖什么药，惟啧啧私议罢了。

先是周主微时，尝梦神人畀一大伞，色如郁金，上加道经一卷；周主审视道经，似解非解，及醒后追思，尚记忆数语。嗣是福至心灵，举措无不合宜，遂得身登九五，据有大宝。及征辽归国，常患不豫，有时勉强视朝，数刻即退。御医逐日诊治，终乏效验。一日卧床休养，恍惚间复见神人，来索大伞及道经。周主当即交还，又欲向神探问后事，神人不答，拂袖竟去。周主追曳神衣，突闻一声朗语，竟致惊醒。开眼一瞧，手中牵着的衣袂，乃是榻前的侍臣。就是梦中听见的声音，亦无非侍臣惊问，不觉自己也好笑起来。转思梦中情景，甚觉不祥，便起语侍臣道："朕梦不祥，想是天命己去了。"侍臣答道："陛下春秋鼎盛，福寿正长，梦兆不足为凭，请陛下安心！"周主道："汝等哪里能知？朕不妨与汝等说明。"随将前后梦象，略述一遍。侍臣仍然劝解，偏是得梦以后，病竟增剧。

显德六年六月，忽至弥留，急召范质等入受顾命，嘱立梁王宗训为太子，并命起用故人王著，委以相位。质等应诺。及退出宫门，互相窃议道："翰林学士王著，日在醉乡，怎堪为相？愿彼此勿泄此言。"众皆点头会意。是夕周主竟病崩万岁殿中，享年三十九岁。可怜这年华韶稚的新皇后，正位仅及匝旬，忽然遭此大故，叫她如何不哀？如何不哭？实属可怜，后来还要可痛。还有梁王宗训，年仅七岁，晓得什么国事，眼见是寡妇孤儿，未易度日。

宰相范质等亲受遗命，奉着七龄帝子，即位柩前。服纪月日，一依旧制，翰林学士兼判太常寺窦俨，追上先帝尊谥，为"睿武孝文皇帝"，庙号"世宗"。是年冬奉葬庆陵。总计五代十二君，要算周世宗最号英明，文武参用、赏罚不淆，并且知民疾苦，兴利除害，所以在位五年有余，武功卓著。文教诞敷，升遐以后，远近哀慕。惟纳李崇训妻为皇后，夫妇一伦，不无遗议；纵本生父柴守礼杀人，父子一伦，亦留缺憾；就是因怒杀人，往往刑不当罪，未免有伤躁急。但瑕不掩瑜，得足抵失。可惜享年不永，赍志以终，遂使这寡妇孤儿，受制人手。一朝变起，宗社沉沦。这或是天数使然，非人力所可挽回呢！特加论断。为周世宗生色。

闲话休表，且说周幼主宗训嗣位，一切政事，均由宰相范质等主持，尊符氏为皇太后，恭上册宝。朝右大臣，也有一番升迁，说不胜说。惟宋州节度使兼检校太尉韩通，调任郓州节度使，仍充侍卫亲军副都指挥使。改许州节度使赵匡胤为宋州节度使，仍充殿前都点检，兼检校太傅。封晋国长公主张氏，即张永德妻。为大长公主，令驸马都尉兼检校太尉张永德，为许州节度使，进封开国公。所有范质、王溥、魏仁浦、吴延祚四人，均加公爵。仅叙数人升迁，均寓微意。

北面兵马都部署韩令坤，奏败辽骑五百人于霸州。周廷以国遇大丧，未暇用兵，但饬边戍各将，慎守封疆，毋轻出师。辽主述律，本来是沈湎酒色，无志南侵，当关南各州失守时，他尝语左右道："燕南本中国地，今仍还中国，有什么可惜呢？"可见后来辽兵入寇，实是故意讹传。北汉主刘钧，屡战皆败，亦不敢轻来生事。不过三国连界，彼此戍卒，未免龃龉，或至略有争哄情事，自周廷遥谕静守，边境较安。都为后文返照。

好容易过了残年，周廷仍未改元，沿称显德七年。正月朔日，幼主宗训，未曾御殿，但由文武百僚，进表称贺。蓦然间接得镇定急报，说是辽兵联合北汉，大举入寇，请速发大兵防边。宰相范质等，亟入白符太后。符太后是年轻女流，安知军事？一听范质等处置。范质等派定殿前都点检赵匡胤，会师北征，令副都点检慕容延钊为前锋，率兵先发。此外如高怀德、张令铎、张光翰、赵彦徽等，陆续会齐，即祃纛兴师，逐队出都。匡胤亦陛辞而行。

京都下起了一种谣传，谓将册点检为天子，市民多半避匿。究竟这种传言，是

第六十回　得辽关因病返跸　殉周将禅位终篇

由何人首倡，当时亦无从推究。廷臣中也有几个闻知，总道是口说荒唐，不足凭信。那符太后及幼主宗训，全然不闻此事。哪知正月三日出兵，正月四日晚间，即由陈桥驿递到警信，急得满廷百官，都错愕不知所为。

原来赵匡胤到了陈桥，竟由都指挥高怀德、都押衙李处耘、掌书记赵普等，与匡胤弟匡义密商，推立点检为天子。数人忙了一宵，已把将士运动妥当，便于正月四日黎明，齐至匡胤寝所，喧呼万岁。匡胤闻声惊觉，欠身徐起，当由匡义入室报闻。匡胤尚未肯承认，出谕将士，但见众校已露刃环列，由高怀德捧入黄袍，披在匡胤身上。众将校一律下拜，三呼万岁。匡胤还要推辞，总有这番做作。偏众人不由分说，竟将他扶掖上马，迫令还汴。匡胤揽辔传谕道："汝等能从我命，方可还都；否则我不能为汝主！"众皆听令。匡胤乃与约法三条：一是不得惊犯太后母子；二是不得欺凌公卿大夫；三是不得侵掠朝市府库。经大众齐声答应，然后肃队入都。

殿前都指挥石守信、都虞侯王审琦，已接匡义密报，具知大略。他两人与匡胤兄弟，素来莫逆，有心推戴匡胤。便暗中传令禁军，放匡胤全军入城，禁军乐得攀龙附凤，不生异言。匡胤等竟安安稳稳，趋入大梁。甫抵都城，先遣属吏楚昭辅，入慰匡胤家属。时匡胤父弘殷已殁，独老母杜氏在堂，闻报惊喜道："我儿素有大志，今果然出此！"一语作为铁证。

及匡胤入城，已是正月五日上午。百官早朝，正议论陈桥消息。忽见客省使潘美，驰入朝堂，报称点检由各军推戴，奉为天子，现已入都，专待大臣问话。范质等仓皇失措，独侍卫亲军副都指挥使韩通，慌忙退朝，拟集众抵御。途次遇着匡胤部校王彦昇，朗声呼道："韩侍卫快去接驾，新天子到了！"通大怒道："天子自在禁中，何物叛徒，敢思篡窃。汝等贪图富贵，去顺助逆，更属可恨！速即回头，免致夷族！"彦昇不待说毕，已是怒不可遏，便即拔刀相向。通手无寸铁，怎能与敌，没奈何回身急奔。彦昇紧紧追捕，通跑入家门，未及阖户，已被彦昇闯入。彦昇手下，又有数十名骑兵，一拥进去，通只有赤身空拳，无从趋避，竟被彦昇手起刀落，砍翻地上，一道忠魂，奔入鬼门关，往见那周世宗，诉冤鸣枉去了。可对周世宗于地下。彦昇已杀死韩通，索性闯将进去，把韩通一家老小，杀得一个不留，然后出报匡胤。

匡胤入城后，命将士一律归营，自己退居公署。不到半日，由军校罗彦瓌等，将范质、王溥等人拥入署门。匡胤流涕与语道："我受世宗厚恩，被六军胁迫至此，惭负天地，奈何！奈何！"范质等面面相觑，仓猝不敢答言。彦瓌即厉声道："我辈无主，今日愿奉点检为天子，如有人不肯从命，请试我剑！"说至此，即拔剑出鞘，露刃相向，吓得王溥面色如土，降阶下拜。范质不得已亦拜。有愧韩通。匡胤忙下阶扶住，导令入座，与商即位事宜。掌书记赵普在旁，便提出"法尧禅舜"四字，作为证据，范质等亦只好唯唯相从。遂请匡胤诣崇元殿，行受禅礼。一面宣召百官，待至日晡，始见百官齐集。仓猝中未得禅诏，偏翰林学士陶穀，已经预备，从袖中取出一纸，充作禅位诏书。宣徽使引匡胤就廷，北面拜受，随即登崇元殿，被服衮冕，即皇帝位，受文武百官朝贺。

草草毕礼，即命范质等入内，胁迁周主宗训及太后符氏移居西宫。寡妇孤儿，如何抗拒，当由符太后大哭一场，掣了幼主宗训，向西宫去讫。匡胤下诏，奉周主为郑王，符太后为周太后，命周宗正郭圯祀周陵庙，仍饬令岁时祭享。周亡，总计周得三主，共九年有余，总算作了十年。未几，又徙周郑王至房州，越十二年而殁，年止一十九岁，追谥为周恭帝。周太后符氏，也随殁房州。

赵匡胤既为天子，改国号宋，改元建隆，遣使遍告郡国藩镇。所有内外官吏，均加官进爵有差。追赠周韩通为中书令，饬有司依礼殓葬。并拟加王彦昇罪状，经百官代为乞恩，方得宥免。擅杀一家，尚堪恩宥么？说也奇怪，那辽、汉合寇情事，竟不提起。华山隐士陈抟，闻宋主受禅，欣然说道："天下从此太平了！"后来果如抟言。

惟宋主嗣位初年，中原尚有五国，除赵宋外，就是北汉、南唐、南汉、后蜀；朔方尚有一辽，其余为南方三镇，一是吴越，一是荆南，一是湖南。嗣经宋朝遣兵派将，依次削平。惟辽主述律，后为庖人所杀。述律一作兀律，复改名璟，辽尊为穆宗。嗣子贤继立，不似乃父嗜酒渔色，反渐渐地强盛起来。一再相传，屡为宋患，这事都详叙《宋史演义》中。本编但叙五代史事，把十三主五十三年的大要，演述告终。看官欲要续阅，请再看《宋史演义》便了。小子尚有俚句二绝，作为本书的收场。诗云：

　　六十年来话劫灰，江山摇动令人哀；
　　一言括尽全书事，军阀原来是祸胎。
　　频年篡弑竟相寻，礼教沦亡世变深；
　　五代一编留史鉴，好教后世辨人禽。

周主征辽，不两月而三关即下，曩令再接再厉，即不能入捣辽都，而燕云十六州，或得重还中国，亦未可知。况辽主述律，沉湎酒色，已视燕南为不足惜，乘势攻取，犹为易事。奈何天不祚周，竟令英武过人之周主荣得病未瘳，不得已而归国。岂十六州之民族，固当长沦左衽耶！周主年未四十，即致病殂；符后入宫正位，仅及十日；梁王宗训嗣祚，不过七龄。寡妇孤儿之易欺，未有甚于此时者也。辽、汉合兵入寇，明明是匡胤部下，讹造出来。陈桥之变，黄袍加身，早已预备妥当。乌有匡胤未曾与闻，而仓猝生变者乎？即如点检作天子之谶，亦未始不由人谋，明眼人岂被瞒过。当时为周殉节者，止一韩通。疾风知劲草，板荡识忠臣，可为《五代史》上作一殿军。而宋太祖之得国不正，即于此可见矣。